Thomas W. Simpson schreibt schon seit früher Jugend. Sein erstes Manuskript reichte er mit fünfzehn Jahren ein – damals noch ohne Erfolg.
»Ungeeignet fürs Familienalbum« ist sein erster Roman, der in den USA bereits vor der Veröffentlichung sehr positiv von der Kritik aufgenommen wurde.

Dieses Buch wurde auf chlor- und säurefreiem Papier gedruckt.

Titel der Originalausgabe »This Way Madness Lies«

Originalverlag Warner Books, Inc., New York
Umschlaggestaltung Manfred Waller, Reinbek
Satz Hans Buchwieser, Satz- und Druck-Service GmbH, München
Druck und Bindung Elsnerdruck, Berlin
Printed in Germany
ISBN 3-426-03350-X

2 4 5 3 1

Thomas W. Simpson

Ungeeignet fürs Familienalbum

Roman

Aus dem Amerikanischen
von Gabriela Schönberger-Klar

Knaur®

Für meine Mutter und meinen Vater,
und für Lorelei, die dem Wahnsinn Methode verlieh.

Die Vergangenheit

Edmund Winslow ∞ Anne Murrow 1597
Giles Winslow, geb. 1599, ∞ Edith van Cleef 1621
Edmund Winslow, geb. 1625, ∞ Molly Richford 1647
Freeman Winslow, geb. 1649, ∞ Eleanor Lane 1677
Henry Lane Winslow, geb. 1680, ∞ Rebecca Bailey 1708

|

Robert Bailey »Jawbone« Winslow,
geb. 1713, ∞ Anne Carlson 1744

|

Henry Lane Winslow II. und
Robert »Mad Dog« Winslow Jr.
geb. 1746, ∞ Katherine Fox 1782

|

Henry Lane Winslow III.
geb. 1790, ∞ Lorelei Constantine 1811

|

William Giles Winslow, geb. 1815, ∞ Emily Schaffer 1839

|

Barton Henry »Gentleman Bart« Winslow,
geb. 1840, ∞ Dorothy Hayes 1861

|

John »Crazy Legs« Winslow,
geb. 1863, ∞ Caroline Dayton 1888

|

Charles Winslow,
geb. 1892, ∞ Martha »Shady« Matthews 1916

| | | |

Henry Winslow, geb. 1917, gest. 1969
William Bailey Richford »Wild Bill« Winslow, geb. 1920
Robert Winslow, geb. 1922, gest. 1944
Helen Edith Winslow, geb. 1926, gest. 1952

Die Gegenwart

William Bailey Richford »Wild Bill« Winslow
∞ Virginia Muller 1945

Virginia »Ginny« Winslow, geb. 1946

Helen Richford Winslow, geb. 1947, gest. 1952

Mary Winslow, geb. 1949

Henry und Robert Winslow, geb. 1950;
Robert Winslow, gest. 1969

Edward »Little Eddie« Winslow, geb. 1954

Joseph Winslow, geb. 1958

Barton James Winslow, geb. 1959

Emily Anne Winslow, geb. 1961

Die Zukunft

Virginia »Ginny« Winslow ∞ Aaron Cohen 1974

|

Madeline Cohen, geb. 1975
Adam Cohen, geb. 1977

Henry als Bobby Winslow ∞ Irene Biddford 1979

|

Katherine »Katie« Winslow, geb. 1981
Constance Winslow, geb. 1985

Edward »Little Eddie« Winslow ∞ Christine Grady 1976
geschieden 1984

|

William Bailey Winslow, geb. 1976
Edward Winslow Jr., geb. 1978
Henry Winslow, geb. 1979
(Alle drei Söhne werden 1986 von
Todd Sullivan adoptiert)

Emily Anne Winslow ∞ Frankie Santoro 1985
geschieden 1988

|

Rosa Santoro, geb. 1986

Lear (im Sturm vor der Hütte auf der Heide): Wenn das Gemüt sich frei fühlt, ist der Körper empfindlich: Der Orkan in meinem Inneren nimmt jedes andere Gefühl den Sinnen, nur das, was hier tobt, bleibt: Undank von Kindern! Ist's nicht, als ob der Mund die Hand zerfleische, weil sie ihn nährt? Doch ich will gründlich strafen; nur keine Tränen mehr. In solcher Nacht mich auszusperren! Ström nur, ich will's ertragen! In solcher Nacht wie dieser? Regan, Gon'ril, den alten Vater, dessen Herzensgüte freigebig alles euch gab – Wahnsinn liegt auf diesem Wege: laßt mich fliehn vor ihm; nichts mehr davon!

aus Shakespeare: KING LEAR

Vater ruft mich William,
die Schwester nennt mich Will;
Mutter nennt mich Willy,
aber für die Kumpels bin ich Bill!

Eugene Field

MONTAG,
DEN 18. JUNI 1990 …

1

Bevor wir mit der eigentlichen Geschichte beginnen, möchte ich den geneigten Leser gerne wissen lassen, daß ich die Absicht habe, mich aus diesen chaotischen Verhältnissen so weit wie möglich herauszuhalten. Meine Aufgabe ist es, eine Geschichte zu erzählen, und nicht, alte Familienfehden beizulegen. Von Zeit zu Zeit wird mich jedoch sicherlich die Anwandlung überkommen, etwas von meiner eigenen Meinung und meinen eigenen Vermutungen über die handelnden Charaktere einfließen zu lassen. Aber ich hoffe, daß ich dieser Versuchung so oft wie möglich widerstehen kann. Ein gelegentliches ironisches Augenzwinkern meinerseits wird sich jedoch nicht ganz vermeiden lassen.

Das Leben, so sagt man, ist kurz, und ich weiß, daß die Menschen heutzutage viel zu tun und nur wenig Zeit haben. Sie wollen nicht, daß ihnen irgendein dummer Schreiberling mit einer überladenen Geschichte voller Schnörkel die Zeit stiehlt. Also werde ich mein Bestes tun, um möglichst schnörkellos zu erzählen, meine Charaktere auf Trab zu halten, die Dialoge kurzweilig und die Beschreibungen nicht allzu ausufernd zu gestalten. Ich schwöre, daß ich wirklich nur dann etwas weitschweifiger werde, wenn es sich absolut nicht vermeiden läßt. Aber üben Sie Nachsicht, denn es ist – wie Sie sehen werden – ein langer Weg von hier nach da; ein langer Weg vom Beginn des irdischen Lebens eines Mannes bis hin zu dessen Ende; ein sehr langer Weg vom Aufstieg einer Familie in der Neuen Welt bis hin zu deren unfreiwilligem, aber selbst herbeigeführtem Fall. Falls es denn tatsächlich auf einen Fall hinauslaufen sollte.

Diese Geschichte behandelt mehrere hundert Jahre Historie der Neuen Welt – und auch ein Hauch der Geschichte der Alten Welt wird uns streifen –, aber uns interessiert hauptsächlich die zweite Hälfte des zwanzigsten Jahrhunderts, unserer Gegenwart, das Jahr 1990. Um noch genauer zu sein: Wir werden uns in erster Linie mit der dritten Juniwoche beschäftigen; mit jener

Woche, in der die Tage der nördlichen Hemisphäre lang und ihre Nachte süß und kurz wie nie sind; zu süß und zu kurz, könnte man meinen, um soviel Lug und Trug und hinterlistigen Verrat in sich zu bergen.

Mord wird es geben, kaltblütigen Mord – und zwar mehr als einen, falls sich die historischen Darstellungen, die ich gelesen habe, als wahr erweisen. Diese Darstellungen belegen leider nicht hundertprozentig, wer diese Morde begangen hat, und so werde vermutlich ich die Schuld zuweisen und in Worte kleiden müssen, es sei denn, ich beschließe, Sie, geneigte Leser, zu Richter und Geschworenen zu erheben. Solch eine Entscheidung mag manch einen unter Ihnen befremden, da die meisten Leser erwarten, vom Autor wenigstens irgendein Ende – wenn schon nicht das von ihnen erwünschte – geliefert zu bekommen. Doch all das liegt noch in weiter Ferne, und ich muß offen zugeben, daß ich nicht die geringste Lust verspüre, jetzt schon darüber nachzudenken. Es gibt so viele andere Dinge, die mich im Augenblick mehr beschäftigen: Charaktere und Konflikte, Plots und Nebensächlichkeiten, Erzählperspektiven und jene verflixten Attacken, an denen ich mit Donnerhall die Handlung vorwärtstreiben muß, um sie Ihnen – natürlich bildlich gesprochen – über den Schädel zu schlagen, damit Sie weiterlesen und mir nicht mitten im Buch einschlafen.

Sie sollen nämlich die Stunden, die Sie zwischen diesen Buchdeckeln verbringen, auch genießen. Ich möchte Ihnen etwas geben, das sein Geld wert ist. Bücher sind nicht billig, und Zeit ist Geld. Ein Roman, selbst einer, der sich so sehr an die Tatsachen hält wie dieser, sollte sowohl unterhaltsam und anregend als auch provozierend und irritierend sein. Ich wünsche mir, daß Sie es gar nicht mehr erwarten können, den Fernsehapparat auszuschalten, sich in Ihr Bett zu legen und das neue Kapitel an der Stelle aufzuschlagen, an der Sie es am Abend zuvor geschlossen haben. Ich wünsche mir, daß Sie sich mehr erwarten …

Die Szene: ein alter Mann. Ein alter Mann, der stürzt! Eigentlich ist er noch gar nicht so alt. Seit seinem siebzigsten Geburtstag sind noch nicht allzu viele schlaflose Nächte vergangen. Bis vor ein paar Monaten war er noch ganz gut in Schuß. Mit siebzig arbeitet er immer noch fünfzig oder sechzig Stunden in der Woche, und das fünfzig Wochen im Jahr. Trotz seiner Siebzig onaniert er noch fleißig und genießt die Gesellschaft wesentlich jüngerer Frauen; im besonderen die einer ganz speziellen Frau. Siebzig Jahre – spielt aber immer noch Tennis im Sommer und Squash im Winter. Ist im Frühjahr immer noch beim Angeln und im Herbst auf Entenjagd mit seiner alten Browning-Halbautomatik. Tut fast immer noch die gleichen Dinge, die er sein ganzes Leben lang getan hat. Es gibt nichts, wofür er schon zu alt wäre, würde er Ihnen sagen, mit Ausnahme solcher Dinge vielleicht wie: zelten im Freien, auf dem harten Boden schlafen oder sich sein Frühstück über offenem Feuer in einer fettigen Pfanne zubereiten. Davon hatte er im Krieg und während seiner einsamen Märsche durch die Berge von Maine mehr als genug abbekommen. Nein, noch ist er nicht zu alt, ist noch immer eine Kämpfernatur mit viel überschüssiger Energie, dennoch sitzt er im Augenblick in der Bredouille.

Und zwar befindet er sich auf halbem Wege die Stufen dieser langen, steilen und engen Hintertreppe hinunter, fällt immer tiefer, überschlägt sich und prallt mit dem Hinterkopf zweimal auf die harten Eichenstufen auf. Wie oft im Laufe der Jahre hatte er sich dagegen gewehrt, sie mit einem Teppich verkleiden zu lassen, damit sie in einem Fall wie diesem weniger tödlich wären. Seiner ersten Frau hatte er erzählt, Teppiche seien reine Geldverschwendung. Seiner zweiten Frau hatte er angedroht, ihn mit bloßen Händen wieder herauszureißen, falls sie einen Teppich legen lassen sollte. Und deshalb stürzt er jetzt und ist sich darüber im klaren, daß der Schmerz Bestandteil seiner nahen Zukunft sein wird, der Schmerz und wahrscheinlich ein langer Aufenthalt im Bett, zur Rekonvaleszenz. »Verdammter Mist aber auch!« Er wehrt sich gegen den Sturz, aber die Schwerkraft ist stärker. Er hört, wie der empfindliche Knochen in seinem linken Knöchel bricht; wie ein trockener Ast, denkt er, und dann fühlt er, wie sich seine linke Schulter aus ihrer Verankerung löst. Aber in dem dunklen Gang am Fuß der Treppe hat der alte Wild Bill Winslow bereits das Bewußtsein verloren, noch ehe er den geschwollenen Knöchel und die ausgerenkte Schulter sehen kann, die sich krumm und schief wie eine Ziehharmonika seinen Rücken hochschiebt.

In Schlafzimmern, Badezimmern, Bistros und Feuerwachtürmen von Kalifornien bis England zucken die Frau, die Söhne und die Töchter des alten Wild Bill in dem Augenblick fast unmerklich zusammen, als ihr Ernährer und Erzeuger eben jene Hintertreppe hinunterstürzt. Doch keiner von ihnen weiß das Zeichen zu deuten. Bis auf Mary vielleicht, die liebenswerte und prophetische Mary, die ganz allein in einem sauberen und ruhigen Pub gleich am Piccadilly sitzt und darauf wartet, daß dieser verregnete Nachmittag zu Ende geht und sie zur Westminster Abbey hinüberschlendern und den unschuldigen Kinderstimmen bei der Abendandacht lauschen kann. In dem Moment, in dem sie zusammenzuckt, sieht sie den Wilden fallen, aber sie hat ihren Vater bereits viele Male zuvor stürzen sehen. Fast täglich, und das einundvierzig Jahre lang, hat sie ihn in ihren Träumen und in ihren Visionen stürzen sehen. Also nimmt sie noch einen Schluck von ihrem kühlen Bitterbier und denkt sich nichts dabei.

Die anderen tun das Zusammenzucken als rein physisches Phänomen ab, als einen Reflex, den man nicht beherrschen kann. Von Bar Harbor bis Bel Air, von Aspen zu den Adirondacks schütteln sie dieses Zusammenschrecken ab wie Packpferde einen Schwarm Fliegen mit einem Zucken des Schweifes.

Diese Winslows haben keine Zeit und keinen Kopf, um sich mit Spekulationen über die möglichen Ursachen dieses plötzlichen und unerklärlichen Zusammenzuckens zu belasten. Sie haben wesentlich wichtigere Dinge im Kopf. Sie stehen draußen in der Welt, um ihre Mission zu erfüllen und jeden Quadratzentimeter der Erde mit ihrer Präsenz als Winslows, mit ihren Winslow-Dollars, mit ihrem boshaften Winslow-Lächeln zu überziehen. Und selbst wenn sie das Zeichen zu deuten gewußt hätten, hätten sie keine Gedanken an einen alten, die Treppe hinunterstürzenden Mann verschwendet, vor allem nicht an einen alten Mann, der ihrer verqueren und gequälten Denkweise nach diesen Sturz verdient hat.

Und aus diesem Grund dauerte es ein paar Stunden, ehe Wild Bill gefunden wurde. Und wer war es, der den Wilden schließlich fand? Die junge Evangeline natürlich. Die süße und schöne Evangeline. Sie hatte gesehen, daß Billys Mercedes noch in der Auffahrt stand, als sie zu ihrem Morgenlauf aus dem Haus ging. Und sie hatte ihn immer noch dort gesehen, als sie ungefähr vierzig Minuten später wieder zurückkam. Ihrer Uhr nach war es inzwischen schon fast acht; eigentlich unvorstellbar, daß Billy Boy zu dieser schon fast unchristlich späten Stunden noch nicht ins Büro gefahren war. Aber trotzdem ging sie zuerst in ihr Cottage, weckte ihre beiden kleinen Söhne, zog Shorts, Hemd und Laufschuhe aus und ging unter die Dusche. Nachdem sie ihren schlanken und sinnlichen neunundzwanzigjährigen Körper abgetrocknet hatte, machte sie ihren Jungen etwas zu essen, die den ersten Tag ihrer Sommerferien genossen. Hin und wieder, während sie Saft in Gläser goß, ihre Toastbrote mit Butter bestrich und ihre Schüsseln mit selbstgemachtem Müsli füllte, warf die süße Evangeline einen Blick aus dem Fenster, von dem aus man Tennisplatz, Swimmingpool und die Auffahrt überblicken konnte, wo der große Mercedes

immer noch reglos und ohne Fahrer dastand. Es war schon fast Viertel vor neun. In den vier Jahren, die sie auf dem Landsitz lebte, hatte sie den Wagen bisher nur einmal noch so spät in der Auffahrt stehen sehen. Und das war im vorletzten Winter gewesen, als ein Eintagsfieber den Wilden für fast sechzehn Stunden aus dem Verkehr gezogen hatte. Aber was konnte es dieses Mal sein? fragte sie sich. Sie spülte das Geschirr ab, gab den Jungen eine Liste mit Hausarbeiten und zog sich ihre Gartenstiefel an; der Mercedes stand immer noch in der Auffahrt. *Okay,* sagte sie sich, *ich gehe jetzt mal besser hinüber und schau mir die Sache an, vielleicht hat er ja Probleme.*
Sie klopfte vorsichtig an die Hintertür. Schließlich konnte man bei einer so großen Familie wie der seinen nie wissen, wer an die Tür ging oder gerade zu Hause war. Sie mußte ständig auf der Hut sein. Das hatte er ihr geraten. Aber es kam keiner an die Tür. Sie läutete, klopfte lauter. Immer noch nichts. Sie hämmerte an die Tür, klopfte gegen die Glasfüllung. Nur Schweigen strömte ihr aus dem großen Haus entgegen. Also ging sie wieder in ihr Cottage, holte den Schlüssel, den er ihr vor Jahren gegeben hatte, und kehrte zu der Hintertür zurück. Voller Angst, was sie dort wohl vorfinden mochte, trat sie ein und ging weiter in den Gang hinter der Küche. Sie rief seinen Namen. »Mr. Winslow? Hallo, Mr. Winslow? Guten Morgen. Ich bin's, Evangeline.« Nichts. Nicht ein Laut. Nichts als Schweigen. So ruhig wie in einer Kathedrale an dem Tag, an dem Totenklage für einen populären verstorbenen Herrscher gehalten wird. Als sie dann in der geräumigen Küche stand, umgeben von all diesen Fenstern und all dem rostfreien Stahl, da flüsterte sie. »Hallo, Billy? Billy Boy, wo steckst du? Bist du in Ordnung, Billy Boy?«
Sie wartete auf eine Antwort, bekam aber keine. Also ging sie weiter ins Eßzimmer mit seinem Kristallüster und dem prächtigen Mahagonitisch, der so groß war, daß er Platz für zwölf

Personen bot, und an dem sich selbst dieses Dutzend hungriger Dinnergäste nicht mit den Ellbogen ins Gehege gekommen wäre. Evangeline bewegte sich vorsichtig vorwärts und fürchtete sowohl das, was sie vorfinden, als auch den, der sie finden könnte. Sie kam in die Eingangshalle und tastete sich die zwei Stufen in das etwas tiefer gelegene Wohnzimmer hinunter, das angefüllt war mit Antiquitäten des frühen achtzehnten Jahrhunderts, als die Winslows der Neuen Welt es zum ersten Mal zu Wohlstand gebracht hatten. Eines der Stücke – eine solide Kirschbaumkommode mit Aufsatz – war seit über zweihundertfünfzig Jahren im Familienbesitz, hatte Wild Bill ihr mal erzählt. Zweihundertfünfzig Jahre! Evangeline hatte schon Schwierigkeiten, sich Dinge vorzustellen, die sich vor den frühen Siebzigern ereignet hatten.

Sie durchquerte das Wohnzimmer, ging an der Tür zum Arbeitszimmer vorbei und langsam den langen Korridor entlang, der zur Hintertreppe führte. Es war heller Vormittag, aber der Korridor lag immer noch im Dunkeln. Evangeline konnte sich nicht mehr erinnern, wo der Lichtschalter war. Ihre Finger tasteten suchend über die Wände, während sie zaghaft einen Fuß vor den anderen setzte. Schließlich fand ihre Hand den Schalter, und in exakt demselben Moment stieß ihr linker Fuß gegen den Kopf von Wild Bill. Evangeline wich erschrocken zurück, stieß einen Schrei aus und wäre fast davongelaufen. Aber ihr Glaube behielt die Oberhand. Sie riß sich zusammen, suchte aufs neue den Schalter und ließ einen Lichtstrahl auf die Szene fallen. Und genau in dessen Kegel lag er: der Wilde, Wild Bill, Billy Boy, William Bailey Richford Winslow.

Evangeline sah sofort, daß seine linke Schulter wie eine Ziehharmonika gefaltet war. Sie ertastete die beiden golfballgroßen Beulen an seinem Hinterkopf. Angst ergriff sie, daß er ihr unter den Händen wegsterben könnte – falls er nicht bereits tot war. Sie schob seine Schulter, so gut sie konnte, wieder an ihren Platz, nahm seinen Kopf in ihre Arme und fing zu weinen an. Ihr Weinen ebbte etwas ab, als der dicke, feste Hals sich zuerst nach links und dann nach rechts bewegte. Und ihre Tränen versiegten völlig, als sich – zwar nur für einen Augenblick – seine wilden blauen Augen weit öffneten, sie ansahen, anlächelten und wieder zufielen.

Wieder weinte Evangeline, aber dieses Mal waren es Tränen der Freude. Sie dankte dem Herrn für seine Fürsorge und rief dann erst die Polizei und den Notarzt. Innerhalb einer Stunde lag der Wilde, der zwar immer noch bewußtlos, aber nichtsdestoweniger bereits auf dem Weg der Besserung war, in einem großen Privatzimmer im dritten Stock des Morristown Memorial Hospital in Morristown, New Jersey.

2

New Jersey, werden jetzt vielleicht ein paar Leute murren. Sollen wir vielleicht einen ganzen Roman über New Jersey lesen? Die »Achselhöhle« der Nation? Das Land der tausend Gerüche (meist fauliger)? Dieses so riesige vorstädtische Brachland, das eingeklemmt ist zwischen den Big Apple und die Stadt der Brüderlichen Liebe? Diesen langen betonierten Streifen, der sich von Nord nach Süd, von den Einkaufszentren in Mahwah bis zur Neonpracht von Atlantic City erstreckt? Dieser Staat, der sich solch großartiger kultureller Zentren wie Newark, Camden und Bayonne rühmt? Das Land der Chemiefabriken, Ölraffinerien und Sondermüllkippen? New Jersey: Schauplatz der Revolution, dritter Staat, der seine Unterschrift unter die Verfassung setzte und der bereits früh und laut seine Stimme zur Befreiung der Sklaven erhob? Ja, ich wiederhole, ja, ich kann diese Fragen alle nur bejahen! Einen ganzen Roman über den winzigen Gartenstaat; ein Staat, der diesen Beinamen übrigens wirklich verdient und in dem immer noch das beste Obst und das beste Gemüse der Welt produziert werden: prächtige Tomaten, glänzende Äpfel, köstliche Blaubeeren und saftige Maiskolben. New Jersey verdient sein eigenes Epos. New Jersey ist Amerika. Dieser Staat definiert Amerika entschiedener und ehrlicher als Texas, Kalifornien und New York zusammen. Politisch, wirtschaftlich, sozial und kulturell – New Jersey ist eine Art historische Wünschelrute, mit deren Hilfe man bis ins Innerste des amerikanischen Wesens, des amerikanischen Traums vorzudringen vermag. Und außerdem leben hier die Winslows. Und das seit 1624. Ganz recht, seit 1624. Ein Dutzend Generationen vor der Geburt des Wild Bill Winslow wagte sich der erste Winslow in einem alten und klapprigen hölzernen Segelschiff über den stürmischen Atlantik. Ein Dutzend Generationen – und alle wurden genau hier zwischen dem Hudson und dem Delaware geboren, und fast alle wuchsen auch hier auf. Also lesen Sie ruhig weiter und versuchen Sie, falls es Ihnen möglich sein sollte, Ihre Vorurteile und Geringschätzung für diesen Miniaturstaat zu überwinden. Tun Sie so, als wüßten Sie nichts. Lassen Sie Ihrer Phantasie freien Lauf.

Die Nachricht über den Sturz von Wild Bill verbreitete sich mit Hilfe des Telefons rasend schnell wie ein Lauffeuer über den Planeten. Nachdem sie alles getan hatte, um das trübe Krankenzimmer des Wilden in ein gemütliches Heim zu verwandeln, rief die süße Evangeline die zweite Mrs. William Bailey Winslow im Sommerhaus der Familie an, das an der Frenchman Bay, dem exklusiven Teil von Bar Harbor, an der wilden und zerklüfteten Küste von Maine lag.

»Jaaa?« meldete sich Bettina Winslow nach dem fünften oder sechsten Läuten. Bettina Winslow hatte vorher Bettina von Culin geheißen, ehe sie Wild Bill Winslow geheiratet hatte. Bei ihrer Heirat war er achtundfünfzig gewesen, sie gerade mal zweiunddreißig, ein reines Kind noch, aber erst kürzlich geschieden und kinderlos. Das war 1978 gewesen, im Spätsommer, zu einer Jahreszeit, in der über viele Jahrzehnte hinweg Libido und Launen des Wilden immer kräftig rumort hatten.

Wild Bills erste Frau war im Herbst 1975 gestorben, nachdem der betrunkene Fahrer eines Rolls-Royce Silver Shadow den Bürgersteig vor ihrem Apartment in der Fifth Avenue, gegenüber dem Metropolitan Museum, hinaufgeschossen war und sie überrollt hatte.

Virginia und Bill Winslow waren gerade aus dem St. James Theater an der Forty-fourth Street gekommen, wo sie eine bewundernswerte Inszenierung der Royal Shakespeare Company, den *King Lear*, gesehen hatten. Wild Bill liebte Shakespeare. Und wie er es nach so einem Abend immer tat, bestand er auch an diesem darauf, daß sie zu Fuß am Central Park entlang zu ihrer

Wohnung heimgingen. Die Tatsache, daß sie dafür fast vierzig Querstraßen zurücklegen mußten und eine Stunde unterwegs waren, schreckte ihn nicht ab. Nach dem Theater – und vor allem nach einem Shakespearestück – mußte er unbedingt laufen. Den ganzen Weg die Fifth Avenue entlang redete der Wilde über Lears Drama. »Er hat sein eigenes Schicksal besiegelt, der Narr. Jeder, der Kinder hat, weiß doch, daß man ihnen nicht trauen kann. Und das gilt besonders für die, die einem einreden wollen, man könne es. Hatte Shakespeare eigentlich Kinder? Ich glaube nicht, daß jemand mit Kindern so ein Stück geschrieben hätte. Aber ich finde es trotzdem großartig. Ein tolles Stück! Himmel, wie dieser Engländer mit der Sprache jonglieren konnte! ... Was hältst du von einem Bier, Ginny, altes Mädchen? Vielleicht möchtest du auch noch tanzen, ein bißchen hopsen, bevor wir uns in die Falle hauen?«

Virginia lächelte, wollte aber nicht, wie er vorher schon wußte. So, wie er auch genau wußte, daß er sie nicht bedrängen durfte. Der mitternächtliche Spaziergang war bereits genug für einen Abend. »Ja, du hast recht«, sagte er, »ich glaube, eine Tragödie reicht für ein Wochenende. Es hat keinen Sinn, daß ich auf dem Tanzboden noch eine inszeniere.«

Doch wenige Augenblicke später ereignete sich eine weitere Tragödie. Auf halbem Wege zwischen der Eighty und der Eighty-first, nur wenige Schritte vom Eingang ihres Hauses entfernt, hörten sie eine Frau schreien. Sie drehten sich beide um. Der Rolls kam rasch näher, fuhr sehr schnell; der Fahrer hatte die Herrschaft über seinen Wagen verloren. Virginia erstarrte vor Schreck. Der Wilde sah ihr an, daß sie nicht fähig war, sich zu rühren. Verzweifelt und instinktiv versuchte er, seine Frau, mit der er dreißig Jahre verheiratet war, zu retten, aber der glänzende Chromstoßdämpfer des großen Silver Shadow stieß ihn grob zur Seite. Und einen Augenblick später prallte jener berühmte Kühlergrill gegen die elegante Gestalt von Virginia Winslow, zermalmte ihre Brust, preßte jegliches Leben aus ihrem hochgewachsenen, schlanken Körper und tötete sie auf der Stelle.

Wild Bill Winslow – Willy für seine Frau – mochte durchaus nicht der beste Ehemann der Welt sein, mit Sicherheit nicht der sensibelste, aber er liebte seine Frau, und im Laufe ihrer dreißig gemeinsamen Jahre hatte er sie immer mit Zuneigung und Respekt behandelt. Für ihn war sie die beste Frau der Welt. Er wußte, daß Virginia ihn nicht seines Geldes wegen geheiratet hatte, da er zur Zeit ihrer Eheschließung in ihren Augen nur einer von vielen mittellosen Captains der Marineinfanterie gewesen war, erst kürzlich von einem drei Jahre dauernden militärischen Einsatz in den Südpazifik heimgekehrt, wo er im Alleingang die westliche Zivilisation vor jenen imperialistischen Kriegstreibern aus dem Osten gerettet hatte.

1945 war Geld für Wild Bill Winslow kein Thema. Er war fünfundzwanzig, ein Kriegsheld, hoch dekoriert mit einer Brust voller Orden und einer unermeßlichen Sehnsucht nach Liebe. Er hatte Guadalcanal, Iwo, Jima und Okinawa überlebt. Sein rechter Oberschenkel war von einer japanischen Kugel durchlöchert, seine linke Hand von einem japanischen Bajonett durchbohrt worden. Die Augäpfel waren ihm fast aus dem Kopf getrieben worden, als eine japanische Granate in seinem Unterstand explodierte. Er hatte Malaria, Ruhr und eine südpazifische Abart des Tripper überlebt, was ihn eine Zeitlang befürchten ließ, sein Prachtstück könnte ihm abfallen. Nein, Wild Bill Winslow kam nicht zu Hause in den Staaten an und dachte als allererstes an Geld. Das Geld konnte warten. Die Familie hatte Geld, mehr als genug. Jedenfalls dachte er das. Was der Wilde wirklich wollte, waren ein kühles Bier, ein heißes Bad und eine saubere Frau. Der Wilde wollte Liebe. Er wollte, daß ihn eine hübsche Frau liebte, zärtlich zu ihm war, ihn anbetete und ihm ein ganzes Bataillon an Kindern schenkte. Er wünschte sich seine eigene private Armee, um den Frieden zu wahren. Wild Bill hatte genug vom Krieg.

Virginia Muller erfüllte seine Anforderungen hundertprozentig. Hochgewachsen, schlank und hübsch anzusehen in ihrer steifen, weißen Schwesterntracht, so stand sie vor ihm, als der Wilde die Arztpraxis an der Fifth Avenue gegenüber der St.-Patrick-Kathedrale betrat. Er wollte sich dort seine Augen von einem richtigen Doktor untersuchen lassen, und nicht von irgendeinem halbverrückten Feldarzt mit einem Sack voller nasser Verbände und einer Spritze, aus der Morphium und vielleicht sogar noch das Blut irgendeines Fremden tropfte.

Wild Bill lächelte die hübsche junge Dame an. Virginia konnte nicht umhin, sie erwiderte sein Lächeln. Und wer konnte ihr das verdenken? Captain William Bailey Winslow, USMC, stellte schon etwas dar in seiner blauen Uniform der Marineinfanteristen. Aufrecht und großgewachsen stand er vor ihr, mit breiten Schultern, die Brust herausgedrückt, auf der die vielen Orden glänzten. Er füllte den Raum mit seiner Präsenz, mit seinen schönen weißen Zähnen und seinen glitzernden blauen Augen. Im September 1945 war in Amerika ein Mann, der die Uniform des Marinecorps der Vereinigten Staaten trug, von vornherein bereits ein Held, eine überlebensgroße Figur, jemand, den man respektieren und bewundern, ja, bei dessen Anblick man in Jubelschreie ausbrechen mußte, eine Art Gottheit am Himmel der Demokratie.

Virginia verharrte reglos vor dem Behandlungszimmer, während der Arzt Wild Bills Augen untersuchte. Sie versuchte nicht hinzuhören, als Mr. Winslow den schmutzigen Witz über Kaiser Hirohitos Herrenabend mit General Tojo in einer schäbigen Sushi-Bar in Tokio erzählte. Aber sein donnerndes Lachen war nicht zu überhören. Er lachte lange, laut und hemmungslos. Er fand seine eigenen Witze lustiger als der Arzt.

Schließlich sagte der Arzt, ein kleiner, grimmiger Mann, der nicht am Krieg teilgenommen hatte, etwas über winzige Splitter im rechten Auge, die eine Infektion auslösen könnten und deshalb entfernt werden müßten.

»Na, dann machen Sie mal, Doc. Geben Sie mir einfach eine Kugel, damit ich draufbeißen kann«, dröhnte Wild Bill, während Virginia jedes seiner Worte in sich aufsog, »und schneiden Sie diese dreckigen Japsen-Splitter schon raus. Ich will nicht, daß irgend etwas meinen Körper verseucht, das aus Japan kommt. Diese Schweine sind sowieso Geschichte. Was mich angeht, so könnte man ruhig eine von diesen Atombomben auf jedes japanische Dorf vom Ostchinesischen Meer bis zur Bering-Straße werfen. Das würde ihnen Pearl Harbor heimzahlen.«

Der Arzt überlegte kurz, nickte zögernd und meinte dann, daß man einen Termin für die Operation an Wild Bills Auge ansetzen solle. Virginia, die schon befürchtete, die Tür des Behandlungszimmers könnte sich öffnen, solange sie noch dahinter stand und lauschte, wollte gerade zu ihrem Schreibtisch zurückkehren, als sie Mr. Winslow fragen hörte: »Einen flotten Käfer haben Sie da draußen, um die verwundeten Krieger willkommen zu heißen, Doc. Ist sie verheiratet?«

Zwei Wochen später war sie es. Sie heiratete Captain William Bailey Winslow am 10. Oktober 1945 im Rathaus von Manhattan. Ihre beste Freundin, Nancy Schaffer, fungierte als Trauzeugin. Ihr Vater Joseph Muller aus Brooklyn, ein Stahlarbeiter bei der Marinewerft, übergab sie dem Bräutigam. Bill Winslow trug eine schwarze Klappe über dem rechten Auge und ein glänzendes Schwert an der linken Hüfte. Sein Trauzeuge war Captain Ernest Turnbull, ein weiterer Überlebender des Feldzugs im Südpazifik. Ein Dutzend erste und zweite Lieutenants gaben ihrem kommandierenden Offizier das Ehrengeleit. Während der ganzen Zeremonie johlten und

grölten sie. Virginia trug Weiß und Wild Bill seine beste marineblaue Uniform als Marineinfanterist.
Das Paar verbrachte seine Flitterwochen in einem tristen Hotel am Meer irgendwo zwischen Southampton und Montauk. Sie waren die einzigen Gäste in dieser Woche. Jeden Tag regnete es. Das Essen war schlecht und der Service noch schlechter. Aber das hätte den Neuvermählten nicht gleichgültiger sein können. Die Nazis waren vernichtet und die Japaner in die Vergessenheit gebombt. Der Krieg war vorbei. Von jetzt an würde alles eine große Party, ein fröhliches, unbeschwertes Miteinander sein. Jedenfalls wollten sie das glauben, so wie Millionen anderer Amerikaner auch.
Wild Bill entdeckte einen Schnapsladen, der trinkbaren Champagner verkaufte, Virginia einen Markt mit frischen Long-Island-Melonen und diversen exzellenten Käsesorten. Sie aßen die Melonen und den Käse, tranken den Champagner und machten bei pfeifendem Wind und strömendem Regen lange Spaziergänge über den bleichen, verlassenen Strand. Sie bemühten sich sehr, sich kennenzulernen, sowohl ihre Körper als auch ihre Gefühle. Natürlich erzählten sie sich viele Lügen, die sie glauben ließen, daß sie buchstäblich in fast allen Punkten übereinstimmten. Als die Jahre vergingen, sollten sie jedoch dahinterkommen, daß sie buchstäblich in fast keinem Punkt übereinstimmten; besonders was Sex, Politik und Kindererziehung betraf.
Der Wilde kündigte seiner frisch angetrauten Frau an, daß er mit ihr nach Hause, nach New Jersey, fahren wolle, damit sie seine Familie kennenlerne: seine Mutter, seinen Vater, seine Schwester und seine beiden Brüder. Virginia stellte ihm endlose Fragen über seine Familie, aber er antwortete immer nur, daß sie abwarten und sich selbst ein Bild machen solle.
Sobald die Frischvermählten aus ihren Flitterwochen zurückkehrten, fuhren sie Richtung Gartenstaat. An der Lower West

Side von Manhattan nahmen sie die Fähre über den Hudson River. Virginia gestand ein, daß sie bisher nur ein einziges Mal in New Jersey gewesen sei, vor dem Krieg, auf der Strandpromenade in Asbury Park.

In Hoboken bestiegen sie die alte Delaware-Lackawanna&-Western-Linie Richtung Westen. Der Zug hielt in Newark (das bereits erste Anzeichen urbanen und industriellen Verfalls aufwies), Orange, Maplewood, Millburn, Short Hills und Summit. In Summit mußten sie in die Gladstone-Linie umsteigen. Ein Träger half ihnen mit ihren Koffern. Er war höflich und freundlich und salutierte dem Captain der Marineinfanterie zweimal.

Dann fuhren sie westwärts in einem klapprigen alten Zug mit Schiebefenstern und blankgescheuerten Holzfußböden. Fast schlagartig kam der Zug in ein aufgeräumt wirkendes, harmonisches und flaches Hügelland, in dem Gruppen von Eichen, Ahornbäume und Ulmen herbstlich bunte Farbakzente setzten. Wild Bill hielt Virginias Hand, während der Zug langsam durch New Providence, Berkeley Heights und Millington rumpelte. Die Städte waren klein und hatten gerade mal eine Bahnstation, ein Postamt und einen Kramerladen, vielleicht sogar noch ein Gasthaus und eine Tankstelle. Aber jenseits der Ortsgrenzen gab es nichts weiter als Farmen, Bäume und offenes Land.

Dann ging es noch weiter westwärts durch Basking Ridge und Bernardsville. Die Hügel wurden höher und verloren sich in der Ferne, die Farmen wurden größer und wirkten abweisender. Virginia blickte durch das geöffnete Fenster hinaus. Immer wieder sagte sie, wie schön das alles sei, daß sie nie gewußt habe, daß New Jersey so aussähe und daß es so nahe an der Großstadt New York so viel üppige Natur gebe.

»Mein Großvater hat seine Familie vor fast sechzig Jahren hierhergebracht«, sagte der Wilde. »Ich glaube nicht, daß es damals viel anders aussah als jetzt.«

Virginia nickte und schloß das Fenster. Der Oktobernachmittag war kühl und windig geworden. Ein Schauer überlief sie, aber sie wußte nicht, ob das Wetter oder diese Fahrt ins Unbekannte daran schuld war.

»Seit damals«, fügte der Wilde hinzu, »hat sich diese ländliche Gegend hier nicht sehr viel verändert. Vielleicht gibt es ein paar Familien, ein paar Häuser mehr, aber nicht sehr viele.«

Vierzig Jahre später sollten Wild Bills Enkelkinder so etwas nicht mehr sagen können. Der Wandel hockte gleich um die nächste Ecke in den Startlöchern. Der Gartenstaat stand kurz davor, zu einer Schlafstadt zu verkommen, zu einer endlosen Aneinanderreihung vorstädtischer Siedlungen aus Einfamilienhäusern und Villen im Kolonialstil mit Säulen davor. Und Wild Bill Winslow sollte mit diesem Wandel sehr viel zu tun haben. Er wußte es nur noch nicht. Seine eigene Zukunft war ein ebensolches Mysterium für ihn, wie die Geheimnisse des Kosmos es für einen Hund sind.

Um drei Uhr an diesem strahlenden Herbstnachmittag mit dem hohen, blauen Himmel und der prickelnd sauberen Luft hieß Wild Bill Winslow seine frischangetraute Braut zum ersten Mal in Far Hills willkommen. Der Zug fuhr langsamer, stieß einen Pfiff aus und kam ächzend zum Stehen. Wild Bill stieg aus, holte tief Luft und ergriff die Hand seiner Frau. »Das, meine schöne Dame«, sagte er, »ist Far Hills, die Stadt, die die Winslows ihr Zuhause nennen. Und das seit drei Generationen.« Er verbeugte sich und fügte hinzu: »Ich hoffe, daß wir gemeinsam eine vierte hinzufügen werden. Wenn es dir gefällt, dann bleiben wir. Aber wenn du es haßt oder es dir auch nur irgendwie mißfällt, dann werden wir wieder wegfahren. Die Wahl liegt ganz bei dir.«

Selbstverständlich waren das nur leere Worte, ernst gemeint zwar, aber nicht bedeutungsvoller als die meisten verbalen

Beteuerungen, die wir Menschen manchmal von uns geben, wenn wir in Laune dazu sind. Wissen Sie, keiner der Neuvermählten wußte das zu diesem Zeitpunkt, aber die Kämpfe, die der Wilde im Südpazifik ausgefochten hatte, stellten mehr oder weniger das Ende seiner Lehr- und Wanderjahre dar. Er war ein Mitglied der Winslow-Linie, das – wenn es die Wahl hatte – sich in der Nähe seines Zuhauses aufhielt, seine Kämpfe auf familiärem Territorium ausfocht und alles tat, die Familie zusammenzuhalten und zu beschützen. Ganz gleich, was der Wilde seiner Frau an diesem Tag auch sagte, er würde nicht mehr von hier weggehen. Aber es gab da noch einen anderen Zweig der Familie, der eher zu Spaltung, Rebellion und Zerstörung des Status quo neigte. Wie wir noch sehen werden, war es seit Generationen so gewesen. Jeder hat seine Rolle im Leben. Hätte Wild Bill an diesem Herbstnachmittag 1945 seine Rolle begriffen, wäre die Zukunft viel einfacher und viel leichter zu handhaben gewesen. Doch wie die meisten von uns – falls nicht wir alle – stürmte er Tag für Tag immer weiter hinein ins Ungewisse.

Wild Bill half Virginia aus dem Zug und auf den Rücksitz des wartenden Wagens, des einzigen Taxis der Stadt, eines alten Checkers im Besitz von Jimmie Maxwell, der ihn auch chauffierte; er fungierte im Ort als »Mädchen für alles«, der außerdem das Postamt verwaltete und einen Kaminfegedienst unterhielt. 1945 lebten vielleicht dreihundert Menschen in Far Hills. Die meisten davon waren außerhalb der Stadt ansässig, auf bewirtschafteten Farmen oder feudalen Landsitzen. Im Ort selbst – wirklich nicht viel mehr als eine Reihe von Gebäuden entlang der nördlichen Route 202 und ungefähr eine Meile von Bedminster entfernt – gab es eine Holzhandlung und einen Autohändler (American Motors) plus die obligatorische kleine Bahnstation, das Postamt und den Kramerladen, in dem man von Dosensuppen über Stacheldraht alles kaufen konnte.

»In die Berge hinauf, Jimmie«, kommandierte Wild Bill, »ich fahre nach Hause.«
Jimmie lenkte den großen Wagen auf die Route 202. Die Neuvermählten saßen nebeneinander auf dem breiten Rücksitz des Checkers. Wild Bill streckte seine langen Beine aus, verschränkte die Hände hinter dem Kopf und grinste übers ganze Gesicht. »Wir sind fast zu Hause, Mrs. Winslow, fast zu Hause. Darauf habe ich lange gewartet.«
Eine halbe Meile außerhalb der Stadt bogen sie von der 202 ab und fuhren in die Berge hinauf. Damals war die Straße noch sehr eng (zwei Wagen kamen kaum aneinander vorbei) und stellenweise nicht einmal geteert. Kies spritzte unter den Reifen des schnell dahingleitenden Checkers auf. Hohe, schlanke Bäume säumten beide Seiten der Straße. Virginia meinte, es würde wie ein Tunnel aussehen, ein Tunnel aus Bäumen. Die Blätter fielen von den Bäumen auf die Straße. Virginia drehte sich um und betrachtete durch das Rückfenster die fallenden Blätter. Sie war aufgeregt, aber auch traurig und hatte sogar ein bißchen Angst. *So weit weg von Brooklyn,* dachte sie, *so weit weg von zu Hause, weit weg von Vater.* Dann verließ der Checker die schützenden Bäume und kam auf eine Ebene. Fast eine Meile lang fuhren sie an einem Grat entlang, der ihnen einen weiten Blick nach Westen und Norden bot. Sie konnten Farmen, Zäune und Baumwipfel erkennen. Dann tauchten sie wieder in einen Tunnel aus Blättern ein, und die Straße wand sich über ein paar steile Serpentinen höher und höher hinauf.
»Wohnst du wirklich hier oben?« fragte Virginia mehr als einmal, wobei ihre Gefühle schwankten zwischen Ehrfurcht, Angst und Vorfreude.
Wild Bill grinste nur und nickte. »Früher bin ich im Sommer diese Serpentinenstraße täglich ein paarmal rauf- und wieder runtergelaufen, um mich für die kommende Football-Saison in Form zu bringen. Mann, das kommt mir vor, als sei es Ewigkeiten her.«

Dann hatten sie die Kehren hinter sich und fuhren in noch größerer Höhe den Bergkamm entlang. »Nächste Einfahrt links, Jimmie«, sagte Wild Bill, »nur für den Fall, daß du's vergessen hast.«

Jimmie nickte und lenkte den Checker in eine breite, von zwei massiven steinernen Säulen bewachte Einfahrt; ein Paar überlebensgroße Bronzevögel bildeten den Abschluß dieser Säulen: ein weißköpfiger Seeadler, der die Flügel zum Flug bereit gespreizt hatte, und ein Geier mit häßlichem Kopf und stolzem, herausforderndem Blick. Die Auffahrt verlief fast drei Football-Felder lang eben und kerzengerade. Hunderte von roten Ahornbäumen, von denen jeder einzelne zwanzig, fünfundzwanzig Meter hoch war, standen in Reih und Glied zu beiden Seiten der Auffahrt. Die Bäume leuchteten scharlachrot in der späten Nachmittagssonne.

Dann wichen die Ahornbäume zurück, und die Auffahrt verzweigte sich nach rechts und links zu einem weiten Rondell, ehe sie sich vor dem Haus wieder vereinte. Aber Virginia sah zunächst nicht das Haus. Sie sah zunächst nur das große Wasserbecken aus Feldsteinen in der Mitte dieses Rondells und die riesige Marmorstatue, die sich wiederum in dessen Mitte befand und eigentlich ein Springbrunnen war. Die Statue war eine lebensgroße Nachbildung der Lady Godiva, wie sie nackt auf ihrem weißen Hengst saß. War der Brunnen in Betrieb, floß frisches Wasser aus den steifen Brustwarzen der guten Frau, aber an diesem Tag gab die Fontäne nicht einen Tropfen her, das Wasser stand reglos, schmutzig und voller Blätter im Becken. Die Blätter lagen überall. In der Auffahrt, auf den Azaleenbeeten und über den weitläufigen Rasen verstreut.

Wild Bill Winslow stieg aus dem Checker. Der Himmel hatte sich bewölkt. Die Sonne war verschwunden, kühle Windböen fegten über die Auffahrt. Der Wilde fröstelte, gab sich aber einen Ruck und blickte sich schließlich lange und in aller Ruhe um. Er hatte lange Zeit auf diesen Augenblick gewartet; auf diesen Augenblick, wenn er als Held gesund und in einem Stück aus dem Krieg heimkehren würde. Doch irgend etwas stimmte nicht. Irgend etwas war anders. Ein unheimliches Schweigen hing in der Herbstluft. *Vielleicht*, dachte er, *hätte ich anrufen und ihnen sagen sollen, daß wir kommen.* Aber er hatte gewollt, daß es eine Überraschung sein sollte, eine große Überraschung; die plötzliche und ziemlich unerwartete Heimkehr des zweitältesten Sohnes nach fast dreieinhalbjähriger Abwesenheit mit seiner frischangetrauten Frau im Schlepptau. Seit mehr als drei Monaten hatte er keine Verbindung mehr zu seiner Familie gehabt, seit der Schlacht um Okinawa. Und seit dem frühen Juni hatte er weder einen Brief geschrieben noch einen erhalten.

Er hörte erneut in die Stille hinein und dachte sich dann: *Zum Teufel damit, das muß an der langen Fahrt von der Stadt hierher liegen.* Er half seiner Frau aus dem Taxi, holte das Gepäck aus dem Kofferraum. Er bezahlte Jimmie den Fahrpreis, legte ein ansehnliches Trinkgeld darauf und bedankte sich überschwenglicher als nötig bei dem jungen Mann. Dann sah er zu, wie Jimmie wieder in das Taxi stieg, den großen Checker das Rondell entlangsteuerte und die lange Auffahrt zurückfuhr. Er stieß einen Seufzer aus. Die ganze Zeit über stand Virginia nur ein paar Meter von ihm entfernt und starrte mit offenem Mund erst die nackte Frau auf dem Pferderücken und dann die Fassade des riesigen Hauses an. Dauernd wiederholte sie im stillen: *Entspann dich, nimm erst einmal alles so hin, behalte deine Fragen für dich.* Hinterher würde noch genug Zeit für Antworten und vielleicht auch für die eine oder andere Träne sein.

Der Springbrunnen und das Haus waren beide von John »Crazy Legs« Winslow, Wild Bills Großvater, entworfen und errichtet worden. Holz und Steine der Umgebung hatten als

Baumaterial für das im Tudorstil erbaute Haus gedient. Crazy Legs hatte es nach dem Vorbild eines alten englischen Herrenhauses entworfen, das während der kurzen Regentschaft von Königin Mary von einem Vorfahren der Winslows erbaut worden war. Der Hauptunterschied zwischen dem Haus in England und dem in Amerika bestand in dem Maßstab, den der Architekt angelegt hatte. Crazy Legs hatte darauf bestanden, daß in seinem Haus alles genau doppelt so groß wie in dessen Pendant, dem alten englischen Herrenhaus, sein sollte. Monatelang hatte sich der Architekt gegen seine Beharrlichkeit gewehrt, bis Crazy Legs ihm eines Tages den Kopf zurechtrückte. »Wenn Sie für Crazy Legs Winslow arbeiten wollen«, hatte der siebenundzwanzigjährige Selfmade-Millionär gesagt, »dann tun Sie, was Crazy Legs Ihnen sagt. Und wenn Crazy Legs sagt, es soll doppelt so groß werden, dann meint er das auch. Und das bezieht sich auf die Zimmer, die Wände, die Fenster, die Türen, die Treppen, die Deckenhöhe – auf alles. Und wenn Sie sich jetzt nicht auf Ihren fetten kleinen Arsch setzen und alles mit zwei multiplizieren, dann werde ich mir einen anderen Bleistiftschieber suchen, der das kann.« Diese Unterhaltung fand im Sommer des Jahres 1890 statt. Im Frühjahr 1893 war das riesige Haus schließlich fertig. Und bis auf ein paar Kompromisse aufgrund statischer Einschränkungen hatte Crazy Legs das Haus bekommen, das er haben wollte.

Virginia sah an diesem ersten Tag weder die abblätternde Farbe noch die Steine, die neu verfugt werden mußten, oder die losen Schieferplatten auf dem Dach. Sie sah nur die enorme Größe des zweistöckigen Gebäudes mit den massiven Eingangstüren, der weitläufigen Halle in der Mitte und den beiden identischen Seitenflügeln, die sich rechts und links anschlossen; mit Leichtigkeit war ein Ende des Hauses vom anderen so weit entfernt, wie ein Häuserblock im alten Bezirk

Brownsville in Brooklyn lang war, wo sie die ersten dreiundzwanzig Jahre ihres Lebens verbracht hatte. Vor ihr stand ein Palast. Sie konnte kaum ihren Augen trauen. Sie hatte sich das Elternhaus ihres Gatten im ländlichen New Jersey als ein bescheidenes hölzernes Farmhaus vorgestellt, in dem es vielleicht sogar weder Wasserleitungen noch eine Zentralheizung gab.

»Also, Kleines«, wollte Wild Bill wissen, der seine momentanen Zweifel inzwischen beiseite gefegt hatte, »wie gefällt es dir?«

Virginia brachte nur ein Lächeln zustande. Sie war viel zu eingeschüchtert, um ein Wort herauszubringen. Also nahm Wild Bill sie auf den Arm, trug sie die sechs Marmorstufen des halbkreisförmigen Säulengangs hinauf und stieß dessen dicke Eichentüren auf. Er trat über die Schwelle in die Eingangshalle.

»Mutter«, rief er, »Mutter! Dein Sohn hat endlich seinen Weg nach Hause zurückgefunden! Vielleicht nicht der älteste, mit Sicherheit nicht der vernünftigste, aber mit Leichtigkeit der bestaussehende Vertreter deines kriegsmüden Trios ist heimgekehrt aus seinem Kampf mit diesen orientalischen Drachen, die es gewagt haben, das geliebte Heimatland der Winslows anzugreifen!«

Virginia kicherte und sagte ihm, daß er sie herunterlassen solle, aber er hielt sie so leicht und sicher, daß sie meinte, für immer in seinen Armen bleiben zu können.

»Mutter! Vater! Jung Willy ist wieder da!«

Die kleine Schwester Helen, damals gerade neunzehn, reagierte auf die lautstarke Ankunft des Wilden. Sie tauchte hoch über den Köpfen der Frischvermählten auf dem Treppenabsatz im ersten Stock auf. Sie beugte sich über das dunkle Mahagonigeländer, die Finger auf die Lippen gepreßt. »Psst«, zischte sie, »sei ruhig. Vater schläft.«

»Was?« dröhnte der Wilde. »Nachmittags um diese Zeit? Komm schon, Schwesterchen, das ist doch wohl ein Scherz, oder?«

Aber leider sollte an diesem herbstlichen Nachmittag niemand zu Scherzen aufgelegt sein. Wie es sich herausstellte, war Wild Bills jüngerer Bruder Robert eineinhalb Jahre zuvor während der Invasion der Alliierten in Anzio, Italien, getötet worden. Eine Kugel hatte ihn tödlich in der Brust getroffen, abgefeuert wahrscheinlich aus dem Karabiner eines halbverhungerten, vor Angst halb wahnsinnigen Anhängers von Mussolini. Und Bills älterer Bruder Henry war fast drei Jahre zuvor während einer Wüstenschlacht zwischen den Alliierten und Feldmarschall Rommel schwer verwundet worden. Der Splitter einer Artilleriegranate hatte ein ziemlich großes Loch in seine rechte Schläfe gerissen.

Helen erzählte dem frischvermählten Paar, daß sie Henry jeden Sonntag in dem neueröffneten Veteranenkrankenhaus in Lyons besuchte. »Ich stelle mich vor ihn hin und rede mit ihm«, sagte die bleiche, hübsche junge Frau mit Tränen in den Augen, »aber er hat keine Ahnung, wer ich bin oder was ich will.« Sie schaute sie dabei nicht an, als sie das sagte. Sie ließ nur den Kopf hängen und starrte auf den Marmorboden.

Noch in der Eingangshalle erfuhren sie weitere schlechte Nachrichten aus Helens Mund. Charles Winslow, Wild Bills Vater, hatte die Schädelverletzung seines ältesten Sohnes nur sehr schlecht verkraftet. »Papa«, erzählte Helen, »hat die letzten zweieinhalb Jahre nichts anderes getan, als von einem Zimmer zum anderen, von einem Ende des Hauses zum anderen zu schlurfen. Er arbeitet nur wenig, sagt kaum noch etwas und schüttet von morgens bis abends Gin in sich hinein.« Martha Winslow, Wild Bills Mutter, hatte die Verwundung ihres ältesten Sohnes noch einigermaßen verarbeitet, aber die Nachricht vom Tod des jungen Robert hatte ihr den Rest gegeben.

»Mamas Zustand«, sagte Helen, »hat sich schlagartig an dem Tag verschlechtert, an dem das Telegramm aus dem Kriegsministerium eintraf.«

»Was meinst du mit ›verschlechtert‹, Helen?« fragte der Wilde. »Wo ist Mutter?«

»Sie ist im Krankenhaus«, antwortete Helen. »Als wir von dir nichts mehr gehört haben, William, nicht ein Wort, nicht ein einziges Wort, und das bei den unglaublich hohen Verlusten von Okinawa ... nun, da haben beide wahrscheinlich angenommen, daß du ebenfalls tot bist und sie alle drei Söhne verloren haben. Mutter hatte einen Nervenzusammenbruch, das muß jetzt sechs, acht Wochen her sein. Du hättest anrufen sollen, William. Du hättest anrufen oder wenigstens ein Telegramm schicken sollen. Du hättest uns wissen lassen sollen, daß es dir gutgeht.« Und all das brachte sie mit fest auf den Boden gehefteten Augen vor.

»Dann bin ich also schuld«, sagte der Wilde drohend mit lauter werdender Stimme, kaum daß er vor Wut die Tränen noch zurückhalten konnte, »es ist also meine Schuld, daß Bobby tot ist, Henry vor sich hin vegetiert und Mutter im Krankenhaus liegt, hä? Es ist alles meine Schuld?«

Die junge Helen, dünn wie ein Blatt Papier und weiß wie ein Gespenst, verharrte absolut reglos. Im ersten Moment sagte sie nichts, aber dann zuckte ihr Kopf plötzlich nach oben, und sie schaute ihrem Bruder in die Augen. »Ich habe nicht gesagt, daß es deine Schuld ist, William. So etwas habe ich nie gesagt.«

Wild Bill, dessen schlimme Vorahnungen von draußen sich bewahrheitet hatten, wußte nicht, ob er schreien oder weinen oder mit der Faust gegen die mit Walnußholz verkleideten Wände trommeln sollte. Da stand er nun in seiner feinsten Marineuniform, hatte mehr Angst und fühlte sich verletzlicher als in all den Jahren, die seit jenem Tag vergangen waren, als er 1942 auf dieser lausigen kleinen Koralleninsel namens Vella La

Vella zum ersten Mal unter japanischem Beschuß gelegen hatte. »Warum, zum Teufel, hat mir das eigentlich niemand gesagt, Helen? Warum hat es mir niemand geschrieben?«
Helen benötigte fast eine Minute für ihre Antwort. Ihre Augen wanderten wieder zu dem Muster des Marmorfußbodens zurück »Sie – wir – hatten beschlossen, daß es besser für dich wäre, wenn du es nicht weißt. Du warst so weit weg. Wir hatten das Gefühl ...«
»*Ihr* habt beschlossen? Was soll das heißen, hast *du* das beschlossen? Himmel, Helen, und was ist mit mir? Habe ich denn gar kein Recht mehr, zu erfahren, daß diese schmierigen Spaghettifresser meinen Bruder getötet oder daß diese dreckigen Nazis meinem anderen Bruder den Schädel halb weggeblasen haben ...«
»Nicht, Will«, unterbrach ihn Virginia, »mach es nicht noch schlimmer, als es ohnehin schon ist.«
Wild Bill holte tief Luft und rieb sich die Schläfen. Er hatte geglaubt, Schmerz und Elend seien an jenem Morgen für immer verschwunden, als sein Flugzeug von der Landebahn in Okinawa abhob. Aber jetzt konnte er deutlich sehen, daß das nicht so war. Er umarmte seine kleine Schwester. Sie fühlte sich leichter an als eine Feder. Sie erwiderte seine Umarmung nicht.
Wild Bill trug seine und Virginias Koffer in sein altes Schlafzimmer im zweiten Stock hinauf. Er riß sich die Uniform vom Leib – die Knöpfe flogen nur so nach allen Seiten – und warf sie achtlos in eine staubige Ecke. Dann legte er sich auf das weiche Bett, wo er sich über eine Stunde lang an Virginias Busen ausweinte, während sie zärtlich seinen Kopf hielt und mit den langen, schlanken Fingern ihrer rechten Hand durch sein Haar strich.
»Willkommen zu Hause, Soldat«, murmelte der Wilde mit unterdrückter Stimme immer und immer wieder, »willkommen zu Hause.«

3

»Hallo? Mrs. Winslow?« »Ja.« »Hallo, Mrs. Winslow. Es tut mir leid, Sie zu stören, hier ist Evangeline.« »Evangeline?« »Ja, Evangeline.« »Oh, ja, Evangeline. Ich habe Ihre Stimme nicht gleich erkannt. Was gibt es denn, meine Liebe?« »Es geht um Ihren Mann.« »Und?«

Bettina Winslow war erst vor ein paar Tagen in dem Haus in Bar Harbor angekommen und mußte noch jede Menge Vorbereitungen für die Sommersaison treffen. Sie erwartete eigentlich nicht, vor der letzten Juliwoche etwas von oder über ihren Mann zu hören, wenn er zu seinem jährlichen einwöchigen Besuch eintraf.

Der Wilde verabscheute Bar Harbor und die Leute, die den Sommer dort verbrachten; diese langweiligen Stadtmenschen aus Boston und New York mit ihren über alles geliebten Banknoten und ihren Treuhandfonds, die allen Ernstes glaubten, besser zu sein als die anderen, nur weil sie Geld hatten. Er haßte sie, und sie wußten, daß er sie haßte, und haßten ihn dafür. Seine Frau, die wie sie war, haßte er ebenfalls, und auch sie mochte ihn nicht besonders. Der einzige Grund, warum er im Juli regelmäßig eine Woche dort verbrachte, war der, daß er sich immer wieder mal vor Augen führen wollte, was für ein mieser Haufen die Reichen doch waren, und um herauszufinden, wer mit seiner bleichen, magersüchtigen Frau ins Bett stieg; außerdem segelte er immer noch gerne, und in der Frenchman Bay sowie in der Blue Hill Bay herumzusegeln gehörte immer noch zu den schönsten und aufregendsten Erlebnissen der Welt.

»Er liegt im Krankenhaus, Mrs. Winslow.«

»Was? Im Krankenhaus? Ist alles in Ordnung mit ihm?« *Wenn er stirbt, dann bin ich reich,* war ihr erster Gedanke, aber sie unterdrückte ihn wie ein Mönch das Verlangen, seine Genitalien zu berühren. »Was ist denn passiert?«

»Er ist die Treppe heruntergestürzt«, antwortete Evangeline. »Er hat sich einen Knöchel gebrochen und wahrscheinlich eine Schulter ausgerenkt. Außerdem hat er ein paar ziemlich schlimme Beulen am Kopf. Momentan ist er zwar noch bewußtlos, aber der Arzt hat mir versichert, daß er eigentlich ...«

»Bewußtlos!«

»Ja, aber er ...«

»Er ist die Treppe hinuntergestürzt! Die Treppe ist er hinuntergestürzt?« *Dieser schwerfällige alte Mann*, dachte seine Frau, *wahrscheinlich war er halb besoffen vom Bourbon.*

»Die Hintertreppe.«

Er ist und bleibt ein Bauerntölpel, dachte Bettina, *benützt die Hintertreppe.* – »Nun, ich nehme an, ich sollte besser nach Hause kommen.«

»Soll ich den Rest der Familie verständigen, Mrs. Winslow?«

Bettina überlegte kurz, ehe sie antwortete. Ihr wäre es zwar lieber gewesen, seine Kinder aus der Sache herauszuhalten, aber sie sagte: »Sie sollten seine Sprößlinge besser verständigen. Das heißt, *falls* Sie sie irgendwo auftreiben können.«

»Ich werde mein Bestes tun, Mrs. Winslow«, erwiderte Evangeline, während sie versuchte, die Abneigung zu unterdrücken, die sie für die Frau am anderen Ende der Leitung empfand.

»Das ist recht, meine Liebe, tun Sie Ihr Bestes. Und ich werde Sie dann ja sehen ... bald. Ich komme, sobald ich kann. Ah, übrigens, sind Sie ganz sicher, daß er nicht von uns gehen wird?«

Evangeline runzelte die Stirn und entfernte den Hörer ein Stück von ihrem Ohr. »Ja, Mrs. Winslow«, sagte sie, »ganz sicher.«

»Gut, meine Liebe. Danke für Ihren Anruf. Auf Wiederhören.«

Es wurde aufgelegt. Evangeline hängte den Hörer des Fernsprechers auf die Gabel. Sie holte tief Luft und kehrte in das Privatzimmer am Ende des Ganges zurück. Dort lag Billy Boy und atmete regelmäßig und mit leicht geöffnetem Mund, die Augen geschlossen, das verletzte Bein eingegipst von den Zehenspitzen bis zu dem Knochen kurz unter seinem linken Knie. Das Bein hing in einer Schlaufe an einer Metallvorrichtung, die am Fußende des Bettes befestigt war. Ein Haufen Kissen stützte das Bein von unten ab. Eineinhalb Rollen Verbandsmaterial stellten Billy Boys rechte Schulter ruhig. Mehrere Meter salbengetränkter weißer Mullbinden bedeckten die Beulen an seinem Kopf. Er sah fast so aus, wie sein Urgroßvater Gentleman Bart Winslow ausgesehen hatte, nachdem er während des Pickett-Angriffs am dritten Tag der Schlacht von Gettysburg verwundet worden war. Nur daß Barton seinen Verletzungen erlegen war, wohingegen es den Anschein hatte, als würde Wild Bill sie überleben.

Evangeline küßte ihn sanft auf die Lippen und setzte sich dann auf den Holzstuhl neben dem Bett, um dazusein, wenn er aufwachte. Sie stand nur einmal am späten Nachmittag auf, um ihre Freundin anzurufen und sich nach den Jungen zu erkundigen. Sie hatte sie auf ihrem Weg ins Krankenhaus bei Peggy Arnold abgesetzt. Peggy sagte Evangeline, daß sie sich keine Sorgen zu machen brauche, daß es ihren Jungs gutgehe und sie sich so lange um sie kümmern werde, bis die Krise vorüber sei.

Vor dem Fenster des Krankenzimmers verblaßte langsam dieser Spätfrühlingsabend. Evangeline schaute aus dem Fenster und dachte darüber nach, was an diesem Tag alles zu erledigen gewesen wäre. Sie hätte die Rosen düngen und gießen, in den winterharten Beeten Unkraut jäten, den Hibiskus aufteilen und die Chrysanthemen ein gutes Stück zurückschneiden sollen. *So viel gibt es um diese Jahreszeit zu tun*, dachte sie. *Aber es ist noch genügend Zeit. Der Sommer hat noch nicht einmal angefangen*. Evangeline wußte, daß man einen Garten sich selbst überlassen konnte und daß er sich mit Sicherheit prächtig entwickeln würde, auch wenn man sich nicht um ihn kümmerte.

Schwestern und Ärzte kamen ab und zu in das Krankenzimmer, um nach ihrem Patienten zu sehen. »Es sieht alles ganz gut aus«, versicherten sie Evangeline, »alles sieht gut aus.« Sie versuchten sie dazu zu bewegen, wenigstens für ein paar Stunden nach Hause zu fahren und sich etwas auszuruhen, aber sie erklärte, daß sie lieber bei ihm bleiben wolle. Sie mußten sie für seine Frau oder, was wahrscheinlicher war, für seine Tochter halten, weil sie sie nicht zum Gehen zwangen, obwohl die Besuchszeit schon längst vorüber war. Sie lächelten nur und nickten und gingen wieder weg.

Schließlich wurde es Nacht. Bis auf ein leises Summen, das wie ein steter Strom aus Elektrizität durch das Gebäude floß, wurde es ruhig und still im Krankenhaus. Evangeline lauschte dem Summen und versuchte, sich nicht auszumalen, was passieren würde, wenn Billy Boy starb. Natürlich wußte sie, daß er nicht ewig leben würde, selbst wenn er diesen Sturz heil überstand. Er war siebzig Jahre alt, einundvierzig Jahre älter als sie. Er würde sterben, und zwar lange bevor sie bereit dazu war, ihn zu verlieren. Aber sie wußte auch, wie töricht es war, an solche Sachen zu denken, und so kehrte sie zu dem steten Summen des Krankenhauses und dem regelmäßigen Rhythmus seines Atems zurück.

Irgendwann vor Mitternacht bewegte er sich zum ersten Mal. Sie war eingeschlafen, wachte aber auf, wenige Augenblicke bevor er die Augen aufschlug. Das Zimmer wurde von der Parkplatzbeleuchtung und von der Sichel des abnehmenden Mondes in milchiges Licht getaucht. Sie konnte sein Gesicht deutlich sehen. Es war das Gesicht eines vielleicht fünfzigjährigen Mannes, nicht das eines siebzigjährigen. Die einzigen Falten in diesem Gesicht waren Lachfalten, die von seinen Mundwinkeln nach oben über seine Wangen liefen. Er hatte sein Gesicht nie geschont, sondern hatte es mit billigen Seifen, zu viel Sonne, zu wenig Schlaf und einer großen Leidenschaft für den Alkohol malträtiert, aber dennoch lag ein Hauch von Jugend in diesen Zügen. Er sieht wesentlich besser aus als die meisten Männer, die nur halb so alt sind wie er, dachte Evangeline. Und dann seine Augen, diese unglaublichen Augen; es waren die Augen eines Zwanzigjährigen: hellblau, neugierig und immer noch staunend. Manchmal wunderte sie sich, wie sie sich in einen Mann hatte verlieben können, der alt genug war, ihr Vater zu sein; in einen verheirateten Mann, einen Mann mit sieben erwachsenen Kindern. Aber es war geschehen, und nur selten – wenn überhaupt – hatte sie es bereut, ihrem Gefühl gefolgt zu sein.

Die Augen öffneten sich. Er benötigte einen Augenblick, um zu begreifen. Sie lächelte auf ihn hinunter und drückte seine Hand. Fest und entschieden erwiderte er den Druck.

»Verdammt knapp war das, mein Engelchen«, sagte er. »Du könntest vielleicht doch recht haben, und es gibt tatsächlich einen Gott.«

Sie lächelte und küßte ihn vorsichtig auf die Stirn. »Natürlich gibt es ihn, Billy Boy. Du mußt nur daran glauben.«

»Das könnte von einem deiner Brüder im Herrn stammen.«

»Das sind nicht nur meine Brüder, das sind auch bald deine.«

»Wenn sie mich überhaupt haben wollen.«

»Mach dir keine Sorgen, Billy Boy, sie werden dich haben wollen. Obwohl wir wegen deines Unfalls die monatliche Versammlung am kommenden Sonntag versäumen werden.«

Wild Bill dachte darüber nach, gab aber nicht gleich eine Antwort, da Schmerzen seinen Schädel durchzuckten. »Kommt nicht in Frage, Kindchen. Ich habe fast ein Jahr darauf gewartet, daß sie ihr Urteil über deinen Allerliebsten fällen. Da werde ich doch jetzt den Augenblick der Wahrheit nicht versäumen.«

»Bis Sonntag sind es nur noch sechs Tage. Ich denke, daß wir besser bis nächsten Monat warten.«

»Kommt nicht in Frage. Ich werde Sonntag dabeisein, und wenn ich im Leichenwagen vorfahre.«

»Das werden wir ja sehen. Im Augenblick ruhst du dich besser etwas aus.«

Der Wilde holte tief Luft. Er fühlte sich, als ob jemand seinen Kopf in einen Schraubstock gespannt und die Schrauben sehr fest angezogen hätte. »Ich glaube, ich bin die Treppe hinuntergefallen, hmm?«

Evangeline nickte.

»Wahrscheinlich hätte ich doch einen Teppich über diese blöde Treppe legen lassen sollen.«

Sie hielt einen Finger an ihre Lippen.

Der Wilde machte die Augen zu, schlug sie aber gleich wieder auf. »Okay, Engelchen, ich ruhe mich aus, aber ich will, daß du etwas für mich tust.«

»Was, Billy Boy?«

Er grinste sie von unten her an. »Zieh diese engen Jeans aus und dieses –«

»Billy Boy!«

Er stieß das beste Lachen aus, das er unter diesen Umständen zustande brachte. Es klang angestrengt und hohl, aber trotzdem ziemlich munter. »Ich mache doch nur Spaß, Engelchen, nur Spaß. Obwohl ich wetten möchte, daß ich mein bestes Stück schon auf Touren bringen könnte, wenn du mir dabei hilfst.«

»Vergiß es, Billy Boy. Das Spielchen spielen wir erst dann wieder, wenn ich es dir sage ...«

Er packte sie und versuchte sie auf das Bett zu ziehen, aber sie riß sich los. »Du bist ja verrückt.«

»Vielleicht.«

»Willst du dir auch noch das andere Bein brechen?«

»He, solange ich mir nicht mein drittes Bein breche, ist mir völlig egal, was mit den anderen beiden passiert.«

Sie schüttelte den Kopf und unterdrückte ein Schmunzeln. »Gibt es wirklich etwas, das ich für dich tun soll?«

Er nickte, wartete mit der Antwort aber wieder, bis der Schmerz zurückwich. »Ich will, daß du sie alle anrufst und nach Hause bestellst. Alle.«

»Deine Kinder?«

»Richtig. Die Kinderchen.« Der Wilde kratzte sich an den rauhen Stoppeln unter seinem Kinn. Er schaute auf die Schatten, die über die Zimmerdecke tanzten. »Ruf sie an. Sag ihnen, daß ich im Sterben liege. Sag ihnen, daß ich schon tot bin. Sag ihnen, was immer du ihnen sagen mußt.«

»Warum kann ich nicht einfach sagen, daß du einen Unfall gehabt hast?«

Er schüttelte den Kopf. »Nein, das wird nicht genügen. Das wird sie nicht ...« Er wollte noch mehr sagen, aber der Schmerz kam ihm in die Quere.

»Okay, Billy Boy«, flüsterte Evangeline. »Ich rufe sie an. Ich hole sie nach Hause.« Sie wußte, daß er sie damit um etwas bat, das er nicht selbst tun konnte.

Wild Bill schloß die Augen und holte tief Luft. Es hämmerte unentwegt in seinem Schädel. Mit den Fingerspitzen ertastete er die beiden großen Beulen. Nach einem Augenblick fügte er hinzu: »Ruf besser auch noch die Schlampe an.«

»Du sollst sie nicht so nennen, Billy Boy. Das klingt schrecklich. Und außerdem habe ich sie schon angerufen.«

»Ist sie vor lauter Freude über mein mögliches Dahinscheiden an die Decke gesprungen?«

»Sie hat gesagt, sie würde so bald wie möglich herkommen.«

Das zauberte ein breites Grinsen auf das Gesicht des Wilden. »Was hältst du davon, wir verpassen ihr Gift, wenn sie da ist, einverstanden? Etwas, das langsam wirkt und ihr große Qualen verursacht.«

»Was hältst du davon, wenn du damit aufhörst, solchen

Schwachsinn zu reden, und lieber anfängst, dich etwas auszuruhen?«

»Aber Engelchen, ich meine es ernst. Ich würde der Welt damit einen großen Dienst erweisen. Und wenn sie aus dem Weg ist, könnten wir heiraten – ganz wie im Film.«

»Ich werde mich nicht einen Augenblick länger über solche Dinge mit dir unterhalten.«

Der Wilde wußte, daß sie es auch so meinte. Er war zu weit gegangen. »Tut mir leid«, sagte er. »Ich habe doch nur Spaß gemacht.«

»Das will ich hoffen.«

»Bis auf die Sache mit dem Heiraten.«

»Es ist nur deine Gehirnerschütterung, die dich solche Dinge sagen läßt, Billy Boy.«

»Nein, mein Engel, ich meine es wirklich so, ich habe darüber nachgedacht. Und nicht erst seit meinem Sturz. Ich denke jetzt schon eine ganze Weile darüber nach. Ich habe vor, ein paar Dinge zu ändern, ein paar Dinge, die ich ...«

»Vergiß es, Billy Boy«, sagte Evangeline. »Einen alten Mann wie dich könnte ich außerdem gar nicht heiraten. Du bist ja alt genug, um mein Großvater zu sein.«

Lächelnd blickte sie auf ihn hinunter und hielt seinen Kopf mit beiden Händen umfaßt. Er küßte sie sanft in die Handfläche. Und dann war er schon eingeschlafen; sein Atem ging langsam und regelmäßig wie der eines müden kleinen Jungen, der fest auf dem Schoß seiner Mutter eingeschlafen ist.

4

Evangeline tat, worum Billy Boy sie gebeten hatte. Wenn er sie nicht darum gebeten hätte, hätte sie es wahrscheinlich von sich aus getan. Sie wollte seine Kinder gleich verständigen. Sie wollte sie nach Hause holen. Evangeline kannte einige von ihnen. Emily, die Jüngste, hatte sie fast ihr ganzes Leben lang gekannt. Doch keines von Billy Boys Kindern wußte von ihrer Beziehung zu ihrem Vater. Diejenigen, die überhaupt von ihrer Existenz wußten, dachten, daß Evangeline dafür eingestellt war, den Garten zu pflegen und sich um den Landsitz zu kümmern. Evangeline rief Ginny, die Älteste, zuerst an. Aber bevor das Telefon in Bel Air, Kalifornien, klingelt, würde ich gerne ein paar einleitende Worte über Wild Bills Kinder sagen. Ihre Interessen, Ambitionen und Konflikte sind breit gefächert, wie Sie noch sehen werden, aber sie sind es bei allen Winslows, den Söhnen und Töchtern von Wild Bill und Virginia Winslow. Ich weiß nicht genau, was der Sturz ihres Vaters über diese Hintertreppe in ihnen alles auslösen wird, aber ich bin überzeugt davon, daß dieser Sturz und die Ereignisse der nächsten paar Tage sie zweifellos verändern werden. Wer wird in den Vordergrund treten? Wer wird erhöht werden von diesen Ereignissen? Wer erniedrigt? Wer wird aufsteigen? Und wer wird fallen? Sehen wir sie uns doch mal der Reihe nach an:

Während sie das Frühstück auf den Tisch stellte, machte sich Virginia »Ginny« Cohen die größten Sorgen, daß ihre älteste Tochter Madeline, fünfzehn Jahre alt, Geschlechtsverkehr mit ihrem neuen achtzehnjährigen Freund Stu haben könnte, einem jungen Burschen, der einen goldenen Ohrring trug und in einem Vierzigtausend-Dollar-Porsche herumfuhr. Ginny machte sich auch um ihren Sohn Sorgen. Adam, dreizehn Jahre alt, rauchte bereits Marihuana und schnupfte vielleicht sogar Kokain. Sie hatte Marihuanakrümel in den Taschen seiner Jeans und oben auf seiner Kommode Puderreste gefunden. Das Puder hätte natürlich auch Fußpuder sein können; da war sie sich nicht ganz sicher. Sie hatte vor, es in einem privaten Labor in Glendale analysieren zu lassen. Ginny betrachtete ihre Kinder, die über ihren Schalen mit Corn-flakes am Frühstückstisch lümmelten, und fragte sich, was schiefgelaufen war.

Virginia »Ginny« Winslow war 1963, ein paar Monate nach dem High-School-Abschluß, nach Kalifornien, nach Hollywood aufgebrochen. Sie hatte an mehreren Aufführungen der High-School mitgewirkt, unter anderem auch als Katharina in *Der Widerspenstigen Zähmung*. Ihr Vater, Wild Bill Winslow, dieser alte Bewunderer des Barden aus Stratford-on-Avon, hatte seine Tochter für ihre Auftritte sehr gelobt. Als sie ihm dann erzählte, daß sie die Schauspielerei zu ihrem Beruf machen wolle, hatte er gemeint, daß dies eine großartige Idee sei. Er schlug New York oder sogar London als die besten Orte vor, um Erfahrungen zu sammeln. Aber Ginny hatte andere Vorstellungen. Sie wollte nicht auf die Bühne, sie wollte zum Film. Sie sah sich selbst auf der Leinwand neben Stars wie Warren Beatty, Robert Wagner und Marlon Brando. Sie träumte davon, selbst ein Star zu werden.

Doch Wild Bill haßte den Film, er fand ihn gekünstelt und ausgesprochen langweilig, und das sagte er ihr natürlich auch. Er erklärte ihr, der einzig wahre Schauspieler sei der, der auf der Bühne stehe, alle anderen seien nur Täuscher und Blender, bezahlte Marionetten. Er erklärte ihr, wenn sie zum Film gehe, würde sie nur ihre Zeit, ihr Talent und ihr Leben verschwenden.

Sie reagierte mit Tränen. Aber später trocknete sie die Tränen und warf ihm vor, daß er ständig versuche, ihr Leben zu beherrschen; überhaupt versuche er ständig, sich in jedermanns Leben einzumischen. Und dann packte sie ihren Koffer und bestieg einen Zug zur Westküste.

Im Laufe der nächsten zehn Jahre kehrte Ginny mehrere Male auf den Stammsitz, in das große Haus in Far Hills, zurück. Dann war sie normalerweise pleite und litt an Depressionen und Angstattacken. Der liebe alte Dad versäumte nie, ihr unter die Nase zu reiben, daß er ihr das vorhergesagt hatte. Aber Mom, die sie immer unterstützte, stärkte das Selbstvertrauen ihrer Tochter mit guter Hausmannskost und einem offenen Ohr für ihre Sorgen und Nöte. Nach ein paar Monaten fühlte Ginny sich dann wieder gerüstet, es mit den Kämpfen in Hollywood erneut aufzunehmen. Sie verließ das große Haus in Far Hills und kehrte über die Ebenen und Berge in die Stadt der Illusionen zurück.

In den späten Sechzigern drehte sie eine ganze Reihe von Werbespots für ein japanisches Automobilunternehmen. Diese Filmchen trieben den Wilden zur Weißglut. Jedesmal wenn er einen im Fernsehen sah, geriet er in Rage. Normalerweise rief er sie dann hinterher an und erklärte ihr zum x-ten Male, es sei noch gar nicht so lange her, daß diese lächelnden Japaner versucht hatten, ihn umzubringen. Er veranstaltete ein solches Theater wegen dieser Werbespots, daß Ginny beschloß, ihren Vertrag nicht mehr zu verlängern.

Dann drehte sie noch einen Werbefilm für Hundefutter und einen für das Original-Lite-Bier, aber Jahr für Jahr entzog sich ihr die große Leinwand aufs neue. Hunderte von Malen sprach sie vor, aber immer stimmte irgend etwas nicht mit ihr: Sie war zu dünn, zu dick, zu groß, zu klein, das Haar war zu lang, zu dunkel, ihre Stimme zu kräftig oder zu schwach. »Ich werde mich ändern«, lamentierte sie mehr als einmal, »ich werde sein, was immer Sie von mir verlangen.« Aber unweigerlich hörte sie dann jedesmal den Besetzungs-Direktor sagen: »Danke, vielleicht ein anderes Mal«, und anschließend rufen: »Die nächste bitte! Kommt schon, Leute, bewegt euch! Wir haben nicht den ganzen Tag Zeit.«

1973, als sie stramm auf die Dreißig zusteuerte, ihre frühere Schönheit allmählich zu verblassen begann, ihr einst unerschütterliches Ego von so vielen Mißerfolgen und Zurückweisungen erschüttert und sie zermürbt war von zehn Jahren Angewiesensein auf Daddys Almosen, da beschloß Ginny, daß die Zeit gekommen war, den Stier bei den Hörnern zu packen. Der Stier war ein Dr. Aaron Cohen, ein dreiunddreißigjähriger Junggeselle und Kinderarzt mit einem wunderschönen Haus in Bel Air und einer Patientenkartei, unter der sich die Söhne und Töchter einiger der größten Stars von Hollywood befanden.

Aaron war ein kleiner, sanfter Mann mit Hornbrille, der hart arbeitete und nie etwas sagte, das man nicht von ihm erwartete. Er konnte sein Glück kaum fassen, als auf der Party eines gemeinsamen Freundes Ginny Winslow Interesse an seiner Praxis zeigte. Sie heirateten kurz danach am Neujahrstag 1974 und waren sich einig, daß Ginny selbstverständlich weiter ihre Karriere verfolgen sollte. Aber schon im Frühjahr war sie schwanger. Ein zweites Kind kam gleich nach dem ersten. Madeline und Adam stürmten in die Welt und belegten Mommys Zeit mit Beschlag, und obwohl Ginny so etwas von sich aus nie zugeben würde, so empfand sie doch Groll gegen diese beiden schreienden Babys, die sich kurz darauf in schreiende Krabbelkinder und dann in drogenschluckende, sexbesessene Teenager verwandelten. Sie empfand Groll gegen sie, aber sie liebte sie auch, sorgte für sie, brauchte sie.

Ginny machte ihr Versagen ihrem Vater zum Vorwurf. Sie hatte das Gefühl, daß er nie hinter ihr gestanden hatte, jedenfalls nicht hundertprozentig. Er hatte gewollt, daß sie einen anderen Weg einschlug, und als sie sich weigerte, hatte er sie im Stich gelassen und seitdem jeden ihrer Schritte kritisiert. Sie machte ihm auch den Tod ihrer Mutter zum Vorwurf. Sie war sich sicher, daß er mehr hätte tun können und sollen, um sie zu retten. Er hätte sich selbst vor diesen Silver Shadow werfen sollen. Er hätte ein besserer Ehemann, ein besserer Vater sein sollen. Und sie haßte ihn dafür, daß er Bettina von Culin geheiratet hatte. Ginny wußte, daß diese falsche Schlange es von Anfang an nur auf Wild Bills Geld abgesehen hatte. Obwohl auch die Tatsache, daß Bettina sechs Wochen jünger als Ginny war, etwas damit zu tun haben konnte, daß sie die Ehe gar so abstoßend fand.

Und dennoch, als die süße Evangeline nun anrief, während die Cohens gerade ihr Frühstück beendeten, und der ältesten Tochter vom Treppensturz ihres Vaters berichtete, verschlug es Ginny den Atem, und sie stieß hervor: »O mein Gott! Ist er in Ordnung? Wird er wieder gesund werden?«

Evangeline, der die Lüge wie scharfer Pfeffer auf den Lippen brannte, sagte schnell: »Er kommt immer wieder zu Bewußtsein. Aber ich glaube, du kommst besser nach Hause.«

Ginny versicherte ihr, daß sie das nächste Flugzeug Richtung Osten nehmen würde. Sie wußte, daß Aaron ihre Entscheidung unterstützte. Sie hoffte sogar, daß er sie eventuell begleiten könnte.

Wäre sie noch am Leben gewesen, wäre Helen als nächste von Evangeline verständigt worden, aber sie war im Jahr 1952 im Alter von fünf Jahren eines geheimnisvollen Todes gestorben. Ein kräftiges und frühreifes Kind war sie gewesen, als sie an jenem stürmischen Winterabend ins Bett ging, in dem sie aber nie mehr aufwachen sollte. In den frühen Morgenstunden war sie erstickt. Keiner in der Familie erfuhr je genau, warum oder wie es passiert war. Doch in derselben Nacht, am anderen Ende des Hauses im gegenüberliegenden Flügel, starb auch Helens Namensschwester. Tante Helen, Wild Bills kleine Schwester, verschied nach langer Krankheit, in der der eine Arzt eine »nervöse Störung«, ein anderer »eine neue und sehr seltene Form von Leukämie« gesehen hatte, deren Ursache

aber von einem alten und respektierten Freund der Familie wahrscheinlich zu Recht als »gebrochenes Herz« diagnostiziert worden war, das die Tragödien nicht mehr ertragen hatte, denen es wehrlos ausgesetzt war.
Hatte Tante Helen so lange ein Kissen auf das Gesicht der kleinen Helen gepreßt, bis die kleine Helen keine Luft mehr bekam? Mehr als ein Familienmitglied sprach diese Möglichkeit an, aber es gab nie einen definitiven Beweis dafür. Das Kind wurde auf dem Bauch liegend vorgefunden, das Kissen auf dem Kopf. Der Umstand jedoch, der dieses Ereignis in einem noch seltsameren Licht erscheinen ließ, war die Tatsache, daß die kleine Helen und ihre dreieinhalbjährige Schwester Mary, mit der sie sich das Zimmer teilte, in jener Nacht beschlossen hatten, ihre Betten zu tauschen, nachdem ihre Mutter ihnen den Gute-Nacht-Kuß gegeben und das Licht ausgemacht hatte. Warum? Keiner weiß es. Nicht einmal Mary. Wahrscheinlich nur, weil es lustig war. Aber vermutlich aus dem Grund, weil Ebbe und Flut eines jeden Lebens außerhalb unseres persönlichen Einflußbereiches liegen. Was immer auch die Gründe dafür waren, es verging nicht ein Tag, an dem die jetzt achtunddreißigjährige Mary nicht darüber nachdachte – und wenn nur für einen Augenblick –, ob sie es nicht gewesen war, die der Tod damals hätte holen sollen.

Mary Edith Winslow saß in der Mitte des Kirchenschiffes unter dem hohen Gewölbe der Westminster Abbey. Sie hielt ihre wunderschönen blauen Augen geschlossen und sprach flüsternd die Worte des 139. Psalmes mit, die jene süßen und melodiösen Stimmen des Knabenchors der Abbey gerade sangen.

Herr, du erforschest mich und du kennst mich;
wann ich sitze und wann ich stehe, du weißt es.
Meine Gedanken schaust du von ferne;

du schaust mich, wann ich gehe und ruhe;
alle meine Wege sind dir vertraut.
Ehe noch auf der Zunge das Wort,
siehe, Herr, schon weißt du um alles.

Die Stimmen drangen in jeden Winkel der hohen Halle und erfüllten den Raum mit perfekter Harmonie, mit perfekter Unschuld, dachte Mary. Warum, fragte sie sich, mußten kleine Jungen erwachsen und zu alten Männern werden? Zu gemeinen, bösen, perversen alten Männern? Warum nur? Warum konnten sie nicht weiter die Spiele ihrer Kindheit spielen, in die Schule gehen, Gottes Lieder singen und die Welt in Ruhe lassen?

Touristen aus allen Winkeln der Erde sammelten sich an diesem schönen Spätfrühlingsabend in der Westminster Abbey, um den Chor die Abendandacht singen zu hören. Sie standen oder saßen ruhig, fast feierlich in der Kirche, während die Knaben sich durch den Psalm sangen. Mary hatte etwas gegen die Touristen, gegen ihr Geplapper, ihre Kameras, gegen ihre lauten Schuhe. Ihr gefiel es besser, wenn die Abbey leer war; nur sie und die Sängerknaben. So manchen Winterabend, wenn die Tage kurz waren und gefrorener Nebel aus dem dunklen Londoner Himmel fiel, hatte sie schon in einer fast leeren Kirche verbracht. An diesen grauen und düsteren Abenden kamen nur die Frömmsten und – natürlich – die ergebenen Gemeindediener, um die Jungen singen zu hören. Das waren ihre Lieblingsabende, die, die sie nie vergaß und an denen Gottes Stimme am lautesten zu ihr sprach.

Mary war seit fast drei Jahren in England. Seit ihrer Ankunft wohnte sie in demselben kleinen Hotel in Cartwright Gardens im Londoner Stadtteil Bloomsbury. Sie zahlte dreihundert Pfund monatlich – normalerweise vom Geld ihres Vaters – für ein winziges Zimmer, in dem sich inzwischen Bücher, Zeitschriften und fotokopierte Artikel über längst vergangene Zeiten vom Boden bis zur Decke stapelten. Mary war ursprünglich nach England gekommen, um mehr über ihre Vorfahren herauszufinden, die in der ersten Hälfte des siebzehnten Jahrhunderts nach Amerika gekommen waren. Eine Quelle jedoch hatte zur nächsten geführt, bis Mary sich schließlich in die frühen Jahre der Tudor-Regentschaft und der brutalen Tyrannei von Heinrich VIII. zurückversetzt fand.

Mary machte oft Ausflüge aufs Land, vor allem nach Ostengland, nach Great Burstead in Essex, wo ihre Vorfahren gelebt hatten, ehe sie in die Neue Welt aufgebrochen waren. Sie hatte das Haus besucht, nach dessen Vorbild ihr Urgroßvater John »Crazy Legs« Winslow sein Haus in Far Hills erbaut hatte. Sie hatte dort an die Tür geklopft, sich der Familie vorgestellt und von ihrer Ahnenforschung erzählt. Mr. und Mrs. Hopkins und ihre beiden halbwüchsigen Kinder fanden die dünne, blasse, aber hübsche junge Frau aus New Jersey etwas seltsam, luden sie aber trotzdem in ihr Haus ein, das genauso aussah wie Marys Zuhause in Far Hills, nur eben viel kleiner.

Die Familie Hopkins wohnte erst seit sieben Jahren in dem Haus. Sie wußten praktisch nichts über seine lange und komplexe Geschichte. Die einzigen Winslows, die sie kannten, führten eine Frühstückspension in Devon, »ein blitzsauberer Laden«, wie Mr. Hopkins sich ausdrückte, mit »bequemen Betten und knusprigem Speck«. Er erzählte Mary, daß große Teile des Hauses im Laufe der Jahre umgebaut worden waren, daß aber in einigen Räumen noch der Originalstein und die Originalbalken aus dem Jahr 1577, in dem es erbaut wurde, erhalten waren.

Mary erkannte sofort die Ähnlichkeit der beiden Gebäude. Langsam wanderte sie durch jedes Zimmer, glitt praktisch durch Wände und Schränke wie ein Geist. Mrs. Hopkins folgte ihr eine Weile, aber nach einer halben Stunde gab sie auf und ging in ihre Küche zurück. Mary faßte nichts an, machte kaum ein Geräusch. Aber sie sog alles gierig in sich auf: die Wände, das Balkenwerk, die Türen, die Luft, die Böden, die Decken. Von ihren Nachforschungen und wahrscheinlich auch von ihren früheren Leben wußte sie genau, wie das Haus vor vier Jahrhunderten ausgesehen haben mußte. Geschichte wiederholt sich, wußte sie, und ebenso die von Familien. Im Eßzimmer konnte sie hören, wie ihre Vorfahren über Religion stritten; der Vater Edmund Winslow, einst ein guter Katholik, aber jetzt ein noch besserer Anglikaner, ein ergebener Diener Elizabeths. Und warum auch nicht? Hatte sie nicht alle wichtigen Schlachten gewonnen, die Wirtschaft zum Blühen gebracht und ihm und seiner Familie einen Lebensstandard geschenkt, der in dieser Ecke Englands nie zuvor bekannt gewesen war? Aber sein Sohn Giles, gerade einundzwanzig, war ein Mann mit Überzeugung, ein richtiger Rebell. Er kritisierte die Königin und ihren Rat in fast allen Punkten, besonders was die Religion betraf. Ja, Mary konnte hören, wie er am Abendessenstisch ein flammendes Plädoyer hielt für die Puritaner, für Religionsfreiheit, für das Recht jedes Mannes, Gott so zu dienen, wie es ihm gefiel, und nicht dieser alten Jungfer von einer Königin. Mary hörte das alles, jedes Wort, und sie hätte den ganzen Abend lang zugehört, wäre nicht Mr. Hopkins ins Eßzimmer gekommen und hätte ihr in seiner korrekten englischen Art mitgeteilt, daß die Familie nun essen wolle und es vielleicht an der Zeit für sie sei, sich zu verabschieden …

Der Psalm war zu Ende. Mary saß ruhig da, die Hände auf dem Schoß gefaltet, aber um sie herum waren die Touristen in ständiger Bewegung. Der eine war auf der Suche nach einem besseren Ausblick, der andere nach einem besseren Platz. Andere wiederum wollten nichts als hinaus und die Chance zur Flucht ergreifen, ehe das nächste Lied angestimmt wurde. Mary tat ihr Bestes, um das Gewühl zu ignorieren. Ihr fiel wieder etwas ein, das sie am Tag zuvor gedacht hatte, als sie plötzlich zusammengezuckt war und ihren Vater hatte stürzen sehen. Und tatsächlich, in demselben Augenblick kam Lois Chilton, die halbwüchsige Tochter der Frau, die Marys Hotel führte, durch das Mittelschiff gelaufen und verrenkte sich den Hals in dem verzweifelten Versuch, das Gesicht zu finden, das sie suchte.

Mary drehte sich um und sagte ruhig: »Hier, Lois, hier bin ich.«

Lois lächelte, ihre Zahnspange glitzerte. Sie war ein großes, ungelenkiges Mädchen, das täglich damit zu kämpfen hatte, zur Frau heranzuwachsen. Sie winkte und bahnte sich den kürzesten Weg durch die Reihen von Klappstühlen. »Mary, mein Gott! Ich habe nie gedacht, daß ich Sie in diesem Tollhaus hier finden würde.«

»Was ist los, Lois? Was ist passiert? Geht es um meinen Vater?«

Lois sah richtig erschrocken aus. »Woher wissen Sie das? Mum hat doch eben erst den Anruf bekommen.«

»Von wem? Von einer Frau namens Bettina?«

»Nein«, sagte Lois, »ihr Name war Evangeline. So ein hübscher Name. Ich wünschte, ich würde Evangeline heißen.«

»Ja?«

»Ja, wirklich, aber ich sollte Ihnen lieber sagen, daß Evangeline angerufen hat, weil Ihr Vater so etwas wie einen Unfall hatte. Er ist gestürzt oder so. Mum hat mich losgeschickt, um Sie zu holen. Sie sollen sofort zu Hause anrufen.«

Mary sah, daß einer der Gemeindediener sie vorwurfsvoll musterte. »Wir gehen besser nach draußen.«

»Es hat gerade zu regnen angefangen.«

»Das macht nichts.«

Sie bahnten sich ihren Weg in das östliche Seitenschiff und wollten gerade zur Tür, als die jungen Stimmen den nächsten Psalm anstimmten. Mary blieb stehen, drehte sich wieder um,

packte Lois am Arm und flüsterte: »Hör doch, Lois, ist das nicht schön? Ist das nicht wunderschön?«
Lois runzelte die Stirn, nickte aber. »Ja, Mary, sicher ... Sollen wir ein Taxi suchen, oder nehmen wir die U-Bahn?«
Mary machte sich gar nicht erst die Mühe, Evangeline anzurufen. Statt dessen packte sie eine kleine Tasche mit dem Nötigsten, ging zum Russell Square hinunter und nahm die U-Bahn nach Heathrow. Der einzige Flug, den sie in dieser Nacht noch bekommen konnte, war ein Erster-Klasse-Flug mit der British Airways, Flugnummer 179, der früh am nächsten Morgen am Kennedy International Airport landen sollte. Mary bezahlte das Ticket mit der American-Express-Karte ihres Vaters, 839 Dollar einfach. Sie war auf dem Weg nach Hause.

5

Nach der Geburt seiner dritten Tochter Mary im Februar 1949 fing Wild Bill Winslow ernsthaft an, die Fähigkeit seiner Frau, einen männlichen Erben zu produzieren, in Zweifel zu ziehen. Er wollte sich weder von ihr scheiden noch ihr ob dieser Verfehlung den Kopf abschlagen lassen, aber bei mehr als einer Gelegenheit brachte er dieses Thema in der privaten Atmosphäre seines und Virginias Schlafzimmers zur Sprache. In jenen Tagen war das Wissen, daß der Vater mit dem Geschlecht des Kindes mehr als die Mutter zu tun hat, noch nicht sehr weit verbreitet. Wild Bill schlug deshalb vor, daß Virginia etwas gegen ihre – sagen wir mal – Unzulänglichkeit tun solle.

Jedenfalls ging Virginia, immer ganz pflichtbewußte Ehefrau (zumindest in jenen frühen Tagen), zu ihrem Frauenarzt. Sie erklärte ihm ihr Problem und bat ihn um Rat. Er lächelte, untersuchte sie gründlich und versicherte ihr, daß sie es einfach weiter versuchen müsse, das sei alles. Und zur Beruhigung verschrieb er ihr noch ein neu entwickeltes, gerade eben auf den Markt gekommenes Fruchtbarkeitspräparat.

Ob nun dieses Präparat etwas damit zu tun hatte oder nicht, das weiß ich nicht, aber zehn Monate später, nachdem sie die erste Pille geschluckt hatte, gebar Virginia Zwillinge, stramme, lauthals brüllende Burschen, die bis zum Schluß um den Vortritt kämpften, als erster das Licht der Welt zu erblicken. Henry gewann den Zweikampf. Sein Vater nannte ihn Henry zu Ehren jenes artilleriesplittergeschädigten Onkels des Jungen, der immer noch im Veteranenkrankenhaus in Lyons lebte. Sieben Minuten später streckte sein kleiner Bruder den Kopf in die Welt hinaus und blinzelte in das helle Licht. Er wurde auf den Namen Robert getauft, zu Ehren seines in Anzio gefallenen Onkels.

Die Jungen sahen sich bis hin zu den winzigen Muttermalen auf dem Hintern zum Verwechseln ähnlich.

Selbst ihre Mutter hatte Probleme, sie auseinanderzuhalten. Doch *im Laufe ihres Heranwachsens traten ihre unterschiedlichen Charaktere deutlich zutage. Henry war laut, lärmend und abenteuerlustig, ganz wie sein Vater. Bobby hingegen war lieber für sich. Er las und hörte gern Musik und liebte Spaziergänge in den Wäldern. Und während Henry draußen Football spielte, war Bobby normalerweise im Haus und übte auf seiner Geige. Henry war der Liebling seines Vaters, Bobby der seiner Mutter.*

1969 überstürzen sich die Ereignisse, die die beiden neunzehn Jahre alten Brüder betreffen. Doch ich denke mir, wenn ich bereits hier an dieser Stelle alles klarstelle, dann wird das etwas Licht auf das Gesamtbild werfen und es uns allen erleichtern, einige der Konflikte besser zu verstehen, mit denen wir später noch zu tun haben werden. In seinem letzten Jahr an der High-School war Henry Winslow sowohl Captain des Football- als auch des Basketballteams. Außerdem war er ein hervorragender Hundert-Meter-Läufer und Speerwerfer. Aber seine anderen schulischen Leistungen waren nicht besonders überzeugend. Um die Wahrheit zu sagen, sie waren gottserbärmlich schlecht; eine Drei minus im Durchschnitt, und das auch nur deswegen, weil der Football-Trainer Henry auch in Geschichte unterrichtete und ihm eine Eins gab, obwohl der Junge nur eine Vier verdient hätte. Aber als die Zeit gekommen war, sich um einen Platz im College zu bewerben, da schritt Wild Bill ein und nahm die Sache persönlich in die Hand. Er rief ein paar Leute an, schrieb ein paar Briefe, und schon bald war sein Sohn an der Lehigh University in Bethlehem, Pennsylvania, aufgenommen. Lehigh war Wild Bills Alma mater, und zwanzig Jahre lang war er einer der großzügigsten Ex-Zöglinge dieser Universität gewesen. Die dortige Aufnahmekommission entdeckte nach langer und sorgfältiger Prüfung beachtliches Potential in dem jungen Winslow.

Bobby dagegen, ein ausgezeichneter Schüler, hatte kaum Schwierigkeiten, in Princeton aufgenommen zu werden. Er schaffte den besten Abschluß seiner High-School-Klasse, war Herausgeber der Literaturzeitschrift seiner Schule und spielte die erste Geige im Schulorchester. Princeton hieß ihn mit offenen Armen willkommen.

Beide Jungen brachten das erste Semester am College gut hinter sich. Henry spielte als Ausputzer für das Football-Team der Universität, und Bobby entdeckte sowohl die Physik als auch die Antikriegsbewegung für sich. Alle Universitäten im ganzen Land waren in jenen Tagen ein ziemlich heißes Pflaster, da »Tricky« Nixons Wiederwahl bevorstand, der Krieg in Vietnam am Eskalieren war und in den Abendnachrichten immer mehr gefallene amerikanische Soldaten zu sehen waren. Im Frühjahr waren Demonstrationen gegen den Krieg auf jedem College-Campus so verbreitet wie Frisbee-Scheiben, verwaschene Bluejeans und Marihuana-Zigaretten.

Henry Winslow war der Krieg ziemlich egal, er hatte bisher noch nicht viel darüber nachgedacht. Aber instinktiv mißfiel ihm die Idee, gegen den Krieg zu demonstrieren. Das war so, als würde man die Flagge verbrennen oder auf die Stufen des Capitols in Washington spucken: So etwas tat man einfach nicht. Nun, es war an einem sonnigen Frühlingsnachmittag im späten April 1969, als auch in den Hügeln über Bethlehem die Hölle losbrach. Allem Anschein nach war es zwischen einer Gruppe Studenten aus Lehigh, die eine Antikriegsdemonstration aufzogen, und einer anderen Gruppe von Studenten, die eine Pro-Kriegskundgebung unterstützten, zu einem Zusammenstoß gekommen. Henry war auf seiten der Pro-Kriegsmarschierer, nicht etwa, weil ihn irgendwelche tieferen Gefühle dazu getrieben hätten, sondern weil alle anderen Jungs aus seinem Team auch dabei waren und er nicht wie ein Waschlappen dastehen wollte.

Und wie das Leben so spielt, kam es bald zu tätlichen Auseinandersetzungen, und Henry Winslow schlug einem Protestierer ins Gesicht und brach ihm die Nase; hinterher warf er noch einen außerordentlichen Professor für Anglistik vom Balkon im ersten Stock, was für den armen Mann einen dreifachen Beinbruch zur Folge hatte. Aufgrund dieser Verfehlungen wurde Henry, wie zu erwarten war, für immer vom Campus der Lehigh-Universität verbannt. Und was tat er, um sein ramponiertes Ansehen in den Augen seines wutentbrannten Vaters wiederherzustellen? Er ging her und meldete sich freiwillig bei den U.S. Marines, der zweiten Alma mater Wild Bills. Henrys Mutter weinte. Sein Vater knöpfte ihn sich vor und schimpfte ihn einen dämlichen Trottel. Aber schon am nächsten Tag marschierte Henry los zur Grundausbildung in den Sümpfen von Parris Island in South Carolina.

Henry bekam einiges ab da unten in Parris Island, mehr, als er verdient hatte. Keiner wußte eigentlich so genau, warum. So etwas passiert eben von Zeit zu Zeit. Der Ausbilder pickte ihn sich gleich am ersten Tag heraus und machte ihn nach Strich und Faden fertig. Sie machten ihn sowohl körperlich als auch seelisch so zur Schnecke, daß Henry »Macho-Man« Winslow nach vier Wochen Basis-Camp auf Händen und Knien um Gnade winselte. So etwas war natürlich nicht sehr klug. Das machte die Sache nur noch schlimmer. Sobald diese Schleifer einmal Blut geleckt hatten, verwandelten sie sich in ein Rudel hungriger Wölfe. Sie ließen Henry nach seinem Zusammenbruch nicht mehr aus den Klauen und konzentrierten sich vierundzwanzig Stunden am Tag mit ihrer ganzen psychotischen Energie nur auf ihn. Mitten in der Nacht schlüpften sie in seine Baracke, weckten ihn auf und hielten ihm den ölverschmierten Lauf einer M-16 höhnisch unter die Nase. »Du gehst jetzt nach Vietnam, Schlappschwanz. Du gehst in den Dschungel. Du wirst gegen die Schlitzaugen antreten, Mr. Macho-Football-Man. Du wirst für dein Land sterben, Junge.«

Und als der Marschbefehl am Ende der Grundausbildung kam, da wurde Henry Winslow selbstverständlich dem Ersten Infante-

rieregiment in Da Nang zugeteilt. Es waren bestimmt nicht allzu viele reiche weiße Söhne, die die Ehre hatten, so weit vorne an der Front zu dienen, aber Henry hatte in den schriftlichen Prüfungen so erbärmlich abgeschnitten, daß ein Einsatz bei der Funkanlageninstandsetzung oder bei der Fahrbereitschaft nicht in Frage kam. Und als seine unmittelbaren Vorgesetzten ihn für die Infanterie vorschlugen, da hatten die Jasager in der Verwaltung nichts dagegen einzuwenden. Sie beschlossen, diesen Winslow so richtig in die Scheiße zu reiten. Er hatte es nicht nur verdient, sondern würde darüber hinaus auch noch ein hervorragendes Beispiel für all diejenigen Scheißliberalen abgeben, die ständig darüber jammerten, daß immer nur arme Nigger in den Reisfeldern ins Gras beißen müßten.

Henry kam noch für ein paar Tage nach Hause, ehe er in den Krieg ziehen mußte. Er sah schrecklich aus: schwarze Ringe unter den Augen, nicht ein einziges Haar auf dem Kopf, dessen Haut gerötet war und sich schälte, das ganze Gesicht starr vor Angst und Erschöpfung. An seinem ersten Abend zu Hause berichtete er seinem Zwillingsbruder in ihrem gemeinsamen Schlafzimmer im zweiten Stock von den Schrecken des Basis-Camps, darüber, wie er geschlagen und gedemütigt worden war. Er beichtete Bobby, daß er glaube, es nicht einen Tag länger mehr aushalten zu können, und daß er unbedingt einen Ausweg finden müsse. Er gestand ihm weiter, daß er bereits ernsthaft daran gedacht habe, über die Grenze nach Kanada zu desertieren. »Ich habe Angst, Bob«, gestand er, »ich habe einfach panische Angst.«

Bobby hörte sich das alles an und zeigte nach außen hin auch Mitleid, während er im Innersten jedoch nichts als Genugtuung verspürte. Er hatte seinen Bruder noch nie so geknickt erlebt. Es tat ihm gut, seinen Bruder leiden zu sehen. Er wünschte sich nur, Wild Bill wäre da, um diese Zurschaustellung von Schwäche und Fahnenflucht mit anzuhören. Aber als Henry sich alles von der Seele geredet, sein Innerstes nach außen gestülpt hatte, da hatte

Bruder Bobby eine glänzende Idee. Er stand auf, ging ins Bad und verriegelte die Tür. Als er nach einer halben Stunde wieder in das Schlafzimmer zurückkehrte, hatte er einen komplett kahlen Schädel. Nicht ein Haar war übriggeblieben. »Ich werde gehen, Henry«, sagte er gelassen. »Ich werde deinen Platz einnehmen und an deiner Stelle nach Vietnam gehen.«

Und das tat er dann auch.

Die Brüder mußten noch ein paar Details abstimmen, aber zwei Tage später, als sich die Familie auf dem Rasen vor dem Haus versammelte, um ihren Sohn und Bruder Henry, den Soldaten, zu verabschieden, da winkten sie in Wirklichkeit ihrem Sohn und Bruder Bobby, dem Pazifisten, hinterher. Henry, der zum ersten Mal in seinem Leben Bobbys Rolle spielte, erklärte den anderen, er habe sich aus Protest gegen den Einsatz seines Bruders in Vietnam den Schädel kahlgeschoren. Die Familie akzeptierte diese Erklärung, obwohl Virginia von vornherein wußte, daß irgend etwas nicht stimmte. Aber am Tag nach Bobbys Abflug – als Henry – nach Vietnam kehrte Henry – als Bobby – für das Sommersemester nach Princeton zurück, so daß Virginia ihren Verdacht erst einmal beiseite schob. Sie hatte noch mehr Kinder, um die sie sich kümmern mußte.

Bobby – als Henry – landete in Da Nang, wo er mehrere Tage mit dem Versuch zubrachte, herauszufinden, wie er seine M-16 laden und reinigen sollte. Doch lange bevor er den Umgang mit seiner Waffe beherrschte, bekam seine Truppe Befehl, nordwärts nach Hue zu marschieren. Die Truppe wurde gleich am ersten Abend in ein Feuergefecht verwickelt. Bobby versuchte, nicht in Panik auszubrechen. Er versuchte, sich wie ein Soldat zu benehmen. Er wollte sich wie ein Soldat benehmen. Er wollte sich selbst beweisen, daß er mehr Mann war als sein machohafter Bruder Henry. Bobbys ganze akademische, literarische und musikalische Erfolge hatten nichts dazu beigetragen, seine Sehnsucht zu stillen, ein Mann zu sein, die Art von Mann, der seinen Vater stolz gemacht hätte. Der Schußwechsel wurde heftiger, Vietcong schwärmten durch die Nacht und stießen Flüche in gebrochenem Englisch aus. Plötzlich ertappte Bobby sich dabei, wie er ihre Flüche erwiderte, nach vorne stürmte und mit seiner M-16 in die Dunkelheit feuerte. »Kommt nur her, ihr häßlichen, schlitzäugigen Schweinehunde, ich werde es euch schon zeigen!« Das nächste, an das er sich noch erinnern konnte, war eine Kugel, die ihn in der rechten Schulter traf. Und dann eine andere, die in seine Leiste drang. Er fiel mit dem Gesicht voran in den Schlamm. Ihm blieben noch ein paar Minuten, um an zu Hause zu denken. Er dachte daran, wie er auf der Bühne seiner Schule gestanden, Geige gespielt und in den Zuschauerraum geschaut hatte, wo sein Alter Herr schlafend und schnarchend wie ein Schwein auf seinem Stuhl hing. Dann zerschmetterte eine verirrte Kugel seinen Schädel, und Bobby, der die Rolle von Henry spielte, war tot, mausetot.

Das Ironische an Bobbys Tod ist, daß zwölftausend Meilen entfernt im Veteranenkrankenhaus in Lyons, New Jersey, Bobbys Onkel Henry beschlossen hatte, seinen Qualen endlich ein Ende zu bereiten. Ohne Vergangenheit und ohne jegliche Hoffnung auf eine Zukunft hatte er dort fünfundzwanzig Jahre vor sich hin vegetiert. Fünfundzwanzig Jahre war er durch diese sterilen Korridore geschlurft, die nach Urin, Tod und Desinfektionsmittel stanken. Fünfundzwanzig Jahre hatte er sich angehört, wie fremde Menschen mitten in der Nacht aufschrien. Fünfundzwanzig Jahre ohne Träume; nur die immer wiederkehrenden Alpträume und die vorrückenden Zeiger der Uhr waren ein Indiz dafür gewesen, daß die Zeit verging. Fünfundzwanzig Jahre in der Hölle, nur weil irgend so ein Psychopath in Deutschland die Welt beherrschen wollte ... Und so, im Alter von einundfünfzig Jahren und in exakt demselben Moment, in dem eine dritte Vietcong-Kugel seinem Neffen den Schädel aufriß, blies sich Onkel Henry Winslow selbst das Lebenslicht aus und faßte in den Starkstromgenerator im Keller des Krankenhausmagazins; so endete, wie man meinte, das Leben beider Henry Winslows.

Dem vierundvierzigjährigen Henry Winslow lief es kalt den Rücken hinunter, als sein Vater seinen Zusammenstoß mit der Hintertreppe hatte. Jetzt, da er seit einundzwanzig Jahren die Rolle seines Bruders Bobby spielte, stand Henry auf Posten im Feuerwachturm auf dem Gipfel des Snowy Mountain in den zentralen Adirondacks. Und viele Stunden später, als die Freundin und Geliebte seines Vaters vergeblich versuchte, ihn telefonisch zu erreichen, stand er noch immer dort.
Henry – als Bobby – hatte zusätzlich noch die Schicht eines erkrankten Rangers übernommen, der ein alter Freund von ihm war und beim Barschfischen am Lake Lewey einen Schlangenbiß abbekommen hatte. Sein Kumpel würde das Gift der Viper überleben, aber als Henrys Ablösung würde er zu spät kommen. Er war bereits fast sechsunddreißig Stunden oben im Wachturm, und die Pflicht, weiter seine blauen Augen offenzuhalten, erschien ihm fast unerfüllbar. Aber trotzdem hielt er sie offen, mit Kannen von dampfendem Kaffee, häufigem Funkkontakt mit den Kollegen in der Zentrale und gelegentlichen Ausflügen auf die schmale Plattform, wo die Mischung aus großer Höhe und pfeifendem Wind alle Gedanken an Schlaf aus seinem Kopf scheuchte. Henry mußte einfach wach bleiben. Sie hatten das trockenste Frühjahr seit dreißig Jahren hinter sich. Weder im Mai noch im Juni war ein Tropfen Wasser gefallen, und für die ersten Sommerwochen waren auch keine Niederschläge angesagt. Und dann diese Hitze: unerträglich. Die Quecksilbersäule war bereits auf über dreißig Grad geklettert, ein unerfreulicher Zustand, der sonst nur auf die Hundstage im August beschränkt blieb. Ja, Henry mußte wach bleiben. Er mußte seine Pflicht erfüllen. Die Berge waren

ausgetrocknet, der Wald würde brennen wie Zunder. Bis jetzt hatten sie noch Glück gehabt: nur hier und da ein paar kleinere Brände, die aber leicht eingedämmt werden konnten, weil man sie rechtzeitig entdeckt und die örtliche Feuerwehr sofort eingegriffen hatte. Henry wußte, daß eine Ablösung kommen würde. Früher oder später würde jemand kommen, um seinen Platz einzunehmen. Bis dahin mußte er wach bleiben. *Ich muß wach bleiben.*

Weit unterhalb des Feuerwachturms und an einem anderen Schauplatz bemühten sich inzwischen eine Handvoll Freunde und Nachbarn darum, Bobby Winslow davon zu verständigen, daß sein Vater gestürzt war und – vielleicht schon in diesem Augenblick – im Sterben lag.

Henry – als Bobby – lebte mit seiner Frau und zwei Töchtern in der Wildnis am nordwestlichen Ufer des Blue Mountain Lake, fast im geographischen Zentrum des Adirondack-Parks. Die Blockhütte, in der sie wohnten, hatte Strom und fließendes Wasser, aber kein Telefon oder Fernsehen. Die Anschrift der Familie lautete einfach Box 9, Blue Mountain Lake, New York, 12812. Wahrscheinlich wußten nur zwanzig Menschen auf der Welt ganz genau, wo die Winslows lebten. Aber keiner dieser Menschen war ein Mitglied von Henry Winslows Familie in New Jersey. Die wußte nur, daß Bobby in der Nähe des Blue Mountain Lake lebte, aber keiner von der Familie hatte jemals sein Blockhaus zu Gesicht bekommen oder war übers Wochenende eingeladen worden.

Wie zu erwarten war, hatte Henry nach seinem Tod in Vietnam ein paar Probleme. Eigentlich hatten die Probleme schon angefangen, bevor er gestorben war. Sie fingen an, als er für das Sommersemester nach Princeton ging und die Leute auf ihn zukamen und meinten: »He, Bob, hübschen Haarschnitt hast du da. Bist du unter einen Rasenmäher geraten?« Henry schaute sich diese Leute an und hatte keine Vorstellung, wer sie wohl sein mochten. Er mußte sich sehr zurückhalten, ihnen nicht einen Kinnhaken zu verpassen. Dann fingen die Physikseminare an, und die Sache wurde wirklich heiß. Henry hatte nicht die leiseste Ahnung, was die Formeln an der Tafel zu bedeuten hatten. Aber ihm war von Anfang an klar, daß sein Bruder das wissen mußte, da der Professor immer wieder ihn aufrief, um die Komplexität dieser Formeln den übrigen Seminarteilnehmern zu erklären. An diesem ersten Tag tat Henry, als sei er heiser, bekam am nächsten Tag eine ausgewachsene Kehlkopfentzündung und blieb am dritten Tag einfach ganz weg; statt dessen ging er in die Sporthalle und übte ein paar Korbwürfe. Am vierten Tag des Semesterbeginns traf die Nachricht von seinem Tod ein, und so war er entschuldigt und konnte nach Hause zu seiner Familie. Er kehrte nie mehr zurück.

In Far Hills war die Familie in tiefe Trauer über den Tod der beiden Henrys versunken. Henry überlegte kurz, ob er seine Eltern und Geschwister über den wahren Sachverhalt aufklären sollte, kam aber zu dem Schluß, daß das ein zu großer Schock für sie wäre. Er beschloß statt dessen, einen günstigeren Zeitpunkt abzuwarten. Er spielte seine Rolle als Bobby gut, verdammte den Krieg im allgemeinen und diesen schrecklichen, ungerechten Krieg in Südostasien im besonderen. Seine Leiche wurde zur Beerdigung nach Hause geschickt, und während der Trauerfeier in der presbyterianischen Kirche von Bernardsville erklärte er vor der versammelten Familie und den Freunden: »Henry war mein Bruder, mein Alter ego. Er wird mir fehlen. Wir waren eins.«

In dieser Nacht, als er, wie es sich gehörte, in dem Bett lag, in dem sein Bruder einst geschlafen hatte, kam seine Mutter leise in das Zimmer. Sie blieb am Fußende des Bettes stehen und betrachtete den nackten Körper ihres Sohnes. Nach einer Weile fragte sie mit leiser Stimme: »Henry? Henry, bist du wach?«

Der junge Mann drehte sich langsam um. Schließlich schlug er die Augen auf und stützte sich auf den Ellbogen ab. »Mom«, fragte er verschlafen, »was ist? Was ist los?«
»Nichts, Henry«, erwiderte sie. »Ich wollte mich nur davon überzeugen, daß es dir gutgeht.
»Natürlich, Mom, aber ich bin ...« Aber er sprach den Satz nicht zu Ende. Er sagte kein Wort mehr.
Ein paar Sekunden später drehte Virginia sich um und verließ das Zimmer. Sechs Jahre später nahm sie ihr Geheimnis mit ins Grab.

Durch Bobbys Tod schlug Henrys Leben eine gänzlich andere Richtung ein. Er benahm sich in jeder Hinsicht seltsam, aber weil er sein seltsames Verhalten auf den Tod seines Bruders schieben konnte, wagte keiner der Familie auch nur ein Wort des Mißtrauens zu sagen.
»Eineiige Zwillinge sind anders als wir«, erklärte Virginia ihren übrigen Kindern, als sie in Abwesenheit ihres Bruders auf dieses Thema zu sprechen kamen. »Normale Menschen können ihr Benehmen oft einfach nicht verstehen.«

Und so wurde aus Henry Bobby, und es war nicht wichtig, daß der neue Bobby sich überhaupt nicht wie der alte Bobby benahm. Die Verwandlung war genauso natürlich wie der Zyklus von Tag und Nacht. Nicht einmal Wild Bill, der immer noch den Tod seines Lieblingssohnes betrauerte, stellte ein Problem dar. Er bemerkte es kaum, als Bobby Princeton verließ und sich an der Forstschule am Adirondacks College einschrieb. Keiner verlor ein Wort, als das Jahr verging und Bobby nicht ein einziges Mal nach Hause auf Besuch kam. Jahre vergingen, und der einzige Kontakt, der noch bestand, war ein gelegentlicher Anruf an Weihnachten oder an den Geburtstagen. Der Kerl mußte schrecklich unter seinem Geheimnis gelitten haben. Aber warum er nicht einfach mit der Wahrheit herausrückte, gehört zu jenen Ungereimtheiten, die nur schwer zu erfahren, geschweige denn zu verstehen sind.

Evangeline, die frustriert darüber war, Bobby nicht erreichen zu können, rief schließlich bei der Blue-Mountain-Lake-Post an. »Aber natürlich kenne ich Bobby Winslow«, sagte Aggie Merlin, die Frau, die die Post sortierte. »Seine Frau Irene kenne ich natürlich etwas besser, aber Bobby kenne ich auch. Ein nettes Ding, diese Irene. Momentan rund wie ein Faß. Sie ist mit dem Dritten schwanger, wußten Sie das nicht? Na ja, Bobby lebt wie ein Mönch, am liebsten ist er die ganze Zeit allein. Das meine ich jetzt nicht böse, verstehen Sie mich nicht falsch, das ist eben so. Aber wer sind Sie denn eigentlich?«
Evangeline erklärte, was mit Bobbys Vater passiert war. Aggie verstand sofort. »Oh, ich kann mich noch gut daran erinnern, als mein Vater starb. Der traurigste Tag in meinem Leben war das.«
»Also meinen Sie, daß Sie Bobby erreichen und ihm ausrichten können, daß er zu Hause anrufen soll?«
»Natürlich werde ich das, Schätzchen, sobald Sie aus der Leitung sind.«
Neuigkeiten dieser Art stellten ein bedeutendes Ereignis für Blue Mountain Lake dar. Bedeutend genug für Aggie, um sofort die Post zu schließen. Sie hängte ein Schild *(Bin gleich zurück, keine Panik)* ins Fenster und ging in den Kramerladen ihres Schwagers hinüber, der direkt am See lag. Aggie erzählte Power Merlin, daß Bobby Winslows Vater in dem Moment unten in New Jersey im Sterben lag. Bald wußte jeder in der Stadt Bescheid. Power schickte seinen Sohn Power Junior mit einem Schnellboot hinüber zu Winslows Hütte am Nordufer des Sees. Während Power Junior unterwegs war, schaute Earl Bigby wegen ein paar Süßwassergarnelen und vielleicht auch

noch auf einen kleinen Schwatz in dem Laden vorbei, erfuhr die Neuigkeit über Bobbys Papa und erzählte Power, daß Winslow seiner Meinung nach oben im Snowy-Mountain-Feuerturm immer noch Wachdienst schiebe. Also sagte Power zu Aggie, daß sie sich um den Laden kümmern solle, während er und Earl mit Earls Jeep zum Snowy Mountain hinüberfahren würden. Während die beiden wiederum unterwegs waren, kam Power Junior mit Bobbys – eigentlich Henrys – Frau Irene und ihren beiden Töchtern Katie und Constance zurück. Irene, eine winzige Frau mit kastanienbraunem Haar, schwangerem Bauch und einem Rückgrat aus Edelstahl, war der Meinung, daß es viel schneller ginge, wenn man die Zentrale anrief und von dort aus Bobby über Funk benachrichtigen ließ. Aggie hielt das für eine ausgesprochen gute Idee, und so machte Irene das dann auch. Die Zentrale reagierte postwendend, indem sie ihren Wachturm auf dem Snowy Mountain anfunkte. Der Diensthabende mühte sich jedoch vergebens ab, da er niemanden an den Apparat bekam. Diese Nachricht wiederum wurde an Irene übermittelt, die dem Diensthabenden dankte und ihn bat, es doch noch weiter zu versuchen. Er versicherte ihr, daß er dies tun würde. Mittlerweile hatten sich fast alle Anwohner von Blue Mountain Lake in Merlins Kramerladen versammelt, so daß sie die Aktion aus nächster Nähe mitverfolgen konnten.

Earl und Power fuhren mit dem Jeep, so hoch es ging, die westliche Feuerschneise den Snowy Mountain hinauf. Als sie nicht mehr weiter konnten, stiegen sie aus und gingen zu Fuß weiter. Sie brauchten eine halbe Stunde bis zum Fuß des Wachturms. Sie brüllten gegen den Wind an, erhielten aber keine Antwort. Also machten sie sich an den Aufstieg. Als sie die dreihundertundvierzehn Stufen auf den Wachturm erklommen hatten, waren beide völlig außer Atem und bekamen kaum noch Luft. Und was sah Earl, als er schließlich die Falltür hob und seinen kahlen Schädel in den Turm hineinschob? Er sah Henry Winslow, den er für Bobby Winslow hielt, auf dem Eisenboden liegen und schnarchen, was das Zeug hielt. Dabei tönte eine Stimme aus dem Funkgerät: »Snowy Eins, kommen! Snowy Eins, hören Sie mich? Hier ist die Zentrale. Snowy Eins! He, Bobby! Bist du da oben, Bobby? Bist du okay? Ist alles in Ordnung?«

Henry – als Bobby – ging es gut. Der arme Kerl brauchte nur dringend eine Mütze voll Schlaf. Earl und Power weckten ihn auf, flößten ihm etwas Kaffee ein und erzählten ihm, was sie erfahren hatten. Dann blieb Earl auf dem Turm, und Henry – als Bobby – und Power kehrten in Earls Jeep in die Stadt zurück.

Henry – als Bobby – hörte sich Aggies Bericht an und beschloß dann, wie seine Schwester Mary, nicht erst zu Hause anzurufen, sondern sofort nach New Jersey aufzubrechen. Er gab Irene, Katie und Constance zum Abschied je einen Kuß, während alle Anwohner um sie herumstanden und ihnen zuschauten. Dann tätschelte er den dicken Bauch seiner Frau und ermahnte sie, gut auf seinen Sohn aufzupassen. Sie versicherte ihm, daß sie das tun würde. Er sagte, daß er sie anrufen würde, sobald er Neuigkeiten wüßte. Und dann stieg er in seinen zerbeulten 1964er Ford Pickup und fuhr zum erstenmal seit 1975 Richtung Süden, als er dieselbe Strecke in demselben Laster zurückgelegt hatte, um an der Beerdigung seiner Mutter teilzunehmen. Als er losfuhr, winkte ihm ganz Blue Mountain hinterher und wünschte ihm eine gute Fahrt.

6

Evangeline wählte und ließ das Telefon mindestens dreißigmal klingeln. Edward Winslow, sechstes Kind und dritter Sohn von Wild Bill und Virginia Winslow, lag auf dem Rücken auf dem Fußboden seines Schlafzimmers, starrte an die Decke und tat krampfhaft so, als würde er das Läuten nicht hören. Je länger es läutete, desto krampfhafter tat er so, als würde er nichts hören. Er hatte nicht die Absicht, sich zu melden. Edward war seit sechs Jahren an kein Telefon mehr gegangen, nicht mehr seit der Nacht, in der seine Exfrau ihn angerufen und ihm mitgeteilt hatte, daß das Jugendamt einen Polizisten und eine Sozialarbeiterin vorbeischicken würde, um die Kinder abzuholen. Er hatte seit sechs Jahren auch keine Haustür mehr geöffnet; nicht mehr, seit jene beiden Polizisten und diese Sozialarbeiterin an seine Tür geklopft und ihm den Gerichtsbeschluß ausgehändigt hatten, der ihn anwies, seine drei Söhne ihrer Obhut zu übergeben. Kein Telefon und keine Tür mehr; und auch sonst nicht mehr viel seit sechs langen, schmerzhaften und qualvollen Jahren.

Edward Winslows Situation bedarf einer näheren Erläuterung. Ich möchte nämlich, daß Sie wenigstens ein paar der Gründe verstehen, die schuld sind an der tiefen, seine Psyche zerstörenden Entfremdung von seiner Familie. Sein Sturz – ungleich dem seines Bruders Henry – aus dem »Nest« der Winslows ist nicht so leicht mit ein paar Worten zusammenzufassen oder in eine Kategorie zu pressen.

Edward »Little Eddie« Winslow erblickte das Licht der Welt an einem der heißesten Julinachmittage, die jemals zu verzeichnen waren. Draußen lag die Temperatur bei weit über vierzig Grad. Seine geliebte Mutter behauptete später, im Kreißsaal sei es auch nicht viel kühler gewesen. Nicht nur, daß

Little Eddie sich darauf versteifte, per Kaiserschnitt geholt zu werden, er kam auch noch mit den Füßen zuerst heraus – Virginias einzige Steißgeburt bei neun Entbindungen. Sie schwor hinterher, das Baby habe sogar schon im Mutterleib geschrien. Edward kam 1954 zur Welt, mehr als vier Jahre nach seinen älteren Geschwistern Henry und Bobby. Fast weitere vier Jahre sollten vergehen, bevor der nächste Winslow, Edwards jüngerer Bruder Joseph, geboren wurde. Und so wuchs Little Eddie allein und isoliert in der großen Familie heran; in vielerlei Hinsicht ganz auf sich allein gestellt, wie eine einsame Insel zwischen zwei Kontinenten, »wie das ruhige Zentrum im Auge eines Sturmes«, wie seine Mutter immer zu sagen pflegte, obwohl sie von Anfang an gesehen hatte, daß sich ein schrecklicher Sturm in Edwards dunkelblauen Augen zusammenbraute.

Er konnte bereits Monate früher als seine älteren Brüder und Schwestern laufen und sprechen. Seine ganze Kindheit, Pubertät und Teenagerzeit hindurch war Edward in allem schneller als andere. Sowohl körperlich als auch geistig flog ihm alles viel schneller und mit weniger Anstrengung als anderen Kindern zu. Lesen lernte er früh und ohne Mühe. Ebenso Fahrrad zu fahren, Arithmetik, einen Baseball zu treffen und einen Football zu fangen. Der Junge verfügte über die jeweils besten Eigenschaften beider Zwillingsbrüder. Von Henry hatte er dessen Gewandtheit auf dem Sportplatz und von Robert seinen Hang zum Akademischen. Fast alle waren sich einig, daß Edward Großes leisten würde.

Der einzige Mensch jedoch, dem dieser außergewöhnliche junge Mann nicht aufzufallen schien, war der Vater des Jungen, der Wilde. Zwei gewichtige Hindernisse standen zwischen Little Eddie und seinem Vater. Das eine war Wild Bills Arbeit. Während der späten fünfziger und frühen sechziger Jahre, als Edward das Lob und die Ermutigung seines Vaters so dringend gebraucht hätte, war der Wilde viel zu beschäftigt damit, reich zu werden und den Gartenstaat mit einem Vorort nach dem anderen zu überziehen. Er arbeitete damals sechs Tage die Woche, und das sechzehn Stunden am Tag. Schließlich hatte er ein halbes Dutzend Kinder zu ernähren, bei denen es mit Sicherheit nicht bleiben würde. Wenn er sich schon mal die Zeit nahm, sich überhaupt mit seinen Kindern zu befassen, dann wandte er seine Aufmerksamkeit normalerweise schnurstracks Little Eddies zweitem Hindernis zu: dessen älterem Bruder Henry. Henry sorgte zu der Zeit gerade für Furore auf dem Spielfeld seiner High-School, und Wild Bill träumte davon, seinen Jungen in der National Football League spielen zu sehen. Diesen Ehrgeiz hatte er selbst einmal gehabt, aber Krieg, Ehe und Familie hatten ihn gezwungen, sich diesen Gedanken aus dem Kopf zu schlagen. Also setzte er wie viele Väter zuvor und danach alle seine Hoffnungen auf seinen Jungen. Es verging kaum ein Abend am Dinnertisch der Winslows, an dem Wild Bill und Henry die Unterhaltung nicht mit einer Diskussion darüber dominiert hätten, ob Henry nun als zurückgezogener Verteidiger oder als Flügelmann für die New York Football Giants spielen sollte. Henry hatte das Gespür, die Schnelligkeit und, wie sie alle dachten, auch den Mut, um auf beiden Positionen zu spielen.

Edward tat alles, was in seiner Macht stand, um die Aufmerksamkeit und Bewunderung seines Vaters zu erringen. Er dominierte jede Mannschaft in der Grundschule und in den ersten Jahren an der High-School. Jahr für Jahr brachte er ausgezeichnete Zeugnisse nach Hause und hatte fast in jedem Fach eine Eins. Aber selbst auf seine ausgezeichneten Zeugnisse hin bekam er selten mehr als ein »Gut gemacht« zu hören oder vielleicht mal eine Fünf-Dollar-Note von Wild Bill zugesteckt. Gute Zeugnisse hatte der bereits mehr als genug bei Mary und Robert gesehen.

Virginia wußte natürlich, daß der Junge seinen Vater brauchte. Sie wußte, daß er trotz seiner jugendlichen Fähigkeiten und angeborenen Talente emotional sehr instabil war. Er brauchte es, verwöhnt zu werden. Virginia sagte das ihrem Mann mehr als einmal, wenn sie in ihrem Schlafzimmer allein waren. Aber Wild Bill ging nur mit einem Achselzucken, mit einem Lachen über ihre Warnungen hinweg und bestand darauf, daß der Junge es auch ohne die Einmischung seines Alten Herrn schaffen könne.
Edwards große Chance kam schließlich, als Henry, der ja eigentlich Bobby war, tot aus Südostasien nach Hause heimkehrte. Der Wilde verfiel nach dem Tod seines ältesten Sohnes in tiefe Depression, aber als er sich schließlich wieder fing, fand er einen Edward vor, der bereits in den Startlöchern hockte. Edward, der in diesem Frühjahr im zweiten Jahr an der High-School war, fing gerade als Läufer für das Football-Team der High-School an. In seinem ersten Spiel lief er über hundertsiebzehn Yards. In seinem zweiten Spiel lief er achtzig Yards und erreichte zwei Touchdowns. In seinem dritten Spiel lief er in letzter Minute über die rechte Seite und schaffte einen Einundvierzig-Yard-Touchdown, der den krönenden Abschluß eines 18:13-Sieges nach dramatischer Aufholjagd darstellte. Das war der Augenblick, in dem der Wilde endlich aufwachte und Notiz von seinem Sohn nahm, dem er gleich das Etikett »Große weiße Hoffnung« verpaßte.
Aber die »Große weiße Hoffnung« sollte nur ein paar Wochen später, am Morgen des Thanksgiving-Tages, bereits ihr letztes Football-Spiel spielen. Während eines Angriffs über den linken Flügel stieß Edward mit einem zweihundertundzwanzig Pfund schweren Verteidiger zusammen. Er ging zu Boden und stand nicht mehr auf. Man mußte ihn auf einer Bahre vom Spielfeld tragen. Er war am Hals und am Rücken verletzt. Der Arzt erklärte seinen Eltern, daß es sicherer für den Jungen sei, wenn er nicht mehr Football spielte.

»Ist das ein Befehl?« fragte Wild Bill. »Oder nur ein Vorschlag?«

»Es ist ein Vorschlag, den ich Ihnen sehr ans Herz lege«, erwiderte der Arzt. »Ein weiterer Zusammenstoß dieser Art könnte zu völliger Erschöpfung führen.«

»Keine Angst, Doktor«, warf Virginia ein, »wir werden die Gesundheit unseres Sohnes nicht für irgendeinen dummen Sport aufs Spiel setzen.«

Edward spielte nie mehr Football. Er sagte zwar, daß er wolle, aber Virginia wollte nichts davon hören. Sie erklärte sowohl ihrem Sohn als auch ihrem Mann, daß es zu diesem Thema nichts mehr zu sagen gebe. Und so wandte Edward seine Aufmerksamkeit dem Baseball zu. Aber Wild Bill hatte kein großes Interesse für Baseball. Er fand das Spiel langsam und langweilig. Bald hörte er auf, seinen Sohn als »Große weiße Hoffnung« zu bezeichnen.

Im Frühjahr 1972 ging Edward an die Cornell-Universität. In den ersten Wochen dort wünschte er sich nichts sehnlicher, als nach Far Hills zurückzukehren. Er flehte seine Mutter am Telefon praktisch an, aber sie versicherte ihm, daß sein Heimweh bald vergehen würde. Er glaubte ihr zwar nicht, willigte aber ein zu bleiben.

Edward schloß nicht leicht Freundschaften. Die meiste Zeit verbrachte er allein. Er arbeitete hart für sein Studium und versuchte, sich neue Wege auszudenken, wie er die Gunst seines Vaters zurückgewinnen konnte. In den Weihnachtsferien flehte er seine Mutter an, ihn nicht wieder zurückzuschicken. Sie bat ihn, es doch noch ein Semester lang zu versuchen. Zögernd willigte er schließlich ein.

Im Frühjahr versuchte er es mit dem Baseball-Team. Er wurde Mitglied und ging sogar ab und zu auf ein Bier mit den Jungs mit. Das reichte, damit er durchhielt. Im Frühjahr darauf erklärte er, daß er Vorbereitungskurse für das Studium der

Medizin im Hauptfach belegen wolle. Er hatte diese Entscheidung ganz allein getroffen, ohne vorher jemanden zu fragen, nicht einmal seine Mutter. Jahrelang hatte er sich angehört, wie sein Vater immer wieder damit angefangen hatte, wie schön es doch wäre, wenn eines der Kinder Medizin studieren und vielleicht sogar tatsächlich seinen Doktor bauen würde. »Ich glaube nicht, daß wir schon jemals einen Arzt in der Familie hatten.« Und so beschloß Edward, daß er der erste sein würde. Er würde in Medizin promovieren und für immer der Lieblingssohn seines Vaters sein. Das war sein Plan. Und als er seine Eltern über seinen Entschluß informierte, war der Wilde auch begeistert, klopfte dem Jungen sofort zustimmend auf den Rücken und sicherte ihm seine finanzielle Unterstützung die ganze Assistenzzeit hindurch zu. Seine Mutter verlieh ihrer Freude ebenfalls Ausdruck, machte sich insgeheim aber Sorgen, daß die Härte eines Medizinstudiums ihren mittleren Sohn emotional zu sehr belasten und aus dem Gleichgewicht bringen könnte.

Bis zum Ende seines ersten Jahres auf dem College war Edward ein guter Student. Sein Notendurchschnitt schwankte zwischen 3,4 und 3,7, was recht beachtlich war angesichts der Tatsache, daß er nur die schwierigsten Kurse belegte. In diesem Frühjahr fing er auch wieder an, Baseball zu spielen. Er fand sogar noch die Zeit, mehrere Stunden in der Woche ehrenamtlich für eine Campus-Organisation zu arbeiten, die Geld für bedürftige Studenten sammelte. In fast jeder Hinsicht war Little Eddie ein gut angepaßtes, ausgeglichenes Mitglied der Studentenschaft von Cornell.

Aber Mitte September 1975 löste sich Edwards ohnehin schon relativ unterentwickeltes Gefühlsleben ganz in seine Bestandteile auf. Am Tag der Arbeit verabschiedete er sich mit einem Kuß von seiner Mutter, bevor er zu seinem letzten Jahr am College aufbrach. Sie zog ihren Jungen an ihre Brust und bat ihn, nicht immer so hart zu arbeiten, sondern ab und zu auch mal lockerzulassen und sein letztes Jahr zu genießen. Er küßte seine Mutter auf die Wange und versicherte ihr, daß er es versuchen würde. Aber schon weniger als drei Wochen später, während er für eine Prüfung in organischer Chemie lernte, erfuhr Edward vom Tod seiner Mutter. Die Nachricht traf ihn ohne Vorwarnung, so, als ob ein völlig Fremder auf ihn zugekommen wäre und ihm mit einem Baseballschläger einen Hieb über den Kopf versetzt hätte. Von heute auf morgen war seine Mutter tot. Er würde sie nie mehr wiedersehen. Nicht einmal mehr im Sarg. Wild Bill hatte entschieden, den Sarg geschlossen zu lassen, da der Kühlergrill dieses außer Kontrolle geratenen Rolls großen Schaden am Kopf seiner Frau angerichtet hatte.

Edward fuhr zur Beerdigung nach Hause, nach Far Hills, und blieb dort bis nach Neujahr. Er hätte wahrscheinlich das ganze Jahr sausenlassen – und vielleicht sogar noch länger –, hätte Wild Bill ihn nicht ins College zurückgeschickt und ihm erklärt, daß es an der Zeit sei, mit dem Trauern aufzuhören und sich wieder seinen Pflichten und seiner Verantwortung zuzuwenden. Edward empfand diese Einmischung in sein Elend als ungerecht, sagte aber nicht ein Wort und tat, was sein Vater von ihm verlangte.

Ithaca schien in diesem Winter noch kälter und grauer als sonst zu sein. Wenn er von seinem Apartment die Buffalo Street zum Campus hoch lief und der eisige Wind aus Cayuga blies, dann empfand Edward oft eine Traurigkeit, die ihm die Tränen in die Augen trieb. Manches Mal, wenn er in einem Seminar oder in der Bibliothek saß, fing er unvermittelt zu weinen an. Er vermißte seine Mutter und fragte sich dann, wie er ohne sie überhaupt weiterleben sollte. Oft wachte er mitten in der Nacht auf und empfand es als unerträglich und unglaublich, daß er nicht einfach zum Telefonhörer greifen und ihre Stim-

me hören konnte. Stundenlang lag er dann wach und wälzte sich auf dem Bett herum und versuchte, seine Angst und Panik niederzuringen.
Dann, eines Tages, bei einem Treffen der Organisation für bedürftige Studenten, lernte Edward Christine kennen. Sie war schon fast so lange wie Edward in der Organisation, war ihm aber nie zuvor aufgefallen. In seinen ersten drei Jahren an der Universität hatten Mädchen bei ihm nicht gerade an erster Stelle gestanden. Auf seinem Stundenplan standen viel zu viele andere Aktivitäten, als daß er sich um seine Libido groß Gedanken gemacht hätte. Aber Christine hatte schon lange ein Auge auf ihn geworfen. Sie wußte, daß er den Vorbereitungskurs in Medizin im Hauptfach belegt hatte, ein ausgezeichneter Student und aktiver Sportler war. Sie hatte ihn sogar einmal bei einem Baseballspiel gesehen. Als er im Frühjahr so einfach verschwunden war, hatte sie sich nach dem Grund seiner Abwesenheit erkundigt. Sie wußte also, daß seine Mutter gestorben war. Und jetzt, da er wieder zurück war, war sie der Ansicht, daß die Zeit reif war, den ersten Schritt zu tun. Und den tat sie dann auch. Wie ein Buschbrand fiel sie über ihn her. Christine füllte die Leere, die Virginias Tod in Edward hinterlassen hatte, ehe dieser sich überhaupt versehen konnte. Ihre Handlungen mögen die einer Opportunistin gewesen sein, aber in ihren Augen war Edward der Mann ihrer Träume.
In diesem Sommer, kurz nach Semesterende, heiratete Christine Grady Edward Winslow in der römisch-katholischen Kirche ihrer Heimatstadt Newburgh, New York. Wild Bill war nicht einverstanden mit der Ehe. Er war nicht nur der Ansicht, daß Edward noch zu jung sei und nur als Reaktion auf den Tod seiner Mutter heiratete, sondern hegte auch eine tiefverwurzelte, wenn auch nicht ganz eingestandene Abneigung gegen Katholiken.
Am Vorabend der Hochzeit kam der Wilde zu Edward in des-

sen Motelzimmer und scheuchte seinen Sohn durchs Zimmer, um ihm deutlich sein Mißfallen zu zeigen. »Wenn du dir dein Leben versauen willst, Sohnemann«, sagte er und bohrte seinen Zeigefinger in Edwards Brust, »dann nur zu, mach es. Mir ist es ganz gleich, was du tust.«

Little Eddie ließ seine Faust in den Spiegel im Badezimmer krachen, als sein Vater gegangen war. Er schlug mit aller Kraft gegen das Glas, während ihm die Tränen übers Gesicht liefen. Er schlug sich die Knöchel blau und blutig. Am Tag darauf war seine Hand so stark angeschwollen, daß der goldene Ring, den seine Braut ihm während der Zeremonie überstreifen wollte, nicht paßte.

Was Wild Bill jedoch nicht wußte, weil Edward es weder ihm noch einem anderen Menschen erzählt hatte, war, daß Christine und er ohne langen Aufschub zu heiraten beschlossen hatten, weil Christine ein Kind erwartete. Als gute Katholikin wollte sie eine Abtreibung nicht einmal in Betracht ziehen, und so tat Edward, was er für seine Pflicht hielt: Er heiratete das Mädchen. Und weshalb auch nicht? Er glaubte sie zu lieben. Er vertraute ihr und sehnte sich danach, in ihren Armen, an ihrem mütterlichen Busen zu liegen. Er brauchte ihre Stärke, ihr Lob und ihre Fähigkeit, das Leben zu meistern.

Im Frühjahr kehrte er nach Cornell zurück, um seinen Abschluß zu machen. Und im Winter brachte Christine ihren ersten Sohn zur Welt. Sie nannten ihn William, in der Hoffnung, so die Gunst seines Großvaters zu erringen. Und der Wilde zeigte tatsächlich so etwas wie Interesse. Schließlich war der kleine William Bailey Winslow der erste männliche Erbe seiner Generation.

Im Herbst darauf trat Edward in die Medizinische Fakultät der Cornell-Universität in Manhattan ein. Da Wild Bill zwar für den Lebensunterhalt aufkam, aber nicht erlaubte, daß sie in das Apartment an der Fifth Avenue zogen, ließ sich die junge

Familie in drei kleinen Zimmern an der Seventy-sixth Street häuslich nieder, nur eineinhalb Häuserblocks vom East River entfernt. Edward tat sich im ersten Jahr als Medizinstudent sehr hervor, aber fast täglich holte ihn das alte Leiden seiner Jugendzeit wieder ein. Mehr denn je brauchte er die Anerkennung seines Vaters. Die Entscheidung, Arzt zu werden, hatte er doch nur im Hinblick auf seinen Vater getroffen, und trotzdem schien der Wilde kaum Notiz von ihm zu nehmen. Das einzige, was Wild Bill wissen wollte, war, wieviel Geld er wohin zu überweisen hatte. Darüber hinaus zeigte er nur wenig Interesse an den Ambitionen seines Sohnes.

In diesem Sommer brachte Christine ihren zweiten Sohn zur Welt. Sie nannten ihn Edward Junior.

Edward Seniors zweites Jahr an der Universität erwies sich als weitaus schwieriger. Die Arbeit wurde komplexer, anspruchsvoller. Und er schien weniger Zeit dafür zu haben, weniger Zeit, sich auf seine Prüfungen vorzubereiten. Christine tat ihr Bestes, um die Jungen in der winzigen Wohnung ruhig zu halten, aber an vielen Abenden war es schon nach Mitternacht, ehe Edward sich überhaupt auf sein Studium konzentrieren konnte. Und an manchen Abenden trieben der Lärm, der Druck und die Last der Arbeit Edward fast zur Weißglut. Dann saß er an seinem Schreibtisch in einer Ecke des Schlafzimmers, den Kopf, in dem das Blut gegen die Schläfen hämmerte, in den Händen abgestützt, und hätte am liebsten losgebrüllt, mit der Faust gegen die Wand geschlagen und seine Medizinbücher in Fetzen gerissen. Aber er tat nichts davon; er saß einfach da, nahm alles hin, wartete und zwang sich zum Durchhalten.

Im Spätsommer dieses Jahres kam ihr dritter Sohn zur Welt. Sie nannten das Kind Henry nach seinem toten Onkel, der in Wahrheit gar nicht tot war, sondern weitab vom Schuß in den Adirondacks lebte.

In jenem Herbst, so um Halloween herum, kam es schließlich zur Krise. Edward hielt dem Druck nicht mehr stand. Eines Nachmittags, als er an einer Leiche einen operativen Eingriff übte, drehte er durch. Bei dem Versuch, einen Luftröhrenschnitt auszuführen, rutschte Edward mit dem Skalpell ab und durchtrennte die Kehle seines toten Patienten. Kurz nach diesem mißlungenen Eingriff erlitt Little Eddie einen Nervenzusammenbruch und mußte ins Krankenhaus gebracht werden. Die nächsten zwei Monate sprach er kein einziges Wort und schlief fast achtzehn Stunden am Tag. Die Ärzte ließen sich nicht davon abbringen, daß es Edward bald wieder bessergehen würde. »Der junge Mann«, sagten sie ständig, »braucht nichts als Ruhe und Erholung. Er hat in der letzten Zeit nur zuviel Streß, zuviel Druck erlebt.«

Wild Bill begriff nichts. Er besuchte Edward im Krankenhaus und erklärte dem Jungen, daß er gefälligst aufstehen und sich wieder an die Arbeit machen solle. »Was soll überhaupt dieser Unsinn mit dem Nervenzusammenbruch?« fragte er. »Ein Winslow bricht nicht zusammen, Junge. Ein Winslow steht das durch, beißt die Zähne zusammen, trägt es wie ein Mann und kehrt wieder ins Geschirr zurück. Schau dich doch nur an, wie ein Weib liegst du auf deinem faulen Hintern. Das ist ja ekelhaft.«

Um die Sache noch schlimmer zu machen: Kurz zuvor hatte der Wilde Bettina von Culin geheiratet. Mit diesem lustigen neuen Wesen in seinem Leben hatte er keine Zeit zu verschwenden an Kinder, die sich irgendwelche Krankheiten einbildeten. Während der zwei Monate, die Edward im Krankenhaus lag, besuchte er ihn nur zweimal. Beim ersten Mal schimpfte er Edward als weibisch, und beim zweiten Mal versuchte er den Jungen mit Geld zu bestechen. »Setz deinen Hintern bis Ende der Woche in Bewegung, und du bekommst von mir zehn Riesen auf die Hand. Zehn Riesen, damit du wieder an die Uni, zu deiner Arbeit zurückkannst. Du hast schließlich drei Kinder, die von dir abhängig sind. Du mußt diese Dämonen bekämpfen, Eddie, mein Junge. Schlag diese Schweinehunde tot, sonst haben sie dich für den Rest deines Lebens in den Klauen.«

Edward sagte nicht ein Wort zu seinem Vater. Er hätte dem alten Mistkerl am liebsten ins Gesicht gesagt, daß er sich verpissen solle, brachte es aber nicht über die Lippen. Kurz nachdem der Wilde gegangen war, traf Edward jedoch die Entscheidung, sein Medizinstudium aufzugeben und etwas anderes aus seinem Leben zu machen. Er dachte noch ein paar Tage darüber nach und beschloß dann, mit seiner Familie nach Ithaca zurückzukehren, seinen Magister in Biologie zu machen und dann vielleicht als Lehrer oder in der Forschung zu arbeiten.

Little Eddie wußte das damals nicht und sollte es auch niemals erfahren, aber seine tote Mutter hatte ihm geholfen, diese Entscheidung zu treffen. Seit ihrer Beerdigung hatte Virginia immer ein Auge auf ihn gehabt. Sie wußte, daß ihr mittlerer Sohn besonderer Aufmerksamkeit bedurfte. Da sie nicht mehr unter den Lebenden weilte, konnte sie dem Jungen ihre Hilfe nicht direkt anbieten, aber mit reiner Willenskraft konnte sie seine Gedanken gelegentlich in die eine oder andere Richtung lenken. Einigen unter Ihnen mag dies natürlich als totaler Unsinn erscheinen, aber wenn Sie sich mal die Frage stellen: Was ist Inspiration *denn schon anderes? Auf jeden Fall ein schwieriger Begriff, der nicht leicht zu definieren ist. Aber wir alle haben sie doch irgendwann einmal erfahren, haben jene mysteriösen Gedanken, jene magischen Augenblicke und jene Erkenntnisse aus dem Nichts erlebt. Vielleicht glauben Sie ja, daß Inspiration etwas Göttliches ist, und vielleicht ist sie das auch. Aber wie Mary – und mehr und mehr wie Wild Bill – glaube auch ich, daß die*

Toten göttlich sind, daß eine Familie eine Seele hat und daß diese Seele ewig lebt.

Als Wild Bill von Little Eddies Entscheidung erfuhr, drehte er völlig durch. Er belegte Edward mit jedem Schimpfnamen und mit jeder abfälligen Bezeichnung, die ihm in den Kopf kam. Über eine Stunde lang kastrierte er den Jungen verbal. Aber am Ende stimmte er zu, den Umzug zu finanzieren. Er willigte auch ein, Edwards Studiengebühren und den ganzen Lebensunterhalt der Familie zu übernehmen, solange der Junge für seinen Magister arbeitete.

Christine war über Edwards Entscheidung, sein Medizinstudium aufzugeben, wahrscheinlich noch unglücklicher als ihr Schwiegervater. Er hatte sich nicht einmal mit ihr beraten, bevor er seine Entscheidung traf. Er hatte es einfach getan. Daß Edward Arzt werden sollte, war fast vom ersten Tag ihrer Beziehung an die Hauptmotivation in ihrer beider Leben gewesen. Jetzt gab er von einem Tag auf den anderen alles auf. Christine fühlte sich betrogen, benutzt. In drei Jahren hatte sie ihm drei Söhne geschenkt. Sie hatte Opfer gebracht, ihren eigenen Ehrgeiz zurückgestellt. Aber sie hatte das alles aus freien Stücken getan, weil Dr. und Mrs. Winslow in ihren Ohren gar so gut geklungen und sie sich das Leben einer Arztgattin gar so angenehm und üppig vorgestellt hatte. Doch jetzt redete Edward plötzlich davon, Lehrer zu werden. *Ein windiger Biologielehrer,* dachte sie, *nicht einmal Professor, nur ein blöder Biologielehrer an einer High-School. Jesus Maria.* Trotzdem war Christine mit dem Umzug zurück nach Ithaca einverstanden. Sie wußte nicht, was sie sonst hätte machen sollen. Sie richtete sich in einem kleinen, gemieteten Haus in Cayuga Heights ein, das eine Meile nördlich vom Cornell-Campus lag, und wartete ab, was als nächstes passieren würde.

Im Juni 1982 machte Edward seinen Magister in Biologie. Im

Herbst darauf unterrichtete er seine erste Klasse an der Cortland High School, die ungefähr zwanzig Meilen nördlich von Ithaca lag. Wild Bill hatte die Familie mittlerweile seit sechs Jahren finanziell unterstützt und ihr alle zwei Wochen Schecks für die Miete, für Lebensmittel und andere lebensnotwendige Dinge geschickt. Edward hatte sich lange Sorgen wegen seiner finanziellen Abhängigkeit gemacht, und deshalb betrachtete er den Brief, den er seinem Vater nun Mitte September schrieb, als seine persönliche Unabhängigkeitserklärung. Er dankte dem Wilden für dessen finanzielle Unterstützung, fügte aber hinzu, daß er sie nicht länger mehr bräuchte und von nun an auf eigenen Beinen stehen könne.

Kurz vor Weihnachten mußte Christine feststellen, daß sie einfach nicht genügend Geld mehr hatten, die Miete und die Raten für das Auto zu zahlen, Lebensmittel und Kleider zu kaufen und ganz generell über die Runden zu kommen. Sie bat Edward, daß er an seinen Vater schreiben und versuchen solle, ob er nicht doch noch einmal mit etwas Bargeld aushelfen könnte. Edward lehnte das strikt ab. Er würde nicht an seinen Vater schreiben. Kam überhaupt nicht in Frage. Er bestand darauf, daß Tausende von anderen Familien auch vom Gehalt eines Lehrers lebten; er sah keinen Grund, warum sie das nicht ebenfalls tun sollten.

Als das neue Jahr fortschritt, wurde Geld mehr und mehr zum Konfliktstoff. In diesem Winter stritten Christine und Edward mehrmals in der Woche um Geld. Sie stritten am Frühstückstisch und machten beim Abendessen weiter. Nachts stritten sie im Bett und morgens im Badezimmer. »Die Kinder brauchen neue Schuhe«, beharrte Christine. »Ihre alten Schuhe sind noch gut genug«, lautete Edwards immer gleiche Antwort. »Dein Vater ist Millionär«, warf Christine dann ein. »Das ist mir völlig egal, von mir aus kann er Milliardär sein«, konterte Edward. »Ich werde keinen roten Heller von ihm verlangen.«

Und wenn die beiden nicht gerade über Geld stritten, hatte Little Eddie sich höchstwahrscheinlich in sein winziges Arbeitszimmer hinter dem Wohnzimmer verkrochen, wo er Bücher über Existentialismus und Vatermord las.
Gegen Ostern war Christine am Ende ihrer psychischen Belastbarkeit angelangt. Sie hatte das Gefühl, daß ihr das Leben aus den Händen glitt, als ob sie die Kontrolle darüber verloren hätte. Ihr Abschluß in Politik, den sie in Cornell gemacht hatte, schien ihr aus einem anderen, weit zurückliegenden Leben zu stammen. Es gab Tage, da kam sie morgens kaum aus dem Bett. Sogar wenn sie die Nacht über gut geschlafen hatte, fühlte sie sich morgens müde und abgespannt. Sie brachte nicht einmal mehr die Energie auf, sich mit Edward zu streiten. Hätte sie den Mut dazu gehabt, hätte sie ihn wahrscheinlich verlassen, hätte die Kinder genommen und wäre für ein paar Tage weggefahren, wenigstens so lange, bis Edward ausreichend Zeit gehabt hätte, seine Situation neu zu überdenken. Aber statt dessen tat sie nichts und steuerte unweigerlich auf ihren eigenen Nervenzusammenbruch zu.
Eine Zeitlang sagte sie sich, daß es nur ein Virus sei, aber nach ein paar Wochen mußte sie sich die Wahrheit eingestehen. Sie hatte Depressionen. Fast ständig mußte sie gegen den Wunsch ankämpfen, gleich in Tränen auszubrechen, sich einfach auf den Boden zu legen und loszuheulen. An einem warmen und schwülen Samstagnachmittag im Mai erwischte es sie schließlich. Sie hatte Lebensmittel eingekauft. Wie üblich war nicht genug Geld auf dem Girokonto, um alles zu bezahlen, was sie brauchte. Edward war zu Hause und paßte auf die Kinder auf. Aber als sie nach Hause kam, hatten die Kinder die Wohnung völlig auf den Kopf gestellt. Die beiden jüngeren hockten mit nassen Hosen heulend auf dem Fußboden, während ihr älterer Bruder mit seinem weißen Plastikball gerade einen Lampenschirm in tausend Trümmer schoß. Vater Edward saß in sei-

nem winzigen Arbeitszimmer und hörte und sah nichts, weder den Lärm noch die Scherben klirren. Er war in ein Buch über einen Indianerstamm am Amazonas vertieft, die ihre Eltern töteten, sobald die alten Leute nutzlos und schwach geworden waren.

Christine benötigte drei Monate im Krankenhaus, um sich wieder einigermaßen zu erholen. Sie brauchte Tabletten, um ruhig zu bleiben, und noch mehr Tabletten, um überhaupt einschlafen zu können. Edward besuchte sie mehrmals in der Woche. Im ersten Monat behandelte er sie zuvorkommend und voller Verständnis. Einmal entschuldigte er sich sogar dafür, kein besserer Ehemann zu sein. Aber unmerklich änderte sich sein Ton. Er fing an, ihr vorzuwerfen, daß seine Kinder bei ihrer Großmutter in Newburgh lebten, solange seine Frau noch krank war. Er warf seiner Frau vor, faul und eine schlechte Mutter und Ehefrau zu sein. Und gegen Ende ihrer zehnten Woche im Krankenhaus tauchte Edward eines Tages auf, stellte sie als Simulantin hin, die gar nicht krank sei, sondern sich nur von ihm und den Kindern erholen wolle, und stürmte wieder aus dem Zimmer. Daraufhin fuhr er nach Newburgh, holte seine Söhne und nahm sie mit nach Hause. Christines Mutter, die sich über die geistige Gesundheit ihres Schwiegersohnes nicht ganz im klaren war, wollte ihm die Kinder eigentlich nicht geben, hatte aber vom Gesetz her gar keine andere Möglichkeit. Edward war schließlich ihr Vater.

An diesem Punkt fangen die Ereignisse an, sich zu überschlagen, aber die meisten Fakten sind uns bekannt, auch wenn wir deren genaue Reihenfolge nicht kennen. Sie müssen wissen, daß bei Edward einfach der Verstand aussetzte, eine Sicherung durchbrannte. Er fuhr nämlich mit seinen drei Kindern nach Ithaca zurück und verbarrikadierte seine Familie mehr oder weniger in dem kleinen Haus. Er zog die Vorhänge vor, verriegelte die

Türen und erklärte den Jungen, die keine Ahnung hatten, was los war, daß sie belagert würden. Von wem belagert? fragte der Älteste. Von den Bösen, antwortete der Vater. Und so verließen sie in den nächsten paar Wochen das Haus nur, um den Wagen aufzutanken und um Vorräte anzulegen. Sie gingen immer nur nachts im Schutze der Dunkelheit ins Freie.

Aber eines Morgens, ein paar Tage vor Christines Entlassung aus dem Krankenhaus, gingen sie doch tagsüber aus dem Haus. Edward fuhr ins Krankenhaus, und während die Kinder im Wagen warteten, ging er hinauf und erklärte seiner Frau, daß sie sich die Mühe sparen könne, nach Hause zu kommen, sie kämen ganz gut ohne sie zurecht. Nun, das war der Anfang von Edwards Ende. Während der folgenden zwei Wochen wechselten sich Christine, ihre Familie und seine Familie darin ab, an seine Haustür zu hämmern. Sie alle wollten wissen, was eigentlich los sei, warum er sich wie ein Verrückter benahm. Edward schob einfach die Couch vor die Tür und sagte ihnen, daß sie weggehen sollten. Sie gingen auch wieder weg, aber Christine verständigte natürlich irgendwann die Behörden. Sie nahm sich einen Anwalt, und innerhalb weniger Tage hatte dieser Anwalt einen Richter gefunden, der einen Gerichtsbeschluß erließ, wonach Mr. Edward Winslow seine drei Söhne in die Obhut von Tompkins County zu geben habe.

Das war der Abend, an dem Christine Edward anrief und ihm sagte, daß die Polizei unterwegs sei. Edward beschimpfte sie als Verräterin und riß das Telefon aus der Wand. Als die Polizisten kamen, öffnete er zwar die Tür, weigerte sich aber, sie ins Haus zu lassen. Die Frau vom Jugendamt klärte ihn über den Gerichtsbeschluß auf. Edward erklärte ihr daraufhin, sie solle dem Richter ausrichten, er könne ihn mal kreuzweise. Die Polizisten redeten beruhigend auf Edward ein. Edward jedoch erklärte den Polizisten, daß sie ihn ebenfalls kreuzweise könnten, und knallte der Frau die Tür ins Gesicht. Nun, da verloren die

Polizisten natürlich die Geduld, traten die Tür ein und stürmten wie ein paar SS-Offiziere auf Judenjagd ins Haus. Little Eddie bekämpfte sie wie ein Ritter, der seine Burg und seine Gefolgsleute verteidigt, mußte sich letzten Endes aber geschlagen geben und wurde in Handschellen abgeführt. Seine Jungen und seine tote Mutter hatten sich hinter dem Sofa verkrochen und beobachteten von dort aus die Schlacht. Keiner konnte etwas dagegen tun. Die Psychose des mittleren Sohnes war voll ausgebrochen. Die Polizisten warfen Little Eddie wegen Widerstands gegen die Festnahme und tätlichen Angriffs gegen einen Polizeibeamten ins Tompkins-County-Gefängnis.

»Ja? Hallo?«
»Hallo? Ist dort Samantha?«
»Ja, am Apparat. Wer spricht denn?«
»Mein Name ist Evangeline. Ich arbeite für Mr. Winslow ... Edwards Vater.«
»Ja?«
»Ich rufe schon den ganzen Tag an und versuche Edward zu erreichen.«
»Ja, nun, ich bin eben erst aus dem Büro nach Hause gekommen, und Edward geht nicht ans Telefon.«
»Ich verstehe.«
»Bräuchten Sie denn etwas von ihm?« Samantha stellte die Frage mit genau dosierter Knappheit. Samantha Tuttle war drei Jahre lang Edwards Psychologin gewesen, ehe sie seine zweite Frau geworden war.
»Ja, also, ich muß wirklich dringend mit Edward sprechen.« Evangeline hatte bereits von Samantha und ihrem rasputinähnlichen Einfluß auf den mittleren Sohn gehört. Sie fühlte sich auch sofort eingeschüchtert. »Es ist sehr wichtig.«
»Darf ich Sie fragen, weswegen Sie ihn sprechen müßten?«
»Sein Vater hatte einen Unfall.«

»Ist es etwas Ernsthaftes?« fragte Samantha, ohne auch nur im mindesten Betroffenheit zu zeigen.
»Ich fürchte«, erwiderte Evangeline, deren Wunsch, keine zu großen Lügen zu erzählen, schwer auf jeder ihrer Äußerungen lastete.
»Ist er noch am Leben?«
»Vielleicht spreche ich doch besser mit Edward selbst.«
»Vielleicht sprechen Sie erst mal mit mir. Sie müssen wissen, daß es Edward nicht besonders gutgeht.«
»In Ordnung«, sagte Evangeline, die keinen Ärger haben wollte. »Ich erzähle es Ihnen, und Sie sagen es Edward.«
»Ja, das halte ich für das Beste.«
Und so berichtete Evangeline ein weiteres Mal von Wild Bills Sturz die Hintertreppe hinunter, von seinem gebrochenen Knöchel, der ausgerenkten Schulter und den zwei riesigen Beulen an seinem Hinterkopf; dabei übertrieb sie alles ein kleines bißchen, so daß sie nichts davon allzusehr übertreiben mußte.
»Glauben Sie, daß er es überleben wird?« fragte Samantha.
Evangeline zögerte. *Selbstverständlich wird er es überleben, du Närrin,* dachte sie, *aber das werde ich dir nicht auf die Nase binden.* »Das ist sehr schwer zu sagen. Er war ein paar Stunden ohne Bewußtsein und ist es vielleicht noch. Ich hielte es für das Beste, wenn Edward kommen und ihn besuchen würde.«
»Soso, der Meinung sind Sie also.«
Evangeline zögerte, aber nur einen Augenblick. »Ja«, sagte sie fest, »der Meinung bin ich. Und zwar sollte er so schnell wie möglich kommen.«
Samantha brauchte einen Moment, um sich wieder zu fangen. »Nun, das können Sie leicht sagen, aber vielleicht kennen Sie die Situation ja nicht. Edward und sein Vater haben seit fast sechs Jahren nicht mehr als ein Dutzend Worte miteinander gewechselt.«

Evangeline kannte die Situation ganz genau, zumindest von Billy Boys Standpunkt aus. Und sie wußte auch, wie man hart und direkt zu sein hatte, wenn die Umstände es verlangten. »Das kann schon sein«, sagte sie, »aber Edwards Vater ist verletzt, und das ziemlich schwer. Jetzt zählt allein die Tatsache, daß Edward sein Sohn ist. Die Vergangenheit kann erst mal warten.« Und dann, noch ehe Samantha darauf antworten konnte, fügte Evangeline hinzu: »Sind Sie nicht auch dieser Meinung?«

Samantha zögerte, meinte dann aber kurz angebunden: »Ich werde Edward ausrichten, was Sie mir gesagt haben.«

»Vielen Dank«, sagte Evangeline. Genug der Worte. Jedes weitere Wort wäre nur verschwendet und unnötig. Sie verabschiedete sich und legte schnell auf.

7

Als das Telefon gerade in Joseph Winslows Eigentumswohnung in Aspen klingelte, hatte der junge Winslow seine letzte Eroberung dazu überredet, es mit ihm auf dem Sattel seines speziell für ihn gefertigten Mountain-bikes zu treiben. Sie waren beide nackt und voller Koks, und keiner von beiden konnte mit dem Kichern aufhören. Joseph hatte keine genaue Vorstellung, wie die Sache laufen sollte, sobald er die junge Dame mal auf dem Sattel hatte, aber so ein Problem konnte ihn nicht einen Augenblick davon abhalten, es wenigstens zu versuchen. »Erst muß er mir mal stehen«, pflegte er zu sagen, »dann mache ich mir Gedanken, wie ich ihn irgendwie hineinbringe.«

Joseph Muller Winslow, zweiunddreißig, war nach seinem Großvater, Virginias Vater, benannt worden, der im Frühjahr 1958, nur ein paar Tage vor der Geburt des kleinen Joseph, gestorben war. Joey war ein ruhiges Baby, das pflegeleichteste von Virginias neun Kindern. Er wartete immer geduldig, bis er an die Brust gelegt wurde, und wenn seine Mutter noch mit anderen Pflichten beschäftigt war, dann blieb er einfach so lange ruhig liegen, normalerweise mit einem Lächeln auf dem Gesicht und einem Glitzern in seinen himmelblauen Augen.

Joey hatte Augen wie sein Vater, sagenhafte, wilde Augen; Augen, die die Leute zum Hinschauen zwangen, vor allem junge Damen. Seine Augen waren nicht dunkel und düster wie die von Edward, sondern völlig klar, schon beinahe leuchtend. Und noch ehe der Junge die volle Kraft seiner Augen einschätzen konnte, hatte er bereits gelernt, mit ihrer Hilfe alle seine Wünsche durchzusetzen.

In einer Familie voll stattlicher Männer mit starken Rücken, breiten Schultern und feingeschnittenen Gesichtern war Joseph Muller Winslow der stattlichste, breitschultrigste und bestaussehende männliche Nachwuchs, den die Familie seit mehreren Generationen hervorgebracht hatte. Er sah seinem Ur-Urgroßvater Colonel Barton Henry Winslow sehr ähnlich, der auf seiten der Nordstaaten gekämpft hatte und eines heldenhaften Todes am dritten Juli 1863 in der blutigen Schlacht von Gettysburg gestorben war. Gentleman Bart, wie er von seinen Truppen genannt wurde, liebte den Schlachtenlärm. Er war ein Kämpfer und ausgezeichneter Reiter, der mit blankem, glänzendem Schwert in der ausgestreckten Hand seine Truppen in die Schlacht führte. Sein Nachkomme jedoch war keine Kämpfernatur. Ur-Urenkel Joseph hatte in seinem ganzen Leben noch nie um etwas gekämpft. Außer an sein persönliches Vorrecht, es sich so gut wie möglich gehen zu lassen, glaubte er an fast gar nichts.

Im zarten Alter von fünfzehn Jahren verlor Joey Winslow seine Unschuld an die Mutter seines besten Freundes. Sie hieß Mrs. Anderson, und obwohl sie Joey damals reichlich alt erschien, war sie tatsächlich erst dreiunddreißig Jahre alt gewesen. Sie verführte den jungen Winslow eines Nachmittags, als er ins Haus kam, um ihren Sohn zu besuchen. Nach diesem ersten Mal kam es zu weiteren Treffen in ihrem Schlafzimmer, und sie hätten ihre sexuelle Beziehung wahrscheinlich auch fortgesetzt, wenn Mr. Anderson nicht nach Chicago versetzt worden wäre. Joey sollte Mrs. Anderson, ihre Intensität und ihre völlig ungehemmte Art, mit ihm ins Bett zu gehen, nie vergessen.

Ein an Freud geschulter Psychiater würde vielleicht meinen, daß Joeys nie erlahmender Schwung, sich auf frische, stramme weibliche Körper zu stürzen, der unbewußte Versuch sein könnte, seine Romanze mit Mrs. Anderson wieder auferstehen zu lassen. Verfechter der Theorien C. G. Jungs hingegen würden seine diesbezügliche Besessenheit eher mit dem tragischen Ende seiner Mutter in Verbindung bringen. Joey würde zweifellos sagen, daß er einfach gern bumse. Aber natürlich sind unsere Handlungen und

Motivationen so vielschichtig, daß wir sie niemals ganz verstehen werden. Joey war, als seine Mutter starb, erst siebzehn und im letzten Jahr an der High-School, in einem Alter, in dem man unglaublich verletzlich und unsicher ist. Wie jeder andere siebzehnjährige Junge auch tat er sein Bestes, um diese Gefühle in Schach zu halten. Er sperrte sie in sich ein, und wenn er sie überhaupt herausließ, dann nur in Form übertrieben männlichen Auftretens. Sicher, er hatte eine Menge sexueller Erfahrungen, aber er konnte nicht eine Träne vergießen, als man seine Mutter in das Grab auf dem Familienfriedhof auf dem Hügel hinter dem großen Haus in Far Hills hinunterließ.

Jede Generation von Winslows hatte, solange man zurückdenken kann, ihren Süchtigen. Mehrere hundert Jahre lang war das der Säufer in der Familie gewesen, der ewig torkelnde Verwandte, der den Alkohol Gott, Freunden und selbst dem Geld vorzog. Aber in der gegenwärtigen Generation hatte der Alkohol einen Bundesgenossen gefunden: Drogen. Alkohol und Drogen, Drogen und Alkohol: Joey wußte mehr als jedes andere seiner Geschwister die Wirkung der beiden zu verbinden. Er ging noch in die Grundschule, als er bereits ziemlich viel trank. Mit einer leeren Viertelliterflasche Pepsi Cola hatte er sich immer an Wild Bills Bar geschlichen und sie mit Bourbon, Scotch, Gin, Wodka, oder was immer er gerade finden konnte, aufgefüllt.

Dann war er damit in die Scheune gegangen, wo er und seine Schulfreunde die Flasche leerten, kicherten und ein, zwei Stunden an sich herumfummelten, ehe sie alles wieder erbrachen. In der High-School rauchte Joey gern Marihuana zu seinem Bier und seinem Whisky. Danach arbeitete er sich zu LSD, Speed und jener lieblichen Droge vor, die als Angel Dust bekannt war. Man mußte nur ein wenig von diesem »Engelsstaub« rauchen, und innerhalb weniger Minuten fühlte man sich wie Gott, der Teufel und Mick Jagger in einem. Dieser Staub schickte mehr als einen von Joeys Freunden in die Klapsmühle. Aber Joey schien nichts etwas anhaben zu können. Er konnte praktisch jede Kombination aus Alkohol und Drogen trinken, rauchen, inhalieren und schnupfen und trotzdem noch am nächsten Morgen aufstehen, sich im Gleichgewicht und sogar relativ gesund fühlen. Zwischen seinem achtzehnten und achtundzwanzigsten Lebensjahr experimentierte Joey mit praktisch jeder illegalen Weltfluchtdroge, die im Westen bekannt war. Am Ende mochte er Bier, Bourbon, Marihuana und Kokain am liebsten; und es gab mehr als einen Abend, an dem er sich alle vier dieser Köstlichkeiten auf einmal einverleibte.

Joey ging aufs College, eigentlich sogar auf mehrere. Er immatrikulierte sich an vier verschiedenen Universitäten zwischen Boston und San Francisco, hielt es aber nie länger als ein Semester an einem dieser Institute aus. Normalerweise schaffte er zwar seine Prüfungen, aber nur selten mit Auszeichnung. Die einzigen Menschen, die sich an Joey Winslow aus seinen College-Tagen noch erinnern mochten, waren die hübschen, willigen jungen Dinger, die es ihm angetan hatten, und die Drogendealer, die wußten, daß er immer die Taschen voller Bargeld hatte.

Im Frühjahr 1986 erzählte ihm ein Kumpel aus der Drogenszene in San Francisco, daß er über den Winter nach Colorado gehen würde. Joey beschloß mitzukommen. Er hatte gerade nichts Besseres zu tun. Gegen Weihnachten hatte er Aspen entdeckt. Dort gab es alles, was er sich wünschte: Alkohol, Drogen, Partys und willige Frauen im Überfluß. Außerdem konnte man dort gut Ski laufen, was Joey jedoch erst nach längerem Nachdenken einfiel.

Joey blieb zwei Jahre in Aspen, in denen er sich einarbeitete und herausfand, wer wer war und was was war. Er arbeitete als

Barkeeper, dealte mit Drogen und hielt es für ein paar Monate sogar bei einem regulären Job als Verkäufer in einem Skigeschäft aus. Er schlief in vielen verschiedenen Betten mit vielen verschiedenen Frauen. Zweimal fing er sich den Aspen-Tripper ein, eine nur am Ort kursierende Geschlechtskrankheit, die die Ärzte mit einer extrem hohen Dosierung aus Penicillin und Vitamin B_{12} kurierten.

Joey nahm Unterricht und entpuppte sich als ziemlich guter Skiläufer. Gegen Ende seines zweiten Winters in Aspen sah er aus wie ein Profi, wenn er in seinem blaßblauen Skianzug und seiner modischen Skibrille den Hang hinunterglitt. Er arbeitete hart an seinen skifahrerischen Künsten, da ein Skifahrer, der auf der Piste eine gute Figur machte, später gutaussehende Skiläuferinnen zum Après-Ski abschleppen konnte – und das den ganzen Winter über; von Weihnachten bis Ostern strömten die wunderschönen Ladys mit Bus, Flugzeug und Limousine nur so nach Aspen. Manchmal kam Joey die Stadt wie ein gigantisches Bordell vor.

Aber nach zwei Jahren Frondienst in diversen Schlafzimmern beschloß Joey, mehr aus seinen in Aspen gesammelten Erfahrungen machen zu wollen. Er hatte es satt, auf der Couch schlafen zu müssen und um fünf Uhr morgens aus der Ferienwohnung geworfen zu werden, weil irgend so eine reiche Kuh jede Minute ihren Gatten aus Houston oder Buenos Aires zurückerwartete. Außerdem hatte Joey die Nase voll davon, hinter der Theke zu stehen und irgendwelchen Börsenmaklern und TV-Moderatoren Bier einzugießen und Koks anzudrehen. Dazu kam, daß er erst kürzlich von einem Polizisten am Ort gewarnt worden war, daß er schließlich doch noch hinter Gittern landen würde, wenn er weiterhin mit Koks handelte. Also was tat Joey? Er rief natürlich seinen Alten Herrn, den Wilden, an.

»He, Dad«, sagte er, »ich habe eine tolle Gelegenheit, hier in der Stadt ein Skigeschäft zu kaufen. Es ist nur ein kleiner

Laden, aber er liegt gleich neben der neuen Seilbahn, und im Sommer werden dort auch Mountainbikes verkauft. Ich glaube, mit einer kleinen Finanzspritze könnte der Laden schon laufen.«

Und so flog Wild Bill nach Aspen, um sich die Sache einmal anzusehen. Der Laden hatte ungefähr die Größe eines Wandschrankes, und die Bücher waren alles andere als gut geführt, aber letzten Endes beschloß der Wilde doch, das Risiko einzugehen. Er war der Meinung, daß er endlich etwas tun müsse. Oder sein Junge Joey würde für den Rest seines Lebens ein Säufer, Herumtreiber und Gigolo bleiben. Er schlug ihm deshalb folgenden Handel vor: Er, Wild Bill, würde für die Finanzierung aufkommen, und Joey sollte den Laden führen. Sie würden Partner sein. Zweimal im Jahr würde Wild Bill hinüberfliegen und sich die Bücher ansehen; solange alles sauber und ordentlich lief, würde er sich auch weiterhin finanziell engagieren.

Joey unterschrieb, ohne auch nur einen Moment zu zögern. Er gab dem Laden einen neuen Namen – Winslow's West – und verdiente fast vom ersten Tag an Geld damit. Hauptsächlich verdiente er deswegen Geld, weil er das Glück gehabt hatte, aus purem Zufall eine junge Dame mit Schönheit und Verstand zu finden, die den Laden für ihn führte. Sie war klug, ehrlich und fleißig; eine Farmerstochter, die irgendwo aus dem Mittleren Westen stammte und ein paar Jahre zuvor das flache Land dort verlassen hatte, um ihr Glück in den Bergen zu suchen. Sie nahm ihre Arbeit ernst und unterschlug nie auch nur einen Penny. Joey, der nicht gerade der Hellste war, war dennoch klug genug, um zu kapieren, daß er mit Sara Tonner einen Volltreffer gelandet hatte, und deswegen verzichtete er auch darauf, seine Geschäftsführerin ins Bett zu schleifen. Stattdessen behandelte er Miss Tonner mit professionellem Respekt. Sie konnte einstellen und entlassen, wen sie wollte,

konnte frei über Wareneinkauf und Verkauf entscheiden, konnte den Laden dekorieren und Reklame dafür machen, wie es ihr beliebte. Joey überließ ihr einfach alles.
Er kaufte sich eine gemütliche Wohnung neben der Piste, einen Fernseher mit großem Bildschirm, eine Fünftausend-Dollar-Stereoanlage mit CD-Player, Bose-Lautsprechern, Verstärkern, Vorverstärkern und einem Equalizer. Bei den Frauen machte er Eindruck mit seiner Vorliebe für klassische Musik, einer Vorliebe, die er bereits in frühester Kindheit von seiner Mutter übernommen hatte. Da Wild Bill weiter Geld in den Laden steckte, konnte Joey sich dem guten Leben hingeben. Bei ihm gab es immer genügend Alkohol, riesige Mengen an Marihuana und Koks im Überfluß. In Aspen hieß das nichts anderes, als daß man Freunde hatte, Unmengen von Freunden; Freunde, die einen beim ersten Versiegen der Quelle zwar im Stich lassen würden, aber nichtsdestotrotz Freunde.

»Aber was ist mit dem Telefon?« kicherte sie.
»Laß doch das blöde Ding, Engelchen«, sagte er. »Komm lieber her und laß dich bumsen.«
Joey hatte die junge Dame, an deren Namen er sich nicht erinnern konnte, mittlerweile auf den Sattel des Mountainbikes gehievt, aber ein Eindringen schien nicht sehr wahrscheinlich. Da war einfach nicht genügend Platz, und außerdem war die Angelegenheit viel zu wackelig. Und das Kokain machte ihn allmählich etwas übellaunig, schon fast bösartig. Und dann noch dieses Telefon. *Warum*, fragte er sich, *schaltete sich eigentlich dieser dämliche Anrufbeantworter nicht ein? Deswegen habe ich diese blöde Maschine doch gekauft.* In dem Moment schaltete er sich endlich ein. Joey hörte sich selbst mit weicher Stimme sagen: »He, Leute, was gibt's? Bin momentan bei der Arbeit, aber wenn ihr mir eine Nachricht hinterlaßt, rufe ich euch ganz bestimmt bald zurück.« Piep!

Und dann hörte er eine weiche, sanfte Stimme. »Ja, hallo, Joseph, hier spricht Evangeline, Evangeline Pennington. Ich rufe an, weil dein Vater einen Unfall gehabt hat. Es sieht ziemlich schlimm aus. Er liegt im Krankenhaus. Bitte ruf mich sobald wie möglich unter der Nummer 201-234-67 –«

Joey ließ die junge Dame allein auf dem Mountainbike hocken und hechtete ans Telefon, ehe Evangeline die Nummer zu Ende angeben konnte. Er schaltete den Anrufbeantworter ab und packte den Hörer. »Evangeline, hi. Hier ist Joey. Ich bin eben zur Tür herein. Was ist los? Was ist passiert? Ist Wild Bill in Ordnung?«

Und so mußte Evangeline ein weiteres Mal ihre Pflicht tun und auf der dünnen Linie zwischen Lüge und Wahrheit entlangbalancieren. Sie erzählte ein weiteres Mal von dem Sturz und wollte Joey gerade die Dringlichkeit der Situation erläutern, als der sie unterbrach.

»Du brauchst gar nicht mehr weiterzureden, Evangeline, kein Wort mehr. Die Winslows sind zwar alle Halunken, daran gibt's nichts zu rütteln, aber ich weiß immerhin, wann die Pflicht mich ruft. Wenn es dem Alten Herrn schlechtgeht, dann bin ich selbstverständlich da, keine Frage. Du kannst davon ausgehen, daß ich schon fast im nächsten Flugzeug Richtung Osten sitze.« Joey machte kurz Pause und fügte dann noch hinzu: »Evangeline?«

»Ja?«

»Danke, daß du mich angerufen hast. Ich freue mich auf dich. Wir sehen uns in Far Hills.«

Der Chevy-Transporter war auf einem heißen und verlassenen Streifen Highway in Georgia liegengeblieben, der Richtung Osten in die Okefenokee-Sümpfe führte. Dampf zischte aus dem Motorraum. Barton Winslow, dreißig, jüngster der Söhne von Wild Bill und Virginia, stand vor dem großen Wagen und fragte sich, was er jetzt tun solle. Über Motoren wußte er gerade noch, wo das Benzin einzufüllen war und wo er – wenn er sich sehr anstrengte und ganz genau hinsah – den Ölprüfstab finden konnte. Aber es war ihm bereits zuviel, die Motorhaube zu öffnen, aus Angst, der ganze Transporter könnte ihm jeden Moment um die Ohren fliegen.

In der anderen Richtung konnte Barton sehen, wie die Sonne langsam am Horizont hinter dem Highway unterging und wie die Hitze noch immer über dem Asphalt flirrte. Er versuchte Ruhe zu bewahren, was nicht gerade zu seinen starken Seiten gehörte. Er fürchtete sich leicht und hatte lernen müssen, mit plötzlichen Angstattacken zu leben, die wie kalte Schauer mehrmals am Tag seinen Körper überliefen.

Barton versuchte sich zu erinnern, warum er ein paar Stunden zuvor beschlossen hatte, die Interstate südlich von Savannah zu verlassen und Richtung Okefenokee zu fahren. Es hatte etwas mit der neuen Skulptur zu tun, die in seinem Kopf Form annahm, aber er konnte sich nicht mehr an die genaue Natur dieses Projektes erinnern. Das war ihm jetzt auch egal. Er wollte nur noch heil und gesund in dem Haus auf Captiva Island ankommen.

An dieser Stelle soll nun eine Geschichte erzählt werden, die ein klärendes Licht auf Bartons Charakter werfen wird. Wir werden von Zeit zu Zeit immer wieder mal darauf zurückkommen, weil sie einen jener Momente wiedergibt, die wir Romanciers als so erhellend empfinden. Die Geschichte geht folgendermaßen: Als Barton vier Jahre alt war, kam seine Schwester Mary, auf den Tag genau zehn Jahre älter als er, ganz früh am Morgen in das Schlafzimmer des Jungen und erklärte ihm, daß sie gerade eben einen sehr wichtigen Traum gehabt habe. Der Traum hatte vor sehr langer Zeit begonnen, noch vor dem Revolutionskrieg, an den Ufern des Hudson River und in einer Stadt, die später ein-

mal Hoboken heißen sollte. Ein junger Mann, ein Urahn namens Freeman Winslow, stand am Rand des Wassers und hielt Hammer und Meißel in der Hand. Vor ihm lag ein großes Stück getrocknetes Treibholz. Der junge Mann hatte eben damit begonnen, dem Treibholz die Gestalt einer zweiköpfigen Schlange zu geben. Aber noch ehe er die Arbeit beenden konnte, machte der Traum einen Sprung von dreihundert Jahren in die Zukunft, und da stand ein anderer junger Mann, der dem ersten sehr ähnlich sah; er stand vor einem anderen Gewässer, hatte aber ebenfalls Hammer und Meißel in der Hand. Mary erklärte Barton, daß er dieser zweite junge Mann in ihrem Traum sei. Sie sagte weiter, der Traum sei der Beweis dafür, daß er dazu bestimmt war, ein großer Bildhauer zu werden. Der junge Barton lauschte und nickte zustimmend, als ob ein Vierjähriger tatsächlich so einen philosophischen Unsinn begreifen könnte. Aber er verstand tatsächlich. Er muß es wohl verstanden haben, denn im Laufe der ganzen Jahre – selbst während jener schwierigen Zeit, die auf den Tod seiner Mutter folgte – arbeitete er fleißig daran, die Prophezeiung seiner Schwester zu erfüllen. Er fing mit Knetmasse an und ließ sich nie beirren. Und was noch wichtiger war, er zog nie die Richtigkeit von Marys Traum oder ihrer Interpretation in Zweifel.

Nachdem Barton die High-School beendet hatte, schrieb er sich an der New York School of Design in Manhattan ein. Er tat diesen Schritt in der festen Absicht, sich zu einem perfekten Bildhauer ausbilden zu lassen. Von Anfang an zeigte er vielversprechendes Talent, aber eher als Graphiker denn als Gestalter von Holz oder Stein. Er konnte schnelle und präzise Skizzen aufs Papier werfen. Mehr als einer seiner Professoren erklärte ihm, daß er es an der Madison Avenue, in der Welt der Werbung, leicht zu etwas bringen könnte. Aber Barton lehnte es ab, sein künstlerisches Talent auf diese Art und Weise zum

Ausdruck zu bringen. Es kam für ihn überhaupt nicht in Frage, seine Talente für den Verkauf von Seife, Zigaretten und Müsli zu verschwenden. Wie viele Künstler vor ihm hatte er wesentlich höher gesteckte Ambitionen. Und er hatte Marys Traum. Also verließ Barton nach zwei Jahren die School of Design und machte sich daran, der beste Bildhauer seiner Generation zu werden.

Seine Entscheidung, die Schule zu verlassen, paßte seinem Vater gar nicht. Wild Bill hatte der Gedanke an eine Kunstakademie von vornherein nicht gefallen, aber sie dann auch noch einfach so aufzugeben machte alles noch schlimmer; der Wilde haßte Menschen, die aufgaben. Trotzdem ließ Wild Bill es dabei bewenden, nachdem er sich ein- oder zweimal mit seinem Sohn ergebnislos über dieses Thema unterhalten hatte. Er hatte seinen jüngsten Sohn ohnehin nie verstanden. Auf ihn hatte der Junge immer einen seltsam abwesenden, schon fast schreckhaften Eindruck gemacht. Barton zeigte keinerlei Interesse für Sport, und soweit Wild Bill wußte, war der Junge auch nie in eine Prügelei verwickelt gewesen. Wäre Barton in der Reihenfolge der Geschwister eher zur Welt gekommen, hätte der Wilde ihm das Leben zweifellos schwerer gemacht.

»Er ist sehr sensibel, Will«, erklärte Virginia ihrem Mann abends im Bett, »aber er macht überhaupt keinen Ärger. Laß ihn einfach so sein, wie er ist.«

»Aber er ist so seltsam.«

»Nicht seltsam, Will, nur anders.«

Wild Bill und Virginia wußten nichts von dem Traum. Keiner wußte von dem Traum, nur Mary und Barton. Mary erklärte Barton, daß er niemals laut über diesen Traum reden dürfe. Sie sagte, es könne die Glaubwürdigkeit des Traumes erschüttern. Barton versicherte ihr, daß er keinem Menschen davon erzählen würde. Dieses auf den ersten Blick so unschuldige Geheimnis hatte jedoch einen entfremdenden Effekt auf den

jungen Winslow. Es distanzierte und entfremdete den Jungen von seiner Familie.
Der hatte seine eigenen Träume, die sich Nacht für Nacht wiederholten. Es gab zwei davon. Der erste betraf die Nacht, in der seine Mutter starb. Aber in seiner Version überfuhr dieser Silver Shadow jeden aus der Familie und tötete ihn, nur ihn nicht. In Bartons anderem Traum war Virginia noch gesund und am Leben. In diesem Traum saß die ganze Familie in lebhafter Unterhaltung um den Abendessenstisch versammelt, jeder lächelte und war nett zu seinem Gegenüber und lachte immer genau an den richtigen Stellen. Barton wußte genau, daß so ein Abendessen nie oder nur selten stattgefunden hatte. Er wußte, daß es meistens vor, während oder nach diesen Abendessen zu Streitereien und Beleidigungen gekommen war. Und er wußte, daß es nach dem Tod seiner Mutter überhaupt keine gemeinsamen Abendessen mehr gegeben hatte. Der Tod seiner Mutter hatte den Tod der Familie bedeutet. Barton sehnte sich danach, die Familie wieder zum Leben zu erwecken, die Entfremdung aufzuheben, die er seit frühester Jugend verspürt hatte, hatte aber keine Vorstellung, wie er diese Wiederauferstehung bewerkstelligen sollte. Und solange er sich an Marys Traum klammerte und diesen Traum geheimhielt, so lange hatte er nicht die Macht, seine Familie wieder zu vereinen.

Den Winter verbrachte Barton immer im Haus seines Vaters an der Frenchman Bay in Bar Harbor. Die Stadt war praktisch verlassen in den kalten Monaten, nur noch die Fischer, Säufer, Künstler und Schriftsteller waren dageblieben. Barton verbrachte die meiste Zeit über allein und hielt sich auf der geheizten Veranda auf, von der aus man die Bucht überblicken konnte. Aber er schaute nicht oft hinaus auf das Wasser. Er arbeitete stundenlang an seinen Skulpturen. Meistens vertrieb er sich die Zeit mit Musik, die von morgens bis abends lief. Bach, Mozart, Händel und Vivaldi waren seine Favoriten, so wie sie auch schon die Lieblingskomponisten seiner Mutter gewesen waren.

Im Sommer packte Barton seinen Chevy voll, sobald seine Stiefmutter Bettina erschien, und fuhr nach Süden in das Strandhaus seines Vaters auf Captiva Island an der Westküste von Florida. Auch dort verbrachte er die meiste Zeit über allein auf der mit Fliegengittern geschützten Veranda, von der aus man den Golf von Mexiko überblicken konnte, und arbeitete noch länger und noch härter an seinen Skulpturen. Und auch dort hörte er seine Musik; zumeist klassische, aber hin und wieder auch mal Rhythm and Blues. Vielleicht lag das an dem schwül-heißen Wetter und an dem alten farbigen Gentleman, der den Garten versorgte.

Sobald Bettina dann auf Captiva erschien, meistens Mitte Oktober, packte Barton seinen Chevy erneut voll und fuhr wieder nach Norden, nach Bar Harbor. Seit acht Jahren schon pendelte der junge Mann zwischen Maine und Florida, zwischen der Ostküste und dem Golf, hin und her; oft überlegte er sich, diese Routine zu durchbrechen, tat es aber letztendlich doch nie.

Seine Arbeit als Bildhauer jedoch war in diesen Jahren vielen Wandlungen unterworfen gewesen. Barton hatte mit allen möglichen Materialien gearbeitet, mit Ton, Karton, Beton, Kunststoffen, Sperrholz, Hartholz, Aluminium und Eisen. Manchmal hatte er das Gefühl, als würde jedes neue Medium auch eine neue Richtung weisen. Im Laufe der Jahre hatte es jedoch weitaus mehr Augenblicke der Verzweiflung als Hochstimmungen gegeben; weitaus öfter hatte er ein Gefühl des Versagens statt Befriedigung empfunden. Aber dennoch machte er unbeirrt weiter, teils aus künstlerischer Überzeugung, teils aus Angst vor einer Veränderung, größtenteils aber wegen

der mißverstandenen Auffassung, die er von seinem Schicksal hatte.
Seit zwei Jahren arbeitete er nun mit Rigipsplatten und Sperrholz. Sein Thema war die Entlarvung von Symbolen. Das Werk, das fast vollendet war und nun den meisten Platz auf der Ladefläche des Transporters beanspruchte, war eine große, repräsentative Darstellung des modernen Amerika. Barton hatte dafür eine zweieinhalb auf eineinhalb Meter große Standard-Gipsplatte hergenommen und sie in Form des geographischen Umrisses der US-Staaten zurechtgeschnitten. Diese Platte hatte er dann auf eine zwei Zentimeter dicke und zweieinhalb auf eineinhalb Meter große Sperrholzplatte genagelt. Diese Sperrholzplatte stellte er dann auf einen eigens dafür angefertigten Ständer, der wiederum auf der umglasten Veranda stand, die die Frenchman Bay überschaute. Stunden, Tage, ja sogar Wochen betrachtete er die Form dieser Rigipsplatte. Langsam, ohne sich zu drängen oder unter Druck zu setzen, ließ er seine Gefühle über diese Form und das, was diese Form repräsentierte, an die Oberfläche steigen. Er unterdrückte nicht, ließ alles zu. Um ihn herum standen Tuben mit Acrylfarbe; Dutzende von Tuben in Dutzend verschiedenen Farben. Und ebenso viele Pinsel in verschiedenen Stärken und Ausführungen. Tagelang machte er sich nicht einmal die Mühe, die Farben aufzuschrauben. Aber an einem späten Nachmittag verspürte er schließlich den Drang dazu. Ohne überhaupt zu wissen, warum, tauchte er einen ganz dünnen Haarpinsel in eine Tube mit Blutrot und setzte ihn leicht auf die Gipsplatte. Er tat das mit geschlossenen Augen, und als er die Augen einen Moment später wieder aufschlug, sah er, daß der rote Fleck ungefähr dort war, wo Far Hills lag, der Landsitz in New Jersey, auf dem er aufgewachsen war. Mehr als eine Stunde starrte Barton auf den roten Fleck. Dann fing er gleichzeitig zu lachen und zu weinen an, wickelte sich eine Binde um den

Kopf, damit er nichts mehr sehen konnte, und tauchte den haarfeinen Pinsel immer wieder in die Tube mit der blutroten Farbe. Willkürlich setzte er den Pinsel auf die Gipsplatte, aber die roten Punkte tauchten nur an ganz spezifischen Orten auf. Einer landete an der Küste von Maine, ein anderer an der Westküste von Florida. Dann einer genau an der Stelle, an der seine Mutter von dem außer Kontrolle geratenen Rolls überfahren worden war, und ein weiterer an den Ufern des Hudson River, wo sein Urahn Freeman seine zweiköpfige Schlange geschnitzt hatte. In den nun folgenden Tagen und Nächten flossen in Begleitung der durch das Haus hallenden Klänge von Bachs *Brandenburgischen Konzerten* immer mehr Farben aus Bartons haarfeinem Pinsel. Langsam wich der weiße Hintergrund zurück.
Wäre Bettina nicht zwei Tage früher in Bar Harbor aufgetaucht, hätte Barton – davon war er überzeugt – mit Sicherheit das, was er selbst seine gemalte Skulptur nannte, fertigstellen können. Aber Bettina mußte Partys geben und Partys besuchen, und so packte Barton seinen Krempel zusammen und fuhr in seinem Chevy-Transporter davon. Auf seinem Weg in den Süden dachte er kurz darüber nach, ob er nicht in Far Hills Station machen und den Wilden besuchen sollte (ab und zu tat er das nämlich), aber aus Gründen, die er nicht ganz verstand, fuhr er an der New-Jersey-Mautstelle, die er zwar bemerkte, aber nicht benutzte, einfach vorbei. Hätte Barton diese Autobahnausfahrt benutzt, wäre er bei Wild Bills Treppensturz zu Hause gewesen.

Barton wartete über eine Stunde neben seinem liegengebliebenen Transporter. In dieser Stunde kam nicht ein einziges Auto vorbei, weder aus der einen noch aus der anderen Richtung. Er überlegte kurz, ob er nicht laufen sollte, konnte sich aber nicht schlüssig werden, ob er vor- oder zurückgehen sollte. Er wußte, daß er mindestens schon drei oder vier Meilen zurückgelegt hatte, nachdem er in Edith vom Highway 441 abgebogen war. Und er hatte nicht die geringste Lust, drei Meter zu laufen, geschweige denn drei Meilen, nicht bei der Hitze und nicht in einer Gegend, wo er niemanden kannte und sich vor fast allem fürchtete.

Barton hatte keine Ahnung davon, aber während er noch unschlüssig im Schatten des Transporters stand, läutete im Strandhaus auf Captiva ununterbrochen das Telefon. Evangeline hatte keine genaue Vorstellung, wann Barton auf Captiva eintreffen würde, hatte aber von Bettina erfahren, daß er vier Tage zuvor Bay Harbor verlassen hatte. Mehr als genug Zeit, um die Küste hinunter zu fahren, wie sie dachte. Selbstverständlich konnte Evangeline nicht wissen, daß Barton einen ereignisreichen Tag mit einem alten Freund in Washington, D. C., verbracht hatte oder daß sein Lastwagen mit einem geplatzten Luftschlauch irgendwo in Süd-Georgia liegengeblieben war. Sie wußte nur, daß Wild Bill sie gebeten hatte, die Kinder zu verständigen und sie alle nach Hause zu lotsen; und das war genau das, was sie vorhatte.

Das Telefon hörte zu läuten auf. Barton hörte einen Wagen kommen. *Gott sei Dank,* dachte er, *endlich.* Er sah, wie die letzten Strahlen der Nachmittagssonne sich in den beiden Aluminiumkanus auf dem Dach des großen Ford Bronco widerspiegelten. Einer jener kalten Angstschauer überlief Bartons Körper. Er hatte keine Ahnung, warum. Der Bronco kam näher, wurde langsamer und hielt schließlich an. Vier Männer stiegen aus. Sie trugen Arbeitshosen und fleckige T-Shirts. Keiner von ihnen hatte sich in den letzten Tagen mal rasiert. Sie waren in den Sümpfen gewesen, hatten gepaddelt, im Freien kampiert und Alligatoren gejagt. Sie waren mieser Laune, fühlten sich aber stark.

»Ärger, Kleiner?« fragte der Fahrer gedehnt.

Barton nickte. »Er ist heißgelaufen, schätze ich.« Wieder so eine Gänsehaut.
Die vier Südstaaten-Gentlemen starrten erst gebannt auf Barton, dann auf sein New-Jersey-Nummernschild. Zwei von ihnen fingen an, langsam den Transporter zu umkreisen.
Der Fahrer kratzte sich am Bart. »Ich hab so ein Gefühl, mein Junge, als ob dein Opa meinen Opa bei Shiloh abgemurkst hat.« Durch die gedehnte Sprechweise der Südstaatler schienen die Sätze nie ein Ende zu finden. »Wie willst du das wiedergutmachen, Yankee?«
Barton schluckte hart. Darauf war er nicht vorbereitet. Er wußte nicht, was er tun oder sagen sollte. »Mein Ur-Urgroßvater ist bei Gettysburg umgekommen«, murmelte er.
Die vier Südstaaten-Gentlemen lachten. Barton gefiel der Klang ihres Gelächters gar nicht.
»Sollen wir uns diesen Nordstaaten-Schmus noch länger anhören, was meint ihr, Jungs?« fragte der Fahrer seine Kumpane. »Oder sollen wir diesen Yankee mal wie ein abgestochenes Schwein quietschen lassen?«
Dieser Vorschlag ließ alle in scheppperndes Gelächter ausbrechen. Alle, bis auf Barton. Der fing sichtbar zu zittern an.
»Zitter doch nicht so, mein Junge. Keine Angst, wir ficken dich schon nicht in den Arsch. Wir sind doch keine Tunten. Und selbst wenn, würden wir dich nicht anrühren. Wir wissen doch, daß ihr Yanks von der Krankheit alle rappeldürr seid. Wir wollen nur dein Geld und was du sonst noch Wertvolles in deinem verfickten Transporter hast.«
Barton verstand den größten Teil dieser Unterhaltung nicht. Er war viel zu sehr damit beschäftigt, sich auf das Weglaufen vorzubereiten. Und das tat er dann auch, geradewegs den Highway hinunter, hinein in die untergehende Sonne. Zwei der Südstaaten-Gentlemen setzten ihm nach, während die anderen beiden zurückblieben, um den Wagen zu plündern.

Sie nahmen seine Stereoanlage und die zweihundert Kassetten mit fast ausschließlich klassischer Musik. Sie nahmen seine Kleider, seine Pinsel und fast seine ganze Farbe. Sie nahmen sein Messer, seine Rasierklingen, seinen Hammer und Meißel und sein gerahmtes Poster von Vincent van Goghs Schlafzimmer. Sie nahmen fast alles bis auf das Gebilde aus Rigipsplatte auf Sperrholz, das in einem speziell von Barton für den Transport nach Florida angefertigten Rahmen hinten im Lastwagen blieb. Die beiden Südstaaten-Gentlemen rührten die Skulptur nicht an. Sie mochten sie nicht einmal anschauen. Sie machte ihnen irgendwie angst. Sie wollten nur noch so schnell wie möglich die Angelegenheit hinter sich bringen und dann verschwinden.

Draußen auf dem Highway wehrte Barton sich wie ein in die Enge getriebener Puma. Er hatte keine Ahnung, daß er sich so hartnäckig zur Wehr setzen konnte. Aber die Vorstellung, von diesen vier Südstaaten-Verrückten vergewaltigt zu werden, löste in seiner Psyche etwas aus. Er würde sich nicht vergewaltigen lassen. Jahrelang hatte Barton mit seiner Sexualität zu kämpfen gehabt und versucht, seine körperlichen Bedürfnisse zu verstehen. Seine Homosexualität hatte sich noch nicht oft gezeigt – das letzte Mal am Tag zuvor in Washington, D. C. –, und wenn, dann nur unter sehr viel Schmerzen und Schuldgefühlen. Barton wünschte sich, sexuell befreit zu sein; er wünschte sich, alle Zweifel und das Gefühl, etwas Perverses zu tun, abschütteln zu können, *aber mein Gott,* dachte er, *doch nicht so! Himmel, das ist ein Alptraum, ein entsetzlicher und bösartiger Alptraum!*

Sie mußten Gewalt anwenden, um ihn zu überwältigen, brutale Gewalt. Einer der Südstaaten-Gentlemen hielt ihn von hinten fest, während ein zweiter sein Knie mit aller Kraft in Bartons Unterleib rammte. Dann hämmerte er mit der Faust abwechselnd auf Bartons Brust und Bauch ein. Noch ehe die

Schläge aufhörten, auf ihn einzuprasseln, hatte Barton bereits einen Hodenriß, ein geprelltes Handgelenk, Schnitt- und Platzwunden am ganzen Körper und ein paar Rippen, die sich anfühlten, als ob eine Herde wilder Eber darüber hinweggetrampelt wäre. Barton wurde vor Schmerz ohnmächtig, und während er ohne Bewußtsein war, fesselten ihn die vier Südstaaten-Gentlemen, stopften ihm einen Lumpen in den Mund und warfen ihn auf die Ladefläche des Transporters, zusammen mit diesem seltsamen Stück Sperrholz, das so unheimliche Schwingungen ausstrahlte. Dann stiegen sie wieder in ihren Ford Bronco und verschwanden für immer in der untergehenden Sonne.

Das kleine Mädchen meldete sich am Telefon. »Hallo?« Ihre Stimme klang sanft und weich.
»Hallo«, sagte Evangeline, »ist dort Rosa?«
»Ja«, Rosa streichelte über den Rücken der großen Perserkatze, während sie sprach.
»Hier ist Evangeline, Rosa.«
»Hi, ich spiele gerade mit Shakespeare.« Rosa mochte es sehr, an ihrem Daumen zu lutschen, wenn sie die Katze streichelte, aber ihre Mutter hatte ihr verboten, noch länger am Daumen zu lutschen, seit sie letzten Sonntag ihren vierten Geburtstag gefeiert hatte.
»Wie geht es dir, Rosa?«
»Mir geht es gut.« Die Katze stand auf, streckte sich, machte einen Buckel und stolzierte langsam über den dicken Teppich davon. Rosa sah dem Kater mit großen blauen Augen hinterher, die schlagartig einen traurigen Ausdruck annahmen, als der Kater sich jetzt so unvermutet trollte. Sie beobachtete ihn, wie er sich auf der sonnigen Stelle niederließ, die die späte Nachmittagssonne durch das große Panoramafenster, das auf den Central Park hinausging, auf den Boden warf. Rosa wußte,

sobald sie den Hörer auflegen konnte, würde sie sofort den sonnigen Fleck ansteuern.

»Ist deine Mutter zu Hause?«

Man hatte Rosa beigebracht, sie solle immer sagen, daß Mommy im Bad sei, wenn jemand sie am Telefon verlangte, aber es erschien ihr in Ordnung, Tante Evangeline die Wahrheit zu sagen. »Sie ist in den Laden hinuntergegangen, um Katzenfutter zu kaufen. Es war kein Futter mehr für Shakespeare da.«

»Aber sie kommt doch gleich wieder zurück?«

»Ja.«

»Okay, Rosa. Wirst du ihr ausrichten, daß ich angerufen habe? Und sag ihr auch, daß ich sie gleich wieder anrufen werde.«

»Okay, mach ich. Tschüs.« Rosa legte den Hörer auf und steuerte umgehend den sonnigen Fleck an. Dort rollte sie sich neben der Katze zusammen und wartete auf Mommy.

Mommy war Emily, Virginia und Wild Bills jüngstes Kind, ihre vierte Tochter, die dritte, die noch am Leben war. Emily Anne war neunundzwanzig, ganze fünfzehn Jahre jünger als ihre Schwester Ginny, die Schwester, die sie als Kind verehrt und der sie nachgeeifert hatte.

Emily und Rosa lebten in Wild Bills Apartment an der Fifth Avenue. Seit fast zwei Jahren wohnten sie dort, seit dem Tag, an dem Emily ihren Mann verlassen hatte. Sie hatte ihn verlassen, weil er gewalttätig war und sie mehr als einmal zusammengeschlagen hatte. Er schlief auch gern mit jungen, hübschen, ehrgeizigen Schauspielerinnen, die wie Emily versuchten, mit Hilfe von Werbespots im Filmgeschäft Fuß zu fassen. Frankie Santoro produzierte Werbefilme für das Fernsehen. Er war ein großes Tier in der Werbebranche, sehr groß, und dabei erst fünfunddreißig Jahre alt. Aber zu der Zeit, als sie ihn verließ, war er in Emilys Augen nichts als ein Widerling, ein Ekel, ein Scheißkerl. Und außerdem wollte sie auf die Bühne und nicht irgendwelches Deodorant, Haar- oder Duschgel verkaufen. Emily hatte sich dazu entschlossen, Schauspielerin zu werden, weil Ginny Schauspielerin war, aber als sie älter wurde, dachte sie, daß ihre Schwester bereits genug Werbespots für eine Generation von Winslows gedreht hatte. Sie wollte Shakespeare spielen, auf der Bühne, und das nicht nur, weil dieser Ehrgeiz ihr die Sympathien Wild Bills eingebracht hätte.

Die ersten vierundzwanzig Jahre ihres Lebens hatte Emily nichts Falsches getan; zumindest nichts, von dem ihre Eltern gewußt oder von dem sie überhaupt Notiz genommen hätten. Sie tat genau das, was man ihr sagte, und nur ganz selten – wenn überhaupt – war sie der Anlaß für Ärger. Wild Bill und Virginia gaben ihr alles, was sie wollte und was man mit Geld kaufen konnte. Wenn sie ein Pferd wollte, dann kaufte der Papa ihr ein Vollblut. Wollte sie Ballettstunden, verpflichtete Mama den besten und teuersten Tanzlehrer, den sie bekommen konnte. Sie hätte Nurejew nach Far Hills geholt, wäre Rudolf bereit gewesen, mit dem Zug zu fahren.

Schade war nur, daß die kleine Emily die beiden Dinge, die sie am meisten brauchte, nicht bekam: Liebe und Zuneigung. Virginia tat ihr Bestes, um sie mit diesen beiden grundlegenden Gefühlen zu versorgen, aber beim neunten Kind war ihr Vorrat daran bereits reichlich erschöpft. Das letzte, was sie kurz vor ihrem vierzigsten Geburtstag haben wollte, war noch ein Kind, das ihr alles abverlangte. Virginia hatte noch andere Dinge im Kopf außer Kindern. Sie wollte in Konzerte, ins Theater und in Ausstellungen gehen. Sie wollte reisen und einige Zeit allein verbringen. Mutter zu sein hatte einiges von seinem Reiz verloren. Und was Wild Bill betraf, so las er der Kleinen jeden Wunsch von den Augen ab; er kaufte ihr mehr oder weniger den besten Spielwarenladen von ganz New York auf. Aber der Wilde hatte nur wenig Zeit, um mit seiner Tochter zu spielen, mit ihr in den Zoo oder in den Zirkus zu gehen oder sie abends ins Bett zu bringen. Er war immer außer Haus und machte Geschäfte, kaufte Land und rackerte sich ab in seiner nicht enden wollenden Jagd nach noch mehr Geld, noch mehr Reichtum, noch mehr Macht. Und so wuchs die arme kleine Emily in dem Glauben heran, daß Liebe nur eine weitere Annehmlichkeit des Lebens war, die man nach Belieben kaufen und verkaufen konnte.

Als ihre Mutter starb, war Emily erst vierzehn. Ihre Mutter war übers Wochenende in die Stadt gefahren und nie mehr zurückgekommen. Emily überlebte dieses schreckliche Ereignis nur, indem sie ihre ganze Jugend und Vorstellungskraft aktivierte und so tat, als wäre nie etwas geschehen; sie redete sich ein, daß ihre Mutter nicht gestorben sei, weil sie nie gelebt hatte. Und außerdem opferte sie nicht lange nach ihrem fünfzehnten Geburtstag dem erstbesten Jungen, der ihr sagte, daß er sie liebe, ihre Jungfräulichkeit.

Emily suchte Zuflucht im Sex. Sex schenkte ihr sowohl Freude als auch Schmerz. Sex war eine Möglichkeit, den Qualen des Erwachsenwerdens zu entfliehen. Emily genoß die Macht, die sie über die jungen Männer hatte, die in ihr Allerheiligstes wollten. Der eigentliche Akt des Eindringens langweilte sie meist, aber die Szenen, die dieser Handlung vorausgingen, schafften es immer wieder, sie zu erregen und ihr ein Gefühl der Macht und der Überlegenheit zu verleihen. Es gefiel ihr, diese kleinen Jungen, die versuchten, sich wie erwachsene Männer zu benehmen, leiden und vor ihr auf den Knien liegen zu sehen. Sie behandelte sie wie Marionetten, die an den Enden der Fäden baumelten, mit denen sie sie manipulierte. Aber am Schluß, wenn all diese kleinen Jungen wieder heim zu ihrer Mommy gelaufen waren, war es Emily, die litt. Sie hatte nämlich keine Mommy mehr. Sie hatte ihre große Schwester Ginny, die versuchte, Virginias Platz einzunehmen, aber nur geringen Erfolg damit verbuchen konnte. Ginny lebte nicht nur dreitausend Meilen entfernt, auch ihre mütterlichen Instinkte waren nicht sehr ausgeprägt und ließen zu wünschen übrig.

Emily ging für ein Jahr an die University of New York, verließ sie aber bald wieder, um sich ganz ihrem Schauspielstudium zu widmen. »Herr im Himmel, noch eine Schauspielerin in der Familie«, murrte Wild Bill. Aber Emily war fest davon überzeugt, daß eine große Schauspielerin aus ihr werden würde, weil fast ihr ganzes bisheriges Leben ein einziger Bühnenauftritt, eine Lüge, eine Täuschung gewesen war; ein Auftritt war dem anderen gefolgt in einem Märchenland, in dem alle Wünsche wahr wurden, solange Emily nur lächelte und tat, was die anderen Schauspieler von ihr verlangten. Außerdem hatte sie ein sehr ausgeprägtes Ego. Schade nur, daß New York von hübschen jungen Damen mit ausgeprägten Egos und aufgesetzten Lebensläufen nur so wimmelte. Der Konkurrenzkampf war enorm. Und Emily verfügte trotz ihrer vielen positiven Starqualitäten vielleicht nicht über die wichtigste: über Ehrgeiz – über brennenden, über Leichen gehenden, alles verzehrenden Ehrgeiz. In einer reichen Familie aufgewachsen und maßlos verzogen, konnte sie niemals die Rolle der hungernden jungen Künstlerin ausfüllen. Sie war noch nicht einmal der Schauspieler-Gewerkschaft beigetreten, da wohnte sie bereits in der Fifth Avenue, fuhr einen alten Jaguar XK-140 aus dem Jahr '57 und verbrachte ihren Urlaub in Vail und in Südfrankreich. Emily mußte nicht erst ein Star werden, um in den Genuß solcher Privilegien zu kommen. Der Wilde versorgte sie bereits damit. Während also die Konkurrenz jede Woche ein dutzendmal zum Vorsprechen ging und jede Rolle – ganz gleich, wie albern oder erniedrigend sie auch war – vortrug, kam Emily vielleicht mal eben auf einen Sprung vorbei, vielleicht aber auch nicht. Das kam ganz auf das Stück, die Rolle, das Theater oder den Autor an und hing von der Befindlichkeit ihrer Stimme, ihrer Augen, von Rosas Laune und sogar der Stimmung der vermaledeiten Katze ab. Emily wollte ja gern ein Star sein, sie wünschte sich nichts sehnlicher, als ihren Namen ganz groß auf den Plakaten zu sehen; aber das Ganze bitte möglichst ohne allzu große Plackerei, ohne Anstrengung. Emily war schön auf eine oberflächliche, leinwandgerechte Art. Und sie hatte auch die Fähigkeit, das Talent. Sie konnte sich bewegen, darstellen, einen Text aufsagen. Vielleicht war sie nicht gerade eine Bette Davis oder Meryl Streep, aber wenn man ihr die richtige Rolle gab, konnte sie durchaus eine gute Leistung bringen. In einigen Seifenopern, die im Nachmittagsprogramm liefen, lieferte sie eine respektable Darstellung des intriganten und rachsüchtigen Luders ab. Aber diese Rollen dauerten nie länger als ein paar Wochen, ehe ihr Part von den guten und tugendhaften Frauen der Serie wieder davongejagt wurde. Sie machte auch etwas Off-Off-Broadway-Theater, wie zum Beispiel in Pennsylvania und auf Long Island. Sie hatte sogar die Chance, als eine der drei Schwestern in Beth Henleys *Crimes of the Heart* in einem Theater in New Jersey, gar nicht weit weg von ihrem Zuhause in Far Hills, aufzutreten, aber aus Gründen, die sie nie ganz verstand, lehnte sie diese Rolle ab.

Im Sommer 1985, beim Vorsprechen zum x-ten Neil-Simon-Stück, fiel Emily Frankie Santoro auf. Frankie ging regelmäßig zu diesen Auditions, in der Hoffnung, unverbrauchte Gesichter für seine TV-Werbespots zu entdecken. Emily fiel ihm sofort auf. Sie bekam zwar nicht die Rolle in dem Neil-Simon-Stück, spielte dafür aber die temperamentvolle junge Mutter in Frankies neuem Werbefilm für einen antistatischen Weichspüler. Und ein halbes Jahr später waren die beiden verheiratet – hauptsächlich weil Frankie ein römisch-katholischer Italiener war und Emily eine weitere Abtreibung nicht mehr ertragen hätte. Das Paar zog in Frankies geräumiges Apartment auf der

Brooklyner Seite der Williamsburg Bridge, und fünf Monate später drängelte die kleine Rosa in die Welt.
Emilys Eheschließung beendete – zumindest in den Augen von Wild Bill – die vierundzwanzig Jahre ihres Lebens, in denen sie nie etwas Falsches getan hatte. Es wäre nicht übertrieben, wenn man sagte, daß die Heirat den Wilden richtiggehend in Rage brachte. Er haßte nicht nur Italiener und konnte Katholiken nicht ausstehen, sondern war nach einem ersten Blick auf Frankie Santoro auch sofort zu dem Schluß gekommen, daß er einen Gangster, einen dummen, großmäuligen, zweitklassigen Gangster vor sich hatte. Und damit lag er gar nicht so falsch. Er erklärte seiner Tochter, daß sie einen schrecklichen Fehler machte, aber natürlich wollte sie nicht auf ihn hören. Für sie war Frankie wundervoll, ein echter Charmeur. Schließlich wollte er sie in seinem neuen Hundefutter-Spot einsetzen und hatte große Pläne für eine romantische Komödie in Spielfilmlänge, die in Buffalo spielen und in der seine hübsche junge Emily die Hauptrolle bekommen sollte.
Aber dann brachten eine Reihe von Frankies Werbespots nicht den erwünschten Erfolg. Das Geschäft lief schlecht. Frankie machte das Emily zum Vorwurf. Eines Nachts, als sie Rosa nicht beruhigen konnte, schlug er sie zum ersten Mal. Eine Woche später schlug Frankie sie ein zweites Mal, weil die Telefonrechnung so hoch war, was in erster Linie an den langen Gesprächen mit ihrer großen Schwester Ginny in Bel Air lag. Einen Monat danach richtete er sie ziemlich übel zu, nachdem er betrunken heimgekommen war und sie dabei vorgefunden hatte, wie sie auf dem Boden im Wohnzimmer lag, Wein trank und sich das Videoband ihres neuesten Werbespots anschaute. Wieder ein paar Wochen später schlug er ihr die Lippen blutig, verpaßte ihr ein blaues Auge und verletzte sie am Arm, weil sie ihm ins Gesicht sagte, daß ihr Vater recht gehabt hatte, und daß er tatsächlich ein zweitklassiger, abstoßender Spaghetti-

fresser sei, dessen Familie man nie die Erlaubnis hätte geben sollen, Sizilien zu verlassen. Er revanchierte sich, indem er sie eine verzogene weiße Mittelklassenschnepfe nannte, die frigide sei und ein Schandmaul habe. Dann schlug er unter dem Geschrei seiner Frau und den entsetzten Blicken seiner Tochter zu.

Am folgenden Morgen verließen Emily und Rosa Brooklyn für immer. Mit Hilfe von Wild Bills mächtigem Manhattaner Rechtsanwalt wurde ein Gerichtsbeschluß erwirkt, der Frankie Santoro verbot, seine Tochter jemals wiederzusehen oder seine Frau zu belästigen. Eine Weile versuchte er noch, den Beschluß anzufechten, aber nach ein paar Monaten, in denen seine beiden Frauen sich fest in Wild Bills Apartment an der Fifth Avenue verschanzt hielten, da sagte Frankie sich: »Was soll's« und zog an die Westküste um.

Dieses Mal ging Emily ans Telefon. »Hallo?«

»Hi, Emily. Hier ist Evangeline.«

»Hi, Rosa hat gesagt, daß du angerufen hast. Hör mal, ich glaube, ich habe eine Rolle. Ein Shakespeare im Park. Sie spielen *King Lear*. Ich habe für die Cordelia vorgesprochen. Ich habe ihnen gefallen, ich glaube, ich habe die Rolle.«

Evangeline wartete geduldig ab, bis Emily ausgesprochen hatte, und erwiderte dann: »Das ist ja großartig, Emily. Da freust du dich bestimmt.«

»Freuen? Machst du Spaß? Cordelia! Warte mal ab, bis Wild Bill das erfährt. Der dreht völlig durch. Das ist die größte Rolle, die ich jemals angeboten bekam. Das könnte der Anfang einer Karriere sein. Das könnte *die* Rolle sein.«

Evangeline zögerte, sagte aber dann: »Emily, ich rufe an, weil dein Vater einen Unfall hatte.« Und wieder erklärte Evangeline die näheren Umstände des Sturzes und der Verletzungen.

»Ist sein Zustand kritisch?« fragte Emily nervös. »Ich meine, könnte er sterben?«

Evangeline glaubte, so etwas wie Angst aus Emilys Stimme herauszuhören. Sie konnte sich deshalb nicht überwinden, auch nur die geringste Lüge zu erzählen. »Nein«, antwortete sie, »die Ärzte scheinen der Ansicht zu sein, daß er wieder in Ordnung kommt. Aber er ist ziemlich mitgenommen. Er hat nach dir gefragt. Er wollte, daß ich dich sofort anrufe.«
Die Spannung wich aus Emilys Stimme. »Du meinst, er kann sprechen?«
»Ja ... er hat ganz kurz mit mir gesprochen. Aber ich glaube, er hätte es ganz gerne, wenn du nach Hause kämst.«
Emily schaute aus dem Fenster hinaus auf den Park. Es war schon fast Zeit für die Abendvorstellung. »Ja«, sagte sie schließlich, »natürlich komme ich und besuche ihn. Rosa und ich kommen morgen. Nachmittags. Wir nehmen den Zug.« Vormittags hatte sie ein Treffen mit dem Besetzungsdirektor wegen der Rolle der Cordelia in *King Lear*. »Glaubst du, daß ihm das recht ist, Evangeline? Glaubst du, daß morgen nachmittag noch rechtzeitig genug ist?«
Evangeline sagte nichts. *Kein Grund, gleich sarkastisch zu werden*, sagte sie zu sich selbst. »Sicher«, erwiderte sie freundlich, »ich denke schon. Morgen nachmittag ist bestimmt in Ordnung. Ich sage ihm, daß du kommst.« Und dann legte sie leise den Hörer auf, froh, daß ihre Aufgabe damit endlich erledigt war.

8

Während seine Geliebte sich mit der Wirklichkeit herumschlug, driftete Wild Bill langsam in die Vergangenheit ab. Er kehrte bis in die Zeit der Generation von Winslows zurück, die in Great Burstead, in Essex, im Osten Englands, zu Beginn des siebzehnten Jahrhunderts lebte. Er wurde Zeuge der wachsenden Kluft zwischen Edmund Winslow und seinem einundzwanzigjähren Sohn Giles. Diese Kluft hatte als simple Meinungsverschiedenheit über Religionsfreiheit begonnen. Aber innerhalb weniger Jahre hatte sich dieser Streit ausgeweitet und war zu einem unüberwindlichen, dreitausend Meilen tiefen Graben angewachsen. Der Wilde sah zu, während er in seinem Krankenhausbett schlief, wie dieser Graben immer tiefer wurde. In einem langen, lebhaften Traum sah er, wie dieser Graben anwuchs, aber als er mitten in der Nacht aufwachte, blieb dieser Traum wie eine Bestätigung in seinem Kopf zurück. Er wußte jetzt, was er zu tun hatte. Und da seine Mädchen und Jungen hoffentlich schon auf dem Weg nach Hause waren, hoffte er, dies bald tun zu können. In den Schatten an der Decke erkannte er die Gesichter seiner sieben noch lebenden Kinder. Er schloß die Augen und rieb sie. Schon wenige Augenblicke später glitt er in einen leichten Schlaf hinüber und reiste wieder in die Alte Welt zurück, auf einer unbewußten Suche nach Lösungen.

An demselben Tag im Jahre 1616, an dem König Jakob I. vier junge Damen auf dem Scheiterhaufen hatte verbrennen lassen, weil sie angeblich Zauberei ausgeübt hatten, floh Giles Winslow aus Great Burstead; seine Häscher waren ihm hart auf den Fersen. Die schon fast krankhafte Angst des Königs vor Puritanern war ebenso groß wie seine Angst vor Hexen. Jakob hatte beschlossen, ein paar besonders eifrige junge Puritaner aufzugreifen und ein Exempel an ihnen zu statuieren. Niemals würde er zulassen, daß diese religiösen Ketzer gegen seine

Erlasse auf ihre Art beteten und predigten. Und das war genau das, was Giles getan hatte. Er und ein paar weitere Gegner des Anglikanismus (der in ihren Augen nichts anderes als ein pervertierter Katholizismus war) trafen sich regelmäßig, um Predigten zu halten und die neue Bibel von König Jakob auf ihre eigene Art und Weise auszulegen. Giles hatte das in seinem ganzen Leben nie zugegeben, nicht einmal sich selbst gegenüber, aber sein brennender Wunsch nach einem anderen religiösen Lebensstil war ebensosehr Auflehnung gegen seinen konformistischen Mittelklasse-Kaufmannsvater wie auch gegen den theologischen Status quo jener Tage.

Als von Hampton Court aus das Wort die Runde machte, daß die Krone es auf die Köpfe einiger prominenter Puritaner abgesehen hatte, machten sich die örtlichen Behörden in Great Burstead, in Essex, sofort auf die Jagd nach dem jungen Winslow. Bei mehr als einer Gelegenheit hatte er sich mitten auf dem Stadtplatz auf eine Holzkiste gestellt und Religionsfreiheit für alle Engländer gefordert. Die Behörden hatten nur auf eine Chance gewartet, ihn endlich festzunehmen und entweder auf dem Scheiterhaufen zu verbrennen oder ihn am Ende eines Strickes baumeln zu sehen.

Aber Giles hatte Freunde, und noch ehe die Behörden ihn stellen konnten, war er zur Hintertür des väterlichen Herrenhauses (desselben Hauses, das sein direkter Nachkomme John »Crazy Legs« Winslow später als Modell für seinen Landsitz in Far Hills verwenden würde) hinausgeschlüpft und über ein Flachsfeld verschwunden. Jung Winslow verließ die Stadt auf der Straße nach Süden, überquerte die Themse und machte sich auf den Weg an die Küste. Ein paar Tage später hatte er eine Schiffspassage über den Kanal gebucht, und eine Woche später befand er sich bereits zusammen mit ein paar hundert anderen puritanischen Flüchtlingen in Sicherheit in Holland, in der Stadt Leiden.

Die Holländer nahmen die Engländer zwar nicht gerade mit offenen Armen bei sich auf, tolerierten sie aber und erlaubten ihnen freie Ausübung ihrer Religion. In der zweiten Hälfte des Jahres 1619 verbreitete sich in Leiden die Nachricht, daß in Kürze eine Expedition in die Neue Welt, nach Amerika, aufbrechen würde. Viele Puritaner kehrten in der Hoffnung nach England zurück, den Atlantik überqueren und dort ein neues Leben beginnen zu können. Giles Winslow hätte zweifellos zu dieser Gruppe gehört, die eines Tages als die Pilgerväter unsterblichen Ruhm erringen sollten, hätte der junge Winslow nicht etwas weitaus Wichtigeres im Kopf gehabt: Liebe. Nie und nimmer hätte Giles Leiden ohne seine einundzwanzigjährige Herzdame Edith van Cleef verlassen. Und so segelte die *Speedwell* nach Southampton und ihrem historischen Rendezvous mit der *Mayflower* entgegen, während Giles untertänigst zu Füßen seiner Liebsten lag. Religiöse Überzeugungen hin oder her, Giles wollte endlich mit seiner Edith schlafen.
Sie war eine große Schönheit mit gesundem Menschenverstand und einem beharrlichen Charakter, diese Edith van Cleef Winslow, Urmutter aller Winslows in der Neuen Welt. Schließlich heiratete sie Giles im Jahre 1621 doch, nachdem er ihr lange und ergeben den Hof gemacht hatte. Und nicht so sehr auf der Suche nach religiöser Freiheit, sondern einfach aus Lust am persönlichen Abenteuer stachen die Winslows 1624 mit ihren beiden kleinen Söhnen auf der *Nieu Nederlandt* in See, zusammen mit dreißig in erster Linie holländischen Familien, die die ersten holländischen Siedler in Amerika sein sollten. Einige der Familien verließen in New Amsterdam das Schiff, andere weiter oben am Hudson River, in Fort Orange. Giles und Edith waren auf der Suche nach einem noch urwüchsigeren Bestimmungsort und blieben deshalb bis zum Schluß an Bord. Schließlich warf die *Nieu Nederlandt* im Spätsommer 1624 vor einer kleinen Insel im Delaware River

Anker, die ungefähr zwanzig Meilen nördlich des heutigen Philadelphia lag. Dort gingen die Winslows mit zwei weiteren Familien und einigen alleinstehenden Männern an Land und fingen sofort an, das aufzubauen, von dem sie hofften, daß es eine dauerhafte Ansiedlung werden würde.

Mehrere Jahre lang blühte die kleine Ansiedlung auf. Die Beziehungen zu den örtlichen Indianern sollten sich als friedfertig erweisen, jene ersten Winter waren nicht allzu streng, und es gab mehr Geburten als Todesfälle. Vier weitere Winslows gehörten bald zur Familie, unter ihnen auch Edmund John Winslow, der allererste Winslow, der in der Neuen Welt geboren wurde. Giles und Edith tauften den Jungen Edmund in Erinnerung an seinen fernen Großvater. *(Es verging kaum ein Tag, müssen Sie wissen, an dem Giles, wie viele Auswanderer vor und nach ihm, nicht an seine Heimat dachte.)*

Irgendwann im Frühjahr 1628 *(das exakte Datum anzugeben ist uns leider nicht möglich)* traf das Unheil die kleine Ansiedlung auf der Burlington Island. Keiner weiß mit Sicherheit zu sagen, wer dafür verantwortlich war *(einige haben gemeint, die ortsansässigen Indianer, andere, die Spanier; wiederum andere hatten englische Freibeuter in Verdacht)*, aber an jenem frostigen Herbstmorgen wurden achtundzwanzig der vierundvierzig Siedler brutal niedergemetzelt. Nur ein männlicher Erwachsener überlebte. Er war auf der Insel unterwegs auf Truthahnjagd. Edith Winslow und ihr mittlerer Sohn Edmund überlebten zusammen mit Millicent Voorhees und ihren beiden Töchtern nur aus dem Grund, weil sie früh an diesem Morgen aufgebrochen waren, um wilde Beeren und Eicheln für ihr Sonntagsessen zu sammeln. Als sie am späten Nachmittag zurückkehrten, lagen die Toten überall herum. Ihre wenigen Hütten waren in Brand gesteckt, die ganze Siedlung geplündert worden.

Edith fand Giles am Waldrand; er lag hinter dem, was nur ein paar Stunden zuvor noch ihr Heim gewesen war. Sein Körper war verstümmelt und verbrannt worden. Ebenso die kleinen Körper ihrer fünf anderen Kinder. Sie lagen alle auf einem verkohlten Haufen, nicht weit weg von ihrem Vater. Sie waren fast bis zur Unkenntlichkeit verbrannt. Nur ihre Mutter hätte sie identifizieren können. Sie waren die ersten von vielen Winslows, die eines gewaltsamen Todes in der Neuen Welt sterben sollten.

Der Wilde wachte schlagartig auf, als Edith ihre Kinder fand. Er stieß einen leisen Schrei aus. Sein Herz hämmerte gegen seine Brust. Sein Atem ging schnell und stoßweise. Er sah Evangeline, die auf dem Stuhl neben seinem Bett schlief. Ihr Anblick beruhigte ihn. Er legte sich zurück, und sein Atem beruhigte sich ebenfalls wieder. Er versuchte angestrengt, sich den schrecklichen Schmerz auszumalen, den Edith erlitten haben mußte. Und auch der kleine Edmund. *Obwohl der Wilde den Jungen eigentlich als Edward kannte, nicht als Edmund. Irgendwo bei der Aufzeichnung des Stammbaumes war der Name verfälscht weitergegeben worden. Und wenn Namen schon auf Abwege geraten können, dann können Fakten und Personen das auch. Wild Bills eigener mittlerer Sohn wäre Edmund, nicht Edward, getauft worden, hätte man die wahre Identität seines Vorfahren gekannt. Alle neun Kinder Wild Bills waren nach verstorbenen Familienmitgliedern benannt worden. Und wie Mary im Laufe ihrer Nachforschungen noch feststellen sollte, waren manchmal mehr als nur Namen weitervererbt worden.* Aber wie immer der Name auch lauten mochte, der Wilde lag in seinem Krankenhausbett und empfand den Schmerz, den seine Vorfahren gefühlt haben mußten. Es mußte ein unglaublicher, unerträglicher Schmerz gewesen sein. Dann sah er seine eigene Frau tot auf dem Bürgersteig liegen. Er sah seine kleine Tochter tot in ihrem Bettchen liegen, die kleine Helen, gerade mal fünf Jahre alt. Er sah seinen ältesten Sohn Henry, in Stücke geschossen von diesen dreckigen Schlitzaugen. Er sah seinen älteren Bruder Henry von dem Stromgenerator im Keller des Veteranenkrankenhauses zu Tode gegrillt werden ... Wild Bill hatte genug Tote gesehen, hatte genug Schmerz und Elend erlebt. Er schloß die Augen und dankte dem Herrn für das Überleben von Edith und Klein Edward (Edmund). Wären sie gestorben, hätte sich die Winslow-Linie in der Neuen Welt niemals entfalten können. Aber sie überlebten, sie schlugen sich durch, schafften es. »Und das war recht so«, murmelte Wild Bill leise in die Nacht, »das war verdammt recht so.« Die Winslows gehörten nicht nur zu den frühesten europäischen Siedlern in der Neuen Welt, sondern waren auch unter den ersten Familien, die sich in dem Gebiet, das man später als New Jersey kennen würde, niedergelassen hatten. Der Wilde verspürte großen Stolz darauf. Einen Stolz, den seine Nachkommen nicht zu teilen schienen.

Wild Bill wanderte an jenem kalten Oktobermorgen 1945 durch das weitläufige, lautlose Haus und wartete darauf, daß die Dämmerung anbrach. Selbst in dieser familiären Umgebung, in den Korridoren seiner Jugend, fühlte er sich verloren. Er fühlte sich betrogen, verwirrt. Der Tod hatte zum erstenmal bei ihm an die Tür geklopft. Sein kleiner Bruder war tot, sein großer Bruder so gut wie, irreparabel getroffen von dem Splitter einer Artilleriegranate. Seine Mutter hatte einen Zusammenbruch erlitten, sein Vater stand kurz davor wegen zu vieler Tragödien und zuviel Alkohol. Und seine kleine Schwester Helen geisterte blaß und wie ein Gespenst durch das Haus. Wild Bill fühlte sich gar nicht wild an diesem Morgen; er fühlte sich schwach, besorgt und verängstigt. Oben schlief friedlich seine junge Frau, aber das tröstete ihn nur wenig. Sie war noch immer mehr eine Fremde als Teil der Familie für ihn.

Er wanderte leise durch die Räume, in denen in seiner Jugend so viele Feste gefeiert wurden. Seine Eltern hatten gerne Partys gegeben, Partys mit Dutzenden, ja Hunderten von Gästen, die in der Abenddämmerung eintrafen und oft nicht vor dem folgenden Morgen wieder gingen. Sie tranken und tanzten, sangen und stritten und fingen wieder von vorn mit dem Trinken an. Der Wilde konnte sich noch gut erinnern. Er und seine Brüder rannten an solchen Abenden immer durch das Haus und stellten alles mögliche an, foppten besoffene Gäste und versteckten sich vor ihrer langweiligen, dummen Nanny, die sich zwar anstrengte, aber es nie schaffte, die Dreierbande in Schach zu halten. Die Jungen liebten es besonders, auf den großen Rasen vor dem Haus hinauszulaufen und in den schicken Autos zu spielen, die die Gäste aus so entfernten Orten wie New York City und Philadelphia herbeigebracht hatten. Viele der Autos hatten eigene Chauffeure, die am frühen Abend normalerweise friedlich hinter dem Steuer schlummerten. Der Wilde und seine Brüder kletterten auf die dichten roten Ahornbäume, die die Auffahrt säumten. Sie hatten Säcke mit Kastanien bei sich. Sobald sie dann in den hohen Zweigen ein sicheres Versteck gefunden hatten, fingen sie mit ihren Bombardements auf die schicken Autos an. Sie verschossen ihre Munition so lange über den Dächern und Motorhauben, bis es ihnen gelungen war, die Fahrer aufzuwecken und sie nach draußen, in dic Dunkelheit, zu locken. Dann verhielten sich die Brüder auf Vorschlag des Wilden so lange mucksmäuschenstill, bis die Fahrer nach längerer Diskussion wieder auf ihre Posten zurückkehrten.
Wild Bill schmunzelte bei der Erinnerung, aber das hielt die Realität der Gegenwart nur einen Augenblick in Schach. Er wußte, daß er sich zwar von jetzt an bis zum Jüngsten Tag an die guten Zeiten erinnern konnte, aber vergangene gute Zeiten konnten nichts an den Nackenschlägen und Unglücksfällen ändern, die die Familie in jüngster Zeit getroffen hatten.

Er hatte so vieles zu tun, aber keine Ahnung, wo er anfangen und wie er weitermachen sollte. Der vage Verdacht, daß seine Jugend plötzlich dahin war, umhüllte ihn wie ein schweres, wollenes Leichentuch. Als das erste Licht des neuen Tages die Dunkelheit durchdrang, stellte er fest, wie staubig und unbenutzt die Räume aussahen. Die Fenster mußten unbedingt geputzt werden, und die Möbel sahen aus, als wären sie seit dem Tag nicht abgestaubt oder poliert worden, an dem die Nachricht von Pearl Harbor das Festland erreichte.

Deprimiert, schon fast verzweifelt nahm der Wilde schließlich seinen ganzen Mut zusammen und wagte sich nach oben in den Südflügel, wo das Elternschlafzimmer lag. Er stieg die breite Vordertreppe hinauf, wobei er sich mit der Hand an dem glatten Mahagonigeländer abstützte. Langsam ging er den mittleren Korridor entlang, durchquerte das Arbeitszimmer mit seinen deckenhohen Bücherschränken, das Wohnzimmer, wo er so viele Male auf dem Schoß seines Großvaters Crazy Legs Winslow gesessen hatte, und blieb schließlich vor den beiden massiven Türen aus burmesischem Teakholz stehen, die zum Schlafzimmer führten. Er zögerte, klopfte aber dann leise an. Keine Antwort, nicht ein Geräusch. Er klopfte noch einmal, lauter diesmal. Immer noch nichts.

Da ertönte unvermittelt hinter ihm: »Was suchst du hier?«

Der Wilde drehte sich um und sah hinter sich seine Schwester Helen in einem Flanellnachthemd stehen; sie hatte die Arme fest um ihre schmale Brust geschlungen.

»Ich will ihn sehen.«

»Jetzt? Um halb sieben Uhr morgens?« Sie sprach mit ihm, als ob sie nicht wüßte, wer er war; er hätte ebensogut ein Fremder sein können. Sie machte einen Schritt nach vorn, als wollte sie ihm in den Weg treten.

»Geh wieder ins Bett, Helen«, sagte der Wilde. »Schlaf mal eine Woche durch. Du siehst ja aus wie ein Gespenst.«

Sie blieb stehen und ließ den Kopf hängen. »Ich muß mich nicht von dir beleidigen lassen, William. Du mußt mir nicht sagen, was ich tun und lassen soll.« Sie sprach sehr leise, aber bestimmt.
»Ich weiß«, sagte ihr großer Bruder. »Ich weiß, und es tut mir leid.« Wild Bill legte den Arm um seine kleine Schwester und drückte sie an sich. Die Neunzehnjährige fühlte sich an, als bestünde sie nur noch aus Haut und Knochen.
»Es war so schwer hier in letzter Zeit«, flüsterte sie, »so schrecklich.« Und dann fing sie an zu weinen.
Er fuhr mit den Fingern durch ihr Haar. Es fühlte sich dünn und fettig an. *Himmel*, dachte er, *was zum Teufel ist hier nur vorgefallen? Das hier war mal eine gutaussehende junge Frau, als ich '42 das Haus verließ. Lebhaft, immer zum Scherzen aufgelegt, der Mittelpunkt jeder Party.* Er wollte Helen zum Lachen bringen, ihr ein paar Pfannkuchen machen, ihr ein hübsches Sommerkleid anziehen, sie in die Stadt ausführen. Aber sie entzog sich seiner Umarmung, trocknete die Tränen am Ärmel des Nachthemds, trat einen Schritt zurück und sagte: »Bleib nicht zu lange, ich will nicht, daß du ihn ermüdest.« Und dann verschwand sie in der Dunkelheit.
Wild Bill seufzte, stieß leise die Türen auf und ging ins Schlafzimmer. Zuerst sah er nichts als Dunkelheit. Lange, schwere Vorhänge verhüllten die Fenster. »Dad«, sagte er, »ich bin es, Willy. Dein Junge, Willy, Dad. Ich bin wieder zu Hause. Ich bin aus dem Krieg zurück, Dad. Ich bin wieder da. Ein Held kehrt zurück.« Das letzte sagte er nur flüsternd.
Charles Winslow bewegte sich nicht, gab keinen Laut von sich. Sein Sohn nahm an, daß er noch schlief. Wild Bill beschloß, erst einmal die Vorhänge zurückzuziehen, das Morgenlicht hereinzulassen, vielleicht sogar ein paar Fenster zu öffnen, da die Luft dumpf und staubig roch, wie der Tod.
Das Elternschlafzimmer war der prachtvollste Raum im ganzen

Haus, bildete den krönenden Abschluß von Crazy Legs Winslows Vorstellung von Reichtum und Opulenz. Crazy Legs hatte den Raum der Brücke eines großen, luxuriösen Ozeandampfers nachempfunden. Die Wand, von der aus man das Zimmer betrat, war absolut gerade und normal, aber der ganze übrige Raum war ein einziger Bogen, ein großer Halbmond mit fast vier Meter hohen Zimmerdecken, Fußböden aus Teakholz und genügend Fenstern, um an einem klaren Tag fast ganz New Jersey zu überblicken. Waren die Vorhänge geöffnet, konnte man nach Osten, Süden und Westen blicken, über sanft geschwungene Hügel, Wiesen und Nadelwälder hinweg; man konnte Eichen, Eschen und rote Ahornbäume sehen. Glastüren führten auf eine Veranda hinaus, die um das ganze Schlafzimmer herumlief. Wild Bill hatte viele Morgen seiner Kindheit in diesem Zimmer spielend verbracht, war auf diese Veranda hinausgelaufen und von dort aus auf das Dach geklettert.

»He, Dad«, sagte er, während er den ersten Vorhang zurückzog. »Weißt du noch, wie ich über das Geländer draußen auf der Veranda gestiegen und über den Sims gefallen bin?« Er hatte den Vorhang jetzt zurückgezogen und konnte sehen, wie sich der erste Schimmer des neuen Tages über den Baumwipfeln im Osten erhob. Sein Vater reagierte nicht, weder auf seine Geschichte noch auf das hereinfallende Morgenlicht. »Ich bin genau in den Misthaufen gefallen, den der Gärtner dort aufgehäuft hatte, um ihn hinterher unter den Azaleen und Rhododendronbüschen zu verteilen. Ich habe mir nichts getan, nicht einmal einen blauen Fleck hatte ich, aber die nächsten paar Tage habe ich fürchterlich gestunken. Mom hat mich zum Schlafen in das Zimmer über der Garage gesteckt.«

Charles Winslow reagierte immer noch nicht. Er lag schweigend und reglos in dem massiven, maßgefertigten Kirschholzbett, das in jeder Ecke von einem Paar holzgeschnitzter Seeadler und zwei ebensolchen Geiern bewacht wurde. Die Vögel kauerten zweieinhalb Meter über dem Boden auf den vier Eckpfosten des Bettes. Derselbe Bildhauer, der die Vögel am Ende der Auffahrt modelliert hatte, hatte auch die Vögel für das Bett geschnitzt. Crazy Legs hatte sich Seeadler und Geier gewünscht, keine anderen Vögel waren in Betracht gekommen. Für Crazy Legs stellte der Adler Erhabenheit und Erfolg dar; der Geier dagegen repräsentierte den ökonomischen Kampf, den er geführt hatte, um diesen Erfolg zu erringen.

Wild Bill blieb kurz stehen, um die Vögel zu betrachten, und fuhr dann mit der Beschäftigung fort, den neuen Tag in das Zimmer zu lassen. Einen Vorhang nach dem anderen zog er zurück. Er öffnete auch die Fenster, aber nur einen Spalt, da er die kühle Oktoberluft spüren und den Rauhreif auf dem Rasen und auf den abgefallenen Blättern sehen konnte. Er wollte nicht, daß der alte Mann sich erkältete. Helen würde ihn schwer dafür büßen lassen. Eine andere Geschichte aus seiner Kindheit kam ihm in den Sinn, aber darin kam auch sein toter Bruder Robert vor, und so beschloß er, sie lieber nicht zu erzählen. Wenn der alte Mann wach war, würde sie ihn nur aufregen. Statt dessen ging er langsam weiter durch das Zimmer, ohne dabei aber auch nur einen Blick auf das Bett zu werfen. Er hatte Angst vor dem, was er dort zwischen den Laken vorfinden könnte. Aber dann waren alle Vorhänge aufgezogen, alle Fenster und Türen einen Spalt geöffnet, und der Wilde hatte nichts mehr zu tun. Aber er wußte, was noch zu tun war. Zuerst schaute er sich in dem Raum um. Derselbe dicke Perserteppich bedeckte noch immer den Fußboden, derselbe Frisiertisch aus Kirschholz stand neben der Tür. Neben dem Bett standen immer noch derselbe Ledersessel und derselbe Hocker, und jeder freie Platz an den Wänden war von denselben Bildern bedeckt, darunter auch das unbezahlbare Gemälde von Winslow Homer, das die Küste von Maine darstellte und das Crazy Legs dem Künstler im Jahr 1899 abgekauft hatte. Der Raum war noch genau so, wie Wild Bill ihn im Gedächtnis behalten hatte, selbst das massive Kirschholzbett stand noch dort, wo es immer gestanden hatte. Es nahm die ganze Mitte des Zimmers ein und war nach Süden ausgerichtet, so daß die Schläfer sich mit der Sonne erheben konnten und sofort von der Kraft zur Eroberung eines neuen Tages durchdrungen waren. Crazy Legs hatte das Bett mit Absicht dort aufstellen lassen, da er ein Mann war, der jeden neuen Morgen als den Beginn eines neuen Abenteuers begrüßte. Er genoß es, in der Frühe aufzuwachen, drohend seine Faust gegen die Welt hinter den Fenstern zu ballen und zu rufen: »Hier kommt Crazy Legs Winslow, ihr faulen Hundesöhne, also geht mir aus dem Weg, sonst renne ich euch über den Haufen!« Seine Frau bat ihn immer wieder, er solle doch keine solch rüde Sprache verwenden, aber er lachte dann immer sein hochmütiges Lachen und sagte am nächsten Morgen wieder denselben Spruch. Crazy Legs hatte eine ganz besondere Regel, nach der er lebte: Er tat nie das, was ihm irgend jemand sagte; er tat genau das, was ihm paßte.

Wild Bill fiel wieder ein, wie sein Großvater an jenem Nachmittag 1923 plötzlich aufgestöhnt und angefangen hatte, zu ächzen und sich hin und her zu werfen. Der Wilde war damals erst drei Jahre alt gewesen, aber er konnte sich daran erinnern, als ob es erst in der vergangenen Woche passiert wäre. Er schaukelte auf den Knien seines Großvaters hin und her, während sie in dem alten Schaukelstuhl saßen, der von Crazy Legs' Vater noch repariert worden war, ehe der Colonel aus dem Haus gegangen war, um gegen die Aufständischen zu kämpfen. Der kleine Willy Winslow lachte und kreischte und wollte höher und höher geschaukelt werden. »Himmel, Junge, du bist aber wirklich ein ganz Wilder«, sagte Crazy Legs. »Wenn es jemals einen gegeben hat, dann dich. Man wird dich nur schwer zähmen können, mein Junge, das wird harte Arbeit werden. Das sehe ich dem Glitzern in deinen Augen an.«

»Ja«, sagte der kleine Willy und hüpfte und schaukelte wie ein wilder Stier, »das bin ich, der Wilde, ich bin der Wilde.«

»Old Wild Willy«, sagte sein Großvater. Und dann wurde Crazy Legs plötzlich starr und steif, und der Wilde rutschte vom Schaukelstuhl auf den Boden und fing an zu weinen. Crazy Legs ächzte und zuckte, ganz leicht zuerst, als ob er vielleicht einen Krampf im Nacken hätte, aber dann bäumte er sich auf und warf sich völlig unkontrolliert hin und her, verdrehte die Augen – Speichel tropfte aus seinem Mund –, und dann fiel er aus dem Stuhl auf den Boden neben Willy. Und der Wilde weinte, weil er hingefallen war und weil sein Großvater sich so seltsam verrenkte, und dann, dann kam seine Mutter angerannt und sein Vater und sein Bruder, und dann konnte er sich nicht mehr genau erinnern. Aber als nächstes wußte er dann wieder, daß er in seinem kleinen Bett auf der anderen Seite des Korridors lag und seine Mutter zu ihm sagte, daß Crazy Legs tot sei, tot, tot, tot ... Nur daß er nicht tot war, keineswegs, noch nicht; der alte Mann hatte noch ein ganzes Leben vor sich ...

Wild Bill wachte auf, sein Atem ging schwer und stoßweise. Schweiß rann über sein Gesicht. Er wußte zuerst nicht, wo er war. Das Zimmer sah fremd aus. Es war kalt und roch nach Tod. Aber dann sah er sie schlafend im Stuhl sitzen, den Kopf an die Wand gelehnt, sein süßer Engel, Evangeline. »Es ist alles in Ordnung«, sagte er zu sich selbst, leise zwar, aber in der Hoffnung, sie würde aufwachen und ihn mit freundlichen Worten und sanften Lippen trösten. Aber Evangeline bewegte sich nicht, und so machte er die Augen wieder zu und beendete seine Erinnerung an jenen Morgen im Frühjahr 1945, als er zu seinem Vater ins Schlafzimmer gegangen war.

Charles Winslow, zu der Zeit gerade dreiundfünfzig, lag dort in diesem gigantischen Bett, ohne zu reagieren, ohne einen Laut von sich zu geben oder sich zu bewegen. Langsam durchquerte Wild Bill das Zimmer und näherte sich dem Bett. Er überlegte sich, ob er sich auf den Bettrand setzen sollte, entschied sich aber dagegen. Das wäre zu nahe, zu intim, zu gefährlich gewesen. Er war seinem Vater seit wahrscheinlich zwanzig Jahren nicht mehr näher als drei Meter gekommen. Old Charles lag auf dem Rücken in der Mitte des Bettes. Nur sein Kopf und die Arme schauten aus dem dicken Haufen an Bettzeug hervor. Die Arme waren an den Ellbogen abgewinkelt, die Hände über der Brust gefaltet. Das Gesicht sah bleich, aber friedlich aus. *Mein Gott,* dachte der Wilde, *der Alte sieht ja schon mehr als bleich, schon fast tot aus ...*

Und so war es auch, der alte Säufer war tot, mausetot, tot wie eine Fliege in einem Spinnennetz. Als Wild Bill ihn schließlich fand, war er schon seit fast einer Woche tot. Er war an zuviel Alkohol und zuviel Sorgen gestorben. Er war gestorben, nachdem er fast jeden Penny der vielen Millionen verloren oder ausgegeben hatte, die er an jenem Tag des Jahres 1923 erbte, als sein Papa, John »Crazy Legs« Winslow, sich von seinem Schlaganfall wieder erholte, seinen Enkelkindern zum Abschied einen Kuß gab und verkündete: »Es hängt mir zum Hals raus, ein reicher, selbstsüchtiger Widerling zu sein. Ich gehe weg, um ein anderer zu werden. Bis irgendwann.« Charles war gestorben, indem er einen Strick (nicht irgendeinen Strick natürlich, sondern das authentische Stück eines ein Zoll starken, äußerst strapazierfähigen Sisalstricks, importiert aus Yucatán und gedreht in der Seilfabrik der Winslows), indem er also diesen Strick über einen Querbalken im Elternschlafzimmer warf, das andere Ende des Stricks um seinen Nacken legte, ihn festzurrte, sich auf die Bettkante stellte und von dort heruntersprang und so lange über dem Fußboden baumelte, bis alles Leben aus seinem Körper gewichen war.

Jetzt mußte der Wilde näher rangehen, er hatte keine andere Wahl mehr. Er warf den Haufen Bettzeug zur Seite, unterdrückte den Wunsch, laut zu schreien, und sah sie dann ganz deutlich, die offene rote Druckstelle, die der Strick in den Hals seines Vaters eingebrannt hatte.

Wie Sie sich vielleicht selbst vorstellen können, rannte der Wilde sofort auf den Korridor hinaus, auf der Suche nach seiner kleinen Schwester. Er fand sie in ihrem Schlafzimmer, wo sie auf eine alte Fotografie ihres toten Bruders Robert starrte. Helen erklärte Bill, ja, ihr Vater sei seit fast einer Woche tot. Sie habe ihn abgeschnitten und zu dem besten Leichenbestatter in Bernardsville gebracht, der ihn fast wieder wie neu hergerichtet hatte. Dann habe sie ihn heimbringen lassen, nachdem sie allen, die es anging, mitgeteilt hatte, daß die Beerdigung ihres Vaters bis nach der Rückkehr des Sohnes des Verstorbenen zu warten habe. Mehr als die Beerdigung zählte jedoch die Tatsache, daß Helen nicht ganz allein in dem großen Haus auf den Hügeln bleiben wollte. Tot oder lebendig, sie wollte ihren Vater im Haus, im Zimmer nebenan, in ihrer Nähe haben. Und so legte sie ihn ins Bett, deckte ihn zu und zog die Vorhänge vor, damit er keine weitere Morgendämmerung mehr mit ansehen mußte.

Nun, Wild Bill hörte sich diese leidvolle Geschichte an und drehte dann mehr oder weniger durch. Die Rückkehr des jungen Mannes war ohnehin nicht besonders aufmunternd gewesen, und diese Leiche, die da oben lag und sich als sein Vater ausgab, war wie Salz, das man in eine offene Wunde streut. Er zürnte und haderte mit seiner kleinen Schwester Helen, aber diese hatte bereits lange Zeit zuvor den Kontakt zur Wirklichkeit verloren, so daß seine Wut nur wenig dazu beitrug, die Situation zu erleichtern. Virginia beruhigte ihn schließlich, brachte ihn ins Bett und streichelte über seine pochenden Schläfen, bis er in einen unruhigen Schlummer hinüberglitt ... Es dauerte nicht lange, da hatten sie Charles sicher unter die Erde gebracht, wo er hingehörte.

DIENSTAG,
DEN 19. JUNI 1990 ...

9

Henry – als Bobby – war das erste der Winslow-Kinder, das in dem großen Haus in Far Hills eintraf. Er fuhr die ganze Nacht durch in seinem alten 64er Ford Pickup. Die Höchstgeschwindigkeit des F-100 schwankte zwischen vierzig und fünfundvierzig Meilen in der Stunde, und das auch nur bergab, so daß Henry nicht sehr gut vorankam, nicht einmal auf dem New York Thruway. Er brauchte bereits mehrere Stunden und einige Tassen Kaffee, nur um den Pickup mit gutem Zureden überhaupt über die hügeligen Ausläufer aus dem Adirondack Park hinauszulocken. Kurz nach Einsetzen der Dämmerung kam er durch Glens Falls, wo er Richtung Süden weiterfuhr. Obwohl die Sonne bereits untergegangen war, konnte Henry noch die Hitze spüren, die durch die geöffneten Fenster hereinströmte. Sie machte ihn schläfrig. Nach seiner langen Schicht oben auf dem Feuerwachturm des Snowy Mountain war ihm klar, daß er dringend Schlaf brauchte. Er konnte auf keinen Fall den ganzen Weg bis Jersey durchfahren, ohne nicht wenigstens einmal kurz die Augen zuzumachen. Deswegen bog er an einer Raststätte irgendwo südlich von Saratoga Springs und nördlich von Albany von der Straße ab. Er stellte den Pickup abseits der hellen Parkplatzbeleuchtung auf einen abgelegenen Platz unter einen Baum und schlief sofort ein.

Jetzt konnte Henry das natürlich nicht wissen, aber ein paar Wochen zuvor und an fast der gleichen Stelle, wo der Pickup parkte, waren ein Mann und seine Freundin einem kaltblütigen Mord zum Opfer gefallen; man hatte sie mit dem stumpfen Ende einer Axt erschlagen und anschließend noch ein paar Schüsse aus einem Gewehr, Kaliber zwölf, auf sie abgefeuert. Ebenso wie das Gemetzel an den Siedlern auf der Burlington Island im Jahre 1628 blieben auch diese Morde ein Geheimnis. In den Zeitungen war darüber zu lesen, daß Drogen das

Motiv gewesen seien, aber die Polizei war eher der Überzeugung, daß irgendein Verrückter, der sich spätnachts an Raststätten herumtrieb, für die Morde verantwortlich war. Die Neue Welt mochte ja durchaus älter geworden sein, war aber immer noch bemerkenswert gesetzlos.

Diese Morde waren der Grund, warum sich jene beiden New York State Troopers, als sie nun die Pickel und Äxte auf der Ladefläche von Henrys Pickup und das Gewehr über dem Rückfenster hängen sahen, vorsichtig an das Fahrzeug heranschlichen und ihre Revolver zückten. Henry – als Bobby – saß dort friedlich schnarchend, den Kopf auf dem Schaft der alten Remington Kaliber zwölf seines Großvaters abgestützt, und träumte von den Zeiten, als er und Bobby auf dem Dachboden des großen alten Hauses auf den Hügeln Verstecken spielten. Er selbst hatte gerade ein gutes Versteck im Armeekoffer seines Großvaters aus dem Ersten Weltkrieg gefunden, als ganz plötzlich und wie aus dem Nichts diese beiden Kleiderschränke ihn aus seinem Lastwagen zerrten, gegen die Motorhaube schleuderten, ihn zwangen, die Beine zu spreizen, ihn grob durchsuchten und ihn anschrien, daß er lieber den Mund halten solle, weil sie ihn nämlich sonst windelweich schlagen würden. Sie fuchtelten ihm mit den Pickeln und Äxten und dem Gewehr vor dem Gesicht herum und wollten wissen, wen er als nächstes niedermetzeln und anschließend über den Haufen schießen wolle, ehe es hell wurde.

»Wovon redet ihr zwei Arschlöcher bloß?« wollte Henry Winslow wissen. »Ich bin Feuerwehrmann, ihr Mistkerle!« schrie er und vergaß selbst nach all den vielen Jahren, daß er ja eigentlich der sanfte, milde Bobby Winslow sein sollte. »Also geht mir aus den Augen, oder ich schlage euch so zusammen, daß ihr eine Woche lang weder scheißen noch Wasser trinken könnt.«

»Sie sind Feuerwehrmann?«

»Ganz recht, du taube Nuß, ein Feuerwehrmann, oben in den Adirondacks. Bei den Waldbränden.«
Den Polizisten gefiel es gar nicht, mit solchen Schimpfworten belegt zu werden, aber Henry trug tatsächlich die Uniform eines Rangers des Staates New York. Dann fanden sie hinter dem Sitz des Pickup auch noch seinen Feuerwehrhelm und seine Brandbekämpfungsweste, so daß sie sich schließlich beruhigten, seine Papiere überprüften und ihn weiterschickten. Sie erklärten ihm, Raststätten seien zum Rasten da und nicht, um dort zu übernachten. Also zeigte Henry den beiden Polizisten den Vogel und setzte sich wieder hinter das Steuer seines F-100. Er ließ den Motor an und fuhr weiter Richtung Süden, nachdem er ganze acht Minuten geschlafen hatte.

Die ganze Nacht über hielt Henry an jeder Raststätte und bei jeder Schnellstraßeneinfahrt auf einen Kaffee und eine Pinkelpause an. Er ließ das Radio in voller Lautstärke laufen, obwohl er fast nur Rauschen hörte, da die Antenne vor zehn oder zwölf Jahren bei einer Wirtshausschlägerei in einem Saloon am Lake Saranac abgebrochen worden war. Also hörte er sich das Rauschen an. Alles nur, um sich wach zu halten. Den ganzen Weg über ließ er beide Fenster heruntergekurbelt und steckte alle paar Sekunden zwischen zwei Schluck Kaffee den Kopf aus dem Fenster und schrie gegen den Wind an.
Im Winter zuvor war Henry vierzig Jahre alt geworden. Er hatte seit fünfzehn Jahren weder seinen Vater noch einen seiner Brüder oder eine seiner Schwestern gesehen. Den ganzen Weg nach Hause fragte er sich, ob dies wohl ein günstiger Zeitpunkt wäre, ihnen die Wahrheit zu sagen, ihnen zu erzählen, was vor all diesen Jahren geschehen war, als er und Bobby ihre Identität getauscht hatten. Er wollte es ihnen so gerne erzählen, seit mehr als zwanzig Jahren wollte er es ihnen erzählen. Jeden einzelnen Tag seines Lebens hatte Henry

daran gedacht, es ihnen zu sagen, sich einfach hinzustellen und es zu verkünden. Aber aus Gründen, die er nie ganz verstanden hatte, war er nicht dazu fähig gewesen. Er konnte es nicht über sich bringen, zu sagen: »Hör mal, Dad, ich wollte dir endlich mal sagen, daß ich Henry bin. Bobby ist damals '69 in Vietnam gestorben, nicht ich.« Nein, er konnte es einfach nicht. Niemals. *Aber vielleicht,* dachte er, *vielleicht kann ich es doch, vielleicht ist es noch nicht zu spät. Solange der alte Mann noch am Leben ist, solange der alte Kämpe nicht einfach hergegangen und gestorben ist und mich für immer allein mit diesem Gespenst gelassen hat, das mir im Nacken sitzt.* »Halt durch, du alter Bock«, schrie er in den Wind, »halt wenigstens noch einen Tag durch!«

Gegen halb fünf Uhr morgens überquerte er die Grenze und fuhr nach New Jersey hinein; er hüpfte auf dem ausgeleierten Sitz auf und ab, hämmerte mit den Fäusten gegen das Blechdach und grölte dabei aufs Geratewohl und oft falsch die Liedzeilen alter Rock-and-Roll-Songs aus den Sechzigern, Songs von Gruppen wie Buffalo Springfield, Jefferson Airplane, Hot Tuna, The Psychedelic Furs und The Band. Henry sang aus vollem Hals, so laut er konnte.

Mindestens eine Gallone Kaffee schwappte durch seinen Körper. Er rülpste und furzte und schlug sich selbst ins Gesicht. Und irgendwie schaffte er es; er hielt durch und fuhr weiter und weiter, immer tiefer hinein in den Süden, Richtung Heimat, nach Far Hills. Zuerst fuhr er in westlicher Richtung auf der Interstate 80, dann Richtung Süden auf der I-287. Im frühen Morgenlicht leuchtete und glitzerte der Gartenstaat. Henry fing unbeherrscht zu kichern an. Er glaubte, dieses Gekicher käme von zuviel Koffein und zu wenig Schlaf, aber in Wirklichkeit war der Grund die langersehnte Rückkehr nach Hause und die unmittelbare Nähe der Heldentaten seiner Jugend, die ihn so kichern und laut herauslachen ließen. Er fühlte sich nervös, aufgeregt, war fast schwindlig vor Angst und Erwartung.

Dann bog er von der Interstate ab und südwärts auf die Route 202. Er kam durch das Zentrum von Bernardsville. Kurz nach sechs Uhr morgens war die Stadt noch ruhig, fast menschenleer. Es sah fast alles genauso aus, wie er es als Kind in Erinnerung hatte. Das Schuhgeschäft war noch da, wohin er seine Mutter immer begleiten durfte, wenn sie dort Schuhe für ihn kaufte. Auch das Kino, in dem er und Bobby, Ginny und Mary viele Samstagnachmittage verbracht hatten, sah noch aus wie früher, bis auf die neue Markise vielleicht und die neuen Filmplakate in den Schaukästen. Die Bahnstation war noch dieselbe und auch die Viehfutter- und Samenhandlung nebenan, wo sie immer das Futter für die vielen Haustiere der Familie gekauft hatten: für die Hunde, die Katzen, Pferde und Vögel.

Dann verließ er Bernardsville und fuhr Richtung Westen nach Far Hills. Eine Meile vor der Stadt bog Henry nach Norden ab, hinein in die Berge. Er mußte sich nicht mehr die steilen Kehren hinaufquälen, die seinen Vater fünfundvierzig Jahre zuvor aus dem Krieg nach Hause zurückgebracht hatten. Diese Straße existierte zwar noch, aber in den späten Fünfzigern war eine neue gebaut worden. Sie führte zunächst über einen niedrigen Bergsattel und vereinte sich dann wieder mit der Straße, die den Grat entlanglief.

Gerade als Henry diesen Grat erreichte, blinzelte die Sonne über den östlichen Horizont. Ohne es zu merken, lächelte er, als er langsam die verlassene Straße hinunter zu der Auffahrt fuhr, die zum Anwesen der Familie führte. Die beiden steinernen Säulen an der Einfahrt hielten Wache, und der Adler und der Geier glänzten in dem frühen Morgenlicht. Henry wußte über die Vögel Bescheid und warum Crazy Legs sie am Eingang zum Anwesen hatte aufstellen lassen. Als Kind hatten ihm diese Vögel das Gefühl gegeben, etwas Besonderes, aus der Menge Herausragendes zu sein. Er genoß es, sie seinen Freunden zu zeigen. Aber jetzt ließen ihn diese Vögel sich nur klein und unzulänglich fühlen. Sie erinnerten ihn daran, wie wenig er in seinem Leben erreicht hatte.

Den ganzen Weg die Auffahrt hinunter konnte Henry sehen, wie akkurat gepflegt alles war: die roten Ahornbäume, die Rasenflächen, die Büsche, die Blumenbeete. Er fühlte sich zwischen Wut und Neid hin und her gerissen. Ein Teil von ihm hatte gehofft, das Anwesen würde schäbig, abgerissen, vernachlässigt und reparaturbedürftig aussehen. Tief in seinem Inneren hatte er davon geträumt, in der Rolle des Retters zurückzukehren, in der Rolle, die sein Vater vor all den Jahren gespielt hatte.

Ein großer Mercedes stand vor dem Haus zwischen der Statue der Lady Godiva und der Vordertür. Kein Tropfen entströmte Miss Godivas Brustwarzen, aber das Wasser im Pool glitzerte sauber und frisch. Henry betrachtete lange den Brunnen und den großen Mercedes. Was er sah, kam ihm vor wie eine Reklame für einen teuren Brandy. Er wußte, daß der Mercedes Wild Bill gehören mußte. Sein Vater hatte bereits, lange bevor der deutsche Wagen zum Statussymbol für wohlhabende Vorstadtbewohner geworden war, ein solches Auto gefahren. Henry dachte kurz daran, seinen alten Ford F-100 gleich hinter dem großen Mercedes zu parken, überlegte es sich aber aus irgendeinem Grund dann doch anders. Statt dessen bog er mit dem Pickup nach rechts ab und folgte der Auffahrt um das Haus herum. Dort parkte er neben der Garage und direkt unter der hohen Platane, die Crazy Legs am Neujahrstag 1900 gepflanzt hatte, um das neue Jahrhundert zu begrüßen. Der Baum, der damals nur ein dürrer Schößling gewesen war, breitete jetzt seine dichten Zweige über das Dach der Garage. Henry war als Jugendlicher oft auf diesen Baum geklettert. Er fürchtete sich nicht vor der Höhe, sondern wäre am liebsten höher hinaus als alle anderen geklettert. Der Baum war höher als das Haus und bot von oben einen wunderbaren Blick über das Tal. Aber Henry hatte nie viel Zeit an diesen Blick verschwendet, es hatte ihm einfach gefallen, in die Baumkrone hinaufzuklettern, um zu beweisen, daß er Dinge tun konnte, zu denen anderen der Mut fehlte.

Henry stieg aus dem Pickup und ließ die quietschende Tür einfach offenstehen. *Herrgott*, dachte er, *das sieht ja hier aus wie in einem Park: Alles ist so ruhig und sauber und ordentlich wie in einem botanischen Garten*. Natürlich wußte er nichts über Evangeline, über ihren grünen Daumen und über ihre magischen Fähigkeiten, die Dinge zum Wachsen zu bringen.

Er wollte zuerst schon an der Hintertür klopfen, überlegte es sich aber anders. *So ein Blödsinn*, sagte er sich, *ich bin schließlich hier groß geworden, das ist mein Haus, da muß ich nicht anklopfen*. Er drehte am Türknauf, aber die Tür war verschlossen. Die Seitentür und die Vordertür waren ebenfalls abgesperrt. Er läutete, aber nichts rührte sich, niemand kam an die Tür. Das große Haus war leer, menschenleer.

Henry stand da und überlegte sich, wie es wohl sein würde, wieder in dem großen Haus zu wohnen. Mit all den Zimmern und dem vielen Platz. Was würde Irene über diesen Palast denken? Den Kindern, das wußte er, würde es gefallen. Er redete sich ein, daß es ein wunderbarer Ort zum Heranwachsen gewesen war, auch wenn das nicht immer der Realität entsprochen hatte. Das Leben unter einem Dach mit Wild Bill war allenfalls unberechenbar gewesen. *Immer die Marineinfanterie und dieser ganze Quatsch. Der Alte hat das Haus wie ein Basis-Camp geführt.*

Henrys Blockhütte im Wald hatte nur zwei Zimmer und einen Dachboden, auf dem geschlafen wurde. *Trotzdem*, fragte er sich, *was braucht der Mensch mehr*? Doch gleichzeitig stellte er sich die Frage, wie es wohl wäre, wenn er und Irene im Elternschlafzimmer in dem riesigen, soliden Kirschholzbett mit den Adlern und den Geiern über ihren Köpfen liegen würden. *Ich meine, das gehört immerhin alles mir oder wird es vielleicht eines Tages. Ich bin der rechtmäßige Erbe. Ich bin der älteste männliche Nachkomme meiner Generation.*

Ein paar Minuten später kehrte Henry wieder zu dem Pickup zurück. Er beschloß, daß er etwas Ruhe und ein paar Stunden Schlaf brauchen könnte. Es würde mit Sicherheit ein langer Tag werden, angefüllt mit Besprechungen und Besuchen im Krankenhaus. Also zog er seine Stiefel und Socken aus und quetschte sich auf den Sitz des alten Ford. Die Sonne stieg rasch höher, und es dauerte nur ein paar Minuten, da war Henry tief und fest eingeschlafen.

Mary saß auf ihrem breiten und bequemen Erster-Klasse-Platz der British Airways 747. Dort oben, einundvierzigtausend Fuß über dem Nordatlantik, schwärmten lächelnde Stewardessen um sie herum, bereit, ihr jeden Wunsch von den Augen abzulesen, aber Mary hielt diese geschlossen, damit sie niemand mehr fragen konnte, was man für sie tun oder wie man ihr helfen könnte. Man hatte sie mit Wein und einem Abendessen versorgt und ihr hinterher ein warmes Handtuch gereicht, damit sie sich Gesicht und Hände säubern konnte. Man hatte ihr Kaffee und Cognac angeboten. Oder vielleicht würde sie es auch vorziehen, sich auf ein Glas Tía Maria und eine spannende Konversation nach oben in die Erster-Klasse-Lounge zurückzuziehen. »Nein«, erklärte sie, »mir geht es gut, ich bleibe lieber hier und versuche ein bißchen Schlaf zu finden.« Also brachte man ihr eine Decke und ein Kissen und eine Schlafbrille aus Samt.

Mary war froh, als man sie endlich in Ruhe ließ. Sie hatte keine Lust auf eine Unterhaltung. Sie unterhielt sich nur selten mit Fremden, es sei denn, sie hatte das Gefühl, dabei etwas erfahren zu können, was sie noch nicht wußte. Außerdem hatte Mary an diesem Abend ganz andere Dinge im Kopf. Zum einen die Vergangenheit, und selbstverständlich die Zukunft. Sie wußte, daß ihr Vater nicht tot war, aber sie spürte sein Bedürfnis, ihr und allen Kindern etwas zu erzählen, ein wichtiges Körnchen Weisheit mit ihnen zu teilen. In einer plötzlichen und deutlichen Vision sah sie, wie ihre Geschwister aus allen Himmelsrichtungen und mit allen möglichen Transportmitteln zu jenem Hügel in New Jersey eilten. Einige würden aufgehalten werden, andere sich gegen die Pflicht wehren, aber letzten Endes würden sie alle dasein, alle Brüder und Schwestern. Selbst die Toten würden präsent sein. Es würde zu Aggression, vielleicht sogar zu Gewalttätigkeit kommen. Das Leben einiger würde eine drastische Änderung erfahren. Mary wußte jetzt noch nichts über die wahre Natur dieser Veränderungen, aber sie hatte vor langer Zeit gelernt, daß jede Veränderung ihren Ursprung eher in der Vergangenheit als in der Zukunft hat, normalerweise in einer Vergangenheit, über die diejenigen Seelen, die in der Gegenwart leben, nur wenig oder überhaupt keine Macht haben.

Nehmen wir zum Beispiel das Leben ihres Vorfahren Edmund Winslow, Sohn von Giles und Edith Winslow. Mary wußte, daß er Edmund und nicht Edward hieß. Sie hatte sein Leben oft zur Demonstration ihrer Theorie verwendet, daß sich nichts so entwickelt, wie es geplant ist; das heißt, eine Familie kann sich durchaus in eine Richtung entwickeln, die die Fähigkeit dieser Familie übersteigt, diese Entwicklung überhaupt zu begreifen; oder mit anderen Worten, es ist eher das Schicksal als der freie Wille, das eine Entwicklung bestimmt.

Urahn Edmund ließ sich in dem besetzten Sitz neben Mary nieder und hielt über eine Stunde oder noch länger ihre Hand,

während der Jumbojet sich seinen Weg durch mysteriöse Turbulenzen bahnte.
Nachdem sich das aufgewühlte Wetter gelegt hatte, sagte er: »Wenn irgend jemand etwas darüber weiß, wie unsere Unfähigkeit, die Vergangenheit und die Gegenwart zu beherrschen, unsere Zukunft bestimmt, dann bist du es. Nimm mich: Ich bin eines Tages mit meiner Mum in den Wald gegangen, um ein paar Beeren und Eicheln zu sammeln, und als wir zurückkamen, waren mein Vater und alle meine Geschwister tot.«
Mary sah Urahn Edmund an, nickte und legte dann ihren Kopf auf seine Schulter. Sie wußte, wie dieses einzelne, isolierte Ereignis Edmunds Leben verändert und geformt hatte, und nach ihm das aller Winslows, die noch folgen sollten. Sie wußte, daß er und seine Mutter Edith und die anderen Überlebenden des Burlington-Massakers ihren Weg quer durch die unerforschte Wildnis gebahnt hatten, aus der später das Zentrum New Jerseys, die Countys Burlington, Somerset und Middlesex, entstehen sollten. Mary hatte oft zugesehen, wie in jenen frühen Tagen eines neuen Jahres, des Jahres 1629, ein männlicher Erwachsener, zwei verängstigte Witwen und drei kleine Kinder durch die Flüsse wateten, gegen wilde Tiere kämpften, sich vor Indianern versteckten, nach Eßbarem suchten und draußen in der Kälte unter offenem Himmel schliefen. Ein Schleppkahn brachte sie über den Fluß nach New Amsterdam, wo sie die restliche Zeit dieses schrecklichen Winters verbrachten, wieder zu Kräften kamen und versuchten, das sinnlose Gemetzel an ihren Lieben hinter sich zu lassen.
Urahn Edmund wuchs mit der Zeit zu einem bulligen, kräftigen Mann heran. Er arbeitete auf der Westseite des Hudson auf einer großen holländischen Plantage, dort, wo eines Tages das Zentrum von Hoboken liegen sollte. Edmund wußte damals nicht, daß sein direkter Nachkomme John »Crazy

Legs« Winslow genau auf diesem Fleck eine riesige Seilfabrik besitzen würde. Oder daß ein anderer Nachkomme, William »Wild Bill« Winslow, auf eben dem Grund und Boden, wo Edmund noch Getreide und Kartoffeln anbaute, einen riesigen Wohnblock hochziehen würde. Edmund war kein Mann von vielen Worten (und wenn, dann Holländisch, nicht Englisch), der Ale nur einmal in der Woche anrührte – normalerweise am Samstagabend –, der in die Kirche ging, wenn ein Priester zur Hand war, und der seine liebe alte Mutter Edith versorgte, bis sie im reifen Alter von sechsundsechzig Jahren an Lungenentzündung starb.

1647, in dem Jahr, in dem Peter Stuyvesant aus Holland kam, um der neue Gouverneur der New Netherlands zu werden, heiratete Urahn Edmund Mrs. Molly Richford, eine verwitwete Engländerin, die erst vor kurzem aus New England gekommen war. Molly war Puritanerin durch und durch, viel mehr, als Giles Winslow es je gewesen war. Sie heiratete Edmund, weil sie einen starken, ehrlichen und anständigen Mann brauchte, der sie beschützte und für sie sorgte. 1649 schenkte Molly Edmund einen Sohn, den sie Freeman – den Freien – nannten, ganz im Sinne der Neuen Welt, der neuen Grenze. Jung Freeman betrat diese Welt mit leuchtenden Augen, ohne einen Laut von sich zu geben. Molly behauptete, der Knabe sei lächelnd geboren worden, die Hebamme war der Meinung, es seien Blähungen gewesen. Was immer es auch war, er war ein glückliches Kind. Nie hörte man Freeman schreien. Bis auf einmal. Er schrie in jener Nacht des Jahres 1655 in exakt dem Augenblick, in dem sein meilenweit entfernter Vater einen Pfeil durch den Hals geschossen bekam, als er gegen die Indianer in der Nähe des jetzigen Jersey City kämpfte. Einige behaupten, die Indianer hätten den Krieg begonnen, andere geben Stuyvesant – seiner Arroganz und seinen rassistischen Anschauungen – die Schuld, aber ganz gleich, wer den ersten

Pfeil abschoß, Molly Winslow war zum zweitenmal Witwe, und der junge Freeman war ein vaterloser Junge in einem wilden Land.

Mary sah, wie der Pfeil Urahn Edmunds Kehle durchbohrte. Sie richtete sich erschrocken in ihrem Sitz auf und stieß ein leises Keuchen aus. »Oh, mach dir deswegen keine Sorgen, kleine Lady«, sagte Edmund. »Nach fast dreihundertundfünfzig Jahren bin ich daran gewöhnt. Es tut gar nicht mehr weh.«

Mary starrte auf das Loch in Edwards Hals, dann auf die Stewardeß, die sich über sie beugte. »Ist alles in Ordnung, Ma'am? Kann ich Ihnen etwas holen?«

»Ja ... nein«, sagte Mary. »Ich habe nur geträumt.«

Die 747 landete fast um die gleiche Zeit am Kennedy Airport, als Henry – als Bobby – auf der Sitzbank seines Ford Pickup in tiefen Schlaf fiel. Mary passierte schnell den Zoll, da sie kein Gepäck oder Waren zu deklarieren hatte. Sie trat hinaus in den dunstigen New Yorker Morgen, rang nach Atem, als sie die explosive Mischung aus Hitze und Feuchtigkeit traf, und stieg in ein Yellow Cab. Sie sagte dem Fahrer, daß sie nach Far Hills in New Jersey wolle.

»Nie was davon gehört«, meinte der Fahrer.

»Das ist schon in Ordnung«, erwiderte Mary, »ich zeige Ihnen, wie Sie fahren sollen.«

»Hundert Eier bis Newark International. So weit fahre ich Sie.«

»Gut«, sagte Mary. »Newark ist in Ordnung.«

Und so fuhren sie los. Auf dem Weg nach Newark erzählte Mary dem Taxifahrer, daß sie aus London herbeigeeilt sei, weil ihr Vater einen Unfall gehabt habe und im Sterben liege. Sie hoffe nur, daß sie es noch rechtzeitig schaffen würde. Der Fahrer, hart und zynisch, wie nur ein New Yorker Taxifahrer es sein kann, war zu Tränen gerührt. Mehr als einmal warf er einen verstohlenen Blick in den Rückspiegel und musterte die zierliche, kleine blasse Frau auf dem Rücksitz. Mehr als einmal mußte er den Wunsch unterdrücken, in Tränen auszubrechen.

»Äh«, fragte er, als sie die Autobahn nach New Jersey entlangbrausten, »wie weit ist es denn noch bis zu diesem Far Hills?«

»Nicht weit, vielleicht eine halbe Stunde.« Sie wußte, daß es mehr als eine Stunde war, aber sie war der Ansicht, daß es dem Taxifahrer nur guttun würde, ein bißchen frische Luft zu schnappen und die grünen Hügel ihrer Heimat zu sehen.

Sentimentalität hin, Sentimentalität her, er erklärte ihr auf jeden Fall, daß sie die Fahrt zweihundert Dollar kosten würde.

»Okay«, sagte sie, ohne überhaupt an die zwanzig oder dreißig englische Pfund und die paar Pence in ihrer Tasche zu denken, »kein Problem.« Dann erklärte sie ihm, daß er bei der Ausfahrt 14 abbiegen und Richtung Westen auf der Interstate 78 weiterfahren solle.

Dreiundfünfzig Minuten später, als der Taxifahrer wirklich zu jammern und zu klagen anfing, fuhren sie gerade in die Berge hinein. Die Sonne hing jetzt hoch am Himmel, und die Hitze und Feuchtigkeit, die draußen herrschten, lasteten schwer auf der motorisierten, mit Air-condition ausgestatteten Blechbüchse. »Und wie zum Teufel soll ich hier wieder rausfinden, Lady? Das ist hier ja wie in den verdammten Catskills. Himmel noch mal.« Eine halbe Stunde zuvor hatte er aufgehört, sich um ihren sterbenden Vater Sorgen zu machen.

»Oh«, meinte sie, »keine Angst, Sie werden den Weg schon finden. Jeder findet seinen Weg hier raus. Schwierig ist nur, wieder zurückzufinden.«

Er schüttelte den Kopf und stieß leise ein paar ausgewählte Flüche aus. Endlich erreichten sie den Grat. Mary deutete auf die Auffahrt. Der Taxifahrer lenkte sein Taxi zwischen dem weißköpfigen Adler und dem Geier hindurch. »Was ist das denn?« fragte er und deutete auf die Vögel.

»Die Vögel«, antwortete Mary, »symbolisieren die Fleischtöpfe Ägyptens.«
»Wie?«
Mary erwiderte nichts. Einen Augenblick später hielten sie hinter dem Mercedes-Benz 560 SEL an. »Sagen Sie mal«, wollte er wissen, »wer wohnt hier eigentlich? J. D. Rockefeller?«
»Nein«, sagte Mary, »Wild Bill Winslow.«
»Nie was von ihm gehört.«

Dann kam die Geschichte mit dem Bezahlen. Mary hatte überhaupt kein amerikanisches Geld, nicht einen Cent. Und der Taxifahrer hatte kein großes Interesse an Pfund Sterling. Er hörte gar nicht mehr auf, das Pfund als wertlosen britischen Plunder, als Spielgeld zu bezeichnen. Mary sagte, sie würde ihm das Geld schicken, worauf er antwortete: »Vergessen Sie's, Lady, ich rühr' mich hier nicht weg, ehe ich meine Kohle bekommen habe.« Es war natürlich niemand im Haus, der die Rechnung hätte übernehmen können, aber schließlich kam Mary hinter das Haus und entdeckte dort Henry – als Bobby –, der in seinem alten Ford Pickup schlief. Das letzte Mal hatte sie ihn durch einen Tränenschleier bei der Beerdigung ihrer Mutter gesehen. Trotzdem war sie nicht im mindesten überrascht, ihn dort schlafend vorzufinden, wobei er aussah wie der langvermißte Sohn, der er ja auch war.

»Bobby«, sagte sie und rüttelte ihn vorsichtig, »wach auf. Du mußt mir etwas Geld leihen.« Sie wollte den Taxifahrer so schnell wie möglich loswerden, um ihren jüngeren Bruder gebührend zu begrüßen.
Henry – als Bobby – kam langsam zu sich, kapierte, was los war, und brachte es schließlich auf ganze vierundvierzig Dollar und neunundzwanzig Cent, nachdem er das ganze Handschuhfach durchsucht und selbst noch unter dem Sitz nachge-

sehen hatte. Der Taxifahrer war nicht ganz zufrieden damit. »Ihr reichen Scheißer seid doch alle gleich geizig.«
Mary lächelte und führte den Fahrer in die Garage, einen langgezogenen Bau aus Holz und Stein mit Stellplätzen für sechs Wagen. Sie erklärte ihm, er könne sich als Bezahlung für die Fahrt vom Kennedy-Flughafen nehmen, was immer er wolle. Der Taxifahrer schaute sich um. Er nahm an, daß das Angebot nicht den 57er Jaguar XK-140, das 69er Mercedes-Sportcoupé oder den nagelneuen Range Rover mit Allradantrieb umfaßte. So entschied er sich statt dessen für ein paar handgearbeitete Orvis-Angelruten zum Fliegenfischen, die an der Rückwand hingen. »Ich nehm' die Angelruten.«
Mary hatte keine Ahnung, daß die Angelruten über dreihundert Dollar pro Stück wert waren. »In Ordnung.«
Der Taxifahrer legte die Angelruten auf den Rücksitz und spuckte auf den heißen Asphalt. Der Speichel verdampfte sofort. Dann setzte er sich hinter das Steuer und fuhr davon.
Henry – als Bobby – beobachtete die ganze Transaktion vom rostigen Wagenende seines 64er Ford Pickup aus. »Ich schätze, Wild Bill wird über den Verlust dieser Angelruten nicht gerade erfreut sein.«
Mary lächelte und ging zu ihrem Bruder. »Die hat er doch seit zwanzig Jahren nicht mehr benützt.«
»Dazu kann ich nichts sagen«, sagte Henry – als Bobby –, »aber ich garantiere dir, daß er weiß, daß sie da sind. Ich möchte mit dir sogar um den Fahrpreis vom Kennedy Airport hierher wetten, daß er spätestens vierundzwanzig Stunden nach seiner Rückkehr aus dem Krankenhaus merkt, daß sie nicht mehr da sind.«
»Hast du ihn schon gesehen?«
Henry schüttelte den Kopf. »Nein.«
»Mit ihm gesprochen?«
»Nein.«

»Woher willst du dann wissen, daß er wieder aus dem Krankenhaus herauskommt?«
»Dieser übellaunige Alte?« sagte Henry – als Bobby. »Den könntest du doch nicht aus dem Verkehr ziehen« – er deutete auf das Gewehr, das im Rückfenster seines Pickup hing –, »und wenn du beide Läufe dieser alten Remington auf ihn abfeuern würdest.«
Mary schaute auf das Gewehr. »Himmel, Bobby, du bist ja ein richtiger Hinterwäldler geworden, der mit seinem Pickup und einer Donnerbüchse im Fenster durch die Gegend fährt.«
Henry gefiel der Vergleich gar nicht. »Ich bin kein Hinterwäldler. Und das ist ein richtiges Gewehr und keine Donnerbüchse.«
Mary lächelte und versetzte dem, den sie für ihren Bruder Bobby hielt, einen leichten Klaps ins Gesicht. Dann umarmte sie ihn schnell und gab ihm einen flüchtigen Kuß auf die Wange. »So«, sagte sie, »wir zwei wären da. Sind wir die ersten?«
»Soweit ich weiß. Es ist sonst keiner da. Das Haus ist schlimmer verriegelt als ein Banktresor.«
»Nun, es kann ja nicht mehr lange dauern, bis die anderen kommen.«
»Meinst du?«
»Ich weiß es.«
»Und woher weißt du das?«
Es war wieder so wie damals, als sie klein gewesen waren.
»Ich weiß es eben.«
»Ja, aber wie?«
»Hexerei, kleiner Bruder, Hexerei.«
Henry dachte darüber nach. Er schaute sich lange um. »Na, ich bin jedenfalls sofort losgefahren, als ich es erfahren habe. Aber lange Zeit, viele Jahre lang, habe ich mich gefragt, ob ich diesen Ort jemals wiedersehen werde.«

»Du warst ein Dummkopf, deine Zeit damit zu verschwenden, dich so etwas zu fragen, Bobby Winslow«, sagte seine Schwester, »ein ganz dummer Dummkopf.«

10

Der einzige Flug, den Ginny an diesem Dienstag morgen von L. A. aus bekommen konnte, legte eine Zwischenlandung in Denver ein. Aber sie kaufte das Ticket trotzdem, da sie als die ewige Pessimistin, die sie nach so vielen Jahren voller Rückschläge geworden war, immer das Schlimmste befürchtete; und das Schlimmste sah in diesem Fall so aus, daß Wild Bill sterben und sie nicht an Ort und Stelle sein könnte. Die Vorstellung jedoch, ihre beiden minderjährigen Kinder allein zurückzulassen, damit sie sich hemmungslos Sex und Drogen hingeben konnten, hatte sie kurzfristig allen Ernstes darüber nachdenken lassen, die Reise überhaupt nicht anzutreten, aber letzten Endes wußte sie, daß sie keine andere Wahl hatte. Vielleicht hatte der Wilde ja tatsächlich ihr Leben vermasselt und sie in ihrer Karriere nicht genügend unterstützt, es mochte ja durchaus sein, daß er Aaron am Abend vor der Hochzeit »diesen kleinen Itzig mit dem Stethoskop« genannt hatte, aber er war trotz alledem noch ihr Vater, und falls er tatsächlich sterben sollte, dann wollte sie an seiner Seite sein.

Ginny blätterte in *Better Homes and Gardens,* das sie noch schnell in ihre Reisetasche gesteckt hatte, bevor sie aus dem Haus gegangen war. Sie las nicht ein Wort, nicht einmal die Bildunterschriften, und bemerkte kaum die ästhetischen Farbfotos, die fast jede Seite schmückten. *Vielleicht*, dachte sie, *hätte ich die Kinder mitnehmen sollen, auf jeden Fall Madeline. Dann wäre sie weg von diesem Widerling Stu, diesem reichen Lümmel mit dem schnellen Wagen und dem goldenen Ohrring. Mein Gott, sie ist wahrscheinlich schon schwanger, wenn ich wieder zurückkomme.*

Ginny hatte keine Ahnung, wie lange sie in New Jersey bleiben würde. Das hing natürlich von Wild Bills Zustand ab, aber hoffentlich nicht allzulange, nicht länger als ein paar Tage. Anfang nächster Woche hatte sie einen Vorstellungstermin für eine ganz neuartige Zahnpastareklame. Ihr Agent hatte gemeint, sie habe eine sehr gute Chance, die Rolle zu bekommen. Es handelte sich dabei um eine Zahnpasta, die extra für Erwachsene mit nikotinverfärbten Zähnen entwickelt worden war. Ginny rauchte nicht, hatte nie geraucht und hatte die geradesten und weißesten Zähne, die man für Geld bekommen konnte. Sie war sich sicher, daß die Zahnpastahersteller bestimmt ihre Zähne haben wollten, um ihr Produkt zu verkaufen.

Wie sie so am Stapleton International Airport in der Maschine saß und darauf wartete, daß die Passagiere aus Denver zustiegen, gingen Ginny gerade diese Sachen durch den Kopf (Kinder, Karriere, Ehemann und Vater), als ihr jüngerer Bruder Joseph an ihrem Sitz vorbeikam und den Gang der DC-10 hinunterging. Joseph war gerade über die Berge aus Aspen gekommen und hatte seinen Anschlußflug nach Newark in allerletzter Minute erreicht. Aber er wirkte weder gehetzt noch in Eile. Joseph wirkte nie gehetzt oder in Eile. »Ich bewege mich nur dann schnell«, pflegte er zu sagen, »wenn ich eine schwarze Piste hinunterfahre oder auf einer Frau liege, bei der ich mich ganz schön anstrengen muß, damit sie richtig in Schwung kommt.« Und so war Joseph vom Aspen-Gate in aller Ruhe herübergeschlendert. Er wußte, daß das Flugzeug nicht ohne ihn abheben würde.

Er bummelte also locker und lässig den Gang der DC-10 hinunter, lächelte nach rechts und links und musterte die Gesichter seiner Mitreisenden. Ein paar dieser Gesichter lächelten zurück, die meisten aber sahen nur weg. Joseph hätte auch seiner Schwester direkt ins Gesicht geschaut, wäre ihm der Blick nicht von *Better Homes and Gardens* verdeckt worden. Alles, was er sah, war ihr dauergewelltes blondes Haar. Er hätte auch noch näher hingesehen, wenn der Vertreter mit dem schwarzen Musterkoffer ihn nicht von hinten weitergetrieben hätte.

Joseph warf einen Blick über die Schulter zurück, murmelte ein »He, Mann, bleib cool« und ging dann zu seinem Sitz weiter. Ginny, die den Konflikt spürte, spähte über den Rand ihrer Zeitschrift, aber da war ihr kleiner Bruder Joseph bereits außer Sichtweite.

Die beiden verbrachten den ganzen Flug über bis nach Newark an Bord dieser DC-10, ohne auch nur im geringsten zu ahnen, daß jemand, den sie kannten, an Bord des Flugzeugs sein könnte. Ihre Wege kreuzten sich beinahe vor den Waschräumen, als Ginny auf die Toilette ging, um sich das Haar zu kämmen, und Joseph gerade aus der anderen Toilette kam, wo er zwei schöne Nasen Kokain geschnupft hatte.

Ginny verließ als erste das Flugzeug und ging geradewegs zur Gepäckausgabe. Joseph hatte keinen Koffer dabei, verspürte aber das dringende Bedürfnis nach einem schnellen Gin Tonic, bevor er sich ein Taxi für die Fahrt nach Westen nahm. Und so wartete die Schwester geduldig darauf, daß ihr Samsonite-Koffer auf dem Förderband um die Ecke bog, während der Bruder einen Gilbeys hinunterkippte und versuchte, eine junge Karrierefrau anzumachen, die nach Dallas, Texas, wollte, um dort eine ganz neue Serie von Computer-Software zu vertreiben. Als ihr Flug aufgerufen wurde, trank sie aus und meinte: »Vielleicht ein andermal, an einem anderen Ort.«

Joseph lächelte, sagte aber nichts.

Genau im selben Moment, aber durch verschiedene Ausgänge verließen Bruder und Schwester Terminal B und traten hinaus in die nachmittägliche Hitze und Feuchtigkeit. Sie stiegen in zwei verschiedene Yellow Cabs und sagten in genau demselben Augenblick: »Far Hills bitte.« Die Taxis fuhren vom Randsteig weg Richtung Westen, und dabei war das mit Ginny an Bord dem von Joseph nie weiter als eine Viertelmeile voraus.

Ginny sah das Taxi nicht, das ihnen so dicht folgte. Sie ahnte nicht einmal, daß es da war. Bruder Joseph dagegen sah das

Taxi vor ihnen, dachte sich aber nichts dabei, nicht einmal, als sie von der Interstate abbogen und in die Berge hinauffuhren. Er war zu beschäftigt damit, andächtig zu lauschen, wie der Taxifahrer die New York Yankees und ihren neurotischen Besitzer verbal kastrierte. Hätte Joseph auch nur die geringste Kombinationsgabe besessen, wäre ihm vielleicht aufgefallen, daß ein Familienmitglied in dem Taxi vor ihnen sitzen mußte, besonders, da beide Taxis nun auf den letzten Abschnitt einbogen, das erste Taxi war dem anderen dabei immer um eine Nasenlänge voraus. Aber nein, nicht Joseph. Sein Gehirn arbeitete nach einfachen Mustern. Obwohl es vielleicht auch an seiner lebenslangen Fehde mit seiner älteren Schwester lag, daß er nicht auf die Idee kam, das andere Taxi mit sich in Verbindung zu bringen. Ginny war zwölf Jahre älter als Joseph. Sie hatte ihn immer einen kleinen Dorian Gray genannt, als sie noch gemeinsam in dem großen Haus gelebt hatten. Ihr schien es, als würde er sich jedesmal, wenn sie ihn ansah, gerade im Spiegel betrachten. Er wiederum nannte sie das Zänkische Weib aus dem Westen, eine Anspielung auf jene liebenswerte Lady aus der Gegend von Oz. Für Joseph gehörte seine Schwester einer völlig anderen Generation an, mit der er nicht viel anfangen konnte. Die beiden hatten noch nie eine besonders innige Beziehung gehabt. Und so bemerkte Joseph erst, als die beiden Taxis zwischen dem weißköpfigen Seeadler und dem Geier hindurchgefahren waren: »Mein Gott, das muß jemand sein, den ich kenne.«

Bruder und Schwester konnten sich jetzt keine Sekunde länger mehr aus dem Weg gehen. Die beiden Taxis hielten vor dem Haus, gleich hinter dem großen Mercedes. Bruder und Schwester stiegen aus ihrem jeweiligen Wagen, und es folgte das übliche Hallo. *Ha, ha, ha, das ist doch nicht zu glauben! Den ganzen Weg von Newark hierher. Ha, ha, ha! Schon von Denver aus, nein. Und dann noch im selben Flugzeug. Ha, ha, ha!*, *und wir haben uns gar nicht gesehen. Ha, ha, ha, stell dir nur das Geld vor, das wir hätten sparen können, wenn wir uns ein Taxi geteilt hätten. Ha, ha, ha!*

Keiner von beiden hatte einen Hausschlüssel, und so standen sie noch lange, nachdem die beiden Taxis weggefahren waren, unschlüssig vor der Tür. Sie diskutierten ihre nächsten Schritte. Schließlich ließen sie ihre Taschen stehen und wanderten um das Haus herum. Dort fanden sie Mary, die gerade eine lange Ausziehleiter festhielt. Und oben auf der Leiter, ganz oben im zweiten Stock, sahen sie ihren Bruder Henry, den sie für ihren Bruder Bobby hielten.

Henry – als Bobby – versuchte, ein Fenster im zweiten Stock zu öffnen, aber das war wie alle anderen auch verriegelt. Langsam kletterte er wieder herunter, und die vier Geschwister begrüßten sich. Es blieb ihnen erst einmal erspart, der Tatsache ins Gesicht zu sehen, daß sie seit mehr als zehn Jahren nicht mehr zusammengewesen waren, indem sie sich statt dessen darauf konzentrierten, wie sie nun in dieses Haus, in ihr Haus, in das Haus kommen sollten, in dem sie einst alle zusammen als Familie gelebt hatten. Mary erzählte Ginny und Joseph, daß sie und Bobby bereits alle Türen und Fenster ausprobiert hätten, auch die im Keller. Alle waren abgesperrt. Das Haus war dicht wie Fort Knox, sagte sie. Joseph schlug vor, ein Fenster einzuschlagen, aber keiner der anderen hielt das für eine allzu gute Idee. Als er wissen wollte, warum, schüttelten sie nur den Kopf und sagten kein Wort.

»Evangeline«, sagte Mary, »müßte eigentlich bald zu Hause sein. Sie wird doch sicher einen Schlüssel haben.«

»Das hoffe ich«, meinte Joseph, »weil das Ganze nämlich reichlich albern ist. Wir sind aus unserem eigenen Haus ausgesperrt. Wenn Evangeline keinen Schlüssel hat, dann breche ich mit Bobbys Pickup einfach durch die Vordertür.«

Die anderen lachten, aber insgeheim hofften alle, daß irgend

jemand mit einem Schlüssel kommen möge, und zwar bald.
»Nun«, sagte Ginny, »ich hoffe nur, daß Bettina nicht auftaucht und uns hier wie einen Haufen Idioten herumstehen sieht. Ich kann mir das hämische Grinsen auf ihrem Gesicht richtig vorstellen, wenn sie merkt, daß wir in unser eigenes Haus nicht hineinkönnen. Dieses Luder.«
Henry fragte sich, wer diese beiden Frauen – Evangeline und Bettina – wohl waren. »Bettina?« fragte er. »Wer ist Bettina?«
Sein Bruder und seine Schwestern sahen ihn etwas befremdet von der Seite an.
»Wer Bettina ist?« wiederholte Ginny. »Bettina ist Daddys neue Frau. Wenn du zwölf Jahre als neu bezeichnen willst.«
»Oh, ja«, sagte Henry, »Bettina ... das habe ich schon mal gewußt.« Und nach einer langen und peinlichen Pause fügte er hinzu: »Ich habe wahrscheinlich nur ihren Namen vergessen.«

Emily und Rosa nahmen von ihrem Apartment an der Fifth Avenue ein Taxi zu der Schnellbahnstation an der Thirty-third Street, genau gegenüber von Macys. Emily hatte einen kleinen Wildlederkoffer mit Wäsche zum Wechseln für sich und Rosa in der Hand. Rosa trug ein Kleid in der kleinsten Größe, die Laura Ashley überhaupt herstellte, dazu ein nagelneues Paar winzige Reebok-Tennisschuhe. Emily trug dasselbe, was sie auch am Nachmittag bei ihrem Termin mit dem Regisseur des *King Lear* angehabt hatte: einen kurzen Baumwollrock und eine enge Seidenbluse. »Nenn mich Cordelia«, forderte sie Rosa immer wieder auf. »Sag Cordelia zu Mommy.«
Emily und Rosa fuhren mit der Schnellbahn unter dem Hudson River hindurch zu der Station in Hoboken. Dort bestiegen sie einen Nahverkehrszug nach Summit und Gladstone. Die ganze Fahrt westwärts schaute Rosa aus dem verschmierten Zugfenster, während ihre Mutter versuchte, sich auf Cordelias Text aus *King Lear* zu konzentrieren. Ein dicker, grauer

Nebelschleier aus Feuchtigkeit und verschmutzter Luft hing über dem Industriegebiet zwischen Hoboken und Newark, ein Anblick, der für Rosa ganz normal war. Sie hatte keine Ahnung, wie wunderschön und heiter dieses Weideland entlang des Hackensack River vor dreihundertfünfzig Jahren gewesen war, als ihr Urahn Edmund Winslow hier gelebt und gearbeitet hatte. Sie glaubte, daß dampfendes Sumpfland und schmutzige, heruntergekommene Fabriken mit zerbrochenen Fensterscheiben und hohen Rauchsäulen, die schwarzen Ruß in die Luft spuckten, schon immer das Bild dieser Landschaft bestimmt hätten. Niemand hatte ihr je etwas anderes erzählt. Und solange sie nicht eines Tages die Gelegenheit haben würde, zusammen mit ihrem Großvater, dem Wilden, diese Bahnstrecke zu befahren, würde es wahrscheinlich auch nie jemand tun.

Emily wußte, wie das Land früher ausgesehen hatte und wie es im Laufe der Jahrhunderte, vor allem im zwanzigsten, zerstört worden war. Sie wußte es deshalb, weil ihr Vater sie als Kind ab und zu im Zug mit nach New York genommen hatte. Den ganzen Weg hin und wieder zurück sprach er davon, wie das Land ausgesehen hatte, als er noch ein Junge war, und wie es ein Dutzend Generationen zuvor ausgesehen hatte, als ihre Familie in die Neue Welt gekommen war. Der Wilde beschrieb anschaulich und in allen Einzelheiten die unvorstellbare Wildnis, die die ersten Winslows in der Neuen Welt vorgefunden und in der sie sich niedergelassen hatten. Er erzählte ihr von den Indianern und den riesigen Herden Wild. Er erzählte ihr, daß die Erde so süß und das Wasser im Passaic River so sauber gewesen seien, daß man davon hätte essen beziehungsweise trinken können. Emily lauschte hingebungsvoll jedem Wort, das ihr Vater während jener Zugfahrten sagte; sie klammerte sich an jedes Wort, als wäre es das Wort Gottes. Aber vor langer, langer Zeit, vor Jahren schon, hatte sie das alles vergessen.

Die Allmacht des Wilden war im Laufe der Zeit und mit zunehmender Erfahrung dahingeschwunden. Wenn jetzt ihre Freunde in New York Witze über den Gartenstaat rissen, dann stimmte Emily in ihr Lachen mit ein. Sie behielt es lieber für sich, daß sie dort geboren und aufgewachsen und daß ihre Familie seit 1620 dort ansässig war.

Mutter und Tochter kamen durch Summit, Berkeley Heights und Millington. Rosa wurde es allmählich langweilig, aus dem Fenster zu sehen, und sie schlief an der Schulter ihrer Mutter ein. Emily las aufmerksam ihren Shakespeare, aber alle paar Sekunden unterbrach sie ihre Lektüre und fragte sich, ob sie sich wohl jemals diese komplizierte Sprache merken könnte. *Vielleicht soll ich einfach den Regisseur anrufen und ihm sagen, daß ich die Rolle nicht annehmen kann. Aber nein, ich muß die Rolle nehmen. Sie könnte mein großer Durchbruch sein. Ich habe die Rolle ja noch nicht einmal, jedenfalls noch nicht hundertprozentig. Aber er hat gemeint, daß es gut für mich aussieht, sehr gut sogar. Er wünscht sich eine Unbekannte für die Cordelia, ein unverbrauchtes Gesicht. Und das bin ich, das trifft genau auf mich zu.* Und außerdem konnte sie es gar nicht mehr abwarten, das Gesicht ihres Vaters zu sehen, wenn sie ihm sagte, daß sie eine Rolle in *King Lear* spielen würde, und zwar die der Cordelia, der guten Tochter.

Kurz nach vier Uhr fuhr der Zug in die Station von Far Hills ein. Emily und Rosa packten ihre Sachen zusammen und stiegen aus dem gut gekühlten Waggon. An diesem späten Frühlingsnachmittag war es sogar noch wärmer und noch feuchter geworden, während sie im Zug unterwegs gewesen waren. Die Sonne hing hoch über ihnen an einem wolkenlosen, schieferblauen Himmel. Es wehte kein Wind; nur Hitze mit einer hohen Luftfeuchtigkeit war um sie herum.

Emily versuchte mehrmals in dem großen Haus auf dem Hügel anzurufen. Ihre Brüder und Schwestern hörten das Telefon klingeln, konnten aber nicht ins Haus, um sich zu melden. Es hatte den ganzen Tag über immer wieder mal geläutet. Emily war nicht die einzige, die versuchte, im Anwesen der Winslows anzurufen. Die Schwestern in dem kleinen Krankenhaus außerhalb von Waycross, Georgia, hatten den ganzen Tag über versucht, Mr. William Bailey Winslow darüber zu informieren, daß sein Sohn Barton zusammengeschlagen und verletzt worden war, daß sein Zustand aber stabil sei.

Emily gab es schließlich auf und beschloß, ein Taxi zu nehmen. Aber es stellte sich heraus, daß ein Taxi in Far Hills mehr oder weniger eine Seltenheit war, und so wanderten Emily und die kleine Rosa gegen halb fünf Uhr in nördlicher Richtung die Route 202 entlang. Gelegentlich drehte Mommy sich um und hob ihren Daumen, wenn sie den Nerv dazu hatte und ihr der Anblick des Wagens gefiel. Ihr war das Risiko bewußt, das sie in dem kurzen Rock und mit der engen Bluse einging, aber die fünf Meilen, größtenteils bergauf, mit hohen Absätzen und in Seidenstrümpfen zu Fuß zurückzulegen – noch dazu bei der Außentemperatur –, das war das letzte, was sie wollte. Emily haßte es, zu Fuß zu gehen; sie mied es ebensosehr wie Brooklyn. Lieber rief sie ein Taxi oder bestieg sogar einen Bus oder die Untergrundbahn, ehe sie zu Fuß ging.

Als sie wieder mal einen Blick über die Schulter zurückwarf, sah sie eines dieser flotten VW-Cabriolets mit zurückgeschlagenem Verdeck. Das schien ihr eine ziemlich sichere Sache zu sein, und so drehte sie sich um und hielt den Daumen hoch. Der glänzende weiße Wagen kam mit quietschenden Reifen neben ihr zum Stehen. Emily sah einen jungen Mann am Steuer, vielleicht neunzehn oder zwanzig Jahre alt, mit superkurzem Punk-Haarschnitt und verspiegelter Sonnenbrille. Er wirkte wie jemand, mit dem sie bestimmt fertig werden würde, wie jemand, der noch recht unreif war. »Hallo«, sagte sie, »wir sind auf dem Weg nach Hause. Es liegt nur ein paar Meilen

weiter oben an der Straße. Könnten Sie uns vielleicht mitnehmen? Es ist so schrecklich heiß.«
Der junge Fahrer nickte langsam. »Ja«, sagte er schließlich, »ja, sicher. Rein mit Ihnen.«
Die Antwort ließ Emily etwas zögern, aber Rosa hatte bereits die Tür aufgemacht und war auf den Rücksitz geklettert. Sie hatte keine Angst vor Fremden, vor Vergewaltigung oder körperlicher Gewalt. Sie hatte noch vor nichts Angst, vor allem nicht, wenn ihre Mommy in der Nähe war.
Emily stellte den Koffer neben Rosa auf den Rücksitz, setzte sich dann in das Cabriolet und machte die Tür zu. Der Fahrer starrte einfach geradeaus, rührte sich nicht und schwieg.
»Wir müssen später nach links abbiegen«, sagte Emily. »Nach einer halben Meile ungefähr.«
»Richtig«, murmelte der Fahrer, als er mit roher Gewalt den ersten Gang einlegte und einen Kavalierstart hinlegte, daß er zwei Streifen schwarzen Gummis auf dem heißen Asphalt hinterließ.
Emily seufzte, war aber froh, endlich zu sitzen. Eine halbe Minute später hörte sie sich sagen: »Hier müssen wir abbiegen, genau hier. Gleich hier links.«
Noch ehe sie den Satz zu Ende gesagt hatte, war er schon an der Stelle vorbeigebraust.
»Sie sind vorbeigefahren«, sagte sie.
»Ich kenne einen besseren Weg.«
»Was soll das heißen, Sie kennen einen besseren Weg? Sie wissen doch gar nicht, wo wir wohnen.«
»Ich weiß, wo Sie wohnen.«
»Gar nichts wissen Sie.«
Der Fahrer gab keine Antwort. Statt dessen drehte er sich langsam zu Emily um, schob seine glänzende, verspiegelte Sonnenbrille auf den Nasenrücken herunter und lächelte sie verschlagen an. Seine Augen waren rotgerändert, als ob er seit

einer Woche nichts als Marihuana geraucht, Speed geschnupft und Whisky getrunken hätte.
»Halten Sie den Wagen an«, verlangte Emily. »Auf der Stelle!«
Sie war hin und her gerissen zwischen Angst und Zorn, kämpfte aber verzweifelt darum, die Angst zu unterdrücken. »Halten Sie diesen Wagen an, verdammt noch mal!«
Der Fahrer grinste nur, schob die Sonnenbrille wieder auf ihren Platz zurück und legte den vierten Gang ein. Der Wagen schoß mit einem Satz nach vorne. Emily hielt sich erst irgendwo fest und schaute dann nach hinten, um sich zu vergewissern, daß mit Rosa alles in Ordnung war. Das kleine Mädchen kniete auf der Rückbank und wandte ihr den Rücken zu; ihr langes dunkles Haar flatterte heftig im Wind. Emily packte ihre Tochter, drehte sie um und blickte in ein strahlendes Gesicht. Trotzdem befahl sie Rosa streng, sich auf der Stelle wieder anständig hinzusetzen und nach vorne zu schauen.
»Okay, Mommy.«
Dann setzte die Musik ein. Ohrenbetäubende Rockmusik. Heavy Metal. Emily hatte die Nummer irgendwo schon mal gehört, konnte sich aber an den Namen der Band nicht mehr erinnern. *The Meat Men* oder *The Burning Eyes.* Irgend etwas Hübsches in der Art. »Wohin fahren wir?« brüllte sie dem Fahrer ins Ohr. »Wo bringen Sie uns hin?«
Der zuckte nur mit den Achseln und drehte die Musik noch lauter. Emily war schon drauf und dran, ihm ins Steuer zu fallen, als er den Wagen abbremste, in den dritten Gang zurückschaltete und eine scharfe Linkskurve fuhr. Weniger als eine Minute später waren sie auf der alten Straße, die in die Berge hinaufführte, auf der alten Straße mit den steilen Kehren. Und dann stürzte sich das Cabriolet samt Fahrer auf diese Haarnadelkurven; vor den Kurven legte er den zweiten Gang ein, um anschließend bei den geraden Bergaufpassagen wieder in den dritten zu schalten. Die Musik brüllte etwas über Jesus,

der der Teufel war, während der wiederum die Mutter Gottes sei. Emily brüllte noch lauter und schrie die kleine Rosa an, sie solle sich gefälligst festhalten. Aber der Fahrer kam mit den Serpentinen, die er sowohl schnell als auch präzise durchfuhr, hervorragend zurecht. Er wußte, was er da tat. Diese Haarnadelkurven fuhr er nicht zum erstenmal. Und dann ließ der kleine Wagen die Kehren hinter sich und erreichte den Grat. Emily konnte bereits das vertraute Tal in der Ferne sehen. Der Fahrer beschleunigte in der Ebene erneut und fuhr mit Sicherheit schneller als siebzig Meilen, bevor er in die Bremsen trat und den glänzenden weißen VW am Ende der Auffahrt, genau zwischen dem weißköpfigen Seeadler und dem Geier, zum Stehen brachte. »Ich bringe Sie besser nicht ganz bis vors Haus«, sagte er höflich, »sonst bekommen Sie vielleicht noch Ärger.«

Emily stieß erst einen Seufzer aus und dann die Tür auf und stieg ganz schnell aus. Erleichtert hob sie Rosa und den Koffer von der Rückbank und trat einen Schritt von dem Wagen zurück. »Sie, Sie spinnen ja, Sie!« schrie sie den Fahrer an. »Sie sind ja nicht ganz dicht!«

Während gleichzeitig Rosa winkte und rief: »Vielen Dank, lieber Fahrer, danke fürs Mitnehmen.«

Der Fahrer nickte, lächelte und fuhr davon.

Emily, soviel kann ich Ihnen jetzt schon sagen, hatte auch keinen Schlüssel für das Haus. Nun, sie hatte schon einen, aber den hatte sie in dem Apartment in der Fifth Avenue gelassen. Das erzählte sie ihren Geschwistern auch, sobald sie sie in der Auffahrt entdeckt hatte.

Henry – als Bobby –, der seine kleine Schwester seit seinem vierzehnten Lebensjahr nicht mehr gesehen hatte, konnte die Augen nicht von ihr lassen. Mehr als einmal fragte er sich, wie sie wohl nackt aussehen mochte. Und dann Rosa. Henry hatte nichts von

Rosa gewußt. Er wollte das kleine Mädchen gerne hochheben und sie an sich drücken, hatte aber nicht den Mut dazu.
Mary wußte von Rosa, hatte das Kind aber nie gesehen. Sie betrachtete Rosa lange, blieb aber auf Abstand und rührte sie nicht an. Sie fragte sich, was das kleine Mädchen wohl für eine Rolle bei den kommenden Ereignissen spielen würde.
Ginny wußte alles über Rosa. Sie war damals nach Osten geflogen, um ihrer Schwester zu helfen, als das Baby auf die Welt kam. Und sie hatte Emily und Rosa zuletzt im vergangenen Sommer gesehen, als sie sie in Kalifornien besucht hatten. Und im Jahr zuvor hatte sie ein paar Tage bei ihnen verbracht, als sie mit Madeline und Adam an die Ostküste geflogen war, um Weihnachten mit der Familie zu verbringen. Aaron hatte sie nicht begleitet. Er verbrachte seine Ferien lieber mit Leuten, die ihn nicht für einen Itzig hielten.
Joseph war damals an Weihnachten auch dabeigewesen. Das war das letztemal, daß er eines seiner Geschwister gesehen hatte.
Da standen sie nun, fünf von Wild Bills Sprößlingen. Sie hatten es bis nach Hause geschafft. Sie spazierten in der Auffahrt zwischen dem Haus und der Garage auf und ab, ohne sich allzu nahe zu kommen, sich zu umarmen oder gar zu küssen. Sie hielten Abstand zueinander. Nur Ginny schloß Emily in die Arme und zog sie kurz, aber mütterlich an ihre Brust.
Dann standen sie einfach so herum und spekulierten über das Ausmaß der Verletzungen ihres Vaters. Sie sprachen über das heiße, schwüle Wetter. Sie fragten sich, ob Edward wohl auftauchen würde. Den größten Teil der Unterhaltung bestritten Ginny und Emily. Mary und Joseph flochten hier und da eine ironische Bemerkung ein, aber nicht zuviel. Henry – als Bobby – sagte gar nichts, nicht ein Wort. Die meiste Zeit über wußte er gar nicht, über wen oder worüber sich die anderen unterhielten.
Und endlich wurden sie erlöst, und Evangeline kam in ihrem

Nissan Pickup die lange Auffahrt heruntergefahren, ihre beiden Jungen auf dem Rücksitz, die dort auf und ab hüpften. Sie hatte einen Schlüssel zu dem großen Haus. Sie hatte auch ihren eigenen Schlüssel zu der Hintertür.

11

Martha »Shady« Winslow, Wild Bills Mutter, war nicht kräftig genug gewesen, um an der Beerdigung ihres Mannes teilzunehmen. Sie lag im Krankenhaus, eine gebrochene, verängstigte und gequälte Frau. Ihr Körper hatte drei gesunde Söhne hervorgebracht, »das einzige Anständige, das du jemals zustande gebracht hast«, wie ihr Schwiegervater Crazy Legs Winslow einmal zu ihr gesagt hatte, ein paar Tage ehe er fast in dem Wohnzimmer neben dem Elternschlafzimmer gestorben wäre. Crazy Legs hatte seine Schwiegertochter nie sehr gemocht, hatte sie immer für hinterlistig und intrigant gehalten. »Nur zu und heirate das Luder«, hatte er seinem Sohn Charles am Tag vor der Hochzeit im Frühjahr 1916 geraten, »aber glaube mir, wenn ich dir sage, daß sie nicht dich, sondern nur dein Geld liebt, das eigentlich mir gehört. Was nichts anderes heißt, als daß sie eigentlich mich liebt.« Der junge Charles heiratete sie trotzdem, und das Paar lebte in dem großen Haus auf dem Hügel. Die Beziehung zwischen Shady und Crazy Legs blieb unterkühlt, bis Wild Bills Bruder Henry 1917 geboren wurde. Die Ankunft eines kräftigen, gesunden männlichen Erben ließ Crazy Legs seine Haltung ihr gegenüber neu überdenken.

Eineinhalb Jahre später, im Winter 1920, brachte Shady ihren zweiten Sohn zur Welt. Was ich Ihnen jetzt erzählen werde, ist zwar nichts als reine Spekulation, aber simple Arithmetik läßt immerhin den Schluß zu, daß Charles mit der Zeugung seines zweiten Sohnes nicht das geringste zu tun hatte. Dieses zweite Kind, das auf den Namen William Bailey Richford Winslow getauft wurde und später den Beinamen »Wild Bill« erhalten sollte, war höchstwahrscheinlich zu einer Zeit gezeugt worden, als Charles sich an Bord eines Dampfers befand, der auf dem Weg nach Paris war. Charles hatte es geschafft, jedes direkte Engagement in diesem Krieg aller Kriege zu vermeiden. Aber vor dem Waffenstillstand und vor der Unterzeichnung des Versailler

Vertrages, der die Bühne für einen weiteren Weltkrieg bereiten sollte, wurde Charles als Dolmetscher für die amerikanischen Unterhändler nach Frankreich geschickt. Während die Politiker über Wilsons Vierzehn Punkten zur Sicherung des Friedens brüteten, wurde zu Hause auf dem Stammsitz der Winslows ein ganz anderer Konflikt ausgebrütet.

Es ist schwierig, wenn nicht sogar ganz unmöglich, den exakten Augenblick von Wild Bills Zeugung anzugeben, aber die Länge der normalen Trageperiode eines menschlichen Fötus hat sich im Laufe der Jahrhunderte nicht wesentlich verändert und liegt immer noch irgendwo zwischen zweihundertsechzig und zweihundertneunzig Tagen. Diese rechnerische Realität im Verein mit dem Beweis, daß Shady nicht lange nach der Abschiedsparty für ihren Mann im Mai 1919 tatsächlich eine sexuelle Beziehung mit ihrem Schwiegervater einging (nicht unbedingt mit ihrer vollen Zustimmung), läßt den Schluß zu, daß Wild Bill Winslow eigentlich der Sohn von John »Crazy Legs« Winslow, seinem angeblichen Großvater, ist; was hieße, daß Charles nicht sein Vater, sondern sein Bruder wäre.

Wild Bill lag nicht lange nach Einbruch der Dämmerung noch wach in seinem Krankenhausbett und dachte an seine Mutter in ihrem Krankenhausbett. In drei Jahren war sie um dreißig Jahre gealtert. Als er in den Krieg gezogen war, war sie ihm noch so jung, so lebendig erschienen. Sicher, sie trank zuviel, sie und Charles hatten immer schon eine allzu große Vorliebe für den Alkohol gehabt – vor allem die harten, klaren Sachen hatten es ihnen angetan –, aber drei Jahre sollten einem Menschen so etwas nicht antun, nicht drei kurze Jahre. Wild Bill hatte an ihrem Bett gesessen und mit ihr über ihren Mann Charles und über dessen Beerdigung ein paar Stunden zuvor gesprochen, aber sie schien nicht genau zu begreifen, was eigentlich geschehen war. Zuerst schien sie hoch erfreut zu sein, den Wilden wieder zu Hause zu haben, schien froh zu sein, daß ihr mittlerer Sohn den Krieg überlebt hatte, aber schon eine halbe Stunde später hatte sie wieder völlig vergessen, wer er war. Immer wieder erklärte sie ihm: »Diese dreckigen Japaner und diese schrecklichen Nazis haben meine Jungs getötet, alle haben sie getötet.«

Er versuchte seine Mutter davon zu überzeugen, daß nur einer ihrer Söhne tot war. Henry, der älteste, sei noch am Leben, und auch ihr mittlerer, Wild Bill. Der Wilde sei immer noch am Leben und wohlauf. Aber Shady glaubte ihm nicht. Sie nannte ihn einen Lügner, einen Betrüger, den Sohn des Teufels. Sie belegte ihn mit Flüchen und wies ihn aus dem Zimmer. Dann schrie sie so lange, bis die Schwestern kamen und ihn baten, doch bitte zu gehen und später noch mal wiederzukommen.

Also verließ Wild Bill das eine Krankenhaus und ging in das nächste. Er fuhr zu dem Veteranenhospital in Lyons, wo sein ältester Bruder die letzten zweieinhalb Jahre verbracht hatte. Henry sah nicht mehr aus wie früher; sein Gesicht war alt, ausgemergelt und angstvoll. Entsetzen sprach aus seinen Augen. Sein ganzes Gesicht war ein einziger Angstschrei. Sein Mund stand offen. Speichel tropfte über sein Kinn. Er starrte mit weit aufgerissenen Augen vor sich hin, ohne jedoch irgend etwas wahrzunehmen. Er hatte keine Ahnung, wer der Wilde war, nicht die leiseste Idee. Wild Bill versuchte, irgendein Ereignis aus der Vergangenheit, irgendeinen weit zurückliegenden freudigen oder triumphalen Vorfall zu finden, der Henrys Erinnerung wieder wecken, den Schleier des Vergessens durchbrechen könnte, aber nichts von dem, was er probierte, zeigte Wirkung. Der Gesichtsausdruck seines Bruders blieb immer gleich. »Es ist, als würde man mit einem Toten reden«, sagte er hinterher zu dem Arzt.

»Nein«, meinte der Arzt, ein großer, ernster Mann, der eine

Nickelbrille trug und leicht schielte, »nicht wie bei einem Toten. Bei einem Toten gibt es keine Hoffnung.«
»Wollen Sie damit sagen, daß es noch Hoffnung gibt?«
Der Arzt schloß einen Moment die Augen. »Es gibt immer Hoffnung, mein Sohn.«
»Was sind Sie, so 'ne Art Priester?« fragte der Wilde. »Halten Sie mich nicht zum Narren. Hier gibt es nicht einen Funken Hoffnung.« Wild Bill verließ mit Wut im Bauch, aber mit Tränen in den Augen das Krankenhaus.
Wieder zurück in dem großen Haus in Far Hills, hatte er einen Besucher. Virginia sagte ihm, daß ein Mann in der Bibliothek auf ihn warte, schon seit über einer Stunde. Sie sagte ihm auch, daß sie ihm etwas Wichtiges mitzuteilen habe, daß es aber warten könne, bis der Mann wieder gegangen sei.
Der Name des Besuchers war Cornelius Wyatt, Charles Winslows langjähriger Freund und Anwalt. *Cornelius sieht alt und abgespannt aus*, dachte Wild Bill. Über fünfunddreißig Jahre lang war er der Doppelpartner, Saufkumpan und Anwalt seines Vaters gewesen. Cornelius' Vater wiederum war der Anwalt von Crazy Legs gewesen. Doch sein Sohn würde nicht der Anwalt des Wilden werden, da sein Sohn von einem japanischen Kamikaze-Flieger getötet worden war.
Cornelius war aufgestanden, als Wild Bill die Bibliothek betrat. In seiner Jugend war er fast einen Meter und neunzig groß gewesen, aber nun hatten ihn das Alter, die Sorgen und ein ziemlich krummer Rücken auf einen knappen Meter achtzig reduziert. Jetzt wurde er von Wild Bill überragt. »Herrgott, Onkel Cornelius«, sagte der Wilde, als er die trockene, schlaffe Hand schüttelte, »du siehst ja schrecklich aus.«
Cornelius rang sich ein Lächeln ab. Und dann hieß er den aus dem Krieg heimgekehrten mittleren Sohn zu Hause willkommen. Aber die Anstrengung ermüdete ihn so, daß er lieber mit der Angelegenheit fortfuhr, die ihn in erster Linie ins Haus

geführt hatte. Er redete nicht lange um den heißen Brei herum, sondern schilderte die Situation so, wie sie sich im Stammsitz der Winslows darbot. Charles war tot. Martha lag im Krankenhaus. Ihr ältester Sohn Henry war behindert und nicht länger fähig, für sich selbst Verantwortung zu tragen, geschweige denn für die Familie. Der mittlere Sohn William Bailey Richford Winslow war nun für alles verantwortlich und würde deswegen die Hauptlast der familiären Schulden tragen müssen.

»Schulden?« fragte der Wilde. »Was für Schulden?«

»Ich habe befürchtet, daß du es nicht weißt«, sagte Cornelius und schaute dabei noch düsterer aus. Er setzte sich wieder schwerfällig hin und klappte seine Aktentasche auf. In den nun folgenden dreißig oder vierzig Minuten erläuterte er die traurige finanzielle Lage der Familie. Charles hatte die Winslow-Seilerei und fast seinen ganzen Besitz verloren. Der Verfall hatte schon vor Jahren eingesetzt, eigentlich bereits beim Weggang von Crazy Legs. Die Depression hatte den Abstieg noch beschleunigt, und die Kriegsjahre hatten eine ohnehin schon angespannte Situation nur noch verschärft. Auf einen Teil des Problems habe Charles jedoch keinen Einfluß gehabt, führte Cornelius zur Verteidigung seines Freundes an. Und als Charles dann krank wurde, nachdem Henrys Kopfverletzungen diesen in das Veteranenhospital von Lyons gebracht hatten, griff die Konkurrenz zu und übernahm die Winslow-Seilerei. Das ganze Geschäft wurde zu einem Bruchteil seines wahren Wertes verkauft. Aber Charles unterschrieb auf der gestrichelten Linie, ohne sich vorher mit Cornelius beraten zu haben, da ihm mittlerweile alles egal war; jahrelang hatten er und Shady in Saus und Braus gelebt, hatten ihr Geld in den Spielkasinos von Kuba verspielt, hatten sich zwölfteilige Platzgedecke aus Sterlingsilber angeschafft. Das Geld war ihnen wie Wasser zwischen den Fingern zerronnen, und die ganze Zeit über hatten sie unglaublich hohe Schulden angehäuft.

»Mit einem Wort«, sagte Cornelius, »es sieht beschissen aus. Ich werde Konkurs anmelden müssen, es sei denn, du schaffst es, Bargeld, jede Menge Bargeld aufzutreiben, und zwar schnell. Um dieses Haus hier zu retten, Willy, mein Junge, wirst du dich ganz schön reinhängen müssen.«
Die letzten Worte erinnerten den Wilden wieder an den Cornelius Wyatt, den er in Erinnerung hatte: an den ungestümen Anwalt, der vor Gericht gerne seinen großen Auftritt hatte; an den Schrecken des Tennisclubs, der im Somerset Hills Country Club genug Leute geschlagen hatte, um sowohl im Einzel als auch im Doppel alle Meisterschaften der Jahre 1926 bis 1934 zu gewinnen. »Mach dir keine Sorgen, Cornelius«, sagte Wild Bill, »ich werde tun, was ich tun muß.«
»So ist es richtig, Junge. Aber glaube mir, es wird nicht einfach werden. Die Winslow-Seilerei wirst du nicht mehr zurückbekommen. Der Deal ist nicht rückgängig zu machen.« Cornelius machte eine Pause, verlor sich einen Augenblick lang in Gedanken, um dann wieder zum Thema zurückzukehren. »Wie du vielleicht weißt, oder auch nicht weißt, war dein Großvater, der alte Crazy Legs, immer der Meinung gewesen, daß man niemandem etwas schuldig bleiben dürfe. Er zahlte immer sofort und in bar. Ihm gehörte dieses Land und dieses Haus; er hat nicht einen Cent aufgenommen, um diese Burg zu bauen. Deshalb gehören dieses Haus und dreihundertzwanzig Morgen Grund und Boden nun dir, William. Das ist alles, was vom Vermögen der Winslows noch geblieben ist. Wenn man heutige Marktpreise zugrunde legt, ist das Haus vielleicht eine Viertelmillion Dollar wert. Da der Krieg jetzt vorbei ist, werden Leute, die zu Geld gekommen sind, sich um Landsitze wie diesen reißen. Deine Verbindlichkeiten dagegen liegen irgendwo zwischen zweihundertfünfzig- und dreihunderttausend Dollar. Das meiste davon ist längst fällig. Da ist dann aber alles eingeschlossen, die Steuern, das Heizöl, die Dachreparaturen bis hin zu dem

reichlich unnützen und geschmacklosen Luxus, den sich deine Mutter und dein Vater geleistet haben – seine Seele möge in Frieden ruhen. Verkauf dieses Haus, und du bist aus dem Schneider. Vielleicht ist das deine einzige Möglichkeit, heil aus der Sache herauszukommen.«

Der Wilde benötigte nur einen Augenblick, um seine Wahl zu treffen. »Kommt nicht in Frage, Cornelius, ich verkaufe nicht, weder jetzt noch später. Sie werden schon kommen und mich an Händen und Füßen von hier fortschleppen müssen, ehe ich dieses Haus verkaufe. Crazy Legs hat das Haus erbaut, damit die Familie für immer hier leben kann. Ich will jetzt nicht derjenige sein, der es verliert. Während der drei Jahre im Südpazifik hat mich nur der Gedanke an dieses Haus aufrechterhalten. Jetzt bin ich wieder zurück, und jetzt bleibe ich auch.«

»Deine Einstellung gefällt mir, mein Sohn«, sagte der Anwalt, »aber der Krieg ist vorbei. Die Waffen und Raketen werden wieder im Keller verstaut. Bald wird wieder Realität herrschen. Sie wird durch deine Vordertür hereinbrechen, noch ehe du den Riegel vorlegen kannst. Der Krieg hat die Schuldeneintreiber zurückgehalten, aber noch während wir uns hier unterhalten, sind sie sicher schon dabei, sich erneut zu formieren. Du bist noch jung, William, frisch verheiratet, ein Kriegsheld, hast eine junge Frau. Du kannst überall Erfolg haben. Es wird noch mehr als eine Gelegenheit für dich geben, dein eigenes Vermögen zu machen. Doch zuerst mußt du aus diesem Schlamassel heraus. Ich spreche jetzt nicht als Anwalt, sondern als alter Freund der Familie zu dir. Seit zu zurück bist, hast du eine schlechte Nachricht nach der anderen verdauen müssen. Also, laß dir Zeit, komm erst mal wieder zu dir. Ruf mich in ein, zwei Tagen an. Wir suchen dann gemeinsam nach einer Lösung. Vielleicht verkaufen wir den großen alten Kasten hier doch. Du hast keine Kinder, du brauchst nicht soviel Platz. Das verdammte Haus ist ja wie ein Mausoleum. Herrgott,

Will, wenn du es wirklich versuchen und das Haus behalten willst, dann bist du vielleicht die nächsten fünfundzwanzig Jahre nur damit beschäftigt, Schulden abzustottern.«
Der Wilde nickte, hatte aber nichts mehr zu sagen. Er begleitete Cornelius zur Tür, nachdem sie sich beide einen Bourbon auf Eis genehmigt hatten. Er versicherte dem Anwalt, daß er ihn gegen Ende der Woche anrufen würde. Aber Wild Bill wußte bereits, was er zu tun hatte – *genau dasselbe, was Crazy Legs getan hätte: standhalten und die Aasgeier mit einem Stock, oder was gerade zur Hand war, zurückschlagen.*

Beim Abendessen hatte Virginia etwas bessere Nachrichten für ihn. Erst erzählte sie ihm, daß Helen sich oben in ihr Zimmer eingesperrt habe und sich weigere, wieder herauszukommen. Der Wilde zuckte nur mit den Schultern. Nach den Besuchen bei seiner Mutter und bei seinem Bruder erschien Helen ihm richtiggehend normal. Dann erzählte sie Wild Bill, daß sie beim Arzt gewesen sei und daß dieser ihren Verdacht bestätigt habe: Sie war in anderen Umständen, sie erwartete ihr erstes Kind. Das Baby sollte Mitte nächsten Jahres, im Frühsommer 1946 zur Welt kommen.
Der Wilde stieß einen Freudenschrei aus, kaum daß Virginia die Worte ausgesprochen hatte. Anschließend sprang er auf seinen Stuhl und stieß ein Triumphgeschrei aus; von dort aus sprang er auf den Tisch und brüllte noch lauter. »Verdammt, verdammt«, rief er, »ich wußte es, wenn ich nur lange genug wach bleibe, dann erfahre ich heute doch noch etwas Gutes.«
Dann sprang er wieder vom Tisch herunter, packte seine Frau und umarmte sie so fest, daß ihr die Luft wegblieb. Er küßte sie hart auf den Mund und erklärte ihr ein paar hundertmal, daß er sie liebe. Dann nahm er sie auf die Arme und trug sie durch das Eßzimmer, das Wohnzimmer und die Bibliothek hinaus auf die hintere Terrasse. Es war ein kühler Herbst-

abend. Ein kalter Wind wehte von Norden. Es wurde schnell dunkel, aber die beiden konnten noch das Tal sehen, das sich unter ihnen erstreckte, ein paar in der Ferne blinkende Lichter. Wieder küßte Wild Bill seine Frau hart auf den Mund und setzte sie schließlich ab. »Du hast mir noch gar nicht gesagt«, fragte er sie, »ob es dir hier gefällt. Gefällt es dir hier? Glaubst du, daß du hier wohnen, leben möchtest, für immer oder wenigstens für eine Zeitlang?«

Ihr schönes Lächeln breitete sich auf ihrem Gesicht aus. »Machst du Spaß, Will? Ich bin begeistert. Ich liebe diesen Ort. Es ist so schön hier, es ist der schönste Ort, den ich jemals gesehen habe. Es ist wie im Paradies.«

»Dann willst du also bleiben? Du möchtest tatsächlich hierbleiben?« Er hörte sich an wie ein kleiner Junge, der seinen besten Freund darum bittet, daß er über Nacht bei ihm bleibt.

»Natürlich will ich bleiben, Will. Wo sollte ich denn sonst hin?«

12

Ihre Namen lauteten einst William, Edward und Henry Winslow, aber jetzt hießen sie William, Edward und Henry Sullivan. Sie waren einmal die Söhne von Edward und Christine Winslow gewesen, aber nun waren sie die Söhne von Todd und Christine Sullivan. Sie lebten in Kittery Point, Maine, ungefähr eine Meile entfernt von den Werften von Portsmouth, wo ihr Vater als Schiffbauingenieur arbeitete. Todd Sullivan war ein guter Mann: ruhig, stabil, fleißig. Er war in Newburgh, New York, aufgewachsen, in direkter Nachbarschaft von Christine Grady. Schon als Kind hatte er gehofft, sie eines Tages zu heiraten. Als ihre Ehe mit Edward Winslow in die Brüche ging, bekam Todd seine große Chance. Was störte es da schon, daß sie drei Kinder hatte? Daß sie einige Monate in einer psychiatrischen Klinik verbracht hatte? Und daß der einzige Grund, weshalb er sie bekommen konnte, der war, daß eine Frau von einunddreißig Jahren, geschieden und mit drei kleinen Kindern am Hals, nicht gerade eine gute Partie war? Todd wußte, daß er mit seinem wandernden Auge, der Hakennase und den bleistiftdünnen Lippen auch nicht gerade ein guter Fang war. Er hatte schon Verabredungen gehabt, aber nicht sehr viele, und so war er sofort von Kittery aus zu Christine geeilt, um ihr zu sagen, daß er noch allein sei, nachdem seine Mutter ihn aus Newburgh angerufen und ihm gesagt hatte, daß Christine Grady wieder zu haben war. Zuerst fühlte Christine sich schon vom Anblick ihres Kindheitsverehrers abgestoßen, aber mit der Zeit kam ihr ihre Situation deutlich zu Bewußtsein. Vielleicht ist er ja nicht der bestaussehende Mann auf der Welt, sagte sie sich schließlich, aber er ist nett und freundlich und liebt mich mehr als alles andere auf der Welt. Außerdem besitzt er ein Haus nicht weit vom Strand, verdient nicht schlecht und kommt zusätzlich noch in den Genuß aller möglichen staatlichen Vergünstigungen. Christine wußte, daß sie William jetzt endlich die Zahnspange kaufen konnte, die *er bereits seit zwei Jahren benötigte. Seine Vorderzähne wuchsen in alle Himmelsrichtungen, nur nicht geradeaus. Und dann Edwards Plattfüße; ständig brauchte er ein neues Paar von diesen Spezialschuhen. Und Henry mit seinen Allergien; der Junge schien auf fast alles unter der Sonne allergisch zu reagieren. Also heirateten Todd und Christine, und nicht lange nach der Hochzeit tat Todd seine Pflicht und adoptierte die drei Jungen. An Sonntagen, nach der Kirche, machte er mit ihnen lange Spaziergänge den Strand entlang, und bei gutem Wetter nahm er die beiden älteren Jungen manchmal mit auf sein fünfeinhalb Meter langes Segelschiff. Christine haßte das Segeln, und dieses Schiff haßte sie ganz besonders. In ihren Augen sah es aus wie ein riesiger Floh, der über das Wasser hüpfte. Jedesmal, wenn Todd die Jungen mit zum Segeln nahm, hatte Christine Angst, daß sie nie mehr zurückkommen könnten. Bis sie sie draußen in der Auffahrt wieder auftauchen sah, fürchtete sie, daß sie für immer auf See verloren waren.*

Für Edward Winslow waren die Jungen bereits verloren. Er hatte sie seit jener Nacht nicht mehr gesehen, in der die Frau vom Jugendamt an seine Tür geklopft und ihm den Gerichtsbeschluß übergeben hatte. Er hatte sie weder gesehen noch mit ihnen gesprochen, noch ihnen einen Brief geschrieben. Aber er hatte an sie gedacht. Die ganze Zeit über dachte er an seine Jungen, morgens beim Aufwachen und abends beim Einschlafen. Edward glaubte fest an Telepathie. Er war überzeugt davon, seine Söhne wußten, daß er an sie dachte, und kannten manchmal sogar seine Gedanken. Die ganze Zeit über schickte er ihnen mentale Botschaften. Er schickte ihnen mentale Geburtstagskarten, mentale Weihnachtskarten und mentale Besserungswünsche, wann immer er das Gefühl hatte, daß sie krank waren. Und wenn er eine schwache telepathische Botschaft empfing, daß Edward Junior Schwierigkeiten mit den Multiplikationstabellen hatte, dann schickte er seinem Sohn via mentaler Übermittlung die Ergebnisse von 9 × 11, 9 × 12, 9 × 13 und so weiter. Er war überzeugt, daß Edward Junior seine Hilfe empfing und ihm auch dankbar dafür war. Mittels dieser mentalen Botschaften blieb Edward in Kontakt mit seinen drei Söhnen. Und eines Tages, davon war er überzeugt, würde das Unglück ein Ende haben und er wieder mit ihnen vereint sein. Er glaubte fest daran, daß ihm das Schicksal das schuldig war. Man hatte ihm schließlich seine Söhne gestohlen, aus seinen liebenden Armen gerissen. Im Laufe der Zeit hatte er vielen Leuten diese Ungerechtigkeit zum Vorwurf gemacht. Zuerst hatte er seiner Frau die Schuld gegeben. Aber weil er nicht aufhören konnte, sie zu lieben, mußte er schließlich die Schuld einem anderen zuweisen. Er versuchte es mit seiner Mutter, aber das hielt er nicht einmal einen einzigen Tag durch. Dann war die Bürokratie von Tompkins County drei oder vier Wochen lang an der Reihe. Aber eine Bürokratie war zu vage, zu unpersönlich; Edward kannte nicht einmal die Namen der Polizisten, die ihn abgeführt und eingesperrt hatten. Er brauchte einen Schurken, der einen Namen, ein Gesicht und eine Vergangenheit hatte. Und so wählte er seinen Vater, den Wilden. Und später fügte er seine Geschwister als Komplizen hinzu.

Edward wußte alles über die Heirat seiner Exfrau mit Todd Gerald Sullivan. Er wußte, daß sie in Kittery, Maine, lebten. Er wußte, daß Sullivan als Ingenieur in der Schiffswerft von Portsmouth arbeitete. Er wußte, daß Sullivan sowohl am MIT als auch in Harvard ausgebildet worden war und daß er 1988 2269,74 $ an Einkommensteuer gezahlt hatte. Er wußte, daß Sullivan ein Wanderauge hatte und ziemlich regelmäßig in die katholische Kirche im Zentrum von Portsmouth ging. Edward hatte sich so ausführlich über Sullivan informiert, weil er der Ansicht war, daß er soviel wie möglich über den Mann wissen sollte, der seine Frau geheiratet und seine Kinder adoptiert hatte. Er war dazu extra nach Newburgh gefahren, um sich das Haus anzusehen, in dem Sullivan aufgewachsen war. Dann war er noch nach Boston gefahren, um sich das Studentenheim anzuschauen, in dem Sullivan in seiner Zeit in Harvard gewohnt hatte. Und im vorletzten Jahr war er sogar nach Kittery gefahren; ohne klares Ziel vor Augen, aber mit einer maßlos lodernden Sehnsucht im Herzen. Er redete sich ein, daß er doch nur einen Blick aus der Ferne auf sie werfen, sich vergewissern wollte, daß das Familienleben der Sullivans in Ordnung war und daß dieser Sullivan seine Kinder nicht schlug oder sie allzu katholisch erzog. An dem Abend, an dem Edward sich dazu entschloß, erklärte er Samantha, daß er nur noch schnell einen Liter Milch kaufen wolle.

»Aber wir haben doch noch genügend Milch.«

»Nein, ich habe alles ausgetrunken.«

»Aber es ist schon fast Mitternacht, Edward. Hat das nicht bis morgen Zeit?«

»Nein.«

Noch ehe sie ihn aufhalten konnte, war er bereits zur Tür hinaus und weg. Er verließ Ithaca in östlicher Richtung und fuhr die ganze Nacht hindurch. Während der Fahrt steigerte er sich in einen regelrechten Rauschzustand, besonders während der langen, monotonen Strecke durch Massachusetts. Er überquerte die Grenze zwischen Maine und New Hampshire genau in dem Moment, als die Sonne an der Mündung des Piscataqua River über den Horizont schielte. Ein paar Minuten später fuhr er am Tor der Werft vorbei. Schließlich fand er eine Telefonzelle, in der es noch ein Telefonbuch gab, und schlug unter Sullivan, Todd, nach. Und da stand die Adresse, Brave Boat Harbor Road 19. Innerhalb kürzester Zeit fand er das Haus, ein kleines, schlichtes Holzhaus mit gelben Fensterläden und verwittertem Dach; ein Dutzend alter Hummerfallen lagen auf einem Haufen in der kiesigen Auffahrt …

Dieser erste Blick auf das Haus ließ schlagartig Edwards Haß und Abneigung an die Oberfläche steigen. Er explodierte regelrecht. Ganz plötzlich wußte er, was er zu tun hatte: Er mußte in dieses Haus eindringen und die Kinder, seine Kinder, herausholen. Er mußte sie vor ihrer Mutter und diesem Schwachkopf Sullivan retten, der sich als ihr Vater ausgab. Edward saß in seinem Wagen am Ende der Auffahrt und wäre am liebsten aus der Haut gefahren. Er schickte mentale Botschaften los, in der Hoffnung, die Jungen würden sie empfangen und aus dem Fenster sehen. Aber es tat sich nichts. Vielleicht war es noch zu früh. Vielleicht schliefen sie noch. Vielleicht kamen die Botschaften nicht an. Und dann tat er es. Er tat es einfach. Er konnte seine Sehnsucht nicht einen Augenblick länger mehr unterdrücken. Er sprang aus dem Wagen, marschierte über den Rasen, vorbei an jenem Honda Accord, seinem Accord, den er ausgesucht, den sein Vater bezahlt, den sie, dieses Luder, aber mitgenommen hatte, als sie ihm davongelaufen war, ihn verlassen und seiner Paranoia überlassen hatte. Dann marschierte er vorbei an den Hummerfallen und die Stufen zur Vordertür hinauf. Er klopfte an die Tür. Fünf-, acht-, zehnmal hämmerte er mit der Faust gegen die Tür. Aber keiner kam. Kein Mensch war zu hören. Er probierte das Türschloß aus. Es war abgesperrt. Wieder klopfte er an die Tür, und die ganze Zeit über dachte er an die Nacht, in der die Polizisten ihn verprügelt und ihm seine Kinder unter der Nase weggestohlen hatten; die Polizisten, die ihm die eigene Frau geschickt hatte – nein! Die Polizisten, die mir mein eigener Vater, dieser alte Mistkerl, geschickt hatte! Und genau in dem Moment, in dem die Polizisten ihm in der Erinnerung Handschellen anlegten, trat er drei Schritte zurück, drehte die Schulter der Tür zu und stürmte vorwärts. Aber diese verdammte Tür gab nicht einen Zentimeter nach. Statt dessen landete Edward auf dem Hosenboden. Also ging er beim zweiten Versuch bis weit hinter die Hummerfallen zurück, um mehr Anlauf zu bekom-

men. Wieder warf er seinen Körper gegen die Tür, und dieses Mal brach der Riegel, und die Tür flog auf. Dann war Edward im Haus; seine Augen waren weit aufgerissen, und sein Herz pochte heftig gegen seinen Brustkorb. Jetzt ist es soweit, *sagte er sich,* jetzt endlich mache ich das, was ich bereits vor langer Zeit, vor sechs Jahren hätte tun sollen. *Er sagte sich,* bleib ruhig, bleib cool, bring es hinter dich, und dann nichts wie raus. *Er blieb stehen, um sich umzuhören, hörte aber nicht einen Laut, nicht einen einzigen, einsamen Laut …*

Edward hätte den ganzen Tag dort stehen und angestrengt lauschen können, und trotzdem wäre es in dem bescheidenen Holzhaus immer noch still geblieben. Es war keiner da, müssen Sie wissen, keine Menschenseele. Sie waren alle am Tag zuvor weggefahren, um das Wochenende im Baxter State Park zu verbringen. In diesem Augenblick, in dem Edward die Tür aufbrach, waren die drei Jungen gerade damit beschäftigt, ihre Ausrüstung für den langen Aufstieg zum Mount Katahdin zusammenzusuchen. Sie hatten keine Ahnung, daß ihr Dad gekommen war, um sie zu retten. Nicht eine seiner mentalen Botschaften hatte sie erreicht.

Edward schaute unter die Betten und in alle Schränke und hinter die Türen, ehe er sich geschlagen gab. Die Familie war geflohen. Er war sich sicher, daß sie jemand vor seiner bevorstehenden Ankunft gewarnt hatte. So verließ er nach zehn, fünfzehn Minuten das Haus und ging hinaus auf den Rasen. Das einzige, was er dort draußen fand, war die Familienkatze, eine schwarze Schönheit mit seidigem Fell, die gleich auf Edward zukam und sich an seine Beine schmiegte. Edward versuchte die Katze mit einem Tritt über den Rasen zu befördern, aber sie schlüpfte mit Leichtigkeit davon. Die übrige Nachbarschaft hatte Edwards Ankunft und seine Attacke ganz verschlafen. Nachdem er noch ein paar Minuten unschlüssig herumgestanden war, stieg Little Eddie in seinen Wagen und fuhr wieder davon; die Haustür der Sullivans ließ er offen an der herausgerissenen Angel hängen.

»Du meinst also, ich soll fahren?« fragte Edward.
»Ich denke, *wir* sollten fahren«, antwortete Samantha.
»Okay, und du meinst wirklich, wir sollten fahren?«
»Ja«, sagte sie zum mindestens hundertsten Mal, »ich bin wirklich der Meinung, daß wir fahren sollten.«
Edward rieb sich das Gesicht. Wann immer er eine Entscheidung zu treffen hatte, rieb er sich das Gesicht. Er rieb immer mit der linken Hand, strich zuerst über das Kinn, dann quer über den Mund, beide Wangen hinauf und wieder hinunter und zuletzt über beide Augenwinkel gleichzeitig. »Du denkst also wirklich, ich soll fahren?«
»Ja«, sagte Samantha geduldig, »das tue ich.«
Es war schon fast fünf Uhr, fast Zeit zum Abendessen. Edwards Brüder und Schwestern hatten ihre Entscheidung bereits vor Stunden getroffen, mit Ausnahme von Barton, der bisher noch nichts von Wild Bills Sturz erfahren hatte. Sie alle hatten sich entschlossen, Evangelines Anruf nicht in den Wind zu schlagen. Sie hatten die lange Heimreise sogar schon angetreten. Sie konnten zwar nicht ins Haus, waren aber immerhin schon da.
Edward hingegen war immer noch hin und her gerissen, immer noch unschlüssig. Er und Samantha hatten die möglichen Auswirkungen einer Fahrt nach New Jersey volle zehn Stunden lang diskutiert. Als der Wecker um sieben Uhr klingelte, war Edward bereits wach, aufgestanden und lief durch die Wohnung. Samantha wußte, daß es ein langer Tag werden würde. Sie hatte viele solcher Tage an Edwards Seite erlebt. Um neun rief sie ihr Büro an und bat ihre Sekretärin, alle Termine des Tages abzusagen. Sie wußte, daß Edward jetzt jemanden brauchte, der ihm sagte, wo es langging. Sie wollte nicht, daß er eine überstürzte oder unüberlegte Entscheidung traf. Vor allem wollte sie nicht, daß er die falsche Entscheidung traf. Und so zog sie sich gegen Mittag, als Edward beim Essen

war, in das Schlafzimmer zurück und rief im Morristown Memorial Hospital an, um soviel wie möglich über Wild Bills Zustand in Erfahrung zu bringen. Die Frau am Telefon konnte ihr nur sagen, daß der Patient bei Bewußtsein und sein Zustand stabil war. Samantha wußte, daß dies zwar alles mögliche bedeuten konnte, mit Sicherheit aber auch hieß, daß der alte Mann noch am Leben war.

Samantha hatte lange Zeit, jahrelang, auf den richtigen Moment gewartet, um eine Versöhnung zwischen Vater und Sohn herbeizuführen. Sammy war nicht dumm. Sie wußte, daß Wild Bill ein reicher Mann war. Ihr ganzes Leben lang hatte sie sich sehnlichst gewünscht, reich zu sein. Ursprünglich hatte sie Edwards Fall übernommen, weil ein Kollege der Ansicht war, daß dies Wunder auf ihrem Bankkonto bewirken würde. Während dieses ersten Jahres der Therapie hatte Edward bis zu zehn Sitzungen pro Woche benötigt, manchmal sogar zwei, drei Sitzungen pro Tag. Damals war ihre Praxis nicht gerade überlaufen, und so finanzierte ein einzelner Patient, der ihr achthundert Dollar die Woche einbrachte, sowohl die Monatsmiete für ihr Büro als auch für ihre Wohnung. Und sie mußte sich auch nicht mit irgendwelchen Krankenscheinen herumschlagen. Sie schickte die Rechnung einfach an William Bailey Winslow, Far Hills, New Jersey, und ein paar Tage später erhielt sie einen Scheck. Gelegentlich rief der Wilde sie mal an, um sich einen Bericht über Little Eddies Fortschritte anzuhören, aber in diesem ganzen ersten Jahr fragte er nur ein einziges Mal an, ob man die Stundenanzahl nicht reduzieren könne. Und als sie ihm daraufhin erklärte, daß dies keine so gute Idee sei, machte er sofort einen Rückzieher und drängte nicht weiter. »Wenn Sie glauben, daß Sie Fortschritte machen«, sagte er, »dann machen Sie nur weiter, bleiben Sie dran an der Sache.«

Er schien Samantha ein ziemlich vernünftiger Mann zu sein,

der sich ernsthaft für die geistige Gesundheit seines Sohnes interessierte. Doch sie wußte auch, daß ein paar Briefe und Telefongespräche leicht irreführend sein konnten. Sein Sohn zeichnete nämlich ein gänzlich anderes Bild von ihm. Edward erzählte Samantha, daß sein Vater rassistisch, sexistisch, selbstsüchtig und arrogant sei. In Edwards Augen stellte Wild Bill immer nur Ansprüche und kritisierte ständig, war nie liebevoll oder unterstützend. Er behandelte seine Kinder als Schachfiguren, nicht als Individuen. Er förderte immer nur Konkurrenz und Konfrontation, niemals Kooperation oder Kollaboration. Edward gab seinem Vater auch die Schuld am Tod seiner Mutter und an dem Verlust seiner drei Söhne. Gerade was diese beide letzten Punkte betraf, ließ sich Little Eddie nie umstimmen.

Samantha akzeptierte das Urteil ihres Patienten und übernahm später auch die Haltung ihres Mannes; doch in Wirklichkeit wußte sie nur wenig über Wild Bill Winslow. Sie wußte von seinem Geld, und obwohl sie Edward auch aus Liebe geheiratet hatte und weil sie nicht allein vierzig oder fünfzig werden wollte, hoffte sie doch insgeheim, eines Tages ein Stück von dem üppigen Kuchen abzubekommen. Seit fast drei Jahren wartete sie nun auf die richtige Gelegenheit, Edward wieder seinen Platz in der Familie zu verschaffen. Dieser kleine Unfall schien der geeignete Zeitpunkt dafür zu sein, einen Schritt in diese Richtung zu unternehmen. Wild Bill war nicht nur am Boden, sondern hatte auch noch seinen Unterhändler ausgesandt, um einen Waffenstillstand zu vereinbaren. Samantha nahm an, daß er allmählich sein Alter spürte und sich der eigenen Sterblichkeit bewußt wurde; ganz ohne Zweifel wollte und mußte er Frieden mit seiner Familie schließen.

Edward rieb sich noch immer das Gesicht. Samantha hätte am liebsten etwas Verstand in ihn hineingeprügelt, aber sie wußte, daß das mehr schaden als nützen würde. Also wartete sie, bis er fertig war, und ging dann zu ihm. Er kauerte am Rand der Couch; Little Eddie setzte sich nie richtig auf die Couch, er saß immer am Rand, immer ganz vorne.

Samantha setzte sich neben ihn und ergriff seine Hände. »Dein Vater hatte einen Unfall, Edward. Wir wissen nicht, wie schlecht es um ihn steht, aber wir wissen, daß er im Krankenhaus liegt. Er braucht dich. Wir beide wissen, daß er ein schrecklicher Vater für dich und ein noch schlechterer Großvater für deine Kinder war, aber nichtsdestotrotz ist er jetzt ein alter Mann, der dich braucht. Ich denke, es ist an der Zeit für dich, zu ihm zu gehen und ihm zu zeigen, daß du bereit bist, zu verzeihen und zu vergessen. Ich glaube wirklich, daß es euch beiden sehr guttun würde.«

Edward warf einen unsicheren Blick auf seine Frau und schaute dann schnell wieder weg. Er war sich über Samanthas Motive nie richtig im klaren gewesen. Aber ihre Beweggründe spielten nur eine untergeordnete Rolle für ihn und hatten noch weniger Auswirkungen; Little Eddie war auf seine Samantha angewiesen. Er brauchte sie in vielen Punkten, in denen er einst seine Mutter und später seine erste Frau gebraucht hatte. Er brauchte Samantha, um überhaupt einen Tag zu überstehen.

»Aber ich weiß nicht so recht«, sagte er schließlich, »ich weiß wirklich nicht. Ich weiß nicht einmal, ob ich glauben soll, daß er tatsächlich einen Unfall hatte.«

»Was?«

»Er könnte doch nur vorgetäuscht, ein Ablenkungsmanöver sein.«

»Ein Ablenkungsmanöver? Aber wer sollte das inszeniert haben?«

»Sie alle. Siehst du das denn nicht?«

Samantha sah es nicht, aber das war nichts Neues. Es fiel ihr oft schwer, seinen Gedanken zu folgen, besonders wenn sie unzusammenhängend und paranoid wurden. »Doch, ich glaube es schon«, sagte sie. Und erschöpft von der langen Sitzung, fügte sie hinzu: »Warum essen wir nicht erst mal und sprechen hinterher weiter?«

Edward rieb sich das Gesicht und rückte unruhig auf der Couchkante hin und her. »Na gut, okay, na gut. Wenn du es unbedingt willst.«

Also aßen sie zu Abend und schauten sich die Nachrichten an. Hinterher machten sie einen Spaziergang durch das Univiertel und an den geisteswissenschaftlichen Instituten vorbei, wo Edward während seiner Studienzeit in Cornell jedoch nur wenig Zeit verbracht hatte. Er sprach nur über das Wetter, und so beschloß Samantha, nicht mehr von einer Fahrt nach New Jersey anzufangen. Sie würde warten, bis er von sich aus wieder darauf zu sprechen kam. Sollte er aber bis zum nächsten Morgen nicht zu einem Entschluß gekommen sein, würde sie ihm erklären, daß sie auf jeden Fall seinen Vater besuchte, ob er nun mitkäme oder nicht. Sie wußte, daß er nie allein zurückbleiben würde. Doch was sie nicht wußte, war, daß er bereits eigene Pläne schmiedete und daß diese Pläne sie nicht einschlossen.

Nicht lange nach Samantha rief Bettina in dem Krankenhaus in Morristown an. Sie erhielt dieselbe Auskunft: bei Bewußtsein und stabil. Die Worte ließen sie gleichermaßen glücklich und unglücklich fühlen. Glücklich, weil es zu bedeuten hatte, daß sie nicht auf schnellstem Wege nach New Jersey eilen und Verzweiflung am Bett ihres Mannes zu heucheln hatte. Und unglücklich, weil es auch hieß, daß der alte Hurenbock wahrscheinlich noch eine ganze Zeit weiterleben würde.

Um ungefähr die gleiche Zeit, als Ginny und Joseph vor dem großen Haus in Far Hills aus ihren beiden Taxis stiegen, fing Bettina erst mal an, ihren Cadillac Allanté für die Fahrt in den

Süden zu beladen. Sie verließ Bar Harbor nur ungern. Sie war eben erst angekommen und noch nicht einmal im Club gewesen, um alle zu begrüßen. Die besten Partys fanden immer am Anfang der Saison statt, wenn die Gesichter noch frisch und der Klatsch noch neu waren. Die Vorstellung, heuer diese Partys zu versäumen, ärgerte Bettina nicht nur maßlos, sondern ließ sie ihren niederträchtigen Ehemann noch mehr als sonst verabscheuen. *Aber vielleicht*, sagte sie sich, *vielleicht muß ich ja gar nicht so lange wegbleiben. Vielleicht ist der Sturz gar nicht so schlimm wie angenommen. Aber was, wenn doch? Was ist, wenn es sogar noch schlimmer steht? Was ist, wenn der Mistkerl behindert bleibt? Was, wenn er sich alle Knochen gebrochen hat und nichts mehr allein tun kann? Erwartet er dann von mir, daß ich ihn pflege? Das könnte ich nicht aushalten, nicht eine Minute lang. Ich werde mich weigern. Ich werde ihm sagen, daß er eine Schwester einstellen soll.*

Sie lud die letzten Stücke in den Wagen und sperrte das Haus zu genau demselben Zeitpunkt ab, als Emily und Rosa aus dem VW-Cabriolet stiegen. Bettina überlegte einen Moment, ob ihr nicht doch noch eine Ausrede einfiel, nicht nach New Jersey zu fahren, konnte aber keine finden, und so setzte sie sich in den bequemen Ledersitz und steckte den Schlüssel ins Zündschloß. Der große Achtventiler jaulte auf und brauste davon.

Wild Bill hatte Bettina das große Haus an der Frenchman Bay als Hochzeitsgeschenk gekauft. Zu der Zeit war er noch dumm genug gewesen, zu glauben, daß er sie nur über dieses Haus bekommen könnte. Bettina hatte fast jeden Sommer ihres Lebens in Bar Harbor verbracht. Ihre Eltern hatten dort ein Haus besessen, und ebenfalls ihr erster Mann, Carl von Culin. Sie hatte von Culin in dem Jahr, bevor sie den Wilden kennenlernte, verlassen, weil Carl ein paar schlechte Investitionen und ein paar noch schlechtere geschäftliche Transaktionen getätigt und dabei den größten Teil seiner Millionen verloren hatte. Bettina hatte das sinkende Schiff verlassen, ehe es zu spät war. Dann hatte sie in ihrem großen Freundeskreis die Parole ausgegeben, daß sie auf der Suche nach einem neuen Mann sei; reich natürlich und am liebsten ein bißchen älter, entweder verwitwet oder geschieden – und bitte keine Kinder unter zwanzig.

Wild Bill Winslow erfüllte fast alle diese Kriterien, alle bis auf den Punkt mit den Kindern unter zwanzig Jahren. Als er und Bettina sich im Sommer '77, zwei Jahre nach Virginias tragischem Ende, zum erstenmal begegneten, waren Joseph, Barton und Emily noch keine zwanzig Jahre alt. Dennoch beschloß Bettina, sich auf diesen Kompromiß einzulassen. Es gab einfach nicht so viele in Frage kommende Männer auf dem Markt, vor allem nicht Männer mit dem Vermögen eines Will Winslow. Außerdem war nur noch Emily zu Hause, und sie schien ein ziemlich braves Kind zu sein. Also ließ Bettina Wild Bill wissen, daß eine eventuelle Heirat nicht ausgeschlossen war, willigte aber natürlich nicht sofort ein, als er ihr den ersten Antrag machte. Sie wollte keinen allzu eifrigen Eindruck erwecken. Damals kaufte der Wilde das Haus an der Frenchman Bay und bot es seiner Braut in spe als Hochzeitsgeschenk an. Einen Monat später, Anfang September 1978, wurden sie in der presbyterianischen Kirche von Bar Harbor getraut, wobei einige, aber durchaus nicht alle Sprößlinge Wild Bills zugegen waren. Henry – als Bobby – wurde in den Adirondacks gebraucht und wußte nicht einmal von der Vermählung. Seine Schwester Ginny schob die Produktion eines Werbespots vor, aber jeder wußte, daß der wahre Grund, warum sie nicht nach Osten fliegen wollte, der war, daß ihr Vater eine Frau heiratete, die jünger war als sie. Und Little Eddie, nun, der war im Augenblick viel zu sehr mit seiner sich auflösenden Psyche beschäftigt, als daß er die Fahrt von New York nach Maine gemacht hätte.

Ganz im Gegensatz zu seiner neuen Frau war Wild Bill nur wenige Male in Maine gewesen, ehe er im Sommer 1957 die Blockhütte in der Nähe von Stonington auf der Isle of Deer erwarb. Old Crazy Legs hatte jahrelang dort oben kampiert, entweder oben am Lake Moosehead oder in Boothbay Harbor draußen am Point Juniper. Aber als er dann sein Vermögen seinem Sohn Charles übertragen und sich nach Mittelamerika abgesetzt hatte, hatte das das Ende der Familienferien in Maine bedeutet. Charles und Shady hatten kein großes Interesse daran, in der Wildnis zu hausen oder die Küste entlangzusegeln.
Trotzdem hatte der junge Wild Bill seine Sommer in Maine nie vergessen. Den ganzen Krieg hindurch hielt er die Erinnerungen an seine Angelausflüge mit Old Crazy Legs in Boothbay Harbor wach. Er schwor sich, daß er eines Tages an die Küste von Maine zurückkehren würde, falls er die Kämpfe über- und den Frieden noch erleben sollte. Aber in den ersten neun Jahren nach dem Krieg blieb Wild Bill und Virginia gar nichts anderes übrig, als den Sommer über in Far Hills zu bleiben. Sie hatten kein Geld, um wegzufahren. Neun Jahre lang leistete sich der Wilde nicht einen Tag Urlaub. Er arbeitete zwar kaum an Sonntagen oder an wichtigen Feiertagen wie dem vierten Juli oder Weihnachten, aber an jedem anderen Tag des Jahres war er unterwegs, rackerte sich ab und tat, was getan werden mußte, um den Schaden wiedergutzumachen, die Geschäfte wieder anzukurbeln und das Vermögen der Familie wieder zurückzugewinnen.
Doch im August 1954, mit vier Kindern unter acht Jahren (die kleine Helen war 1952 gestorben) und einem weiteren, das im November kommen sollte, beschloß Wild Bill, daß es nun

höchste Zeit sei, daß die Winslows für ein paar Wochen aus Jersey hinauskämen. Ungesehen mietete er ein Blockhaus an der Penobscot Bay in der kleinen Stadt Cape Rosier.

Das Blockhaus sah aus, als wäre es bereits lange vor den französischen und indianischen Kriegen von französischen Fallenstellern erbaut und bewohnt worden. Das Dach war undicht, die Veranda morsch, und die einzige Toilette befand sich draußen in dem moskitoverseuchten Sumpf hinter dem Haus. Die papierdünnen Matratzen auf den Betten waren so voller Wanzen, daß die ganze Familie zum Schluß auf dem Fußboden schlief. Die ersten paar Tage schimpfte und fluchte jeder und sprach von nichts anderem, als umgehend wieder nach Hause, nach New Jersey, zu fahren. Aber Wild Bill stellte sich taub und ordnete strikt an, daß das Gejammer auf der Stelle aufzuhören habe, daß keiner umkehren und nach Hause zurückfahren werde.
Statt dessen mietete Vater Winslow ein kleines Segelboot und ein hölzernes Ruderboot. Er nahm die Zwillinge, gerade vier Jahre alt, mit zum Fischen und die beiden Mädchen mit zum Segeln. Der kleine Bobby trieb sich dabei einen Angelhaken durch den Daumen, aber der Wilde zwickte das gebogene Ende einfach ab, zog den Haken heraus, bandagierte den Finger und erklärte dem Jungen barsch, er solle sofort zu weinen aufhören, weil es weitaus schlimmere Dinge gäbe. Henry schnitt sich den Fuß an einer zerbrochenen Flasche auf, Mary bekam einen solchen Sonnenbrand, daß sie Blasen an den Ohren hatte, und Ginny fiel aus dem Segelboot, als der Baum zurückschwang und sie am Kopf traf. Aber der schlimmste Augenblick des ganzen Urlaubs – jedenfalls soweit es Virginia und die Kinder betraf – kam, als sie den Wagen für die Heimfahrt beluden und Wild Bill seine Absicht erklärte, im nächsten Sommer wieder an diesen Ort zurückzukommen.

Es dauerte noch weitere drei Jahre, aber 1957 hatte der Wilde genügend Geld, um die Blockhütte auf der Isle of Deer zu kaufen. Dieses Blockhaus war nichts als ein einfacher Holzbau mit einem Wohnzimmer und einer Küche im Parterre und einem großen Schlafraum im ersten Stock. Dort oben schlief die ganze Familie; nur eine Wolldecke an einer Wäscheleine trennte die Kinder von den Erwachsenen. Für Wild Bill war das Blockhaus ein Paradies. Das mochte vielleicht leicht übertrieben erscheinen angesichts der Moskitos und Stechmücken und des fauligen Fischgestanks bei Ebbe und der häufig kühlen und feuchten Witterung selbst Mitte Juli. Aber der alte Knabe hatte nun mal einen Narren daran gefressen. Damals war das nämlich noch ein wilder, unzugänglicher Flecken Erde gewesen, noch unentdeckt von den Busladungen voller Touristen, die später hierherströmen sollten.
Während ihres ersten Jahres in der Blockhütte kaufte Wild Bill ein altes, leckes Ruderboot. Im zweiten Jahr kaufte er einen Boston Whaler mit einem kleinen Außenbordmotor. Und im dritten Jahr entdeckte er eine kleine, hölzerne Schaluppe, die zum Verkauf stand und die ihre besten Tage auf See bereits hinter sich hatte. Aber da er sich nun mal nicht mehr leisten konnte, kaufte er sie, takelte sie auf und steuerte geradewegs auf das offene Meer hinaus. Mehr als einmal setzte er das Segelboot auf die glatten Felsen draußen auf dem Eggemoggin-Riff, und die ersten Jahre seiner Segelkarriere war die Schaluppe öfter im Trockendock als im Wasser. Aber Wild Bill war das egal. Er gab nicht auf, und ab und zu gelang ihm ein perfekter Kurs: Er durchpflügte kühn die Wogen, der Rumpf des guten Schiffes *Helen* ragte stolz aus dem Wasser, und das Hauptsegel und der Klüver waren fest und bis zum Zerreißen gespannt von dem frischen, steifen Wind in Maine. Ein einziger guter Kurs genügte, damit der Wilde sein Boot wieder auftakelte und sich erneut damit hinauswagte. In den späten

Sechzigern hatte Wild Bill mit Virginia und manchmal auch mit einigen der Kinder an Bord seine Fähigkeiten als Segler so weit entwickelt, daß er mit seiner Sieben-Meter-Yacht die Küste auf und ab segeln und mit den besten alten Seebären mithalten konnte. Mit seiner *Helen II* kreuzte er dann schon über die Blue Hill Bay hinauf bis zur Mount Desert Island und anschließend in den Hafen von Bar Harbor hinein, wo er kurz einkehrte, bevor er wieder nach Hause fuhr.

Es war während eines dieser Zwischenstopps in Bar Harbor, als Wild Bill und Virginia die Bekanntschaft von Carl und Bettina von Culin machten. Der Wilde faßte sofort eine Abneigung gegen diese Leute und fand ihren übertriebenen Akzent und ihre hochmütigen Manieren falsch und abstoßend. In seiner barschen, aber freundlichen Art machte er sich in ihrer Gegenwart über sie lustig. Sie schienen es nicht einmal zu bemerken. Manchmal fragte er sich, ob sich nicht vielleicht alle übereinander lustig machten und ob sie nicht vielleicht dachten, er sei genauso wie sie.

Nun fragen Sie sich vielleicht: Warum hat er, wenn er wirklich so ganz anders als diese Leute war und sie für einen Haufen versnobter Heuchler hielt, warum hat er dann eine von ihnen geheiratet? Die Antwort auf diese Frage ist nicht allzu schwierig. Sie müssen wissen, Wild Bill war Witwer. Er hatte seine Frau plötzlich und ziemlich unerwartet verloren. Ein paar Jahre lang wußte der arme Kerl nicht, was er mit sich anfangen sollte. Er hatte den Geist, den Körper und die Energie eines halb so alten Mannes, aber er wußte nicht, wohin damit, konnte sich nirgends abreagieren. Und da kreuzte dieses hübsche junge Ding seinen Weg, das zweiundzwanzig Jahre jünger war als er und sowohl körperlich als auch gefühlsmäßig ein echtes Interesse an ihm zu haben schien. Sehen wir den Tatsachen doch ins Auge: Der Kerl war einfach anfällig; er war reif, gepflückt zu werden. Nur schade, daß er von einem solchen Luder gepflückt wurde. Aber um fair zu sein – und natürlich wollen wir an dieser Stelle fair sein –, so schlimm war Bettina Ellsworth von Culin Winslow nun auch wieder nicht. Wie viele von uns war sie ein Opfer ihres Milieus. Als Kind wohlhabender Eltern in eine reiche Umgebung hineingeboren, in der einzig und allein die Höhe des Bankkontos und die soziale Position zählten, kannte Bettina es nicht anders. Sie lernte, alles dafür zu tun, um an diesen beiden Grundwerten ihrer Welt festzuhalten; denn glitt einem einer von beiden aus den Händen, dann war man am Ende, kaputt, saß buchstäblich in der Scheiße, im Armenhaus, wie ihre Mutter ihr einmal erklärt hatte. Damit soll nun nicht gesagt werden, daß Bettina nicht ebenfalls berechnend gewesen wäre, wäre sie als Kind armer Eltern in der Provinz, in der Arbeiterschicht und unter einer armen weißen Bevölkerung in – sagen wir mal – in Kittery Point zur Welt gekommen. Aber mehr kann ich zu diesem speziellen Zeitpunkt wirklich nicht zu ihrer Verteidigung anführen.

Bettina fuhr aus Bangor hinaus und dann in südlicher Richtung auf der Interstate 95 durch Augusta. Sie kam durch Brunswick, Portland und Biddeford. In Kennebunk beschloß sie, sich einen Platz zum Übernachten zu suchen. In einem Tag konnte sie es nie bis nach Jersey schaffen. Sie fuhr noch eine halbe Stunde weiter, kam dann durch Kittery und überquerte die Brücke nach New Hampshire. Sie wußte, daß Wild Bills Enkelsöhne in Kittery Point lebten, hatte aber nicht die Absicht, anzuhalten und sie zu besuchen. Es war schon eine Weile her, ein paar Jahre, da hatte sie sie einmal mit ihrem Mann besucht (*weshalb sie den ganzen Weg von Far Hills nach Bar Harbor bei ihm im Auto zurückgelegt hatte, wußte sie nicht mehr)*. Sie waren damals von der Interstate abgebogen, nach Kittery Point gefahren und hatten Christine angerufen, ob sie vorbeikommen und kurz guten Tag sagen könnten. Nach einer langen Pause gab Christine Wild Bill schließlich Anweisungen, wie er zu ihrem Haus an der Brave Boat Harbor Road zu fahren hatte. William, Edward Junior und Henry standen auf der vorderen Veranda, als ihr Großvater vorfuhr, aber bereits nach wenigen Minuten war offensichtlich, daß ihre Mutter sie gegen die Winslows beeinflußt hatte. Nachdem sie ihren Großvater begrüßt und ihn flüchtig umarmt hatten, schlüpften die beiden älteren Jungen, William und Edward, zur Hintertür hinaus, verschwanden über den Zaun und kamen erst zurück, als der große Mercedes wieder weg war.

Wieder im Wagen und auf der Interstate, sagte Bettina zu Wild Bill: »Über eines mußt du dir im klaren sein, bei diesen Jungen hast du nichts mehr zu melden. Die hast du verloren. Ganz genau so, als ob sie nie zur Familie gehört hätten.«

Der Wilde wußte, daß seine Frau das nur sagte, um ihn zu quälen, zu verletzen, um ihm – bildlich gesprochen – ihre Fingernägel in den Rücken zu schlagen, aber er konnte einfach nicht anders, er mußte sich zu ihr umdrehen und sagen: »Ich bin nicht der Mann, der gerne einen Fehler zugibt, Bettina, aber du bist mit Abstand der größte, den ich je begangen habe.«

Sein Geständnis belustigte sie nur, sie lachte ihm mitten ins Gesicht.

Jetzt hielt sie vor dem Sheraton Inn außerhalb von Portsmouth an. Es war nur noch eine Luxussuite mit zwei Schlafräumen frei. »Das ist schon in Ordnung«, sagte sie.

»Die Übernachtung kommt auf zweihundertfünfundachtzig Dollar, Ma'am.«

»Ist schon in Ordnung«, erwiderte sie, »wunderbar.«

»Und wie lange werden Sie bleiben, Ma'am?«

»Nur für eine Nacht.« Bettina schlug ihre Brieftasche auf und gab dem jungen Mann an der Rezeption ihre, das heißt eigentlich Wild Bills American-Express-Karte.

13

Die kleine Schar Winslows folgte Evangeline über die Auffahrt. Joseph lief neben ihr her, als sie zusammen den gewundenen, mit Ziegeln gepflasterten Weg zur Hintertür gingen.

»Du wohnst immer noch drüben im Cottage, richtig?«

»Ja.«

»Hübsches Fleckchen.«

»Das denken wir auch.«

»Du und die beiden Jungen?«

»Ja. John und Paul.«

»Richtig, John und Paul.« Joseph drehte sich um und warf einen schnellen Blick auf die Jungen. »Hübsche Kinder.«

Evangeline lächelte. »Danke, das finde ich auch.«

»Und wie geht es dem Alten Herrn? Hast du ihn heute schon gesehen?«

Evangeline zögerte, aber nur einen winzigen Augenblick. »Ja ... kurz. Es geht ihm schon viel besser.«

»Das sind gute Neuigkeiten. Aber ich wußte, daß er es übersteht. Da muß schon mehr daherkommen als so ein Treppensturz, um ihn aus dem Verkehr zu ziehen ... Übrigens, das Grundstück sieht großartig aus. So gepflegt habe ich es noch nie gesehen.«

»Danke«, sagte Evangeline, »schön, daß dir das auffällt.« Sie steckte den Schlüssel ins Schloß und drehte am Knauf.

»Aber ich meine es wirklich so. Der Rasen, die Blumenbeete. Du scheinst wirklich was davon zu verstehen.«

»Einiges kann ich schon, aber nicht sehr viel. Das meiste erledigt die Natur selbst. Ich helfe nur etwas nach und versuche, mich nicht allzusehr einzumischen.« Evangeline stieß die Tür auf und trat in die Küche.

Mary und Ginny kamen als nächste. Die beiden lebten fast siebentausend Meilen voneinander entfernt, und obwohl sie jetzt nur ein knapper Meter voneinander trennte, lag immer noch eine tausend Meilen tiefe Kluft zwischen ihnen. Ginny erzählte, wie sie und Joseph im selben Flugzeug gesessen und dann die beiden verschiedenen Taxis genommen hatten, aber die Geschichte schien äußerlich keinen besonderen Eindruck auf Mary zu machen. Bis auf ein leichtes Kopfnicken reagierte sie weder mit einem Laut noch mit einer Geste. Aber in ihrem Inneren zerpflückte sie die Geschichte und stellte sie in einen größeren Zusammenhang. Sie war überzeugt, daß die Geschichte eine tiefere, wichtigere Aussage besaß. Es ging hier nicht darum, daß ihre Geschwister durch irgendeinen Zufall aneinander vorbeigelaufen waren; es war nicht einfach eben mal so passiert, war kein unvermeidbares Zusammentreffen besonderer Umstände. Nein, Mary wußte, daß die Geschichte viel mehr mit Verleugnung, Entfremdung und der Unfähigkeit der Familie zu tun hatte, Vertrauen, Stärke und Liebe zu vermitteln.

Emily und Henry – als Bobby – kamen als nächste den gepflasterten Pfad herauf. Henry blieb ein oder zwei Schritte hinter seiner kleinen Schwester zurück, teils, weil er ihr so nicht in die Augen sehen mußte, und teils, weil er seine Augen nicht von ihrem Hinterteil lassen konnte. Es sah so glatt und fest in diesem kurzen Rock aus. Inzestuöse Tagträume tanzten durch seinen Kopf. Er tat sein Bestes, um sie zu unterdrücken.

»Himmel, Bobby, ich kann gar nicht glauben, wie lange es schon her ist, daß ich dich das letztemal gesehen habe.«

»Ja«, entgegnete Henry, »viel zu lange.«

»Das war bei Mamas Beerdigung, und das ... das muß ungefähr fünfzehn Jahre her sein.«

Henry dachte kurz daran, zu seinem Pickup zurückzugehen und einfach wieder wegzufahren. »Ja, fünfzehn Jahre.«

»Ich hoffe bloß, das bedeutet nicht, daß jetzt Daddy an der Reihe ist.«

»Das hoffe ich auch nicht.«
Sie gingen weiter ein paar Schritte hintereinander her, und Henry meinte, daß er vielleicht doch etwas sagen sollte, und so fragte er seine kleine Schwester: »Wie alt bist du jetzt eigentlich, Emily?«
»Neunundzwanzig.«
»Neunundzwanzig?«
»Ganz recht, neunundzwanzig. Und du? Du mußt doch schon fast vierzig sein.«
»Richtig«, antwortete er, »vierzig ...« Und dann fiel Henry – als Bobby – nichts mehr ein. Sein Kopf war plötzlich völlig leer. Er fühlte sich seltsam, wie ein Ausländer in einem fremden Land. Jeder Laut, jede Bewegung, jeder Gedanke schienen ihm übertrieben, bedrohlich. Er hatte das Gefühl, jegliche Kontrolle verloren zu haben. Die Zeit stand absolut still. Der kleine Spaziergang den gepflasterten Pfad entlang bis zur Hintertür schien ewig zu dauern. Henry hatte mehr als genug Zeit, während dieses Spaziergangs sein bisheriges Leben neu zu überdenken. Aber in Wirklichkeit dachte er nur an diesen einen besonderen Augenblick, an den Moment, als er zustimmte, daß Bobby seinen Platz in Vietnam einnahm. Aber dieser eine Moment schien alles zu umfassen. Henry setzte weiter einen Fuß vor den anderen, war aber überzeugt davon, daß er gleich wieder in seinen alten F-100 steigen und in sein Blockhaus in den Bergen zurückfahren müsse, wo die Zeit mehr oder weniger ereignislos verstrich. Aber dann stand er schon auf der hinteren Veranda und war durch die Tür getreten. Und dann läutete das Telefon, Ginny nahm ab, und für einen Augenblick lang entspannte Henry sich und suchte Deckung in der allgemeinen Geschäftigkeit. Er brauchte den Mund nicht aufzumachen. Er mußte sich einfach nur hinstellen und so tun, als ob er Teil der Familie wäre.
Die Kinder kamen als letzte: die kleine Rosa und Evangelines

Söhne, John und Paul, die nicht etwa nach den Jüngern Jesu benannt waren, sondern nach jenen beiden Rock-and-Roll-Legenden aus dem trüben Liverpool. Nicht, daß Evangeline nicht religiös gewesen wäre, sie war sogar hochangesehenes Mitglied der Gesellschaft der Freunde. Aber die Musik der Beatles hatte einen wichtigen Teil ihrer Persönlichkeit geformt und eine grundlegende Rolle bei ihrer Erziehung gespielt. Also nannte sie ihren ersten Sohn, der jetzt sieben war, John, den zweiten, der im vergangenen Monat gerade fünf geworden war, Paul.

Die beiden waren liebe, neugierige Kinder, die bisher weitgehend vor Fast food, Hamburgern, Werbefernsehen und raffiniertem Zucker verschont geblieben waren. Sie wollten wissen, ob Rosa tatsächlich in New York lebte.

»Sicher«, sagte Rosa nickend, »mit meiner Katze Shakespeare.«

»Und deiner Mom?« fragte Paul.

»Ja, und mit meiner Mom. Sie ist Schauspielerin. Sagt Cordelia zu ihr, das gefällt ihr.«

»Wer ist Cordelia?« wollte John wissen.

»Ich weiß nicht«, antwortete Rosa.

»Unsere Mom ist Gärtnerin«, erklärte Paul.

Dann kamen auch sie durch die Hintertür und standen in der Küche unter den Erwachsenen, die plötzlich alle sehr still waren, so daß auch sie verstummten. Tante Ginny hielt den Telefonhörer an ihr Ohr und preßte ihren rechten Zeigefinger auf die Lippen. Jedem, der auch nur das kleinste Geräusch von sich gab, warf sie einen bösen Blick zu. Sie hörte fast nur zu, was die Stimme am anderen Ende der Leitung sagte, machte aber ab und zu Bemerkungen wie »Ich verstehe« oder »Ja, ich sehe«.

Kaum hatte sie aufgelegt, fragte Emily: »Ist irgend etwas mit Dad passiert?«

Ginny sagte sich, daß sie die Älteste war, antwortete: »Nein, mit Barton.«

»Barton?«
»Er ist unten in Georgia von ein paar Hinterwäldlern zusammengeschlagen worden.«
»Was?«
Ginny erzählte den anderen, was sie erfahren hatte; das war nicht sehr viel, da die Schwester am Telefon selbst nicht viel gewußt hatte.
»Aber er wird doch wieder gesund?« fragte Joseph.
»Er hat ein paar Prellungen und blaue Flecken und vielleicht ein, zwei Brüche, aber die Schwester hat mir versichert, daß er sonst in Ordnung ist.«
»Können wir ihn anrufen, mit ihm reden?«
»Die Schwester hat erzählt, daß der Arzt ihm ein Beruhigungsmittel gegeben hat, worauf er fast die ganze Zeit geschlafen hat, seit er gestern abend eingeliefert wurde.«
»Vielleicht sollte jemand hinunterfliegen und sich selbst davon überzeugen, daß es ihm wirklich gutgeht«, schlug Henry – als Bobby – leise aus seiner Deckung heraus vor.
Ein paar der anderen nickten zustimmend, aber Ginny, die Älteste, war nicht seiner Meinung. »Die Schwester hat mich gebeten, morgen früh wieder anzurufen. Dann werden wir sowohl mit Barton als auch mit dem Arzt reden können. Warum warten wir nicht solange, ehe wir entscheiden, ob einer von uns hinunterfahren muß oder nicht?«
»Hör mal«, sagte Joseph, »ich weiß ja nicht, wie du darüber denkst, aber wenn ich gerade von ein paar Rowdys aus Georgia zusammengeschlagen worden wäre, dann würde ich etwas Unterstützung von meinem eigenen Fleisch und Blut durchaus zu schätzen wissen. Ich bin auch Bobbys Ansicht, ich finde, es sollte noch heute abend jemand runterfahren.«
»Wir waren nicht einmal bei Vater«, entgegnete Ginny mit spitzer Stimme, »und du redest schon davon, wieder abzufahren.«

»Ich rede doch nicht davon, daß ich wieder abfahren will«, sagte Joseph, »ich rede davon, daß ich nach Georgia fahren will, um meinem Bruder etwas moralische Unterstützung zu geben.«
»Jetzt laßt uns nicht streiten«, sagte Ginny.
»Ich habe ja nicht gestritten«, erwiderte Joseph.
»Mir ist es schon so vorgekommen«, meinte Ginny.
Joseph lachte kurz auf. »Vielleicht hat es sich für dich ja wie ein Streit angehört, aber im Ernst, es war keiner. Es war nur eine offene Diskussion zwischen zwei Gruppen mit gegensätzlichen Ansichten.«
»Oh, du bist ja ein ganz Schlauer, Joseph.«
Joseph beschloß, nicht auf den Spott seiner Schwester einzugehen. Einen Moment lang war in der Küche kein Laut zu hören. Evangeline ergriff die Gelegenheit, das Thema zu wechseln. »Ich will mich ja nicht einmischen, aber mich machen Reisen immer ganz hungrig. Ich möchte wetten, daß ihr alle großen Hunger habt.«
»Ich bin tatsächlich am Verhungern«, sagte Joseph, »ich könnte einen ganzen Bären verdrücken.«
»Nun, ich muß ohnehin für John, Paul und mich kochen, also könnte ich doch auch für euch etwas herrichten.«
»Wir wollen dir keine Mühe machen«, sagte Ginny.
»Glaube mir«, sagte Evangeline, »das ist keine Mühe für mich. Es wird mir ein Vergnügen sein. Ich bin doch froh, daß ihr alle gekommen seid. Euer Vater wird sich so freuen.«
»Habe ich vorhin richtig verstanden, du hast Joseph gesagt, daß du ihn heute schon gesehen hast?« fragte Mary.
»Ja«, antwortete Evangeline. Sie war nicht von Billy Boys Seite gewichen, seit sie ihn am Fuße der Treppe gefunden hatte. Aber das mußten sie ja nicht unbedingt wissen. »Ich habe ihn heute besucht. Ich dachte mir, irgend jemand sollte mal bei ihm vorbeischauen.«

»Selbstverständlich«, sagte Ginny. »Wir wissen das zu schätzen. Und alles, was du bisher getan hast.«
»Vielen Dank.« Evangeline errötete, überspielte es aber mit einem Lächeln. »Vielleicht sollte ich mich jetzt besser um das Essen kümmern. Ihr werdet sicher alle heute abend ins Krankenhaus fahren wollen.«
»Das stimmt«, sagte Joseph, »deswegen sind wir ja schließlich hier. Um den alten Knaben zu sehen.« Er ging durch die Küche ins Eßzimmer. »Ich gehe mal nach oben und suche mir ein Bett. Bis dann.«
Sie blickten ihm alle hinterher.
»Und, wie ging es ihm heute?« fragte Mary.
Evangeline merkte nicht gleich, daß die Frage an sie gerichtet war. »Oh, ich denke, er war ganz gut beieinander ... ich meine, wenn man bedenkt, wie schwer er gestürzt ist.« Sie hatte keine Ahnung, wieviel oder wie wenig sie sagen sollte. Vielleicht wäre es klüger gewesen, ihnen einfach die Tür aufzusperren und hinunter in ihr Cottage zu verschwinden, dachte sie. Das ähnelte jetzt doch allzusehr einem Verhör. Sie mußte nicht nur darauf achten, nicht zu lügen, sondern auch noch darauf, nicht das Falsche zu sagen.
»Wer hat ihn denn eigentlich gefunden?« fragte Emily. »Das hat bisher noch niemand erwähnt.«
»Ich war das«, antwortete Evangeline nach einer kleinen Pause. Sie überlegte kurz, ob sie es nicht näher erklären sollte, aber da sie eine Lüge fürchtete, sagte sie lieber nichts.
»*Du* warst das?« fragte Ginny.
»Ja.« Sie wußte, daß sie mehr hören wollten. »Das war ich.«
Ginny als hartnäckige und besorgte älteste Tochter ließ nicht locker. »Erzähl uns doch mal genauer, was passiert ist, Evangeline. Wie kam es, daß du ihn gefunden hast?«
Dieser direkten Frage konnte Evangeline nicht ausweichen. Sie mußte darauf antworten. »Na, es war so: Als ich den Wagen

eures Vaters noch mitten am Vormittag in der Auffahrt stehen sah, da habe ich mich gefragt, ob vielleicht etwas passiert ist. Euer Vater ist ein so hart arbeitender Mann. Normalerweise ist er schon um sieben aus dem Haus. Also habe ich an der Hintertür geklopft, um mich zu vergewissern, daß mit ihm alles in Ordnung ist. Als er mir keine Antwort gab, habe ich den Schlüssel geholt, den er mir mal für den Fall gegeben hat, daß er weg ist und ich mich um das Haus kümmern soll. Ich habe aufgesperrt und seinen Namen gerufen, aber nichts gehört. Also habe ich mich umgeschaut, und ein paar Minuten später habe ich ihn am Fuß der hinteren Treppe liegend gefunden.«

»Jesus«, meint Emily, »das hätte mir aber einen riesigen Schrecken eingejagt, wenn ich ihn dort so gefunden hätte.«

»Ich war auch ganz schön erschrocken«, sagte Evangeline. »Zuerst habe ich gedacht, er ist tot, wirklich.« Sie bemühte sich, die Gefühle aus ihrer Stimme zu nehmen, aber ihre Augen verrieten sie. Jeder, der in diese Augen blickte, erfuhr die Wahrheit. Aber zum Glück hatte Ginny bei diesen Worten gerade aus dem Fenster geschaut und war nun in die Betrachtung des Kardinalsvogels auf dem Vogelhäuschen versunken. Henry starrte auf den Fußboden und schaute niemanden an. Emily sah gerade zu Rosa und den beiden Jungen hin. Nur Mary nicht; Mary schaute direkt in die schönen Augen von Evangeline. Und sie bemerkte auch sofort die Verbindung zwischen dieser jungen Frau und ihrem Vater. Und einen winzigen Moment lang fragte sie sich, ob diese unschuldig aussehende Evangeline nicht vielleicht in einem Anfall von romantischer Wut ihren Vater die Hintertreppe hinuntergestoßen hatte. Aber ein zweiter Blick in diese klaren und wunderschönen haselnußbraunen Augen genügte, um diese Möglichkeit als lächerlich abzutun.

»Nun«, meinte Emily, »wir können Gott danken, daß du ihn gefunden hast.«

Die anderen, einschließlich Henry, nickten. Henry stand ganz allein in einer Ecke der geräumigen Küche. Ab und zu warf er einen verstohlenen Blick auf Evangeline. Den Gedanken an Inzest mit seiner kleinen Schwester verwarf er wieder; Evangeline war auch nicht übel. Sie erinnerte Henry an seine Frau Irene, als sie noch jünger, schlanker, noch keine Mutter von zwei Kindern gewesen war.

»Ja«, sagte Evangeline. Und fuhr schnell fort, bevor man sie weiter fragen konnte: »Ich gehe jetzt lieber ins Cottage und schaue mal nach, was ich zum Essen finde. Wie wäre es in einer Stunde?« Sie schnappte sich John und Paul. »Kommt, Jungs, gehen wir heim und waschen uns die Hände.« Noch ehe jemand etwas erwidern konnte, war sie schon mit den beiden Jungen zur Hintertür hinaus und die Veranda hinunter.

Diejenigen, die in der Küche zurückgeblieben waren, standen ein paar Sekunden da, ohne ein Wort zu sagen. Schließlich zupfte Rosa ihre Mutter am Rock und sagte: »Mommy, ich muß aufs Klo.« Und so gingen Emily und Rosa durch das Eßzimmer in die große Halle und hinauf in den ersten Stock.

»Ich glaube, ich gehe auch hinauf und nehme eine kalte Dusche«, sagte Mary. »Ich habe das Gefühl, London schon vor Wochen verlassen zu haben.« Und nachdem sie ihre Reisetasche wiedergefunden hatte, wagte auch sie sich nach oben in ihr altes Schlafzimmer, in das Zimmer, das sie einst mit ihrer älteren Schwester Helen geteilt hatte.

So blieben nur noch Ginny und Henry – als Bobby – übrig, jeder auf seiner Seite in der Küche. Sie müssen mehr als neun Meter voneinander entfernt gestanden haben, so groß war die Küche. Ginny stand vor den deckenhohen Erkerfenstern auf der Südseite, die nach hinten hinausgingen und auf ein sanft abfallendes Rasenstück zum Swimmingpool hinunterblickten. Henry stand seiner Schwester gegenüber, im dunkleren Teil der Küche, zwischen Herd, Mikrowelle und Kühlschrank. Bruder und Schwester waren nicht nur durch Zeit und Raum von-

einander getrennt, sondern auch durch einen Tisch mit herunterklappbaren Seitenteilen, der aus dem achtzehnten Jahrhundert stammte und den Crazy Legs Winslow im Jahre 1888 ins Haus gebracht hatte. Henry stand neben dem Kühlschrank und wußte, daß er eigentlich etwas sagen sollte; aber genauso wie vorher mit Emily hatte er keine Ahnung, was. Je mehr er sich anstrengte, sich etwas einfallen zu lassen, desto schwerer fiel es ihm, auch nur einen einzigen Satz zu formulieren. Er wollte sich gerade bei Ginny nach ihrem Mann erkundigen, als ihm einfiel, daß er gar nicht mehr wußte, wie dieser hieß. Er wußte nur noch, daß er Jude war; nicht, daß dies wichtig für ihn gewesen wäre, es war eben das einzige, was ihm noch einfiel. Henry wußte auch noch, daß Ginny Kinder hatte, aber nicht wie viele oder ob es Jungen oder Mädchen waren. »Na«, fragte er so lässig wie möglich, »wie geht's den Kindern, Gin?«
Ginny schaute immer noch durch das Erkerfenster hinaus. Sie hatte Evangeline, John und Paul dabei beobachtet, wie sie über den Rasen hinter dem Haus gegangen waren. »Was?« fragte sie. »Oh, Bobby, tut mir leid, ich habe gar nicht bemerkt, daß du noch da bist. Was hast du gesagt?«
»Nichts«, sagte Henry – als Bobby, »ich habe nur gerade gesagt, daß es schrecklich heiß hier drinnen ist.«
»Da hast du allerdings recht.«
»Ich glaube, ich mache ein paar Fenster auf, gehe nach oben und suche mir einen Platz, wo ich mich aufs Ohr hauen kann.«
»Ja«, sagte Ginny, »das klingt gut. Ich hoffe, die anderen haben mir mein altes Zimmer freigelassen. Ich schlafe immer gern in meinem alten Zimmer, wenn ich hierher zu Besuch komme.«
Das letzte sagte Ginny schon unter der Tür, ehe sie ins Eßzimmer hinüberging. Dann stand Henry allein da. Die plötzliche Einsamkeit stimmte ihn sowohl glücklich als auch traurig; glücklich, weil er sich den Kopf nicht mehr darüber zerbrechen

mußte, Konversation zu machen, und traurig, weil es bereits genug Einsamkeit in seinem Leben gegeben hatte. Er konnte wirklich keine mehr brauchen, nie mehr. Wenn er die nächsten zwanzig, dreißig Jahre einfach hätte dastehen und seinen Brüdern und Schwestern dabei zuhören dürfen, wie sie sich unterhielten, stritten und Entscheidungen trafen, wäre er bestimmt ein zufriedener Mensch gewesen, davon war er überzeugt.
Henry stieß einen tiefen Seufzer aus, einen Seufzer, der irgendwo ganz unten zwischen seinen Knöcheln zu entspringen schien. Er machte den Kühlschrank auf. Da war nicht viel drin außer Milch, Orangensaft und ein paar verschimmelten Käsescheiben. Aber im untersten Fach und ganz nach hinten geschoben fand Henry eine Dose Bier, eine eiskalte Dose Budweiser-Bier. Er zog die Lasche ab und ließ den Inhalt in einem einzigen langen Schluck seine Kehle hinunterrinnen. Ein paar Tropfen Bier liefen über sein Kinn. Er wischte sie mit dem Ärmel fort, zerknüllte die Dose, warf sie in das Spülbecken und ging nach oben. Auf dem Weg dorthin hoffte er, daß jemand das Zimmer mit ihm teilen würde.

Als er ganz oben auf der Treppe angekommen war, war Henry klar, daß er nur für seinen Bruder Joseph als Zimmergenossen in Frage kam. Mit Sicherheit würde ihn keine seiner Schwestern haben wollen. Sie kannten ihn ja kaum. Eigentlich kannten sie ihn überhaupt nicht. Sie glaubten, er sei Bobby. Joseph kannte ihn auch nicht, aber Joseph war immerhin ein Mann. Henry war nur acht Jahre älter als Joseph, aber als Henry – als Bobby – mit neunzehn Jahren von zu Hause weggegangen war, da war Joseph gerade elf gewesen. Die beiden Brüder hatten nie wirklich Gelegenheit gehabt, einander kennenzulernen.
Na ja, dachte Herny, als er sich dem Zimmer näherte, in dem Joseph und Barton als Kinder geschlafen hatten, *vielleicht kann ich das ja alles ändern*. Henry klopfte an die Tür und drehte

am Knauf. Er meinte, daß es für einen Bruder schon in Ordnung war, wenn er nur anklopfte und gleich hineinging. Aber er fand die Tür verschlossen vor.

Joseph, müssen Sie wissen, lag nackt auf seinem Bett und dachte intensiv darüber nach, ob er onanieren sollte oder nicht. Er hatte die Tür für den Fall verschlossen, daß er es doch noch tat. Je nachdem, wie oft er in der Woche eine Nummer schieben konnte, brachte Joseph es auf einen Durchschnitt von einmal täglich. Der junge Mann ging davon aus, daß jeder gesunde und temperamentvolle Mann dasselbe tat. Hätte man ihn danach gefragt, hätte er dieses kleine Vergnügen, das er sich täglich gönnte, bereitwillig zugegeben. Trotzdem war er nicht unbedingt erpicht darauf, daß man ihn dabei ertappte.

»Ja, wer ist da?«
Henry zögerte und überlegte, ob er nicht wieder in den Bergen verschwinden oder zumindest den Gang hinunterlaufen sollte. »Äh, ich bin's, Bobby.«
Joseph nahm zwar die Hand von seinem Glied, stand aber nicht auf. »Bob! Was gibt's, Kumpel?«
»Nun ... eigentlich nichts. Ich war nur auf der Suche nach einem Platz, um mich aufs Ohr zu hauen. Stehen in dem Zimmer immer noch zwei Betten?«
»Ja, sicher, Bob, aber ich meine... was soll das? In dem Kasten gibt's doch noch mehr Betten.«
»Ja, du hast recht, ich weiß, aber ich habe mir eben gedacht ...«
»Hör mal zu, Bruderherz, ich bin mir sicher, daß dein altes Zimmer im zweiten Stock immer noch da oben ist und nur auf dich wartet. Als ich das letztemal hinaufgeschaut habe, standen an der Tür immer noch dein und Henrys Name, wo ihr sie mit euren Schweizer Armeemessern in das Holz geritzt habt.«

Henry erinnerte sich wieder. Das war an einem regnerischen Tag gewesen, dreißig Jahre war das wahrscheinlich schon her; sie hatten ihre Namen in die Tür geritzt, um ihre Besitzansprüche deutlich zu machen. »Du hast recht«, sagte er und gab sich geschlagen, »ich gehe besser hinauf und schau mir das mal an.«
»Großartige Idee, Bob«, meinte Joseph. »Und noch was, wir sehen uns später unten, okay?« Und dann versuchte er, sich die üppige Blondine vorzustellen, die er vor kurzem erst auf seinem spezialgefertigten Mountainbike bestiegen hatte, und sich an diesen Bildern zu erregen.
Henry ging wieder; er fühlte sich gedemütigt und zurückgewiesen. Auf dem Korridor traf er Rosa, die aus ihrem Schlafzimmer kam. Sie war nackt, tropfnaß und lächelte. »Hi, Onkel Bobby, ich habe gerade kalt gebadet, mit viel Schaum und so.«
Henry erwiderte das Lächeln seiner Nichte. Er hätte das kleine Mädchen am liebsten auf den Arm genommen, sie an sich gedrückt und ihr gesagt, daß er sie liebte, aber da fügte Rosa hinzu: »Mommy ist noch in der Wanne. Sie bleibt immer viel länger als ich.«
Erregende Vorstellungen von seiner kleinen Schwester, die in der Badewanne lag und sich die Schenkel einseifte, tauchten vor seinen Augen auf und gaben ihm das Gefühl, ein perverser Lüstling zu sein, so daß er sich entschloß, seine Nichte lieber nicht anzurühren. Statt dessen tätschelte er leicht ihren Kopf, ging weiter bis zum Ende des Korridors und stieg die enge Treppe in den zweiten Stock hinauf.

Schwester Ginny saß am Rand des Doppelbettes, in dem sie als Teenager geschlafen hatte. Im unschuldigen Alter von fünfzehn Jahren – Madelines Alter – hatte sie auf diesem Bett ihre Jungfräulichkeit an Scottie Johnston verloren. Die Sache war ihr sehr vulgär vorgekommen. Sie hatte es gehaßt, hatte ihn gehaßt und damals gedacht, daß sie es nie mehr tun würde, nicht mit ihm und nicht mit einem anderen. Er war so roh, so ungeschickt gewesen. Er küßte sie so fest, daß ihre Zähne sich in ihre Lippe bohrten. Und obwohl sie immer wieder sagte nein, nein, nein, rief er ständig ja, ja, ja und bestand darauf, in sie einzudringen. Aber die arme Ginny war so nervös und trocken, nirgends auch nur ein Tropfen Feuchtigkeit. Trotzdem bahnte Scottie sich seinen schrecklichen Weg in sie, auch wenn es nicht für lange war, als er es endlich geschafft hatte. Fünf, höchstens sechs Sekunden zuckte, stöhnte und krümmte er sich, und dann ließ er sich auf sie hinunterplumpsen wie ein alter Mehlsack. Das einzige, was Ginny dabei fühlte, waren Schmerz und Schuldgefühle und diese warme Flüssigkeit, die aus ihr heraus und über ihren Oberschenkel lief. Dann hörte sie den Wilden und ihre Mutter die Treppe heraufkommen. Eigentlich sollten sie auf einer Party bei den Blackwells sein.

»Mein Gott!« Sie stieß Scottie Johnston vom Bett hinunter auf den Boden. »Raus! Sie kommen!«

»Was? Wer kommt?«

Ginny hatte noch die Zeit, zu denken, daß der junge Mann sehr dumm aussah, wie er so auf dem Boden lag mit diesem entgeisterten Ausdruck auf dem Gesicht und seinem Penis, der an der Innenseite seines Schenkels klebte. Aber dann war sie schon aus dem Bett und schob ihn zum Fenster. Sie hob seine Levi's und sein Flanellhemd auf und erklärte ihm, daß er aus dem Fenster steigen solle, das alte Fallrohr entlang, dann auf das Dach der Veranda und das Spalier hinunter. *Er hörte auf sie,* erinnerte Ginny sich, *Gott sei Dank hörte dieser dumme Esel auf sie.*

Als ihre Eltern vorsichtig an ihre Schlafzimmertür klopften und über die Türschwelle traten, war Scottie Johnston bereits auf und davon, und Ginny steckte sicher unter ihrer Bettdecke.

»Hallo, Liebes«, sagte ihre Mutter. »Was ist denn los? Warum bist du so früh schon im Bett? Fühlst du dich nicht wohl?«

Ginny fühlte sich schrecklich. Ihr tat alles weh. Am liebsten hätte sie geheult. Am liebsten hätte sie ihrer Mutter alles erzählt, die ganze vertrackte Geschichte. Und sie hätte ihr vielleicht auch ihr Herz ausgeschüttet, hätte der Wilde nicht mit der Miene eines Großinquisitors unter der Tür gestanden. Er sah aus, als wüßte er haargenau, was sich in diesem Schlafzimmer abgespielt hatte. Ginny haßte ihn dafür fast so sehr, wie sie Scottie Johnston haßte.

»Nein«, brachte sie schließlich ohne zu schluchzen heraus, »ich bin in Ordnung. Ich hatte nur Magenschmerzen. Aber jetzt geht es mir schon besser. Ich glaube, ich muß nur etwas schlafen.« Ginny versuchte, nicht an diese Nacht vor achtundzwanzig Jahren zu denken, aber sie konnte die Erinnerung daran erst dann beiseite schieben, nachdem sie jeden Augenblick dieses schrecklichen Abends im Geiste noch einmal durchlebt hatte. Aber kaum hatte sie die Gedanken daran endlich aus ihrem Kopf verbannt, da drangen andere Bilder, Gedanken an ihre Tochter Madeline stürmisch an die Oberfläche. Sie sah Madeline nackt und mit diesem Widerling Stu auf dem Fußboden im Wohnzimmer liegen. Sie sah, wie Stu stieß und schob und in sie eindrang, und wie Madeline kicherte und ihn anfeuerte. Der Anblick verschlug der Mutter fast den Atem.

Auf der Stelle rief Ginny zu Hause in Bel Air an und ließ den Apparat zwanzig-, dreißig-, vierzigmal läuten. Keiner meldete sich. Sie dachte daran, das Telefon so lange klingeln zu lassen, bis sich endlich jemand meldete, aber das konnte eventuell die ganze Nacht dauern, wie sie sich schließlich klarmachte. Widerstrebend legte sie den Hörer wieder auf. Aber Visionen einer Madeline, die rittlings auf Stu auf dem Sofa im Wohnzimmer saß, überzeugten sie, daß sie bestimmt die falsche Nummer gewählt hatte. Sie versuchte es erneut. Zwanzig, dreißig, vierzig weitere Male ließ sie es klingeln, aber am anderen Ende stellte niemand eine Verbindung her. Es konnte niemand eine Verbindung herstellen, weil niemand zu Hause war. Ehemann Aaron war in der Praxis und entfernte einen Holzsplitter aus dem süßen Hinterteil des Babys eines Hollywood-Starlets. Madeline fuhr mit Stu in dessen Targa 911 auf dem Sunset Strip herum. Und Sohn Adam war bei seinem Freund, rauchte schlecht gerollte Haschzigaretten, aß Erdnußchips und schaute sich eine Wiederholung von »Stacheldraht und Fersengeld« an.

Schließlich gab Ginny doch auf, öffnete ihren Koffer und packte sorgfältig ihre Kleider aus. Unterwäsche und Strümpfe legte sie zusammen und verstaute sie in der Kommode. Die Kleider und Blusen hängte sie in den Schrank. Dann schob sie den Vorhang zur Seite und machte ein Fenster auf. Als das älteste Kind hatte Ginny sich das Zimmer aussuchen können, das ihr am besten gefiel. Dieses Zimmer mochte sie am liebsten, weil es die schönste Aussicht hatte; sie war zumindest der Meinung, daß es die schönste Aussicht hatte. Das Zimmer lag direkt über der Küche, und ein breiter Fensterplatz bot Gelegenheit, es sich dort bequem zu machen und hinauszuschauen. Von diesen Fenstern aus konnte Ginny den ganzen rückwärtigen Teil des Gartens überblicken: den Swimmingpool, den Tennisplatz, das Cottage und, hinter dem Cottage, die alte Scheune. Jetzt war das Cottage aber nicht mehr so gut zu sehen, da die Kiefern am Rand des Tennisplatzes größer und dichter waren als damals, als Ginny in diesem Zimmer gewohnt hatte.

Hätte Ginny durch die Wände des Cottages schauen können, hätte sie Evangeline dabei beobachtet, wie diese Gemüse für den Salat kleinschnitt, Reis kochte und Zwiebeln und Pilze in Butter und Rotwein andünstete. Sie hätte Paul und John gesehen, die sich das Gesicht wuschen, sich umzogen und ihre Mom fragten, ob Onkel Will wieder gesund werden würde und wann er aus dem Krankenhaus nach Haus käme. Sie hätte gehört, daß Evangeline den Jungen erklärte, daß sie sich keine Sorgen zu machen bräuchten, Onkel Will würde es bald wieder gutgehen, und bestimmt würde er gegen Ende der Woche wieder zu Hause sein. Nein, Ginny konnte weder hören noch sehen, was in dem Cottage vor sich ging, aber das hielt sie nicht davon ab, sich zu wundern und zu sorgen und alle möglichen abenteuerlichen Schlüsse zu ziehen. Sie war fest entschlossen, mehr über Evangeline, über die *Beziehung* der jungen Dame zu Wild Bill herauszufinden. Doch im Augenblick hatte sie eine dringendere Angelegenheit zu erledigen. Sie ging wieder zu ihrem Bett zurück, setzte sich und wählte erneut die Nummer ihres Hauses in Bel Air.

Auch Mary dachte kurz an Evangeline. Für sie war Evangeline der schönste Name, den sie je gehört hatte. Sie überlegte, ob es in der Vergangenheit der Familie bereits eine Evangeline gegeben hatte, aber soweit sie wußte, gab es nicht eine einzige. Diese Evangeline würde die erste in der Familie sein. *Und was hatte das zu bedeuten?* fragte Mary sich. *Konnte das der Beginn eines neuen Kapitels, ein neuer Anfang sein?* Die Familiengeschichte hatte sich so oft wiederholt, daß Mary gute Gründe hatte, an der Existenz einer unschuldigen Seele zu zweifeln, aber das schloß die Möglichkeit zu einer Änderung nicht von vornherein aus. Eine Änderung, wußte Mary, konnte jederzeit erfolgen, überall und in jeder Form. Mary wußte auch, daß die Familie in der letzten Zeit an Kraft verloren und sich nicht nur geographisch, sondern auch gefühlsmäßig und geistig in alle Himmelsrichtungen zerstreut hatte. Eine neue Kraft war nötig, um die Winslows der Neuen Welt wieder zu einen. *Vielleicht,* dachte Mary, *war Evangeline diese neue Kraft.*

Mary schlief in dem Zimmer, das schräg gegenüber auf demselben Gang wie das ihrer älteren Schwester lag. Es war das gleiche Zimmer, in dem Helen vor achtunddreißig Jahren gestorben war. Die Fenster in Marys Zimmer blickten auf die weitläufigen Rasenflächen vor dem Haus hinaus. Sie konnte den Brunnen, Lady Godiva auf dem Pferderücken und all die roten Ahornbäume sehen, die die lange Auffahrt säumten. Seit sie alt genug gewesen war, um allein sitzen zu können, hatte Mary auf dem Fensterplatz zwischen diesen Fenstern gesessen und zugesehen, wie die Geschichte vor ihren Augen ablief. Sie hatte an diesem Fensterplatz gesessen an jenem kühlen Nachmittag im November 1963 – der Nachmittag, an dem der Präsident erschossen wurde –, und vor ihren Augen hatte sich die Auffahrt in den Hudson River verwandelt, an dessen Ufern, die später einmal Hoboken heißen würden, ihr Vorfahr Freeman Winslow stand. Freeman hielt Hammer und Meißel in der Hand. Er war fünfundzwanzig Jahre alt. Seine Mutter Molly war erst vor kurzem nach langem Leiden an Pocken gestorben. Freeman war ein puritanischer Prediger, aber mittellos sowohl im Geiste als auch finanziell. Mutter Molly hatte den Jungen auf die Kanzel getrieben, ihm von frühester Jugend an mehr oder weniger eingeredet, daß er der Diener Gottes in der Neuen Welt sein würde. Freeman tat, was seine Mutter von ihm verlangte, aber der Glaube des jungen Mannes war nur begrenzt, und noch begrenzter waren seine rhetorischen Fähigkeiten. Seine Sonntagspredigten endeten unweigerlich immer damit, daß seine Schäfchen in friedlichen Schlummer fielen.

Sie sollten aber wissen, daß die Lieblingsbeschäftigung des jungen Freeman darin bestand, heidnische Götzenbilder aus Treibholz zu schnitzen. Das tat er auch an jenem Nachmittag, an dem Mary ihn das erstemal an den Ufern des Hudson River, das heißt eigentlich neben der Auffahrt, stehen sah. Freeman schnitzte gerade eine Schlange mit zwei Köpfen. Und ganz früh am nächsten Morgen, nachdem Freeman, der Fluß und die Schlange wieder verschwunden waren, ging Mary den Gang hinunter in das Schlafzimmer ihres kleinen Bruders Barton und erklärte dem Jungen, daß er dazu bestimmt sei, ein großer Bildhauer zu werden. Auch wenn sie Jahre später ihre Meinung ändern sollte, damals glaubte Mary daran, daß ihr Bruder Barton die Reinkarnation von Freeman Winslow war.

Siebenundzwanzig Jahre später saß Mary wieder auf dem Fensterplatz und dachte an ihren Bruder Barton. Sie konnte sehen, wie diese Hinterwäldler aus Georgia ihren kleinen Bruder draußen auf der Auffahrt zusammenschlugen. Sie konnte seinen Transporter und seine große, bemalte Skulptur sehen. Sie wußte, daß Barton Angst hatte und schwer verletzt war, aber auch, daß Schmerz und Angst wieder vergehen würden. Mary wußte, daß der Angriff auf seine Person dem jungen Mann auf lange Sicht nur helfen würde, seine Kunst und seinen Platz in der Geschichte neu zu definieren. Etwas Ähnliches war dem jungen Freeman zugestoßen. Man hatte ihn gezwungen, das alte Elizabethtown zu verlassen, nachdem bestimmten Kirchenältesten »seine nunmehr offen zutage tretende Begierde, Satan zu dienen« aufgefallen war. Mit diesen Worten beschrieben sie Freemans künstlerische Neigungen. Freemans Hammer und Meißel und seine Schnitzereien aus Treibholz sahen sie als Werke des Teufels persönlich an. Wie seinem Großvater Giles, der den Schergen König Jakobs davongelaufen war, blieb auch Freeman nicht viel Zeit zur Flucht. Die Federn waren schon gerupft, und der Teer brodelte bereits im Kessel.

Der junge Mann wanderte quer durch die Kolonie Richtung Westen, nahm jede Arbeit an, die sich ihm bot, und ging auch ab und zu einmal in die Kirche, aber immer aus schlechtem Gewissen, nie aus Überzeugung. 1667, als der Winter vor der Tür stand, ließ er sich in der neugegründeten Gemeinde Burlington an den Ufern des Delaware nieder. Er wußte nicht, daß die kleine Insel, die man vom Kai der Stadt aus sehen konnte, dieselbe

Insel war, auf der sein Großvater und seine Tanten und Onkel drei Jahrzehnte zuvor ermordet worden waren.
Mary konnte Freeman jetzt sehen, wie er draußen auf dem Rasen vor dem Haus, beziehungsweise an den Ufern des Delaware, stand. In diesem ersten Winter half er als einfacher Arbeiter beim Entladen von Schiffen und beim Bau eines neueren, größeren Kais. Im Frühjahr legte ein Passagierschiff aus England mit sechzig neuen Siedlern dort an. Die meisten waren Quäker aus der Grafschaft York. Mary sah sie an der Reling des Schiffes stehen, wie sie ihren ersten Blick auf die Neue Welt warfen. Freeman sah sie ebenfalls. Und dann sah er sie. Aber wie war ihr Name? *fragte Mary sich.* Diese zarte junge Frau, die Freeman noch vor Ablauf des Sommers und Beginn des Herbstes heiraten würde, wie hieß sie gleich noch mal? Ellen? Elaine? Evelyn? Nein, *sagte sie,* es war ähnlich, aber anders. Nein, nicht Evangeline. *Mary warf einen zweiten Blick auf die junge Frau an der Reling, auf ihre Großmutter in der siebten oder achten Generation; eine schlanke und lächelnde junge Frau mit klaren Augen, einem hellen Teint und der festen Überzeugung, daß Gott tatsächlich in ihrer Seele weilte. Freeman war bereits in sie verliebt, noch ehe er ihr dabei half, ihre beiden schweren Truhen abzuladen. In der einen war ihre einfache, simple Quäkerkleidung und in der anderen das Geld, das sie von ihrem Vater geerbt hatte, Geld, mit dem sie einen Streifen fruchtbaren Landes kaufen und eine Farm darauf errichten wollte.* Eleanor, *sagte Mary,* ja genau. *Eleanor, die bald Eleanor Lane Winslow heißen würde. Doch vorher mußte der junge Freeman Eleanor und die anderen Mitglieder der Quäkergemeinde noch davon überzeugen, daß es sein ernsthafter und aufrichtiger Wille war, sich der Gesellschaft der Freunde anzuschließen. In erster Linie war Freeman natürlich daran interessiert, Eleanor als Frau zu bekommen, sie in seinem Bett zu haben, mit ihr zu schlafen; aber damit wir ob dieser fleischlichen Begierden nicht schlecht von ihm denken, soll gleich hier und jetzt gesagt wer-*

den, daß sich Freeman Winslow in den darauffolgenden Jahren als außergewöhnlicher Quäker, als feiner Freund, als ein Vater erweisen sollte, der seine Kinder im festen Glauben an das Innere Licht erzog. Freeman fing nämlich im Laufe der Zeit an, die Quäker und ihre einfache, direkte Beziehung zu Gott als ehrlich und nobel anzusehen. Sie waren weitaus nobler, wie ihm schien, als jene selbstgerechten Puritaner. In späteren Jahren sollte der alte Freeman bei Zusammenkünften der Gemeinde sogar gelegentlich aufstehen und eine mitreißende Predigt über die Macht aller Männer und Frauen halten, aus der die Stimme des Allmächtigen sprach. Eines der Dinge, die Freeman am meisten an den Quäkern mochte, war die Tatsache, daß es ihnen völlig egal war, ob er schnitzte oder nicht. Er konnte nach Herzenslust schnitzen. Er konnte Drachen und Schlangen und sogar Menschen mit Hufen und Hörnern schnitzen. Seinen Quäker-Nachbarn mögen diese Schnitzereien vielleicht nicht gefallen haben, aber sie rupften als Antwort auf seine kreativen Schübe weder ihre Hühner, noch feuerten sie den Kessel an. Sie tolerierten ihn, betrachteten ihn weder als nur gut noch als nur böse, sondern sahen in ihm einfach eines von vielen verschiedenen Kindern Gottes. Und als die Zeit zur Aufnahme in die Gemeinde kam, hießen sie Freeman in ihrer engmaschigen Gesellschaft mit offenen Armen willkommen.

Mary winkte Freeman zum Abschied, erklärte ihm, daß sie sich bald wiedersehen würden, und ging dann zu ihrem Bett, um sich hinzulegen. Sie hatte im Flugzeug nicht gut geschlafen und spürte jetzt, wie ihr die Zeitverschiebung zu schaffen machte. Innerhalb weniger Sekunden war sie fest eingeschlafen. Sie träumte, daß die Chorknaben von Westminster in ihrem Kopf sangen. Solisten der Abendandacht waren die beiden kleinen Jungen von Evangeline, die in der ersten Reihe standen und mit hoher, süßer und klarer Stimme sangen.
John und Paul sangen tatsächlich. Aber es waren keine Psal-

men. Sie sangen *»Old MacDonald's Farm«*, während sie hinter ihrer Mutter durch die Tür des Cottages, über den Tennisplatz und am Swimmingpool vorbei gingen. John trug einen Topf mit gedämpftem braunen Reis, und Paul trug eine Pfanne mit sautierten Pilzen und Zwiebeln. Evangeline ging ihnen mit einer großen Schüssel voll frischem Salat aus dem Garten voran. Jedesmal, wenn die Jungen am Ende einer Strophe angelangt waren, imitierte sie die Tierstimmen.

Oben hörte Ginny den Gesang durch das geöffnete Fenster dringen. Sie stand auf und sah das Trio über den Rasen kommen, hörte sie singen und lachen. Da seufzte sie, schüttelte den Kopf und griff erneut zum Telefon.

Henry war nur widerwillig die Stufen zu seinem alten Schlafzimmer hochgestiegen. Er duschte sich lange und kalt in dem Bad im zweiten Stock, in dem Bobby sich vor einundzwanzig Jahren den Schädel kahlrasiert hatte. Henry konnte noch immer die Haare im Waschbecken und auf dem Fußboden sehen, als er sich abtrocknete. Wie immer vermied er es, sich im Spiegel anzusehen. Als er sich wieder anziehen wollte, fiel ihm ein, daß er ganz vergessen hatte, saubere Kleidung mitzunehmen. Seine Ranger-Uniform, in der er seit mehr als achtundvierzig Stunden steckte, roch nach Schweiß und Schmutz. Er dachte schon daran, Joseph um ein Hemd und ein Paar Hosen zu bitten, aber Joseph war größer und schlanker als er. Nie würden ihm seine Kleider passen. Also beschloß Henry, sich ein paar Klamotten von Wild Bill auszuleihen. Er wußte, daß das dem Alten Herrn wahrscheinlich gar nicht recht sein würde, aber er hatte keine andere Wahl. Er brauchte etwas zum Anziehen, damit er ins Krankenhaus gehen konnte.

Henry lief vorsichtig die Treppen hinunter und durch den Korridor in das Wohnzimmer, das gleich neben dem Elternschlafzimmer lag. Drei doppeltürige Schränke nahmen eine ganze Wand zwischen Wohnzimmer und Badezimmer ein. In den ersten beiden Schränken fand Henry Frauenkleidung, die, wie er annahm, wahrscheinlich der neuen Frau des Wilden gehörte. Im dritten Schrank war die Garderobe seines Vaters. Er wählte ein hellblaues Hemd mit Button-down-Kragen, ein marineblaues Sakko und Leinenhosen. Er schlüpfte in die Hosen, knöpfte das Hemd zu und zog das Jackett an. Die Sachen paßten wie angegossen. Sie hätten leicht für seine eigenen ein Meter achtzig und seine einhundertundneunzig Pfund maßgeschneidert sein können. Er warf einen schnellen Blick auf sein Bild in dem mannshohen Spiegel. *Herr im Himmel,* dachte er, *wer ist dieser Kerl?* Aber ehe er nach unten ging, schlüpfte er noch in ein Paar dünne Baumwollsocken und in Wild Bills beste und liebste Lacklederschuhe von Brook Brothers.

Joseph hatte ebenfalls geduscht, sich rasiert und mehrere Nasen Kokain geschnupft, bevor er nach unten ging. Er hoffte, noch vor den anderen in der Küche zu sein, um vielleicht mal sein Glück bei Evangeline zu versuchen. Aber als er die Pendeltür aufstieß und in die Küche ging, entdeckte er Rosa, Emily, John und Paul, die alle *»Old MacDonald's Farm«* sangen, und eine Evangeline, die wie ein Schwein grunzte und wie ein Pferd wieherte. Sie lachten alle über das Gesicht, das er machte, hörten aber nicht auf zu singen. Joseph dachte kurz daran, wieder zurückzugehen und noch etwas Koks zu schnupfen, kam aber zu dem Schluß, daß das vielleicht doch keine so gute Idee war. Statt dessen füllte er ein hohes Glas mit Eis, plünderte den Barschrank im Eßzimmer nebenan und goß sich Wild Bills besten Bourbon ein.

Henry – als Bobby –, der jetzt sehr wie eine jüngere Version des Wilden aussah, kam als nächster in die Küche. Der Gesang verstummte abrupt. Alle mußten gleich zweimal hinsehen. »Jesus«, rief Joseph, »der Alte ist wieder da.«

Henry brachte sogar ein Lächeln zustande, nahm aber sofort wieder seine Position in der Ecke ein und wartete ab, was als nächstes passieren würde.

»Wir können essen, wann immer ihr wollt«, sagte Evangeline, »es ist alles fertig.«

»Dann los«, meinte Joseph, »ich bin am Verhungern.«

»Ich gehe und hole Ginny und Mary«, bot Emily sich an.

»Nicht nötig«, meinte Ginny, die in einem frischen Baumwollkleid, mit frisch geputzten Zähnen und frisch gekämmtem Haar in die Küche kam. »Ich bin schon da, und Mary schläft tief und fest. Ich habe eben nach ihr gesehen. Wir wecken sie erst, kurz bevor wir ins Krankenhaus gehen.«

»Aber vielleicht hat sie Hunger«, sagte Joseph.

»Mary ist noch nie eine große Esserin gewesen«, sagte Ginny und nahm ihren Platz am Kopf der Tafel ein. »Und außerdem können wir immer noch unterwegs anhalten und einen Hamburger kaufen, wenn sie wirklich Hunger hat.«

Joseph nippte an seinem Bourbon. »Ich glaube nicht, daß Mary Fleisch ißt.«

»Dann kaufen wir eben etwas anderes.«

Das Kokain versetzte Joseph kleine Nadelstiche und stachelte ihn an, den Streit fortzusetzen. Aber der Bourbon bewirkte das genaue Gegenteil und befahl ihm, es lieber gut sein zu lassen.

Emily half Evangeline, das Essen aufzutragen. Sie setzten sich. Die Winslows wollten gleich wie ein Rudel ausgehungerter Wölfe über das Essen herfallen.

Evangeline räusperte sich und fragte: »Habt ihr etwas dagegen, wenn wir ein Tischgebet sprechen?«

Ziemlich abrupt hörten die Winslows mitten in der Bewegung auf und starrten die süße Evangeline einen Augenblick lang fassungslos an. Einigen stand sogar der Mund offen. Offensichtlich spielte ein Tischgebet keine große Rolle in ihrer täglichen Routine. Dabei hatten sie alle eine recht vernünftige

Erziehung genossen. Ihre Mutter hatte ihnen Tischmanieren und religiöse Toleranz beigebracht. Und außerdem, wer war schon so verrückt und würde sich dem Wunsch eines Mitmenschen widersetzen, ein Tischgebet zu sprechen? Evangeline lächelte und faltete die Hände. Ebenso John und Paul. »Wir danken Dir, mein Herr«, betete sie mit gesenktem Kopf, »für dieses Mahl und diesen Tag und dafür, daß die Mitglieder dieser Familie sicher an diesem Tisch eingetroffen sind.«
Die Winslows warteten. Da muß doch noch mehr kommen, dachten sie. Aber das war alles, was Evangeline sagen wollte.
»Amen«, sagte Joseph.
»Amen«, stimmten die anderen ein.

14

Wild Bill lag inzwischen allein im Krankenhaus; kaum war er einen Tag hier, hatte er es schon satt, ans Bett gefesselt zu sein; außerdem zweifelte er an der Genauigkeit seines Erinnerungsvermögens. Wie zum Beispiel an jenen Herbstmorgen vor dreißig Jahren, als er kurz nach Tagesanbruch am Küchentisch gesessen hatte und plötzlich zehn wilde Truthähne auf der hinteren Veranda aufmarschiert waren und die Sonnenblumenkörner aufgepickt hatten, die Virginia für die Finken und die Eichhörnchen ausgestreut hatte. Dann kamen die Kinder zum Frühstück herunter, bevor sie in die Schule fuhren. Ginny und Mary, Henry und Bobby. Wild Bill erzählte ihnen von den Truthähnen. Die Kinder schauten aus dem Fenster, sahen aber nichts als ein paar Spatzen. »Wo sind die Truthähne denn hin?« fragten sie. »Oh, die habt ihr verpaßt«, erwiderte der Wilde, »die sind schon lange weg. Unterwegs, um als Festtagsbraten auf irgendeinem Thanksgiving-Tisch zu landen.« Aber jetzt fragte er sich, ob diese Truthähne damals wirklich dagewesen waren. *Oder habe ich mir diese Truthähne nur eingebildet, um den Kindern etwas erzählen zu können, um ihre Neugierde zu wecken?* Er konnte sich nicht mehr erinnern. Er war sich einfach nicht mehr sicher. Jedenfalls glaubte er, daß diese Truthähne auf der Veranda waren. Er glaubte, sie gesehen zu haben. *Aber vielleicht auch nicht. Vielleicht waren diese Truthähne nur ein Schwarm von diesen verdammten Trauertauben gewesen, die ständig um das Vogelhäuschen herumflatterten, alles vollschissen und mit ihrem Gegurre die kleineren Vögel vertrieben.*

Seit Jahren schon bemerkte der Wilde, daß sein Gedächtnis ihn im Stich ließ; er vergaß Kleinigkeiten wie zum Beispiel seine Brieftasche, seine Reinigungszettel oder die Namen seiner Kinder. Aber weitaus schlimmer waren manchmal die Zweifel; er konnte sich nicht mehr erinnern, welche Version eines Ereignisses die richtige war. Die Vergangenheit stand offen zur Diskussion. *Habe ich jetzt Little Eddie am Vorabend seiner Hochzeit wirklich geschlagen? Nein, so etwas hätte ich nie getan. Vielleicht habe ich es ja gewollt, aber das hätte ich niemals fertiggebracht.*

Seit Evangeline ein paar Stunden zuvor das Krankenhaus verlassen hatte, war Wild Bill immer mal wieder eingeschlafen, wieder aufgewacht und zwischen Vergangenheit und Gegenwart hin- und hergependelt. Er hatte ziemlich viel Zeit im Westen des Staates bei dem alten Burlington-Zweig der Winslows verbracht. Aber momentan machte er gerade einen Satz von ein paar hundert Jahren in die Zukunft, genauer gesagt, zu jenen Tagen im Herbst 1945, kurz nach der Beerdigung seines Vaters.

Das war eine schlimme Zeit, vielleicht die schlimmste Zeit seines Lebens. Er hatte nicht nur den größten Teil seiner Familie entweder durch Tod oder Geisteskrankheit verloren, sondern es sah ganz so aus, als würde er auch noch den Stammsitz der Winslows verlieren. Er hatte keine Arbeit und auch keine in Aussicht. Er wußte zwar, daß er mit den Beziehungen, die seine Familie hatte, seiner College-Ausbildung und seinem hervorragenden Abschneiden beim Militär bestimmt etwas finden würde, aber das Einkommen wäre dabei nur gering und würde nicht annähernd ausreichen, die Schulden abzubezahlen, die Charles und Shady ihm hinterlassen hatten. Und um die Sache noch schlimmer zu machen, stand der Winter vor der Tür; der Tank im Keller war fast leer, und der Heizöllieferant weigerte sich, ihnen neues Heizöl zu liefern, solange nicht wenigstens eine Anzahlung auf die paar hundert Dollar geleistet wurde, die sie ihm noch schuldeten. Und dann war da natürlich noch das Baby, was der Wilde nicht einen Moment lang vergaß. Virginia sollte in wenigen Monaten entbinden.

Wild Bill teilte seine Sorgen und Ängste jedoch nicht mit seiner jungen Frau. Das war nicht seine Art. Er behielt alles für sich, ließ nichts heraus. Er konnte seine junge Frau doch nicht erst zu diesem wunderschönen Landsitz bringen und ihr hinterher erklären, daß sie kein Geld hatten, nicht einen roten Heller – im Gegenteil, daß sie sogar noch eine Viertelmillion Schulden hatten. Wie sollte er ihr so etwas klarmachen? Das konnte er nicht, und so tat er es auch nicht.

Viele Tage, nachdem er seinen Vater zu Grabe getragen hatte, stand Wild Bill morgens mit der Sonne auf, zog seinen besten Anzug an und ging die fünf Meilen bis zur Bahnstation von Far Hills zu Fuß. Er machte diese Fußmärsche nicht nur, um sich seine nervöse Energie aus dem Körper zu laufen, sondern auch, weil nur noch einer der vielen Familienwagen fuhr und er Virginia nicht ohne Transportmittel oben in den Bergen lassen wollte.

Anschließend pendelte er den lieben langen Tag mit dem Zug zwischen Far Hills und Hoboken hin und her. Er kaufte sich immer eine Hin- und Rückfahrkarte; den Rest des Tages ließen die Schaffner ihn normalerweise umsonst fahren. Sie kannten ihn. Und sie wußten, daß er seinem Land drei Jahre im Südpazifik gedient hatte. Sie wußten, daß er ein Kriegsveteran war, der harte Zeiten hinter sich hatte.

Wild Bill Winslow saß jedoch nicht einfach nur im Zug, starrte zum Fenster hinaus und bemitleidete sich selbst. Sicher, an einem besonders schlechten Tag tat er das schon mal, aber die meiste Zeit saß er da und überlegte sich, wie er reich werden und auf einen Schlag zu Geld kommen könnte. Die Winslow-Seilerei konnte er vergessen, das war ihm klar. Einmal war er in Hoboken aus dem Zug gestiegen und zu der großen Fabrik gelaufen, die Crazy Legs ein halbes Jahrhundert zuvor gegründet hatte. Aber der neue Besitzer war ein unangenehmer Zeitgenosse, der Wild Bill ohne Umschweife ins Gesicht sagte, daß sein Alter Herr ein stinkender Trunkenbold gewesen sei. Der

Wilde setzte diesem Bastard daraufhin drohend den Zeigefinger auf die Brust und erklärte ihm, falls er Charles Winslow noch einmal einen stinkenden Trunkenbold nennen würde, dann würde er ihm den Schädel einschlagen. Danach war es ziemlich klar, daß die Winslows für immer aus dem Seilerei-Geschäft waren. Es sei denn, Wild Bill hätte eine völlig neue Seilfabrik gegründet, was er aber nicht vorhatte, weil er zum einen kein Kapital hatte und zum anderen nicht das geringste von der Herstellung von Seilen und Tauen verstand. Das einzige, was er von Seilen wußte, war, daß sie seinen Großvater – der in Wirklichkeit vielleicht sein Vater war – zu einem reichen Mann gemacht hatten und daß ein kurzes Stück davon seinen Vater – der in Wirklichkeit vielleicht sein Bruder war – ums Leben gebracht hatte.

Während dieser Tage auf der Gladstone-Hoboken-Linie kamen Wild Bill viele unternehmerische Ideen. Aber es waren immer wieder dieselben beiden Probleme, die seinen Überlegungen ein abruptes Ende bereiteten: Mangel an Geld und Mangel an Sachkompetenz. Er hatte kein Bargeld und fast keinerlei spezifisches Sachwissen. Er hatte zwar einen Abschluß in Amerikanischer Geschichte in Lehigh gemacht, aber seine didaktischen Fähigkeiten waren nur von geringem Wert. Im Football-Team der Universität war er zwar ein engagierter Verteidiger gewesen, aber in der Profiliga konnte er unmöglich mithalten. Er konnte eine Topspin-Vorhand und einen Golfball schlagen, wußte, wie man auf Vogeljagd ging und eine Angel auswarf. Er konnte Whisky trinken und Charleston tanzen. Er wußte, wie man Japaner tötete und in einem Kriegsgebiet überlebte. Er wußte, was man gegen Malaria tat und wie man die Damenwelt zum Lachen brachte. Aber er wußte nicht, wie man Geld verdiente. Das hatte er nie gelernt. Es war ja immer genügend Geld dagewesen. Und man war davon ausgegangen, daß immer genügend Geld dasein würde.

(Wir sollten nicht vergessen, daß der junge Mann erst fünfundzwanzig Jahre alt war. Und er war im Luxus aufgewachsen. Mit Ausnahme der drei Jahre bei der Marineinfanterie der Vereinigten Staaten hatte der Wilde noch nie einen Job gehabt oder für Geld gearbeitet.)

Dann, eines Morgens, ungefähr eine Meile westlich von Summit, sah Wild Bill eine Gruppe Männer, die ein Haus bauten. Er konnte hören, wie sie Nägel ins Holz schlugen, fluchten, Holz sägten. Er stieg in Summit aus dem Zug und ging die Schienen entlang zurück, bis er das Haus wiedergefunden hatte. Über eine Stunde lang sah er den Männern bei der Arbeit zu. Sie befestigten gerade die Dachsparren. Einer der Männer schnitt die Sparren unten am Boden zurecht. Zwei andere schleppten das geschnittene Holz an seinen Platz. Dann nagelte der vierte Mann – wahrscheinlich ihr Boß, weil er ständig Befehle erteilte – die Dachsparren unter einem endlosen Strom von Verwünschungen an. Der Vorgang übte eine große Faszination auf den Wilden aus. Die Vier-Mann-Crew arbeitete in perfektem Gleichklang; jeder war dabei für eine bestimmte Aufgabe zuständig, damit die Arbeit schnell und effizient erledigt wurde.

Als er wieder im Zug saß, fing sein Gehirn hektisch zu arbeiten an. Den ganzen Weg bis Hoboken entdeckte er genügend Areale neben den Schienen, wo das Land gerodet, wo Häuser gebaut, wo ganze Siedlungen angelegt werden konnten. Erst kürzlich hatte er einen Zeitungsartikel über das künftige Wachstum von Vorstädten gelesen. Der Autor hatte vorhergesagt, daß die späten vierziger und fünfziger Jahre Jahre der Stadtflucht werden würden. Die Familien würden sich immer mehr Autos anschaffen und aus den Städten fort- und aufs Land ziehen. Neue Straßen würden gebaut werden, neue Schulen, neue Einkaufszentren, neue Häuser, vor allem neue Häuser. Diese Pioniere, die den Städten entflohen, würden neue Unterkünfte benötigen. Und nicht nur irgendwelche Wohnblöcke, sondern Einfamilienhäuser mit Lattenzäunen, einer angebauten Garage und einer Grünfläche drum herum. Das, so schrieb der Autor, würde bald der Traum jeder amerikanischen Familie werden. Der Wilde glaubte an diesen Traum, und wohin er auch durch das Zugfenster blickte, sah er, wie dieser Traum sich in der Landschaft in Wirklichkeit verwandelte. Wie Ameisenhügel, die sich durch die Asche schoben, so sah er Gruppen von Männern Beton gießen, Wände errichten und Türen, Fenster und Toilettenschüsseln einbauen. Als Wild Bill, jetzt auf seiner Heimfahrt nach Far Hills, wieder an dem neuen Haus in Summit vorbeikam, war das Dach bereits fertig. Die vierköpfige Mannschaft saß in der warmen Herbstsonne und lachte und bediente sich aus ihren mitgebrachten Henkeltöpfen. Der Wilde beneidete sie um ihre Arbeit und ihre Kameradschaft. Er vermißte seine Brüder und seine Jugend. Aber als der Zug immer schneller Richtung Westen fuhr und das neue Haus aus seinem Blickfeld verschwand, fand Wild Bill doch noch einen Grund zum Lachen. Er ballte seine rechte Hand zur Faust und stieß sie gegen seine Linke. *Das ist es, verdammt noch mal*, sagte er sich, *genau das ist es.*

Kaum war der Zug in die Station von Far Hills eingefahren, sprang Wild Bill schon von den Trittbrettern hinunter auf den Bahnsteig und lief nach Hause. Erstmals seit Wochen waren seine Schritte wieder voller Kraft und Energie. Einen guten Teil der Strecke legte er sogar im Laufschritt zurück, selbst die steilen Kehren an der Old Post Road. Er fühlte sich wieder wie ein junger Mann, wie ein College-Student, der sich auf das neue Semester freute.

Als er die Haustür öffnete und in die Halle trat, hörte er sofort die Musik. Sie schien das ganze Haus auszufüllen. Doch er konnte nicht sagen, wo sie herkam. Es klang, als käme sie aus allen Richtungen gleichzeitig.

»Virginia!« rief er, aber sie gab keine Antwort. Er suchte im Wohnzimmer, im Eßzimmer und draußen auf der Terrasse nach ihr. Er konnte sie nirgends finden, hörte aber immer noch die Musik. »Virginia!« Immer zwei Stufen auf einmal nehmend, lief er die breite Vordertreppe hinauf. Hier wurde die Musik sogar noch lauter und deutlicher. An der geschlossenen Zimmertür seiner Schwester Helen vorbei lief der Wilde den Gang hinunter. Und als er sich dem Elternschlafzimmer näherte, in das er und Virginia vor kurzem eingezogen waren, steigerte sich die Musik zu einem Crescendo. Es war wundervoll, grandios, berauschend. Er traute kaum seinen Ohren. Und dann stand er unter der Tür und sah seine schwangere junge Frau auf der anderen Seite des Schlafzimmers vor jenen deckenhohen Fenstern stehen und Geige spielen, als ob ihre Finger in Flammen stünden. Sie stand mit dem Rücken zur Tür, so daß sie ihn nicht sehen konnte. Außerdem war sie viel zu sehr in ihre Musik versunken, um sein Kommen zu bemerken. Der Wilde wartete schweigend, während die Musik ihren Höhepunkt erreichte, langsamer wurde und schließlich ganz aufhörte. Sein Applaus ließ Virginia zusammenfahren.

»Mein Gott, Virginia! Was war das denn?«

»Hat es dir denn nicht gefallen?«

»Nicht gefallen!? Es war einfach unglaublich!« Der Wilde strahlte übers ganze Gesicht und eilte zu seiner Frau. »Himmel, du hast mir nie gesagt, daß du Geige spielen kannst. Was war das eigentlich?«

»Mozart«, sagte sie stolz. »Der erste Satz seiner Symphonie Nummer neunundzwanzig.«

»Mozart! Herr im Himmel!« Er lächelte immer noch, aber gleichzeitig liefen ihm Tränen aus den Augen, über die Wangen, über sein Kinn. »Mein Gott, Virginia, spiel das noch mal! Spiel es immer wieder!«

Wieder traten Wild Bill Tränen in die Augen, als er jetzt in seinem Krankenhausbett lag und sich an jenen Tag im November 1945 erinnerte, als er seine Frau zum erstenmal hatte Geige spielen hören. Er hatte sie angefleht, noch mehr zu spielen, aber erst als er versprochen hatte, vom Wohnzimmer aus zuzuhören, setzte sie das Instrument wieder an ihr Kinn und fing noch einmal an. Die nächsten paar Stunden saß er im Wohnzimmer, lachte und weinte gleichzeitig und dankte einem Gott, den er gar nicht kannte und an den er eigentlich gar nicht glaubte, für eine Frau, die nicht nur kochen und lachen und gut lieben, sondern die auf der Geige auch noch Mozart spielen konnte.

Virginias Mutter, die bereits vor Virginias zwölftem Lebensjahr gestorben war, war eine hervorragende Violinistin gewesen. Ihr Traum war es gewesen, daß ihre einzige Tochter eines Tages zusammen mit den New Yorker Philharmonikern auftreten würde. Jeden Cent, den sie erübrigen konnten, hatten die Mullers in Virginias Ausbildung gesteckt. Sie war begabt, sehr begabt, so viel war bereits im Alter von sieben Jahren zu erkennen, aber sie hatte ein großes Problem, eine Art tragischen Makel: das Publikum. Die junge Virginia Muller konnte es nicht ertragen, vor Publikum zu spielen. Sogar ihre eigene Musiklehrerin machte sie schon nervös. Bei ihrem ersten Auftritt fiel sie vor lauter Lampenfieber in Ohnmacht. Bei ihrem zweiten Auftritt zitterte ihre rechte Hand so stark, daß sie kaum den Bogen halten konnte. Mehr als einmal fiel er ihr aus der Hand. Virginia rannte mit tränenüberströmtem Gesicht von der Bühne. Ein paar Monate danach probierte sie es noch einmal, aber wieder mit demselben Ergebnis. Sie litt an akutem Lampenfieber. Allein in ihrem Zimmer, spielte sie wie ein Engel, aber stellte man das arme Mädchen auf eine Bühne, hätte sie ebensogut den Boden aufwischen können, nachdem die anderen ihren Auftritt hatten. Im Alter von zwölf Jahren, nur wenige Monate vor dem unerwarteten und unerklärlichen Tod ihrer Mutter, trafen die Mullers die Entscheidung, Virginias musikalische Ausbildung nicht fortzusetzen. Sie konnte in der Abgeschiedenheit ihres eigenen Schlafzimmers so viel Geige spielen, wie sie wollte, aber nie mehr würde man die Forderung an sie stellen, vor einem Publikum zu spielen.

Wild Bill saß also im Wohnzimmer und lauschte der Musik. Die Musik reinigte seine Gedanken und gab ihm Kraft und Stärke. Er wußte, daß die Musik ein Zeichen dafür war, daß seine Entscheidung, ins Baugeschäft einzusteigen, eine gute, eine wohldurchdachte, die richtige Entscheidung war. Er hatte nichts mehr zu befürchten. Er hatte die Musik, und er hatte Virginia. Er hatte die Energie und den Mut. Jetzt mußte er nur noch loslegen und wie ein Verrückter arbeiten.

Und so zog Wild Bill am nächsten Morgen, statt seinen guten Anzug anzuziehen und zur Bahnstation zu laufen, ein paar alte Arbeitshosen an, holte die Karte des Winslow-Besitzes aus dem Schreibtisch seines Vaters und lief den ganzen Morgen die Grundstücksgrenzen ab. Gegen Mittag hatte er seine Entscheidung getroffen, die erste wirkliche geschäftliche Entscheidung seines Lebens. Zum Mittagessen kehrte er ins Haus zurück und suchte die Kettensäge, die sein Bruder Henry noch vor dem Krieg gekauft hatte.

Es ist vielleicht keine schlechte Idee, hier ein paar Minuten zu unterbrechen und erst einmal einen Blick auf den umfangreichen Besitz zu werfen, den Crazy Legs im Jahre 1888 erworben hatte. Er nannte es den »Stammsitz«. Dieser umfaßte dreihundertundzwanzig Morgen Land, das 1945 fast noch vollständig mit Wald bedeckt war. Nur die zwölf Morgen, die in unmittelbarer Nähe das Haus umgaben, waren in Rasenflächen und Gärten verwandelt worden. Hinter der Scheune lag ein dreißig Morgen großes Feld, auf dem Crazy Legs eine Zeitlang Luzerne angebaut hatte. Aber als Wild Bill im November 1945 seinen Rundgang über das Gelände machte, wuchsen auf diesem Feld nur noch Unkraut und Maulwurfshaufen. Fast der ganze Rest des Stammsitzes war üppig bewachsen: mit weißen und roten Eichen, mit Zuckerahorn und Silberahorn, Walnuß- und Kastanienbäumen, buschigem Hartriegel und Berglorbeer, Eberesche, Silberkiefern und Nordmannskiefern, Schierling und sogar ein, zwei Beständen an Rottannen.

Der Besitz war wie ein riesiges, unregelmäßiges Rechteck geformt. Fast eine Dreiviertelmeile zog er sich entlang der Straße hin, die parallel zum Grat verlief. Genügend Grund für jemanden, der den Besitz in kleinere Parzellen unterteilen wollte. Dann folgte die Grundstücksgrenze zu beiden Seiten fast eine halbe Meile mehr oder weniger dem natürlichen Verlauf der Landschaft. Oben an der Straße war das Land hoch und flach, aber dann senkte es sich ab, noch zuerst recht sanft, um schließlich immer steiler abzufallen. Im Osten grenzte es an den Besitz der Middlestones. Im Westen verlief es teilweise der Englehard-Linie entlang, aber dann traf es auf die Serpentinenstraße, die in die Berge hinaufführte. Hier war die Stelle, an der Wild Bill sein erstes Haus bauen wollte. Er wußte, daß seine Entscheidung, ein Stück des Stammsitzes abzutrennen, Crazy Legs wahrscheinlich dazu bringen würde, sich im Grab umzudrehen. Aber es hieß, entweder ein kleines Teilstück in der südwestlichen Ecke abzugeben oder aber das Risiko einzugehen, alles zu verlieren. Und Crazy Legs war ja auch noch gar nicht tot. Mit zweiundachtzig war er noch sehr lebendig und sehr rüstig; nur Wild Bill wußte das zu diesem Zeitpunkt nicht.

Fünfundvierzig Jahre später hatte der Wilde immer noch das Bild von sich vor Augen, wie er mit dieser schweren Kettensäge aus Gußstahl, deren Sägeblatt so stumpf wie das eines Buttermessers war, durch jenen nassen, trüben Novemberwald stapfte. Die Säge war eine original Homlites und wog bestimmt fünfunddreißig oder vierzig Pfund. Aber der Wilde wußte, daß die Säge noch funktionierte, weil es ihm zuvor in der Scheune nach fast hundert Zügen am Starterkabel gelungen war, den Motor schließlich doch noch anzuwerfen. Aber kaum hatte er angefangen, seinen ersten Baum, eine kleine Roteiche, zu fällen, wurde ihm klar, daß das Sägeblatt dringend geschliffen werden mußte. Also marschierte er zur Scheune zurück und fand, nachdem er fast vierzig Minuten gesucht hatte, endlich das passende Werkzeug. Dann wanderte er wieder zu seinem Arbeitsplatz zurück, schliff das Sägeblatt und machte sich an die Arbeit. Er konnte noch die Roteiche und einen großen Silberahorn fällen, bevor ihm das Benzin ausging. Das hieß, wieder zurück zur Scheune, um das Benzin zu holen, das er eigentlich schon vorher, als er für diese verdammte Feile zurückgelaufen war, hätte mitnehmen können. Wieder zurück, füllte er das Benzin in die Säge, brachte sie dann aber nicht wieder zum Laufen. Voller Wut zog er immer wieder an dem Starterkabel, bis er es aus seiner Verankerung riß. Da trat er fluchend nach der Säge, bis das Sägeblatt umkippte und sich durch die Hose in seine Wade biß; fast den ganzen Weg zurück zum Haus, das ungefähr eine Dreiviertelmeile entfernt lag, spritzte pulsierend das Blut aus der Wunde. Dabei ging es ständig bergauf durch wilde Rosenbüsche, Gestrüpp und Brombeersträucher ...

Der Wilde lächelte – hinterher ist man immer schlauer – und döste vor sich hin, während er jenen ersten Tag, seinen ersten Arbeitstag als Baumeister, weiter vor seinem geistigen Auge Revue passieren ließ. Und dann verfiel er mit halbgeschlossenen Augen in eine Art Schlummer und sah seinen Urahn Freeman Winslow dreihundert Jahre zuvor an *seinem* ersten Arbeitstag, an *seinem* ersten Tag als Farmer, an *seinem* ersten Tag als Baumeister des Hauses, das er für sich und seine junge

Frau Eleanor baute. Freeman hatte eine stumpfe Axt, eine glänzende neue Säge und einen wunderbaren Blick auf den Delaware River ein paar Meilen nördlich von Burlington. Wie Wild Bill hatte auch Freeman nie zuvor einen Baum gefällt. Bereits in der ersten Stunde zersplitterte der Stiel seiner Axt, als er den eisenharten Stamm eines Hickorybaumes ungünstig traf. In der zweiten Stunde, während er das weiche Holz einer alten und knorrigen Silberpappel durchsägte, achtete Freeman nicht darauf, die Säge im richtigen Winkel anzusetzen. Als er den Stamm schon halb durchgesägt hatte, blockierte das Gewicht des Baumes das Sägeblatt. Freeman konnte die Säge nicht einen Zentimeter vor oder zurück bewegen. Er konnte weder weitermachen noch die Säge herausziehen. Er versuchte es mit einem Keil, den er seitlich in die Schnittstelle trieb, aber ein einziger kräftiger Schlag mit seinem ohnehin schon gesplitterten Axtstiel genügte, und das Holz brach ganz entzwei. Dann fing es auch noch heftig zu regnen an. Wahre Wassermassen klatschten vom Himmel herunter. Dann explodierten Blitz und Donner über dem Fluß. Freeman rannte auf der Suche nach Schutz davon. Den ganzen Weg zurück bis Burlington rannte er, wo seine frischangetraute Frau Eleanor trocken und sicher in ihren gemieteten Zimmern saß. Sie hieß ihren Mann zu Hause willkommen, und während er trockene Hosen anzog, bereitete sie ihm Tee und etwas zu essen. Nach dem Mittagessen – der Sturm wütete immer noch – gingen die Neuvermählten ins Bett. Es war das erstemal, daß sie am Nachmittag miteinander schliefen. In ihrer Leidenschaft bemerkten sie es nicht, aber es war während dieses Sturmes, daß sie ihren Ältesten zeugten, den sie neun Monate und ein paar Wochen später strahlend im Versammlungshaus der Gesellschaft der Freunde in der Delaware Street in Burlington präsentieren sollten. Sie nannten den Jungen Henry Lane Winslow in Gedenken an Eleanors Vater, dessen harte Arbeit, unglücklicher Tod und großzügige Hinterlassenschaft erst die Farm ihrer Familie in der Neuen Welt ermöglicht hatten.

Der Sturm hielt zwei Tage an. Zwei volle Tage regnete es in Strömen. Der Delaware trat über seine schlammigen Ufer. Straßen wurden unterspült, Ernten und Häuser zerstört. Über zwei Meter Wasser fielen vom Himmel. Und am dritten Tag, als Freeman schließlich wieder zu seiner Parzelle zurückkehrte, stellte er fest, daß seine nagelneue Ablängsäge immer noch vom Gewicht dieser riesigen Silberpappel eingeklemmt war; ihr eisernes Sägeblatt aber, das vor gar nicht langer Zeit noch silbrig neu geglänzt hatte, war nun braun und rostig.

Aber wie sein Nachfahr in der Mitte des zwanzigsten Jahrhunderts gab auch Freeman nicht auf. Er weigerte sich, sich von einer solchen Kleinigkeit wie Unwissenheit aufhalten zu lassen. Er machte sein mangelndes Fachwissen zuerst mit harter Arbeit und dann mit seiner gewitzten Art wieder wett, andere Leute für sich arbeiten zu lassen. In den letzten Jahrzehnten des siebzehnten Jahrhunderts, als Friede und Wohlstand unter den Besitzenden der Kolonie von New Jersey herrschten, wurde Freeman Winslow nicht nur ein erfolgreicher Farmer, der mehr als dreißig Arbeitskräfte beschäftigte, sondern betrieb auch eines der ersten profitablen Sägewerke der Kolonie. Er lernte alles über das Fällen und Zuschneiden von Bäumen zu Nutzholz. Freeman wurde ein wohlhabender und einflußreicher Mann in der Gemeinde. Andere suchten seinen Rat sowohl in geschäftlichen als auch in kirchlichen Belangen. Wie seine Frau wurde er ein hingebungsvoller Quäker, ein Kind des Lichts. Es verging kaum ein Tag, an dem Freeman nicht im stillen seiner Frau dankte, ihn von den schweren Ketten des Puritanismus erlöst zu haben.

Eleanor schenkte ein Dutzend Kindern das Leben. Sieben davon starben noch vor ihrem fünften Geburtstag. Ein weiteres starb im Alter von elf Jahren an einem Schlangenbiß. Unter

den vier Kindern, die das Erwachsenenalter erreichten, war natürlich Henry Lane, der die Linie der Winslows bis ins achtzehnte Jahrhundert fortführen sollte.
Nostalgische Gefühle weckten den Wilden. Er kannte die Geschichte der Burlington-Winslows vor der Revolution sehr gut. Als Kind hatte er ein paar der Legenden von Crazy Legs gehört, und Jahre später hatte er ein paar zusätzliche Fakten von seiner Tochter Mary erfahren. Er wußte, daß es das Land war, das die Burlington-Winslows über vier Generationen lang zusammengehalten hatte, ehe sie von einem Krieg um wirtschaftliche Unabhängigkeit und Selbstbestimmung entzweit worden waren. Vier Generationen, die in demselben Haus, unter demselben Dach, auf derselben Scholle lebten. Vier Generationen, die ihr Leben an den Ufern des Delaware verbrachten. Von Freemans erstem gefällten Baum im Jahre 1679 bis hin zu dem verheerenden Brand, der von entfesselten Patrioten im Jahre 1776 gelegt wurde, hielten die Winslows an ihrem Land fest. Einhundert Jahre relativer Ruhe. *Es war das Land, das sie zusammenhielt,* sagte sich Wild Bill, *dieses Land und die Stärke der Familie. Soviel weiß ich sicher; das stimmt, soweit ich weiß ...*
»Entschuldigung«, fragte die Schwester, als sie ins Zimmer kam, »aber haben Sie etwas gesagt?«
Wild Bill zwang sich wieder in die Gegenwart zurück. »Ich habe gesagt, Sie haben einen tollen Hintern, Süße, und wenn Sie ihn hier rüberbewegen, dann werde ich ihm einen Klaps geben, der uns beide glücklich macht.«
»Den Teufel werden Sie tun«, erwiderte sie, ohne auch nur im geringsten die Miene zu verziehen.
»Warum nicht?« fragte der Wilde. »Möchten Sie einen alten Mann nicht glücklich machen?«
»Sie haben Besuch«, sagte sie und überprüfte sein Krankenblatt, »eine ganze Busladung voll. Strengen Sie sich an, vielleicht wird Sie eine von denen beglücken.«

15

Ihre nächste Meinungsverschiedenheit wurde von der Frage ausgelöst, mit welchem Transportmittel man nun ins Krankenhaus fahren sollte. Wieder einmal waren es Joseph und Ginny, die sich nicht einigen konnten. Emily war Ginnys Meinung, Mary auf Josephs Seite. Henry – als Bobby – hielt lieber den Mund. Er wollte nicht nur um jeden Preis vermeiden, sich irgend jemanden zum Feind zu machen, sondern hatte zusätzlich noch fast panische Angst vor dem Wiedersehen mit seinem Vater.

Nach dem Essen hatte Evangeline die Winslow-Kinder durch die Hintertür hinausgescheucht und darauf bestanden, daß sie, John und Paul den Abwasch machten und die Küche aufräumten. »Es wird sonst zu spät für euch«, sagte sie, »es ist ja schon fast sieben Uhr.«

So verließen die fünf Geschwister und die kleine Rosa das Haus durch die Hintertür und versammelten sich in der Auffahrt. »Und wie fahren wir jetzt hin?« fragte Joseph.

»Darüber habe ich noch nicht nachgedacht«, antwortete Ginny.

»Ich schätze, wir werden uns aus Wild Bills Fuhrpark bedienen müssen«, meinte Joseph.

»Da wird er sich aber freuen«, murmelte Henry, der als Teenager mehr als einen Wagen der Familie zu Schrott gefahren hatte.

»Er wird es ja nicht erfahren«, sagte Joseph.

Fast unhörbar und wie im Selbstgespräch fügte Henry hinzu: »Oh, er wird es erfahren, glaub mir, er wird es erfahren.« So wie damals, als Henry ohne Führerschein beschlossen hatte, sich eines Abends die Familienkutsche auszuleihen, nachdem alle anderen bereits zu Bett gegangen waren, und er mit ein paar Freunden an die Küste hinunter gefahren war. Sie fuhren nach Seaside, feierten eine wilde Party, tranken massenweise

Bier und kamen erst kurz vor Anbruch der Dämmerung wieder nach Hause. Alles verlief glatt. Ohne Probleme. Aber am folgenden Abend beim Dinner fragte Wild Bill beiläufig, während er die Kartoffeln herumreichte: »Na, wie ist der Wagen gelaufen, Junge?« Henrys Antwort bestand darin, daß er flammendrot anlief und die Schüssel mit den Kartoffeln auf den Boden fallen ließ. Ein paar Stunden später tauchte Wild Bill an der Tür des Schlafzimmers im zweiten Stock auf. Henry war gerade dabei, den neuesten *Playboy* zu testen. Der Wilde machte sich nicht lange die Mühe, anzuklopfen. »Wenn du dir den Wagen noch einmal ohne meine Erlaubnis ausleihst, bevor du volljährig bist, mein Jungchen, dann nagle ich dir den Fuß, mit dem du Gas gibst, am Scheunentor fest.« Dann wandte er sich zum Gehen, fügte aber über die Schulter noch hinzu: »Und spiel nicht zu oft an dir rum, Junge, sonst wirst du noch blind.«

»Also, welchen Wagen sollen wir jetzt nehmen?« fragte Ginny. Sie nahmen schließlich Evangelines Nissan Pickup, weil sie die Schlüssel der anderen Wagen aus Wild Bills Flotte nicht finden konnten und Ginny sich entschieden weigerte, mit Bobbys, eigentlich Henrys 1964er Ford-110 zu fahren. Die drei Schwestern setzten sich in die Fahrerkabine, mit Emily hinter dem Steuer. Mary hatte keinen Führerschein, und Ginny wußte nicht mit einer normalen Gangschaltung umzugehen. Die Brüder setzten sich hinten hin und nahmen die kleine Rosa in die Mitte.

»Na, Bob«, fragte Joseph, als der Pickup von der Auffahrt auf die Straße bog, die den Grat entlangführte, »wie lebt es sich denn so in den Adirondacks?«

Es war tatsächlich noch Frühling, aber die schreckliche Hitze und Feuchtigkeit von New Jersey machten sich bereits mehr als deutlich bemerkbar. Es war zwar schon Abend, aber die Luft fühlte sich eher an wie an einem frühen Augusttag um die

Mittagszeit: heiß und dampfend. Die lokalen Wetterfrösche hatten Gewitter vorhergesagt, aber das hatten sie schon die ganze Woche über behauptet.

Hinten auf der Ladefläche des Pickup war die Luft klamm und drückend. Henry fühlte, wie ihm der Schweiß in den Achselhöhlen ausbrach. »Recht gut«, antwortete er, »ich kann nicht klagen.«

»Und wenn du dich mal amüsieren willst, was machst du dann da oben?«

Henry – als Bobby – brachte sogar ein schüchternes Lächeln zustande. »Na, laß mich mal nachdenken. Im Frühling grillen wir Stechmücken, im Sommer züchten wir Moskitos, im Herbst jammern wir über den bevorstehenden Winter, und im Winter, na ja, im Winter versuchen wir, uns nicht allzu früh ins Grab zu saufen.«

Joseph lachte. Auch Rosa. »Nein, im Ernst, was macht ihr so da oben, um euch die Zeit zu vertreiben?«

»Na ja, weiß nicht ... wir gehen zum Fischen und Jagen und zum –«

»Bobby Winslow als Jäger? Ich weiß, daß Henry ab und zu mit Wild Bill auf die Jagd ging, aber Mama hat dich doch immer den Pazifisten in der Familie genannt.«

Henry zuckte die Achseln, murmelte: »Man muß ja von irgendwas leben.« Er hätte seinem Bruder am liebsten auf der Stelle, sogar in Gegenwart seiner kleinen Nichte, die ihnen zuhörte, gesagt, daß er in Wirklichkeit nicht Bobby Winslow, sondern der lange totgeglaubte Henry Winslow war. Aber natürlich konnte er ihnen das nicht sagen, nicht jetzt, nicht hier auf dem Pickup. »Das meiste Fleisch, das wir essen, erlege ich selbst mit meinem Gewehr. Die Jagd ist ein primitives Vergnügen. Besonders, wenn man damit etwas zu essen auf den Tisch bringen will. Manchmal kommt es natürlich auch vor, daß eine Waschbärfamilie, ein streunender Fuchs oder ein

Kojote im Garten herumstreicht, im Müll wühlt oder den Katzen oder den Kindern angst macht, und dann gehe ich natürlich her und erschieße sie, nur um sie loszuwerden. Nicht um sie zu essen, wohlgemerkt, sondern nur um sie loszuwerden.«
Joseph hörte zu, nickte. »Kinder? Gleich mehrere?«
»Genau.«
»Ich wußte von einem, einem Mädchen. Wie viele hast du denn noch?«
»Noch ein Mädchen. Und ein drittes Kind ist unterwegs. Ich hoffe, daß es diesmal ein Junge wird.«
Joseph stieß einen leisen Pfiff aus. Er lehnte sich zurück und versuchte sich daran zu gewöhnen, daß er über diesen Kerl, seinen Bruder, der neben ihm saß, nicht das geringste wußte.
»Sind sie so wie ich?« fragte Rosa. »So alt wie ich?«
»Constance ist ungefähr so alt wie du. Katie ist ein bißchen älter.«
»Wieso habe ich sie noch nie gesehen?«
»Nun«, setzte Henry – als Bobby – an, und dann fiel ihm nichts mehr ein. »Ich weiß nicht. So eben.« Er wandte sich von seiner Nichte und von seinem Bruder ab und schaute auf die Bäume, die am Straßenrand an ihnen vorüberzogen.
Es folgte eine ziemlich lange Pause, ehe die kleine Rosa sagte: »Oh, na ja, vielleicht sehe ich sie ja bald.«
Vorne im Wagen unterhielten sich Ginny und Emily über Marys Kopf hinweg. »Ich kann es gar nicht glauben, daß Bobby tatsächlich gekommen ist«, sagte Emily. »Es war ein richtiger Schock, als ich ihn wiedergesehen habe.«
»Für mich auch«, meinte Ginny. »Sieht er nicht seltsam aus in diesen Kleidern? Er ist Daddys Ebenbild, als der in seinem Alter war.«
»Er ist so ernst. Ich kann es gar nicht glauben, wie ernst er die ganze Zeit über schaut.«
»Ich glaube, er fühlt sich ziemlich unwohl. Ich meine, seit

Mamas Tod hat ihn keiner mehr gesehen, und das ist schon fast fünfzehn Jahre her.«

Emily warf im Rückspiegel einen Blick auf ihren älteren Bruder. »Na, ich hoffe, daß er bald etwas lockerer wird. Seit ich hier angekommen bin, starrt er mich nämlich an. Der hat ein Paar gierige Augen wie die alten Schnapsdrosseln an der Park Avenue.«

»Vielleicht, Emily«, schlug Mary mit kaum verhohlenem Sarkasmus vor, »ist er nur in Ehrfurcht vor der Schönheit seiner kleinen Schwester erstarrt.«

»Ha ha, bist du aber lustig, Mary.«

Dieser kurze Wortwechsel ließ die Unterhaltung für die nächsten paar Meilen versiegen. Die drei Schwestern starrten geradeaus vor sich hin und lauschten dem Summen der Lüftungsanlage. Während eintausend Meilen weiter weg Bruder Barton in einem Krankenhausbett kurz hinter Waycross, Georgia, vor sich hin döste; schmerzstillende Mittel fluteten durch seinen Blutstrom, und Beethovens Dritte hämmerte gegen seine Schläfen. Während zweihundert Meilen weiter weg Bruder Edward sich Mendelssohns Klavierkonzert Nummer eins anhörte und die Entscheidung traf, ohne Wissen seiner Frau in den Süden zu fahren, sobald Samantha eingeschlafen war. Während Hunderte von Millionen von Phantomlichtjahren entfernt Schwester Helen, von der einige dachten, daß eigentlich Mary an ihrer Stelle sein sollte, und Bruder Bobby, von dem jeder immer noch annahm, er sei Henry, Pläne schmiedeten, die alte Heimat wieder einmal zu besuchen, um zu sehen, was es diesmal für neuen Kummer geben könnte. Während dreihundert oder mehr Meilen entfernt Stiefmutter Bettina ein langes Ferngespräch mit ihrer Busenfreundin Millicent aus Newport, Rhode Island, führte, und dabei erfuhr, daß Millicents dritter Mann Lawrence gerade mit ihrem polnischen Chauffeur Stan nach Monaco durchgebrannt war. Während weniger als ein Dutzend Meilen entfernt Vater Willy seinen geliebten Engel anrief und ihr sagte, daß er sie liebe und anbete und sich danach verzehre, in ihren Armen, an ihrer süßen Brust zu liegen. Während eben dieser Engel ihren Billy Boy bat, doch keine solchen Sachen zu sagen, es könne ja jemand an der Tür lauschen. Der lachte nur und flüsterte etwas über das Dreieck zwischen ihren Beinen. Sie ging nicht darauf ein, erzählte ihm statt dessen, daß seine Kinder auf dem Weg seien und daß er freundlich und höflich zu ihnen sein solle; sie seien schließlich alle viele Meilen angereist, nur um ihn zu sehen. Er versicherte ihr, daß er sich als gütiger Papa benehmen würde, und sagte ihr aufs neue, daß er sie liebe und anbete und in den kommenden Tagen und Wochen alles in seiner Macht Stehende tun würde, um seinen Engel zu seiner Frau und ihre Jungen zu seinen legitimen Erben zu machen.

Sobald die Schwester, die er in den Hintern zu kneifen versucht hatte, aus dem Zimmer gegangen war, richtete sich Wild Bill unter unglaublichen Schmerzen und großer Pein auf, verließ das Krankenhausbett und humpelte zur Tür. Der Mann hatte immerhin einen kaputten Knöchel, eine ausgerenkte Schulter und ein paar hühnereigroße Beulen am Kopf, und trotzdem humpelte er zur Tür. Er zog sie einen Spalt weit auf und spähte nach rechts und links den Korridor hinunter, auf der Suche nach seinen Nachkommen. Den ganzen Tag über hatte er sich gefragt, wer wohl kommen, wer die Reise machen würde. Er hatte Evangeline schon am Telefon ausfragen wollen, dann aber doch beschlossen, lieber abzuwarten. Er wollte sich überraschen lassen.

Der Wilde wartete, beobachtete den Gang und versuchte den Schmerz zu ignorieren, der in fast jedem Muskel und in jedem Gelenk seines Körpers pochte. Und endlich, als er schon glaubte, sie vom Bett aus begrüßen zu müssen, sah er sie kommen; sie waren zu sechst, eine regelrechte Armee, und kamen langsam und vorsichtig den Korridor herunter, nicht in Reih und Glied, sondern in lockerer Formation. Ginny führte sie an, und bis auf die kleine Rosa versuchten alle, nicht durch die offenstehenden Türen auf die Kranken und Siechen zu starren. Statt dessen waren ihre Augen auf die Nummern über den Türen gerichtet, und mit fest geschlossenem Mund, ernsten, schon fast feierlichen Gesichtern kamen sie langsam näher. Der Wilde zog sich in sein Zimmer zurück, legte sich mit dem Gesicht nach unten auf den Fußboden, wartete ab, bis er sicher sein konnte, daß sie nahe genug waren, und richtete sich dann – gegen den Schmerz ankämpfend – mit seinem einen gesunden Arm in die Liegestützposition auf. Mit einem gebrochenen rechten Knöchel, auf dem er sich nicht abstützen konnte, und dem Arm an seiner ausgerenkten Schulter, der schlaff an seiner Seite hing, mußte Wild Bill drei qualvolle und schmerzhafte Liegestütze vollbringen, ehe Ginny und Joseph endlich ihre Köpfe durch die Tür steckten.

»Daddy?«

»W. B.! Herr im Himmel! Was treibst du da?«

Dann standen auf einmal auch alle anderen vor der Tür. Sie verrenkten die Hälse, um zu sehen, was ihre beiden Geschwister so aufbrachte. Emily und Mary spähten über die Schulter ihrer großen Schwester, die kleine Rosa zwischen Josephs Beinen hindurch, und Henry – als Bobby – aus dem Hintergrund über ihrer aller Köpfe hinweg. Ungläubig starrten sie auf ihren Vater, den Wilden, von dem sie angenommen hatten, er sei dem Tode nahe, der statt dessen aber flach auf dem harten Linoleum-Fußboden lag und Liegestütze übte.

Wild Bill machte noch zwei Liegestütze, um noch mehr Wirkung zu erzielen, mußte sich dann aber doch sehr anstrengen, nicht schmerzhaft das Gesicht zu verziehen, als er sich wieder auf die Beine hochkämpfte. Das tat so weh, daß ihm schlagartig das Lächeln verging, das er eigentlich zeigen wollte. »Na, da schau einer an«, dröhnte er, »wo kommt ihr denn alle her?«

»Daddy«, wollte Ginny wissen, »was treibst du bloß auf dem Fußboden?«

Der Wilde hatte das Gefühl, gleich zusammenzubrechen, als er sich zum Bett zurückquälte. »Teufel, Kleine, ich schau nur, daß ich ein bißchen in Übung bleibe. Ein Mann verliert seine Kraft und stirbt, wenn er den ganzen Tag auf seinem Hintern herumliegt.«

Ginny betrat schließlich als erste das Zimmer. Ein paar Meter vor ihrem Vater blieb sie stehen. Sie wollte ihm ja gerne helfen, aber eine unsichtbare Mauer trennte sie voneinander und hielt sie davon ab, sich zu berühren. »Wir haben eben mit dem Arzt gesprochen, Daddy. Er hat gesagt, daß du mindestens einen Monat lang das Bett hüten mußt.«

Die anderen blieben mit ungläubig aufgerissenen Augen und offenstehenden Mündern unter der Tür stehen.

»Du dürftest eigentlich eine Woche lang gar nicht aufstehen. Du mußt deinem Knöchel und deinem Kopf Zeit zum Heilen geben. Du hast eine Gehirnerschütterung. Immerhin warst du bewußtlos.« Die junge Virginia war gänzlich außer sich. »Und wir kommen hier rein, und du machst Liegestütze!«

In der Zwischenzeit hatte Wild Bill es zum Bett zurück geschafft. Er mußte seine ganze Kraft aufwenden, um sich wieder hinzulegen. Als er seine Mission endlich beendet hatte, holte er erleichtert tief Luft und fragte: »Und, wie geht es euch? Ich habe eigentlich nicht erwartet, daß ihr gleich alle hier anrückt, nur weil ich die Treppe hinuntergefallen bin. Man könnte meinen, ich wäre gestorben oder so was.«

Ziemlich lang herrschte Schweigen im Zimmer, während jeder versuchte, sein inneres Gleichgewicht wiederzufinden. »Der Arzt, Daddy«, sagte Ginny schließlich, »ich versuche dir nur zu erklären, was der Arzt zu uns gesagt hat.«

»Das hat er mir doch schon alles selbst gesagt, Kindchen. Aber was weiß der denn schon? Der glaubt alles zu wissen. Hat mir erzählt, daß er in Harvard war. Glaubst du, ich werde irgend so einem dahergelaufenen Arzt aus Harvard trauen?«

»Du bist keine zwanzig mehr, Vater«, meinte Ginny belehrend, überwand schließlich doch die unsichtbare Mauer, trat an das Bett und zog die Decke über Wild Bills Arm.

»Das sagst ausgerechnet du zu mir.«

»Ich gebe hier nur wieder, was der Arzt mir – uns – gesagt hat, und er ist der Ansicht, daß du dich die nächsten paar Wochen schonen sollst.«

»Ginny, hör mal«, meldete sich Joseph zu Wort und kam etwas näher, »laß ihn doch mal in Ruhe, er hat doch nur ein paar Liegestütze gemacht.«

»Fünfundzwanzig, falls es euch interessiert«, log der Wilde, nur um mal zu sehen, ob er nicht einen kleinen Streit entfachen könnte.

»Du hast fünfundzwanzig Liegestütze gemacht?« fragte Emily. »Himmel, nach dem Gespräch mit dem Arzt dachte ich eigentlich, wir würden hier reinkommen und dich an allen möglichen Schläuchen und Drähten hängen sehen.«

»Nicht dieser alte Knabe hier, Kindchen«, sagte Wild Bill. Er wußte jetzt, daß seine Idee mit den Liegestützen nicht besonders gut gewesen war. Der Schmerz raste durch seinen Körper, als hätte man ihn mit einem Stock zum Rindertreiben gefoltert.

Die kleine Rosa drückte sich an ihren Tanten und Onkeln und an ihrer Mutter vorbei und baute sich vor dem Bett auf. »Hallo, Großpapa«, sagte sie, »ich bin froh, daß du nicht so krank bist, wie ich gedacht habe.« Dann kletterte sie auf das Bett, schlang beide Arme um die breiten Schultern des Kranken und küßte ihn voll auf den Mund.

Der Wilde zuckte zusammen, so sehr schmerzte ihn die Schulter, aber dann lächelte er und erwiderte den Kuß seiner Enkeltochter. »Danke dir, Rosie. Du bist ein gutes Kind, was ganz Besonderes.«

Einen endlos langen Augenblick lang rührte sich keiner. Zweifellos spürten sie sich alle zu ihrem Vater hingezogen und hatten das Bedürfnis, ihm auch körperlich ihre Zuneigung zu zeigen. Aber keiner von ihnen schien fähig zu sein, seinen Bedürfnissen entsprechend zu handeln. Viel zu lange hatten sie es sich angewöhnt, sich körperlich nicht zu nahe zu kommen.

Schließlich kam Emily, die Jüngste, zum Bett, aber nur, um Rosa am Arm zu nehmen und wegzuziehen. »Großpapa hat sich sehr weh getan, Rosa, du mußt ganz vorsichtig sein. Man muß besonders auf ihn achtgeben.«

»Blödsinn«, knurrte der Wilde. »Meine Enkeltochter kann ruhig nach Herzenslust auf mir herumklettern und mich umarmen. Du übrigens auch, Emily. Ich verspreche dir, ich werde nicht beißen.«

Emily zögerte, beugte sich dann aber vor und küßte ihren Vater flüchtig auf die Stirn.

»Was sollte das denn sein?« dröhnte er. »War das ein Mückenstich? Hat mich gerade eine Mücke gestochen? Wenn du schon was tust, dann mach es richtig. Nicht nur halb. Wenn man eine Sache nur halb macht, dann ist das nur eine Verschwendung von Zeit und Talent.«

Henry fiel ein, daß er vor Jahren, als er noch auf der High-School gewesen war, diesen Satz schon einmal gehört hatte, zumindest eine Variante davon. Der Wilde hatte ihn mal bei seinem Football-Training besucht. Eine halbe Stunde oder noch länger hatte er von den Seitenlinien aus zugesehen; mitten in einem Handgemenge nach der dritten Angriffsunterbrechung trat er plötzlich auf das Spielfeld. Er ließ die Trainer und die anderen Spieler links liegen, baute sich vor seinem

Sohn auf und sagte ihm mitten ins Gesicht: »Wenn du abblocken willst, Junge, dann blocke ab. Mach es richtig und nicht nur halbherzig. Das, was du hier machst, ist nichts Halbes und nichts Ganzes und hat mit Football nichts zu tun.«

Henry hätte die Geschichte gern erzählt, aber nachdem er schon ein, zwei undeutliche Worte gemurmelt hatte, fiel ihm ein, daß Bobby nie Football gespielt hatte. So hielt er den Mund und versuchte sich wieder unsichtbar in den Hintergrund zu verdrücken.

Aber der Wilde hatte Ohren wie ein Luchs. »Was war das? Du da hinten, was hast du gesagt? Wer ist außerdem dieser Fremde? Tritt vor und zeig dich, Mann.«

Zum Teufel mit dir, du aufgeblasener Schnösel, dachte Henry. Doch er machte zwei, drei vorsichtige Schritte in das Krankenzimmer.

In dem Augenblick erkannte der Wilde seine Kleidung. »Nein«, sagte er kopfschüttelnd, »ich weiß zwar nicht, wer du bist, aber dieses Sakko, dieses Hemd, diese Hosen und diese tollen Lackschuhe kommen mir sehr bekannt vor. Wir müssen im selben Geschäft einkaufen.«

Henry entschied sich dafür, mit einem Lachen zu reagieren. Das ging zwar daneben, aber er schaffte es doch noch, etwas näher Richtung Bett zu kommen. »Hallo, Dad«, sagte er und streckte ihm die Hand entgegen, »ich hatte es etwas eilig, hierherzukommen. Und dabei habe ich ganz vergessen, Sachen zum Wechseln einzupacken. Also habe ich mir gedacht, du hast bestimmt nichts dagegen, wenn ich mir von dir etwas ausleihe.«

»Diese Stimme«, rief der Wilde, »die kenne ich doch, diese Stimme. Kann es sein, ja, ist es denn möglich, daß dieser prachtvolle Kerl, der da neben mir steht, auch einer meiner Sprößlinge ist, vielleicht sogar mein ältester noch lebender männlicher Erbe?«

Der Wilde streckte ihm die Hand entgegen. Henry – als Bobby

– ergriff sie. Wild Bill drückte zu. Henry auch. Beide waren überrascht von der Kraft des anderen, aber keiner war bereit, es zu zeigen. Der Wilde drückte etwas fester zu. Henry ließ sich nicht lumpen und revanchierte sich, während die anderen sie gespannt beobachteten und abwarteten. Alle, sogar Rosa, spürten die Spannung. Keiner sagte ein Wort. Die beiden Männer ließen nicht locker. Es hieß, Vater gegen Sohn, Mann gegen Mann, Ego gegen Ego. Henry hätte die Sache am liebsten beendet, weil er wußte, daß er einen ungerechten Vorteil auf seiner Seite hatte. Er war nicht nur dreißig Jahre jünger als sein Vater, sondern lag auch nicht im Krankenhaus. Die Kraft des Wilden beeindruckte ihn, aber gleichzeitig wußte er auch, daß er jeden Knochen in der Hand seines Vaters brechen konnte, wenn er es wirklich darauf anlegte. Auch Wild Bill wollte den Wettstreit beenden, teils wegen der Schmerzen, in erster Linie aber deswegen, weil er damit wieder genau in die Haltung verfiel, die er eigentlich ablegen sollte. *Kooperation und Versöhnung, keine Konfrontation.* Das war Wild Bills Motto für dieses Wiedersehen. Er wollte alte Wunden heilen, alte Kriegsbeile begraben. Aber obwohl ihm das durch den Kopf ging, drückte er weiter. Es war wie mit den Liegestützen. Er wollte einfach nicht aufgeben, nicht nachgeben. *Das kann ja heiter werden,* sagte er sich. *Man kann einem alten Marineinfanteristen eben doch keine neuen Tricks mehr beibringen.*

Vater und Sohn wollten also beide mit dem Drücken aufhören, nur wollte keiner der erste sein. Erst als Rosa schließlich fragte: »Warum tun die zwei sich denn weh, Mommy?«, da fingen Vater und Sohn zu lachen an und ließen endlich los.

Wild Bill, der sich sehr beherrschen mußte, sich nicht die Hand zu reiben, sagte schließlich: »Netten Griff hast du da, Junge. Es ist kaum zu glauben, daß du derselbe bist, der sich als Kind kaum aus dem Haus getraut hat. Ich glaube, in einem fairen Kampf könntest du sogar deinen Alten Herrn besiegen.

Henry lächelte, dachte aber: *Ich könnte dich in Stücke reißen, alter Mann, und dir jeden Knochen im Leib brechen.*

Die Schwester mit dem ansprechenden, aber unerreichbaren Hinterteil erschien in der Tür und plusterte sich sofort auf. »Was soll das? Sie können nicht alle zur selben Zeit im Zimmer sein. Halten Sie das etwa für ein Hotelzimmer, oder wie? Immer nur zwei Besucher auf einmal, nicht mehr. Das ist Vorschrift. Die übrigen werden draußen im Vorraum warten müssen.«

»Regen Sie sich bloß nicht auf, Süße«, sagte Wild Bill. »Sonst steigt Ihr Blutdruck. Das ist meine Familie, jedenfalls ein Teil davon. Sie haben einen langen Weg hinter sich, um ihren Vater zu besuchen, und sie können nun mal nur als Gruppe mit mir fertig werden. In der Menge fühlen sie sich sicher. Verstanden? Warum schieben Sie also Ihr süßes Hinterteil nicht wieder auf den Gang hinaus und tun so, als hätten Sie diesen ganzen Haufen hier nie gesehen?«

Doch die Schwester, die einen dominanten Vater hatte und deren erster Liebhaber oral fixiert war, verachtete Männer, vor allem Männer, die sie in den Hintern kniffen und ihr vorschrieben, was sie zu tun hatte. Und so eskalierte der Konflikt und führte dazu, daß alle Winslows, bis auf jeweils zwei, aus Wild Bills Zimmer vertrieben wurden. Emily und die kleine Rosa blieben als erste.

»Also, Kindchen«, fragte Wild Bill seine Jüngste, »wie stehen die Dinge? Wie geht's dir in der großen Stadt?«

Emily hatte den anderen bis jetzt noch nichts erzählt. Sie wollte, daß der Wilde es als erster erfuhr. »Ich glaube, ich habe eine Rolle«, sagte sie.

»Aber doch nicht noch einen Werbespot für ein Duschgel, hoffe ich.«

»Nein, Daddy, diesmal ist es eine richtige Rolle.«

»Ich höre.«

»Nun, da gab es mal einen Mann, der hat vor dreihundert Jahren diese Theaterstücke geschrieben. Ich glaube, du hast schon von ihm gehört. Manchmal wird er ›Der Barde aus Stratford-on-Avon‹ genannt.«

»Und?« Jetzt war sich Emily seiner Aufmerksamkeit sicher.

»Na, und der hat dieses Stück über diesen König geschrieben. Und dieser König hatte drei Töchter.«

»Und?«

»Und eine dieser Töchter hieß Cordelia.«

»Und?«

»Und? Na, jetzt haben sich ein paar Leute zusammengetan und beschlossen, dieses Stück wieder aufzuführen. Im Central Park. Und es ist ziemlich sicher, daß sie mich als Cordelia haben wollen.«

»Ziemlich sicher?«

»Ganz sicher«, sagte Rosa. »Mommy wird Cordelia sein. Deshalb will sie auch, daß wir sie alle so nennen.«

Der Wilde lächelte seine Enkeltochter an. Er war froh über diese kurze Atempause. »Aber das ist doch nicht wieder so eine unsichere Sache, oder?«

»Nein, Daddy, ich habe erst heute morgen mit dem Regisseur gesprochen. Er hat mir bestätigt, daß ich ganz oben auf der Liste stehe. Er will ein neues Gesicht ... ich soll ihn morgen anrufen.«

Warum König Lear? fragte sich Wild Bill. *Warum nicht* Macbeth *oder* Die lustigen Weiber von Windsor *oder* Ein Sommernachtstraum? *Warum* Lear? ... Vor langer Zeit hatte er sich geschworen, sich dieses Stück nie mehr anzusehen. Es war der *Lear* gewesen, den sie an dem Abend des Unfalls gesehen hatten. Und es war Cordelia gewesen, über die Virginia und Wild Bill gesprochen hatten, als dieser Rolls-Royce vor ihrem Apartment in der Fifth Avenue auf den Bürgersteig geschossen kam. Der Wilde hatte gerade laut seiner Verwunderung Ausdruck verliehen, warum er eigentlich keine Tochter hatte, deren Liebe rein und simpel und unverdorben war. Und Virginia hatte ihrem Mann, keine ganze Minute bevor ihr Leben zu Ende ging, gesagt: »Wir bekommen die Liebe, die wir verdienen, Bill.« Das waren ihre letzten Worte gewesen. Wild Bill erinnerte sich an diese Worte, und dann fiel ihm ein, daß er jetzt etwas sagen mußte, etwas Positives, Aufmunterndes. »Nun, das ist ja ganz toll, Kindchen, ganz toll. Das meine ich wirklich so. Ich halte dir die Daumen ... Es ist eine wunderbare Rolle.«

Emily sagte sich, daß der merkwürdige Ausdruck in den Augen ihres Vaters sicher mit seinem Treppensturz zu tun hatte. Eigentlich hatte sie erwartet, daß er mit etwas mehr Begeisterung auf ihre Neuigkeit reagieren würde. »Du kommst doch zur Premiere, oder? Ich kümmere mich darum, daß du einen Platz in der ersten Reihe, in der Mitte, bekommst.«

Wild Bill nickte. Er wollte seine Tochter fragen, ob sie wußte, daß ihre Mutter nur eine knappe Stunde, nachdem sie eine Aufführung von *King Lear* gesehen hatte, gestorben war. Doch statt dessen lächelte er und gab ihr zur Antwort: »Natürlich komme ich, Kindchen. Mach dir deswegen keine Sorgen. Ich bin dabei, ganz gleich, was kommen mag.«

Emily lächelte ihr bestes Kleinmädchenlächeln.

»Geh doch jetzt mit Rosa in die Cafeteria, und kauf ihr einen Milchshake. Und auf deinem Weg hinunter schickst du mir noch zwei von deinen dummen Brüdern und Schwestern herein.«

So verabschiedeten Emily und Rosa sich, wünschten gute Besserung und sagten, daß sie morgen wiederkommen würden. Als nächste kamen Ginny und Mary herein. Mary umarmte den Wilden und küßte ihn auf die Wange. »Hallo, Vater.«

Wild Bill erwiderte die Umarmung. »Da schau an, wen haben wir denn hier? Unsere Abgesandte aus der Alten Welt? Hallo,

Mary. Hast du in der letzten Zeit Besuch von einem unserer Familiengespenster bekommen?«

Mary lächelte. »Ich hatte eher den Eindruck, als würdest du dich bald zu ihnen gesellen, Vater.«

»Nie und nimmer, nicht ich, mein Kind. Du kennst doch das alte Sprichwort: ›Unkraut vergeht nicht.‹«

»Ja, das kenne ich. Aber paß nur auf, daß du nicht vorzeitig zur Erinnerung verblaßt.«

»Ich habe gar nicht die Absicht, sang- und klanglos in der Versenkung zu verschwinden. Wenn die Zeit dafür gekommen ist, werde ich mit Pauken und Trompeten Abschied nehmen.«

»Wie Crazy Legs?«

»Nun, vielleicht nicht ganz so wie Crazy Legs. Aber auf keinen Fall wird ein Treppensturz mich schaffen.«

»Nein, wahrscheinlich nicht. Das wäre nicht sehr passend.«

»Geradezu feige wäre das.«

»Vergiß Großvater Charles nicht, Vater. Seine Seele ruhe in Frieden.«

»Einen muß es immer geben, Mary. Aber das hält uns übrige bei der Stange.«

»Hmm.«

»Auf jeden Fall bin ich froh, daß du gekommen bist. Bleibst du eine Weile?«

»Ich bleibe so lange, bis alles klar ist.«

»Das kann eine Zeitlang dauern.«

Mary überlegte. »Ja, vermutlich wird es das. Aber es hat bisher ja auch schon sehr lange gedauert.«

Ginny hatte vom Fenster aus zugehört. »Was ist hier eigentlich los? Worüber redet ihr zwei nur? Ihr klingt ja richtig geheimnisvoll.«

»Wir reden über Dinge«, sagte Mary, »über die wir eigentlich gar nicht reden müßten.«

»Was soll das heißen?«

Der Wilde, der sich mittlerweile von seinen Liegestützen wieder erholt hatte, lachte laut und scheppernd. »Wir reden über Dinge, die wir schon wissen, Ginny, altes Mädchen. Und wenn es etwas gibt, was deine kleine Schwester Mary haßt, dann, über Dinge zu reden, die sie schon weiß. Erzähl uns lieber etwas, was wir noch nicht wissen. Sag uns, wie es deinem jüdischen Kinderarzt geht.«

»Aaron geht es gut, Daddy. Er läßt dich grüßen. Warum, weiß ich nicht.«

»Weil er seinen Schwiegervater liebt und viel von mir hält. Weil er in mir den Inbegriff von Ehrlichkeit und Integrität sieht.«

»Einen bigotten Antisemiten sieht er in dir.«

»Nicht mehr, Mädchen. Das bin ich nicht mehr. Das war ich vielleicht einmal, aber jetzt nicht mehr. Ich habe eine neue Seite aufgeschlagen, einen neuen Tagesanbruch gesehen. Ich habe mich mal kurz mit Gott unterhalten, und er hat mir erklärt, daß mich die Rasse, der Glaube oder die Hautfarbe eines Menschen nichts angeht.«

»So, tatsächlich«, fragte Ginny, »was ist passiert? Hattest du eine religiöse Offenbarung, als du die Treppen hinuntergefallen bist?«

»Nein. Unsere kleine Unterhaltung hat lange vorher stattgefunden. Ich habe die Engel gesehen, Kind. Und die sehen verdammt gut aus.«

»Ich glaube eher, die haben dir hier ein Schmerzmittel gespritzt, von dem du Halluzinationen bekommst.«

Wieder stieß der Wilde ein schepperndes Gelächter aus. »Die haben mir das stärkste Schmerzmittel überhaupt verpaßt.«

»Aha, und was wäre das?«

»Bleib hier, und du kommst vielleicht dahinter.«

»Was soll jetzt das schon wieder heißen? Noch mehr von diesen Dingen, die du weißt und ich nicht?«

Wild Bill zuckte nur mit den Achseln. »Hat irgend jemand was von meinem liebenden Weib gehört?«

»Evangeline hat gesagt, daß sie mit ihr telefoniert hat«, antwortete Ginny. »Wahrscheinlich ist sie unterwegs.«

»Ah, ja«, flüsterte der Wilde, »Evangeline.«

Ginny und Mary wechselten rasch einen Blick.

»Sie hat uns ihren Wagen zur Verfügung gestellt«, sagte Mary. »Wir konnten die anderen Autoschlüssel nicht finden.«

Der Wilde driftete einen Augenblick ab, sagte aber dann: »Die Schlüssel, richtig. Sie hängen innen in der Wandschranktür in der Eingangshalle. Und bitte, benützt die Wagen ruhig, auch den Mercedes. Das ist mir egal. Fahrt damit und genießt es.«

Wieder wanderte ein stummer Blick zwischen Mary und Ginny hin und her.

»Oh, übrigens«, sagte Ginny nach einer Weile, »Barton wäre auch schon hier, aber er hat einen kleinen Unfall gehabt.«

»Was soll das heißen, ein kleiner Unfall?«

Wild Bill hörte ihr ruhig zu, aber während er zuhörte, veränderte sich der Ausdruck auf seinem Gesicht. Aus einem Lächeln wurde ein Stirnrunzeln. Und dann klang seine Stimme plötzlich ganz anders. »Willst du mir damit sagen, daß dein Bruder in irgend so einem Provinzkrankenhaus im tiefen Süden liegt und bisher keiner von uns Anstalten getroffen hat, dort hinunterzufliegen und ihn herauszuholen?«

»Daddy«, beharrte Ginny, »es gibt nichts, was wir für ihn tun könnten. Die Schwester hat mich gebeten, morgen noch mal anzurufen. Dann können wir mit Bartons Arzt sprechen und uns aus erster Hand über seinen Zustand ...«

»Schwachsinn«, unterbrach sie der Wilde. »Die erste Regel im Krieg lautet: Wenn dein Kumpel fällt, dann hol ihn aus der Schußlinie.«

»Was?« fragte Ginny mit ungläubigem Gesichtsausdruck.

Mary sah still zu, sagte nichts, glaubte alles.

»Du hast mich schon verstanden«, sagte Wild Bill.

»Er ist in keiner Schußlinie, Daddy. Er ist im Kranken ...«

»Schwachsinn!« Der Wilde stützte sich mit seinem gesunden Arm ab und lehnte sich an das Kopfteil des Bettes. »Schick mir meine beiden vertrottelten Söhne herein. Ich muß ein paar Takte mit ihnen reden.«

Ginny versuchte zu protestieren, aber Mary war schon draußen vor der Tür. »Streite jetzt nicht«, sagte sie, »wir kommen lieber morgen wieder.«

Den ganzen Korridor entlang schäumte Ginny vor Wut. »Ich schwöre bei Gott, manchmal hasse ich diesen alten Mann.«

Kaum hatten Joseph und Henry – als Bobby – das Zimmer betreten, stürzte der Wilde sich auf sie. »Habt ihr beiden Idioten überhaupt schon mitbekommen, daß euer Bruder unten in Georgia, mitten im Süden, von ein paar Hinterwäldlern zusammengeschlagen worden ist?«

Unschuldig nickten die beiden. »Ja sicher«, meinte Joseph, »das wissen wir.«

»Und ihr habt keine Pläne gemacht, dort hinunterzufliegen und ihn herauszuholen?«

»Himmel, Dad«, sagte Joseph, »er ist weder in Beirut noch in El Salvador oder sonstwo. Der Bürgerkrieg ist seit hundertfünfundzwanzig Jahren vorbei.«

»Schwachsinn!«

»Ja, okay, Schwachsinn. Genau das habe ich eigentlich vorgeschlagen, als wir von dem Unfall erfuhren, und Bobby war auch ganz meiner Meinung, daß einer von uns hinunterfliegen und Barton wenigstens etwas moralische Unterstützung geben sollte.«

»Und, warum bist du nicht geflogen?«

»Ginny war dagegen. Sie sagte, wir sollten zuerst ...«

»Was meinst du damit, Ginny war dagegen? Du läßt dich von deiner Schwester herumkommandieren? Was bist du, irgend so 'ne Schwuchtel? Ich will, daß ihr zwei gleich morgen früh im ersten Flugzeug nach Georgia sitzt. Immerhin ist hier die Rede von eurem eigenen Bruder, nicht von irgendeinem Fremden. Jetzt geht mir aus den Augen, und kommt nicht ohne Barton wieder zurück. Und wenn ihr ihn auf einer Bahre nach Hause bringen müßt, das ist mir gleich.«

Wortlos gingen sie zur Tür.

»Jesus, Herr im Himmel«, fügte der Wilde so laut hinzu, daß man es selbst draußen im Warteraum noch hörte, »ich hoffe bloß, der Frieden dauert noch etwas und die Roten sehen ein, daß sie langfristig nur auf Demokratie zählen können. Ich würde mich nur ungern auf diese beiden Trottel verlassen, wenn es um die Verteidigung dieses Landes geht.«

Joseph lachte den ganzen Weg den Korridor hinunter. Er stieß seinem Bruder in die Rippen. »He, Bob, willkommen zu Hause. Schön, wenn man sieht, daß sich was geändert hat, hmm?«

Henry – als Bobby –, der wie Ginny vor Wut kochte, sich aber bemühte, es nach außen ja nicht zu zeigen, schüttelte nur den Kopf und ging wortlos weiter.

16

Vielleicht ist einer der Gründe, warum die Welt in einem gar so miserablen Zustand ist, der – und Sie, geneigte Leser, wissen, glaube ich, ganz genau, was ich damit meine –, daß die Menschheit trotz ihres technischen Genies und ihrer im Übermaß vorhandenen Geisteskraft noch nicht gelernt hat, ihre Zunge zu hüten. Unser ganzes Leben lang plappern wir wie Babys. Wir weinen, schreien und brüllen und stellen Forderungen. So, wie Wild Bill eben reagierte, als er von Bartons Krankenhausaufenthalt erfuhr. Betrachten wir die Sache mal objektiv, so hat er eindeutig überreagiert. Und er wußte es auch, hätte es gar nicht abstreiten können. Kaum waren seine Söhne aus dem Zimmer, wünschte er sich schon, er hätte sich bei seinem Treppensturz den Kiefer gebrochen. In dem Fall hätte er wenigstens nicht reden können; dann hätte er auch nicht so schnell die Geduld verloren; und er hätte seine Kinder nicht zehn Minuten nach ihrer Ankunft schon wieder vor den Kopf gestoßen. Du Armleuchter, schimpfte er sich selbst, du wirst es nie lernen.

Sein Geist war auf Wanderschaft, seine Gedanken an die süße Evangeline vermischten sich mit Erinnerungen an seine vor langem verlorene Virginia; der Wilde döste. Er träumte, die beiden Frauen wären eine. Es war Evangeline, die an jenem Abend im Herbst 1945 in der Küche stand und das Essen zubereitete, als er blutend nach Hause kam, nachdem er sich mit der Kettensäge selbst verletzt hatte. Es war Virginia, die er in dem Moment sah, als er die Augen aufschlug, nachdem er die Treppe hinuntergefallen war. Es war Evangeline, die den tiefen Schnitt an seiner Wade säuberte und verband. Und Virginia, die vergangene Nacht schlafend auf dem Stuhl neben seinem Krankenhausbett saß, als er erschrocken und orientierungslos aufgewacht war. Evangeline, die fast die ganze kühle

Herbstnacht aufblieb und seinen Ideen und Träumen lauschte. Virginia, die sich geduldig seine neuaufgelegten, neudefinierten Ideen und Träume anhörte.

Und dann kamen dem Wilden, der dachte, er schlafe, in Wirklichkeit aber hellwach war, wieder die Erinnerungen an jene frühen Tage seines damals noch in den Kinderschuhen steckenden Bauimperiums. Tag für Tag, Woche für Woche, selbst Monat für Monat schien es so, als würde nur wenig passieren, es wurde kaum etwas auf die Beine gestellt; ein paar Fenster wurden eingebaut, ein paar Türen eingehängt, vielleicht sogar noch das Bad installiert. Aber eines Tages war das Haus in der Senke der südöstlichen Ecke des Winslow-Stammsitzes komplett und bezugsfertig. Der Wilde hatte während des Baus sehr viel gelernt. Er hatte sich nie vorgestellt, daß es so kompliziert sein könnte, ein Haus zu bauen, daß man dabei auf so viele Details zu achten hatte. Subunternehmer hatten fast alle Bauphasen übernommen, angefangen beim Rohbau und der Dachkonstruktion bis hin zu den Installationsarbeiten, den Elektroarbeiten und dem Außenverputz. Aber Wild Bill hatte jeden einzelnen Zwischenschritt mitgemacht: Er hatte Beton gemischt, das Fundament mit ausgegossen, Nägel eingeschlagen, Material bestellt, die Bauerlaubnis aus dem Rathaus abgeholt, Arbeitspläne aufgestellt und sich mit allen möglichen Krisen herumgeschlagen, ohne die kein Tag verging. Wild Bill hatte das Haus selbst entworfen und dann die Pläne von einem professionellen Architekten in Bernardsville zeichnen lassen. Das Haus war bereits nach Fertigstellung des Rohbaus verkauft, ungefähr vier Monate nach dem Tag, an dem der Wilde jene erste Eiche gefällt hatte. Ein junges Paar, ungefähr im selben Alter wie Wild Bill und Virginia, hatte das Haus zum erstenmal auf einem Sonntagsausflug gesehen. Sie hießen Bowen und Patricia Blackwell. Bowen hatte, wie der Wilde auch, im Marineinfanteriekorps der Vereinigten Staaten im

Südpazifik gedient. Einen Monat bevor er sich freiwillig zum Korps meldete, hatte Bowen sein Jurastudium an der Columbia-Universität abgeschlossen. Jetzt, da der Krieg vorüber war, wollte er seine eigene Praxis eröffnen. Die Blackwells wollten sich auch ihr erstes Haus kaufen. An jenem Sonntag machten sie Wild Bill ein Angebot, und innerhalb weniger Wochen wurde der Vertrag aufgesetzt und unterzeichnet.

Bowen und Wild Bill verstanden sich auf Anhieb; beide waren ehrgeizige, junge Ex-Ledernacken mit demselben Traum: Geld, Einfluß, Familie und Frieden. Nicht lange nach der Unterzeichnung des Kaufvertrages wurde Bill Winslow Bowen Blackwells erster Klient. Und die nächsten sechsunddreißig Jahre stand Bowen Wild Bill in der komplexen und manchmal auch skrupellosen Materie des Baurechts beratend zur Seite. Zweifellos hätte er ihn auch jetzt noch beraten, wenn es nicht zu diesem Flugzeugabsturz im Sommer 1981 gekommen wäre. Zusammen mit Thomas und Pamela Pennington, Evangelines Eltern, waren die Blackwells in ihrer kleinen Cessna auf dem Weg zu ihrem Sommerhaus auf Martha's Vineyard, als über dem Atlantik ein furchtbares Gewitter tobte. Das Flugzeug stürzte irgendwo über dem Nantucket Sound ab. Keine der Leichen wurde jemals geborgen.

Aber drei Jahrzehnte lang half Bowen Blackwell Bill Winslow dabei, die rechtlichen Grundlagen für die Pläne zu schaffen, die dieser im Laufe der Zeit verwirklichte: freistehende Einfamilienhäuser, große Eigentumswohnanlagen, Bürobauten, Einkaufszentren und schließlich sogar ein Luxushochhaus am Ufer des Hudson River in Hoboken, komplett mit Yachthafen, an genau der Stelle, an der früher die Seilfabrik der Winslows gestanden hatte. Im Gegenzug hatte Wild Bill Bowen Blackwell große Summen gezahlt, Hunderttausende von Dollars im Laufe der Jahre; genug Geld, pflegte der Wilde immer scherzhaft zu sagen, wenn er in Bowens Büro um einen Rat nachsuchte, um Blackwells Haus auf Vineyard und die College-Ausbildung seiner vier begabten Kinder zu finanzieren. Aber Wild Bill wußte, daß das Geld gut investiert war. Die Hunderttausende von Dollars, die er Bowen bezahlt hatte, hatten Projekte abgesichert, die später Millionen wert waren.

Jetzt, von der Geborgenheit seines Krankenhausbettes aus, sah Wild Bill zu, wie die Blackwells ihr neues eisernes Bettgestell in ihr neues Haus trugen – ihren neuen gemauerten Pfad unter dem Baldachin aus Ahornbäumen entlang, die vordere Terrasse hinauf und hinein durch die Vordertür. Wild Bill half Bowen, das Bett aufzustellen, in dem sicheren Wissen, daß dessen Geld bereits auf seinem Konto lag. Der Wilde machte Gewinn mit seinem ersten Haus, hauptsächlich, weil ihm der Grund und Boden selbst gehört hatte; es war zwar keine große Summe, aber trotzdem ein Gewinn und immerhin genug, um die Gläubiger wieder ein paar Monate in Schach zu halten. Und bis dahin, wußte er, würde er ein weiteres Haus fertiggestellt haben, ein größeres, schöneres, teureres Haus. Und er würde so lange Häuser bauen, bis er seinen verdammten Gläubigern nicht einen roten Heller mehr schuldete, im Gegenteil, bis sie ihm etwas schuldig waren.

An dem Abend, an dem Bowen und Patricia Blackwell im späten Frühling 1946 in ihr neues Haus einzogen, stießen die Winslows und die Blackwells mit einer Flasche Champagner auf das Ereignis an. Dabei standen sie mitten im Wohnzimmer; sie standen deshalb, weil die Blackwells zwar ein nagelneues Haus und ein nagelneues Eisenbett, aber keine Stühle, kein Sofa und auch sonst keine anderen Möbelstücke hatten. Wild Bill bearbeitete den Korken in der Flasche. Als der Druck endlich freie Bahn fand, knallte der Korken heraus und flog quer durchs Zimmer. Alle lachten. Wild Bill schenkte ein. Sie tranken. »Willkommen in Far Hills«, dröhnte der Wilde, dessen Stimme durch das leere Haus hallte, das immer noch nach

Wandfarbe und Politur roch, »willkommen in der feinsten kleinen Stadt Amerikas.«
Virginia spürte, wie sich das Baby in ihrem Bauch bewegte. Sie trank einen kleinen Schluck Champagner. Wieder verspürte sie einen Tritt ihres Babys. Sie sagte zu den anderen, daß es vielleicht schon soweit war. Alle verfielen in Panik, allen voran der werdende Vater, der weder den Mantel seiner Frau noch die Haustür, noch die Wagenschlüssel finden konnte. Doch die Panik legte sich schließlich wieder; man tat, was in einem solchen Fall zu tun war, und mitten in dieser Nacht kam nach langen und schmerzhaften Wehen die Älteste der Winslows mit erstaunten Augen und einem besorgten Gesichtsausdruck zur Welt – Virginia, die selbstverständlich nach ihrer liebevollen Mutter benannt und später Ginny gerufen wurde.

Vierundvierzig Jahre später schaute diese noch immer besorgt drein. Wie immer machte sie sich auch dieses Mal Sorgen über Dinge, die sie nicht beeinflussen konnte. Bis jetzt hatte sie immer noch niemanden in dem Haus in Bel Air erreichen können. Es war zehn Uhr dreizehn abends Ortszeit an der Ostküste. Also mußte es in Kalifornien jetzt kurz nach sieben sein. Wo konnten sie nur stecken? Aaron sollte längst aus der Praxis zu Hause sein. Und dann die Kinder. Wo trieben sich diese verdammten Kinder nur herum? Ginny seufzte und legte den Hörer auf.
Sie fragte sich, was sie als nächstes tun sollte. Der Tag war lang und anstrengend gewesen. Sie fühlte sich erhitzt, atemlos und müde. Trotz der weit geöffneten Fenster war die Luft im Zimmer warm und stickig. *Ich kann es gar nicht glauben, daß er in dieses Haus nie eine Klimaanlage hat einbauen lassen.* Sie wußte, daß die anderen unten waren und sich bestimmt über Wild Bill unterhielten, über diese Liegestütze und über den Wutanfall, den er bekommen hatte, als er von Barton erfuhr.

Aber sie hatte keine Lust, wieder hinunterzugehen. Einerseits schon, sie wollte sich nicht ausgeschlossen fühlen. Aber andererseits hatte sie kein Bedürfnis danach, sich wieder zu ihren Geschwistern zu gesellen und zu der allgemeinen Hysterie beizusteuern, die der Wilde ausgelöst hatte. Schließlich hatte sie das alles schon mehr als einmal gehört. Einen beträchtlichen Teil ihres Lebens hatte sie nämlich damit verbracht, entweder mit ihrer Mutter oder mit ihren Brüdern und Schwestern über ihren Vater zu reden. Stunden hatte sie früher damit zugebracht, ihn zu sezieren, zu analysieren, ihn verbal zu kastrieren, ihm die Hölle heiß zu machen und ihn – in einem schwachen Augenblick – gelegentlich auch zu verteidigen. Heute abend beschloß sie, dies allein mit sich abzumachen. Eine kurze Bemerkung, die Mary auf dem Rückweg vom Krankenhaus über den Wilden gemacht hatte – etwas in der Art, daß er auf dem Weg sei, ein neues Bewußtsein zu erlangen –, ließ Ginny sich die Frage stellen, ob hinter dieser Reise nach Hause vielleicht mehr als nur Wild Bills Treppensturz steckte. Aber sie hatte nicht das Gefühl, daß sie mit den anderen darüber reden konnte, jedenfalls jetzt noch nicht, und so beschloß sie, statt dessen ein Bad zu nehmen, sich zu entspannen und vielleicht später noch einmal zu Hause anzurufen, ehe sie das Licht ausmachte. Die anderen würde sie ohnehin am nächsten Morgen wiedersehen.

Eigentlich waren Joseph und Henry, der immer noch seine Rolle als Bobby spielte, die einzigen Winslows, die noch unten waren. Emily hatte Rosa kurz nach ihrer Rückkehr aus dem Krankenhaus nach oben ins Bett gebracht. Rosa aber hatte Angst, ganz allein oben in diesem großen Haus zu schlafen, so daß Emily bei ihr bleiben mußte. Und die Mama schlief noch vor der Tochter ein. Mary genehmigte sich noch einen Scotch mit Soda und ging dann ebenfalls ins Bett, nicht lange nachdem Ginny nach oben gegangen war, um zu Hause anzurufen. So blieben nur noch die Männer übrig. Sie saßen am Küchentisch, tranken Wild Bills Bourbon und schauten sich eine Straßenkarte von Georgia an. Nachdem sie Waycross gefunden hatten, rief Joseph mehrere Fluggesellschaften an, um sich zu erkundigen, ob sie gleich am Morgen einen Flug nach Savannah bekommen könnten. Eastern Airline hatten einen um zehn Uhr dreißig, Piedmont um elf Uhr. Die USAir hätte einen Flug um neun Uhr gehabt, aber der war schon ausgebucht. Mittags sollte noch eine Maschine gehen. »Nein, vielen Dank«, sagte Joseph, »das ist zu spät.« Bei Delta gingen mehrere Flüge über Atlanta, aber die meisten davon waren auch schon voll, bis auf einen, der um sechs Uhr vierzig morgens von Newark startete. Joseph teilte das seinem älteren Bruder mit. »Das ist mir egal«, meinte Henry – als Bobby –, »ich stehe sowieso jeden Tag früh auf.« Joseph konnte sich nicht erinnern, wann er das letzte Mal vor neun Uhr aufgestanden war, aber er sagte sich, daß er es schließlich für Barton tat, buchte zwei Plätze auf der Sechs-Uhr-vierzig-Maschine und legte auf. »Sieht aus, als müßten wir morgen ziemlich früh raus, Bruderherz«, sagte er.

Henry nickte. »Morgen ist Sommeranfang, nicht wahr?«

»Morgen schon?«

»Ja.«

»Das weiß ich nicht. Ich glaube, eher übermorgen.«

Henry nippte an seinem Bourbon. »Ja, ich glaube, du hast recht.«

Joseph griff in seine Tasche und zog eine kleine Plastikfolie heraus. »Willst du ein bißchen Koks, Bob?«

»Kokain?«

»Ja.«

»Du hast Kokain bei dir?«

»Geh selten ohne aus dem Haus.«

Henry überlegte. »Das habe ich noch nie versucht.«
»Willst du mich verscheißern?«
Henry – als Bobby – schüttelte den Kopf. »Nein. Um dir die Wahrheit zu sagen, ich habe es auch noch nie gesehen. Jedenfalls im richtigen Leben noch nicht. Ich kenne ein paar Leute, die sich ihr eigenes Hasch anbauen. Das machen die schon seit Jahren. Manchmal rauche ich einen Joint mit ihnen, aber nicht sehr oft. Irene sieht es nicht gern. Sie glaubt, davon bekommt man ein Gehirn wie eine verfaulte Tomate.«
»Nun, Bruderherz, Irene ist heute nicht hier, also, was hältst du davon, wenn du und ich uns paar Nasen voll genehmigen?«
Henry – als Bobby – schüttelte den Kopf. »Ich denke, ich bleibe lieber bei meinem Whisky, Joe. Der reicht mir. Aber mach ruhig. Laß dich von mir nicht aufhalten. Ich bin kein Spielverderber, ich würde nie jemanden von etwas abhalten, das er unbedingt machen will.«
Jetzt überlegte Joseph es sich auch anders .»Ahh, zum Teufel damit. Ich würde kein Auge zumachen, wenn ich jetzt dieses Zeug schnupfe. Ich bleibe auch lieber bei dem Gesöff hier. Außerdem sollte ich besser früh ins Bett gehen. Wir müssen so gegen fünf raus.«
»Das ist die beste Zeit des Tages«, sagte Henry. »Da ist noch kein Mensch unterwegs.«
Joseph wollte gerade sagen, *jedenfalls niemand, der etwas Grips hat,* beschloß aber, lieber nicht beleidigend zu werden. Schließlich war der Mann, der ihm am Tisch gegenübersaß, sein Bruder, sein älterer Bruder.
Sie tranken ihren Whisky aus, löschten das Licht und gingen nach oben ins Bett. Joseph ging in das Zimmer, das er einst mit Barton geteilt hatte, Henry hinauf in das Zimmer im zweiten Stock, das er vor langer Zeit mit Bobby bewohnt hatte. Sie wünschten sich eine gute Nacht, nachdem sie sich für spätestens halb sechs Uhr morgens in der Küche verabredet hatten.

Edward, der in dem großen Haus nie ein Zimmer mit irgend jemandem geteilt hatte, konnte nicht schlafen. Er wollte auch gar nicht schlafen. Er wollte unterwegs sein. Aber er mußte sich noch etwas gedulden. Er mußte warten, bis Samantha eingeschlafen war.

Nach ihrem Abendspaziergang um den Block der Geisteswissenschaftlichen Fakultät hatten Edward und Samantha sich noch ein Eis gekauft und waren dann wieder nach Hause gegangen. Sie hatten sich etwas von Mendelssohn angehört und waren dann ins Bett gegangen, um noch ein bißchen zu lesen. Um zwanzig nach elf hatte Samantha ihr Licht ausgemacht und gute Nacht gesagt. Edward legte das Buch zur Seite, in dem er nicht eine einzige Zeile gelesen hatte, und machte sein Licht ein paar Minuten später ebenfalls aus. Um halb zwölf ging Samanthas Atem ruhig und gleichmäßig. Gegen Viertel vor zwölf war sie fest eingeschlafen. Ihr Mann flüsterte ihren Namen, bekam aber keine Antwort. Er hörte ihr noch lange beim Schlafen zu, bis weit nach Mitternacht. Erst dann glitt er aus dem Bett, zog seine Levi's, seine Turnschuhe und sein Sweatshirt an und ging in die Küche. Dort drehte er das Licht über dem Spülbecken an und setzte sich an den schmalen Holztisch, wo er seiner Frau eine Nachricht hinterließ:

> *Samantha, Du warst schon fest eingeschlafen. Ich wollte dich nicht wecken. Es gibt da ein paar Dinge, die ich erledigen muß. Ich melde mich. Du brauchst dir keine Sorgen zu machen.*
>
> *Ich liebe Dich, Edward.*

Little Eddie Winslow stand auf, holte sich den Feldstecher, der auf dem Kühlschrank lag, und löschte das Licht. Er zögerte nur einen kurzen Augenblick, ehe er das Apartment verließ.

Ein paar Minuten später raste er bereits mit rotierenden Gedanken durch die menschenleere Innenstadt von Ithaca und folgte dann in südlicher Richtung der Route 96.

Barton Winslow konnte seine Brüder Bobby und Joseph nicht sehen, die sich auf dem Gang im ersten Stock des großen Hauses in Far Hills gute Nacht sagten. Auch seinen Bruder Edward, der durch die Dunkelheit raste, konnte er nicht sehen. Sehen konnte er sie nicht, aber er fühlte ihre Gegenwart. Barton war der irrigen Annahme, alle seine Geschwister hätten davon erfahren, daß er von diesen Rowdys aus Georgia brutal zusammengeschlagen worden war, und hätten sich getroffen, um zu seiner Verteidigung herbeizueilen. Er stellte sich vor, wie sie einander in Ferngesprächen informierten, untereinander diskutierten, was zu tun war, sich anschließend auf einem Flughafen in Georgia trafen, ein oder zwei Autos mieteten und weite Strecken fuhren, um ihn dort, wo er grün und blau geschlagen in einem sterilen und schmalen Krankenhausbett lag, zu besuchen. Er stellte sich ihr Zusammentreffen als ersten Schritt in Richtung eines ganz neuen Anfangs für die Nachkommen von William Bailey und Virginia Winslow vor.
Barton hatte den Zerfall der Familie nie begriffen. Er wußte nicht, woran es lag, daß sich alle so fremd geworden waren. Selbst als sie noch Kinder waren, hatte Barton oft gedacht, daß seine Brüder und Schwestern ihm eher wie Feinde und nicht wie Freunde, eher wie Fremde und nicht wie Geschwister erschienen, die unter demselben Dach, in demselben Haus wohnten. Barton hatte diesen Eindruck jedoch nie mit seinen eigenen aufgesetzten Ambitionen in Verbindung gebracht. Er hatte immer angenommen, daß sein Vater, der Wilde, die Hauptschuld an dem zerrütteten Zustand der Familie trug. Sicher hatte der plötzliche und unerwartete Tod seiner Mutter die Situation noch verschlimmert, aber Barton war der

Ansicht, daß die Familie ihren langen Weg in die Selbstauflösung bereits vor Jahren begonnen hatte, noch bevor dieser außer Kontrolle geratene Rolls-Royce seine Mama aus dem Leben befördert hatte. Wild Bill hatte nicht nur wenig oder überhaupt keine Liebe oder Zuneigung spüren lassen, sondern schien auch noch besonderen Gefallen daran gefunden zu haben, Meinungsverschiedenheiten und Konkurrenzgefühle geradezu zu fördern.

So wie in diesem Sommer oben in Maine, erinnerte Barton sich, *als er Joey und mir das Segeln beibrachte.* Es hatte ihm nicht genügt, den Jungen einfach beizubringen, wie man das Boot auftakelte, das Ruder bediente und vor dem Wind kreuzte. Nein, der Wilde hatte ihnen zeigen müssen, wie man ein Rennen fuhr und sich im Wettkampf maß. Aber es reichte immer noch nicht, ein Rennen nur um des Rennens willen zu fahren: *Nein, wir mußten gewinnen, wir mußten als Erste durchs Ziel, der zweite Platz war schon nichts mehr wert.* Nicht, daß Barton etwa jemals als Zweiter durchs Ziel gegangen wäre. Normalerweise war er immer der letzte, das Schlußlicht. Oft war er noch draußen auf dem Wasser und versuchte um die letzte Boje herumzuschippern, wenn die anderen Teilnehmer schon lange im Yachthafen saßen, lachten, Witze erzählten und ihre Segel bargen. Seine Brüder hatten keine Probleme damit, sich einem Wettkampf zu stellen. Joseph fuhr gerne Rennen. Es machte ihm Spaß, weil er gut war. Es gefiel ihm, weil er manchmal gewann, und selbst wenn er nicht gewann und Wild Bill ihn deswegen aufzog, dann gab er seinem Alten Herrn einfach den guten Rat, doch einen langen Spaziergang zu machen, damit er sich wieder beruhigte. Der Wilde mochte Joey wegen seiner frechen Antwort noch auf dem Dock eine Ohrfeige geben, Joseph war auch das egal; er schnellte zurück wie ein Punchingball, rappelte sich wieder auf und erklärte dem Alten, er solle sich das nächste Mal ein bißchen mehr anstrengen.

Warum konnte ich das nicht? Warum bin ich immer nur dagestanden und habe dumm geschaut? Warum konnte ich mich nicht wehren gegen den Alten? Barton lag mit weit geöffneten Augen und sich überschlagenden Gedanken in seinem Krankenhausbett, während draußen vor seinem Fenster die Grillen in der Dunkelheit zirpten.

Und gegen Ende des Sommers, nach reichlich Schmerz und Niederlagen, setzte Barton sein kleines Segelboot schließlich auf die Sandbank in der Einfahrt zur Blue Hill Bay. Bei starkem Ostwind und mit straffgespanntem Segel steuerte er geradewegs auf die Felsen zu. Es war der beste Törn seines jungen Lebens. Mit voller Geschwindigkeit traf er auf diese Felsen. Der Fiberglasrumpf zersplitterte wie eine Walnußschale. Innerhalb von Sekunden war das Segelboot in den Wellen versunken ...

Barton wußte bis jetzt noch nichts vom Sturz seines Vaters über die Hintertreppe. Hätte er es gewußt, er wäre sofort als erster nach Hause gefahren. Er machte es dem Wilden zwar zum Vorwurf, daß er nicht ganz perfekt war, liebte seinen Vater aber trotzdem; und daß es ohne den Alten Herrn nicht gelingen würde, die Einheit der Familie wiederherzustellen, das wußte er.

Durch seine Beschäftigung mit dem Zen-Buddhismus wußte Barton auch, daß nur das Ganze zählte. *Ohne ein Ganzes gibt es nichts; sieben herumirrende Winslows sind wie ein Sonnensystem ohne Sonne.* Obwohl er das wußte, klammerte er sich weiterhin an ein Schicksal, das Mary einst in ihrem Traum für ihn vorhergesehen hatte. Je mehr er sich mit seinen Skulpturen und seinem Ehrgeiz selbst in die Isolation trieb, desto heftiger sehnte er sich in den Schoß seiner Familie zurück. Barton wußte, daß Wild Bill für ihn und seine Geschwister die Sonne war, um die alle kreisten. Er hatte die Macht, die Nacht und den Tag zu erschaffen. *Ihre Satelliten können äonenlang um sie kreisen, aber solange wir die Macht der Sonne nicht anerkennen, werden unsere Revolutionen nichts anderes als ein zielloses Umherirren sein ...*

Sein Vater, erinnerte er sich, erkundigte sich mit keinem Wort nach dem Segelboot, nachdem Barton sich sicher ans Ufer gerettet hatte. Der Alte Herr war einfach nur erleichtert, daß der Junge nicht zusammen mit dem Boot untergegangen war. Eine Träne quoll aus Bartons Auge. Wenige Sekunden später, während er noch auf den Sonnenaufgang wartete, fiel der junge Mann in tiefen Schlaf.

17

Auf der Uhr neben Marys Bett war es 10:57 Uhr, auf ihrer Armbanduhr aber 3:59 Uhr. In London war es also fast vier Uhr morgens. Normalerweise würde sie um diese Zeit tief und fest schlafen und sich ihren ruhigen, phantasievollen Träumen aus vergangenen Zeiten hingeben. Mary lag gern im Bett; sie liebte es, sich tief unter einem Haufen Kissen und Decken zu vergraben und sich dem geheimnisvollen Wirken ihres Unterbewußtseins zu überlassen. Manchmal schlief sie sogar bis zu zwölf Stunden am Tag. Aber sie betrachtete diese Zeit nie als vergeudet. Für sie war es eine Zeit der Erneuerung und Erforschung. Es geschah normalerweise immer im Schlafzustand, daß sie sich mit den Winslows aus der Vergangenheit traf. Aber im Augenblick war sie viel zu erschöpft, um einzuschlafen; das lag teilweise an der Zeitverschiebung, unter der sie litt, und teilweise an dem Zimmer, das so heiß und stickig war, obwohl alle Fenster und selbst die Tür weit offenstanden. Ihr Körper wollte schlafen, aber ihr Geist war hellwach; ihre Gedanken waren sorgenbeladen und chaotisch. Auf dem Bett ihrer Kindheit liegend, warf Mary sich unruhig hin und her und versuchte, ihre Gedanken wieder unter Kontrolle zu bringen, während die Nacht sich immer mehr der Morgendämmerung näherte.

Von den sieben noch lebenden Winslow-Kindern von Wild Bill und Virginia Winslow hatte Mary zweifellos die beste akademische Ausbildung genossen. Wie auch ihre Brüder und Schwestern hatte sie die ersten Jahre an der County Day School in Far Hills verbracht. Von dort aus wechselte sie an die Kent Place School für Mädchen in Summit, New Jersey, über. In Kent Place wurde sie in den Naturwissenschaften, in Geschichte und in Englischer Literatur ausgebildet. Geschichte gefiel Mary am besten. Zu diesem Fach hatte sie einen direkten Zugang. Als ihre Klasse die Amerikanische Revolution durchnahm, wußte Mary mehr über die Rolle New Jerseys in dem Krieg als ihr Lehrer. Zu der Zeit kannte sie die Quellen ihres Wissens allerdings noch nicht.

Sie zog sich gern in dem Stil der Periode an, die ihre Klasse gerade durchnahm: rauhe Wollröcke und Blusen während der Kolonialzeit, knöchellange Kleider mit Unterröcken während des Bürgerkriegs, kurze Röcke und Fellkrägen in den *Roaring Twenties.* Im Laufe der Zeit legte sie sich den Ruf zu, ein bißchen merkwürdig, etwas exzentrisch zu sein, aber ihr zierlicher Körperbau, ihre leise Stimme und ihr verlorenes Lächeln ließen sie harmlos erscheinen, neugierig, aber völlig harmlos.

Nach ihrem Abschluß in Kent Place 1966 ging Mary das Tal des Hudson River weiter hoch nach Poughkeepsie, ins Vassar College. Damals waren in Vassar nur weibliche Studenten zugelassen. Das war einer der wichtigsten Gründe, weshalb Mary dieses College Universitäten wie Swarthmore, Penn oder Cornell vorzog. Die Jahre in Kent Place hatten sie für den Umgang mit Männern verdorben, und da sie ihrer Meinung nach in erster Linie eine fundierte Kenntnis der westlichen Zivilisation aus dem College mit nach Hause nehmen wollte, ging sie davon aus, daß ein reines Mädchencollege am besten für sie wäre.

Mary kannte bereits seit geraumer Zeit, genauer, seit dem Tod ihrer älteren Schwester Helen – ihre früheste und lebhafteste Erinnerung –, den Sinn und Zweck ihres Daseins auf diesem Planeten. Sie war nur deshalb gezeugt, geboren und in das Erwachsenenleben entlassen worden, um die metaphysischen Realitäten der Reinkarnation zu bestätigen. Keine geringe Aufgabe, und trotzdem eine, in der sie mit Feuereifer und Bestimmtheit ganz aufging. Mehr als alles andere hatte ihre akademische Ausbildung sie davon überzeugt, daß das Universum und praktisch fast alles darin Faßbare nach einer Art Zyklus funktionierte. Eine Wiederholung war unvermeidbar, ob sie nun nach Sekunden,

Minuten, Stunden, Tagen, Jahren oder sogar Äonen gemessen wurde. Ein Vorfahr hatte ihr einmal in einem Traum gesagt, daß sich genauso, wie sich die Takte von Beethovens *Unvollendeter* wiederholen, der Mond um die Erde und die Erde um die Sonne drehen und der Fortpflanzungszyklus eines simplen Schwamms sich an Ebbe und Flut und an der Temperatur des Ozeans orientiert. Abweichungen kamen vor, glaubte Mary, aber diese Abweichungen hatten mehr mit der Unvollkommenheit des Universums und seines Schöpfers als mit irgendwelchen Mängeln dieses zyklischen Systems zu tun. Mary betrachtete das Universum und alles, was sich darin befand, als endlich; aus diesem Grund war Wiederholung ein Grundgesetz der Natur. Dieser Schluß führte Mary zu dem Glauben, daß auch die Anzahl der menschlichen Seelen in diesem Universum endlich war. Selbst die menschliche Rasse richtete sich bei ihrer Fortpflanzung nach einem Zyklus. Das Leben, so schloß Mary, verlief nicht linear, sondern in einem Zyklus: von der Geburt zum Tod, und dann gleich wieder zurück zur Geburt. Mary stimmte jedoch nicht überein mit den gängigen Theorien über Reinkarnation, wie sie von bestimmten Religionen und religiösen Kulten vertreten wurden. Ein Mensch kehrte nicht als Hund, ein Hund nicht als Floh, ein Floh nicht als Pferd zurück. Ein Toter kehrt als das zurück, was er vorher war. Der Mensch war ein Produkt seiner Vorfahren. Mary glaubte daran, daß sie ein Produkt ihrer Eltern und Großeltern und all der Winslows war, die jemals gelebt hatten. In ihr verkörperten sich ihre Vorfahren, nur zu einer anderen Zeit und an einem anderen Ort. Und um nun sich und ihre Familie besser zu verstehen und ihre Fähigkeit zu trainieren, die Zukunft vorherzusehen – was in ihren Augen das grundlegendste und vorrangigste Ziel einer jeden denkenden Kreatur war –, suchte Mary sich jene Charaktere aus der Vergangenheit heraus, denen sie sich biologisch und emotional verbunden fühlte.

Die ersten drei Jahre, die Mary in Vassar verbrachte, waren intellektuell anregend und spirituell enthüllend, was ihren gesellschaftlichen Umgang betraf, jedoch langweilig und ereignislos. Mary verbrachte die meiste Zeit allein über ihren Büchern und in Gesellschaft ihrer Vorfahren, oder aber in dem kleinen Kreis aus Bekannten, der in erster Linie aus jungen Damen aus New York City bestand, die gerne Hasch rauchten, Trips schluckten und darüber diskutierten, welche Macht siegen würde: der Weltfrieden oder die nukleare Vernichtung. Doch am Anfang ihres letzten Jahres trat eine Veränderung ein, die sich ihrer Kontrolle entzog: Die Leitung des Vassar-Colleges öffnete in einem kühnen Versuch, die Lehranstalt in die zweite Hälfte des zwanzigsten Jahrhunderts zu katapultieren, seine Pforten jungen Männern mit entsprechenden akademischen Qualifikationen. Zuerst ignorierte Mary den endlosen Strom lächelnder Jünglinge, die in diesem Frühjahr über den Campus schwärmten. Aber dann, eines Nachts spät im November, als der erste Schnee den gefrorenen Boden bedeckte, lernte Mary Kenny kennen, einen Kommilitonen im zweiten Studienjahr, der von der University of Pennsylvania zu ihnen gekommen war.

Wir möchten uns nicht übermäßig mit Kenny Waterson aufhalten, aber da er nun mal eine wichtige Rolle in Marys Entwicklung spielt, sollten Sie wenigstens ein paar Details über ihn erfahren. Kenny versuchte bereits nach der High-School in Vassar aufgenommen zu werden, mußte aber erfahren, daß er noch ein weiteres Jahr zu warten hatte. Geduldig wartete er unten in Philadelphia, wo er sich sowohl im Schwimmteam als auch im Debattierclub hervortat und alle Prüfungen mit Auszeichnung bestand. Aber mehr als alles andere wünschte Kenny sich, in Vassar aufgenommen zu werden. Er wollte dort aufgenommen werden, weil Debbie Howell, Tochter von Andrew Howell, einem stinkreichen Designer von Jeans- und Freizeitkleidung, dort studierte. Sie müssen wissen, Kenny wünschte sich verzweifelt, selbst Modedesigner zu werden. Und da er nun mal ein kalter, berechnender Mensch war, der nichts dem Zufall überließ, hatte er bereits vor langer Zeit beschlossen, daß Debbie Howell seine Eintrittskarte in diese Welt sein sollte.

Kenny Waterson und Debbie Howell hatten in New York dieselbe Vorbereitungsschule besucht. Debbie war jedoch zwei Jahre älter als Kenny, so daß ihr seine Existenz nie besonders aufgefallen war. Doch wie jeder gute Verfolger war Kenny gleichzeitig geduldig und völlig skrupellos. Er verfolgte Debbie den ganzen Weg, das Tal des Hudson River hinauf bis nach Poughkeepsie. Als er dort im Frühjahr 1969 endlich ankam, war Debbie bereits im letzten Studienjahr und beschäftigte sich im Hauptfach mit Timothy Leary. Sie war verrückt danach, ihr Bewußtsein zu erweitern und die Mauern des Status quo einzureißen. Eine zerfledderte halbe Eintrittskarte bewies allen, die es wissen wollten, daß sie ein paar Wochen zuvor in Woodstock gewesen war; selbstverständlich betrachtete sie sich auch als direkte Nachfahrin einer Rock-and-Roll-Gottheit.

Mary und Debbie hingen ständig zusammen, rollten gemeinsam ihre Joints, die sie miteinander rauchten, gingen gemeinsam auf Reisen und hörten sich zusammen *Jefferson Airplane, Crosby, Stills, Nash and Young* an. Sie waren Freundinnen, Studienfreundinnen. Eigentlich mochten Mary und Debbie sich gar nicht so gern und hegten sogar eine große Menge unausgesprochener Animositäten gegeneinander, aber ein College ist ein Ort, an dem man Verbündete braucht, und so waren die beiden eben zu unfreiwilligen Alliierten geworden.

Kenny zog derweilen im Hintergrund leise und geschickt die Fäden. Er stürmte nicht einfach so in Miss Howells Zimmer und legte ihr seine bedingungslose, ewigwährende Verehrung zu Füßen. Nein, er stellte all seine intellektuellen und sportlichen Fähigkeiten vor aller Augen auf dem Campus zur Schau und sorgte dafür, daß er ihr auch ja auffiel. Dann, als die Zeit reif war, ging er zum Angriff über. Das passierte eines Abends auf einer kleinen Party mit vielen Leuten, die sich die Birne mit kleinen gelben Pillen zuknallten. Kenny wußte nicht, daß Debbie auf einem Trip war. Er hatte nie LSD geschluckt, und außerdem war es viel zu dunkel in dem kleinen rauchigen Zimmer, um ihre stark erweiterten Pupillen zu sehen. Ungefähr fünf Stunden lang machte der Junge die Tochter des Modeschöpfers an. Debbie lachte und lächelte viel; nicht über Kennys witzige Bemerkungen, sondern über die seltsamen Farben, die um sein Gesicht waberten, und über die merkwürdigen Formen, die sein Kopf annahm, sobald er den Mund aufmachte.

Bei Debbie kam Kenny nicht einen Schritt weiter, dafür lernte er im späteren Verlauf dieses Abends Mary kennen. Er war groß, stattlich und attraktiv, lächelte ständig und machte viele Komplimente. Er sagte Mary Dinge, die ihr noch nie zuvor ein junger Mann gesagt hatte. Er sagte ihr, daß sie schön, sexy und weiblich sei. Zuerst tat er das nur, weil er unbedingt mit ihr schlafen wollte. Für Kenny war Mary das Ebenbild eines jener dünnen, wunderschönen Fotomodelle aus den Magazinen, nach denen er geradezu süchtig war. Er wandte alle Tricks an, die er jemals gelernt hatte, aber Mary erlaubte ihm nur, bis zu einer gewissen Grenze zu gehen. Sie küßten sich heftig, während Kenny jeden Zentimeter ihrer glatten, bleichen Haut streichelte. Nackt und erregt lehnte er über ihr, aber Mary wollte nicht weiter gehen. Soweit es sie betraf, würde es zu keiner Vereinigung kommen, weder in dieser Nacht noch in irgendeiner anderen. Sie hatte sich geschworen, bis zu dem Tag ihrer Hochzeit unberührt zu bleiben, nicht aus moralischen oder religiösen Gründen, sondern weil sie eine geheime Angst mit sich herumtrug, dieselbe Angst, unter der bereits mehrere ihrer Urahninnen gelitten hatten: Sie befürchtete, daß der Verlust ihrer Jungfräulichkeit den Verlust ihrer Unschuld bedeutete, was wiederum dazu führte, daß man ein Leben lang durch ein dunkles Fenster in eine öde und unsichere Zukunft schaute.

Kenny hätte es vielleicht bald aufgegeben, sich mit dieser stummen und geschlechtslosen Primadonna herumzuschlagen, wären da nicht zwei Dinge gewesen: sein ausgeprägtes Ego und die Tatsache, daß eine gemeinsame Bekannte ihn über Marys millionenschweren Vater aufgeklärt hatte. Und da der Traum Debbie Howell ausgeträumt war, traf Kenny ganz bewußt die Entscheidung, Mary Winslow, falls nötig, den ganzen Weg zum Traualtar zu verfolgen, um in den Genuß ihrer wohlgehüteten Jungfräulichkeit und des üppigen Bankkontos ihres Vaters zu kommen. Bestimmt, nahm er an, würde Vater Winslow die ehrgeizigen Pläne seines Schwiegersohnes unterstützen wollen, die größte Designerjeansmarke des Landes zu entwickeln.

Die Beziehung zwischen Mary und Kenny dauerte über zwei Jahre bis zum Sommer 1972, als Kenny von Vassar abging. In diesen beiden Jahren studierte Mary Amerikanische Frühgeschichte an der Columbia-Universität, aber ihr Herz und ihre Gedanken blieben im Norden, in Poughkeepsie. Sie mußte mehrere Seminare wiederholen, ehe sie endlich ihre Magisterprüfung ablegen konnte. Zwei Jahre lang fuhr sie fast jedes Wochenende Richtung Norden auf dem Taconic State Parkway in das Apartment, in dem Kenny wohnte und das dem Campus gegenüberlag. Mary bezahlte die Miete des Apartments mit dem Geld, das sie von Wild Bill bekam. Der Wilde wußte selbstverständlich nicht, daß seine Tochter das Geld zu diesem Zweck verwendete. Hätte der Wilde das gewußt, hätte er Kenny Waterson bestimmt so verprügelt, daß dem Jungen Hören und Sehen vergangen wäre.

Ein paar Tage nach Kennys Abschlußprüfung fuhren er und Mary nach Far Hills und gaben ihre Verlobung bekannt. Wild Bill und Virginia hatten seit einiger Zeit von dem jungen Waterson gewußt, waren also nicht sonderlich überrascht. Aber der Wilde mochte den jungen Eindringling von Anfang an nicht sehr; Virginia hingegen empfand ihn als angenehm und höflich und konnte ihrer Tochter ansehen, wie verliebt sie in ihn war, und so hielt Wild Bill zur Abwechslung mal seinen Mund. Er bot seinem Schwiegersohn in spe sogar Kost und Logis und einen Sommerjob auf einer seiner Baustellen an, wo er Beton mischen und Bauholz schleppen sollte. Da sah es noch so aus, als würde aus den Plänen für eine Hochzeit im Frühherbst tatsächlich Realität werden.

Aber an einem unglaublich heißen und schwülen Augustabend, als die Quecksilbersäule über dreißig Grad stieg und es so feucht war, daß das Kondenswasser die Fensterläden hinunterlief, kam der Wilde auf seinem Weg ins Bett durch Zufall und zu einem sehr unpassenden Zeitpunkt an dem Zimmer vorbei, in dem der junge Waterson schlief. Kenny war in Ginnys Schlafzimmer untergebracht, da Ginny wie üblich an der Westküste war und als Schauspielerin eine Niederlage nach der anderen einsteckte. Ginny hatte selbstverständlich auch ein Telefon neben dem Bett, und das benützte Kenny an diesem Abend, als Wild Bill vorbeikam. Der Dummkopf dachte, er hätte die Tür fest geschlossen, aber der große Dachgeschoßventilator, der sich abmühte, die warme, feuchte Luft gleichmäßig im ganzen Haus zu verteilen, hatte die Tür wieder einen Spalt aufgedrückt, ohne daß Kenny das bemerkt hatte. Er stand mit dem Rücken zur Tür, während er ungeniert drauflos plapperte.

»Nein, Mann, kein Glück bis jetzt«, sagte Kenny zu seinem

Kumpel am anderen Ende der Leitung, »aber wenn ich hier nicht bald was geboten bekomme, dann schwöre ich bei Gott, daß ich dieses Luder in unserer Hochzeitsnacht so in Grund und Boden vögeln werde, daß sie nicht mehr weiß, wo oben und unten ist. Manchmal glaube ich, sie ist so trocken wie die verdammte Mohave-Wüste.«

Es muß wohl nicht extra betont werden, daß dieses Bruchstück der Unterhaltung den Wilden davon abhielt, weiter den Gang hinunter in das Elternschlafzimmer zu gehen. Wie angewurzelt blieb er stehen, die Ohren so groß wie zwei Melonenhälften.

Nach einer kurzen Pause sagte Kenny: »He, Mann, ich will das mal so sagen: Die Katze ist im Sack. Ich bin ihrem Alten Herrn inzwischen so weit in den Hintern gekrochen, daß ich eine Taschenlampe brauche, um da wieder rauszufinden. Ich habe mich wirklich anstrengen müssen, da mir auf den ersten Blick klar war, daß der Typ einer dieser Macho-Scheißer ist, die glauben, jeder Mann, der Kleider entwerfen will, muß auch gleich schwul sein. Also habe ich ziemlich dick auftragen müssen mit diesen ›Männerklamotten‹, du weißt schon, Nägel einschlagen, Häuser bauen, dieser Quatsch eben. Aber immer, wenn es sich ergibt, erzähle ich ihm natürlich, wieviel Kohle man mit Textilien machen kann. Er ist total hinter dem Geld her. Außerdem führt er sich gern als starker Mann auf, aber eines sage ich dir, Mann, wenn es wirklich mal hart auf hart kommt, dann macht der ...«

Wild Bill sollte nie erfahren, was er dann machen würde. Leise betrat er das Schlafzimmer und machte die Tür hinter sich zu. Kenny hörte, wie sie geschlossen wurde, und drehte sich um. Sein Gesicht wurde kreidebleich. Ohne sich zu verabschieden, legte er den Telefonhörer auf die Gabel. »Paß auf«, sagte der Wilde, »hier kommt der starke Mann.« Im nächsten Augenblick war er schon bei Kenny Waterson und versetzte ihm einen rechten Aufwärtshaken, der dem jungen Mann mit den großen Träumen den Boden unter den Füßen wegriß. Kaum stand er wieder, da traf ihn ein weiterer Schlag in der Magengrube. Er knallte mit dem Rücken gegen die Wand und klappte wie ein vom Lastwagen gestoßener Sack Kartoffeln in der Ecke zusammen. Eine Sekunde später war der Wilde wieder über ihm, packte ihn am Kragen und landete mehrere kurze linke Treffer auf seinem Kinn. Blut tropfte aus Kennys Mundwinkel. Ein oder zwei Schläge mußte er noch einstecken, bevor ihm der Befehl zum sofortigen Rückzug vom Gelände des Winslow-Stammsitzes erteilt wurde. Wild Bill schaute zu, wie der blutende junge Waterson seine Siebensachen packte, und begleitete ihn dann die Hintertreppe hinunter und zur Hintertür hinaus. Niemand lief ihnen dabei über den Weg. Es war stockdunkel: kein Mond, keine Sterne, nur Hitze und Feuchtigkeit. Kenny hatte kein Transportmittel, und es wurde ihm auch keines angeboten. Wild Bill ging die ganze Zeit einen Schritt hinter ihm und hielt ihn hinten am Kragen fest. Er schob und stieß ihn und versetzte ihm ab und zu einen kräftigen Tritt in den Hintern. Das ging so lange, bis sie das Ende der langen Auffahrt erreicht hatten. Unterwegs erklärte der Wilde dem jungen Mann, daß er sich gefälligst nie mehr in Far Hills blicken lassen solle. Er sagte ihm auch, daß jeglicher Versuch, mit Mary in Kontakt zu treten, ihm nichts als Prügel einbringen würde. Am Ende der Auffahrt angekommen, genau zwischen dem weißköpfigen Seeadler und dem Geier, versetzte Wild Bill seinem nun nicht mehr zukünftigen Schwiegersohn einen letzten Fußtritt in den Hintern und erklärte ihm, daß er jetzt schleunigst abhauen solle. Kenny, der bis dahin noch nie die Verachtung eines Menschen zu spüren bekommen hatte, traf den weisen Entschluß, sich still und leise zurückzuziehen und das Beste aus seiner Situation zu machen.

Wild Bill kehrte ins Haus zurück und ging ins Bett. Seinen mitternächtlichen Zusammenstoß mit Waterson erwähnte er keinem Menschen gegenüber, nicht einmal seiner Frau erzählte er davon. Sie würde es nämlich ganz bestimmt wieder so hinstellen, daß die ganze Schuld an dem Vorfall wieder nur bei ihm lag.

Marys Herz war gebrochen. Sie konnte nicht glauben, daß ihr junger Liebhaber ohne Grund und ohne ein Wort der Erklärung einfach davongelaufen war. Zuerst dachte sie, daß der Wilde etwas gesagt oder getan hatte, um Kenny zu vertreiben. Davon war sie erst recht überzeugt, nachdem sie Blut auf dem Teppich in Ginnys Schlafzimmer entdeckt hatte. Aber Wild Bill beharrte darauf, daß er von Watersons Verschwinden nichts wüßte. Er behauptete, der Junge sei sogar verschwunden, ohne seinen letzten Lohn abzuholen. Mary akzeptierte schließlich die Erklärung ihres Vaters. Kenny war eben ein treuloser und deshalb unpassender Verehrer für sie gewesen, redete sie sich ein. Ohne ihn war sie besser dran. Er war in ihr Leben getreten, hatte sich ihrer Gefühle bemächtigt und sie dann weggeworfen. *Und das,* sagte sie sich, *soll mir nie mehr passieren, nie mehr.*

Eine knappe Woche nach Kennys Verschwinden fuhr Mary nach New York, um ihre alte Collegefreundin Debbie Howell zu besuchen. Sie ging gerade die Fifth Avenue entlang, als sie glaubte, ihn auf der anderen Straßenseite zu sehen. An der nächsten Kreuzung überquerte sie die Straße und bahnte sich ihren Weg durch die Menge zurück. Ihr Herz fing an zu klopfen. Sie wollte eigentlich schon umkehren, die Sache auf sich beruhen lassen. Aber plötzlich war sie direkt hinter ihm, ihm direkt auf den Fersen. So holte sie tief Luft und klopfte ihm auf die Schulter. Einen Moment lang dachte sie, sie würde ihm ins Gesicht schlagen. Aber dann drehte er sich um. Sein Gesicht war immer noch blau und geschwollen von den fürchterlichen Schlägen, die er von dem Wilden einstecken mußte.

Mary hielt erschrocken die Luft an und riß die Augen weit auf. Kenny ebenfalls. »Bleib mir bloß vom Leib«, flehte er sie an. »Ich will nicht, daß dieser Verrückte noch einmal über mich herfällt.« Dann drehte er sich um und bahnte sich schnell seinen Weg durch die Menge.

Mary schaute ihm noch lange nach, bis er in der Menge verschwand. Sie versuchte nicht, ihm zu folgen oder ihn aufzuhalten. In diesem Augenblick haßte sie ihren Vater mehr, als sie jemals einen Menschen in ihrem Leben gehaßt hatte. Auch Kenny Waterson haßte sie. Sie haßte alle Männer, jeden einzelnen. Und noch an Ort und Stelle, direkt auf der Fifth Avenue und direkt vor dem Schaufenster von Tiffany, beschloß Mary im zarten Alter von dreiundzwanzig Jahren, daß sie mit Männern nichts mehr zu tun haben wollte. Das waren alles nur Lügner und Betrüger; kleine Jungen in großen, häßlichen, mächtigen Körpern. Sie konnten ihr nichts anderes geben, als ihr weh zu tun, ihr im Weg zu stehen, sie zu unterdrücken. *Ich habe in meinem Leben Wichtigeres zu tun, als mich mit den hormonell bedingten Problemchen dieser groben Klötze herumzuschlagen.*

Mary lag bei weitgeöffneten Fenstern auf ihrem weichen, schmalen Bett, aber immer noch drang warme, feuchte Luft in das Zimmer. Die unerwünschten Erinnerungen an Kenny Waterson ließen ihr das Zimmer noch wärmer erscheinen. Sie warf das dünne Baumwollaken von sich und versuchte, Ordnung in ihre Gedanken zu bringen. Aber wieder sah sie nur Kenny, der über ihr lehnte, und der Wunsch, sich selbst zu streicheln, wurde fast unerträglich ...

Während der Jahre, die auf Kenny folgten, konzentrierte Mary sich mehr und mehr auf die Vergangenheit ihrer Familie. Sie erstellte einen vollständigen Stammbaum der Winslows aus New Jersey. Im Laufe der folgenden zehn Jahre besuchte sie jedes Museum und jeden historischen Schauplatz im Staat, in der Hoffnung, dort Einzelheiten über die Winslows in der Neuen Welt zu erfahren. Detail für Detail, Generation um Generation stellte sie eine Zeittafel auf. Der Wilde unterstützte sie in ihrem Bemühen, zum Teil, weil auch für ihn eine Brücke zwischen Vergangenheit und Gegenwart existierte, aber auch, weil er nicht wollte, daß seiner Mary noch einmal weh getan wurde. Er tat alles, um ihr weitere Verletzungen und Enttäuschungen zu ersparen. Selbstverständlich bestand sein Beitrag dazu wie immer aus direkter finanzieller Hilfe: aus Geld, aus viel Geld. Sicher zählte das, aber es war bestimmt nicht alles, was die junge Frau brauchte.

Aber als sie jetzt im Bett lag und nicht einschlafen konnte, dachte Mary nicht an das Geld. Geld war nur Mittel zum Zweck. Es hatte keine dauerhafte Bedeutung, besaß nicht die Fähigkeit, das komplexe Problem der Vergänglichkeit zu lösen. Schließlich schaffte Mary es, ihren sexuellen Frust zu vergessen, und machte einen großen Sprung zurück in die Vergangenheit. Dort saß sie auf der vorderen Veranda jenes großen, weitläufigen, mit Schindeln bedeckten Hauses an den Ufern des Delaware etwas nördlich von Burlington. Vier Generationen von Winslows saßen neben ihr; auch der Patriarch der Familie, der alte Freeman Winslow, der langsam in seinem Schaukelstuhl hin- und herschaukelte, genüßlich an seiner Maiskolbenpfeife zog und seinen Rat nur anbot, wenn er ausdrücklich darum gebeten wurde. 1649 geboren, war er siebenundneunzig Jahre alt an diesem Sommermorgen, als Mary ihn aufsuchte; er war vielleicht der älteste noch lebende Bewohner europäischer Abstammung in den dreizehn Kolonien. Sein Sohn, Henry Lane Winslow, der auch schon bald fünfundsechzig wurde, saß neben seinem Vater, schnitzte an einem Hickorystock und sagte noch weniger. Derjenige, der noch das meiste zu der Unterhaltung beitrug – was ohnehin nicht sehr viel war –, war Henrys einziger Sohn, der das Erwachsenenalter erreicht hatte, der dreißigjährige Robert Bailey »Jawbone« Winslow. Man hatte ihn Robert Bailey nach dem Vater seiner Mutter genannt. Ein paar Jahre später gaben sie ihm zusätzlich noch den Beinamen »Jawbone«, die Quasselstrippe, weil er – ihrer Ansicht nach – dauernd den Mund offen hatte.

Mary sagte in dieser Runde kein Wort, zum Teil, weil Frauen in jenen Tagen in Gegenwart von Männern – auch Quäkern – nicht viel redeten. Aber in erster Linie blieb sie doch deswegen stumm, weil sie ohnehin niemand gehört hätte, da sie ja erst zweihundert Jahre später geboren werden würde.

Auf einer Decke zwischen Mary und Jawbone lagen die jüngsten Mitglieder der Winslows in der Neuen Welt: zwei gesunde männliche Nachkommen, Zwillinge – Robert Bailey Winslow Junior und sein kleiner Bruder Henry Lane Winslow II. Sie waren ein paar Monate zuvor, am Frühlingsanfang 1746, zur Welt gekommen. Ihre Mutter, die neunzehn Jahre alte Anna Carlson Winslow, dreizehn Jahre jünger als ihr Mann, hatte in der Nacht diese beiden siebeneinhalbpfündigen Babys geboren und war dann am nächsten Morgen aufgestanden, in den Stall gegangen und hatte die Kühe gemolken und die Hühner gefüttert.

1746 besaßen die Winslows Land, das sich zu beiden Ufern des Delaware fast eine Meile in beiden Richtungen erstreckte. Fast sechshundert Morgen, schätzte Jawbone, davon war fast die Hälfte landwirtschaftlich genutzt. Die Winslows saßen nun schon seit beinahe siebzig Jahren auf diesem Grund und Boden. Das Land hatte ihnen Wohlstand und eine herausragende Rolle in ihrer örtlichen Quäkergemeinde in West-Jersey eingebracht. Der alte Freeman war respektiert und saß im Ältestenrat des Versammlungshauses. Einmal hatte man ihn sogar nach Philadelphia zu einer wichtigen Jahresversammlung geschickt, wo er den schon hochbetagten, aber immer noch energischen Gründer von Pennsylvania, William Penn, kennengelernt und ihm einen halben Liter Bier spendiert hatte. Henry Lane und seine Frau Rebecca waren unter den ersten Kolonisten gewesen, die nicht nur die Sklaverei verdammt, sondern sowohl ihren Sklaven als auch ihren Knechten im Dienstverhältnis vorbehaltlos die Freiheit geschenkt hatten. Noch viele Quäker zu beiden Seiten des Delaware sollten bald ihrem Beispiel folgen.

Heute jedoch dachte Henry Lanes Sohn Jawbone nicht an die Jahresversammlung oder an das schwere Los der Farbigen. Er machte sich Sorgen wegen des neuen Gouverneurs, wegen der Steuererhöhung, der Indianer, der Franzosen und wegen vieler anderer Dinge, von denen er befürchtete, daß sie bald die Geschäfte der Familie und folglich auch den Familienfrieden empfindlich stören könnten.

»Es lohnt sich nicht, daß du dir um Dinge Sorgen machst, die du nicht beeinflussen kannst, Jawbone«, sagte Henry Lane. »Das stimmt doch, oder, Vater Freeman?«

Freeman nahm einen langen Zug aus seiner Maiskolbenpfeife, schaukelte ein- oder zweimal hin und her und nickte dann zustimmend.

»Vielleicht ist das so«, erwiderte Jawbone, »aber ich muß mir doch überlegen, was in absehbarer Zeit alles passieren könnte.«

»Laß dich nur nicht vom Denken abhalten, Sohn«, fuhr Henry Lane fort, »aber handle erst dann, wenn du alle Möglichkeiten mit deinem Vater abgesprochen hast. Das hast du mir doch immer geraten, Vater Freeman, oder?«

Freeman nahm einen weiteren langen Zug aus seiner Pfeife, schaukelte ein- oder zweimal zur Verstärkung hin und her und nickte zustimmend. »Das stimmt, mein Sohn, das habe ich getan. Aber es kommt eine Zeit im Leben eines Mannes, da muß ein Mann tun, was zu tun ist. Manche Männer führen ein Leben, das gleichmäßig und ruhig verläuft. Andere Männer sind nicht so glücklich dran. Sie müssen Dinge tun, die sie unter anderen Umständen niemals machen würden.«

»Aber Vater Freeman«, wandte Henry Lane ein, »selbst in unruhigen Zeiten verhalten wir Quäker uns ruhig und zurückhaltend. Quäker sind keine Kämpfer.«

Freeman dachte eine Weile darüber nach. »Es sollte unser aller Hoffnung«, sagte er, »unser aller Traum sein, dem Inneren Licht zu folgen. Aber du mußt wissen, manchmal ist dieser Lichtstrahl zu schwach. Manchmal ist das äußere Licht einfach stärker.«

Sie saßen alle noch eine lange Zeit wortlos zusammen und schauten über die Felder hinweg auf den Fluß. Der Fluß floß an ihnen vorbei, veränderte sich und blieb doch immer der gleiche. Dann fingen die Zwillinge zu schreien an, und in Sekundenschnelle waren aus den beiden Brüdern erwachsene Männer geworden, äußerlich nicht voneinander zu unterscheiden, innerlich jedoch sehr verschieden. Sie waren in eine handgreifliche Auseinandersetzung auf eben dieser vorderen Veranda verwickelt, aber da Mary den Ausgang ihres Streits bereits kannte, schloß sie die Augen und drehte sich um. Wie sie so auf dem naßgeschwitzten Laken lag, da wußte sie, warum der Wilde sie hatte sehen wollen, warum man sie alle nach Hause zitiert hatte. Da steckte mehr dahinter als nur der Sturz über die Treppe, das wußte sie jetzt. Es hatte mit dem Land zu tun, mit der Zukunft der Familie auf diesem Land. Aber da keine Bilder mehr in ihr hochsteigen wollten, driftete Mary in einen leichten, unruhigen Schlaf hinüber, der bis zum Morgen andauerte.

18

Ginny teilte die Leidenschaft ihrer Schwester Mary für die Vergangenheit nicht. Sie verspürte absolut keinen Drang, die Geschichte zu rekonstruieren, damit man die Vergangenheit der Familie besser verstand, in der Hoffnung, so ihre Zukunft vorhersagen zu können. Ginny sah weder sich selbst noch ihre Geschwister als Produkt von Ereignissen und Umständen, die sich vor Generationen und Jahrhunderten abgespielt hatten. Ebensowenig sah sie sich selbst oder ihre Geschwister als Stammeltern der Winslows des einundzwanzigsten Jahrhunderts. Das Leben war, was es eben war: Es spielte sich hier und jetzt ab, war ein täglicher Kampf, aus dem Bett zu kommen, den Kaffee zu kochen, die Kinder in die Schule zu verfrachten, der Putzfrau aus dem Weg zu gehen, sich auf die nächste Pause zu freuen, einkaufen zu gehen und den Göttergatten bei Laune zu halten, ohne ihn jedoch je ganz zu befriedigen. Natürlich hätte sie das glamouröse Leben einer Leinwandkönigin vorgezogen, aber mehr als diesen verblaßten Traum, den sie sich inzwischen versagte, wünschte Ginny sich Sicherheit. Sie wollte die Realitäten eines leicht verfälschten Lebens nicht in Frage stellen wollen oder müssen. Sie war eine gute Mutter und eine liebevolle, wenn auch etwas selbstsüchtige Ehefrau. Was wäre schon dabei gewesen, wenn sie von einem Augenblick auf den anderen beide Rollen aufgegeben hätte, hätte ihr irgendein großer Hollywood-Produzent die weibliche Hauptrolle in der Fortsetzung von *»Vom Winde verweht«* angeboten?

Ginny lag im Bett, in demselben Bett, in dem sie schon als Kind geschlafen hatte, und träumte davon, die neue Scarlett O'Hara zu sein. Stark, stolz und wunderschön stand sie auf der Vorderterrasse von Tara, umgeben von ihren loyalen Sklaven, einschließlich der treuen Mammy, die eben versprochen hatte, für immer bei ihr zu bleiben, auch wenn diese dreckigen

Yankees den Krieg gewinnen würden. Doch plötzlich war in der Ferne ein seltsames Geräusch zu hören. Es war der Motor eines Wagens, der in Höchstgeschwindigkeit angebraust kam. Alle auf dem Set verstummten. Und dann sahen sie es: ein kleines rotes Sportcoupé, das mit aufheulendem Motor über Taras Rasen flitzte. Der Sportwagen, ein Porsche Targa, wirbelte viele kleine Staubwölkchen auf und kam schließlich mit quietschenden Reifen genau vor den Stufen der Veranda zum Stehen. Auf der Fahrerseite stieg der Held persönlich aus, Clark Gable, der untadlig als Rhett Butler gekleidet war und von einem Ohr zum anderen grinste. Ginny hielt die Luft an. Ihr Herz flatterte. Aber dann stieg auf der Beifahrerseite ihre eigene, reale Tochter Madeline aus. Die zarte Fünfzehnjährige hatte zugenommen, sehr sogar. »Mein Gott, Maddy«, kreischte ihre Mutter, »du bist ja schwanger!« Und noch ehe sie vollends wach wurde, verwandelte sich Clark bereits in diesen schmierigen Gigolo Stu. Einen Moment später stieg das Paar wieder in den Porsche und fuhr davon, hinein in die gemalte Kulisse eines flammendroten Sonnenuntergangs in Georgia.

Ginny sprang aus dem Bett. Sie warf einen hastigen Blick auf den Wecker, bemerkte aber nicht, daß es erst kurz nach vier war. Dann wählte sie die Nummer ihres Hauses in Bel Air. Sie mußte es ein paarmal läuten lassen, ehe Aaron sich meldete. Er hörte sich an wie jemand, der tief und fest geschlafen hatte.

»Ja? ... Hallo? ... Ja?«

»Aaron, endlich, wo hast du gesteckt? Warum hat das so lange gedauert? Wo sind die Kinder? Ich versuche schon seit Stunden, bei euch anzurufen.«

»Ginny?«

»Ja, Ginny. Deine Frau. Erinnerst du dich an mich?«

»Ja, natürlich ... Was gibt es denn? ... Es ist mitten in der Nacht.«

»Es ist mir gleich, ob es mitten in der Nacht ist. Wo bist du gewesen? Und wo sind die Kinder?«

Inzwischen war Aaron hellwach. »Im Bett, nehme ich an. Obwohl ich in den letzten fünfzehn oder zwanzig Minuten nicht nachgeschaut habe, Gin.«

»Sei nicht albern, Aaron. Geh und sieh nach.«

Aaron diskutierte erst gar nicht lange mit ihr. Seit vielen Jahren schlug er sich nun schon mit Ginnys ewiger Unsicherheit und Ängstlichkeit herum. Für ihn machten sie einen Teil ihres Charmes aus, waren mit ein Grund, weshalb er sie liebte. Sie brauchte ihn. Also hielt er den Hörer etwas vom Gesicht weg, legte die Hand über die Muschel und ließ ein paar Minuten vergehen. »Okay«, sagte er dann, »ich habe nach ihnen gesehen. Sie schlafen beide tief und fest.«

»Bist du sicher?«

Aaron hatte einen langen Tag hinter sich. Aber er wußte, daß der Tag seiner Frau zweifellos auch sehr lang gewesen war. »Soll ich noch mal nachschauen?«

»Nein, aber ich will jetzt wirklich wissen, wo ihr vorher alle gewesen seid. Ich war ganz krank vor Angst.«

Aaron dachte kurz daran, irgend etwas zu erfinden, um seiner Frau einen richtigen Schrecken einzujagen, aber dann fiel ihm ein, daß er in weniger als sechs Stunden bereits im Krankenhaus sein mußte, um die Mandeln der verwöhnten Stieftochter von irgend so einem Seifenopernstar zu entfernen. »Wir waren alle beim Essen, Gin«, erklärte er ihr. »Maddy und Adam haben ferngesehen, als ich aus der Praxis nach Hause kam, und dann habe ich sie gefragt, ob sie mit zum Chinesen wollen, und sie waren einverstanden.«

Ginny überlegte kurz. »Und Stu hat sich nicht blicken lassen?«

»Nein, der hat sich nicht blicken lassen.«

Ginny erzählte Aaron von ihrem Traum, und Aaron erkundigte sich nach dem Wilden. »Wir haben ihn heute nur ein paar

Minuten gesehen. Es scheint ihm recht gutzugehen, besser, als ich erwartet habe. Aber ich werde mich morgen früh genauer erkundigen und gebe dir dann Bescheid.«

»Okay.«

»Du gehst jetzt besser wieder ins Bett.«

»Ja, und du auch«, sagte Aaron. »Und mach dir wegen der Kinder keine Sorgen, Gin. Denen geht es gut, ehrlich. Ich verspreche es dir.«

»Ich weiß«, sagte sie leise. Und dann, nach einer kurzen Pause: »Ich liebe dich.«

»Ich dich auch.«

Schließlich wünschten sie sich eine gute Nacht und legten auf. Ginny lag im Bett, suchte den Himmel nach Anzeichen für die bevorstehende Dämmerung ab und fragte sich, ob Aaron und die Kinder wirklich beim Chinesen waren. Adam haßte chinesische Küche, soweit sie sich erinnern konnte. Aber dann, gerade als der Himmel im Osten hell zu werden begann, fiel sie doch noch in einen leichten, unruhigen Schlaf.

Ganz im Gegensatz zu Edward und Barton, Mary und Ginny schlief Evangeline wie ein Baby in den Armen seiner Mutter. Sie schlief fast immer gut und wachte ausgeruht auf. Ihre Mutter hatte ihr einmal gesagt, daß die Nacht eine Spiegelung des Tages sei; wenn sie nur Gutes dachte und Gutes tat, würden süße Träume zu ihr kommen und die Engel über sie wachen.

Nachdem die Winslows in ihrem Nissan-Pickup ins Krankenhaus gefahren waren, räumte Evangeline in der Küche auf. John und Paul halfen ihr dabei. Als sie damit fertig waren, gingen sie vor das Haus und betrachteten den Abendhimmel. Als die Farben verblaßten, kehrten sie in das Cottage zurück und lasen sich dort abwechselnd aus *Huckleberry Finn* vor, und zwar die Stelle, als Jim und Huck den Toten entdecken. Es dauerte nicht lange, und John und Paul wären auf dem Fußboden im Wohnzimmer fast eingeschlafen. Evangeline schickte sie schnell ins Bad, damit sie sich das Gesicht wuschen und die Zähne putzten. Ein paar Minuten später schlüpften die Jungen in ihre Schlafanzüge und kletterten in ihr Doppelbett. Evangeline deckte sie zu und gab ihren Jungen einen Gutenachtkuß. Gerade als sie das Licht ausmachen wollte, fragte Paul: »Wann wird Onkel Bill wieder aus dem Krankenhaus kommen, Ma?«

»Oh, in ein paar Tagen, würde ich sagen. Vielleicht auch schon eher, wie ich ihn kenne.«

»Können wir ihn besuchen?« fragte John.

»Möchtet ihr denn?«

»Natürlich«, antworteten beide.

»Dann werden wir morgen hingehen.«

»Vielleicht können wir ihm etwas mitbringen«, schlug Paul vor. »Er hat mir ja auch diese Angelrute mitgebracht, als ich letztes Jahr meinen Blinddarm herausbekommen habe.«

Evangeline lächelte. »Natürlich, sicher können wir ihm etwas mitbringen. Das freut ihn bestimmt.«

»Vielleicht einen Goldfisch oder so was.«

»Ich dachte, *du* wolltest einen Goldfisch haben.«

»Na ja, ich habe mir gedacht, er möchte vielleicht auch einen haben.«

Sie lachte. »Manipulation der Eltern? Durch einen Fünfjährigen?«

»Was?«

»Nichts«, sagte sie, »schlaf ein.« Sie drehte das Licht aus und schloß leise die Tür. Drüben in dem kleinen Wohnzimmer schaltete Evangeline die Stereoanlage ein und schob *Abbey Road* von den Beatles in den CD-Player. Sie ließ die CD bis zum achten Song vorlaufen, stülpte sich Kopfhörer über die Ohren und schaltete die Musik ein. Dazu setzte sie sich in den alten Schaukelstuhl, in denselben alten, oft reparierten Schaukelstuhl, auf dem Crazy Legs seinen nicht tödlichen Herzinfarkt erlitten hatte. Der Wilde hatte den Schaukelstuhl in das

Cottage gebracht, kurz nachdem Evangeline und die Jungen vor fast vier Jahren dort eingezogen waren.

Bevor sie in das Cottage gezogen war, hatte die kleine Familie nur einen Steinwurf von den Ufern des Delaware River entfernt etwas nördlich von Frenchtown gelebt. Dort wohnten sie in derselben ausgebauten Remise, in der Evangeline zur Welt gekommen und von ihren Eltern Thomas und Pamela Pennington großgezogen worden war. Die Penningtons arbeiteten als Gärtner und Haushälterin auf einem alten und gepflegten, fünfundsiebzig Morgen großen Landsitz am Fluß. Ursprünglich hatten sie für eine alteingesessene Familie aus New Jersey, für die Daytons, gearbeitet, denen das Land seit dem achtzehnten Jahrhundert gehörte. Aber 1960 verkauften die Daytons den Besitz an Bowen und Patricia Blackwell. Die Blackwells warfen nur einen Blick auf die wundervollen Gärten und baten die Penningtons, doch zu bleiben. Die Penningtons willigten ein. Ein Jahr später, im Sommer 1961, kam ihr einziges Kind zur Welt. Sie gaben dem Mädchen den Namen Evangeline.

Zwei Jahrzehnte später, am Tag vor ihrem zwanzigsten Geburtstag, winkte Evangeline zum Abschied, als ihre Eltern und die Blackwells von der Graspiste des Sky-Manor-Flughafens außerhalb von Pittstown abflogen. Die Penningtons und die Blackwells flogen für ein verlängertes Wochenende nach Vineyard. Doch ein paar Stunden später schon stürzte ihre kleine Cessna in den Nantucket Sound.

Wild Bill Winslow kam zu beiden Beerdigungen. Die erste Gedenkmesse für die Blackwells fand in der presbyterianischen Kirche in Frenchtown statt. Der Pastor und mehrere Mitglieder der Gemeinde ergingen sich in religiösen Lobpreisungen der Verstorbenen. Der Wilde saß da und dachte sich, daß diese Menschen Dinge sagten, die sie gar nicht so meinten noch an sie glaubten. Außer am Ostersonntag hatte er Bowen Blackwell nie zur Kirche gehen sehen. Als die Messe zu Ende war, sprach Wild Bill Blackwells Kindern sein Beileid aus.

Die Gedenkmesse für die Penningtons wurde in Quakertown im Versammlungshaus der Freunde abgehalten. Wild Bill setzte sich ganz hinten in das kleine, einfache Gebetshaus. Er war noch nie zuvor bei einer Zusammenkunft von Quäkern gewesen. Keiner schien die Versammlung zu leiten; es gab keinen Pastor und keine Kanzel. Dreißig oder vierzig weitere Besucher saßen still auf schmalen Holzbänken. Der Wilde entdeckte Evangeline, die ganz allein in der ersten Reihe saß. Gelegentlich näherte sich ihr jemand, ergriff ihre Hand und flüsterte ihr etwas ins Ohr. Es wurden weder Reden noch Predigten gehalten, keine Klagen und keine Nachrufe. Und dann war plötzlich alles zu Ende. Die Leute gingen langsam wieder hinaus. Wild Bill wartete draußen auf Evangeline. Er erklärte ihr, wie leid ihm das alles tue und wie sehr er ihre Eltern vermissen werde. Sie weinte sich an seiner Schulter aus.

Er hatte sie ihr ganzes Leben lang gekannt. Er hatte mit angesehen, wie sie aufgewachsen war. Mindestens ein dutzendmal im Jahr besuchten die Winslows die Blackwells anläßlich von Partys, zu Picknicks und in den Ferien. Die Penningtons waren auch immer dazu eingeladen. Sie arbeiteten zwar für die Blackwells, waren aber auch eng mit ihnen befreundet. Evangeline und Emily hatten mit Jeannie Blackwell oft in dem großen alten Haus aus der Kolonialzeit Verstecken gespielt.

Die Beziehung zwischen der jungen Evangeline und Wild Bill erfuhr in dem Moment eine Veränderung, als er den Arm um sie legte, während sie sich an seiner Schulter ausweinte. Er wollte sie trösten, ihr ein Gefühl der Sicherheit geben, doch gleichzeitig war er erregt von ihren festen Brüsten und den schlanken Hüften, die ihm bewußtmachten, daß eine Frau aus ihr geworden war, eine schöne und sinnliche junge Frau. Er riß sich zusammen, schalt sich selbst einen ekelhaften alten Mann. Er war vor kurzem einundsechzig, sie ein paar Tage zuvor zwanzig geworden. Ihre Eltern waren gestorben. Ihre besten Freunde waren tot. Aber als ihr Schluchzen schließlich verstummte, wischte er ihr die Tränen ab und bat sie, ihn auf jeden Fall anzurufen, wenn sie etwas brauchte, ganz gleich, was.

Ein Monat verging. Der August kam und war heiß und trocken. Der älteste Sohn der Blackwells zog auf den Landsitz. Er versicherte Evangeline, daß sie weiterhin in der Remise bleiben und die Arbeit ihrer Eltern fortsetzen könne.

Sie rief Wild Bill an einem Samstagnachmittag in dieser ersten Augustwoche an. Er war gerade auf dem Weg zur Tür, als das Telefon klingelte. Beinahe wäre er nicht rangegangen. Er war auf dem Weg nach Bar Harbor zu seinem alljährlichen Besuch. Sie wollte wissen, wie es ihm gehe. Er antwortete, gut. Sie fragte ihn, ob er nicht vielleicht am nächsten Tag ein Picknick am Fluß mit ihr machen wolle. »Ich vermisse diese Dinge sehr in diesem Sommer«, sagte sie, »und das macht mich traurig und einsam.« Er erwiderte, daß er glücklich wäre, kommen zu dürfen, daß er sich geehrt fühle. Nachdem sie sich verabschiedet hatten, rief er Bettina an. Er erklärte seiner Frau, daß er in nächster Zeit nicht in den Norden käme.

Am nächsten Tag, einem warmen, luftigen Nachmittag, saßen sie im Schatten einer großen Weide am Flußufer. Sie aßen gegrillte Hähnchen und die ersten Maiskolben des Jahres. Dazu tranken sie eine Flasche Weißwein. Der Wilde erzählte ein paar Witze, Evangeline lachte. Sie wanderten zusammen den schmalen Weg am Flußufer entlang.

»Vielleicht könnte ich mit dir mal ins Versammlungshaus gehen«, sagte er.

Sie sah ihm in die Augen. »Das wäre schön.«

»Vielleicht am nächsten Sonntag.«

Sie lächelte und nahm ihn bei der Hand.

Es war an Weihnachten, genauer gesagt, am Weihnachtsabend,

als sie zum erstenmal miteinander schliefen. Wild Bill fuhr zu ihr, um ihr ein Geschenk zu bringen: eine nagelneue Stereoanlage. Er wußte, daß sie Musik liebte und daß der alte Plattenspieler in der Remise seine besten Tage schon lange hinter sich hatte. Sie schlossen alle Kabel an und steckten den Stecker in die Dose. Dann legte Evangeline eine Platte auf, *Let it Be,* von den Beatles. Während McCartney »The Long and Winding Road« sang, tanzten Evangeline und Wild Bill. Er küßte sie und fragte sich, warum ein Mann erst so alt werden mußte, ehe er lernte, wie man eine Frau so in den Armen zu halten hatte, daß es ihr gefiel. In dem Moment vermißte er Virginia, er wünschte sich, er könnte sie zurückholen und ihr sagen, daß er sie liebte. Eine Träne rollte über seine Wange, wahrscheinlich die erste Träne, die er seit ihrer Beerdigung geweint hatte. Evangeline wischte sie zärtlich fort.

Sie saß in dem Schaukelstuhl und dachte an diesen Abend zurück. Sie spürte noch immer Wild Bills Tränen auf ihrer Brust, als sie nackt auf ihrem Bett im Dachgeschoß der alten Remise lagen. Sie sah noch immer den Mondschein, der durch das Fenster fiel. Sie hörte noch immer den Schrei der großen Ohreule irgendwo unten am Fluß. Diese Nacht war er bei ihr geblieben, und auch fast den ganzen Weihnachtsmorgen.

Nachdem sie und die Jungen in das Cottage gezogen waren, kam Billy Boy oft zum Mittagessen zu ihnen. Nach dem Essen saß er gern in dem alten Schaukelstuhl und lauschte Bach, Beethoven und den Beatles, während er die zwei Jungen auf seinen Knien schaukelte. Ab und zu, wenn die Jungen im Bett waren, schaukelte er Evangeline auf seinen Knien. Das machte er sogar jetzt noch manchmal, was sie immer zum Schmunzeln brachte.

Auch jetzt lächelte sie. Es waren zwei lange Tage gewesen. Sie hatte das Gefühl, als sei schon ein ganzer Monat vergangen, seit sie ihn am Fuß der Treppe entdeckt hatte. Aber es sah so

aus, als würde er wieder in Ordnung kommen, als wäre in ein paar Wochen alles erledigt.
Evangeline hatte sich *Abbey Road* bereits mehr als tausendmal angehört, aber jedesmal war er wie neu. Je öfter sie diesen Songs lauschte, desto besser fühlte sie sich. Sie kannte jede Note, jeden Rhythmus, jede Pause, jeden Takt und jede Textzeile auswendig; doch jedesmal hörte sie etwas Neues, etwas, das sie noch nie zuvor darin gehört hatte. Sie mußte nicht erst lange über die Musik nachdenken. Es passierte einfach. Evangeline konnte dabei an Billy Boy, an John und Paul und an all die übrigen denken. Die Musik durchflutete ihre Gedanken und ihre Wünsche, bis sie angefüllt war mit der Musik, mit diesen simplen Rock-and-Roll-Rhythmen.
Und als die Musik zu Ende war, schaltete sie den Apparat ab, putzte sich die Zähne, zog sich aus und stellte sich vor das offene Fenster. Ein warmer, trockener Wind wehte in das Zimmer. Evangeline war dankbar, daß überhaupt ein Wind wehte. Am westlichen Himmel sah sie die Sichel des abnehmenden Mondes. »Ich danke Dir, Herr«, sagte sie, »daß Du mir bei diesem Tag geholfen hast. Und ich danke Dir, daß Du aus John, Paul und mir Kinder des Lichtes, Freunde ohne Feinde oder Gegner gemacht hast. Danke für Billy Boy, der mir mehr gibt, als er nimmt. Und danke, daß Du ihn hast stürzen lassen, so daß diese Wiedervereinigung, die er sich seit langem so sehr gewünscht hat, endlich wahr geworden ist.« Sie holte tief und fest Luft. Dann strich sie mit den Fingern leicht über ihr Haar, das Gesicht, hinunter über die Schultern, über ihre Brüste, die Hüften entlang, zwischen ihre Schenkel und die Beine hinunter. Sie holte noch einmal tief Luft, stieß sie langsam wieder aus, ging ins Bett und schloß die Augen. Einen Augenblick später war sie tief und fest eingeschlafen. Und die ganze Nacht über waren ihre Träume süß, und Engel wachten über ihrem Kopf.

MITTWOCH,
DEN 20. JUNI 1990 …

19

Wenn man wirklich gute Augen gehabt hätte – Augen, wie Ted Williams sie gehabt haben mußte –, dann hätte man ihn vielleicht in dem schwachen grauen Licht in dieser Stunde kurz vor Tagesanbruch sehen können. Aber um ihn zu sehen, hätte man einen Grund haben müssen, ihn zu suchen, einen Grund, anzunehmen, daß er vielleicht hier oben sein könnte; hier oben in den Wäldern, wo er sich versteckte, durch sein Fernglas spähte, alles kontrollierte, sich Notizen machte und sich selbst in eine Raserei hineinsteigerte, in der ihm Gewalt als der einzige Ausweg erschien.

Weder Henry – als Bobby – noch Joseph sah ihn, als sie ein, zwei Minuten vor halb sechs Uhr morgens das Haus verließen. Sie hatten keinen Grund zur Annahme, daß er dort oben sein könnte. Joseph war müde und schlecht gelaunt und beschwerte sich jetzt schon über die Hitze und Feuchtigkeit.

»Wird es in diesem verdammten Klima denn niemals kühler oder trockener?«

Henry zuckte mit den Schultern. »Oben in den Adirondacks ist es schon seit Wochen so.«

»Gottverdammter Treibhauseffekt.«

Die beiden Brüder standen draußen vor der Hintertür. Oben in den Wäldern konnte er nicht hören, was sie sagten. Er sah, wie ihre Köpfe übereinstimmend nickten, bevor sie über die Auffahrt in die Garage gingen. Er hörte, wie ein Motor angelassen wurde, und sah ein paar Sekunden später einen kleinen, niedrigen Sportwagen rückwärts aus der Garage herausfahren und mit tanzenden Scheinwerfern, die das schwache graue Licht durchstießen, die lange Auffahrt hinunter verschwinden.

Es war nicht genügend hell gewesen, so daß Edward nicht sicher sein konnte, wen er draußen an der Haustür gesehen hatte. Durch seinen Feldstecher hatte es ausgesehen, als seien es Joseph und Bobby gewesen, aber es hätten ebensogut Bobby und Barton sein können. Eindeutig seine Brüder, aber welche? Nicht, daß es so wichtig gewesen wäre. Er haßte sie alle, oder glaubte es zumindest. Sie hatten sich gegen ihn gestellt, als er sie gebraucht hatte. Sie hatten weggeschaut, als er ausgezählt am Boden lag.

Edward war in der Nacht zuvor – zu der Musik von Mendelssohn, interpretiert von Horowitz – zu dem Schluß gekommen, daß diese kleine Zusammenkunft des Winslow-Clans nur arrangiert worden war, um ihn mit Gewalt zurück in die Anstalt, zurück in die Klapsmühle zu bringen. Er war überzeugt, daß sie nur deswegen zusammengekommen waren, um ihn aus dem Weg zu räumen. Die Sache mit Wild Bills Treppensturz war nur ein Schwindel, eine Masche, ein Vorwand, um Edward dazu zu bringen, in seiner Wachsamkeit nachzulassen, und ihn aus seinem Versteck zu locken. Aber er fiel nicht darauf herein, nie und nimmer. Er durchschaute ihre Intrigen. Jawohl, Little Eddie wußte über sie Bescheid. Auch über Samantha. Er war sich zwar noch nicht ganz sicher, hatte aber den starken Verdacht, daß auch sie einer der Lakaien des Alten war.

Von seinem Platz am Waldrand, ganz oben auf dem alten Jagdsitz in der hohen, schwarzen Esche, konnte Edward fast das gesamte Gelände überblicken: angefangen bei der Hintertür des Haupthauses den ganzen Weg hinunter bis zu der großen Holzscheune am Rand des aufgelassenen Luzernefeldes. Er sah die hintere Veranda und einen Teil der Garage, den Swimmingpool, den Tennisplatz und auch den größten Teil des Cottages. Er konnte aber nicht hineinsehen. Drinnen war es dunkel, dunkel und ruhig. Auch das Haupthaus war dunkel, bis auf ein einzelnes Licht, das durchs Küchenfenster drang.

Als Kind hatte Edward das Haus auch immer von diesem Jagdsitz aus beobachtet. Dieser Jagdsitz war im letzten Jahrzehnt des neunzehnten Jahrhunderts von Crazy Legs erbaut worden. Crazy Legs hatte sich überlegt, daß es ihm vielleicht mal Spaß machen würde, einen Hirsch zu schießen, ihn nach Hause zu bringen und seiner jungen, unschuldigen Frau Caroline zu Füßen zu legen. Caroline war in der Stadt geboren und aufgewachsen, und von dem Augenblick an, in dem sie in diese Burg auf dem Land in New Jersey gezogen war, war sie eine unglückliche Frau gewesen. Jeden Tag, den Gott werden ließ, litt sie an der Stille und Einsamkeit. Aber das war das Leben, das ihr Mann sich vorstellte, und so hielt sie den Mund und tat ihre Pflicht. Sie führte den Haushalt, beaufsichtigte die Dienstboten und sorgte dafür, daß Crazy Legs sowohl sexuell als auch sonst auf seine Kosten kam. Und sie betete täglich zu Gott, sie doch endlich schwanger werden zu lassen.

Endlich, nach fast drei Jahren Ehe, wurden ihre Gebete erhört. Charles kam in einer kalten Winternacht im Januar 1892 zur Welt. Er war klein und zart und kostete seine Mutter doch fast das Leben, als er sich seinen Weg durch den Geburtskanal bahnte. Caroline erholte sich wieder, aber sie sollte nie mehr hundertprozentig gesund sein.

Als Charles noch ein Baby war, ließ Crazy Legs den Jagdsitz errichten und erlegte seinen ersten und einzigen Hirsch. An einem kalten Novembermorgen saß er oben auf dieser engen Plattform aus Holz, fror gottserbärmlich und wartete darauf, daß seine Beute unten an ihm vorbeizog. Und endlich kam er: ein Zwölfender mit einem großen, stolzen Haupt und einem imponierenden Geweih. Crazy Legs, ein Mann, der sich noch nie von seinen Gefühlen hatte beherrschen lassen, mußte sich zwingen, das Gewehr in Anschlag zu bringen. Aber dann tat er es doch. Er nahm das Herz des Tieres entlang der zwei öligen Läufe ins Visier. Die Zeit verging. Das Wild stand absolut reglos. Der Mann glaubte, nicht dazu fähig zu sein, aber kaum gingen ihm diese Gedanken durch den Kopf, drückte er schon den Abzug, beide Abzüge. Dann knallte es, das Tier zuckte zusammen und fiel, der Mann schrie. Ja, er schrie. Aber um seine Schreie zu überspielen, kletterte er mit vor männlichem Stolz geschwellter Brust vom Baum. Er näherte sich seiner Beute, wobei er es vermied, in die noch starr geöffneten Augen zu schauen, und dachte einen Moment sogar, er würde weinen. Aber natürlich weinte er nicht. Völlig undenkbar. Nicht John »Crazy Legs« Winslow. Er riß sich zusammen, und bald hatte er den mächtigen Hirsch aus dem Wald heraus über die kalte Erde geschleift und ihn bis vor die Stufen der hinteren Veranda gezogen.

Der Verwalter und Crazy Legs' Fahrer kamen aus dem Haus, um sich anzuschauen, was ihr Boß heimgebracht hatte. Zu dritt standen sie zusammen und unterhielten sich darüber, was für einen prächtigen Wandschmuck der Kopf ergeben würde, als plötzlich Caroline an der Hintertür erschien. Sie trug einen Morgenmantel aus Flanell und hatte einen Wollschal um. Ihr Gesicht sah bleich und wächsern aus. Sie öffnete die Tür, wollte gerade fragen, was da los war, als sie den toten Hirsch sah. Sie fiel augenblicklich in Ohnmacht. Crazy Legs fing sie gerade noch im letzten Moment auf, ehe sie mit dem Kopf auf der Schieferveranda aufschlagen konnte. Er trug sie hinauf in ihr Bett. Einen knappen Monat später starb sie, nicht, weil sie etwa diesen toten Hirsch gesehen hatte, sondern weil sie so lange an Trauer und Einsamkeit gelitten hatte. Ihr Mann ging nie mehr auf die Jagd. Er stellte seine doppelläufige Remington, Kaliber zwölf, in irgendeinen Schrank und dachte nicht mehr daran.

Edward kannte die Geschichte vom Tod seiner Urgroßmutter. Sie war damals gerade siebenundzwanzig Jahre alt gewesen. Er kannte auch die Geschichte von dem spätgefaßten Entschluß seines Urgroßvaters, seine Familie, sein Heim und sein Geschäft zu verlassen und irgendwo ganz weit weg, wo ihn niemand kannte, wieder von vorne anzufangen. Diese Geschichte war innerhalb der Familie bereits zu einem Mythos geworden. Crazy Legs war eine Legende. Wie er fast ohne Schulbildung mit eigener Kraft aus der Armut emporgestiegen, wie er mit seiner Kinderlähmung fertig geworden war. Wie er später die Seilfabrik der Winslows errichtet und den großen Landsitz in Far Hills erbaut hatte. Wie er aus dem Nichts Reichtum und Macht angehäuft hatte. Und wie er dann eines Tages aus heiterem Himmel verkündet hatte, daß dies alles nichts als ein riesiger Haufen Mist sei. Und wie er daraufhin eine kleine Ledertasche gepackt hatte und durch die Vordertür hinausgegangen war, ohne sich noch einmal umzusehen.

Natürlich hatte Edward diese Geschichte erzählt bekommen. Wie seine Brüder und Schwestern hatte die Geschichte auch seine ganze Jugend begleitet. Edward hatte vor allem den Teil sehr gemocht, als Wild Bill in den späten Vierzigern nach Honduras zu Crazy Legs hinuntergefahren war, nachdem man ihn benachrichtigt hatte, der alte Mann würde im Sterben liegen. Dieser Teil hatte sich für Edward immer nach einem großen Abenteuer angehört, und das war mit einer der tausend Gründe gewesen, weshalb der junge Bursche seinen Papa so verehrt hatte. Aber daran dachte er jetzt nicht, jedenfalls nicht bewußt. Er dachte gerade, daß er sich vielleicht mal zum Haus hinunterschleichen und sich dort etwas umsehen sollte, ehe der Tagesanbruch den Nebelschleier lüftete. Aber dann ging ein Licht im Cottage an, und Edward blieb wie angewurzelt sitzen und beobachtete eine Bewegung hinter dem Fenster. Er sah nicht, wie Evangeline aufstand, in das andere Schlafzimmer ging und sich neben Paul kniete, der im Schlaf vor sich hin murmelte. Er hörte nicht, wie sie den Jungen tröstete. »Das ist nur ein Traum, mein Schatz, nur ein schlimmer Traum. Komm, wach erst mal auf, und schlaf dann wieder ein.« Edward glaubte, sie durch das Wohnzimmer gehen zu sehen, eine Silhouette, die sich gegen das Fenster abzeichnete. Aber einen Augenblick später war das Cottage bereits wieder in Dunkelheit gehüllt. Edward beschloß, sich näher an das Haus heranzuschleichen.

Auch der Wilde sah Evangeline durch das Cottage gehen. Aber seine Vorstellung war Teil eines Traums, den er gegen Morgen hatte. Der übrige Teil des Traums war Realität. Wie der Morgen, an dem der Brief eintraf. Es war ein Samstag, der 22. Januar 1949, der fünfte Tag einer rekordverdächtigen Kälteperiode. Fünf ganze Tage lang hatten die Temperaturen kaum minus 15 Grad überstiegen. Die Schulen waren geschlossen. Wagen sprangen nicht an. In den Wohnblocks der Städte und in den Hütten auf dem Land starben die Menschen, die keine ausreichende Heizung hatten.

Wild Bill war mitten in der Nacht aufgewacht und hatte gehört, daß irgendwo Wasser lief. Nachdem er fünf Minuten in dem dunklen Haus gesucht hatte, fand er die Quelle. Ein Rohr war im Kellergeschoß geplatzt, das sich langsam in einen zementierten Tunnel verwandelte, der schon fast einen Meter tief war und mit jeder Sekunde tiefer wurde. Wild Bill starrte auf das Wasser und überlegte einen Moment, ob er nicht lieber das Haus durch die Hintertür verlassen und nie mehr zurückkommen sollte, aber dann watete er natürlich in den eisigen Sumpf hinein, um dessen Ursache zu erforschen. Er benötigte die restliche Nacht und fast den ganzen nächsten Morgen, aber endlich schaffte er es, das geplatzte Rohr zu flicken und die Ölpumpe dazu zu bringen, das jetzt fast eineinhalb Meter tiefe Wasser aus dem Keller zu pumpen.

Später an diesem Morgen, als er auf eine Tasse Kaffee und etwas zu essen aus dem Keller nach oben kam, fand er den Brief neben seiner Tasse. Er trug eine britisch-honduranische Briefmarke und war am 12. Dezember 1948 abgestempelt.

Der Brief hatte fast sechs Wochen gebraucht, um zu ihm zu gelangen, und die Adresse lautete einfach: The Winslows, Far Hills, N. J., U.S.A.
Wild Bill konnte die Kinder oben schreien hören, als er den Umschlag aufriß. Die kleine Helen war gerade zwei und Ginny fast drei. Und ein weiteres Kind war unterwegs und sollte noch vor der nächsten Schneeschmelze zur Welt kommen. Er saß am Küchentisch, trank seinen lauwarmen Kaffee und war weitaus mehr mit der Verantwortung für seine drei Kinder, das große Haus und seine neue Baustelle beschäftigt, als sich über diesen seltsamen und unerwarteten Brief Gedanken zu machen, der von einem Ort kam, an dem er noch nie gewesen war.

Sehr geehrter Mr. Winslow,
mein Name ist Gustav Frederick. Der Grund meines Schreibens betrifft Ihren Verwandten Mr. John Winslow.
Ich glaube, Sie kennen ihn als Crazy Legs.
John befindet sich seit September als Gast in meinem Haus. Ich habe berechtigten Grund zu der Annahme, daß Ihr Verwandter im Sterben liegt. Ich informiere Sie nicht deshalb darüber, weil er mir in irgendeiner Weise zur Last fiele, sondern weil ich der Ansicht bin, daß seine Familie über seinen Zustand Bescheid wissen sollte.
Bitte, seien Sie so gut und schreiben Sie mir an die unten genannte Adresse, oder, wenn die Zeit wirklich so drängt, wie ich glaube, dann kommen Sie doch einfach. Als Verwandter von John Winslow werden Sie mit offenen Armen in meinem Haus willkommen geheißen werden.

Mit vorzüglicher Hochachtung
Ihr Gustav Frederick

Wild Bill las den Brief ein zweites Mal durch. Als er ihn gerade ein drittes Mal las, kam Virginia mit je einem Kind auf der Hüfte in die Küche. Ein weiteres trug sie als nicht zu übersehenden Bauch vor sich her.

»Alles in Ordnung unten im Keller?«

Der Wilde hörte ihre Frage nicht. Er rieb sich die Augen mit einer Hand, während er mit der anderen den Brief hochhielt.

»Ich muß nach Britisch-Honduras«, sagte er langsam, »und ich denke, ich sollte gleich aufbrechen.«

Nun, Wild Bill fuhr also nach Britisch-Honduras; weniger als achtundvierzig Stunden später brach er auf, gleich nachdem die Banken am Montag morgen geöffnet hatten. Aber eines kann ich Ihnen sagen, zu Hause kam seine kleine Reise nicht gerade besonders gut an. Virginia, normalerweise ein ruhiger, ausgeglichener und wenig anspruchsvoller Mensch, führte sich auf, als würde ihr Mann für weitere drei oder vier Jahre gegen die Japaner kämpfen wollen. Sie waren gerade mitten im schönsten Streit, als Jimmie Maxwell in seinem großen gelben Checker-Taxi vor der Haustür vorfuhr. Jimmie war gekommen, um Wild Bill zum Flughafen nach Newark zu fahren, von wo aus der Wilde seine lange Reise in die kleine Stadt Punta Gorda in der Karibik starten sollte.

»Ich komme wieder, sobald ich kann«, rief der Wilde durch die klirrende Kälte, nachdem er seinen Koffer in den Kofferraum geworfen hatte. Um diese Reise überhaupt machen zu können, hatte er ihre geringen Ersparnisse plündern müssen, aber er hielt diese Ausgabe für gerechtfertigt. Er konnte seinen Großvater doch nicht mutterseelenallein in einem gottverlassenen Winkel Mittelamerikas, im Haus eines Menschen namens Gustav, sterben lassen. *Ich muß fahren,* sagte er sich, *ich habe keine andere Wahl.*

»Die Mühe kannst du dir sparen«, schrie Virginia ihm von der Tür aus zu. »Du brauchst gar nicht mehr zurückzukommen.« Ginny und die kleine Helen saßen dort, wo sie bereits vor zwei Tagen gesessen hatten. Sie schienen ständig an Mamas Hüften zu kleben. Manchmal fragte sie sich, wo sie das neue Kind unterbringen sollte, wenn es mal da war. »Bleib von mir aus ein ganzes Jahr«, schrie sie in die Kälte hinaus, »bleib gleich ganz weg. Das ist mir egal.« Und dann ging sie in die Eingangshalle zurück und schlug die Tür so fest zu, daß das ganze Haus erbebte. Wenige Augenblicke später hatte Tante Helen, die mehr denn je wie ein Familiengespenst aussah, einen ihrer seltenen Auftritte oben an der Treppe, wo sie sich fragte, ob das wohl ein Erdbeben war, was eben den Gartenstaat getroffen hatte.

Bill Winslow brauchte achtundvierzig Stunden, drei verschiedene Flüge, ein Schiff, zwei Busse und ein Taxi, um ins Paradies zu kommen. Das erste, was ihm positiv auffiel, war die Wärme. Nach all der vielen Kälte im Nordosten tat es gut, sich einfach mal wieder das Hemd aufzuknöpfen und den Schweiß die Arme hinunterrinnen zu fühlen. Dann war da noch die wunderschöne junge Frau mit der schokoladenbraunen Haut (sie stammte von den Mayas ab, wie er später erfuhr) und dem schüchternen Lächeln, die ihn in dem Haus willkommen hieß und ihm einen hohen, kühlen Drink aus Kokosnuß und Rum bereitete.
»Mr. Frederick wird gleich kommen«, sagte sie.
»Schön. Vielen Dank.«
Sie lächelte und ging weg.
Das Paradies war eine Plantage am Golf von Honduras, eine Meile südlich des kleinen Fischerdorfes Punta Gorda gelegen. Das Haupthaus lag auf einer niedrigen Klippe ungefähr fünfzig Meter vom Meer entfernt, ein weitläufiger, einstöckiger und weißgetünchter Betonbau mit hohen Decken und sich langsam drehenden Ventilatoren in allen Räumen. Möbliert war das

Haus fast ausschließlich mit weißlackierten Korbmöbeln, auf denen dicke Polster lagen. Das Haus war sehr still und makellos sauber.

Im Garten wuchs sattgrüner Rasen. Alles war voller Blumen, Sträucher und Obstbäume. Der Wilde entdeckte sogar Zitronen und Grapefruits. Zwischen zwei Orangenbäumen war ein Badminton-Netz gespannt. Auf dem Gras lagen mehrere Badminton-Schläger und ein paar Federbälle. Aber keiner spielte. Es war niemand in der Nähe.

Jenseits des gepflegten Rasens, auf der dem Meer entgegengesetzten Seite, fing der Wald an. Er war dicht und dunkel und erschien Wild Bill undurchdringlich.

»Hallo, Mr. Winslow?«

Der Wilde drehte sich um und sah sich einem kleinen älteren Gentleman in steifen weißen Hosen, einem gestärkten weißen Hemd und rosafarbener Krawatte gegenüber. »Ja. Guten Tag.«

»Gustav Frederick«, stellte sich der alte Mann mit schwerem deutschem Akzent vor.

»Bill Winslow.« Sie schüttelten sich die Hände.

»Wie schön, daß Sie gekommen sind. Ich habe schon angefangen, zu befürchten, daß mein Brief niemanden erreicht hat.«

»Er war sechs Wochen unterwegs, Sir, aber ich habe ihn schließlich doch noch bekommen.«

Gustav lächelte. Er hatte ein sanftes, freundliches Lächeln, wie das jener Buddha-Statuen, dachte der Wilde. »Das freut mich. Und ich bin froh, daß Sie kommen konnten. Ihr Vater wird sehr glücklich sein.«

»Mein Vater? O nein, Crazy Legs ist mein Großvater.«

Gustav schien das nicht gehört zu haben. Er hatte den Wilden am Ellbogen ergriffen und führte ihn durch das Zimmer. »Kommen Sie, er ist wach. Sie sollten ihn gleich sehen, bevor er wieder einschläft. Seit dem Schlaganfall schläft er viele Stunden am Tag.«

»Ein Schlaganfall?«

»Ja. Er wäre fast daran gestorben.«

Sie kamen durch eine geräumige Diele, auf der zu beiden Seiten Ölgemälde tropischer Landschaften hingen. »Und, wie ist er jetzt?«

Gustav Frederick stieß die Tür auf, und als Wild Bill in das Zimmer schaute, sah er Crazy Legs in einem Schaukelstuhl aus Rohrgeflecht sitzen, mit nichts am Leib als einem Paar abgeschnittener Pyjamahosen. Der alte Mann war im Jahr 1863 zur Welt gekommen. *Folglich*, rechnete der Wilde aus, *muß er jetzt fünfundachtzig Jahre alt sein. Jesus, er sieht keinen Tag älter als fünfzig aus. Hat noch immer alle Haare auf dem Kopf und eine behaarte Brust.* Sein Brustkorb sah etwas eingefallen aus, aber die Arme wirkten immer noch kräftig. Wild Bill fragte sich, ob der Brief über seine schwere Krankheit vielleicht nur eine Finte war, um die Aufmerksamkeit der Familie zu erringen.

Er ging zu dem alten Mann und streckte ihm die Hand entgegen. »Hallo, Großvater. Vielleicht erinnerst du dich nicht mehr an mich, aber ich bin dein Enkelsohn, dein mittlerer Enkel Will, oder auch Wild Bill, wie du mich damals in den zwanziger Jahren genannt hast.«

Crazy Legs schaute Wild Bill aufmerksam in die Augen. Es verging eine Weile, und dann zeichnete sich eine tiefe Falte zwischen den Augenbrauen des Mannes ab. »Das reicht jetzt mit dem Unsinn, Junge«, sagte er mit einer tiefen und rauhen Stimme, die geradewegs aus dem Bauch des alten Crazy Legs zu kommen schien. »Wir haben eine Schlacht zu schlagen, einen Krieg zu gewinnen. Da bleibt keine Zeit für Unsinn. Ich hasse nichts mehr als Unsinn. Junge Besserwisser wie du denken, die Zeit ist dazu da, um verschwendet zu werden, aber glaube mir, das ist sie nicht. Die Zeit ist dafür da, um zu arbeiten, zu kämpfen und um die Rebellen fertigzumachen.«

Wild Bill drehte sich um und schaute Gustav Frederick fragend an, erntete aber nur eines jener buddhahaften Lächeln.
»Stillgestanden, Junge!« fuhr Crazy Legs ihn an. »Ich habe bereits meine Befehle. Jetzt bekommst du die deinen. General Meade glaubt, daß Lee die ewigen Scharmützel der letzten Tage satt hat. Er glaubt, daß Lee jetzt bereit zu einem großen Angriff ist, wahrscheinlich auf unserer rechten Flanke. Wenn das passiert, dann wird morgen früh die Hölle losbrechen. Diese ruhige Festung hier wird sich in ein Inferno verwandeln. Und wir hocken mittendrin, Junge, genau mitten in der Scheiße. Meade glaubt, daß der Angriff von der rechten Flanke kommen wird, aber einige von uns sind der Ansicht, daß die Südstaatler in der Mitte angreifen werden, und zwar über das offene Feld, das du dort im Mondschein siehst.« Crazy Legs deutete auf die Wand. »Und wenn sie das tun, dann müssen wir sie aufhalten, Junge, du und ich und diese Grünschnäbel, deine Kumpel aus West-Jersey. Wenn wir die Rebellen durchlassen, dann wird nichts mehr zwischen ihnen und Präsident Lincoln stehen. Kannst du mir folgen?«
Crazy Legs machte eine Pause und wartete auf eine Antwort.
Gustav Frederick flüsterte Wild Bill ins Ohr: »Sagen Sie einfach: ›Jawohl, Sir, Colonel.‹«
»Was?«
»Jawohl, Sir, Colonel. Sagen Sie einfach: ›Jawohl, Sir, Colonel.‹«
Und so sagte Wild Bill, jedesmal wenn Crazy Legs eine Pause machte: »Jawohl, Sir, Colonel.«
Crazy Legs ging den ganzen Schlachtplan in allen Einzelheiten mit ihm durch. Sein Bataillon, Teil der Zweiten Division von New Jersey, sollte eine entscheidende Rolle am dritten Tag der Schlacht von Gettysburg spielen, und er wollte, daß seine Männer darauf vorbereitet waren.
Der alte Crazy Legs war in die Haut seines bereits vor langer

Zeit verstorbenen Vaters, Colonel Barton Henry »Gentleman Bart« Winslow, geschlüpft. Gustav erzählte Wild Bill, daß John, mit Ausnahme weniger klarer Augenblicke, die ganze Zeit über Barton war, und fast jedesmal war es dann die Nacht des 2. Juli 1863.

»Warum«, sagte Gustav, »das weiß ich nicht, aber an diesem besonderen Abend hält er sich länger als an allen anderen auf.«

Der Wilde erklärte ihm den Zusammenhang. »Barton war Johns Vater, den er nie gekannt hat. Dieser Colonel Winslow starb am Morgen des dritten Juli. Er scharte sein Regiment um sich und ritt gegen Picketts Attacke. Einzig mit seinem Säbel und einem eisernen Hodenschutz zog er in die Schlacht. Die Familie hat seine Rolle im Laufe der Jahre mit Sicherheit übertrieben, aber die Legende besagt, daß Gentleman Barts Truppen diejenigen waren, die Longstreets Männer an der Hochwassermarke zurückdrängten. Ohne Barts Tapferkeit hätte die Armee der Konföderierten die Linie der Union durchbrochen und wäre schnurstracks bis nach Washington marschiert. So erzählen wir es jedenfalls gerne. Die Vorstellung gefällt uns, daß Barton die Union gerettet hat.«

Auf Gustavs Gesicht lag sein feines Lächeln. »Hübsche Legende.«

Wild Bill nickte. »Der Colonel zahlte einen hohen Preis dafür. Eine Kugel der Rebellen traf ihn im Bauch, und er verblutete noch auf dem Schlachtfeld. Lincoln verlieh ihm postum die Ehrenmedaille. was aber Bartons junger Frau Dorothy nicht viel nützte. Mit ihren zweiundzwanzig Jahren war sie bereits Witwe und hatte ein kleines Kind. Wissen Sie, Gustav, an dem Tag, an dem Gentleman Bart im Kampf starb, wurde der kleine Johnny hier in einer kleinen Hütte in Lamington, New Jersey, geboren.«

Es passierte nicht viel während Wild Bills ersten drei Tage im Paradies. Er schickte Virginia ein Telegramm und versicherte ihr, daß er am Leben war und daß es ihm gutging. Er ging ins Meer zum Schwimmen. Er trank Rum und Kokosnußsaft. Er dachte darüber nach, wieviel Spaß es machen würde, mit dem jungen Indiomädchen zu schlafen, das die Drinks servierte und die Betten machte. Er träumte davon, auf und davon zu gehen, seine Frau und die Kinder zu verlassen und alles, das Haus, das geplatzte Wasserrohr, die Schulden und die kleine Baustelle, die er eben erst in Bernardsville angefangen hatte, im Stich zu lassen. Und er stand stramm vor Crazy Legs, wann immer der alte Mann seine Lieutenants zu sich rief. Aber nicht ein einziges Mal in den drei Tagen zeigte Crazy Legs auch nur das geringste Interesse an der Tatsache, daß Wild Bill mit ihm verwandt war. Der alte Mann redete nur immer und immer wieder über jene verdammten Rebellen, und daß sie bei Tagesanbruch ihren Preis für ihre Kriegslüsternheit zu zahlen hätten. Wild Bill aß immer mit Gustav zu Abend. Es war während dieser Mahlzeiten, daß der Wilde wenigstens etwas – wenn auch nicht viel – darüber erfuhr, was sein Großvater in der ganzen Zeit getan hatte, seit er vor fünfundzwanzig Jahren auf und davon gegangen war.

»Ich habe ihren Vater 1937 in Key West kennengelernt«, erzählte Gustav. »John lag im Hafen vor Anker und überlegte, wo er als nächstes hinfahren sollte. Wir genehmigten uns ein paar Drinks und beschlossen dann, gemeinsam herumzusegeln. Wir segelten nach Havanna, und nachdem wir dort ein paar Tage gespielt und getrunken hatten, segelten wir weiter nach Kingston auf Jamaica. Aber vor der Westküste von Kuba fuhren wir direkt in einen tropischen Sturm hinein, es war schon fast ein richtiger Hurrikan. Wir haben nur deshalb überlebt, weil Ihr Papa so ein ausgezeichneter Segler war und absolut keine Lust hatte, schon zu sterben.«

Wild Bill hatte bereits am ersten Tag aufgehört, Gustav darauf hinzuweisen, daß Crazy Legs sein Großvater war. Crazy Legs, der Seemann, interessierte ihn jetzt weitaus mehr. »Und, was ist passiert?«

»Der Wind frischte so schnell auf, daß wir kaum Zeit hatten, die Segel zu bergen. Ich wäre fast über Bord gegangen, wenn John Winslow nicht in der Lage gewesen wäre, gleichzeitig ein Segelboot durch einen tropischen Sturm zu steuern und einem Mann das Leben zu retten. Er ist schon ein verdammt mutiger Bursche, Ihr Vater. Sechs Stunden lang hat er gegen den Sturm angekämpft. Als er vorüber war, waren wir natürlich weit vom Kurs abgekommen. Und kaum hatte sich der Himmel aufgehellt, da sahen wir tatsächlich Land in Richtung der untergehenden Sonne. Gleich hier unten am Strand, kurz vor Punta Gorda, gingen wir vor Anker. Und hier sagte ich Ihrem Vater auch, daß für mich die Reise hier zu Ende war.«

»Wie haben Sie das gemeint?«

»Ich habe damit gemeint, daß ich nicht mehr weiter davonlaufen wollte. Seit 1933 war ich vor den Nazis davongelaufen. Deshalb habe ich damals beschlossen, gleich an Ort und Stelle zu bleiben. Später kaufte ich dann das Grundstück. Ich bin gerne hier. Das Wetter ist fast das ganze Jahr über schön. Und auch wenn Sie es von hier aus nicht sehen können, hinter dem Haus gehören mir noch mehrere hundert Morgen Sapotillbäume. Wissen Sie, wozu man Sapotillbäume braucht, William?«

Wild Bill schüttelte den Kopf.

Wieder dieses Lächeln. »Tausend Jahre lang hat man nicht viel damit anfangen können, aber dann hat jemand herausgefunden, daß der Baum Chiclegummi produziert. Aus Chiclegummi stellt man Kaugummi her. Während also meine Landsleute zu Hause bombardiert und ausgelöscht werden, weil sie auf diesen verrückten kleinen Anstreicher aus Österreich gehört haben, sitze ich hier in den Tropen und werde reich von dem klebrigen Zeug, das meine Sapotillbäume ausschwitzen. Das Leben ist schon seltsam, meinen Sie nicht auch, William?«

Wild meinte das auch. »Aber was war mit Crazy Legs?« fragte er. »Ist er auch hier in Punta Gorda geblieben? Oder ist er weitergezogen?«

»Sobald sein Boot wieder repariert war, stach er in See. Wahrscheinlich Richtung Key West. Vielleicht auch nach Havanna. Ihr Vater mochte es nicht, allzulange an einem Ort zu bleiben. Er war gern in Bewegung, wissen Sie, William, er mochte es gar nicht, wenn er Rost ansetzte. Er wollte nach England, daran kann ich mich noch erinnern. Er hatte, glaube ich, noch Familie drüben. Aber ich, ich bin hiergeblieben. Ab und zu, vielleicht einmal im Jahr, vielleicht jedes zweite Jahr, kam Ihr Vater auf ein paar Tage vorbei und blieb manchmal sogar ein paar Monate. Selbstverständlich war er mir immer willkommen, denn wie ich Ihnen bereits gesagt habe, William, Ihr Vater hat mir das Leben gerettet. Das ist jetzt schon fast zwanzig Jahre her. Zwanzig Jahre und mehr schulde ich diesem alten Mann, der dort drinnen liegt und versucht herauszufinden, wer er ist und wo er hingehen wird.«

Wild Bill dachte viel darüber nach, sagte aber nichts.

Zwei Tage später, in der Mitte des Nachmittags an einem warmen und sonnigen Tag in der Karibik, verschied Crazy Legs. Aber bevor er starb, erkämpfte er sich für ein paar kurze Augenblicke den Weg zurück in die Gegenwart.

Wild Bill stand in Habtachtstellung vor dem Colonel, der in seinem Schaukelstuhl saß und wie immer seine Pyjamahosen trug. Er hörte nicht auf, mit der Faust auf die Lehne des Schaukelstuhls zu schlagen. »Wir müssen tapfer kämpfen, Mann. Ich habe zu viele unserer Truppen gesehen, die beim ersten Anzeichen von Ärger auf dem Absatz kehrtgemacht haben und in die Berge hinauf verschwunden sind. Und ich habe gesehen, wie diese dreckigen Rebellen über uns gelacht und uns Feiglinge in blauer Uniform genannt haben. Das muß aufhören, Mann, und zwar bei Morgengrauen. Ich habe bereits mit Meade über dieses Problem gesprochen, und er hat mir den Arm um die Schulter gelegt und gefragt, was wir dagegen tun können. Und weißt du, was ich dem General geantwortet habe, Junge?«

»Nein, Sir, Colonel, weiß ich nicht«, antwortete Wild Bill.

»Ich habe ihm gesagt, daß wir auf unsere eigenen Leute schießen sollen, wenn wir sie aus der Schlacht davonlaufen sehen. Wie Hunde sollen wir sie abknallen.«

»Und was hat der General dazu gesagt, Colonel?«

»Er hat gesagt ... er hat gesagt ...« Aber Crazy Legs sollte den Satz nie beenden. Er zog weiter und kehrte nie mehr in den Krieg zurück. Sein Gesicht wurde kreidebleich, und sein Körper fing zu zittern an. Sofort mußte Wild Bill an jenen Tag vor so vielen Jahren denken, als er im Wohnzimmer neben dem Elternschlafzimmer auf dem Schoß seines Großvaters auf dem Schaukelstuhl gesessen hatte. Er glaubte, der alte Mann würde gleich wieder einen Schlaganfall erleiden.

Und so war es auch, aber erst ein paar Minuten später. Plötzlich hörten Crazy Legs' Beine zu zittern auf, und etwas Farbe kehrte wieder in sein Gesicht zurück. Er schaute sich verwundert das Zimmer an, riß die Augen weit auf, kniff sie wieder zu und versuchte herauszufinden, wo er eigentlich war und was er hier tat. Schließlich blieb sein Blick auf dem Wilden liegen, und er starrte den jungen Mann mindestens eine Minute lang unverwandt an.

»Dich kenne ich doch«, sagte er schließlich. »Du bist Wild Willy, der Schrecken des Winslow-Stammsitzes. Was zum Teufel treibst du hier? Und außerdem, wo sind wir hier eigentlich?«

»Wir sind in Britisch-Honduras, Großvater. Im Haus von Gustav Frederick.«

»Bei dem alten Sauerkrautfresser. Ich hätte ihn ersaufen lassen sollen.« Die Erinnerung zauberte ein Lächeln auf das Gesicht des alten Mannes. »Und was ist mit dir? Was hast du für eine Entschuldigung?«

»Ich bin nur hier, um dich zu besuchen.«

»Warum? Hast du geglaubt, ich würde sterben? Wolltest du etwas von mir? Vielleicht mein Geld? Nun, dann hast du Pech, Wild Willy, es ist kein Geld mehr übrig, nicht ein roter Heller. Dieser hirnverbrannte Sohn von mir hat während der Depression alles verloren. Aber ich, ich habe die Depression vorhergesehen und habe mich rechtzeitig aus dem Staub gemacht.«

Wild Bill wartete, bis der alte Mann ausgeredet hatte. »Ich wollte nur sehen, wie es dir so geht, Großvater.«

»Mir geht es gut, Junge, ganz gut. Bin in der ganzen Welt herumgekommen und habe fast alles gesehen, was sich zu sehen lohnt. Das meiste ist nichts als Blödsinn ... Wie steht's mit dir? Du hast doch sicher in diesem Weltkrieg mitgemischt, richtig?«

»Einen kleinen Teil habe ich dazu beigetragen, ja.«

Crazy Legs zuckte kurz zusammen, als habe man einen Stromstoß durch seinen Körper gejagt. »Ich habe in keinem der Kriege unseres Landes mitgemacht. Das habe ich mein Leben lang bereut.«

»Warum denn, Großvater? Darüber solltest du eigentlich glücklich sein. Ein Krieg ist etwas Schreckliches.«

Crazy Legs hatte offensichtlich Schmerzen. »Ich nehme an, du hast recht. Wahrscheinlich ist das so.« Seine Augen bekamen einen abwesenden Eindruck.

»Geht es dir gut, Großvater?«

»Sicher, natürlich, mir geht es gut ... Ich werde dir jetzt etwas sagen, Junge. Glaub es oder glaub es nicht, aber hör es dir auf jeden Fall mal an.«

»Natürlich, Großvater, schieß los.«

Wieder driftete der alte Mann ab, kam aber wieder zurück. »Streng dich an. Häng dich rein, so gut du kannst.«

»Wofür soll ich mich anstrengen, Großvater?«
»Ganz gleich, das ist nicht wichtig. Vielleicht ist es Geld, vielleicht Sex, vielleicht auch Macht. Wen interessiert das schon? Streng dich einfach nur an. Bleib nicht auf halbem Weg stehen. Mach nichts nur halb.«
Der Wilde nickte. »Richtig, okay.«
»Aber erwarte dir nicht zuviel davon. Erwarte nicht, daß etwas Gutes für dich dabei herauskommt. Erwarte nicht, daß es dich glücklich macht, dir Freunde einbringt oder dir Unsterblichkeit verleiht.«
»Warum soll man es dann überhaupt tun, Großvater?«
»Weil du es einfach machen mußt, mein Junge. Du hast keine andere Wahl.« Die Farbe wich immer schneller aus dem Gesicht des alten Mannes. Schweißperlen standen auf seiner Stirn. »Ich werde dir etwas sagen, Willy, mein Junge, warum ... warum bringst du diesen alten ...« Seine Hände fingen zu zittern an. Sein ganzer Körper wurde steif wie ein Brett und entspannte sich wieder. »... diesen alten Mann ... bringst diesen alten Mann nicht nach Hause?« Crazy Legs stieß diese letzten Worte aus, brach auf dem Fußboden zusammen und stand nie mehr auf.

Wild Bill wachte in seinem Krankenhausbett auf und sah Crazy Legs auf dem harten, kalten Fußboden liegen. *Erwarte nicht, daß etwas Gutes für dich dabei herauskommt. Erwarte nicht, daß es dich glücklich macht oder dir Unsterblichkeit verleiht.* Das erste Licht eines neuen Tages drang durch das staubige Krankenhausfenster. »Ich werde nach Hause gehen«, erklärte der Wilde dem leeren Zimmer, »ich werde noch heute aus dieser Bruchbude verschwinden.«
Aber nicht gleich in den nächsten paar Stunden, wußte er, und so legte er sich wieder zurück und hob Crazy Legs vom Fußboden auf. Gustav Frederick gab Wild Bill das Geld, um Crazy

Legs in die Staaten zurückzubringen. Er meinte, das sei das mindeste, was er für den Mann tun könne, der ihm das Leben gerettet hatte.

Es dauerte drei Tage und erforderte ein zähes Ringen mit den Zollbehörden in New York, bis er den Leichnam nach Far Hills schaffen konnte. Aber endlich kehrte der Wilde wieder nach Hause zurück. Achtzehn Tage war er auf seiner Reise nach Mittelamerika unterwegs gewesen. Virginia verzieh ihm in dem Augenblick, in dem er durch die Tür trat. Was blieb ihr sonst schon übrig? Es ist schwierig, auf jemanden wütend zu sein, der eben erst seinen toten Großvater über Tausende von Meilen in Bussen, auf Schiffen und in Flugzeugen nach Hause geschafft hat.

Derselbe Bestattungsunternehmer, den Helen 1945 für Charles beauftragt hatte, richtete auch Crazy Legs für die Beerdigung her. Sie begruben ihn sehr früh an einem Sonntagmorgen, am 20. Februar 1949, oben in dem zu diesem Zeitpunkt zwar noch kleinen, aber bereits expandierenden Familienfriedhof. Crazy Legs, Gründer der Winslow-Seilerei und Erbauer des Winslow-Stammsitzes, bekam das Grab in der Mitte. Seine Frau Caroline, die erste, die man hier zur letzten Ruhe gebettet hatte, lag neben ihm. Auch Charles, Shady und ihr jüngster Sohn Robert lagen hier. Andere waren auf dem Weg.

Während der Beerdigung fing es zu schneien an. Nur ein paar Flocken am Anfang, aber bald war ein richtiger Schneesturm daraus geworden. Die Trauergäste beendeten die Zeremonie und eilten nach Hause. Bevor sie dort ankamen, schrie Virginia vor Schmerz auf und erklärte, daß das neue Baby jetzt kommen wolle. Die Fahrt von fünfzehn Meilen ins Krankenhaus dauerte über zwei Stunden. Der Wagen schlitterte und brach aus, und ein paarmal wäre es fast zu einem Zusammenstoß gekommen. Virginia stöhnte und ächzte auf dem Rücksitz. Wild Bill zuckte bei jedem Aufschrei seiner Frau zusammen.

Immer wieder sagte er ihr, daß sie durchhalten solle, nur noch ein paar Minuten. Sie hielt durch, irgendwie. Vielleicht wollte Mary auch nicht auf dem Rücksitz eines alten Chevy-Kombis ihr Debüt auf dieser Welt geben. Sie wartete damit, bis ihre Mama sicher im Krankenhaus ankam, wo es warm und trocken war und wo sich Ärzte und Schwestern um sie kümmerten. Dort erst erbrach sie das Siegel und zeigte ihr Gesicht. Dabei waren ihre Augen weit offen und hellwach. Sie schien genau zu wissen, was los war, wo sie sich befand und was sie dort tat. *Der eine stirbt, der andere wird geboren*, dachte der Wilde, *einer geht, der andere kommt.* Und dann, als mit einem Schlag die ersten Sonnenstrahlen hinter dem Fenster explodierten, döste er ein, und in seinem Traum sah er Evangeline, die nackt und barfuß durch das Cottage ging.

Edward schlich durch den frühen Morgendunst zum Haus hinunter. Seine Bewegungen waren langsam, vorsichtig, seine Augen suchten das Haus ständig nach einem Licht oder einem Lebenszeichen ab. Er kroch durch die Brombeersträucher und die wilden Rosen hinter der Garage. Zweimal blieb ein Dorn in seiner Haut stecken, aber er zog ihn heraus und drückte so lange auf die Wunde, bis der Schmerz verging.

Am Ende der Garage blieb er stehen und spähte um die Ecke. Bis auf das Licht, das in der Küche brannte, war das Haus noch immer dunkel. Edward wußte nicht, wer alles im Haus war, aber er war sicher, daß einige seiner Geschwister und höchstwahrscheinlich auch sein Vater da waren. Little Eddie wußte ja, daß sein Vater in keinem Krankenhaus lag. Das war eine Lüge, das wußte er genau.

Er ließ sich auf alle viere nieder, kroch um die Ecke und durch das offene Tor in die Garage. Er wagte es nicht, dort die Deckenbeleuchtung einzuschalten. Aber er konnte auch so genug sehen. Er suchte nichts Bestimmtes, nur was er eben so

brauchen konnte, während er seine weitere Vorgehensweise bedachte. Von der Werkbank nahm er ein Beil, eine Rolle dicken Bindfaden und eine Handvoll Nägel. Dann durchsuchte er den Range Rover und das 250er Mercedes-Sportcoupé. Aus dem Rover holte er sich den Erste-Hilfe-Kasten. Aus dem Mercedes nahm er nichts, aber er mußte sich sehr zusammenreißen, um nicht die üppige Lederpolsterung des glänzenden Sportwagens mit dem Beil zu zerhacken.
Draußen fing es an, hell zu werden. Edward beschloß, daß er sich besser wieder in den Schutz der Wälder, auf seinen Hochsitz zurückziehen sollte. Er warf einen letzten prüfenden Blick auf das Haus, ehe er seinen Rückzug antrat. Keinerlei Anzeichen von Aktivität. Er wollte gerade aufbrechen, als ihm der alte Ford F-100 auffiel. Er schaute sich das New Yorker Nummernschild an und wunderte sich, wem wohl der Pickup gehörte. Lange betrachtete Little Eddie die zerbeulte Karosserie. Da schien die Sonne über die weite Rasenfläche, und ihr Strahl traf den rostigen Stahl. Und in dem Moment sah Edward sie. Sie hing in ihrer Halterung über dem Rückfenster: die Waffe, die alte doppelläufige Remington, Kaliber zwölf. Edward sah sie und wußte sofort, daß er sie haben mußte.
Er legte sich auf den Bauch und kroch über die Schotterdecke der Auffahrt. Als er die dem Haus abgewandte Seite des Wagens erreicht hatte, richtete er sich auf und probierte es an der Tür. Sie quietschte, ging aber auf. Er verschwendete nicht eine Sekunde. Sein Arm schoß ins Wageninnere und riß das Gewehr aus der Halterung, ehe irgend jemand im Haus die Zeit gehabt hatte, auch nur Atem zu holen. Nur Mary zuckte zusammen, aber im Schlaf fiel ihr keine geeignete Erklärung dafür ein. Edward schloß leise die Tür und kroch mit der Waffe wieder zurück zu der Garage. Sobald er das Gewehr näher betrachten konnte, erkannte er es sofort wieder. Es hatte ursprünglich Crazy Legs gehört, mit der Waffe hatte er seinen

Hirsch erlegt. Charles hatte mit der Waffe nur einmal geschossen, auf eine Familie von Waschbären, die in den Abfalltonnen gewühlt hatten. Als die Remington losging, hatte es Charles die Beine weggerissen, und er war auf seinem Hintern gelandet. Daraufhin stellte er das Gewehr in die Ecke und rührte es nie mehr an. Wild Bill entdeckte es erst wieder in den frühen Fünfzigern in einem der Wandschränke. Er machte das Gewehr sauber, ölte es und schoß damit auf Enten und Fasane, bis er dieses Gewehr seinem Sohn Henry zu dessen fünfzehntem Geburtstag schenkte, sehr zum Mißfallen der Mutter des Jungen. Edward wußte, daß die Waffe Henry gehörte. »Aber Henry ist doch tot«, murmelte er in den anbrechenden Tag hinein. »Wem also gehört die Waffe jetzt? Das muß derselbe Typ sein, dem der Wagen gehört. Das muß Bobby sein. Ja, Bobby.« Aber Edward konnte sich Bobby mit einer Waffe nur schwer vorstellen.

Er knickte den Lauf und überprüfte die beiden Kammern. Sie waren leer. Keine Patronen. Drinnen im Haus stieß Mary im Schlaf einen Seufzer der Erleichterung aus.

Doch Little Eddie fand eine Handvoll Patronen in einer alten Schachtel unter der Werkbank. Er füllte beide Kammern. Mary wachte schlagartig zu dem Geräusch von explodierenden Schüssen um sich herum auf. Little Eddie steckte sich die übrigen Patronen in die Taschen, schlüpfte aus der Garage und rannte in die Berge hinauf.

20

Mary richtete sich im Bett auf und schaute zum Fenster hinaus. Sie glaubte, oben hinter der Garage jemanden durchs Unterholz schleichen zu sehen. Aber in dem dunstigen Licht des frühen Morgens war es schwierig, genauer zu unterscheiden. Mary kam zu dem Schluß, daß die Gestalt Crazy Legs sein mußte, der in den Wald ging, um einen Hirsch zu schießen. Sie zuckte mit den Achseln, gähnte, ging wieder ins Bett, zurück zu ihrem Schlaf, zu ihren Träumen.

Die nächsten beiden Stunden, ungefähr bis acht Uhr, war nicht ein Laut in dem großen Haus zu hören. Die Frauen der Familie Winslow rührten sich nicht. Rosa und Emily schliefen Arm in Arm in Emilys Doppelbett. Ginny hätte wahrscheinlich bis Mittag durchgeschlafen, hätte das Telefon sie nicht aus ihrem Schlummer gerissen. Das erste Läuten hörte sie kaum, aber das zweite ging los wie ein Gewehrschuß. Sofort war Ginny hellwach, hatte sich im Bett aufgerichtet, ihre Umgebung wahrgenommen und war zu dem Schluß gekommen, daß die junge Madeline von Stu und dessen Crack rauchenden Kumpanen vergewaltigt worden war. Stu hatte nie Crack geraucht, aber das glaubte Ginny nicht.

Sie packte den Hörer. »Ja! Hallo? Aaron? Bist du es, Aaron? Was ist passiert?«

»Hallo?« fragte eine ruhigere, aber nicht unbedingt beruhigend wirkende Stimme am anderen Ende. »Ist dort das Landhaus der Familie Winslow?«

Ginny wurde klar, daß ihre Befürchtungen vielleicht ein wenig voreilig waren. Sie schaute sich um, ob irgend jemand etwas bemerkt hatte. Aber alles blieb still. »Hm, ja, das ist richtig.«

»Und mit wem spreche ich?«

Ginny betrachtete stirnrunzelnd den Hörer. »Und mit wem spreche *ich*?«

»Hier spricht Samantha Tuttle-Winslow ... Edwards Frau.«
Ginny wußte alles über Samantha, hatte die Frau aber nie getroffen. »Nun, hier spricht Ginny Cohen, Edwards Schwester.«
Einen Augenblick blieb es still, bevor Samantha fragte: »Ist Edward vielleicht bei Ihnen?«
»Soweit ich weiß, nein, aber ich bin sicher, daß er noch kommt.«
Das ließ Samantha etwas zögern. »Ja, also ... vielleicht ist er noch auf dem Weg.«
»Sie meinen, Sie wissen es nicht?«
»Eigentlich nein. Wir haben darüber gesprochen, ob wir kommen sollen oder nicht. Aber gestern abend, bevor wir ins Bett gingen ... da waren wir uns noch nicht einig.« Samantha haßte ihren entschuldigenden Tonfall.
»Vielleicht hat es sich Edward einfach anders überlegt.«
Samantha kam zu dem Schluß, daß die Unterhaltung für sie nur noch unerfreulicher werden konnte. »Vielleicht.« Und nach einem Moment fügte sie hinzu: »Ich rufe in ein paar Stunden noch mal an, um mich zu erkundigen, ob er inzwischen angekommen ist. Vielleicht ist er ja nur mal kurz weggefahren.«
»Wir werden es ja sehen.«
»Sicher.«
Wieder folgte eine Pause.
»Also«, sagte Ginny, »dann rufen Sie später wieder an. Vielleicht ist er inzwischen schon hier.«
Die beiden Frauen verabschiedeten sich und legten gleichzeitig mit deutlichem Nachdruck auf. Die nächsten paar Minuten saßen sie reglos am jeweiligen Bettrand und rissen im Geist ihre Schwägerin in Stücke. Samantha fing sich als erste wieder. Sie beschloß, sich anzuziehen, ins Büro zu fahren, ihre Vormittagstermine wahrzunehmen und sich dann zu informieren,

ob Edward inzwischen wieder auf der Bildfläche erschienen war. Falls man dann immer noch nicht wußte, wo er steckte, würde sie ihre Koffer packen und allein nach New Jersey fahren.

Ginny, die keine Ahnung von Edwards delikatem geistigem Gleichgewicht hatte, hoffte, ihr kleiner Bruder würde nach Hause kommen, um seinen Vater zu besuchen. Natürlich wußte sie, daß Edward ziemlich schwere Zeiten durchgemacht hatte, aber die Inanspruchnahme durch ihr eigenes Westküsten-Melodram hatte ein völliges Verständnis der Situation ihres Bruders bisher verhindert. In ihren Augen war Edward eben nur einer von vielen, die schwere Zeiten, eine schwierige Scheidung hinter sich hatten. Sie kannte Dutzende von Leuten in L. A., die die gleiche Hölle durchgemacht hatten. Manche wurden damit eben besser fertig als andere. Aber Ginny hatte keine Ahnung, daß Edward sie für sein Unglück verantwortlich machte – jedenfalls zum Teil. Hätte sie es gewußt, hätte sie sich sehr gewundert, weshalb. Sie war ja nicht einmal dabeigewesen, als die Geschichte mit seiner Frau und seinen Kindern passierte. Sie war dreitausend Meilen weit weg, am entgegengesetzten Ende des Landes, gewesen.

Ginny hörte erst auf, über Edward und seine unterkühlte Frau Samantha nachzudenken, als sich mit aller Macht ein kleines Bild zwischen ihre Gedanken schob und sie Stu vor sich sah, der mit ihrer süßen Madeline ins Bett gehen wollte. Gleich darauf läutete bei ihrem Mann das Telefon.

»Ja«, meldete sich eine verschlafene Stimme, »hallo, was ist los? Hier spricht Dr. Cohen.«

»Aaron, ich bin es.«

Es folgte eine kurze Pause, die jedoch reichte, um einen Blick auf die Uhr zu werfen: Am Pazifik war es 5:07 Uhr Ortszeit.

»Das ist ja eine Überraschung.«

»Ich möchte, daß du die Kinder nimmst und hierherkommst.«

»Was?« Aaron rieb sich die Augen und seufzte.
»Nur für ein paar Tage.«
»Ginny!«
»Ich brauche dich hier.«
»Du meinst, du brauchst die Kinder.«
»Ich brauche euch alle.«
Aaron versuchte, ruhig zu bleiben. »Was ist denn überhaupt passiert?«
»Nichts ist passiert«, fuhr sie ihn an. »Ich glaube nur, daß es besser ist, wenn wir im Augenblick alle zusammen sind. Ich halte es jedenfalls für wichtig.«
Aaron seufzte. Es war ihm leider unmöglich, die Situation mit Humor zu betrachten. Aber er kannte seine Frau, ihre Ängste und überspannten Einfälle. »Heute geht es nicht, Ginny. Auf keinen Fall. Für heute morgen sind zwei Operationen angesetzt.«
»Was ist mit morgen?«
»Dräng mich nicht.«
»Also?«
»Ich rufe dich heute nachmittag noch mal an.«
»Da bin ich vielleicht bei Daddy im Krankenhaus.«
»Dann versuche ich es eben später wieder. Reg dich nicht auf.«
Sie verabschiedeten sich. Ginny saß am Bettrand und stieß einen langen, traurigen Seufzer aus. Durch das Fenster sah sie, wie sich die frühe Morgensonne im Swimmingpool spiegelte. Sie beschloß, zum Schwimmen zu gehen, warm genug war es bereits. Aber zuerst wollte sie Barton anrufen. Es war erst Viertel nach acht, aber sie wollte mit ihm sprechen, wenn die anderen nicht in der Nähe waren. Sie wählte die Nummer des Krankenhauses in Waycross, Georgia. *So viele Krankenhäuser,* dachte sie, *so viele Kranke.*
»Guten Morgen«, sagte eine Frauenstimme, »Waycross General.«

»Ich hätte gern mit Mr. Barton Winslow gesprochen.«
»Das ist ja reichlich früh, Ma'am. Mr. Winslow schläft sicher noch.«
Ginny seufzte erneut, aber dieses Mal nicht ganz so verzweifelt. »Würden Sie bitte nachsehen. Es ist sehr wichtig, daß ich ihn spreche.«
»In Ordnung, Ma'am, eine Minute.«
Es dauerte eher fünf Minuten, bis Bartons Stimme endlich durch das Telefon drang. »Hallo?«
»Barton?«
»Ja, wer spricht denn da?«
»Ich bin's, Ginny ... deine Schwester.«
»Ginny?« Barton klang überrascht, was er in Wirklichkeit aber überhaupt nicht war. Das war genau das, was er erwartet hatte. »Wie hast du mich hier gefunden?«
Und dann folgte eine Viertelstunde voller beidseitiger Erklärungen. Barton erzählte alles über seine Begegnung mit den unfreundlichen Südstaatlern und Ginny alles über Wild Bills Sturz die Hintertreppe hinunter. Er sagte, daß es ihm schon viel besser ginge und daß er aus dem Krankenhaus entlassen würde, sobald er mit dem Arzt gesprochen habe. Sie sagte, daß es Wild Bill zwar auch recht gutginge, er aber mit aller Wahrscheinlichkeit erst in ein paar Tagen entlassen werden würde, worauf Barton sofort die ganze Kette der Ereignisse als vom Schicksal festgelegt, als eindeutig positives Omen interpretierte. Er konnte kaum seine Freude verbergen, als Ginny ihm sagte, daß am Tag zuvor fast alle Geschwister – alle, bis auf Edward – zu Hause eingetroffen seien. »Aber selbst Edward ist vielleicht schon unterwegs.«
»Ich komme, so schnell ich kann«, sagte der jüngste von Virginias Söhnen. »Ich muß nur noch herausfinden, was aus meinem Wagen geworden ist, und dann nehme ich das erste Flugzeug Richtung Norden.«

»Fühlst du dich schon kräftig genug?«
»Ich fühle mich wie jemand, über den eine Dampfwalze gerollt ist, aber das wird mich nicht davon abhalten, nach Hause zu kommen.«
»Ich weiß, daß Daddy Joseph oder Bobby zu dir hinunterschicken wollte, damit sie sich selbst davon überzeugen, wie es dir geht.«
»Sag ihnen, die Mühe können sie sich sparen. Ich schaffe es schon allein bis Newark, aber vielleicht könnte dort jemand zum Flughafen kommen und mich abholen.«
»Natürlich, aber du mußt auf dich aufpassen. Tu, was der Arzt dir sagt. Und falls es irgendwelche Probleme gibt, ruf einfach an.«
»Ich rufe euch an, sobald mein Flugzeug gelandet ist.«
Kaum hatte Ginny den Hörer aufgelegt, da zerriß ein Läuten die Stille. Sie hob schnell den Hörer wieder ab, ehe es ein zweites Mal klingeln konnte. »Ja? Hallo?«
Nach einer kurzen Pause war eine leise, sanfte Stimme zu hören. »Es tut mir leid, Sie so früh schon zu belästigen. Ich hoffe nur, ich habe auch die richtige Nummer gewählt.«
»Ja? Und?«
»Mein Name ist Irene, Irene Biddford …«
»Ja?«
»Biddford-Winslow. Ich bin Bobbys Frau.«
Ginny war einen Moment sprachlos, während sie hektisch versuchte, eine weitere Schwägerin, die sie noch nie getroffen hatte, in ihrem Kopf unterzubringen.
»Dort ist doch bei Winslow?« fragte Irene. »Das stimmt doch, oder? William Winslow?«
»Ja, ja, das ist richtig«, erwiderte Ginny. »Es tut mir leid, ich war nur … ach, lassen wir das. Ich bin Ginny, Bobbys Schwester. Wir beide kennen uns ja noch nicht. Wie geht es dir? Ich kann doch du sagen, oder?«

»Aber natürlich, mir geht es gut, danke. Ich mache mir nur etwas Sorgen wegen Bobby, das ist alles. Weil der Pickup, den er fährt, doch schon recht alt ist. Ich wollte nur wissen, ob er auch gut angekommen ist.«

»Oh, er ist sehr gut angekommen, Irene. Wir alle. Jedenfalls fast alle. Ich kann Bobbys Wagen von hier aus sogar sehen. Er muß noch schlafen. Alle schlafen noch. Es ist zwar schon fast halb neun, aber das Haus ist noch so ruhig wie eine Leichenhalle.«

»Du mußt ihn nicht extra wecken. Sag ihm nur, daß ich angerufen habe und daß wir ihn ganz lieb grüßen.«

Ginny fiel wieder ein, daß Bobby zwei kleine Mädchen hatte, konnte sich aber an ihre Namen nicht mehr erinnern. »Ich richte es ihm aus, Irene, sobald ich ihn sehe.«

»Vielen Dank ... wie geht es eurem Vater?«

»Ziemlich gut, danke. Besser, als wir eigentlich erwartet haben, würde ich sagen.«

»Das sind ja gute Neuigkeiten. Ich kenne euren Vater zwar nicht, habe aber schon viel von ihm gehört.«

»Was Gutes?«

»Nun, fast nur Gutes. Manches war vielleicht auch nicht so gut.«

»Es überrascht mich, daß Bobby überhaupt etwas Gutes über ihn erzählt hat. Er und Vater waren sich nicht immer ganz grün.«

»Ja, es ist schon merkwürdig«, sagte Irene, die hinter der Verkaufstheke in Merlins Laden stand, »auch als wir schon verheiratet waren, hat Bobby seine Familie kaum erwähnt. Aber in letzter Zeit, und damit meine ich die letzten paar Jahre, hat er mehr darüber gesprochen. Besonders über euren Vater. Ich versuche immer wieder, ihn mehr zu öffnen, weil ich weiß, daß in seiner Vergangenheit etwas geschehen sein muß, das ihn von euch allen fernhält. Aber ich bedränge ihn nicht. Er muß es mir schon von sich aus erzählen.«

Ginny überlegte einen Moment. »Weißt du was, Irene«, sagte sie schließlich, »vielleicht ist es ja gar nicht möglich, aber mir ist gerade eine interessante Idee gekommen.«

»Eine Idee?«

»Ja, ich denke, du solltest einen Koffer packen, deine Kinder auf dem Rücksitz eines Autos verstauen und hierherfahren.« Ginny konnte kaum glauben, daß sie tatsächlich so etwas sagte. Das letzte, was sie wollte, war eigentlich, daß noch mehr Leute durch das Haus schwärmten. »Ich glaube, es ist Zeit, daß du endlich Bobbys Familie kennenlernst.«

»Nichts lieber als das, Ginny, aber ...«

»Kein Aber, Irene, mach es einfach. Es passiert nicht allzuoft, daß wir alle gleichzeitig am selben Ort sind.«

»Aber weißt du, wir haben keinen Wagen. Nur den Pickup, und den ...«

»Dann miete dir einen.«

»Ich weiß nicht, ob wir uns das leisten können. Darüber müßte ich erst mit Bobby reden.«

»Zur Hölle mit Bobby. Mach es einfach. Überrasche ihn. Überrasche uns alle.« Ginny war jetzt wirklich in Fahrt. »Ich werde dir das Geld für den Wagen leihen. Du kannst es mir irgendwann einmal zurückzahlen.«

Die beiden Frauen wälzten die Idee noch ein paar Minuten hin und her. Bald ging es nicht mehr darum, ob Irene kommen würde, sondern wann. Noch am selben Tag, wurde schließlich beschlossen, und zwar sobald sie einen Wagen auftreiben und die Kinder fertig machen konnte.

Ginny legte auf und war sehr zufrieden mit sich. Es gab so viele Dinge zu tun, Dinge, um die sie sich kümmern mußte. »Aber vielleicht«, flüsterte sie, »vielleicht wird ja auch alles gut. Ich muß mir jetzt erst mal Gedanken darüber machen, wo alle schlafen sollen. Ich muß mich um die Organisation der Küche kümmern, Lebensmittel einkaufen, meinen Agenten anrufen und ihn bitten, ob er den Vorsprechtermin für die Zahnpastareklame nicht verschieben kann, im Krankenhaus anrufen und mich erkundigen, wann wir Daddy besuchen können, dann Aaron anrufen und ihm klarmachen, daß er mit den Kindern unbedingt kommen muß ...«

21

Die Fliegengittertür des Cottages öffnete sich und fiel mit einem Knall wieder ins Schloß. Evangeline trat auf die Veranda. Sie hob die Arme und streckte sich. Edward hörte, wie die Tür zufiel, schaute durch sein Fernglas und stellte die Schärfe ein. Edward kannte Evangeline, hatte sogar schon Volley- und Softball auf dem Landsitz der Blackwells am Delaware mit ihr gespielt. Aber jetzt betrachtete er sie verwundert und hatte keine Ahnung, wer sie war. Sie trug Jogginghosen und ein enges, marineblaues T-Shirt. Er sah ihr zu, wie sie sich bückte und mit den Fingern ihre Zehenspitzen berührte. Dann stemmte sie die Hände gegen die Wand des Cottages und stieß sich mit jeweils einem Bein ab. Er konnte die langen, dünnen Muskelstränge entlang ihrer Schenkel und Waden sehen. Ihre Beine ließen ihn an Christine denken, daran, wie er mit Christine geschlafen, seinen Kopf zwischen ihre Brüste gelegt hatte und am liebsten geweint hätte, es aber dann doch nicht getan hatte. Und dann war sie weg: über den Tennisplatz, um den Pool herum und hinaus auf die Straße. Einen Moment lang verlor er sie aus den Augen, als sie sich zwischen dem Haus und der Garage befand, aber dann sah er sie die Auffahrt hinunterlaufen. Sie lief mit langen, flüssigen, eleganten Schritten. Während Edward ihr beim Laufen zusah, vergaß er alles über Haß, Rache und Vergeltung. Aber dann war sie fort, um die erste Kurve der Straße verschwunden, und auch Christine war fort, und seine Mutter und die Jungen, und Edward konzentrierte sich wieder auf sein eigentliches Ziel und richtete sein Fernglas auf die Hintertür des großen Hauses.

Ginny stieß die Tür auf und trat hinaus in den Morgen. Er erkannte sie nicht gleich; es war Jahre her, seit er sie das letztemal gesehen hatte. Aber er wußte, daß es eine seiner Schwestern war, entweder Mary oder Ginny. Sie trug einen Morgen-

mantel aus Baumwolle und hielt die Arme fest vor der Brust verschränkt. *Das ist eindeutig Ginny*, dachte Edward, als er an der Schärfeeinstellung herumdrehte, *da gibt es keinen Zweifel.* Er wußte, daß sie mit einem Kinderarzt verheiratet war, in Kalifornien lebte und Kinder hatte. Das ließ ihn an seine eigenen Kinder denken, an die Kinder, die nicht länger mehr bei ihm waren, und dieses Mal belastete ihn diese Erinnerung so sehr, daß er drauf und dran war, mit dem Gewehr auf seine Schwester zu zielen, auch wenn er gar nicht abdrücken wollte. Aber statt dessen verfolgte er ihren Weg über den Rasen nur durch das Fernglas. *Es bleibt mir noch genügend Zeit zum Handeln*, beschloß er. *Jetzt im Moment muß ich nur Geduld haben, mich verstecken und mir gut überlegen, was was und wer wer ist.*
Ginny stand unschlüssig neben dem Swimmingpool und steckte eine Zehe in das Wasser. Nach der Gluthitze des Tages war das Wasser fast lauwarm, aber für Ginnys Empfinden war es kalt, fast zu kalt. In Bel Air hielt sie das Wasser im Pool konstant auf dreißig Grad.
Neben der Leiter am tiefen Beckenende entdeckte sie das Thermometer; seit sie zurückdenken konnte, seit ihrer längst vergangenen Jugend war das Thermometer immer am selben Platz gewesen. Dieser winzige Beweis von Kontinuität ließ eine Mischung aus Trauer und Freude in ihr hochsteigen. Was ihre Kindheit anging, hatte Ginny gemischte Gefühle. Als Schauspielerin, Ehefrau und Mutter hätte sie ihre Kindheit gerne als eine Zeit einfacher Freuden und sorgloser Abenteuer in Erinnerung gehabt. Aber als Frau in mittleren Jahren, die in ihren Gefühlen von der Zeit und deren Auswirkungen mächtig gebeutelt worden war, wußte sie, daß ihre Jugend eine schwere Zeit gewesen war, voller Selbstvorwürfe und verpaßter Gelegenheiten. Sie seufzte und zog das Thermometer aus dem Wasser: siebenundzwanzig Grad.
Mit vierundvierzig Jahren war sie immer noch hervorragend in

Form; selbst Schenkel und Po waren noch schlank und fest. Sie schwamm, machte Aerobic und spielte mindestens zweimal in der Woche Tennis (ein Spiel, das ihr der Wilde vor vielen Jahren beigebracht hatte). Ginny hielt sich teils aus dem Grund fit, weil ihre Freunde sich fit hielten, und teils, weil sie nun mal in Südkalifornien lebte; in erster Linie aber doch deswegen, weil sie immer noch daran glaubte, daß Erfolg und Starruhm gleich um die nächste Ecke lagen, und dann wollte sie keinesfalls mit unförmigem Hinterteil und schwammigen Oberschenkeln auf dem Titelblatt von *People* erscheinen oder so ihren ersten Auftritt in der »Tonight-Show« absolvieren. Jetzt trug sie einen engen, einteiligen Badeanzug unter ihrem Morgenmantel. Sie zog letzteren aus und tauchte graziös in das kristallklare Wasser.

Crazy Legs hatte den ursprünglichen Swimmingpool ungefähr um 1890 herum angelegt. Seitdem war er ein paarmal erneuert und jedesmal ein bißchen vergrößert worden. Er hatte die Form eines Rechtecks und war fast siebenundzwanzig Meter lang und fünfzehn Meter breit; der große, betonierte Pool lag auf halbem Weg zwischen der hinteren Veranda und dem Tennisplatz. Es gab zwei Sprungbretter, die beide der Wilde hatte anbringen lassen. Für diejenigen, denen es einfach Spaß machte, ins Wasser zu hüpfen, gab es ein Ein-Meter-Brett, und für die etwas Abenteuerlustigeren, die sich gern in die Lüfte schraubten, sich drehten, wendeten und dann mit einem lauten Klatschen ins Wasser schnitten, gab es ein Drei-Meter-Brett. Wild Bill hatte sogar schon mal daran gedacht, ob er nicht noch ein Zehn-Meter-Brett anbringen lassen sollte, aber der Mann von der Versicherung hatte ihm das ausgeredet.

Ginny war mitten in ihrer zehnten Runde, als Evangeline in einen langsamen Trott verfiel und im Schrittempo über die Rasenfläche auf sie zukam. Sie lächelte und winkte, als Ginny sich dem Beckenrand näherte.

Ginny dachte kurz daran, ihr Winken zu ignorieren und einfach zu wenden, aber das wäre extrem unhöflich gewesen. *Trotzdem, für wen hält sie sich eigentlich, wie sie da so großspurig über den Rasen stolziert, über das ganze Gesicht strahlt, nur aus Armen und Beinen besteht und dabei fast gar nichts anhat?*
Evangeline schwitzte, war aber kaum außer Atem von ihrem Drei-Meilen-Lauf. »Guten Morgen, Ginny. Hast du gut geschlafen?«
Ginny erwiderte ihr Lächeln, ohne sich dessen überhaupt bewußt zu sein. »Ja, recht gut.«
»Das freut mich. Sieht so aus, als würde das heute wieder ein wunderschöner Tag werden.«
Schlagartig verschwand das Lächeln. »Für mich sieht das eher wieder nach einem heißen und stickigen Tag aus.«
Evangeline nickte, hörte aber nicht auf zu lächeln. »Wie ist denn euer Besuch gestern abend verlaufen, gut? Bei eurem Vater, meine ich.«
Ginny wischte sich das Wasser aus dem Gesicht. Sie wollte Gelassenheit und Zurückhaltung ausstrahlen, aber aus irgendeinem Grund machte ihr das Evangelines Benehmen unmöglich. »Er war in einem weitaus besseren Zustand, als ich es mir nach deinem gestrigen Anruf erwartet hätte.«
Evangeline fielen wieder ihre Notlügen und ihr verängstigter Tonfall am Telefon ein. »Das tut mir leid«, sagte sie, »ich hatte nicht die Absicht, dich zu beunruhigen oder dich glauben zu machen, es ginge ihm schlechter, als es tatsächlich der Fall war. Aber diese ersten paar Stunden, als er ohne Bewußtsein war, haben mir ziemliche Angst eingejagt.«
Ginny sah, wie bewegt Evangeline bei diesen Worten war. »Nein, so habe ich das nicht gemeint. Du hast schon richtig gehandelt. Der Arzt hat uns auch gesagt, daß eine Weile sogar tatsächlich Gefahr für ihn bestand.«
»Ja.«

»Aber keiner von uns konnte es dann doch glauben, als wir in sein Zimmer kamen und er auf dem Fußboden lag und Liegestütze machte.«

»Liegestütze!« Evangelines beunruhigter Tonfall gönnte beiden eine kleine Verschnaufpause.

»Jawohl, Liegestütze. Ich bin überzeugt, daß er das nur getan hat, um uns zu zeigen, daß so eine Kleinigkeit wie ein Sturz über die Hintertreppe einem Wild Bill Winslow nicht viel anhaben kann. Und trotzdem, wir waren dann doch etwas sprachlos, als wir diesen Siebzigjährigen mit Gehirnerschütterung, einem gebrochenen Knöchel und einer ausgerenkten Schulter mit nur einem Arm Liegestütze machen sahen.«

»Das kann ich mir vorstellen.«

Little Eddie beobachtete dies alles durch sein Fernglas, aber zu seinem größten Mißfallen konnte er nicht ein einziges Wort, das die beiden Damen sprachen, verstehen. Er war jedoch sicher, daß sie über seine Zwangseinweisung diskutierten.

In Wahrheit aber versuchten die beiden Damen sich so vorsichtig wie möglich gegenseitig auszuhorchen, ohne daß dies der anderen auffiele. Ginny wollte wissen, ob Evangeline jemals mit ihrem Vater geschlafen hatte, wonach sie selbstverständlich nicht direkt fragen konnte. Außerdem schien Ginny die Vorstellung einer sexuellen Beziehung zwischen den beiden völlig absurd zu sein, und dennoch …

Evangelines Neugier war weitaus weniger persönlich, aber auch sie versuchte, Antworten zu bekommen, ohne dabei direkte Fragen zu stellen. Sie wollte wissen, wann Ginny und die anderen wieder ins Krankenhaus fuhren. Sie wollte das deshalb wissen, weil sie vorhatte, Billy Boy mit ihren Söhnen zu besuchen, sie in Gegenwart der anderen aber nicht mitnehmen wollte.

Also spielten die beiden so lange ihr verbales Katz-und-Maus-

Spiel, bis Evangeline sich schließlich zu größerer Offenheit entschloß.

»Ich habe mir überlegt, daß ich die Jungen heute morgen mit zu eurem Vater nehme. Seit dem Unfall gehen sie mir damit auf die Nerven.«
Das öffnete Ginny Tür und Tor. »Sie kennen Wild Bill wohl ziemlich gut, oder?«
Evangeline zögerte, aber nur einen Augenblick. »Ja.«
»John und Paul müssen den alten Knaben ja recht oft zu Gesicht bekommen.«
Fast jeden Abend, wollte Evangeline schon sagen, begnügte sich aber mit der Antwort: »Sie sehen sich ab und zu. Er ist wirklich nett zu ihnen.«
»Das ist er bestimmt.« Ginny stemmte sich aus dem Wasser, trocknete Arme und Beine mit einem Handtuch ab und schlüpfte in ihren Morgenmantel.
Evangeline ergriff die Gelegenheit, das Thema zu wechseln. »Ich habe mir heute früh den Wetterbericht angehört. Bis nachmittags soll es über dreißig Grad heiß werden.«
»Im Haus war es heute nacht unglaublich heiß. Es ist mir einfach unbegreiflich, daß Vater nie eine Klimaanlage hat einbauen lassen.«
»Es gibt doch« – Evangeline wollte gerade sagen, daß es im Elternschlafzimmer eine Air-condition gäbe, konnte sich aber gerade noch bremsen – »einen Ventilator im Dachgeschoß, der die Luft im Haus reinigen soll.«
»Sicher«, erwiderte Ginny, der das kurze Zögern nicht aufgefallen war, »der hängt schon seit Ewigkeiten da oben. Aber glaub mir, der nützt nicht sehr viel. Er ist die ganze Nacht gelaufen, und das einzige, was man davon gemerkt hat, war der Krach, den er dabei veranstaltet hat.«
Evangeline nickte und ging schnell zum nächsten Thema über.

»Übrigens, es geht mich ja nichts an, aber ich habe mich doch etwas über den Wagen gewundert, den ich heute morgen in der Auffahrt gesehen habe.«
»Einen Wagen?«
»Ja, ganz früh heute morgen, so gegen halb sechs. Paul ist durch einen Alptraum aufgewacht, und ich bin in die Küche gegangen, um ihm ein Glas Wasser zu holen. Dabei habe ich die Scheinwerfer gesehen.«
»Ich frage mich, wer das wohl war.«
»Ich habe den Wagen selbst nicht gesehen, nur die Scheinwerfer. Er schien herauszufahren, aber nicht einmal dessen bin ich mir sicher.«
Ginny drehte sich um und schaute über den Rasen auf die Einfahrt. »Sieht so aus, als seien noch alle Autos da: der Mercedes, Bobbys Pickup, der Range Rover. Ich weiß nicht ... Vor Jahren gab es hier mal einen Milchmann, der immer bei Tagesanbruch kam. Bekommt ihr die Milch immer noch geliefert?«
»Nicht mehr, seit ich hier bin.«
»Nun, das ist merkwürdig. Ich werde mal die anderen fragen. Soweit ich weiß, schlafen sie aber noch.«

Droben, im hinteren Schlafzimmer, waren Emily und Rosa jedoch bereits hellwach. Mutter und Tochter befanden sich gerade in Lears Palast im alten England. Lear, von der kleinen Rosa in einer sehr eigenwilligen Interpretation dargestellt, hatte von seinen drei Töchtern verlangt, daß diese ihm ewige Liebe schwören sollten, ehe er sein riesiges Königreich aufteilte. Wortreich, aber mit einer gehörigen Portion Heuchelei geben Goneril und Regan ihrer unbegrenzten und unerschütterlichen töchterlichen Zuneigung Ausdruck. Cordelia jedoch, selbstverständlich dargestellt von der jungen Emily, fühlt sich zu Heuchelei und Täuschung nicht in der Lage ...

Emily: Okay, Rose, jetzt sagst du: ›Cordelia, sag, daß du mich liebst. Sprich.‹

Lear: Cordelia, sag, daß du mich liebst. Sprich.

Cordelia: Nichts, mein Vater.

Emily: Jetzt sag: ›Nichts?‹

Lear: Nichts?

Cordelia: Nichts?

Emily: Okay, und jetzt: ›Aus nichts kann nichts entstehn. Sprich noch einmal.‹

Lear: Aus nichts kann nichts entstehn. Sprich noch einmal.

Cordelia: Ich Unglücksel'ge – ich kann auf die Lippen mein Herz nicht erheben. Euer Hoheit lieb ich nach meiner Schuldigkeit; nicht mehr, nicht minder.

Emily: Gut, jetzt: ›Wie nun, Cordelia, sprich ein wenig besser, damit du nicht dein Glück zerstörst.‹

Lear: Cordelia, sprich oder du zerstörst dein Glück.

Emily: Gut, Rose.

Rosa: Danke, Mommy.

Cordelia: O Herr, Ihr zeugtet, liebtet, pflegtet mich; und ich vergelt Euch diese Pflichten nach Gebühr; gehorch Euch, lieb Euch, ehre Euch vor allem. Die Schwestern haben Männer – und sie sagen, sie liebten Euch nur? Sollt ich mich vermählen, gebührt dem Mann, der meinen Treuschwur hat, halb meine Liebe, halb auch Sorg' und Pflicht. Nein, niemals werde ich wie meine Schwestern heiraten und allein den Vater lieben.

Rosa: (die aus dem Fenster schaut und ihre Tante Ginny schwimmen sieht): Mommy, gehen wir schwimmen?

Emily: Gleich, Rose. Jetzt sag: ›Und kommt dir das von Herzen?‹

Lear:	Und kommt dir das von Herzen?
Cordelia:	Ja, mein Lord.
Rosa:	Gehen wir jetzt schwimmen?
Emily:	Nur noch eine Zeile, Liebling. Sag: ›So jung, und doch so unzart?‹
Lear:	So jung, und doch so unzart?
Cordelia:	So jung, mein Vater, so wahrhaftig auch.
Rosa:	Okay, Mommy, jetzt gehen wir aber.

Emily seufzte und drückte ihre Tochter an sich. Sie hatte das Gefühl, Cordelias Konflikt allmählich zu verstehen. »Ich kann diese Rolle spielen, Rose, ich kann es. Sie müssen mir nur die Chance dazu geben. Ich kann sie spielen, diesen Papa-Liebling.«

Rosa rannte die Vordertreppe hinunter und zur Hintertür hinaus, als Ginny gerade die Bemerkung zu Evangeline machte, daß alle noch schliefen. »Hi, Tante Ginny, hi, Tante Evangeline«, rief sie, als sie auf das hohe Sprungbrett kletterte und mit den Füßen voran furchtlos ins Wasser sprang.

Evangeline lächelte, Ginny runzelte die Stirn. Bald gesellte sich auch Emily zu ihnen an den Swimmingpool. Und es dauerte nicht lange, da waren sie in eine Diskussion über den geheimnisvollen Wagen vertieft.

»Ich habe kein Auto gesehen«, sagte Emily. »Um halb sechs habe ich noch tief und fest geschlafen.«

»Ich bin sicher«, meinte Ginny, »das haben alle anderen auch getan.«

»Da drinnen ist es noch so ruhig wie in einer Kirche«, sagte Emily. »Nicht ein Laut ist zu hören, und auf den Beinen ist auch noch keiner.«

»Na ja«, sagte Evangeline. »Ich bin sicher, das war nicht so wichtig. Da ist wahrscheinlich nur jemand falsch abgebogen.«

»Wahrscheinlich.«

Eine halbe Stunde später stellte Emily jedoch fest, daß ihr Jaguar nicht in der Garage war. Sie lief in die Küche, wo Rosa, Ginny und Mary um den runden Tisch herum saßen, getoastete Hamburgerbrötchen aßen, die sie im Gefrierfach gefunden hatten, und heißen Jasmintee tranken, der ganz hinten in einem der Schränke gelegen hatte. Es war nicht viel da, was sie hätten essen oder trinken können. Wild Bill kaufte nicht viel ein. Er aß meistens außerhalb oder im Cottage.
»Jemand hat ihn gestohlen«, rief Emily. »Jemand hat den Jaguar gestohlen!«

Nun, wie Sie sich leicht vorstellen können, löste diese Ankündigung einen ziemlichen Aufruhr aus. Zuerst eilten alle in die Garage, um nachzusehen, und standen dann in der Auffahrt zusammen, um alle Möglichkeiten durchzusprechen. Emily erzählte ihnen von dem verrückten Typen in dem VW-Cabriolet, und daß er gewußt hatte, wo sie zu Hause war. Ginny war überzeugt, daß er den Jaguar gestohlen hatte. Mary hatte Bedenken. Sie bestand darauf, daß es eine andere Erklärung dafür geben müsse. Die Schlüssel, meinte sie, seien schließlich in der Eingangshalle gewesen, wo Wild Bill alle Schlüssel aufbewahrte. Woher, fragte sie, sollte dieser Verrückte in dem VW gewußt haben, wo die Schlüssel waren? Ich weiß nicht, erwiderte Emily, ich weiß nicht …

Und in dem Tenor ging es weiter. Bis es schließlich der Unschuld der Jugend bedurfte, die die Frage stellte: »Vielleicht sind Onkel Joseph und Onkel Bobby damit weggefahren.«
Die Damen eilten ins Haus, konnten aber keine Spur von ihren Brüdern entdecken. »Sie sind bestimmt nach Georgia gefahren«, verkündete Mary, »sie holen Barton ab.«
Diese Schlußfolgerung ließ Ginny sofort ans Telefon eilen. Sie

rief in dem Krankenhaus in Waycross an, und wie das Schicksal manchmal so spielt, erfuhr sie, daß Mr. Winslow vor einer knappen Viertelstunde entlassen worden war.

Die DC-9 landete in genau demselben Moment auf dem Savannah International Airport, als das Telefonat zwischen Far Hills und Waycross beendet wurde. Joseph und Henry – als Bobby – verließen das Flugzeug und betraten um zwanzig nach neun Uhr morgens die Abfertigungshalle. Sie gingen direkt zu dem Schalter der Hertz-Autovermietung, wo Joseph die American-Express-Karte der Winslows vorlegte, um für sich und Henry einen Ford Thunderbird zu mieten. Für Joseph kamen keine billigen Autos in Frage. Das war nicht sein Stil.

Gegen Viertel vor zehn waren die Brüder in südlicher Richtung auf der Interstate 95 unterwegs, mit Bruder Joseph hinter dem Steuer, während Bruder Henry in die Landkarte vertieft war.

»Wir fahren erst mal auf der I-95 Richtung Süden nach Brunswick«, meinte Henry – als Bobby –, »und dann in westlicher Richtung auf der Route 84 nach Waycross. Das sieht nach ungefähr hundert Meilen aus. Dazu brauchen wir wahrscheinlich ein paar Stunden. Wir könnten so gegen« – er warf einen Blick auf die Digitaluhr am Armaturenbrett –, »so gegen Mittag oder kurz danach unten sein.«

Joseph lächelte und drückte das Gaspedal ein bißchen weiter durch. Der Thunderbird fuhr auf der Überholspur mit kontrollierten zweiundachtzig Meilen pro Stunde. Bruder Joseph hatte bereits selbst ein paar Überlegungen angestellt. Er stellte sich vor, so gegen elf Uhr in Waycross und hoffentlich gegen Mittag – wenn es keinen Ärger im Krankenhaus gab – mit Barton auf dem Rücksitz bereits wieder auf dem Rückweg nach Savannah zu sein.

Barton hoffte ebenfalls, bis Mittag Savannah erreicht zu haben. Aber zuerst mußte er nach Homerville und seinen Wagen abholen. Es gab zwar einen Bus, aber der fuhr erst in ein paar Stunden, und so beschloß er, ein Taxi zu nehmen. Die Siebenundzwanzig-Meilen-Strecke kostete ihn zweiundsechzig Dollar, aber es kam für ihn keinesfalls in Frage, seinen Wagen und seine bemalte Skulptur an irgendeiner Tankstelle in irgendeinem verschlafenen Nest im Süden stehenzulassen. Sein Freund in Washington, D.C., hatte ihm telegrafisch fünfhundert Dollar geschickt, er hatte also ausreichend Bargeld. Gerade als seine Brüder von der I-95 abbogen und auf dem U.S.-Highway 84 in Richtung Westen fuhren, erreichte er Homerville.

Der Besitzer der Tankstelle, ein schmutziger kleiner Mann mit Bartstoppeln und einem Mund voller verfaulter Zähne, verlangte von Barton hundertfünfundzwanzig Dollar dafür, daß er den Wagen aus Edith abgeschleppt hatte, und weitere vierzig Dollar für die zwei Tage, die er bei ihm untergestellt war. Barton bezahlte die Summe, tankte und fuhr davon. Er wollte nur noch eines: raus aus Georgia und ab nach Hause. Seit Ginnys Anruf hatte sein Herz ein bißchen schneller als sonst geschlagen. Er konnte sich nicht erinnern, wann er das letztemal so aufgeregt gewesen war. In seiner Aufregung mischten sich Bilder des Wilden, der mit blauen Flecken und mit gebrochenen Gliedmaßen im Krankenhaus lag, obwohl Ginny ihm versichert hatte, daß der alte Knabe wieder auf die Beine kommen würde. Barton konnte gar nicht glauben, daß er schon in ein paar Stunden, am Ende dieses Tages, wieder an dem Küchentisch des alten Hauses sitzen würde, zusammen mit Bobby und Joseph, Mary, Ginny und Emily, und wer weiß, mit wem sonst noch. Vielleicht würden auch deren Frauen und Männer und Kinder dasein, alle vielleicht sogar. *Je mehr,* dachte er, *desto besser.*

Auf der Fahrt erst nach Osten, dann nach Norden durch Argyle und Manor und dann wieder zurück durch Waycross, versuchte Barton sich ständig vorzustellen, wie sie wohl aussehen und was sie sagen würden. Es war so lange her, daß er einige seiner Geschwister gesehen hatte. Es gab so vieles, was er ihnen sagen, so viel emotionalen Ballast, den er abladen wollte. *Aber*, fragte er sich, *werden sie mir zuhören? Wird es sie überhaupt interessieren? Werden sie mir glauben, wenn ich ihnen sage, daß ich sie liebe?* Er redete ich ein, daß sie es tun würden. »Darum geht es doch bei der ganzen Sache«, sagte er laut, »darum geht es bei dieser Zusammenkunft der Familie; es ist ein Wiederauferstehen, eine Wiedergeburt.« Er nickte bekräftigend und wollte sich dann etwas Bach für die Stereoanlage aussuchen. Aber der Bach war weg. Alle Kassetten waren weg. Auch sein Radio und sein Kassettenrecorder. Seine Bilder, seine Pinsel, sein Werkzeug, seine Kleider, alles war fort. Aber er sagte sich, daß ihm das völlig egal war. Er sagte sich, daß nichts von alledem wirklich wichtig war.

Wie es bei so vielen Träumern und Künstlern der Fall war, übertrafen Bartons Erwartungen bei weitem das, was im Bereich des Möglichen lag. Er erwartete Wunder in einer Welt, die an der Realität erstickte. Doch in der Zwischenzeit sollten wir dem jungen Mann ruhig noch seine Träume lassen, denke ich. Es ist nicht unbedingt nötig, daß er die Verkörperung der Realität mit siebzig Meilen in der Stunde auf sich zurasen sieht. Beschützen wir ihn noch eine Weile davor. Ich meine, wer weiß? Vielleicht geschieht tatsächlich ein Wunder. Wir können Joseph nicht langsamer machen, aber wir können Barton in eine andere Richtung schauen lassen. Joseph hat das Gaspedal des Thunderbird bis zum Anschlag durchgetreten. Und wie ein Mann, der eine Mission zu erfüllen hat, kommt er schnell und wie ein Blitz den Highway 84 entlanggebraust.

Der Ford Thunderbird und der Chevy-Transporter schossen eine Meile östlich einer kleinen Stadt in Georgia, die zufälligerweise Hoboken hieß, aneinander vorbei. Joseph schaute dem Fahrer des Kleintransporters genau in die Augen – schaute dem eigenen Bruder in die Augen –, aber alles, was er sah, war ein Mann mit einem Kopfverband und einem dümmlichen Grinsen auf dem verquollenen Gesicht.

22

Das Wort Familie leitet sich von dem lateinischen Begriff »familia« ab und umfaßte ursprünglich die Dienerschaft eines römischen Haushalts. Jetzt definieren wir die Familie als die fundamentale Einheit der menschlichen Gesellschaftsordnung, als eine Gruppe von Personen gleicher Abstammung. Sowohl nach antiker als auch nach moderner Definition können wir die Winslows mit Fug und Recht als eine Familie, eine amerikanische Familie, bezeichnen. Es sind weiße angelsächsische Protestanten europäischer Herkunft. Es waren Menschen wie sie, die aus der Alten Welt über den Nordatlantik kamen, die Indianer abschlachteten, das Land urbar machten, in Kriege zogen, die großen Vermögen erwirtschafteten, die Eisenbahnen und die Regierungsgebäude erbauten und die Nation in Schulden stürzten. Viele Generationen lang kontrollierten die Winslows und Familien wie sie das Land, die Leute, die Industrie und die Regierung. Von den Küsten des Atlantik aus schwärmten sie in den Westen und verschlangen wie Wanderheuschrecken alles, was sich ihnen in den Weg stellte.
Doch die Zeiten ändern sich.

Wild Bill wußte, daß sich die Zeiten geändert hatten. Und viele dieser Veränderungen fürchtete er. Ein schon fast an Gesetzlosigkeit grenzendes Chaos war zur herausragendsten Komponente der amerikanischen Gesellschaft geworden. *Zu viele Kulturen, zu viele Einwanderer, zu viel Gewalt, zu viel Wohlfahrt, zu viel Gier und zu viele Schmiergelder. Alles verwandelt sich direkt vor unseren Augen in Scheiße.*
Er lag jetzt hellwach in seinem Krankenzimmer auf der Privatstation und hatte gerade ein Frühstück aus Speck, Eiern und Saft verzehrt. Die *New York Times* lag aufgeschlagen auf seinem Schoß, aber er konnte sich nicht überwinden, weiter darin

zu lesen. *Nichts als Polizistenmorde, Rassenunruhen, Kindesmißhandlungen, Wasserverschmutzung, Drogenabhängigkeit, und dann auch noch dieses AIDS. Jesus! Das reicht, um einen erwachsenen Mann zum Weinen zu bringen.*

Er warf die Zeitung auf den Fußboden und wandte seine Gedanken seiner Familie, der Vergangenheit, der Gegenwart und der Zukunft der Winslows zu. Den ganzen Morgen über hatte er bereits über Virginia nachgedacht, darüber, daß sie der Klebstoff gewesen war, der die Familie zusammengehalten hatte. *Dreißig Jahre lang hat sie ihre Arbeit getan. Dreißig Jahre lang hat sie mich, mein Ego und meine Spinnereien ertragen.* Er schüttelte den Kopf. *So wie damals, als wir in die Carnegie Hall gingen, um uns Beethovens Dritte anzuhören* ... Virginia hatte nur unter allergrößten Mühen Karten für das Konzert der Londoner Philharmoniker unter der Leitung von Bernstein besorgen können. *Zwei Eintrittskarten, siebte Reihe Mitte, das werde ich nie vergessen. Ich bin zu spät gekommen, kam direkt aus Hoboken.* Ein halbes Jahr lang hatte der Wilde sechzehn Stunden am Tag an dem Bauvorhaben am Hudson River gearbeitet. Er kam mit seiner schwarzen Aktentasche unter dem Arm in der Carnegie Hall an. Virginia traf ihn im Foyer. Sie sah mißmutig aus. In weniger als zehn Minuten sollte Bernstein zu dirigieren beginnen. »Du bist spät dran.«

»Tut mir leid, hatte Ärger mit dem Wagen. Ich mußte mir ein Taxi nehmen.«

Ihre Augen sagten, daß Probleme mit dem Wagen keine Entschuldigung seien. Sie warf einen Blick auf die Aktentasche. »Hast dir wohl etwas Arbeit mitgebracht, oder?«

»Ich konnte sie doch nicht einfach auf der Straße lassen.«

Sie gingen in den Saal und nahmen ihre Plätze ein. Während Virginia in dem Programmheft las, öffnete Wild Bill seine Aktentasche und schaute einige Verträge durch. Er machte sich ein paar Notizen und schärfte sich immer wieder ein, daß er unbedingt Bowen Blackwell am nächsten Morgen anrufen mußte. Dann gingen die Lichter aus, und es wurde still im Saal. Bernstein betrat die Bühne. Das Publikum reagierte mit Applaus. Er verbeugte sich, drehte sich um und wandte sich dem Orchester zu. Dann hob er die Arme, und die Musik setzte ein. Der Wilde hatte die Dritte Symphonie bereits oft auf Schallplatte gehört. Virginia hatte ihm erst am Abend zuvor eine Aufnahme vorgespielt. Er versuchte sich zu entspannen, sich dem Rhythmus der Musik hinzugeben. Aber die Verträge ließen ihm keine Ruhe. Ständig flüsterten sie ihm aus der Aktentasche heraus zu: *Lies mich, lies mich.* Wild Bill fing an, auf dem Stuhl hin und her zu rutschen, seine Beine auszuschütteln. Beethovens erster Satz schien endlos zu dauern.

Schließlich ging er doch zu Ende. Das Publikum regte sich, blieb aber still. Virginia holte eine kleine Taschenlampe aus ihrer Handtasche. Sie schaltete sie an, um noch einmal einen Blick ins Programm zu werfen, ehe der zweite Satz begann. Als sie sie wieder wegstecken wollte, stupste er sie am Arm und fragte, ob er für einen Augenblick die Lampe haben könne. Sie runzelte die Stirn, gab sie ihm aber. Zuerst hielt er die Taschenlampe unschlüssig in der Hand und spielte damit herum. Aber nach ein paar Minuten, als die langsamen, deprimierenden Takte des zweiten Satzes an seine Ohren dröhnten, konnte er nicht mehr widerstehen. Er schaltete die Lampe an und machte vorsichtig die Aktentasche auf.

Sofort drehte Virginia sich zu ihm um. »Was machst du da?«

Wie ein kleines Kind, das man mit der Hand in der Keksdose erwischt hatte, antwortete er: »Nichts.«

Sie warf ihm einen bösen Blick zu, drehte sich um und widmete sich wieder der Musik. Er versuchte, das Licht auszuschalten und die Aktenmappe wieder zu schließen. Er wußte, was ihn sonst erwartete. *Natürlich habe ich gewußt, daß sie sauer sein würde.* Aber wie ein Süchtiger konnte er nicht widerstehen. *Ich habe einfach die Details für die Verträge mit den Elektrikern wissen müssen. Noch an Ort und Stelle.* Also las er weiter. Leise und vorsichtig blätterte er die Seiten um. Virginias Blicke verursachten ihm eine Gänsehaut. Die Musik von Beethovens *Eroica* explodierte in seinen Ohren ... Der Wilde las, bis die Batterien der kleinen Taschenlampe leer waren.

»Warum«, fragte sie ihn mit vor Sarkasmus triefender Stimme, die er ihr nie zugetraut hätte, »gehst du nicht hinaus und kaufst ein paar neue?«

Das waren für mehr als eine Woche die letzten Worte, die sie mit ihm wechselte.

Jetzt konnte der Wilde darüber lachen, aber damals war ihm nicht danach zumute gewesen. *Ich kann es einfach nicht glauben, daß ich ihr das angetan habe. Außer den Kindern war Musik das Wichtigste in ihrem Leben. Herr im Himmel, ich kann gar nicht glauben, wieviel Mist ich verbockt habe.* Aber einiges davon machte er wieder gut, wenigstens versuchte er es. Nachdem das Projekt in Hoboken fertiggestellt war, tauschte er das große Penthouse mit Blick über den Hudson River gegen das Apartment an der Fifth Avenue ein. Er hatte eigentlich geplant, das Penthouse zu behalten, weil es an der Stelle stand, an der früher die Winslow-Seilfabrik gestanden hatte. Aber Virginia wünschte sich das Apartment in Manhattan, weil sie näher an den Museen, Theatern und Konzertsälen sein wollte. Und so stimmte er dem Geschäft zu und ging auf den Tauschhandel ein. *Aber wenn ich nicht einverstanden gewesen wäre, wenn ich nicht das Penthouse gegen das Apartment eingetauscht hätte,* dachte der Wilde vielleicht zum millionsten Mal, *dann wären wir an diesem Abend nicht auf der Fifth Avenue gewesen. Wir wären nicht den Bürgersteig entlanggegangen, als dieser Besoffene in seinem Rolls-Royce ...* Er seufzte, rieb sich die Schläfen und zwang sich, den Gedanken nicht zu Ende zu denken.

Wild Bill Winslow wußte, seine Frau hätte es nie zugelassen, daß die Familie so auseinanderfällt, wie es jetzt der Fall war. Sie hätte ihre ganze Energie darauf verwendet, den Kontakt zu den Kindern zu halten. Die Gründe, die er persönlich für eine Versöhnung hatte, waren viele, aber tief in seinem Innern wußte er, daß er es einzig und allein für sie tun mußte. Das war er ihr schuldig.

Jahrelang war die Bindung des Wilden an die Vergangenheit kaum der Rede wert gewesen. Sein Vater (ganz gleich, ob nun Charles oder Crazy Legs sein Vater war) hatte sich nicht im geringsten für die Familie oder für deren Vergangenheit interessiert. Im Grunde hatte Charles sich für kaum etwas anderes interessiert, als intimen gesellschaftlichen Umgang mit seinen reichen Freunden zu pflegen und seine Apathie im Alkohol zu ertränken. Das Schlimmste, was ihm in seinem ganzen Leben zugestoßen war, war die Prohibition gewesen. Auch Crazy Legs hatte nie sehr an die Vergangenheit geglaubt; beide Elternteile waren vor seinem zehnten Geburtstag gestorben. Und wie der Vater, so der Sohn: Wild Bill war zum Mann herangewachsen, ohne viel Wertschätzung für oder Respekt vor der Vergangenheit zu empfinden. Er fühlte sich ihr in gewissem Maße verpflichtet, wie auch seine Reise nach Punta Gorda bewies. Und trotzdem hatte diese Reise in mehr als einer Hinsicht dazu gedient, seinen ureigensten Neigungen nachzugeben, als in selbstloser Hingabe einem Phantom nachzujagen. Wild Bill hatte einen Vorwand gebraucht, um dem Druck der Familie zu entkommen, und was gab es schon für eine bessere Entschuldigung als ein Familienmitglied in Not. Nein, erst später in seinem Leben, als der finanzielle Erfolg gesichert war, fing der Wilde an, sich mit dem auseinanderzusetzen, was seine Vorfahren ihm an Lektionen hinterlassen hatten. Und erst in jüngster Zeit, seit Evangeline in sein Leben getreten war, hatte er beschlossen, sich danach zu richten, um das Erbe für die, die noch kommen sollten, zu erhalten.

Einige Zeit nach Virginias Tod und während der ersten Jahre seiner Ehe mit Bettina hatte Wild Bill mit dem Gedanken gespielt, seine Kinder zu verstoßen, sie aus seinem Testament zu streichen. *Nicht einen Finger rühren sie für mich, nicht einmal einen Tag Zeit haben sie für mich. Also warum,* hatte er sich ständig gefragt, *soll ich ihnen dann etwas geben? Die wollen doch sowieso nur mein Geld! Wenn ich kein Geld hätte, hätten sie mich ohnehin schon vor langer Zeit zum Teufel gejagt.* Der Großteil von ihnen ließ sich nur selten bei ihm blicken, normalerweise nur dann, wenn sie etwas von ihm wollten; und die anderen, wie Eddie und Henry, hatten sich total von der Familie losgesagt. *Wenn sie sich so benehmen wollen,* dachte er abends im Bett, wenn er wieder mal nicht einschlafen konnte, *dann zur Hölle mit ihnen.* Finanziell unterstützte er zwar weiterhin einige seiner Sprößlinge, aber in diesen frühen achtziger Jahren dachte er fast täglich daran, ihnen den Geldhahn zuzudrehen, sie ohne Vorwarnung im Stich zu lassen. Barton, Emily, Joseph, Mary – alle waren sie in der einen oder anderen Hinsicht von Wild Bills Brieftasche abhängig, und er bekam es allmählich satt, daß sie ihn aussaugten, ohne auch nur den geringsten Dank dafür zu zeigen.

Sein Wunsch, sich von seinen Kindern loszusagen, verstärkte sich noch, als Evangeline auf den Plan trat. Während der ersten zwei, drei Jahre, die sie zusammen waren, hatte sie keine Ahnung, daß sie diese Wirkung auf ihn hatte. Er redete kaum über die Kinder, und wenn, dann informierte er sie meistens nur über eine Hochzeit, Geburt oder Scheidung, sprach aber nie über irgendwelche Gefühle. Doch später fing der Wilde an, immer öfter über die Distanz zwischen sich und seinen Kindern zu reden. Eines Abends – nie würde Evangeline ihn vergessen – erklärte er ihr, daß er sein Testament ändern und nicht nur Bettina, sondern auch alle seine sieben Kinder enterben wollte. An diesem Abend fing die Veränderung in ihm an. Evangeline öffnete dem Wilden langsam und geduldig die Augen. Es dauerte Monate, aber sie zeigte ihm – ohne ihm dabei jemals einen Vorwurf zu machen –, daß er, wenn er seine Kinder aufgab, zugeben würde, daß sein ganzes bisheriges Leben eine Verschwendung von Energie, ein zielloses Umherstreifen gewesen war. Und irgendwann sah er ein, daß sie recht hatte: Ohne einen Zusammenhalt würden die Wege aller in einem Chaos enden. Ihre eigenen Eltern waren tot, aber in ihren Gedanken und Worten blieben sie lebendig. Und er wollte sich von den Lebenden lossagen.

Er lag in seinem Krankenbett, dachte an Evangeline und hoffte, sie würde noch vor den anderen kommen. Er brauchte es, daß sie ihn besuchte, ihm Sicherheit gab und ihm sagte, daß alles gut werden, daß alles so werden würde, wie er es geplant hatte …

Und dann ließen ihm die Wärme im Zimmer und das Rauschen der Stille die Augen zufallen und schickten seine Gedanken auf Wanderschaft. Er reiste zurück durch die Zeit und über die üppigen, grüngeschwungenen Hügel New Jerseys in das große Haus an den Ufern des Delaware etwas nördlich von Burlington. Es war mitten in der Nacht am 4. Juli 1776, und das alte Holzhaus gab den Flammen Nahrung, als wäre es mit tausend Gallonen Benzin getränkt. Patrioten, Anhänger der Unabhängigkeitsbewegung, waren nach Mitternacht vor das Haus gezogen und hatten es in Brand gesteckt. Man kann sich die Szene vorstellen: Chaos, Konfusion, Angst. Mehr als zwei Dutzend Männer und kaum erwachsene Jungen, die mit Musketen, Fackeln und viel Überzeugung ausgerüstet waren. Im Dunkeln umringten sie das Haus und befahlen allen Bewohnern, heranzukommen. Die sieben Winslows weigerten sich, das Haus zu verlassen; der Patriarch, Robert »Jawbone« Winslow, stand an der Vordertür und verlangte von den Angreifern, daß sie sich zurückzögen. Er beschimpfte sie als verräterische

Schurken, miese Gauner, ja sogar als Teufelsanbeter. Aber der Mob hörte ihm kaum zu. Sie waren noch völlig überwältigt von der Erklärung von Philadelphia, die an diesem Tag erfolgt war. Sie waren auf Ärger aus, wollten Blut sehen. Glas splitterte, Dachschindeln zerbrachen, Fensterläden brannten. Innerhalb von Minuten hatten die Flammen von dem alten Haus Besitz ergriffen. Den Winslows blieb nichts anderes als die Flucht übrig. Einhundert Jahre hatten sie unter demselben Dach gelebt, und jetzt wurde ihr Leben in einem historischen Augenblick unwiederbringlich verändert, da die Ereignisse sich ihrer Kontrolle entzogen.
Die braven Winslows aus Burlington waren nachweislich Loyalisten gewesen, Anhänger der Krone, des verhaßten Königs George III. Sie hatten britische Truppen beherbergt und der britischen Armee Fleisch, Getreide und Bauholz verkauft. Sie waren Einladungen nach Burlington und Philadelphia gefolgt, wo auch hochrangige Rotröcke anwesend waren. All dies konnte den lokalen Anhängern eines unabhängigen Amerika natürlich nicht entgehen; all jenen, die die Bande zwischen den Kolonien und Mutter England zerreißen wollten. Die Verbindungen zwischen dem Haus der Winslows und der britischen Armee waren nicht schwer zu erklären, aber sind die Gemüter erregt, geht der gesunde Menschenverstand oft verloren. Sicher beherbergten die Winslows britische Truppen, aber nur, weil das Landgesetz es ihnen so befahl. Sie verkauften Nahrungsmittel und Bauholz an die Rotröcke, weil sie Nahrungsmittel und Bauholz und die Rotröcke Geld hatten. Ihre Beziehungen waren wirtschaftlicher Natur, mit Politik hatten sie nichts zu tun. Jawbone war kein politischer Mensch. »Wir sind Quäker«, wiederholte er ein ums andere Mal bis zu jenem verhängnisvollen Tag, »wir stehen über diesem kleinlichen Kampf um die Macht, Gesetze zu erlassen und diese Gesetze den Leuten aufzuzwingen. Wir sind Kinder Gottes,

wir gehören weder dem König noch diesen selbsternannten Abgesandten, die sich selbst Patrioten nennen.«

Das klang zwar nicht schlecht, aber die eigene Haut konnte er nicht damit retten. Ein Schuß wurde in der Menge abgegeben, als Jawbone seine Sippe zur Vordertür hinaus und über die vordere Veranda führte, wo er seit seiner Jugend gesessen hatte, zusammen mit seinem Vater, dem Vater seines Vaters und seinen Zwillingen Henry Lane und Robert Junior. Die Muskete rauchte, und einen Augenblick später fiel Jawbone tödlich getroffen von der Veranda. Der Wilde sah seinen Urahn fallen, wurde davon aber nicht wachgerüttelt; im Gegenteil, seine Erinnerung ging weiter.

Er war auch am nächsten Tag wieder dabei, als Henry Lane und Robert Junior sich stundenlang inmitten der rauchenden Balken, der Asche und der zerstörten Heimstatt der Familie stritten. Ihr Vater war tot, ihr Haus zerstört. Der Amerikanische Unabhängigkeitskrieg hatte eben erst begonnen.

Henry Lane wollte mit dem Kampf nichts zu tun haben. Er berief sich auf die Neutralität der Quäker. »Quäker ergreifen keine Partei«, beharrte er, »Quäker tragen keine Waffen.« Seine Argumente klangen gut und gerecht, aber in Wahrheit war Henry ein verkappter Loyalist. Er glaubte nicht nur, daß der Union Jack die Rebellion bald ersticken würde, sondern hoffte insgeheim auch, daß der Sieg lieber früher als später erfolgte. Er wünschte sich die Erhaltung des Status quo. Als Ältester seiner Generation von Winslows, der ganze sieben Minuten älter war als sein Zwillingsbruder, wußte Henry Lane, daß er einmal den weitläufigen Landbesitz und das Vermögen der Familie erben würde. Er wollte nicht, daß irgend so ein dummer Krieg, vor allem keiner, der so gänzlich von wirtschaftlichen Motiven geleitet war, seine Pläne gefährdete, noch weiter zu expandieren und noch mehr Vermögen anzuhäufen. Er wollte, daß die Rotröcke die Rebellion niederschlugen, die

Stimme der Zwietracht im Keim erstickten. Was ihn anging, so konnten Adams, Stockton und Jefferson ruhig geteert, gefedert und in die öffentlichen Lagerhäuser gesperrt werden.
Sein jüngerer Bruder hatte jedoch eine etwas andere Auffassung. Seit Monaten schon hatte Robert Junior – Mad Dog genannt, weil er sich als Kind einmal mit einer angeblich tollwütigen Promenadenmischung herumgeschlagen hatte – seinen Vater vor möglichen Auseinandersetzungen gewarnt, falls der Zweite Kontinentalkongreß in Philadelphia eine Resolution verabschieden würde, die die Unabhängigkeit von England forderte. Mad Dog sprach es im Hause seines Vaters zwar nie laut aus, aber insgeheim hoffte er, daß die Resolution proklamiert werden würde, und zwar bald und mit aller Vehemenz, die möglich war. Man weiß zwar nicht genau, warum, aber Robert Winslow Junior hatte die Quäker bereits vor seinem dreizehnten Geburtstag als einen Haufen Jammerlappen abgetan. Und Henry Lane war in seinen Augen nichts als ein Armleuchter, ein feiger Armleuchter, der selbst dann nicht kämpfte, wenn ihm jemand eine Handvoll Dreck ins Gesicht warf. Robert prügelte sich schon, wenn ihn jemand nur schief anschaute, und wegen seiner kämpferischen Natur war er bei seinem Vater fast ständig in Ungnade. Aber jetzt war Jawbone tot, und Mad Dog brauchte mit seiner Meinung nicht mehr hinter dem Berg zu halten und konnte denken und sagen, was er wollte.
Die Zwillinge waren erst kurz zuvor dreißig geworden. Und diese ganzen dreißig Jahre hatten sie nicht nur unter der Fuchtel ihres Vaters, sondern auch der ihres Großvaters und selbst der ihres Urgroßvaters gestanden. An diesem Morgen, als Asche und Rauch unter einem grauen Julihimmel von einer leichten Sommerbrise davongetrieben wurden, da sprengten die beiden jungen Winslows ihre Ketten und kämpften darum, zu Männern zu werden. Henry Lane war fest entschlossen, das

Heim der Familie wiederaufzubauen und das Familienvermögen zusammenzuhalten. In Gegenwart seiner Mutter und seiner Schwestern beharrte er darauf, daß sich nichts ändern, daß der Wind der Rebellion sich wieder legen und das Leben bald zu seiner Normalität zurückkehren würde. Robert Junior konnte sehen, daß sein Bruder die Unterstützung ihrer Mutter hatte, und er wußte, daß nichts, was er sagte, ihre Meinung ändern würde. Diese Männer, die sich Patrioten nannten, hatten ihr Haus niedergebrannt und ihren Mann ermordet; auf keinen Fall würde sie sich an die Seite dieses Pöbels stellen. Aber Mad Dog hatte bereits vor langer Zeit, als er zum erstenmal einen Artikel über die Boston Tea Party gelesen hatte, beschlossen, sich dem Kampf für die Unabhängigkeit anzuschließen. Er hatte diese Entscheidung teils aus politischer Überzeugung, aber in erster Linie deswegen getroffen, weil er der geborene Rebell war und eine Kämpfernatur hatte. Ganz gleich, wie geartet der Status quo auch war, er hatte immer den Wunsch, ihn zu verändern und etwas Neues zu schaffen.

Als dieser Julinachmittag nun langsam in den Abend überging und die Argumente sich nur noch im Kreis drehten, machten sich die Frauen der Familie Winslow daran, eine Ecke der Scheune als Schlafplätze herzurichten und etwas zu essen zu machen. Bereits Stunden zuvor hatten sie Jawbone der Erde zurückgegeben und ihn auf dem Familienfriedhof hinter der Scheune begraben.

»Entweder bist du mit uns oder gegen uns«, forderte Henry Lane. Robert Junior spuckte in den Staub zu Füßen seines Bruders, machte auf dem Absatz kehrt und ging davon. Wild Bill, dessen Traum lebhafter als die ganze Realität war, schaute zu, wie die Entfernung zwischen den beiden Brüdern wuchs. Er wußte nicht, was er tun sollte. Er wußte nicht, welche Richtung er einschlagen sollte.

Evangeline stand über sein Bett gebeugt und bemerkte die steile Falte auf seiner Stirn. Er hatte die Augen zusammengekniffen und die Brauen gerunzelt. Er sah besorgt und verwirrt aus. Sie wollte sich hinunterbeugen und ihn auf die Lippen küssen, aber da die Jungen hinter ihr standen, beschloß sie, den Kuß für sich zu behalten. Da schlug er die Augen auf, und sofort verwandelte sich das Stirnrunzeln in ein Lächeln.

»Hast du schlecht geträumt?«

»Von einer alten Familienfehde«, antwortete er.

»Ich verstehe.«

»Ich wußte nicht, für welche Seite ich mich entscheiden sollte. Es war so verwirrend. Ich wußte nicht, ob ich zu Hause bleiben oder in den Krieg ziehen sollte.«

»In den Krieg?«

»Ja«, sagte er, »in den Unabhängigkeitskrieg.«

Evangeline nickte und lächelte. Sie ließ einen Moment verstreichen. »Ich habe da draußen im Foyer ein paar Soldaten aufgegabelt. Als ich ihnen sagte, daß ich den berühmten William Bailey Winslow besuchen würde, da haben sie mich gefragt, ob sie mitkommen dürften.«

John und Paul, die seit ihrer Geburt zum erstenmal wieder in einem Krankenhaus waren, traten stumm und zögernd an das Bett heran. »Hi, Onkel Billy.«

Wild Bills Lächeln erhellte sein ganzes Gesicht. »Na, da freue ich mich aber. Kommt her, Jungs, und gebt diesem alten Haudegen einen Kuß.«

Genau das taten sie auch, kletterten auf das Bett und umarmten den Wilden, so fest sie konnten. Er drückte sie fest an sich, zuerst John, dann Paul, dann beide zusammen. Sie wollten wissen, wann er denn wieder nach Hause käme und wann sie miteinander zum Fischen gehen könnten. Er meinte, daß er bald wieder heimkommen und so bald wie möglich mit ihnen zum Fischen gehen würde. Aber Evangeline war anderer Meinung; sie sagte, nein, das kommt nicht in Frage, du bleibst liegen, bis der Arzt das Gegenteil sagt, und zum Fischen gehst du mindestens einen Monat nicht. Worauf er erwiderte, daß er sich auch zu Hause ausruhen könne. Daraufhin erzählte sie, daß sie von seinen Liegestützen erfahren hatte. Da lachte er und umfaßte ihre Hüfte. Als die Schwester ein paar Minuten später in das Zimmer kam, lagen sie sich gerade alle in den Armen. Die Schwester spürte sofort die Emotionen, die von dieser familiären Szene ausgingen: der kranke Großvater mit seiner Tochter und ihren beiden kleinen Söhnen. Sie zog sich schnell auf den Gang zurück, um ihnen noch ein paar ungestörte Augenblicke zusammen zu geben.

23

Ganz im Gegensatz zu der gefühlsbetonten Krankenschwester mit den starken Familienbanden hätte Mrs. William Bailey Winslow sich wahrscheinlich übergeben müssen, wäre sie Zeugin dieser Szene im Morristown Memorial Hospital geworden. Bettina hatte nur wenig Sinn dafür, zärtliche Gefühle öffentlich zur Schau zu stellen.

Sie rekelte sich auf dem großen Doppelbett in ihrer Suite im Sheraton, kurz vor Porthsmouth, New Hampshire. Auf der Uhr neben ihrem Bett war es 10:43 Uhr. Um elf hätte sie das Zimmer frei machen müssen, aber das hatte Bettina noch nie davon abgehalten, ein Zimmer bis weit in den Nachmittag hinein besetzt zu halten, wenn ihr danach war. Und wenn ihr dafür ein zweiter Tag berechnet wurde, dann war ihr das egal; es war schließlich nicht ihr Geld. Sie rollte sich zur Seite und versuchte wieder einzuschlafen, aber mehr als elf Stunden Schlaf ertrug auch ihr Körper nicht. Nach ein paar Minuten setzte sie sich auf, schaltete das Licht an und griff zum Telefon. Beim Zimmerservice bestellte sie Kaffee, Saft, einen englischen Teekuchen und ein weichgekochtes Ei. Dann wählte sie die Nummer ihrer besten Freundin Millicent in Newport. Sie wollte wissen, wie Millie die erste Nacht ohne ihren dritten Ehemann Lawrence verbracht hatte, der erst vor kurzem mit ihrem polnischen Chauffeur Stan durchgebrannt war.

Sie mußte es ein dutzendmal oder noch öfter läuten lassen, bis sich endlich jemand meldete. Es war das Dienstmädchen, Sylvia. »Ja, hallo? Hier Villa Tattersall.«

»Ich hätte gern Mrs. Tattersall gesprochen.«

»Wer ist denn am Apparat, bitte?«

»Bettina von Culin.« Bettina gefiel der Klang des Namens von Culin besser als Winslow; ihrer Meinung nach hatte der Name Klasse, und so benutzte sie ihn, wann immer sich Gelegenheit dazu bot.

»Ich fürchte, Mrs. Tattersall wird nicht ans Telefon kommen können.«
»Und wieso nicht? Schläft sie noch?«
»Nein.«
»Ist sie ausgegangen?«
»Nein.«
»Ja, was dann?«

Nun, es dauerte eine Weile, aber schließlich erzählte Sylvia Bettina, weshalb Mrs. Tattersall nicht ans Telefon kommen konnte. Millicent, wissen Sie, war nämlich tot. Am Abend zuvor hatte sie eine halbe Flasche Gilbey konsumiert, war danach ins Bett gegangen und hatte ein ganzes Röhrchen Demerol geschluckt. Sylvia hatte sie ein paar Stunden zuvor gefunden, weiß wie ein Leintuch und mausetot. Die Polizei war auch schon im Haus gewesen und hatte die Leiche bereits abtransportiert. Am Tag zuvor hatte Millicent noch mit Bettina darüber gelacht, daß ihr Mann mit Stan, dem Chauffeur, davongelaufen war, aber als es dann soweit war und Millie mit dem Schweigen und der Einsamkeit des großen Hauses in Newport fertig werden mußte, da mußte sie einsehen, daß die Angelegenheit eigentlich viel deprimierender war, als sie ursprünglich angenommen hatte. So beschloß sie, sofort etwas dagegen zu unternehmen. Alkohol und Tabletten halfen ihr dabei.

Bettina hörte sich geduldig Sylvias Geheul an, aber als es an der Tür klopfte und ihr Frühstück angekündigt wurde, schnitt sie dem Dienstmädchen das Wort ab, verabschiedete sich und legte auf. Millicents plötzlicher Selbstmord ging Bettina natürlich nahe. Sie hätte nie gedacht, daß ihre langjährige Freundin zu solch drastischen Mitteln greifen würde. Sie trank ihren Kaffee, aß ihren Kuchen und kam zu dem Schluß, daß Millicent die ganze Sache zu ernst genommen hatte. Lawrence war immer schon ein Gigolo gewesen; daß er jetzt seine sexuelle Vorliebe für Stanley so offen demonstrierte, war nur ein weiterer Punkt auf einer langen Liste mit negativen Eigenschaften. *Wenn er mein Mann gewesen wäre,* sagte Bettina zu sich selbst, *dann hätte ich mich von der Tunte scheiden und ihm von meinem Anwalt jeden Penny aus der Tasche ziehen lassen. Millicent war zu schwach,* entschied Bettina, *sie war zu schwach, zu unfähig und viel zu gefühlsduselig, um das gute Leben einer Amerikanerin der Oberschicht zu führen.*

Sie beendete ihr Frühstück und griff erneut zum Telefon. Sie hatte Wichtigeres zu tun, als sich mit toten Freundinnen abzugeben, vor allem nicht mit solchen, die nichts aushielten. Sie sagte sich zwar, daß das gefühllos war, aber als das Telefon läutete, hatte sie sich schließlich wieder soweit im Griff und war davon überzeugt, daß es ohnehin nichts mehr gab, was sie für Millicent tun konnte.

»Guten Morgen, Morristown Hospital.«

»Ja, guten Morgen. Ich würde mich gern nach dem Zustand von Mr. William Winslow erkundigen.«

»Einen Augenblick bitte.« Als die Empfangsschwester wieder zurückkam, erklärte sie Bettina, daß Mr. Winslows Zustand stabil sei und daß es ihm besserginge.

»Sein Zustand ist stabil, und es geht ihm besser«, wiederholte Bettina und betonte vor allem das letzte Wort.

»Genau, der Zustand ist stabil, und es geht ihm besser«, sagte die Schwester vom Empfang. »Soll ich Sie mit seinem Zimmer verbinden?«

Bettina dachte ein paar Sekunden lang darüber nach. »Nein«, sagte sie schließlich, »das ist nicht nötig.«

Sie legte den Hörer auf und setzte sich auf die Bettkante. Die Genesung von Wild Bill beschäftigte sie mehr als der Tod ihrer alten Freundin Millicent. Sie überlegte kurz, nach Bar Harbor zurückzukehren; es schien kein Grund mehr zu bestehen, den ganzen Weg nach New Jersey zurückzulegen, wenn der alte Knabe auf dem Weg der Besserung war. Aber sie hatte das Gefühl, daß es wichtig war, sich dort blicken zu lassen. Sie wußte, daß seine Kinder mit Sicherheit dasein würden, jedenfalls einige von ihnen, und so beschloß sie, doch weiterzufahren. Es dauerte fast eine Stunde, bis sie geduscht, sich die Beine rasiert, sich zurechtgemacht und angezogen hatte, aber gegen ein Uhr mittags saß sie hinter dem Steuer ihres Cadillac Allanté und fuhr Richtung Süden die Interstate 95 entlang.

Samanthas Büro lag über einer Bäckerei in der State Street, gleich neben dem Stadtpark von Ithaca. Seit neun Jahren praktizierte sie dort, schon bevor sie Edward kannte. Es war ein kleines Büro mit einem Wartezimmer, das nicht größer war als ein Wandschrank, einer winzigen Nische für ihre Empfangssekretärin und einem verhältnismäßig großen Behandlungszimmer, in dem zwei prallgepolsterte Tweedsessel und eine dreiteilige Tweedcouch für diejenigen unter den Patienten bereitstanden, die ein Bedürfnis nach der Horizontalen hatten. Von den zwei blitzsauberen Doppelfenstern aus überblickte man den westlichen Teil des Stadtparks. Samantha hatte einen Tick, was saubere Fenster betraf. Sie putzte sie mindestens zweimal in der Woche innen und außen. Und sie hatte die Möbel in dem Zimmer so postiert, daß, ganz gleich, ob der Patient sich nun für die Couch oder den zweiten Sessel entschied, Samantha immer zum Fenster hinausschauen konnte. Wann immer sie die Probleme eines ihrer Patienten zu langweilen anfingen, beobachtete sie durch das Fenster gern die Passanten, die in die Geschäfte hineingingen und wieder herauskamen oder die auf den Bänken saßen und Eis schleckten und Hot dogs aßen.

Die junge Dame auf der Couch langweilte Samantha schon seit Wochen. Sie studierte in Cornell und beklagte sich fast die ganze Sitzung über jedesmal wieder über ihre bornierten Eltern, ihre bornierten Freunde und ihre bornierten Professoren. Samantha hatte bereits vor einigen Sitzungen aufgehört, ihr zuzuhören. Sie schaute aus dem Fenster und dachte an Edward. Sie fragte sich, wo er wohl steckte, was er vorhatte. *Auf keinen Fall fährt er dort hinunter, um Wiedergutmachung zu leisten oder um sich mit seinen Geschwistern und seinem Vater auszusöhnen, sagte sie sich. Dazu würde er mich brauchen. Nein, er hat etwas anderes vor, und ich bezweifle, ob das so gut ist.*

Ihre Uhr piepste am Ende der Stunde und holte Samantha wieder in das Behandlungszimmer zurück. Sie tat so, als würde sie sich ein paar Notizen auf dem Schreibblock machen. Dann erklärte sie der jungen Studentin, daß sie ihre Probleme mit dem nötigen Maß an Entschlossenheit und vielleicht noch ein paar zusätzlichen Sitzungen mit Sicherheit überwinden könnte. Sie machte ihr dazu den Vorschlag, sich zweimal pro Woche zu treffen, »bis wir zwei das Problem in den Griff bekommen haben«. Die junge Studentin nickte zustimmend. Kaum eine Minute später hatte Samantha sie schon zur Tür hinausgeschoben. Im Laufe der Jahre hatte sie es in der Kunst, ihre Patienten wieder loszuwerden, zu wahrer Meisterschaft gebracht. Sie hatte sogar schon überlegt, für Psychologiestudenten ein Seminar über dieses Thema abzuhalten.

Sobald sie die Tür wieder geschlossen hatte, rief sie in ihrer Wohnung an. Es klingelte viermal, und dann meldete sich ihre eigene Stimme. »Hallo, hier spricht Samantha. Ich bin momentan nicht da, aber wenn Sie mir Ihren Namen und ...« Sie wartete, bis die Ansage zu Ende war, und sagte dann nach dem Piepston: »Edward, wenn du da bist, dann ruf mich bitte sofort an. Bitte. Es ist sehr wichtig.«

Sie wartete fünf Minuten. Edward rief nicht zurück. Und wie sollte er auch? Er hatte ja kein Telefon dort draußen im Wald auf seinem Hochsitz. Samantha probierte es in dem Haus in Far Hills. Sie ließ es mindestens ein dutzendmal läuten. Sie wollte gerade wieder auflegen, als sich eine Kinderstimme meldete. »Hallo?«

»Ja, hallo, hier spricht Samantha Tuttle-Winslow. Ist Edward vielleicht da?«

»Ich glaube nicht«, sagte Rosa.

»Wer spricht denn da?«

»Hier spricht Rosa.«

Samantha wußte nicht, wer Rosa war. »Dort ist doch bei Winslow, oder?«

»Ja.«

Samantha seufzte. »Ist vielleicht sonst noch jemand da? Ein Erwachsener?«

»Sie sind alle draußen im Wagen. Mommy, Tante Ginny und Tante Mary. Wir fahren jetzt nämlich ins Krankenhaus, um Großpapa zu besuchen.«

»Ich verstehe«, sagte Samantha, »aber dein Onkel Edward ist nicht da?«

»Onkel Joseph und Onkel Bobby waren da, aber wir glauben, daß sie zu Onkel Barton nach Georgetown gefahren sind.«

»Georgetown?«

»Ja, Georgietown.«

Samantha hatte nicht viel Geduld mit Kindern. »Okay, Rosa ... Würdest du mir einen Gefallen tun? Würdest du deiner Tante Ginny etwas ausrichten?«

»Okay.«

»Dann sag ihr, daß ich Edward noch nicht gefunden habe und daß ich heute nachmittag selbst kommen werde.«

Rosa wartete auf den Rest.

»Okay, Rosa. Wirst du ihr das sagen?«

»Ja.«

»Gut, Rosa, auf Wiedersehen.«

»Auf Wiedersehen.« Rosa legte auf, rannte zur Hintertür hinaus und sprang auf den Vordersitz des Mercedes.

Samantha läutete nach ihrer Sekretärin. Sie sagte ihr, daß sie den nächsten Patienten noch empfangen würde, daß die restlichen Termine des Tages aber gestrichen werden müßten. Dasselbe gelte auch für die kommenden Tage. »Ich habe einen Notfall. Ich muß für eine Weile wegfahren.«

Irene mußte schließlich doch keinen Wagen mieten. Die Leute da oben am Blue Mountain Lake mögen ja durchaus ein ziemlich unabhängiger Haufen sein, aber wenn ein Nachbar Hilfe braucht, dann rücken sie alle zusammen. Irene hatte von dem Telefon in Merlins Kramerladen das Haus in Far Hills angerufen. Viele der Anwohner des Sees benutzten Powers Telefon. Wenn er seine monatliche Abrechnung von AT&T bekam, setzte er seinen Kunden einfach ihre Ferngespräche auf die Rechnung. Ab und zu zahlte er den einen oder anderen Anruf zwar aus eigener Tasche, aber normalerweise funktionierte das System recht gut.

Powers Schwägerin Aggie war im Laden und trank gerade ihren Morgenkaffee, als Irene in New Jersey anrief. Aggie schien immer zur Stelle zu sein, wenn in Blue Mountain etwas Außergewöhnliches passierte. Sie belauschte die Unterhaltung zwischen Irene und Irenes Schwägerin zwar nicht mit Absicht, aber als das Gespräch beendet war, war ihr ziemlich klar, daß Irene wegen familiärer Angelegenheiten nach New Jersey mußte. Die beiden Frauen besprachen das Problem, wobei vor allem Aggies Mundwerk in Bewegung war, und fünfzehn Minuten später hatte Irene einen fahrbaren Untersatz. Aggies Mann, Digger Merlin, führte die Tankstelle in Blue Mountain. Digger tankte die Wagen auf, reparierte kaputte Motoren und tat sein Bestes, um zerbeulte Stoßstangen wieder hinzubiegen und Beulen und Dellen aus ramponierten Kotflügeln zu klopfen. Vor ungefähr einem Jahr war nun irgend so ein Politiker aus Albany mit einer Frau in Blue Mountain gewesen, von der alle annahmen, daß sie nicht seine Frau war. Und dieser Politiker setzte einen wirklich schönen, nagelneuen Buick Regal in dieser haarigen Kurve an der Route 30 genau nördlich des Adirondack-Museums in den Straßengraben. Er und seine Geliebte erlitten keine schweren Verletzungen, nur ein paar Prellungen und Abschürfungen, aber Digger mußte hinauffahren und den Buick mit dem Abschleppwagen in seine Garage schleppen. Dort stand der Wagen fast den ganzen Sommer über. Dann lag eines Tages der Fahrzeugschein des Wagens in Diggers Briefkasten, zusammen mit einem kurzen Brief des Politikers: »Vielen Dank für alles. Ich würde den ganzen Unfall gern vergessen, also, warum behalten Sie den Wagen nicht einfach?« Was Digger dann auch tat. Er richtete ihn, so gut es ging, wieder her, meldete ihn an, versicherte ihn und benutzte ihn zu gemütlichen Wochenendfahrten hinauf nach Saranac und hinüber zum Lake Placid.

Was wahrscheinlich auch der Grund dafür war, daß er sich anfänglich dagegen sperrte, als seine Frau ihn bat, den Wagen Irene Winslow zu leihen. Aber Digger hatte bereits vor langer Zeit gelernt, daß der häusliche Frieden dann am besten gewahrt blieb, wenn er Aggie in allem nachgab. Also fuhr er den Buick hinüber zu Bruder Powers Kramerladen, ging hinein und überreichte Mrs. Winslow eigenhändig die Schlüssel. In der Zwischenzeit war Irene über den See zurückgefahren, um die Kinder zu holen, eine Tasche zu packen und das Haus abzuschließen (in erster Linie wegen der Urlauber, die es als ihr unwiderrufliches Recht betrachteten, in malerische, aber fremde Blockhütten am See einzudringen). Katie und Constance konnten ihre Aufregung kaum unterdrücken. Keine von beiden war jemals weiter als bis nach Utica gekommen. Alle ihre Freunde waren da, um sie zu verabschieden. Eigentlich

hatte sich fast das ganze Dorf vor Merlins Laden versammelt, um ein zweites Mal Mitgliedern der Familie Winslow auf ihrer Fahrt nach Süden hinterherzuwinken.
Die Kinder winkten zum Rückfenster des schicken Buick hinaus, als Irene auf den Highway bog und auf der Route 28 Richtung Osten fuhr. Sie hatte genug Geld, Sandwiches, einen vollen Tank, eine gute Straßenkarte und Ginnys Anweisungen, wie sie zu dem großen Haus in Far Hills fahren mußte. Trotzdem war sie nervös. Sie war sich nicht ganz sicher, ob sie das Richtige tat. Es war so ein impulsiver Entschluß gewesen. Sie traf selten impulsive Entscheidungen. Sie machte sich Sorgen, wie Bobby wohl reagieren würde. Sie hatte Angst vor der Begegnung mit seinen Geschwistern und seinem Vater. Und vor allem machte sie sich wegen des Babys Sorgen, das bald kommen sollte. Der Arzt hatte ihr zwar noch letzte Woche versichert, daß ihr mindestens noch drei Wochen blieben, bis das Baby käme. Aber Irene hatte das Gefühl, daß das Kind jeden Moment kommen konnte. Im Fahren erinnerte sie sich daran, wie sowohl Katie als auch Constance ganz plötzlich und ohne Vorwarnung gekommen waren. Bei keiner von beiden hatte es Probleme gegeben. Sie hätte diese beiden Mädchen wahrscheinlich in ihrem eigenen Schlafzimmer zur Welt bringen können. *Aber in einem Buick,* fragte sie sich, *irgendwo auf dem New York Thruway? Oder unten in New Jersey in einem fremden Krankenhauszimmer mit einem fremden Arzt?* Diese Gedanken gingen ihr durch den Kopf, aber sie fuhr weiter, den dicken Bauch hinter das Steuer geklemmt. Sie fuhr schnell durch North Creek und Warrensburg. Gegen Mittag hatte sie den Northway erreicht, und hier fing die lange Fahrt nach Süden in den Gartenstaat hinunter an.

Der Doktor erinnerte sich, daß er sich umgezogen, die Latex-Handschuhe übergestreift hatte, in den Operationssaal gegangen war und seinen Assistenten einen guten Morgen gewünscht hatte. Er erinnerte sich, daß er zu dem kleinen Mädchen gesagt hatte, sie solle sich entspannen. »Es wird alles gut werden, es ist schon vorbei, ehe du dich überhaupt versiehst.« Er sah noch ihren Mund vor sich, der weit offenstand, und seine großen Hände, die hineinfuhren, um mit ihrer Arbeit zu beginnen. Aber der Rest lag im dunkeln. Er konnte sich nicht mehr daran erinnern, tatsächlich mit der Mandeloperation angefangen, den Schnitt gemacht, die Mandeln herausgeschält und die Wunden wieder zugenäht zu haben. Er saß in seinem Büro im Krankenhaus, rauchte eine Zigarette und mußte sich eingestehen, daß er die Operation im Blindflug gemacht hatte. *Aber sie muß gut ausgegangen sein*, dachte er, *weil mir die OP-Schwestern hinterher ein Okay-Zeichen gegeben haben*. Und trotzdem jagte die Vorstellung, eine Tonsillektomie gemacht und nicht die geringste Erinnerung mehr daran zu haben, einen Angstschauer Dr. Cohens Rücken hinab. »Du bist auf dem besten Weg, dir alles zu vermasseln«, sagte er laut, »so schaffst du es bestimmt, eine Klage wegen Fahrlässigkeit an den Hals zu bekommen, und verlierst alles, wofür du gearbeitet hast.« Er nahm einen weiteren tiefen Zug von der Zigarette und versuchte sich zu entspannen. Aaron war im Grunde genommen gar kein Raucher, aber gelegentlich nach einer Operation lehnte er sich gern zurück und zündete sich eine Zigarette an. Für diese Gelegenheiten hatte er immer eine Packung Larks in seiner Schreibtischschublade. Der Tabak schmeckte bereits schal und herb, aber das war ihm egal, er bemerkte es kaum. Dieselbe Sache, an die er während der Mandeloperation gedacht hatte, ging ihm auch jetzt beim Rauchen nicht aus dem Kopf: Ginny. *Wie*, fragte er sich, *soll ich einen Flug an die Ostküste zeitlich bloß unterbringen? Ich werde meinen ganzen Terminplan umstoßen müssen*. Aber er wußte, daß er einen Weg finden würde. Das war alles Teil ihrer

Abmachung, des Kompromisses. Er wußte, daß sie für ihn dasselbe machen würde. Er setzte sich hin und rief in seinem Reisebüro an.

»Aber natürlich«, versicherte ihm der Mann im Büro, »kann ich für Sie und Ihre Kinder morgen früh einen Flug nach Newark besorgen. Kein Problem. Economy class oder erste Klasse, Dr. Cohen?«

»Erste Klasse.«

»Okay, dann erste Klasse. Soll ich Ihnen noch einen Wagen besorgen? Ein Hotel? ... Einen Wagen, schön. Etwas Billigeres oder – einen Caddy, okay. Gut, einen Sedan de Ville. Ich rufe Sie so bald wie möglich zurück.«

Aaron legte auf und rief bei sich zu Hause an. Er mußte es zwanzig- oder dreißigmal klingeln lassen, aber endlich ging Adam doch ans Telefon. »Ja?«

»Meldest du dich immer so am Telefon? ›Ja?‹«

»Ich habe noch geschlafen«, fuhr ihn der Junge aufsässig an.

Aaron schaute auf seine Uhr. Es war schon fast halb zehn (Ortszeit in Kalifornien). In weniger als einer halben Stunde mußte er wieder im OP sein. »Wir fliegen morgen an die Ostküste.«

Der Junge war nicht gerade begeistert. »Was? Warum?«

»Weil ich es so sage, deshalb.«

»Mist«, murmelte der Junge. »Ich habe hier jede Menge zu tun, Dad. Meinst du, ich könnte den Flug ausfallen lassen und zu Hause bleiben?«

»Nein, das meine ich nicht.«

»Ich könnte das Haus hüten.«

»Du bist doch erst zwölf.«

»Dreizehn.«

»Das ist egal. Du kannst jedenfalls nicht allein zu Hause bleiben. Ist deine Schwester da?«

»Ich glaube, die schläft noch.«

»Nein, tue ich nicht.« Madeline kam in das Elternschlafzimmer des Hauses in Bel Air und riß ihrem kleinen Bruder den Hörer aus der Hand. »Hi, Daddy. Ich bin's. Was ist los?«
»Wir fliegen morgen an die Ostküste.«
»He, das ist ja toll. Ich kann einen Urlaub brauchen.«
Wieder seufzte Aaron. *Fünfzehn Jahre und braucht einen Urlaub.* »Ich weiß noch nicht genau, wann wir starten. Wahrscheinlich ziemlich früh. Aber ich komme zum Abendessen heim. Dann reden wir darüber.«
»Okay, Daddy, bis dann.«
Das Telefon läutete, kaum daß Aaron den Hörer aufgelegt hatte. Es war der Mann aus dem Reisebüro.
»Was meinen Sie damit, morgen früh geht nichts mehr?« fragte Aaron.
»Es ist alles ausgebucht«, erklärte der Mann. »Entweder morgen nachmittag um vier oder aber dann die Abendmaschine heute um sieben.«
Aaron seufzte und fluchte leise. »Da muß ich Sie noch mal zurückrufen.«
»Gut. Kein Problem.«
Aaron legte auf und eilte in den OP.

Bevor wir wieder nach New Jersey zurückkehren, gibt es noch eine weitere Familie, die ich gerne erwähnen würde. Sie hat zwar nicht sehr viel mit unserer Geschichte zu tun, jedenfalls nicht direkt, aber indirekt spielt sie eine äußerst wichtige Rolle bei den Ereignissen, die in den nächsten sechsunddreißig Stunden stattfinden werden. Selbstverständlich meine ich damit die Sullivans aus Kittery Point in Maine. Sie erinnern sich doch an sie: Todd und Christine und ihre drei Söhne, die einmal Edwards und Christines Söhne waren – William, Edward Jr. und Henry.
Schauen wir doch mal, ob wir sie irgendwo entdecken können.

An diesem ersten Tag der Sommerferien haben sie einen Picknickausflug nach Fort McClary gemacht. Es sind noch viele andere Kinder mit ihren Müttern da. Fort McClary ist eine alte, befestigte Küstenwache, von der aus einst die Marineinfanterie der Vereinigten Staaten die britische Marine davon abschreckte, während des Krieges von 1812 den Piscataqua River hinaufzusegeln. Wegen des ausgezeichneten Überblicks, den man von dort aus über den Atlantik und über die Isles of Shoal hat, war dieser Platz hervorragend dazu geeignet, hier eine Festung zu errichten. Jetzt ist das Fort ein bevorzugter Picknickplatz für Tagesausflügler aus Kittery Point. Die Mütter lieben die wilde Einsamkeit, die Kinder die schlüpfrigen Klippen.

Mama Sullivan und ihre drei Jungen sehen glücklich aus. Christine kennt fast alle anderen Mütter, und es sieht ganz so aus, als hätten die Jungen einen Haufen Freunde. Ich sage es nur ungern, aber das Beste, was diesen vier Menschen jemals hatte passieren können, war wahrscheinlich, daß sie der drückenden Last von Little Eddies Psychose entkommen sind. Sicher könnte ich die eine oder andere Tragödie in ihr Leben treten lassen; ich könnte vielleicht den kleinen Henry ausrutschen, den Felsen hinabstürzen, sich den Schädel aufschlagen und in der tosenden See ertrinken lassen. Aber das wäre reine Erfindung. Den Kindern geht es gut. Sie werden es schaffen. Vielleicht werden sie kein Mittel gegen den Krebs erfinden, keinen umwerfenden Erfolg in der Carnegie Hall haben oder den siegreichen Touchdown beim Football-Endspiel erringen, aber ich habe das Gefühl, daß sie als anständige, relativ gut situierte Weiße der Mittelklasse aufwachsen werden.

Sie wissen nicht, daß ihr leiblicher Vater oberhalb des großen Hauses in Far Hills auf einem Jagdsitz hockt. Sie wissen nicht, daß er ein Gewehr hat. Sie wissen nicht, daß er krank ist, fertig mit der Welt, und im Augenblick durch ein Fern-

glas seine drei Schwestern und seine Nichte dabei beobachtet, wie sie in der deutschen Luxuslimousine des Wilden zusammen wegfahren. Sie wissen nicht, was für verrückte, gewalttätige Gedanken ihm durch den Kopf schießen. Sie wissen nichts davon und sind doch zum Teil dafür verantwortlich. Vielleicht war Little Eddie schon immer etwas labil, aber als er seine drei Jungen verlor und deswegen seinen Zusammenbruch hatte, da ging es völlig bergab mit seiner geistigen Gesundheit. Wenn er nur irgendwie an seinen Jungen festgehalten hätte, dann glaube ich nicht, daß er jetzt oben in diesem Baum sitzen würde. Dann hätte er wahrscheinlich kein geladenes Gewehr neben sich und würde daran denken, seinen Vater zu töten.

Doch damit soll nicht gesagt werden, daß seine Handlungen ihre Schuld wären. Ich habe kein Interesse an Schuldzuweisungen, mich interessieren eher Ursache und Wirkung. Mich interessieren die Querverbindungen im Universum. Ich bezweifle zwar, daß wir im Laufe dieser Geschichte noch einmal bei den Sullivans vorbeischauen werden, und dennoch werden diese Jungen im Hintergrund permanent anwesend sein. Sie werden dort draußen im Wald in den Gedanken ihres Vaters ständig präsent sein. Jeder Schritt, den er tun wird, wird zum Teil auch von dem verzweifelten Wunsch diktiert sein, Rache zu üben dafür, daß sein eigener kleiner Ast des Winslow-Familienbaumes ungerechterweise abgesägt worden ist.

24

»Und wer war das, Rosie?« »Eine Dame.« »Eine Dame?« fragte Emily. »Was für eine Dame?« »Samantha.« »Welche Samantha?« Emily ließ den Sicherheitsgurt ihrer Tochter einschnappen und startete den Mercedes. »Wer ist Samantha?« »Samantha ist Edwards neue Frau«, antwortete Ginny vom Rücksitz aus.

»Oh, richtig«, meinte Emily, »das weiß ich ja.«

Ginny beugte sich vor, als der Wagen die Auffahrt hinunterfuhr. »Was wollte sie denn, Rose?«

»Sie wollte mit Onkel Edward sprechen.« Das Kind war weitaus mehr an dem elektrischen Fensterheber als an seiner Unterhaltung mit Tante Samantha interessiert.

»Laß das Fenster in Ruhe, Rosa«, befahl ihre Mutter, »ich habe die Lüftung an.«

»Und was hast du ihr gesagt?« wollte Ginny wissen.

»Ich habe ihr gesagt, daß Onkel Edward nicht hier ist. Ich habe gar nicht gewußt, daß ich einen Onkel Edward habe, Mommy.«

»Doch, das hast du, Rose. Das hast du nur vergessen.«

»Also, was hat Samantha gesagt?«

Rosa hörte auf, an dem Knopf herumzuspielen, mit dem man den Außenspiegel auf der Beifahrerseite einstellen konnte, und drehte sich um. »Sie hat gesagt, ich soll dir ausrichten, daß sie uns später besuchen kommt.«

»Ich habe es gewußt«, sagte Ginny, während sie sich wieder in den Sitz zurückfallen ließ, »ich habe es doch gewußt, daß sie nur einen Grund sucht, um hierherzukommen.«

Mary, die neben ihrer älteren Schwester saß, war nicht sehr überrascht. Sie wußte, daß jeder, der mit der Sache zu tun hatte, früher oder später kommen würde. Sie hatte das gewußt, seit Lois Chilton mit der Nachricht von Wild Bills Treppensturz in der Westminster Abbey aufgetaucht war.

Mary hörte interessiert zu, als Ginny das Gespräch wiedergab, das sie selbst ein paar Stunden zuvor mit Samantha geführt hatte. Ginny sagt nicht viel, was Mary nicht schon gewußt hätte. Nur eines wunderte sie wirklich, wo Edward steckte. Sie fragte sich, wo er wohl war, warum er bisher noch nicht eingetroffen war und welche Rolle er spielen würde, sobald er endlich hier war. Mary wußte alles über Edwards geistige Labilität, hatte aber keine Ahnung, daß ihr Bruder inzwischen tatsächlich übergeschnappt war.

»Aber wirklich, Emily, das ist nicht sehr nett«, sagte Ginny kichernd.

»Das vielleicht nicht, aber es ist trotzdem recht lustig.«

»Und wahrscheinlich auch wahr.«

»Was denn?« wollte Mary wissen.

»Du bist mal wieder völlig weggetreten, Mary«, sagte Ginny. »Unsere kleine Schwester hat eben gemeint, daß Edward Samantha vielleicht nur deswegen geheiratet hat, um lebenslang umsonst von ihr therapiert zu werden.«

Mary warf einen Blick von einer Schwester zur anderen. »Und was soll daran so lustig sein?«

»Ich habe doch nur Spaß gemacht, Mary. Gott, du nimmst immer alles gleich so ernst.«

»Warum? Weil ich nicht an das Lächerliche glaube?«

Emily nahm die Augen nicht von der Straße. »Oh, ich dachte, weil du dich vielleicht schon länger nicht mehr richtig amüsiert hast.«

Ginny drehte sich zur Seite, schaute zum Fenster hinaus und versuchte, ein ernstes Gesicht zu machen.

Mary hätte fast mit einer Beleidigung zurückgeschossen, sagte aber statt dessen: »Ich kenne Samantha nicht und werde deswegen jetzt auch nicht anfangen, unsensible Witze über sie zu machen.«

»Keiner von uns kennt sie«, sagte Ginny. »Sie haben vor vier Jahren geheiratet, und keiner aus der Familie hat sie je zu Gesicht bekommen.«
»Ist das vielleicht ihre Schuld? Wahrscheinlich ist sie sehr nett.«
»Nicht, soweit ich gehört hab«, meinte Emily.
»So, und was hast du gehört, kleine Schwester?«
Emily konnte nicht länger widerstehen. »Ich habe gehört, daß sie Edward in einem Käfig hält und ihn nur herausläßt, um ihn zu füttern und es mit ihm zu treiben.«
Ginny kicherte wie ein Schulmädchen, riß sich aber zusammen, als Mary sagte: »Das ist doch unerhört. Wie würde es dir gefallen, wenn jemand so über dich redete?«
Emily wollte ihr gerade eine Antwort geben, als sie Rosa fragen hörte: »Mommy, was ist das, ›es mit jemandem treiben‹?«
Die Passagiere auf dem Rücksitz verstummten, während Emily über ihre Antwort nachdachte. »Oh ... das ist nicht so wichtig, Rose. Mommy hat Tante Ginny nur zum Lachen bringen wollen.«
Rosa nickte und wandte ihre Aufmerksamkeit wieder den Knöpfen am Radio zu. Wie die meisten Kinder ihres Alters blieb sie nie lange auf eine Sache konzentriert. Die Erwachsenen im Wagen jedoch erlaubten dem Konflikt, ihnen für den Rest der Fahrt zum Krankenhaus die Stimmung zu verderben. Sie sprachen nicht ein einziges Wort mehr miteinander.

»He, schaut mal«, rief Rosa, »da sind John und Paul.«
»Wo?« fragten Ginny und Emily gleichzeitig.
»Dort drüben, mit Tante Evangeline.«
Tatsächlich waren sie da; sie kamen gerade aus dem Eingang des Krankenhauses und gingen über den Besucherparkplatz.

Emily steuerte den großen Mercedes in eine Lücke neben Evangelines Pickup. Evangeline winkte und lächelte. Die Winslow-Frauen winkten zurück und machten die Türen auf. Die drei Kinder begrüßten sich wie lange verloren geglaubte Freunde. Sie sprangen alle hinten auf den Pickup und fingen an, ein Spiel zu spielen, das keinen Namen und keine Regeln hatte, das die drei aber perfekt beherrschten.

Die vier Frauen bezogen Positionen. Es geschah vielleicht unabsichtlich, aber innerhalb von Sekunden hatten die Winslow-Schwestern Evangeline umzingelt. Zumindest fühlte sie sich umzingelt. Man tauschte Artigkeiten aus.

Aha, du warst also oben bei ihm?

Ja, ich habe die Jungen mitgenommen. Sie haben mich die ganze Zeit gelöchert, sie endlich mal mitzunehmen.

Und, wie ist er?

Evangeline wollte schon sagen, »sehr ausgelassen«, beschloß aber, daß »es geht ihm besser« weniger vertraut klingen würde.

Das ist gut.

Er meint, er könnte jeden Moment nach Hause gehen.

Das überrascht mich nicht.

Mich auch nicht. Aber er sollte wirklich noch ein paar Tage bleiben. Mindestens.

Bla, bla, bla. Die Worte, die aus ihren Mündern kamen, hatten fast nichts mit dem zu tun, was in ihren Köpfen vor sich ging. Evangeline hatte das Gefühl, sich verteidigen zu müssen, und fragte sich, was sie wohl wirklich von ihr dachten. Emily betrachtete ihre Kindheitsfreundin und fragte sich, ob sie wohl über alles Bescheid wußte. Ginny war sich ziemlich sicher, daß ihr Vater mit diesem ... diesem Teenager geschlafen hatte. Und Mary blickte sie nur mit starren Augen an, während sie versuchte, dieses letzte Teil des Puzzles irgendwo unterzubringen.

Und dann meinte Evangeline: »Nun, ich weiß, daß er bereits auf euch wartet, also will ich euch nicht länger aufhalten.«

Worauf Ginny sagte: »Wir sollten jetzt wirklich hochgehen.«
Und Emily: »Ich will jetzt auch rein, weil ich unbedingt aus dieser Hitze heraus muß. Es hat hier draußen ja mindestens vierzig Grad.«
»Mindestens.«
Und dann verabschiedeten sie sich, und Evangeline fragte, ob sie noch etwas aus dem Laden bräuchten, was Ginny verneinte, sie würde später ohnehin einkaufen gehen, aber sie solle doch bitte schön auf eventuelle Neuankömmlinge achten, das heißt auf Samantha, Irene, Aaron et cetera.
Dann ein letztes Winken, ein letztes Mal »bis später«, bevor die beiden Grüppchen ihrer getrennten Wege gingen.
Aber kaum waren die Schwestern der Hitze entflohen, änderte sich ihr Tonfall. Ginny, als die Älteste, stimmte den ersten Vers an. »Habt ihr nicht auch das Gefühl, daß da etwas läuft zwischen dieser jungen Dame und unserem lieben alten Vater?«
Emily fiel in den Refrain ein. »Ganz sicher sogar. Und es geht wieder um die älteste Geschichte der Welt. Habt ihr gesehen, wie ihre Augen aufleuchteten, als ich gefragt habe, wie es ihm heute geht?«
Mary war das mit Sicherheit aufgefallen (ihr entging selten ein Gesichtsausdruck oder eine Betonung), aber sie stieß immer noch nicht ins selbe Horn wie ihre Schwestern. Als sie durch das Foyer gingen und den Aufzug betraten, sagte sie: »Ich glaube, das geht uns eigentlich gar nichts an.«
»Natürlich denkst du das«, sagte Emily, »aber doch nur deswegen, weil wir anderer Meinung sind.«
Sie waren nicht die einzigen im Lift, die nach oben fuhren. Eine alte Dame mit schwarzem Hut und Bambusstock stand im Hintergrund des Aufzugs.
»Ich bin der Meinung, daß es uns durchaus etwas angeht«, sagte Ginny. »Ich meine, schließlich muß sie fast ein halbes Jahrhundert trennen. Wenn Evangeline wirklich eine« – Ginny

warf einen Blick über die Schulter, senkte die Stimme –, »eine Art Beziehung mit ... mit ihm hat, dann hat sie ganz bestimmt ihre Gründe dafür.«

»Und die wären?« fragte Mary.

Ginny warf ihrer Schwester einen gereizten Blick zu. »Na, Geld natürlich.«

Sie hielten im dritten Stock an, und die Türen öffneten sich. Die alte Dame mit dem Stock und dem schwarzen Hut sagte: »Entschuldigen Sie« und stieg aus. Bevor die Türen sich wieder schlossen, drehte sie sich noch einmal um und meinte lächelnd: »Geld und Sex halten die Welt zusammen, Mädchen. Das ist nun mal so im Leben.«

Die Winslow-Schwestern erwiderten das Lächeln nicht. Schweigend legten sie den Rest der Fahrt zurück. Ein paar Minuten später standen sie vor seiner Tür. Er lag im Bett und blätterte im *Wall Street Journal.* »Großpapa!« rief Rosa. Sie rannte quer durchs Zimmer, sprang auf das Bett und schlang die Arme um den alten Knaben.

»Oh, Mann«, meinte der Wilde, »das habe ich jetzt gebraucht. Wenn man so umarmt wird, dann fühlt man sich gleich wieder jung. Warum zieht ihr zwei, du und deine Mommy, nicht zu mir aufs Land, und du bekommst dann die Aufgabe, diesen alten Brummbären hier jedesmal ganz fest in die Arme zu nehmen, wenn er ein bißchen düster dreinschaut?«

»Okay«, meinte Rosa zustimmend. »Aber was heißt düster?«

»Düster? Das ist so etwas wie traurig oder unglücklich, weißt du.«

»Ich habe dich noch nie traurig gesehen, Großpapa.«

»Das liegt nur daran, daß ich es nie bin, wenn du da bist.«

Keine der drei Schwestern lächelte. Sie hatten weder Verständnis für diesen winzigen, aber wichtigen Augenblick von Vertrautheit zwischen Wild Bill und Rosa, noch trauten sie ihm. Sie starrten den alten Mann und das kleine Mädchen an und

versuchten sich an einen ähnlichen Moment aus ihrer eigenen Kindheit zu erinnern.
»Also«, fragte der Wilde, »gibt es etwas Neues von Barton?«
Ginny berichtete ihm von Josephs und Bobbys Fahrt nach Georgia und sagte ihm auch, daß Barton bereits wieder aus dem Krankenhaus entlassen war.
»Das überrascht mich nicht«, erwiderte Wild Bill. »Noch so ein Mißverständnis. Dafür ist diese Familie ja seit langem bekannt.«
Dann erzählte ihm Ginny von dem Anruf, den sie von Bobbys (eigentlich Henrys) Frau erhalten hatte. »Falls sie es sich nicht noch einmal anders überlegt, dann müßte sie eigentlich heute nachmittag ankommen.«
»Höchste Zeit, daß wir endlich diese Leute aus den Adirondacks kennenlernen«, sagte der Wilde. »Jetzt fehlt nur noch, daß auch Little Eddie und seine Frau zu unserer kleinen Party kommen.«
»Die sind auch schon unterwegs«, sagte Emily.
»Was sagst du da?«
»Edward und Samantha kommen auch«, sagte Ginny.
»Edward! Um seinen Alten Herrn zu besuchen? Du machst wohl Witze!«
»Nein, ganz und gar nicht. Samantha kommt auf jeden Fall. Bei Edward sind wir uns noch nicht ganz sicher. Keiner scheint genau zu wissen, wo er steckt. Er ist momentan verschwunden.«
Diese Nachricht erregte sofort Wild Bills Aufmerksamkeit. Die Vorstellung, daß Little Eddie unbeaufsichtigt war, machte ihm Sorgen. Er hatte es zwar nie einem anderen Menschen gegenüber zugegeben – kaum daß er es sich selbst eingestanden hatte –, aber sein mittlerer Sohn machte ihm angst. *Der jagt mir eine Heidenangst ein, wenn ihr die Wahrheit wissen wollt, mehr noch als die Japse während des Kriegs.*

»Aaron und die Kinder kommen vielleicht auch«, hörte er Ginny sagen.
»Großartig«, sagte er und verdrängte den Gedanken an einen Edward, der mit einer Machete im Gebüsch hockt. »Bring sie nur her, ich möchte alle um mich haben. Ich werde schon eher, als ihr meint, aus diesem Loch herauskommen, und wenn ich dann wieder zu Hause bin, dann machen wir uns ...«
»Glaubst du wirklich«, fragte Ginny, »daß du schon so bald das Krankenhaus verlassen kannst?«
»Und ob ich das kann, Mädchen. Und sobald ich zu Hause bin, feiern wir eine Party und besprechen ein paar Sachen. Ich möchte euch ein paar Dinge sagen. So oft bekomme ich euch ja auch nicht zu sehen, und deshalb will ich diese Gelegenheit auch nützen, da ihr alle hier seid.«
»Um was geht es denn, Daddy?« fragte Ginny. »Was möchtest du uns denn sagen?«
Wild Bill richtete sich kerzengerade auf in seinem Krankenbett. Er trug einen leichten Sommerpyjama, der nagelneu war. Evangeline hatte ihn extra für ihn gekauft, als er ins Krankenhaus eingeliefert wurde. Er hatte sonst keinen einzigen Schlafanzug. Seit er 1945 aus der Truppe ausgeschieden war, hatte er immer im Adamskostüm geschlafen. »Nein, nicht hier«, sagte er, »ich will, daß alle dabei sind, und ich möchte es euch zu Hause sagen, wo wir alle hingehören.«
»Klingt ja ziemlich ernst, Daddy«, sagte Emily.
»Das ist überhaupt nichts Ernstes, Kindchen.«
»Aber geheimnisvoll.«
»Nein, auch nicht geheimnisvoll. Ich möchte einfach nur mit euch sprechen. Will mir ein paar Dinge von der Seele reden.«
Es verstrichen ein paar Sekunden, ehe Ginny schließlich sagte: »Wir haben Evangeline draußen auf dem Parkplatz getroffen.«
Das erregte sofort Wild Bills Aufmerksamkeit. »So, tatsächlich?«

»Ja, sie und die Kinder.«
»John und Paul«, fügte Rosa hinzu.
»Richtig«, sagte der Wilde, »John und Paul.«
Die Töchter warteten, ob noch mehr käme.
Der alte Knabe enttäuschte sie nicht. Er schweifte mit seinen Gedanken ein paar Sekunden ab, meinte aber dann: »Ich werde dir jetzt etwas über deine alte Freundin Evangeline erzählen, Emily.«
»Ja, Daddy?«
»Sie hat deinem alten Vater das Leben gerettet.«
»Wie meinst du das?«
»Ich meine damit, daß ich wahrscheinlich noch jetzt am Fuß der Treppe liegen würde, wenn sie nicht gewesen wäre.« Fast hätte er noch hinzugefügt, daß ja keines seiner Kinder dagewesen war, um ihm zu helfen, hätte fast gesagt, *ich wäre direkt dort auf dem Fußboden gestorben, wenn ich darauf gewartet hätte, daß mir einer von euch zu Hilfe kommt,* aber er konnte es gerade noch unterdrücken, konnte gerade noch seinen Mund halten.
»Es war ein ziemliches Glück, daß sie dich gefunden hat, schätze ich«, sagte Ginny mit ernster Stimme, wollte in Wirklichkeit aber nur noch weitere Details erfahren.
Und ob ich Glück hatte, dachte der Wilde. Beinahe hätte er ein Loblied darauf angestimmt, wie Evangeline ihm bereits Jahre zuvor das Leben gerettet hatte, bevor sie ihn Jahre später am Fuß der Treppe gefunden hatte. *Sie,* dachte er, *hat mein Leben vor dem Alkohol, der Langeweile, einer beschissenen Ehe und einer Horde selbstsüchtiger Kinder gerettet.* Aber er behielt das für sich. Er wollte es ihnen eigentlich sagen, fürchtete aber seinen eigenen Zorn. »Glück? Wahrscheinlich. Sogar ganz sicher. Warum auch nicht? Wenn man an so etwas glaubt.«
»Ich habe doch nur gemeint«, fuhr Ginny fort, »daß … na ja

... daß es ein großes Glück war, daß sie ausgerechnet dann zur Stelle war, als du sie brauchtest.«

Wild Bill überlegte kurz. »Das ist zweifellos richtig«, sagte er dann. »Sie war da, als ich sie brauchte.«

25

Der große Thunderbird fuhr kurz nach elf Uhr vor dem Waycross General Hospital vor. »Komm, Bruderherz. Holen wir Barton da raus, und schauen wir, daß wir so schnell wie möglich wieder aus Dixieland herauskommen, ehe die Sonne noch höher am Himmel steht.«

Henry – als Bobby – folgte Joseph die breite betonierte Treppe hinauf und durch die automatischen Glastüren hindurch. Er dachte zwar, daß eigentlich er als der Ältere die Initiative ergreifen sollte, aber Joseph marschierte bereits schnurstracks auf den Empfang zu. Die Frau dahinter – graues Haar und aufgemaltes Lächeln – sah ihnen entgegen.

»Guten Morgen, Ma'am«, sagte Joseph. »Mein Name ist Winslow, Joseph Winslow. Das hier ist Bobby Winslow. Wir haben den ganzen weiten Weg von Aspen, Colorado, bis hierher gemacht, um unseren kleinen Bruder Barton zu besuchen. Wenn Sie uns zeigen, wo sein Zimmer ist, dann schleichen wir uns dort ganz leise hinein.«

Der aufgemalte lächelnde Mund öffnete sich. »Ich fürchte, das wird unmöglich sein, Mr. Winslow.« Die Stimme hatte den langgezogenen Tonfall des Südens.

»Und weshalb, Ma'am?«

»Weil Ihr Bruder nicht mehr bei uns ist, Mr. Winslow.«

»Wie bitte?«

»Mr. Barton Winslow hat kurz nach neun Uhr heute morgen das Krankenhaus verlassen.«

»Sind Sie sicher?«

»Und ob ich das bin. Ich habe immerhin die Papiere ausgestellt. Ein wirklich netter junger Mann, Ihr Bruder. Er hat gesagt, er müsse hinauf nach New Jersey, um seinen Vater zu besuchen, der einen Unfall hatte.«

Joseph sah ein wenig verwirrt drein, so daß Henry für ihn in die Bresche sprang. »Hat er gesagt, wie er fährt? Mit dem Auto? Oder mit dem Flugzeug?«

Die lächelnde Dame schüttelte den Kopf. »Nein, ich fürchte, das hat er nicht, Mr. Winslow. Aber er hatte es schrecklich eilig. Er war sehr erregt. Wir können natürlich den Arzt fragen. Vielleicht weiß er etwas.«

»Ist er denn zu sprechen?«

»Er dürfte so gegen drei Uhr wieder hiersein. Er mußte zu einer Konferenz über das AIDS-Virus nach Athen. Eine schreckliche Sache, dieses AIDS.«

»Drei Uhr!« wiederholte Joseph. »Himmel, bis dahin sind wir schon wieder halb im Gartenstaat.«

»Tut mir leid, Mr. Winslow. Ich kann den Doktor ja bitten, Sie anzurufen.«

Joseph schüttelte den Kopf, drehte sich um und ging Richtung Tür. »Komm schon, Bob. Vielleicht erwischen wir noch den Flug um zwei Uhr fünfzehn nach Newark.«

Henry bedankte sich bei der Empfangsschwester und lief hinter seinem Bruder her. »Was soll die Eile, Joe? Wenn wir den Flug nicht schaffen, dann nehmen wir eben einen späteren. Ich muß sowieso irgendwann mal etwas essen.«

Joseph riß die Tür des Thunderbird auf. »Fahren wir los, Bruderherz. Ich habe hier was Besseres als was zu essen.« Er setzte sich hinter das Steuer und knallte die Tür zu. Sobald Henry seine Tür geschlossen hatte, schoß Joseph von dem Krankenhausparkplatz und hinterließ dabei den Gestank von verbranntem Gummi.

Als sie wieder auf dem Highway 84 waren, erklärte er: »Was für eine Zeitverschwendung. Zu Hause hätte ich mich in der Zeit an die kleine Gärtnerin von Wild Bill ranmachen können.«

»Evangeline?«

»Ja, das ist eine ganz Süße. Sie war als Kind schon sehr hübsch, aber jetzt ist sie zu einer wirklichen Schönheit erblüht.«

»Die würde ich selbst gern anmachen.«
Joseph schaute zu seinem Bruder hinüber und lachte. »Du doch nicht, Bruderherz. Du bist schließlich ein verheirateter Mann, vergiß das nicht. Zwei Kinder, ein Haus, wahrscheinlich noch ein Hund und eine Katze, wie es sich gehört.«
Henry überlegte. »Und ein drittes Kind ist unterwegs.«
»Richtig. Das hast du mir ja schon erzählt.«
Henry – als Bobby – nickte. »Und zwar schon ziemlich bald. Könnte jetzt fast jeden Tag soweit sein.«
»Im Ernst? Du bist ja ganz schön wahnsinnig, drei Kinder. Ich werde nie welche haben. Die Welt ist viel zu kaputt, um Kinder hineinzusetzen.«
»Ich weiß nicht. Wahrscheinlich ist sie nicht kaputter, als sie es immer schon war. Außerdem mag ich Kinder. Ich mag es, wie sie einen brauchen ... und Vertrauen in einen haben ... Und ich hätte gern einen Jungen, weißt du, einen Sohn.«
Joseph warf seinem Bruder einen Blick zu und rollte mit den Augen. »Sicher, Bob, ich verstehe. Ich weiß ja, wo du herkommst. Also, was würdest du jetzt dazu sagen, wenn wir auf dem Rückweg einen kleinen Umweg machten, damit diese Fahrt wenigstens kein totaler Reinfall war?«
»Wohin denn?«
Joseph griff in seine Hüfttasche und zog seine kleine Plastikfolie heraus. »Ins Land der wirklichen Dinge, Bruderherz.«
»Du willst Kokain schnupfen und gleichzeitig fahren?«
»Das mache ich doch dauernd. Mit diesem Stoff fährst du wie eine Mischung aus Grandma Moses und Mario Andretti. Und mit dieser Spezialvorrichtung kann ich eine Nase voll schnupfen, ohne meine Augen von der Straße nehmen zu müssen. Einfach schütteln, zusammendrücken und hochziehen.«
Henry – als Bobby – zierte sich vielleicht noch zehn, zwölf Meilen lang, aber schließlich war die Versuchung doch stärker. »Nur ein einziges Mal, Bruder«, sagte Joseph immer

wieder. »Nur, um mal auf den Geschmack zu kommen. Außerdem wirst du von ein paar Nasen voll nicht gleich abhängig.«

Und so verleibten sich die Brüder das kristalline, rauschfördernde Alkaloid ein, und gleich nach zwei, drei Nasen voll verspürte Henry den unkontrollierbaren Drang, seinem Bruder sein tiefstes, dunkelstes Geheimnis zu erzählen. Als sie Brunswick erreichten und Richtung Norden auf der I-95 entlangfuhren, konnte sich der überlebende Zwilling kaum mehr zurückhalten. In weniger als einer halben Stunde hatte die Droge alle seine Schutzmechanismen vollständig niedergerissen. Er hatte das Gefühl, Gott habe ihm auf die Schulter getippt und ihm ins Ohr geflüstert, er solle endlich die Wahrheit sagen. Er konnte kaum mehr glauben, daß er sich über zwanzig Jahre lang als ein anderer Mensch ausgegeben hatte. Außerdem hatte er einen Riesenständer, wahrscheinlich den größten seit zehn Jahren.

Henry nahm noch eine Nase voll. Der feine weiße Puder schoß seine Nasengänge hinauf und knallte in sein Gehirn wie ein Baseballschläger auf einen hohen, schnellen Ball. BUMM!

»Möchtest du was Lustiges hören, Joe?«

Joseph hatte den Fahrersitz ganz nach hinten gestellt und das Gaspedal bis zum Anschlag durchgedrückt. »Aber sicher, Bruderherz. Erzähl mir was Nettes.«

»Ich bin nicht dein Bruder Bob.«

»Nein?« Joseph lächelte und warf einen Blick zur Seite. »Wer zum Teufel bist du dann? Wilhelm Tell vielleicht?«

Henry konnte kaum mehr seine Zunge oder seine Zähne spüren. »Nein, ich bin Henry. Dein Bruder Henry.«

»Oh, ja sicher. Und ich bin unsere große Schwester Helen.«

»Nein, Joe, im Ernst.« Kaum daß er es gesagt hatte, wurde Henry klar, wie absurd das klang. Zwanzig Jahre lang hatte er sich gefragt, wie es wohl sein würde, es schließlich doch jemandem zu erzählen, tatsächlich diese Worte auszusprechen. Jetzt, da er es getan hatte, konnte er es selbst kaum glauben. Es klang lächerlich, wenn er sagte, daß er Henry und nicht Bobby sei. Aber eine Riesenlast war ihm von der Brust genommen, und auf keinen Fall wollte er, daß sie wieder dorthin zurückkehrte.

»Hör mal, Bruderherz, ich glaube dir ja.«

»Gut, weil es nämlich wahr ist. Bobby ist '69 nach Vietnam, nicht ich. Er ist an meiner Stelle gegangen. Ich hatte eine Scheißangst, konnte nicht gehen, wollte einfach nicht. Ich war schon drauf und dran, nach Kanada zu desertieren. Da hat Bobby gemeint, daß er gehen würde. Ich habe es zugelassen. Ich hab ihn gehen lassen.«

»Himmel«, meinte Joseph, »das habe ich ja noch nie erlebt, daß Koks so eine Wahnsinnswirkung auf jemanden hat. Du bekommst keine Nase mehr, Kerlchen. Ich fahre dich jetzt schnurstracks in die Klapsmühle. Als nächstes erzählst du mir vielleicht noch, daß du die Reinkarnation von Crazy Legs bist oder so was.«

Henry – als Henry – hörte nicht ein Wort von dem, was sein Bruder sagte. »Bobby ist von diesen Schlitzaugen abgeknallt worden. Er hatte nicht die geringste Chance. Er wußte ja nicht einmal, wie er sein Gewehr abfeuern sollte. Es ist seine Leiche, die sie aus diesem stinkenden Dschungel nach Hause verschifft haben. Nicht meine. Es ist Bobby, der oben auf dem Hügel neben Mom und Helen liegt. Nicht ich. Hörst du mich, Joe? Hörst du, was ich dir sage? Ich erzähle dir hier etwas, was ich schon seit einundzwanzig Jahren unbedingt jemandem erzählen wollte, einundzwanzig lange und miserable Jahre lang.«

Joseph fuhr auf den Seitenstreifen der Interstate und schaltete den Motor aus. Er betrachtete lange seinen Bruder. »Hör mal, Mann, verarschst du mich hier, oder was? Denn wenn du mich nämlich verarschst, dann will ich das nicht hören. Ich will mit so einem verrückten Mist einfach nichts zu tun haben.«

»Ich verarsche dich nicht, Joe. Es ist die Wahrheit. Ich bin Henry.«

»Wahnsinn.«

Es ist schwer zu sagen, wie lange sie so dasaßen, ohne ein Wort zu sagen, vielleicht zehn, fünfzehn Minuten. Sie betrachteten einander eine Weile, schauten dann wieder eine Zeitlang zum Fenster hinaus auf die anderen Autos und Lastwagen, die die Interstate entlangrasten, um sich anschließend wieder ein paar Sekunden zu mustern. Wer weiß, wie lange sie so dagesessen hätten, wenn dieser Staatspolizist aus Georgia nicht an das Fenster getreten wäre und gefragt hätte, ob sie Ärger mit dem Motor hätten.

»Nein, Sir«, sagte Joseph, dessen Phiole voller Koks kaum von seiner Brusttasche verdeckt wurde, »wir haben keinen Ärger. Wir haben nur mal kurz angehalten, um den Platz zu tauschen.«

Der Polizist wollte noch ihre Papiere sehen, aber schon ein paar Minuten später waren die Winslow-Brüder wieder auf ihrem Weg. Sie warteten, bis der Polizist an ihnen vorübergefahren war, und schnupften dann beide noch eine Nase voll. Ein paar Meilen lang entspannten sie sich, ehe Henry dann seine Geschichte erzählte. Er fing mit der Stelle an, als er vom College flog, weil er während der Antikriegsdemonstration in Lehigh diesem Professor das Bein gebrochen hatte. Er erzählte von dem Basis-Camp auf Parris Island, wie er zur Infanterie überstellt wurde, und von jener Nacht in dem Schlafzimmer im zweiten Stock, als Bobby sich den Schädel rasierte und ihm anbot, mit ihm zu tauschen. Er erzählte die ganze Geschichte, jedes schmerzhafte Detail. Die meiste Zeit über hörte Joseph nur zu, nickte und fuhr. Ein paarmal mußte er eine Zwischenfrage stellen, aber nicht oft, da Henry nicht viel vergaß; er kannte die

Geschichte recht gut, nachdem seit zwanzig Jahren nicht ein Tag für ihn vergangen war, an dem er nicht daran gedacht hätte.

Sie schafften den Flug um zwei Uhr fünfzehn ganz knapp. Noch ehe sie ihren Sicherheitsgurt anlegen konnten, schloß die Stewardeß bereits die Luke, und das Flugzeug rollte vom Flugsteig weg und auf die Startbahn hinaus. Die DC-9 konnte nicht mehr als halb voll sein; die meisten Passagiere waren Vertreter in zerknitterten Anzügen und mit gelockerten Krawatten, die es eilig hatten, in die Luft zu kommen, damit sie sich endlich einen Drink bestellen konnten.

Joseph und Henry sahen ihren Bruder auf dem Fensterplatz in der siebten Reihe nicht, als sie den Gang hinuntergingen. Barton saß zusammengesunken da, hatte den Kopf an das Fenster gelehnt, die Augen geschlossen und war tief in Gedanken versunken über die Zukunft seiner kreativen Ergüsse. Er war bereits am Vormittag am Flughafen angekommen, aber dies war der erste Flug nach Newark gewesen. Er hatte schon fast mit dem Wagen in den Norden hochfahren wollen, aber die Fahrt hätte mindestens dreizehn Stunden gedauert. So lange wollte er nicht warten, um seinen Vater, seine Brüder und Schwestern wiederzusehen. Also hatte er seinen Transporter auf dem Langzeitparkplatz abgestellt und seine gemalte Skulptur sicher – wie er glaubte – hinten im Wagen weggesperrt.

Barton dachte über die Skulptur nach. Er wußte, daß es eine Reflexion dessen war, wie er sein Leben sah. Es war eine pessimistische Sicht, die voller Drachen und Dämonen steckte. Er hatte immer geglaubt, daß man, um ein dauerhaftes Kunstwerk schaffen zu können, leiden mußte; ein glücklicher, zufriedener Mensch konnte nichts Wertbeständiges schaffen. Das Leben war in erster Linie Schmerz, und wahre Kunst mußte aus dem Leben kommen, woraus folgte, daß er, je mehr er litt, um so kraftvollere Dinge schöpfen würde. Aber Barton war müde und hatte es satt, für seine Kunst zu leiden. Er war müde und hatte es satt, 95 Prozent seiner Zeit allein auf der Suche nach dem perfekten Ausdruck zu verbringen. *Kann ich nicht,* fragte er sich, während das Flugzeug sich in den Himmel schraubte, *glücklich und gleichzeitig kreativ sein? Ist das zuviel verlangt? Ich habe mein Handwerk schließlich gelernt. Kann ich mich nicht darauf verlassen, daß meine Vorstellungskraft mich inspirieren wird? Muß ich deswegen gleich wie ein Eremit leben? Muß ich deswegen jeden Funken Energie in diese Holzklötze und Rigipsplatten stecken? Kann ich mich nicht der Welt anschließen und trotzdem meine Arbeit machen? Kann ich nicht wie andere Leute auch lächeln und lachen? Daß ich mich seltsam benehme und mich verstecke, das trennt mich nicht von den anderen; es ist die Arbeit, ist es immer gewesen. Und vielleicht bin ich gar nicht homosexuell, vielleicht habe ich mir das nur eingebildet. Vielleicht habe ich alles auf den Kopf gestellt, die Innenseite nach außen gekehrt. Vielleicht ...*

Der Drang zu urinieren brachte ihn wieder in die physische Realität zurück. Er wollte gerade aufstehen, als er sah, daß das Zeichen »Bitte anschnallen« immer noch über seinem Kopf aufleuchtete. Er ließ sich wieder in den Sitz zurücksinken und wartete, daß das Zeichen erlosch.

Ein Dutzend Reihen weiter hinten hatten Joseph und Henry es sich für den Flug nach Norden bequem gemacht. Joey brauchte noch eine Nase voll, und ebenso wie Barton wartete er ungeduldig darauf, daß die Aufforderung zum Anschnallen erlosch, damit er endlich nach vorne gehen und seine Phiole herausholen konnte. In dem Fläschchen war nur noch wenig Stoff, und so hoffte Joey, daß sein Bruder nicht auch noch etwas wollte.

Henry hatte das Kokain schon ganz vergessen. Ein wesentlich kraftvolleres Stimulans pulsierte in seinen Adern. Er fühlte sich, als könnte er ohne die Hilfe der Flugzeugmotoren allein nach New Jersey zurückfliegen. Er hatte das Gefühl, aus eigener Kraft fliegen zu können.

»Also, was meinst du«, fragte Joseph, »sollen wir es allen erzählen, oder was?«

Henry mußte sich regelrecht zwingen, still zu sitzen. Es wäre eine Untertreibung gewesen, hätte man gesagt, der gute Mann sprühte geradezu vor Energie. Aber daß er jetzt noch einmal sein Innerstes nach außen stülpen sollte, vor allen anderen, vor der restlichen Familie? *Jetzt überleg erst mal, ganz langsam.*

»Ich weiß nicht. Vielleicht ...«

»Was soll das heißen, du weißt nicht? Du mußt es ihnen sagen. Du kannst nicht auf halbem Weg stehenbleiben, Bruderherz, nicht nach dieser langen Zeit.«

Henry stieß einen langen Seufzer aus. »Ich will es ihnen ja sagen, wirklich. Vor allem Wild Bill will ich es sagen. Aber lieber Himmel, Joe, manche von ihnen können vielleicht nicht so gut damit umgehen. Sie könnten mich vielleicht als eine Art Mörder betrachten.«

»Blödsinn, Henry. Das ist schließlich deine Familie.«

Henry stieß noch einen Seufzer aus. Seine Beine zuckten, und er rieb so fest die Handflächen aneinander, daß fast die Funken flogen. »Ich weiß nicht, Mann, ich weiß es einfach nicht.«

Das Flugzeug hatte jetzt die nötige Höhe erreicht, und die Aufforderung zum Anschnallen erlosch. »Denk du in Ruhe darüber nach, Bruderherz«, sagte Joseph, »während ich mich mal frisch mache.« Er stand auf. »Bin gleich wieder zurück.«

Henry war viel zu sehr in seine eigenen Gedanken vertieft, um seinen kleinen Bruder Barton vorbeigehen zu sehen. Aber der ging tatsächlich an ihm vorbei und betrat den Waschraum gleich neben dem, den sein Bruder Joseph besetzt hielt. Barton erleichterte seine Blase, während Joseph noch ein wenig Stoff in seine Nasengänge hochzog. Barton wusch sich die Hände und trocknete sie ab, während Joseph noch einen letzten Blick in den Spiegel warf und sich anlächelte. »Gut siehst du aus, Freundchen, sehr gut sogar.« Sie öffneten beide zur gleichen Zeit die schmalen Türen und traten auf den Flur. Dort stießen sie zusammen.

»Entschuldigen Sie bitte«, sagte Barton.

»Keine Ur ...«, setzte Joseph an. Aber dann: »Barton! Nein, so was!«

Diese beiden Brüder, die sich vom Alter her so nahe, emotional, physisch und intellektuell aber so fremd waren, umarmten einander und hielten sich fest. Barton hatte Tränen in den Augen, Joseph eine triefende Nase. Er erzählte seinem kleinen Bruder von ihrem Hinflug, von ihrer Fahrt nach Waycross, von der Lady mit dem aufgemalten Lächeln. Er sprach schnell, und sein Kopf war ständig in Bewegung. Nach jedem dritten Wort schniefte er.

Barton nickte, lächelte, hörte zu und hatte das Gefühl, als würde alles wieder gut werden. »Ich kann es gar nicht glauben, daß ihr tatsächlich extra meinetwegen hier heruntergeflogen seid«, sagte er mindestens ein halbes dutzendmal. »Ich habe Ginny doch gesagt, daß ihr nicht kommen sollt.«

»Ja, wir dachten uns schon, daß du mit ihr gesprochen hast. Aber als Ginny dich angerufen hat, da waren wir schon weg.«

»Wer ist wir? Ist Bobby mitgekommen?«

»Na ja, nein ... eigentlich nicht.«

»Was meinst du damit?«

»Schau ihn dir selber an.«

Sie gingen den Gang zurück zu der Reihe, wo Henry immer noch über seinem Dilemma brütete. »He, Bruderherz, wach auf«, sagte Joseph, »schau mal, wen ich da in der Raucherabteilung gefunden habe.«

»Wen?« Henry drehte sich um. »Barton!«

»Bob!« Und dann, an Joseph gewandt: »Aber du hast doch gesagt, es ist nicht Bob.«

»Habe ich das gesagt?«
»Ja.«
Es folgte eine kurze Pause, dann: »Ich bin nicht Bob, Barton.« Und so wurde die Geschichte von Henrys wahrer Identität ein zweites Mal erzählt. Barton tat sich weitaus schwerer mit diesem Angriff auf seine bisherige Wahrnehmung der Wirklichkeit als Joseph. Es dauerte über eine Stunde, bis er sich an diese neue Version der Wahrheit gewöhnt hatte.
Mit Ausnahme von kurzen Erkundigungen über den Zustand von Wild Bill und das generelle Wohlergehen der übrigen Familienmitglieder stand den ganzen Flug bis zum International Airport von Newark Henrys Erwachsenenleben als Bobby im Mittelpunkt der Unterhaltung. Barton war wesentlich neugieriger als Joseph und wollte wissen, wie Henry und Bobby ihre Identität hatten tauschen können, ohne daß irgend jemand es gewußt hätte oder dahintergekommen wäre.
»Mom wußte es«, sagte Henry. »Sie hat es fast gleich von Anfang an gewußt. Aber sie hat nichts gesagt, es niemandem erzählt. Lange Zeit habe ich nicht verstanden, warum. Aber bei der Beerdigung wurde mir klar, daß sie nur deswegen nichts gesagt hat, weil sie wußte, daß ich etwas getan hatte, unter dem ich immer leiden würde und mit dem ich für den Rest meines Lebens allein würde fertig werden müssen. Sie bestrafte mich deswegen nicht, weil sie es mir freistellen wollte, meinen eigenen Weg zu gehen.«
»Aber sonst hat es keiner gewußt?« fragte Barton. »Nicht einmal Wild Bill?«
«Soweit ich weiß, hat sie es ihm nie erzählt.«
»Also weiß es außer Joey und mir niemand?«
»Richtig. Kein Mensch. Nicht einmal meine Frau. Sie denkt, ich sei Robert Giles Winslow. Sie hat Henry Winslow ja nicht gekannt.«
»Jetzt wird sie ihn kennenlernen.«

Henry schaute seine Brüder zweifelnd an. »Das weiß ich nicht so genau. Ich habe schon darüber nachgedacht. Ich habe es euch beiden erzählt, und ich habe das Gefühl, daß ich es dem Alten erzählen muß. Wenn ich es ihm nicht sage, dann wird der Schmerz nie aufhören. Aber alle anderen, ich weiß nicht. Ich bin mir nicht sicher, ob das notwendig ist. Irene hat Henry ja nie gekannt, sie würde den Unterschied ohnehin nicht merken.«

Joseph und Barton nickten. Ziemlich lange fiel kein einziges Wort.

»Tu, was du für richtig hältst, Henry«, sagte Barton.

»Henry«, sagte Henry, »wie gut das klingt.«

»Genau«, meinte Joseph, »das mußt du entscheiden. Wir halten unseren Mund, bis du uns sagst, wie du dich entschieden hast.«

»Das finde ich gut.«

Sie saßen nebeneinander, schauten sich an, nickten und lächelten, als das Flugzeug seinen Landeanflug auf Newark begann. Wann immer eine Wahrheit zwischen Menschen enthüllt wird, dann ändert diese Wahrheit die Menschen und ihre Beziehung zueinander. Das geschah zweifellos auch mit den Winslow-Brüdern. Henry hatte sie in sein Vertrauen gezogen. Er hatte ihnen etwas erzählt, was ihn die letzten zwanzig Jahre seines Lebens begleitet hatte. Joseph und Barton hatten ihm zugehört und ein paar Fragen gestellt, aber keiner von beiden hatte eine Meinung geäußert. Sie nahmen es auf wie Brüder. Sie fällten kein Urteil oder verdammten ihn. Sie wußten, daß er bezahlt hatte und wahrscheinlich für immer bezahlen würde.

Diese drei Brüder, die so lange einander entfremdet waren, die getrennt zu Männern heranwuchsen, die nicht eine Gemeinsamkeit zu verbinden schien, diese drei Brüder bewiesen ohne Probleme, daß das alte Sprichwort »Blut ist dicker als Wasser«

in Wirklichkeit kein Gemeinplatz ist. Sie machten keine große Sache daraus, selbst Barton standen keine Tränen in den Augen, aber irgend etwas hatte sich zwischen ihnen verändert, etwas Wichtiges, etwas Tiefgreifendes. Sie diskutierten es nicht, strengten sich nicht einmal allzusehr an, es zu verstehen. Als das Flugzeug an den Flugsteig andockte und die Passagiere langsam ausstiegen, da wußten sie nur, daß sie Brüder waren, geboren aus demselben Fleisch, mit derselben Abstammung.

Sie verließen das Flugzeug und gingen Seite an Seite durch die Abfertigungshalle: drei ziemlich große, recht gutaussehende weiße junge Männer. Sie sahen nicht aus, als ob sie Sorgen hätten. Sie sahen nicht aus wie Schwule. Sie sahen nicht aus wie Drogenabhängige, Mörder, Betrüger oder Künstler. Aber sie sahen aus wie Brüder. Jeder konnte das sehen. Schon von weitem konnte man das sehen.

»Fahren wir ins Krankenhaus zu unserem Alten Herrn«, schlug Joseph vor.

»In Ordnung«, sagte Henry.

»In Ordnung«, sagte Barton.

26

Bettina traf am späten Nachmittag im Krankenhaus ein, mehrere Stunden nachdem die drei Schwestern und die kleine Rosa wieder in das große Haus in Far Hills zurückgekehrt waren. Sie betrat ungefähr fünfzehn Minuten vor Evangelines Rückkehr das Zimmer ihres Mannes, eine halbe Stunde, bevor drei seiner Söhne in dem Jaguar XK-140 eintrafen. Nachdem sie zweimal kurz an die weit offenstehende Tür geklopft hatte, ging sie ins Zimmer. Ihr Mann saß mit dem Rücken an den Kopfteil des Bettes gelehnt. Sein Gesicht war hinter einer Ausgabe der *Real Estate Week* verborgen. Als er das Klopfen hörte und die Zeitung senkte, kam ein mürrisches Gesicht zum Vorschein.

»Du siehst aber gar nicht glücklich aus.«

Sein Gesichtsausdruck wurde noch mürrischer, als er sah, wer gekommen war. Er faltete die Zeitung in der Mitte zusammen und warf sie auf den Boden. »Die Zinsen führen sich auf wie verrückt gewordene Schulmädchen. Es werden immer weniger Häuser gebaut. Nur noch die Reichen kaufen. Die Immobilienhändler in diesem Teil New Jerseys sagen, daß nicht einmal mehr gesucht wird. Der Markt ist tot, so tot, war er seit zwanzig Jahren nicht mehr.«

»Sind wir also pleite?«

»Vielleicht halten wir noch ein paar Monate durch.«

»Du Spaßvogel, du.« Bettina trat an das Bett heran, beugte sich vor und küßte ihren Mann auf die Wange. »Man hat mir gesagt, es würde dir sehr schlecht gehen. Ich bin so schnell wie möglich gekommen.«

»Davon bin ich überzeugt, Bettina.«

»Eigentlich habe ich ja erwartet, dich im Sterben liegen zu sehen.«

»Tut mir leid, wenn ich dich enttäusche.«

»Sei nicht so albern. Ich freue mich doch, daß du so wohlauf

bist. Bis auf den Gips an deinem Bein siehst du noch recht ganz und gesund aus.«
»Jawohl, ganz und gesund. Wirklich kein Grund, daß du den ganzen Weg hier runterfährst.«
Sie zuckte mit den Achseln und setzte sich auf den Stuhl am Fenster. Sie öffnete ihre Handtasche und wühlte darin herum, bis sie eine Schachtel Zigaretten gefunden hatte. »Hast du etwas dagegen, wenn ich rauche?«
»Allerdings habe ich etwas dagegen. Du weißt, daß ich Zigarettenrauch hasse.«
Sie warf ihm einen vielsagenden Blick zu, seufzte und ließ die Schachtel Zigaretten wieder in die Tasche fallen. »Ja, richtig. Wie konnte ich das nur vergessen?«
Wild Bill überlegte kurz, ob er sich nicht wieder hinter seine Zeitung verkriechen sollte, wußte aber, daß er damit nichts als Sarkasmus ernten würde. Also tat er nichts, sagte nichts und fragte sich nur, warum sie wohl gekommen war und was sie wollte.
»Ich bin überrascht, daß deine Cherubine nicht hier sind und dich mit Liebe und Zuneigung überschütten.«
»Die sind schon wieder weg.«
»So schnell?«
»Sie kommen wieder. Sie wohnen alle im Haus.«
»Ich hoffe nur, sie haben das Elternschlafzimmer nicht mit Beschlag belegt.«
»Wieso? Hast du etwa die Absicht, dort einen deiner seltenen Auftritte zu absolvieren?«
Sie stieß ein kleines Lachen aus. »Ich hatte eigentlich daran gedacht.«
»Wie rührend.«
»Nun«, sagte sie und griff aus einem nicht einmal ihr bekannten Grund wieder in ihre Tasche, »ist das nicht ein netter Besuch?«

Ohne daß Bettina und Wild Bill dies gewußt hätten, war Evangeline in eben diesem Moment aus dem Aufzug gestiegen. Sie hatte ein Lächeln auf dem Gesicht und eine Vase mit frisch gepflückten Gänseblümchen in der Hand. John und Paul hatten ihr beim Pflücken geholfen. Sie waren zu Hause geblieben und wollten mit Emily und Rosa schwimmen. Evangeline hatte Emily erklärt, sie habe noch ein paar Besorgungen zu machen, aber Emily war überzeugt, daß das Krankenhaus ihr eigentliches Ziel war.

Evangeline hörte nicht, wie Wild Bill gerade sagte: »Weißt du, Bettina, ich denke, es ist an der Zeit, daß wir über eine Scheidung reden.«

Diesen Satz bekam sie nicht mit, aber als sie gerade schwungvoll in das Zimmer treten wollte, hörte sie Bettinas Antwort: »Wir wollen doch nicht albern sein, mein Lieber. Es ist nicht nötig, über so etwas zu reden, weder jetzt noch später.«

Evangeline hörte die Stimme, blieb kurz vor der Tür stehen und drückte sich an die Wand vor Wild Bills Zimmer. *Ich kann da jetzt nicht hinein. Ich muß später noch mal wiederkommen.* Sie ermahnte sich, nicht da stehenzubleiben, nicht zu lauschen, die beiden allein zu lassen.

Aber sie hörte Billy Boy jetzt ganz deutlich sagen: »Nein, Bettina, es ist nötig, darüber zu reden, und zwar jetzt. Diese Ehe stinkt zum Himmel. Sie ist eine Farce. Und ich sage dir hier und jetzt, daß ich da raus will.«

»Das ist ja eine nette Art, deine Frau zu begrüßen. Ich fahre den ganzen Weg hier runter, nur um dich zu sehen, und du sagst, hallo, wie geht es dir, ich will die Scheidung.«

»Verschone mich mit diesem Mist, Bettina. Du hast wahrscheinlich zu den Göttern der Habgier gebetet, daß dieser Sturz mich ins Jenseits befördern möge.«

Jetzt holte sie eine Zigarette aus der Packung, steckte sie zwischen ihre Lippen und zündete sie an. Dann nahm sie einen tiefen, langen Zug und blies den Rauch in Richtung Bett. »Du bist ein grausamer Mensch, Bill Winslow, ein grausamer und wahnsinniger Mensch.«

»Und du bist eine selbstsüchtige, geschlechtslose Hexe, Bettina.«

Sie erlaubte sich ein weiteres kleines Lachen. »Dann sind wir ja das perfekte Paar, mein liebes Herz. Unser Bund ist bestimmt im Himmel geschlossen worden.«

Das war mehr, als Evangeline ertragen konnte. Sie kam sich nicht nur wie eine Spionin vor, die lauschend hinter der Tür stand, sondern konnte es auch nicht länger ertragen, sich weiter anzuhören, was sich die beiden gegenseitig an den Kopf warfen, die Art, wie Billy Boy seine Frau behandelte; sie hielt es nicht mehr aus, nicht einen Augenblick länger. Sie drehte sich um und ging schnell den Korridor hinunter. Evangeline haßte Konflikte, verabscheute Konfrontationen und hatte noch nie einen Sinn darin gesehen, sich gegenseitig schlechtzumachen.

So konnte sie nicht mehr hören, wie Bettina hinzufügte: »Aber deine Bemerkung über meine angebliche Geschlechtslosigkeit stört mich nun doch etwas. Ich könnte dir eine ziemlich lange Liste mit Verehrern präsentieren, die dieser Behauptung widersprechen würden.«

Wild Bill wußte alles über ihre Verehrer. Ein Privatdetektiv war über ein Jahr lang darauf angesetzt gewesen. »Warum heiratest du dann nicht einen von ihnen, Bettina? Dann können wir beide getrennte Wege gehen.«

»Aber warum sollte ich so etwas tun, mein Lieber? Die Ehe ist eine sehr belastende Institution. Dabei geht der ganze Spaß verloren. Weißt du noch, wie es vor unserer Hochzeit im Bett war? Nein, ich sehe wirklich keinen Grund, warum ich mich scheiden lassen sollte. Es läuft alles ziemlich so, wie ich es will. Du unterstützt mich, stellst mir eine Sommer- und eine Winterresidenz zur Verfügung, zahlst meine Rechnungen und kümmerst dich um alle meine finanziellen Belange. Guter Gott, warum sollte ich mich von dir scheiden lassen?«

»Weil du mich krank machst und ich deinen Anblick nicht mehr ertragen kann.«

»Diese Gefühle beruhen mit Sicherheit auf Gegenseitigkeit, sind aber überhaupt nicht wichtig, verstehst du?«

»Ich gebe dir das Haus in Maine.«

»Selbstverständlich wirst du das, aber es ist dort ziemlich kalt und trübsinnig im Winter.«

»Vielleicht bekommst du als Dreingabe auch noch das Haus in Captiva.« *Aber das,* wußte er, *würde ihm sehr schwerfallen; das Haus hatte Virginia gehört.*

Bettina nahm einen weiteren Zug von ihrer Zigarette und blies den Rauch zum Fenster hinaus. »Das ist natürlich ein interessanter Vorschlag. Dabei könnten wir auch gleich über das Apartment in Manhattan reden. Man hat mich ja richtiggehend von dort vertrieben, als die kleine Emily eine Zuflucht gebraucht hat. Aber wovon ist hier eigentlich die Rede? Diese ganzen Häuser und Wohnungen verschlingen jährlich ein kleines Vermögen. Da sind die Unterhaltskosten, Reparaturen, die Stromrechnungen und natürlich auch diese verdammten Steuern. Ich denke, vielleicht ...«

»Ich denke, vielleicht solltest du dir einfach einen deiner Schönlinge anlachen, damit er dir bei den Rechnungen unter die Arme greift.«

Sie schüttelte den Kopf. »Nein, der Meinung bin ich ganz und gar nicht. Ich denke, für den Augenblick sollten wir alles so lassen, wie es ist. Schließlich lebst du hier und ich dort. Wir müssen ja nicht viel miteinander zu tun haben. Du kannst schlafen, mit wem du willst. Das ist mir egal. Im Ernst, wenn du genau darüber nachdenkst, dann ist das ein hervorragendes Arrangement.«

Bill Winslow wußte, daß seine Frau ihren Preis hatte. Er wußte jetzt nur noch nicht, wie hoch dieser Preis sein würde. Aber eines wußte er mit Sicherheit, daß die kommenden Verhandlungen mit zu den härtesten seines Lebens zählen würden. Weiter wußte er, daß er Evangeline, John und Paul so weit wie möglich aus diesen Verhandlungen heraushalten mußte. *Wenn dieses Luder etwas über sie erfährt, dann zieht sie mir das Fell über die Ohren. Sie wird mich wegen Untreue, seelischer Grausamkeit und aller anderen möglichen Dinge verklagen, die sich ihre Anwälte noch ausdenken werden.*

Apropos Evangeline. Sie verließ das Krankenhaus mit hängendem Kopf. Sie war traurig und bekümmert. Ihre Gänseblümchen ließen ebenfalls die Köpfe in der Nachmittagshitze hängen. Evangeline sah die drei Winslow-Brüder nicht, die aus ihrem XK-140 stiegen und über den Parkplatz auf sie zukamen.

»Sind die Blumen für mich?« fragte Joseph.

Evangeline hob den Kopf und versuchte zu lächeln. »Eigentlich sind sie für euren Vater, aber der hat gerade Besuch.«

»Und wer ist das?«

»Bettina.«

»Ah, sein liebend Weib ... unsere geliebte Stiefmuttter.«

Evangeline ergriff Bartons Hand. »Barton, hallo. Ich freue mich so, daß du es geschafft hast. Wir haben erfahren, was passiert ist. Geht es dir wieder besser?«

Barton errötete. Evangeline war das erste Mädchen, das er geküßt hatte. Es passierte eines Abends nach einem Picknick an den Ufern des Delaware hinter der alten Remise. Es war zwar nur ein flüchtiger, pubertärer Kuß gewesen, aber er hatte nie den süßen, feuchten Geschmack ihrer Lippen vergessen. Er drückte ihre Hand und lächelte. »Mir geht es gut.«

»Ich kenne diese Bettina überhaupt nicht«, sagte Henry. »Wie ist sie denn?«

»Sie ist eine Hexe, Bruder«, antwortete Joseph. »Eine blutsaugende, parasitäre Hexe.« Dann wandte er sich an Evangeline. »Entschuldige bitte meine Ausdrucksweise, aber manchmal muß man die Dinge beim Namen nennen.«

Evangeline schlug die Augen nieder.

Barton drückte erneut ihre Hand und fragte. »Und wie geht es ihm?«

»Ich glaube, er wird jeden Moment wieder loslegen. Er ist jetzt schon ziemlich zappelig in diesem Krankenzimmer. Er hat wahrscheinlich sein ganzes Leben noch nie so lange am Stück im Bett gelegen.«

»Das stimmt mit Sicherheit«, sagte Joseph. »Er würde wahrscheinlich am liebsten aus der Haut fahren.«

»Er wollte heute schon heim, aber der Arzt hat ihm mehr oder weniger befohlen, wenigstens noch bis morgen zu bleiben.«

»Ein zäher alter Krieger. Nur schwer zu bändigen. Aber Bartons Anblick wird ihn aufmuntern. Kommst du noch mal mit hoch?«

Evangeline versuchte ihr Schmunzeln zu verbergen. »Nein, ich fahre besser wieder nach Hause.«

»Okay, wie du möchtest. Wir sehen dich dann dort.«

Als Evangeline bei ihrem Nissan eintraf, kamen die drei Brüder gerade im dritten Stock an. Sie gingen nebeneinander und hatten Henry in die Mitte genommen. Ihre Schritte waren lang und zuversichtlich.

In Wild Bills Zimmer hatte sich der Streit zwischen Mann und Frau festgefahren. Er überlegte schon, ob er ihr nicht sagen sollte, daß sie nicht das Geringste von seinem Letzten Willen und Testament zu erwarten habe, selbst wenn sie bis zu seinem Tod neben ihm ausharrte. Aber er entschloß sich, sie lieber nicht auf diese Idee zu bringen. Er hatte eigentlich vor, noch mindestens zwanzig Jahre zu leben, und dabei wollte er sie auf keinen Fall um sich haben.

Und so rauchte sie schweigend, während er innerlich kochte und draußen die Hitze über dem Asphalt flimmerte. Es war schon fast sechs Uhr, aber die Quecksilbersäule stand immer noch bei fast vierzig Grad. Ein rauchiger, blaugrauer Dunst drückte die Feuchtigkeit auf den Boden. Das Zimmer hatte zwar eine Klimaanlage, aber die Hitzewelle dauerte jetzt schon so lange und war so extrem, daß keine Air-condition der Welt die schwüle Luft hätte vertreiben können.

Joseph klopfte gar nicht erst an. Er spazierte einfach ins Zimmer und legte los. In Habtachtstellung salutierte er dem Mann, der im Bett lag. »Auftrag ausgeführt, Sir! Der Gefangene ist befreit, Sir!« Dann tippte er mit den Fingern an die Stirn und trat an die Tür zurück. »Die Augen geradeaus, Gefreiter Winslow, Augen geradeaus!«

Barton lachte, schüttelte den Kopf und trat ins Zimmer. »Hallo, Vater.«

Der Wilde vergaß auf der Stelle seine Frau. »Barton, mein Junge! Bist du das?«

»Ja, Sir.« Barton trat an das Bett. Er hatte bereits beschlossen, sich nicht zurückzuhalten. Er schloß seinen Vater ganz fest in die Arme – nur die kleine Rosa hatte ihn darin noch übertroffen. Tränen traten ihm in die Augen, als sein Vater die Umarmung erwiderte, aber kaum hatten sie sich wieder voneinander gelöst, wischte er schnell die Tränen weg. »Bist du in Ordnung?«

»Mir ist es nie bessergegangen, Barton, mein Junge, nie besser. Und was ist mit dir? Man hat mir gesagt, ein Haufen hinterwäldlerischer Rowdys hat dich überfallen und übel zugerichtet.«

»Das stimmt, das haben sie. Aber jetzt geht es mir wieder gut. Ich habe nur noch ein paar Beulen und blaue Flecken, das ist alles.«

»Ich kann sehen, daß du um die Augen noch etwas geschwollen bist. Aber eines sage ich dir, Junge. Sobald ich wieder fit bin, fahren wir hinunter nach Dixieland und zeigen diesen Rebellen, wo es langgeht. Und diese beiden Typen dort an der Tür kommen auch mit. Richtig, Jungs?«

Joseph salutierte. Henry – als Bobby – nickte nur.

»Und der Große da drüben«, fuhr Wild Bill fort und deutete dabei auf Henry, »wird das Kommando übernehmen.«

Bettina stand auf, um die Aufmerksamkeit wieder auf sich zu lenken.

Der Wilde überlegte, ob er sie nicht einfach ignorieren sollte, sagte aber statt dessen: »Ich denke, ihr kennt alle Bettina.«

Henry schüttelte den Kopf, aber keiner achtete darauf. Barton nickte, blieb aber stehen, wo er war. Joseph nickte auch, ging dann jedoch zu ihr, nahm ihre Hand, küßte sie und sagte: »Du siehst bezaubernd aus, Mutter, einfach umwerfend.«

Einen Moment lang herrschte Schweigen, das aber kurz darauf von Wild Bills berühmtem Gelächter gebrochen wurde. Ein paar Sekunden bebte der Raum. Als es vorüber war, stand Bettina bereits an der Tür.

»Willst du uns schon verlassen, Liebling?« fragte sie ihr Mann.

»Ja, ich gehe nach Hause. Ich dachte mir, daß ich ein paar Tage in das große Schlafzimmer ziehen werde. Sieht ja nicht so aus, als würdest du bald wieder dort schlafen.«

Dann drehte sie sich um, ging und schob dabei fast Henry zur Seite, den sie gar nicht bemerkte.

»Ich bin eher wieder daheim, als du denkst, Weib«, rief der Wilde ihr noch hinterher, als seine Frau bereits den Korridor entlangging. »Und dann will ich was haben von meinem Eheleben!«

Jeder der vier Winslows gab seinen Kommentar dazu ab und amüsierte sich prächtig auf Bettinas Kosten. Schließlich meinte Henry – als Bobby –: »Ich nehme an, das war deine Frau.«

»Das war sie, Junge. Ein Prachtexemplar von Frau. Wie gefällt sie dir?«

»Sie scheint ja wirklich ein bezauberndes Geschöpf zu sein.«
»Und wie. Wirklich eine der bemerkenswertesten Eroberungen meines Lebens.«
Diese Bemerkung löste weiteres Gelächter aus, ehe Joseph sagte: »Wir haben draußen Evangeline getroffen. Sie wäre wirklich eine tolle Eroberung.«
»Ihr habt Evangeline gesehen?«
»Vor ein paar Minuten.«
»Und wo ist sie?«
»Sie ist heimgefahren. Sie wollte dich und Bettina nicht stören.«
»Sie hat gewußt, daß Bettina hier ist?«
»Sie hatte eine Vase mit Gänseblümchen für dich dabei, Dad«, fügte Barton hinzu.
»Na, das wundert mich aber. Ich kann gar nicht glauben, daß sie wieder gegangen ist, ohne bei mir vorbeizuschauen.« Wild Bill fragte sich, ob Evangeline vielleicht seine Unterhaltung mit Bettina mit angehört hatte.
»Ich glaube«, sagte Joseph, an seine Brüder gewandt, »die kleine Evangeline ist verliebt in den alten Knaben.«
Henry und Barton kicherten, als ob diese Vorstellung so lächerlich wäre.
»Na, dann erzähle ich euch jetzt etwas, Jungs. Ich bin auch in sie verliebt. Und ich werde dieses junge Ding sogar heiraten.«
»Aber ja, natürlich, Paps«, sagte Joseph. »Habe ich übrigens schon erwähnt, daß ich im nächsten Monat mit dem Space Shuttle in geheimer Mission zum Neptun fliege?«
»Sei nicht so vorlaut, Junge.«
»He, W. B., ich habe doch nur Spaß gemacht. Aber im Ernst, diese junge Stute muß dringend mal zugeritten werden.«
»Sprich nicht von ihr, als sei sie nur ein Stück Fleisch.«
Wild Bills Tonfall ließ die Stimmung im Zimmer total

umschlagen. Das spürten alle drei Brüder. Sie tauschten neugierige Blicke aus. Henry und Barton wunderten sich, was da passiert war. Joseph wußte es genau. *Entweder läuft da schon was, oder der Alte ist so wild darauf, daß er deswegen sogar in den Ring steigt.* Er beschloß, noch ein bißchen weiterzubohren, um herauszufinden, welche Annahme richtig war.

»He, Paps, wirklich, das war nicht böse gemeint. Es ist nur so, daß ich ganz genau weiß, was so ein junges Ding wie sie braucht.«

»Du kannst ja Scheiße nicht von Schuhcreme unterscheiden, Junge. Und was diese spezielle junge Dame braucht, davon hast du nicht den Hauch einer Ahnung.«

»Sie braucht einen starken Bullen. Das sehe ich doch ihren Augen an.«

»So? Warum hältst du jetzt nicht besser deinen Mund, bevor ich zu dir rüberkomme und dir mit meiner Krücke das Maul stopfe?«

Er schläft mit ihr, dachte Joseph, *er hat schon mit ihr geschlafen.* Er hielt beschwichtigend die Hände nach oben. »He, ist ja schon gut. Jesus, ganz ruhig. Ich habe doch nur Quatsch gemacht.«

»So«, sagte der Wilde, »dann mach deinen Quatsch woanders. Es ist Zeit, daß ihr drei hier verschwindet. Der Arzt hat mir nämlich geraten, daß ich mich ausruhen soll.«

»Aber Dad«, sagte Barton, »wir sind doch gerade erst gekommen.«

Wild Bill versuchte sich zu beruhigen. *Ich habe mich wieder ganz schön hinreißen lassen.* »Ich weiß«, sagte er, »aber ich komme morgen ohnehin nach Hause. Dann können wir uns in Ruhe unterhalten. Es macht mich ganz nervös, hier eingesperrt zu sein.«

»Okay«, meinte Barton, »wenn du es so möchtest.«

»So hätte ich es gerne.«

Henry – als Bobby – machte ein paar zögernde Schritte ins Zimmer hinein. »He, Dad?«

»Ja, Bob?«

»Ich wollte dir eigentlich noch etwas sagen.«

»Ja? Nur zu.«

»Nun, es hat zu tun mit, äh, mit ...«

»Womit?«

Henry überlegte kurz. »Vergiß es. Das kann warten.«

Wild Bill richtete sich kerzengerade im Bett auf. »Hör mal, Bob, wenn du mir etwas zu sagen hast, dann raus damit.«

Henry schüttelte den Kopf. »Nein, ich warte lieber damit, bis du wieder zu Hause bist.«

Der Wilde nickte und ließ sich wieder zurücksinken. »In Ordnung, kein Problem.«

Henry stand jetzt direkt vor dem Bett. »Dann sehen wir dich also morgen?«

»Ganz recht, morgen. Dann werden wir ein paar Dinge bereden.« Es herrschte Schweigen im Zimmer, bis Wild Bill hinzufügte: »Ich hätte gerne, daß mich einer von euch morgen ganz früh abholt. Sagen wir, so gegen neun, spätestens.«

»Kein Problem«, meinte Joseph, »ich werde dasein. Ich hole dich mit dem Mercedes ab.«

Auf ihrem Weg zum Fahrstuhl, draußen auf dem Gang und außer Hörweite von Wild Bill, bohrte Joseph seinen Zeigefinger in Henrys Brust. »Warum hast du es ihm nicht gesagt? Mist, dauernd habe ich darauf gewartet, daß du es ihm sagst.«

»Ja«, meinte Barton, »ich auch.«

»Ich konnte es nicht«, erwiderte Henry. »Ich weiß nicht, warum, aber ich konnte es einfach nicht. Ich werde es ihm morgen sagen, wenn er wieder zu Hause ist.«

»Memme«, meinte Joseph, als die Fahrstuhltüren aufglitten.

Henry blieb abrupt stehen. Sein Gesicht verdüsterte sich. *Ich bin keine Memme, Kumpel,* hätte er fast gesagt. Aber dann begriff er, daß die Bemerkung nicht ernst gemeint war. Sein Bruder hatte das nur im Spaß gesagt. Und dann begriff er weiter, daß sich sehr viel verändert hatte in diesen letzten vierundzwanzig Stunden. *Noch vor vierundzwanzig Stunden hätte ich ihn dafür zusammengeschlagen, daß er mich eine Memme genannt hat.* Doch jetzt folgte er Joseph in den Aufzug, stupste seinen kleinen Bruder mit dem Zeigefinger an und sagte lächelnd: »Ich werde es ihm dann sagen, wenn mir danach ist, du kleiner Schwuli, du.«

Was wiederum Barton auf die Palme brachte, aber doch nicht genug, um die neuentstandene Kameradschaft zwischen diesen drei Winslow-Männern zu zerstören.

27

Ginnys Einkaufswagen quoll über vor Fleisch, Brot, Obst, Gemüse und vielen anderen guten Dingen wie Keksen und Eiscreme. Sie war gerade dabei, ihre Einkäufe an der Kasse auszubreiten, als sie ihn durch die Glasschiebetüren hereinkommen sah. Sie starrte ihn entgeistert an, konnte kaum ihren Augen trauen, kam aber schließlich zu dem Schluß, daß es ein anderer sein mußte. Doch dann sah er ihr direkt ins Gesicht. Sie schaute rasch weg und beschäftigte sich intensiv mit den Bananen und dem Braten. Als sie ein paar Sekunden später einen schnellen Blick in die Runde warf, war er weg.

Sie bezahlte die Lebensmittel in bar (189,24 $) und schob den Einkaufswagen auf den Parkplatz hinaus. Jetzt hatte sie es plötzlich sehr eilig; sie war nicht sonderlich erpicht auf ein Wiedersehen mit ihrem alten Liebhaber von der High-School, mit Scottie Johnston. Die Hitze, die über dem schwarzen Asphalt flimmerte, raubte einem den Atem. Ginny fühlte, wie sich Schweiß unter ihren Armen, in ihren Kniekehlen und auf der Stirn ansammelte. Sie fing an, die Tüten auf die Ladefläche des Range Rover zu stapeln. Dabei warf sie immer wieder mal einen schnellen Blick durch die großen Schaufenster an der Vorderfront des Ladens. Da war er wieder: in der Schlange vor der Kasse. Ja, er war es ganz bestimmt. Er hatte zwar weniger Haare auf dem Kopf und mehr Speck auf den Hüften als damals in den sechziger Jahren, aber sonst sah er noch ziemlich gleich aus; ein bißchen wirr und unintelligent, wie so viele reiche Söhne, die es zu etwas bringen, ohne sonderlich viel dafür tun zu müssen.

Sie verstaute die letzte Tüte in dem Range Rover und schloß die Heckklappe. Dann schob sie den Einkaufswagen zur Seite, sperrte die Wagentür auf und setzte sich hinter das Steuer. Im Rückspiegel konnte sie jetzt sehen, wie er das Geschäft mit seiner braunen Tüte verließ und winkend auf sie zukam. Sie ließ den Motor an und wollte den Rover aus der Parklücke fahren. Aber ein großer Mercedes versperrte ihr den Weg. Also legte sie den Rückwärtsgang ein, stieß zurück und fuhr Scottie Johnston dabei fast über den Haufen.

Er sprang zur Seite. »He, Ginny!«

Ginny tat so, als würde sie nichts hören. Sie fuhr den Range Rover jetzt wieder vorwärts aus der Parklücke und gab Gas. Den ganzen Weg bis zu dem großen Haus in Far Hills ließ sie die Lüftung auf höchster Stufe laufen. Sie machte sich nicht einmal die Mühe, darüber nachzudenken, warum sie dem Jungen, der ihr die Unschuld geraubt hatte, so verzweifelt aus dem Weg gehen wollte.

Little Eddie beobachtete seine Schwester durch den Feldstecher. Mary kam aus der Hintertür und ging über die Auffahrt. Sie betrat die Garage, und ein paar Minuten lang konnte er sie nicht sehen. Dann kam sie wieder heraus und trug etwas in der Hand, das für Edward wie eine Baumschere aussah. Sie ging um die Garage herum, schlug sich durch dichtes Gebüsch und kam quer über die Wiese geradewegs auf die Stelle zu, wo Edward auf seinem Hochsitz saß. Fast hätte ihn Panik ergriffen, fast wäre er vom Baum geklettert und schnell im Wald verschwunden. Aber Mary blieb in der Mitte der Wiese stehen und fing an, Wiesenblumen zu pflücken. Sie schnitt dicke Büschel Mohnblumen, Fingerhut und gelbe Schafgarbe ab, dann schlug sie die entgegengesetzte Richtung von Eddies Hochsitz ein und überquerte die Wiese auf der Anhöhe hinter dem Cottage. Er beobachtete jeden ihrer Schritte. Sie ließ das Cottage und die alte Scheune hinter sich, durchquerte das wildwuchernde Luzernefeld und wanderte über den Hügel hinauf zu der kleinen Ansammlung von Familiengräbern. Jetzt war sie sehr weit von ihm entfernt, mindestens drei-, vierhundert Meter, aber Eddie konnte sie noch immer deutlich durch seinen Feldstecher sehen. Als er sah, wie sie vor den Grabsteinen niederkniete, mußte er an seine Mutter denken. Es gefiel ihm gar nicht, daß Mary ihr so nahe war. Er dachte an das Gewehr, dachte daran, eine Ladung in Marys Richtung abzufeuern, um sie von den Familiengräbern zu vertreiben. Aber er ermahnte sich, daß die Zeit zum Handeln noch nicht gekommen war; bevor er einen ersten Schritt unternahm, mußte er wissen, wo Wild Bill steckte.

Mary fühlte Edwards Anwesenheit, glaubte aber fälschlicherweise, daß diese Aura der Vergangenheit und nicht der Gegenwart zuzuordnen sei. Sie verteilte auf jedes der Gräber ein paar Wildblumen: auf das Grab ihrer Mutter, ihrer Schwester Helen, ihres Bruders Henry, ihrer Tante Helen, ihrer beiden Onkel Robert und Henry, ihrer Großeltern Charles und Martha, ihrer Urgroßeltern Crazy Legs und Caroline. Sie fragte sich, wer wohl als nächster zu der Gruppe stoßen würde, fragte sich, ob eine fünfte Generation von Winslows dazu bestimmt war, sich eines Tages am selben Ort zu den Toten zu gesellen.

Am längsten hielt sie sich vor Henrys Grab auf. Diese kraftvolle, aggressive, mächtige und konkurrenzbetonte Ausstrahlung, die ihren Bruder zu Lebzeiten umgeben hatte, fehlte vollständig an dem Ort, an dem er begraben lag. Statt dessen verspürte sie ein ruhiges, gleichmäßiges Fließen, das Selbstvertrauen, aber keineswegs Konfrontation ausstrahlte.

Sie schloß die Augen. Sie sah ihre Zwillingsbrüder vor sich, den einen tot, den anderen noch am Leben. *Zwillinge,* wußte sie, *sind nur das Resultat der Teilung identischer Zellen in einem frühen Stadium des Reproduktionszyklus. Die Geburt von Zwillingen bedeutet nicht die Schöpfung zweier völlig eigenständiger menschlicher Wesen; es handelt sich dabei nur um eine physische Mutation: zwei Körper, aber eine Psyche.* Wie bei ihren Vorfahren Robert Winslow Junior und dessen Bruder Henry

Lane. *Wären diese beiden Seelen in einem einzigen Körper geboren worden,* davon war Mary überzeugt, *dann hätte die Geschichte der Familie einen ganz anderen Verlauf genommen.*

Mary legte sich neben ihren toten Verwandten ins Gras; die späte Nachmittagssonne hing immer noch hoch und heiß am Himmel dieses letzten Frühlingstages. Sie glitt zurück in die Vergangenheit, um sich einen besseren Überblick zu verschaffen, um ein besseres Verständnis dafür zu bekommen, wie Ereignisse, die vor zweihundert Jahren stattfanden, die Gegenwart beeinflußt hatten. Sie hoffte, die Vergangenheit würde ihr neue Einsichten darüber vermitteln, wie ihre eigenen Brüder – der eine tot, der andere noch am Leben – die Zukunft beeinflussen könnten ...

Die Jahre 1776 bis 1781, die Jahre des Unabhängigkeitskrieges, waren eine harte Zeit für die Winslows in der Neuen Welt. So, wie die Kolonien geteilter Ansicht waren in ihrer Unterstützung für König George und den Thron, so waren auch die Gebrüder Winslow uneins. Nachdem ihr Vater Jawbone von fanatischen Patrioten getötet worden war, gab es niemanden mehr, nicht einmal ihre Mutter Anne, der die Zwillinge hätte einen können. Robert Winslow Junior, ein Rebell von Jugend an, entschied sich für den Kampf. Sein ganzes Leben lang hatte er sich nach dem Kampf gesehnt, und was gab es schon für eine bessere Gelegenheit als einen Krieg um Unabhängigkeit.

Henry Lane versuchte neutral zu bleiben. Er kümmerte sich um die Farm und verkaufte seine Waren an den, der ihm das beste Angebot dafür machte. Seine Felder waren mehr als einmal von Soldaten beider Armeen okkupiert. Sie schliefen, kämpften und starben an den Ufern des Delaware. Sie brannten seine Scheunen nieder und schlachteten sein Vieh ab. Sie vergewaltigten eine seiner jüngeren Schwestern und schlugen seine Mutter nieder, als sie sich dazwischenwerfen wollte. Dieser Angriff auf seine Familie war der Tropfen, der das Faß zum

Überlaufen brachte, und bedeutete das Ende des Burlington-Zweiges des Hauses Winslow.
Im Frühjahr 1779 nahm Henry Lane seine Mutter, seine Schwestern und packte so viel von seinem Besitz zusammen, wie auf zwei Kutschen paßte, überquerte den Delaware und fuhr hinunter nach Philadelphia. Dort trafen sie sich mit anderen Quäkerfamilien, die ebenfalls genug vom Krieg hatten. Zwei Wochen lang versuchte Henry Lane vergebens, in Erfahrung zu bringen, wo sich sein Bruder aufhielt, aber nach Ablauf dieser zwei Wochen segelte die Familie nach England. Einhundertfünfzig Jahre lang hatten sie darum gekämpft, in der Neuen Welt, in New Jersey, Fuß zu fassen, aber als der Schoner in den Chesapeake hinaussegelte und Richtung Osten abdrehte, war nur noch ein Winslow übrig, und der lebte jeden Tag seines Lebens, als könnte es der letzte sein.
Robert hatte am Weihnachtsabend 1776 zusammen mit Washington den Delaware überschritten und zu seinem Leidwesen eine hessische Kugel in die linke Schulter und Frostbeulen an sieben Zehen bekommen. Er überlebte diesen Winter mit zwei verbleibenden Zehen (den beiden kleinen) und einer permanent steifen Schulter. Alle anderen Winter überlebte er ebenfalls: Valley Forge und zweimal Jockey Hollow, das nur einen Steinwurf vom Morristown Memorial Hospital entfernt lag, wo sein Nachkomme sich jetzt erholte. Robert kämpfte in den Schlachten von Brandywine und Monmouth. Er kämpfte an den Palisaden und bei Princeton. Er kämpfte, wo immer man ihn hinstellte, und er kämpfte immer wie ein Wahnsinniger. Während der Schlacht liebte er es, aus vollem Hals herauszuschreien und die steifen Rotröcke mit Zoten und Flüchen zu verhöhnen. Mehrmals versuchten seine Vorgesetzten, ihn zum Offizier zu befördern, aber jedesmal wies er ihr Offizierspatent zurück. Er zog es vor, ein einfacher Sergeant zu bleiben und von Sonnenauf- bis Sonnenuntergang in der Schlacht zu stehen. Robert »Mad Dog« Wins-

low brachte es nicht einmal zu einer Fußnote in all den dicken Geschichtsbüchern über die Amerikanische Revolution; aber es waren zähe, eigenwillige und dickköpfige Individuen wie er, die die Briten niederschlugen und am Ende den Sieg für die junge Republik davontrugen.

Robert war fünfunddreißig Jahre alt, als der Krieg im Herbst des Jahres 1781 in Yorktown sein Ende fand. Bei dieser Schlacht war er nicht dabei, da er seine Schlachten am liebsten in der Nähe seiner Heimat schlug. Als ihn kurz vor Camden die Nachricht vom Friedensschluß erreichte, feierte er mehrere Tage in der nächsten Taverne durch. Als genug gefeiert war, wandte er seine Schritte heimwärts, zurück zur Farm der Familie nördlich von Burlington. Er fand nicht einen Stein mehr auf dem anderen vor. Das Haus war durch Feuer und Vernachlässigung vollständig zerstört, die Scheunen und Hühnerställe waren dem Erdboden gleichgemacht. Auf den Feldern wuchs nichts als Unkraut. Die Pflüge und Dreschmaschinen waren dem Regen und dem Schnee ausgesetzt gewesen und verrostet. Robert starrte auf die Zerstörung, als ein Fremder mit einer Muskete und einem Paar wilder Hunde ihn von dem Land, von seinem Land verscheuchte, von dem Land, das seine Familie vier Generationen lang ernährt hatte.

Robert marschierte nach Burlington und stellte Nachforschungen über den Verbleib seiner Familie an. Dabei erfuhr er von ihrer Rückkehr nach England.

Die Kontinentalarmee hatte ihn seit über einem Jahr nicht mehr bezahlt. Er besaß vielleicht noch ganze sieben Kontinentaldollar. Sieben Dollar, ein abgenutztes Steinschloßgewehr, Löcher in den Stiefeln, Löcher in seinen Kniehosen, Löcher in seinem Wildlederwams. Er war schmutzig und hatte sich seit Wochen nicht mehr rasiert. Die Leute starrten ihn an, als er die Main Street hinunterging. »Ist das ein Winslow?« – »Ist das nicht Robert Winslow, Jawbones Sohn?« – »Sind die Winslows schon so weit heruntergekommen?« – »Mein Gott, die Wechselfälle des Krieges.« Mad Dog ging unbeirrt weiter. Er trug den Kopf hoch und marschierte zur Stadt hinaus, ohne einen Blick zurückzuwerfen.

Mary marschierte an seiner Seite. »Bist du in Ordnung?«

»Zum Teufel, ja, dieser Abschaum kümmert mich nicht.«

»Ihr habt den Krieg gewonnen.«

»Und ob wir den Krieg gewonnen haben. Wir haben es ihnen gezeigt, diesen aufgeblasenen, teetrinkenden, rotröckigen Schweinen.«

Mary zögerte einen Moment, fragte aber dann: »Und was jetzt?«

»Was jetzt?« wiederholte Robert. »Nun, ich werde dir sagen, was jetzt, liebe Base: Ich werde das tun, was jeder Mann zu tun hat. Ich werde Geld verdienen, mir eine Frau suchen und ein paar Kinder großziehen, am besten ein paar Söhne, die mir bei der Arbeit helfen und die Familie weiterbestehen lassen. Ich habe in diesem Krieg nicht gekämpft, um mir hinterher anzusehen, wie die Winslows auf dieser Seite des Atlantiks aussterben.«

Sie marschierten eine Meile auf der staubigen Straße nordwärts Richtung Trenton. Es war ein früher Novembertag, kühl und grau. Die Blätter verfärbten sich bereits, und der Wind wehte von Norden.

»Also«, fragte Mary nach einer Weile, »machst du dir keine Sorgen um die Zukunft?«

»Zum Teufel, nein, warum? Du vielleicht?«

Mary hätte fast ja gesagt, schüttelte statt dessen aber nur den Kopf. Nach einer weiteren Pause sagte sie schließlich: »Ich gehe jetzt besser wieder zurück.«

»In Ordnung, Base. Besuch uns, wann immer du willst. Wir werden dasein.«

Mary wußte, daß sie dasein würden: Robert und seine Frau Katherine Fox Winslow, deren fünf Töchter und der Sohn, Henry Lane III., der seinen Namen in Gedenken an Roberts Zwillingsbruder erhalten hatte, der, »der sich aus dem Staub gemacht hat und in das gute alte England zurückgesegelt ist«. Mary wußte, daß sie dasein und ihr Leben in dem alten Farmhaus am Millstone River nördlich von Griggstown fristen würden. Diesen Teil der Familiengeschichte kannte sie gut: Wie Robert den alten Jeremy Fox mehr oder weniger von seinem Land vertrieben hatte, nachdem er dessen Enkeltochter Katherine geheiratet hatte. (Alle anderen Mitglieder der Familie Fox waren im Krieg umgekommen.) Fünf Jahre lang, von 1782 bis 1786, schwängerte Robert Katherine jedes Frühjahr. Und fünf Jahre lang brachte Katherine jeden Winter ein Mädchen zur Welt. Alle waren starke, gesunde und schöne Babys; mit keinem gab es ein Problem, keines hatte einen Makel. Aber die Ankunft jeder einzelnen Tochter machte Mad Dog nur noch wütender und unbeherrschter. Er wollte unbedingt einen Sohn und erklärte seiner Frau, daß sie so lange weitermachen und Kinder zur Welt bringen müßte, bis sie in der Lage sei, »ein Baby zur Welt zu bringen, das mehr als nur ein Loch zwischen den Beinen hat«. Danach, nach 1786, geschah nichts mehr bis zum Frühjahr 1790. Da schwoll Katherines Bauch aufs neue an. Am Weihnachtstag desselben Jahres schenkte sie einem neunpfündigen Jungen nach so schweren Wehen das Leben, daß sie mehr als einmal Gott anflehte, sie doch lieber sterben zu lassen. Aber sie starb nicht gleich, erst nach weiteren sieben Tagen, als ein merkwürdiges Fieber sie überfiel und in weniger als vierundzwanzig Stunden dahinraffte. Jetzt hatte Robert seinen langersehnten Sohn, aber keine Frau, um das Baby aufzuziehen. Er verließ sich dabei auf seine Töchter, die ihre Arbeit ganz hervorragend machten und den jungen Henry Lane großzogen, auch wenn der Junge – zumindest in den Augen seines Vaters – »eine Memme war, die lieber kochte und putzte und kicherte als

zu pflügen, die Kühe zu melken und den Hühnern die Köpfe abzuhacken«.
Mary hörte Schreie vom Haus her. Sie richtete sich überrascht auf und spähte durch den Dunst und den Hitzeschleier hinunter zum Haus. Es waren nur John, Paul und Rosa, die um den Pool herumliefen, vom hohen Sprungbrett sprangen, kreischten und sich gegenseitig naß spritzten.
Sie kannte die Tragödie von Henry Lane III. Im zarten Alter von einundzwanzig Jahren heiratete Henry Lane eine junge Farmerstochter namens Lorelei Constantine. Lorelei war erst siebzehn, als sie ganz in Weiß neben Henry Lane am Altar stand. Es war darüber spekuliert worden, daß Lorelei die schönste Frau gewesen war, die jemals den Namen Winslow getragen hatte. Sie sah aus wie ein Engel, hieß es – mit langem, goldblondem Haar und einem Gesicht, so ruhig und friedvoll wie das einer Prinzessin. Sie heiratete Henry Lane, weil er freundlich, sanft und liebenswert war und genau wußte, wie er sie zum Lachen bringen konnte. Aber knapp zwei Jahre nach ihrer Hochzeit, als immer noch kein Kind zur Welt gekommen war, brachen Feindseligkeiten mit den Briten aus. Es ging dabei um Schiffahrt, Politik und Wirtschaft, was Henry Lane überhaupt nicht interessierte. Aber sein Vater Robert, der auf die Siebzig zuging und von Tag zu Tag starrsinniger wurde, wollte unbedingt, daß sein Junge zur Armee ging und ein paar Rotröcke umbrachte. Henry Lane wollte mit dem Krieg nichts zu tun haben, aber schließlich zwang der alte Mann den Jungen, sich dem Kampf anzuschließen und sein Land zu verteidigen, indem er ihn beleidigte und sogar körperlich attackierte. Also zog Henry Lane in den Krieg, den Hudson River hoch mit den Truppen unter dem Kommando von William Henry Harrison. Die Armee überschritt die Grenze zu Kanada im Oktober 1813. Es war kalt, und Henry wünschte sich nichts sehnlicher, als seinen Posten zu verlassen

und zu seiner liebevollen Lorelei am Ufer des Millstone zurückzukehren. Doch dieser Wunsch sollte ihm nicht erfüllt werden, da am fünften Oktober, während der blutigen Schlacht von Thames, ein britischer Soldat sein Bajonett genau in dem Moment durch Henry Lanes Brust bohrte, als der berühmte Indianerhäuptling Tecumseh weniger als hundert Meter neben dem Schlachtfeld den Großen Manitu anrief.

Die Nachricht vom Tode Henry Lanes erreichte erst gegen Weihnachten Griggstown und löste bei Lorelei große Trauer aus. Sie ging bis zum Frühjahr 1814 nicht mehr aus ihrem Zimmer. Im Sommer 1814 wurde Robert klar, daß die Linie der Winslows in der Neuen Welt erlöschen würde, wenn er plötzlich stürbe. Und was hat der alte Soldat da getan? »Was ich tun mußte.« Er sperrte seine Schwiegertochter in ihr Schlafzimmer und verging sich so oft an ihr, bis er absolut sicher sein konnte, daß sie in anderen Umständen war. Es dauerte den ganzen Sommer und fast den ganzen Herbst, bis der Erfolg ihres Beischlafs sichtbar wurde. Aber das beendete noch lange nicht Loreleis Gefangenschaft. Nein, Robert mußte ja sichergehen, daß das Baby ein Junge war, und so hielt er sie neun lange Monate eingesperrt. Und, dem Herrn sei Dank, als das Baby kam, war es eine leichte Geburt, und ein weiterer Winslow-Erbe hatte seinen Weg auf diese Welt gefunden.

Lorelei benötigte fast ein ganzes Jahr, um Rache zu nehmen. Obwohl sie ihre Tat nie als Rache ansah. In ihren Augen war es viel mehr ein Dienst an allen anderen Frauen auf diesem Planeten. Außerdem liebte sie ihr Baby, das auf den Namen William Giles Winslow getauft worden war, nach ihrem Vater benannt. Als zweiten Namen hatte es einen alten Winslow-Namen aus der Vergangenheit erhalten, den Lorelei einmal gehört und der ihr sehr gefallen hatte.

Mary begleitete Lorelei in dieser Nacht in Mad Dogs Schlafzimmer. Sie stärkte der jungen Frau den Rücken und versicherte ihr, daß sie jedes moralische Recht habe, ihren Plan auszuführen. Als Lorelei draußen vor der Schlafzimmertür des alten Mannes zögerte, war Mary es, die die Hand mit dem blitzenden Schlachtermesser ruhig hielt. Lorelei schlich sich in das Zimmer. Tausendmal hatte sie diese Szene in Gedanken bereits durchgespielt. »Los, Lorelei, tu es. Tu es, bevor er aufwacht und dich sieht.« Und so tat sie es.

Sie versetzte dem alten Vergewaltiger mit dem stumpfen Ende des Schlachtermessers einen Schlag auf den Hinterkopf. Und dann, als sie sicher war, daß sie ihn bewußtlos geschlagen hatte, legte sie ihn auf dem Fußboden zurecht. Dann hob sie die rasiermesserscharfe Klinge hoch über ihren Kopf und stieß mit aller Kraft zu. Die Klinge ging durch Mad Dogs Hoden und Glied hindurch, so leicht wie durch Butter. Sein Körper zuckte, und das Blut lief stoßweise aus ihm heraus. Lorelei verband sorgfältig die schreckliche Wunde und verließ das Zimmer. Dann schnürte sie William Giles in ein Bündel, und die beiden flohen mitten in der Nacht und für immer aus diesem Haus am Millstone.

Mary hielt die Luft an, als sie sah, was das Schlachtermesser angerichtet hatte. Sie wußte, daß ihr Vorfahr seine Strafe verdient hatte. Doch gleichzeitig war ihr klar, daß, hätte er seine Schwiegertochter nicht vergewaltigt, der Stammbaum der Familie hier erloschen wäre und somit alle, die nachkamen, nicht nachgekommen wären.

Sie versuchte Lorelei und William Giles durch die Nacht zu folgen, aber noch mehr Geschrei aus Richtung des Hauses und anschließendes Hupen und laute Unterhaltung zwangen sie in die Gegenwart zurück. Sie richtete sich im Gras auf und sah, daß der Nachmittag in den Abend übergegangen war. Die Dämmerung senkte sich bereits herab. Die Bäume hinter den Gräbern warfen lange Schatten über die Wiese. Mary stand auf, streckte sich und ging zurück in Richtung des Hauses.

28

Das Gehupe und Geschrei kam von der langen Autokarawane, die eben in die Auffahrt zum Winslow-Stammsitz einbog und aussah wie ein Karnevalszug. Ein Wagen nach dem anderen fuhr die lange Auffahrt hinunter. Es war nur dem Zufall und einer winzigen Übereinstimmung im Erzählstrang zu verdanken, daß alle Autos zur exakt derselben Zeit heranrollten.

Ginny führte die Truppe mit ihrem dschungelgrünen Range Rover an. Hinter dem Rover saß Evangeline in ihrem Nissan Pickup. Nachdem sie das Krankenhaus verlassen hatte, war sie auf dem längeren Weg nach Hause gefahren, um in Ruhe über das nachzudenken, was sie vor Billy Boys Zimmertür zufällig mit angehört hatte. Gleich hinter Evangeline kam Irene in ihrem geliehenen Buick Regal. Katie und Constance hockten auf dem Rücksitz des Buick und schauten zum Rückfenster hinaus. Sie sahen ihren Vater, der zusammen mit Onkel Barton und Onkel Joseph in den Jaguar XK-140 gequetscht saß; aber natürlich wußten sie in dem Moment noch nicht, daß Joseph und Barton ihre Onkel waren. Als Henry seine Töchter entdeckte, streckte er die Hand aus und drückte auf die Hupe des Jaguar. Das wiederum veranlaßte Irene, die Hupe des Buick zu betätigen, was wiederum Ginny in einem Augenblick der Ausgelassenheit dazu brachte, ihr gutes Benehmen über Bord zu werfen und tatsächlich ein-, zweimal auf die Hupe des Range Rover zu drücken. Dieses Gehupe lockte Rosa, John und Paul aus dem Swimmingpool und ließ sie in wildes Geschrei ausbrechen: »Der Zirkus kommt, der Zirkus kommt!« Mit Emily im Schlepptau stürmten sie über den Rasen. Dieses Empfangskomitee stand bereits am Rand der Auffahrt, als der erste Wagen vor der Garage vorfuhr.

Die Karawane bestand noch aus einem fünften Wagen. Es war ein dunkelblauer Cadillac Allanté, in dem die berüchtigte Stiefmutter Bettina von Culin Winslow saß. Nachdem sie das Krankenhaus verlassen hatte, hatte Bettina einen Einkaufsbummel gemacht, dabei eine wunderbare Perlenkette entdeckt und die Rechnung mit Wild Bills American-Express-Karte beglichen. Jetzt seufzte sie und schüttelte nur den Kopf über die lautstarke Begrüßung der Familie, beschloß aber trotzdem, nicht gleich wieder umzudrehen und wegzufahren. Im Haus war noch der eine oder andere Gegenstand, den sie gerne gehabt hätte. Und außerdem gefiel ihr das luxuriöse Elternschlafzimmer mit seinem übergroßen Whirlpool, den gigantischen Federbetten und seiner grandiosen Aussicht über die Hügellandschaft von New Jersey.

Als sie hinter dem Jaguar anhielt und beobachtete, wie die Familienmitglieder sich stürmisch begrüßten, kam ihr in den Sinn, daß sie zur Abwechslung vielleicht mal einen von den jungen Winslows verführen könnte – *auf dem Bett seines Vaters sollte ich ihn um den Verstand vögeln. Vielleicht diesen großen Klotz mit den traurigen Augen, der eben die Frau und die beiden kleinen Mädchen umarmt. Der sieht reif dafür aus. Hat es wahrscheinlich seit Monaten nicht mehr getrieben. Oder vielleicht den jungen Barton, obwohl ich bei dem immer schon den Verdachte hatte, daß er das eigene Geschlecht am liebsten mag. Joey kann man vergessen, der ist zu sehr auf sich selbst fixiert und wahrscheinlich auch nicht besonders gut bestückt. Himmel, schau sie dir doch nur mal an, die tun ja alle so, als würden sie sich mögen. Da kommt mir ja das Kotzen. Ginny, dieses falsche Luder. Und Emily. Wie der Teufel hat sie versucht, den Alten von der Heirat mit mir abzubringen. Und fast hätte sie es auch geschafft.* Bettina stieg aus dem Allanté und schlenderte langsam auf die versammelten Winslows zu. Dabei zauberte sie ein Lächeln auf ihr Gesicht und tat, als ob sie ihr Leben lang nur auf diesen Augenblick gewartet hätte.

Die Winslows taten ihr Bestes, um Bettina zu ignorieren, was wiederum sie ignorierte. Sie umarmte die Frauen und hauchte ihnen Küßchen auf beide Wangen. Ginny reagierte mit einem finsteren Gesicht, Emily drehte sich einfach um, und Mary, die gerade eben vom Friedhof kam, schwor sich, daß Bettina nie unter den Verstorbenen der Familie ihre letzte Ruhe finden sollte.

Während es immer dunstiger wurde und die Hitze allmählich nachließ, traten Edward die Augen über beim Anblick dieser Geschäftigkeit unten in der Auffahrt. Sein Fernglas wanderte hektisch von Wagen zu Wagen, von Gesicht zu Gesicht. Alle sah er, jeden einzelnen von ihnen, nur den einen nicht, den er am meisten suchte.

Die Kinder fühlten sich sofort zueinander hingezogen und beschnüffelten einander wie eine Meute freundlicher, gut dressierter Jagdhunde. Man mußte sie nicht erst miteinander bekannt machen; ihre Augen sagten ihnen alles, was sie wissen mußten. Katie, die mit ihren neun Jahren die Älteste war, übernahm die Führungsrolle. John und Paul fanden das ziemlich normal; sie waren schließlich von ihrer Mutter erzogen worden. Constance, klein und schüchtern, schloß sich Rosa an, die sie gleich bei der Hand nahm und ihr alles über Shakespeare erzählte. Zu fünft zogen sie los, erst zum Swimmingpool hinunter und dann immer der Nase lang.

Die Vorstellung der Erwachsenen verlief förmlicher. Keines der Geschwister hatte Irene vorher je gesehen. Vor allem Ginny und Emily begrüßten ihre Schwägerin mit großem Hallo, zum Teil, um Bettina links liegenzulassen, aber auch, weil sie sich wirklich freuten, endlich die Frau ihres Bruders kennenzulernen.

Ginny streichelte Irene über den Bauch und versetzte ihrem Bruder einen leichten Klaps ins Gesicht. »Du hast uns gar nicht gesagt, daß noch ein Winslow unterwegs ist.«

Henry – als Bobby – war am Anfang ganz verwirrt, Irene in Gesellschaft seiner Brüder und Schwestern zu sehen. »Nun«, sagte er, und ein Lächeln breitete sich auf seinem Gesicht aus,

»ich dachte, ich hätte es euch gesagt. Irgendeinem habe ich es jedenfalls gesagt.«
»Na, mir jedenfalls nicht.«
Mary und Barton umarmten und küßten einander und blieben dann Seite an Seite, Schulter an Schulter, wie ein sich treu ergebenes und untrennbares Paar stehen. Joseph ließ die Augen nicht von Evangeline. Sie wiederum ließ die Kinder nicht aus den Augen, damit auch ja keines ins Wasser fiel.
Nachdem sie vielleicht gute zehn Minuten vor der Hintertür hin und her gelaufen war, fielen Ginny plötzlich die Lebensmittel wieder ein. »Das Eis ist in dieser Hitze wahrscheinlich schon längst geschmolzen«, meinte sie, als sie die Heckklappe des Rovers öffnete. Also griff sich jeder eine Tüte – mit Ausnahme von Bettina natürlich –, und gemeinsam trug man die Lebensmittel in die Küche. Die Riesenmenge veranlaßte zu der Frage, ob sie wohl alle den Sommer hier verbringen wollten. »Ha, ha, ha«, dröhnte es, »das ist ein guter Witz.« Obwohl auch einige unter ihnen, wie zum Beispiel Henry, insgeheim hofften, es möge wahr sein.
Sobald sich die Aufregung etwas gelegte hatte, übernahm Ginny die Regie. »Na, irgendeiner muß es doch machen, sonst herrscht hier bald das reinste Chaos.« Emily und Evangeline teilte sie zum Essenkochen ein, »etwas Salat, frische Bohnen, gedämpfte neue Kartoffeln und Apfelsauce. Für Fleisch ist heute abend keine Zeit mehr, es ist schon fast neun Uhr.« Was Emily und Evangeline nur recht war; sie aßen ohnehin nur selten Fleisch oder setzten es ihren Kindern vor.
Während die beiden Köchinnen Gemüse putzten, schälten und kleinschnitten, brachte Ginny Irene nach oben, damit der Adirondack-Zweig der Familie sich frisch machen konnte.
»Sieht so aus, als würdest du dein Baby jeden Moment bekommen, Irene.«
Irene nickte nur.

Henry – als Bobby – folgte den Damen mit dem Gepäck nach oben. Ginny steuerte das Elternschlafzimmer an.
»He, Gin«, fragte Henry, »wo gehst du hin?«
»Ich dachte mir, ihr zwei könntet in Daddys Zimmer schlafen, und eure Mädchen kommen in den zweiten Stock hoch.«
»Eigentlich könnten wir alle dort schlafen, dachte ich.«
»Unsinn. Es sind doch nur zwei schmale Betten in dem Zimmer. Komm, Irene, komm mit mir.«
Sie durchquerten den Korridor, das Wohnzimmer und betraten schließlich das Elternschlafzimmer, wo sie Bettina antrafen, die bereits ihre Tasche auspackte. »Ja?« fragte sie, ein falsches Lächeln im Gesicht.
»*Du* willst hier schlafen?« fragte Ginny.
»Das dachte ich eigentlich, ja.«
»Und ich halte es für das Beste, wenn Bobby und Irene hier schlafen.« Ginny erklärte die Einteilung der Schlafzimmer, die sie sich auf der Fahrt vom Supermarkt nach Hause überlegt hatte.
»Na, das ist ja alles sehr schön, Virginia«, meinte Bettina, »aber wo bleibe ich in deinem Plan?«
»Ich nehme an, du wirst dich mit der Schlafcouch im Arbeitszimmer zufriedengeben müssen. Ich wußte ja nicht, daß du kommst.«
»Nun, aber jetzt bin ich hier, wie du siehst. Und da das hier mein Schlafzimmer ist, werde ich auch hier schlafen. Ich hoffe, du hast nichts dagegen.«
»Und ob ich etwas dagegen habe, und außerdem ist das hier nicht dein Schlafzimmer«, blaffte die Älteste von Wild Bill sie an.
Betta zuckte ungerührt mit den Achseln und fuhr mit dem Auspacken ihrer Tasche fort.
Ginny ließ nicht locker. »Das ist das Schlafzimmer meiner Mutter.«
»Ja, sicher, das war es mal.«

»Du Schlampe.«
Henry, der nach außen hin zwar immer noch Bobby war, aber sich schon weitaus eher wie Henry fühlte, trat zwischen die beiden Frauen und legte seiner Schwester beschwichtigend die Hand auf die Schulter. »Komm, Ginny, gehen wir. Wenn diese ... diese Person unbedingt hier schlafen will, dann kann uns das nur egal sein. Es gibt genügend Platz in diesem Haus.«
Sie drehten sich um und verließen das Zimmer. Irene stand vor Verblüffung der Mund weit offen, als sie den Korridor zurückgingen und in den zweiten Stock hinaufstiegen.

Wild Bill und sein Sohn Edward fehlten natürlich bei dieser improvisierten Familienfeier. Little Eddie hätte zwar leicht daran teilnehmen können, er hätte nur von seinem Hochsitz herunterklettern, sich durch das Dickicht schlagen und durch die Hintertür treten müssen. Schließlich war auch er ein Mitglied dieser Familie. Er war ein Winslow. Das war auch sein Haus. Es waren seine Brüder und Schwestern. Sie hätten ihn nicht geächtet oder kritisiert, jedenfalls nicht lange. Sicher, er sah ein bißchen merkwürdig aus, nachdem er sechzehn Stunden Wache auf dem Hochsitz geschoben und sich sechs ganze Jahre von der normalen Gesellschaft ferngehalten hatte. Seine Augen waren rotgerändert, weil er seit dem frühen Morgen durch sein Fernglas gespäht hatte, und seine Stirn war permanent gerunzelt, weil er so viele Jahre mit düsterem Gesicht auf die Welt geblickt hatte. Er sah ein bißchen seltsam aus, ein bißchen wild, na und? Seine Familie hätte ihn aufgenommen, hätte ihn an ihren Busen gedrückt. Das tun alle Familien. Auch wenn sich die einzelnen Mitglieder jahrelang nicht sehen, selbst wenn sie alle unter derselben unbegründeten Abneigung und unter demselben Haß leiden, wie es hier der Fall ist. So sind die Dinge eben, so waren sie immer. Doch Edward war das nicht klar. Den meisten seiner Geschwister waren diese

Dinge auch nicht klar, aber sie waren auch nie so weit abgedriftet wie Little Eddie; nein, nicht einmal Bruder Henry. Henry machte es sich selbst zum Vorwurf, was aus seinem Leben geworden war. Edward machte allen anderen einen Vorwurf, nur sich selbst nicht. Er spähte durch seinen Feldstecher auf die Menschen, die durch die Hintertür aus und ein gingen, aber wichtig war ihm nur der Aufenthaltsort der Person, der er den größten Vorwurf machte. »Wo steckt der alte Bastard?« fragte er sich selbst laut. »Wo zum Teufel versteckt er sich nur? Warum kommt er nicht heraus, damit ich ihn sehen kann?«

Wo war Billy Boy Winslow? Nun, er saß auf seinem Bett im Krankenhaus und versuchte bereits zum zehntenmal, seit die Jungen gegangen waren, Evangeline zu erreichen; er fragte sich, wo sie war und warum sie sich nicht meldete. Schließlich legte er auf und läutete nach der Schwester. Am anderen Ende des Flurs, in der Schwesternstation, hörte die Schwester das Läuten und seufzte: »Was will dieser schweinische Mensch jetzt schon wieder?« Es war dieselbe Schwester, die Wild Bills Kinder am Abend zuvor aus dem Zimmer komplimentiert hatte. Der Wilde hatte während seines Aufenthalts erst zweimal nach der Schwester geläutet, aber diese spezielle Schwester war der Ansicht, daß zweimal bereits einmal zuviel war. Bevor sie auf das Läuten reagierte, füllte sie erst noch in aller Ruhe ihren Patientenbericht aus.

»Sie haben ganze neun Minuten gebraucht, um hierherzukommen«, sagte Wild Bill ungehalten und deutete auf seine Uhr.

»Tut mir leid, Mr. Winslow, ich hatte zu tun.«

»Und wenn ich im Sterben läge?«

»Die Chancen dafür stehen nicht allzu gut.«

»Sie sollten als Verkehrspolizistin arbeiten, nicht als Krankenschwester.«

»Ich habe gehört, daß Sie uns morgen verlassen.«

»Noch früher, wenn ich könnte.«

Sie überprüfte sein Krankenblatt, fühlte seinen Puls. »An Ihrer Stelle würde ich die Sache langsam angehen. Wenn nicht, dann sind Sie postwendend wieder hier.«

»Danke für den Rat. Aber ich habe eigentlich deswegen nach Ihnen geläutet, weil Sie mir zwanzig Dollar leihen müssen.«

»Was?«

»Ich habe eben festgestellt, daß ich kein Geld bei mir habe, nicht einen Cent.«

»Wozu brauchen Sie denn Geld?«

»Ich möchte ... äh, ein paar Blumen schicken.«

»Sie sollten eigentlich Blumen im Krankenhaus bekommen, nicht umgekehrt.«

»Ja, aber ich habe immer schon alles andersherum gemacht. Und jetzt raus mit der Kohle. Sie leihen mir heute abend zwanzig Dollar und bekommen von mir morgen früh fünfundzwanzig wieder zurück.«

»Die Zinsen scheinen mir in Ordnung zu sein.«

»Kommen wir dann ins Geschäft?«

»Ich hole nur schnell meinen Geldbeutel.« Die Schwester verließ das Zimmer.

Wild Bill sah ihr hinterher und ging dann in Gedanken noch einmal seinen Fluchtplan durch. Es war ein guter Plan, einfach, geradlinig, der kaum Platz für Fehler ließ. Nachdem die Schwester ihm die zwanzig Dollar gegeben hatte, versuchte er es ein weiteres Mal bei Evangeline. Wieder keine Antwort. »So ein Mist.« Er beschloß, es sich im Bett bequem zu machen und sich etwas auszuruhen. Er wußte, es würde eine lange Nacht werden ... *Er hatte keine Ahnung, wie lange.*

Evangeline ging deswegen nicht ans Telefon, weil sie zwischen ihren beiden Söhnen im Eßzimmer der Winslows an dem großen Kirschholztisch saß. Sie hatte noch nie zuvor dort gegessen. Zwar hatte sie oft an dem kleinen Tisch in der Küche mit John, Paul und Billy Boy gegessen, aber nie zuvor an dem Tisch im Eßzimmer. Es gefiel ihr sehr. Und es gefiel ihr, unter all diesen Menschen, diesen Brüdern und Schwestern zu sitzen. Als Einzelkind sah sie in der großen Menge nur die Harmonie. Sie gab die Hoffnung noch nicht auf, daß dies nur die erste vieler gemeinsamer Mahlzeiten der Familie war.

Henry, der Evangeline am Tisch gegenüber und zwischen seinen beiden kleinen Töchtern saß, hoffte dasselbe. Nach jedem Bissen drehte er sich zu seiner Frau um und lächelte sie an. Irene hätte gern zurückgelächelt, aber das Baby trat sie so oft und so fest, daß sie in Wirklichkeit am liebsten geheult hätte.

Mary, die neben Barton saß, versuchte sich an das letztemal zu erinnern, daß die ganze Familie gemeinsam eine Mahlzeit eingenommen hatte. Sie war sicher, daß es am Abend der Beerdigung ihrer Mutter gewesen war. Sie fragte sich, ob diese Mahlzeit wohl ein Omen dafür war, daß eine weitere Tragödie sich abzeichnete.

Auch Barton dachte an dieses Essen zurück. Er hatte viel geweint an diesem Abend, aber er ermahnte sich, am heutigen Abend nicht zu weinen. *Denk nicht rückwärts, du Idiot, denk vorwärts.*

Joseph warf Evangeline am anderen Ende des Tisches alle paar Sekunden einen Blick zu. Er war müde und deprimiert, nachdem er in den letzten zwölf Stunden ein halbes Gramm Kokain geschnupft hatte. Aber er war immer noch neugierig und wunderte sich über die Beziehung zwischen Evangeline und seinem Vater. Es fiel ihm schwer, zu glauben, daß sie mit Wild Bill ins Bett gegangen war. Er seufzte, und dann entschlüpfte seinen Lippen ein leises, aber ganz deutliches »Jesus«.

»Was ist los, Joseph?« fragte Emily.

Er schüttelte den Kopf. »Nichts. Gar nichts. Ich bin nur ein bißchen müde, schätze ich.«

Ginny brachte fast die ganze Mahlzeit damit zu, John und Paul, Evangelines kleine Söhne, zu mustern. Sie sahen so vertraut aus, wie alte Freunde, alte Fotografien. *Mein Gott,* dachte sie, *die beiden sehen wie zwei kleine Winslows aus.* Sie konnte kaum glauben, daß ihr die Ähnlichkeit nicht schon früher aufgefallen war. Sie war nahe daran, etwas zu sagen, einen lässigen Kommentar über diesen Zufall abzugeben, und sie hätte das vielleicht auch getan, wenn die Türglocke nicht angeschlagen und angekündigt hätte, daß jemand an der Vordertür war.

»Wer kann das wohl sein?« fragte Emily. »Ich denke, wir sind schon vollzählig.«

»Vielleicht ist es Edward«, sagte Barton.

Nein, es war nicht Edward, sondern seine liebe Frau Samantha. Im Eßzimmer war es so still wie in einem Beerdigungsinstitut, als Joseph, der an die Tür gegangen war, Sammy durch die Eingangshalle in die Höhle des Löwen führte. Keiner von ihnen hatte sie je zuvor gesehen, aber alle wußten ganz genau, wer sie war. Eine volle Minute verstrich auf der alten Standuhr in der Eingangshalle. Keiner sagte ein Wort oder machte eine Bewegung. Die Uhr schlug zehn. Schweigend zählten alle mit. Draußen fiel der letzte Lichtstrahl über den Rasen vor dem Haus. Der Frühling war fast vorüber. Ein weiterer Sommer stand vor der Tür.

»Du mußt Samantha sein«, sagte Ginny schließlich.

»Ja.« Samantha lächelte. Sie wirkte zugleich verängstigt und erleichtert. »Das Haus hier liegt ja reichlich abseits. Ich war schon fast überzeugt, daß ich mich verfahren habe.«

Ein paar der Winslows kicherten.

»Ich dachte schon, ich komme nie mehr an.«

»Du hast Edward wohl nicht gefunden, oder?«

»Nein, leider nicht. Als ich so viele Personen durch das Fenster sah, da hoffte ich, er wäre bei euch.«

»Sehr unwahrscheinlich«, murmelte Emily.

»Wir haben ihn weder gesehen noch etwas von ihm gehört«, sagte Ginny.

»Und das seit sechs Jahren«, fügte Emily etwas leiser hinzu.
Joseph lachte und legte den Arm um seine Schwägerin. »He, Samantha, keine Angst, wir sind nicht immer so unfreundlich. Manchmal sind wir sogar noch schlimmer.«
»Halt den Mund, Joseph.« Ginny schob ihren Stuhl zurück und stand auf. »Hast du schon gegessen, Samantha? Können wir dir etwas anbieten?«
»Ja ... nein ... vielen Dank. Ich habe unterwegs schon etwas gegessen.«
Joseph brachte einen zusätzlichen Stuhl. »Hier, Samantha. Setz dich doch, während wir fertig essen.«
»Ja«, meinte Ginny, »und du bleibst doch hoffentlich. Ich habe eigentlich schon damit gerechnet. Edwards altes Zimmer wartet auf dich.«
»Was übrigens auch mein altes Zimmer ist«, sagte Joseph. »Wir werden also zusammen dort schlafen. Aber keine Angst, ich beiße nicht.«
Samantha wußte nicht genau, wie sie das alles aufnehmen sollte. Halb hatte sie erwartet, lauter Ungeheuer anzutreffen. *Aber sie wirken alle ziemlich normal,* dachte sie, *bis auf diesen Schlaumeier vielleicht, der mir die Tür aufgemacht hat.* Sie lächelte und sagte: »Ich beiße übrigens auch nicht. Es sei denn, ich werde provoziert.«
Mehrere der Winslows lachten.
»Joseph hat doch nur Spaß gemacht«, erklärte Ginny. »Edward hatte immer schon sein eigenes Zimmer. Du wirst mit niemandem das Zimmer teilen müssen. Außerdem werden wir Joseph in die Kammer über der Garage verfrachten.«
Joseph warf seiner Schwester einen bösen Blick zu. »Den Teufel wirst du.«
»Also, Samantha«, fragte Mary, »was glaubst du, wo unser Bruder Edward steckt?«

Nun, Samantha hatte absolut keine Ahnung, aber ich weiß zufälligerweise, daß Little Eddie von draußen durch das Fenster spähte. Sobald er seine Frau aus dem Wagen hatte steigen sehen, hatte er seinen Platz auf dem Hochsitz aufgegeben und sich durch die Dunkelheit und das Unterholz hinunter zum Haus geschlichen. Jetzt kauerte er mit den Augen in Höhe des Fensterbrettes am Boden. Wenn jemand vom Tisch aus zum Fenster hinausgesehen hätte, hätte er mit Sicherheit Edwards Stirn hell in der Dunkelheit leuchten sehen. Aber keiner schaute hinaus; alle waren sie viel zu sehr damit beschäftigt, Little Eddies Frau zu betrachten. Auch er tat das gleiche. Also gehört dieses Luder auch zu den Leuten meines Vaters, murmelte er. Ich wußte es doch, ich wußte, daß sie eine Spionin war, eine Verräterin. Dafür werde ich sie bestrafen. Hart bestrafen.

»Ich weiß es wirklich nicht«, antwortete Samantha. »Ich habe wirklich keine Ahnung, wo Edward ist.«

Keiner wußte danach noch viel zu sagen. Bald darauf war die Mahlzeit beendet. Die Gesellschaft löste sich auf. Evangeline brachte ihre Jungen in Bartons Begleitung ins Cottage und steckte sie ins Bett. Sie schliefen schon, noch ehe sie das Licht ausmachen konnte. Auch Barton sagte gute Nacht und kehrte in das große Haus zurück. Kurz danach ging auch Evangeline ins Bett. Ebenfalls Emily und Rosa. Bevor sie einschlief, sagte Rosa zu ihrer Mutter: »Hier gefällt es mir, Mama. Wir sollten Shakespeare holen und hierbleiben. Ich wette, Großpapa hätte nichts dagegen.«

Emily lächelte, dachte aber: *Er bestimmt nicht, aber ich.* Sie fühlte sich verloren in der Meute da unten, genau wie als Kind. Sie wollte zurück nach New York, wollte mit ihrer Arbeit an *King Lear* beginnen.

Sobald Rosa eingeschlafen war, rief Emily den Regisseur an. Sie hatte bereits den ganzen Abend versucht, ihn zu erreichen.

Sie drückte sich die Daumen, als sie zum Telefon griff. »Ja?«
»Hallo, hier ist Emily Winslow.«
»Ja?«
»Hm, Emily Winslow. Ich habe vorgestern für die Rolle der Cordelia vorgesprochen ...«
»Oh, ja, Emily ... Ich habe eigentlich erwartet, daß Sie persönlich vorbeikommen.«
»Aber Sie haben doch gesagt, ich solle anrufen ... ich solle Sie heute abend anrufen.«
»Habe ich das? So, nun ja ... jedenfalls haben wir die Rolle schon an jemand anders vergeben.«
Vielleicht war es nur Einbildung aber Emily glaubte im Hintergrund ein Kichern zu hören. »Tatsächlich?«
»Ja, leider. Aber Sie sind sehr talentiert, Kindchen. Versuchen Sie es weiter.«
Emily sagte noch etwas. Aber sie konnte sich nicht mehr erinnern, was. Einen Augenblick später legte sie den Hörer auf. Sie setzte sich an den Bettrand und starrte zum Fenster hinaus. Tränen füllten ihre Augen und rannen ihre Wangen hinunter. Nach einer Weile trocknete sie sich die Augen, zog sich langsam aus und schlüpfte unter die Decke neben Rosa.
Henry trug Constance in den zweiten Stock hinauf. Irene und Katie folgten ihm. Katie bereitete sich auf dem Fußboden aus einem großen Haufen dicker Decken ein Nachtlager. Henry legte Constance auf eines der beiden schmalen Betten. Irene ließ sich schwerfällig auf das andere sinken.
»Ich bin froh, daß ihr gekommen seid, Irene.«
»Ich auch. Und ich kann gar nicht glauben, wie nett deine Brüder und Schwestern alle sind.«
Henry – als Bobby – nickte. »Ja, sie sind sehr nett. Vielleicht ein bißchen merkwürdig.«
»Nicht merkwürdiger als du.«
Henry grinste. »Wie geht es dem Baby?«

»Den ganzen Weg von Blue Mountain herunter hat es mich wie wahnsinnig getreten. Ich glaube, er möchte gern aus meinem Bauch heraus und endlich mit diesem Leben anfangen.«

»Er?«

»Es muß ein ›Er‹ sein. Die Mädchen haben mich nie so getreten. Manchmal habe ich das Gefühl, ich habe eine ganze Fußballmannschaft im Bauch.«

Henry setzte sich neben seine Frau und ließ seine Hand langsam und vorsichtig über ihren dicken Bauch gleiten. »Wir werden ihn Bobby nennen.«

Irene lächelte. »Gefällt mir. Robert Winslow Junior. Nach seinem Vater.«

Henry sagte leise: »Ja, nach seinem Vater.«

So blieben sie noch ein, zwei Minuten sitzen, sinnierten vor sich hin und betrachteten ihren dicken Bauch.

»Gehst du wieder hinunter?«

»Vielleicht noch kurz«, erwiderte er. »Und du?«

»Ich nicht. Ich bin völlig erledigt. Es ist ganz schön hart, diese vielen Treppen zu steigen, wenn man so dick ist.«

»Dann bleibe ich auch.«

»Nein, ich will, daß du zu deinen Geschwistern hinuntergehst. Mich siehst du doch die ganze Zeit. Die anderen siehst du nie.«

Henry nickte. »Irene?«

»Ja?«

Henry ergriff die Hand seiner Frau. Sekunden verrannen …

»Es ist ziemlich heiß hier. Meinst du, daß du überhaupt schlafen kannst?«

»Ich könnte in einem Backofen schlafen, wenn ich so müde bin. Und jetzt raus mit dir. Wir sehen uns dann später oder morgen früh.«

Henry küßte seine Frau und ging nach unten.

Der Eßzimmertisch war mittlerweile abgeräumt. Es war kaum

zu glauben, aber Joseph belud tatsächlich den Geschirrspüler, während Mary die Küchentheke mit einem feuchten Schwamm abrieb. Bettina hatte sich bereits in das Elternschlafzimmer zurückgezogen, ohne vorher auch nur ihren Teller abgeräumt oder gute Nacht gesagt zu haben. Ginny hatte Samantha nach oben gebracht, um ihr zu zeigen, wo sie schlafen sollte.

Henry betrat exakt zur selben Zeit die Küche, als Barton vom Cottage zurückkam.

»He, Bart, alter Kumpel«, sagte Joseph, »du warst ja ziemlich lange weg. Wolltest du dem Alten ins Gehege kommen?«

Barton fand die Bemerkung gar nicht lustig. »Ich habe nur versucht, mich nützlich zu machen.«

»Genau. Hast du das gehört, Henry, ich meine Bobby, der alte Bart hat versucht, sich bei ihr nützlich zu machen.«

Henry warf erst Joseph, dann Mary einen Blick zu, die mit dem Rücken zu ihm stand, während sie den Herd putzte. »Ja, das habe ich gehört.«

Die nächste Zeit war es ziemlich still in der Küche. Dann sagte Mary, ohne sich umzudrehen: »Ich war vorher oben auf dem Friedhof, um meine Aufwartung zu machen …«

Alle Brüder hörten ihr jetzt zu; alle, bis auf Edward, der auf seinen Jagdsitz zurückgekehrt war.

Da drehte Mary sich um. Sie warf Joseph und Barton einen kurzen Blick zu und schaute Henry direkt ins Gesicht. »Es war recht still da oben«, sagte sie, »friedlich. Aber ich habe ein paar Dinge gehört, eine Art Rumoren.«

»Eine Art Rumoren?« fragte Henry.

Mary nickte und stellte sich dann vor ihren Bruder hin. Sie schaute ihm direkt in die Augen. »Weißt du, es ist eigentlich nicht so wichtig. Es ist viel größer als wir. Wir spielen dabei nur eine kleine, unbedeutende Rolle. Unsere vielen Wehwehchen sind nichts als Episoden am Rande. Die eigentliche Vorstellung findet im Schoß und an den dunklen Stätten statt, über die wir nachdenken, die wir aber nie zu sehen bekommen.«

Henry senkte die Augen, schaute weg. Barton warf Joseph einen fragenden Blick zu, der nur mit den Augen rollte und mit den Schultern zuckte.

Mary drehte sich wieder um und kehrte zu ihrer Arbeit zurück.

Als Ginny ein paar Sekunden später in die Küche kam, sah sie, wie ihre drei Brüder mit offenem Mund auf den Rücken ihrer Schwester starrten. »Wen haben wir denn da?« fragte sie. »Drei Ölgötzen?«

DONNERSTAG, DEN 21. JUNI 1990 ...
SOMMERSONNENWENDE

29

Kurz nach Mitternacht in der kürzesten Nacht des Jahres. Kaum sechs Stunden zwischen Sonnenaufgang und Sonnenuntergang. Kein Wind, kein Mond, Milliarden Sterne, Millionen Galaxien. Unendliche Stille und Ruhe. Sternbilder wie der Große und der Kleine Bär, Fische und Pegasus, Orion und Schlange. Sternschnuppen, Supernovä, explodierende Sonnen, tote Planeten. Es ist warm auf der Erde, jedenfalls auf der nördlichen Halbkugel, im nordöstlichen Korridor der Vereinigten Staaten von Amerika, im Gartenstaat, in Far Hills, oben auf dem Landsitz der Winslows. Es ist sogar extrem warm, fast stickig in dem großen Haus; besonders jetzt, da diese jahrhundertealten Steinmauern sich abschotten nach außen in Erwartung des aufkommenden Sturmes.

Man könnte meinen, die Winslows seien tief und fest eingeschlafen, schnarchten leise und träumten angenehme Träume. Sie alle hatten einen ziemlich langen und aufwühlenden Tag hinter sich. Und alle verfügten sie über eine relativ gute Gesundheit (nicht eine Krebserkrankung, noch nicht einmal Hämorrhoiden), hatten eine hervorragende Krankenversicherung (selbstverständlich finanziert von Wild Bill), volle Bäuche, ein demobilisiertes Militär, Kapitalismus im Anmarsch zwischen Berlin und Budapest und Unmengen amerikanischer Dollars, die sicher investiert waren in Amerikas führenden Firmen wie Exxon, AT&T, McDonald's und IBM. Und sie hatten einander. Doch trotz all dieser Vorteile konnte die Mehrzahl der Winslows nicht schlafen. Ihre Körper waren vielleicht erschöpft, aber ihre Geister irrlichterten wie Blitze durch die dunkle, schwüle Nacht. Werfen wir doch mal einen Blick auf sie:

Wenden wir uns am Anfang doch gleich denjenigen zu, die tatsächlich schlafen konnten. Bettina natürlich, aber die hatte auch in der Nacht geschlafen, als ihre Mutter starb. Und Rosa; auch sie schlief wie, nun ja, wie ein Baby. Und John und Paul;

wäre ein Orkan über das Cottage hinweggefegt, hätte er sie nicht aus ihrem Schlummer gerissen. Und Katie und Constance; sie schliefen mit einem Lächeln auf dem Gesicht und Liebe im Herzen. Und dann ihre Mutter Irene: Von Zeit zu Zeit wachte sie auf, wenn der kleine Mensch in ihrem Bauch ihren Nieren einen sanften Tritt versetzte, aber sonst war auch ihr Schlaf tief und ungetrübt. Aber das waren dann auch alle, denke ich; sie waren die einzigen, die die Nacht zu ihrem wahren Zweck nutzten. O nein, warten Sie, da ist noch einer. Auf dem Fußboden neben seiner Frau liegt Henry Winslow. Mein Gott, der Mann schläft ja tatsächlich tief und fest. Sein Gesicht wirkt glücklich und entspannt, ja sogar zufrieden. Vielleicht schläft er in dieser Nacht zum erstenmal wieder so gut, wie es nicht mehr der Fall gewesen ist, seit die Nachricht vom Tod seines Bruders ihn vor mehr als zwanzig Jahren in Princeton erreichte.

Emily konnte nicht schlafen. Nach ihrem Anruf war sie für etwa eine Stunde eingenickt, dann aber wieder von der Hitze und mit dem schrecklichen Gefühl aufgewacht, daß ihr ganzes Leben ruiniert, ihre bisherige Existenz nur ein peinliches Scheitern und reine Zeitverschwendung gewesen sei. Schuld an diesem Gefühl war, daß nicht sie die Cordelia im Central Park spielen würde. Die Tatsache, daß die junge Dame, die sie jetzt spielte, mit dem mittelalterlichen Regisseur ins Bett gehüpft war, nur um die Rolle zu bekommen, trug nicht zur Steigerung von Emilys Selbstwertgefühl bei.

Evangeline konnte nicht schlafen. Sie lag im Bett und dachte an Billy Boy und an die schrecklichen Dinge, die sie ihn zu seiner Frau hatte sagen hören. In all den Jahren, die sie nun zusammen waren, hatte er zu ihr nie so gemeine oder haßerfüllte Dinge gesagt. Sie hatte gar nicht geglaubt, daß er dazu fähig wäre. Er war immer so freundlich, sanft und rücksichtsvoll gewesen. Aber jetzt wußte sie nicht mehr, was sie denken sollte.

Barton konnte nicht schlafen. Jedesmal, wenn er die Augen

schloß, sah er das Kolosseum in Rom vor sich. Überall auf den Tribünen standen seine Skulpturen. Und ringsum riefen alle: »Tod dem Künstler, Tod dem Künstler!« Und dann stand er in der Arena, nicht mit Löwen, sondern mit einer riesigen Kreatur, die den Körper eines Weißschwanzgnus und den Kopf von Wild Bill hatte. Die Kreatur jagte ihn durch die Arena, lachte und verhöhnte ihn, bis Barton sich schließlich ergab und die Augen aufschlug. Danach probierte er es gar nicht mehr, sie wieder zuzumachen.

Ginny konnte nicht schlafen. Dauernd versuchte sie in Bel Air anzurufen, kam aber nicht durch. Gegen Viertel vor eins machte sie das Licht an und suchte sich etwas zum Lesen. An der Wand ihrem Bett gegenüber hing ein ganzes Regal voller Bücher. Sie stellte sich davor und schaute sich die Titel an. Es waren noch dieselben Bücher wie zu ihrer High-School-Zeit. Ein paar Bände von Hermann Hesse, Salingers Der Fänger im Roggen, Schlachthof 5, Von Menschen und Mäusen, ein paar Stücke von Eugene O'Neill und Edward Albee, ein paar Textbücher, ihr Jahrbuch aus der letzten Klasse, das sie auch fast herausgezogen hätte, bis sie am Ende des Regals das Fotoalbum der Familie entdeckte, das sie selbst zusammengestellt hatte. Sie trug das Album zum Bett zurück. Es waren Bilder ihrer Mutter, ihres Vaters und all ihrer Brüder und Schwestern, selbst von Little Helen und Bobby, eingeklebt. Es gab Fotos von der Familie bei Ausflügen, Geburtstagsfeiern, an Weihnachten und am vierten Juli. Auf den meisten Bildern lächelten die Leute, lachten und sahen aus, als würden sie sich prächtig amüsieren. Dann entdeckte sie einen Schnappschuß von Barton und Joseph, die am Swimmingpool im Gras saßen. Sie mußten so um die fünf Jahre alt gewesen sein, irgendwo zwischen fünf und sieben, dachte Ginny, so ungefähr im Alter von John und ... Sie zog das vergilbte Foto aus dem Album und betrachtete sich die Aufnahme genauer im Schein der Lampe. Man hätte ohne weiteres am *gestrigen Nachmittag ein Foto von John und Paul machen und dann in dieses Album stecken können, das die Vergangenheit so perfekt konservierte. Ginny stieß beinahe einen lauten Pfiff aus. Sofort versuchte sie es noch einmal unter der Nummer in Bel Air. Sie mußte das unbedingt Aaron erzählen. Irgend jemandem mußte sie es einfach erzählen. Aber es war niemand zu Hause. Die Cohens waren auf ihrem Weg an die Ostküste, waren zwar müde und gereizt durch eine lange Verzögerung am Flughafen von L. A., aber dennoch auf dem Weg nach Osten. In diesem Augenblick flogen sie sogar direkt über ihren Kopf hinweg, als die DC-10 zu ihrem Landeanflug auf den International Airport von Newark ansetzte.*

Joseph, der zwar nicht in der Kammer über der Garage, sondern im Arbeitszimmer untergebracht war, konnte nicht schlafen. Es lag nicht nur an dem vielen Kokain, das ihn völlig aus dem Gleichgewicht gebracht hatte, sondern auch an der Schlafcouch, deren metallenes Mittelstück sich in seinen Rücken bohrte. Er kam sich vor wie einer jener indischen Fakire, die auf Nagelbetten schlafen. Ein paar Stunden warf er sich auf dem Bett hin und her, bis er schließlich beschloß, etwas dagegen zu unternehmen. Er stand auf, holte sich seinen Vorrat an Gras, rollte sich einen dünnen Joint und inhalierte ihn in drei langen Zügen. Dann ging er zu dem deckenhohen Bücherregal, das die ganze Wand gegenüber der Bettcouch einnahm. Joseph war kein großer Leser; er las vielleicht ein, zwei Bücher im Jahr, in erster Linie Biographien von Busineß-Größen und Profisportlern. Er las viel lieber Zeitschriften, vor allem Hochglanzausgaben mit vielen Farbfotos von Skiausrüstungen, Sportwagen, Mountainbikes und üppigen nackten Schönheiten. Doch heute nacht beschloß er, sich ein gutes Buch, etwas Interessantes zum Lesen zu suchen. Es mußten fast fünfhundert Bücher auf diesen Regalen stehen. Die meisten davon standen schon seit Jahren dort. Charles war ein begeisterter Leser gewesen. Er liebte Romane und Reisebeschreibungen. Auch Wild Bill las sehr viel. In erster Linie Bücher über amerikanische Geschichte. Andere Mitglieder der Familie hatten sich für Politik, Science-fiction, Philosophie oder Okkultismus interessiert; auch von diesen Gebieten stand eine reichhaltige Auswahl in den Regalen. Joseph zog ein paar Bände heraus, las die ersten Zeilen und stellte sie wieder zurück. Er arbeitete sich systematisch von unten nach oben durch. Um an die Bücher auf den oberen Regalen heranzukommen, mußte er auf die spezielle Leiter steigen, die an einem eisernen Laufband von der Decke herunterhing. Auf dem obersten Regal, und mehr als eine Stunde nachdem er seinen Joint geraucht hatte, entdeckte er endlich das Buch, das dieser Szene Gültigkeit verlieh. Es war nur ein dünnes, unscheinbares Bändchen in einem verblichenen Ledereinband, das irgend jemand zwischen zwei dicke Bände über den Bürgerkrieg geschoben hatte. Es stand nichts auf dem Buchrücken, was vielleicht der Grund dafür war, daß Joseph beschloß, es herauszuziehen und sich mal genauer anzusehen. Er schlug die erste Seite auf. Persönliches & privates Tagebuch von Martha Matthews Winslow. Joey schmunzelte und blätterte zur ersten Eintragung weiter:

> *13. September 1916*
> *Wir haben endlich getan, was wir seit dem letzten Frühjahr ankündigten. Wir mußten zwar erst eine Extraladung Gin hinunterkippen, aber schließlich fielen die Hemmungen, und mit ihnen auch die Kleidungsstücke. Wir waren zu sechst (ich werde keine Namen nennen, bis auf meine Wenigkeit natürlich und meinen guten Chuckie, den Feigling) und tollten in unseren Evas- beziehungsweise Adamskostümen im Swimmingpool herum, lachten und kicherten und faßten uns an, wo und wen wir wollten. Es war absolut viehisch. Ich falle jetzt noch fast in Ohnmacht, wenn ich nur daran denke.*

Joseph las das Tagebuch seiner Großmutter von der ersten bis zur letzten Seite in einem Zug aus. Er brauchte nicht lange dazu, vielleicht eine Stunde. Ich könnte wahrscheinlich das ganze Tagebuch hier abdrucken, und viele der Leser würden es bestimmt sehr, sehr anregend finden. Schließlich steckt in jedem von uns ein kleiner Voyeur. Aber eine vollständige Wiedergabe halte ich für unnötig. Marthas Eintragungen sind zwar interessant, aber dennoch ziemlich spärlich und nur von geringer historischer Bedeutung, vor allem was diesen Roman hier betrifft. Manchmal vergingen Monate ohne eine einzige Eintragung. Eigentlich schrieb sie immer nur dann etwas in ihr Tagebuch, wenn sie am Tag zuvor betrunken gewesen war und etwas angestellt hatte, normalerweise mit ihrem Ehemann und ihren reichen, verdorbenen Freunden. Es dauerte eine Weile, bis sie den Mut dazu aufbrachten, aber gegen Ende des Jahres 1917 feierten sie wilde Orgien, bei denen alle nackt waren und genau das taten, wozu sie gerade Lust hatten. Joseph bekam schon vom Lesen der Prosa seiner Großmutter eine prachtvolle Erektion. Ob Martha sich das alles nur aus den Fingern gesogen hatte oder nicht, mag dahingestellt bleiben.

Gegen Ende des Tagebuchs fand Joseph eine Eintragung, die auf den 3. Mai 1919 datiert war. Im ersten Absatz schrieb sie über Charles' Abfahrt nach Frankreich am Tag zuvor und über die feuchtfröhliche Abschiedsparty, die sie an Bord des Schiffes für ihn gegeben hatten. Dann verweilte sie eine halbe Seite lang bei der Frage, wann ihr Chuckie wohl wieder heimkehren würde. Und dann:

> *Crazy Legs ist gestern abend in mein Zimmer gekommen. Er hat kaum ein Wort gesagt. Er hat sich die Kleider vom Leib gerissen und sich auf mich geworfen. Ich habe mich gewehrt, aber nicht lange und nicht sehr vehement, wie ich zugeben muß. Es war wundervoll.*

17. Mai 1919
Wir haben es wieder getan, ich und mein Schwiegerpapa. Aber es war nicht so wie das erste wilde Mal, als die Unbekümmertheit über die Vernunft triumphierte. Dieses Mal habe ich mich schuldig und schmutzig gefühlt und es ihm auch gesagt. Er hat gemeint, daß er nicht mehr kommen würde. Ich glaube, ich habe eine schreckliche, erbärmliche Sünde begangen.

5. Juni 1919
Seit einer Woche denke ich jetzt an nichts anderes, aber gestern hat Dr. Smithers meinen Verdacht bestätigt. Ich bin in anderen Umständen. Ich kann nicht anders, aber ich denke, daß dieses Kind vom Vater meines Mannes gezeugt wurde. Es muß so sein. Wenn man nachrechnet, fallen andere Möglichkeiten weg. Wehe mir! Was soll ich nur tun? An wen soll ich mich wenden?

Und dann, nach vielen Eintragungen in den folgenden Monaten, in denen Martha sich von einer Abtreibung bis zum Selbstmord alles mögliche überlegte, setzte sie einen Schlußstrich unter das Ganze.

28. Januar 1920
Vor drei Tagen ist das Baby gekommen, mein zweites Kind, ein acht Pfund schwerer Junge. Er hat mir nur wenig Schmerzen bereitet und ist mit einem Lächeln auf dem Gesicht aus mir herausgeglitten. Charles, der nach seinem langen Aufenthalt in Paris wieder bei mir zu Hause ist, meint, daß wir diesen jüngsten Winslow William Bailey Richford taufen sollten. Klingt gut.

Chuckie hat keinerlei Verdacht. Vielleicht bilde ich mir alles nur ein. Vielleicht ist es doch passiert, als wir das letzte Mal beisammen waren, bevor er fortfuhr.

Danach gab es keine Eintragungen mehr. Das war Shadys letztes handschriftliches Wort über dieses Thema. Joseph schloß das Buch und stieß wie seine Schwester über ihm beim Betrachten jener alten Fotos einen leisen Pfiff aus. Er fragte sich, wer sonst wohl noch von dieser Leiche im Keller der Winslows wußte. Das Tagebuch lag für alle offen zugänglich auf dem Regal; alle konnten es lesen. Aber er hatte nie ein Wort darüber gehört, nicht eine Andeutung ... Und ich auch nicht, geneigter Leser, ich auch nicht. Nicht bis zu jener Nacht, die ich in Josephs Gesellschaft dort verbracht habe. Wie ich schon viele Seiten zuvor sagte, handelte es sich meiner Meinung nach zwar um die Wahrheit, aber meine Überlegungen zu diesem Thema waren in erster Linie Spekulationen. Und so sehen wir hier, wie Fiktion zu Wahrheit wird, wie ein Gerücht sich in Realität verwandelt. Das ist die Art von Entdeckung, die alle Mühen der Nachforschung wieder wettmacht. Aber was hat das zu bedeuten? Hat es überhaupt etwas zu bedeuten? Ändert sich dadurch etwas? Nun, es hat zu bedeuten, daß Charles und Wild Bill eigentlich derselben Generation angehörten, Brüder mit verschiedenen Müttern, aber von demselben Vater waren. Es bedeutet, daß Gustav Frederick recht hatte, wenn er ständig von Crazy Legs als dem Vater von Wild Bill sprach. Es bedeutet, daß Wild Bills Söhne erst die dritte und nicht die vierte Generation sind, die auf jenem Hügel in Far Hills geboren und aufgezogen wurden. Und es bedeutet, daß Wild Bills Traum von einer fünften Generation, die hier geboren und aufgezogen wird und somit die vier Generationen, die entlang des Delaware nördlich von Burlington lebten, noch an Beständigkeit übertrifft, nicht einem realen Ziel, sondern vielmehr einem Luftschloß gleicht. Aber wer weiß? Vielleicht wird

Joseph seinen Mund halten und dieser Leiche nicht gestatten, aus dem Keller zu kriechen. Aber wäre es richtig, die Sache zu vertuschen? Verhindert ein Nichtwissen der Wahrheit deren Existenz? Ich weiß nicht recht, aber ich bezweifle sehr, daß Joseph seinen Mund halten kann. Außerdem, warum sollte ich, fragte er sich? Das ist doch eine Riesensache. Jeder sollte davon erfahren. Aber je länger die Nacht andauerte, desto mehr dachte er darüber nach, und als das Unwetter schließlich ausbrach, hatte er sich immer noch keine Meinung gebildet. Doch er versteckte das Tagebuch wieder auf dem obersten Regal, aber nicht zwischen den beiden dicken Bänden über den Bürgerkrieg, sondern dahinter.

Wild Bill erledigte den Anruf und schlüpfte dann kurz nach Mitternacht aus seinem Zimmer. Der Korridor war still, das Licht schien nur gedämpft. Er kam am Schwesternzimmer vorbei; die Gummikappen seiner Krücken quietschten auf dem frischgewischten, immer noch feuchten Linoleumboden. Die Schwester blickte nicht auf von ihrem dicken Taschenbuchroman. In seinem Pyjama humpelte er an den Aufzügen vorbei und die Hintertreppe hinunter. Er sah niemanden, und niemand sah ihn. Aber als er im Erdgeschoß ankam, entdeckte er ein Schild an der Tür: Nur im Notfall zu öffnen. Sonst ertönt Alarm. »Scheiße!« Er suchte einen anderen Ausgang, entdeckte das gleiche Schild aber auch an allen anderen Türen. »Was ist das hier, ein Gefangenenlager vielleicht?« Als er schließlich zu dem Schluß kam, daß der Fahrer nicht lange warten würde, humpelte er geradewegs durch das große Foyer und zur Vordertür hinaus. Er sah aus wie ein Mann, der wußte, wohin er wollte. Der Nachtportier sah ihn zwar, sagte aber nichts. Keiner sagte ein Wort.

Nachdem er gerade ein, zwei Minuten am Straßenrand gewartet hatte, fuhr das Taxi vor. »Sind Sie der Typ«, fragte der Fahrer, »der ein Taxi wollte?«

Wild Bill öffnete die hintere Wagentür. »Das ist richtig, das bin ich.«
Der Fahrer hatte das Haar straff zurückgekämmt und mit viel Haargel geglättet. Eine halbgerauchte Zigarette baumelte aus seinem Mundwinkel. »Okay, kein Problem. Die Sache ist nur, es ist mitten in der Nacht, und ich sehe ja, daß Sie Patient hier sind, also muß ich drinnen erst mal nachfragen, ob es auch in Ordnung ist, daß Sie gehen.«
Wild Bill warf seine Krücken auf den Rücksitz und manövrierte sich selbst nicht ohne Mühe hinein. »Was sind Sie«, fragte er, »Wächter im Affenhaus oder was? Setzen Sie lieber Ihr Taxi in Bewegung.«
Der Fahrer betrachtete ihn im Rückspiegel. »Okay, Mann, sagen Sie mir nur, daß Sie nicht von Franklin Five kommen.«
»Was reden Sie da? Franklin Five?«
»Franklin Five, Mann. Das ist die psychiatrische Abteilung des Krankenhauses. Wo sie die Verrückten einsperren. Sie sind doch keiner von denen, oder?«
Wild Bill wußte durchaus Bescheid über Franklin Five. Little Eddie hatte bei der einen oder anderen Gelegenheit einige Zeit dort verbracht. »Jetzt machen Sie schon, Kumpel. Fahren Sie los. Ich habe es eilig.«
Der Fahrer startete den Wagen. »Haben Sie überhaupt Geld?«
Wild Bill schwenkte die zwanzig Dollar. »Ja, ich habe Geld.«
Sie sprachen nicht viel während der Fahrt hinaus nach Far Hills. Der Fahrer fuhr recht flott, bis sie zu der Straße kamen, die in Serpentinen in die Berge hinaufführte. Da wurde er langsamer und ließ sich Zeit bei den großen Kehren. »War noch nie hier draußen unterwegs. Wohnen Sie hier?«
»Allerdings«, antwortete der Wilde, »seit siebzig Jahren.«
»Seit siebzig Jahren, im Ernst? Sie müssen ja ziemlich Kohle haben.«
Wild Bill warf einen Blick auf den Zähler. *18.65 Dollar, und*

der läuft immer noch. Aber er wußte, daß er es schaffen würde.

»Ich habe hart dafür gearbeitet.«

»Bestimmt.«

Sie erreichten den Grat und bogen in die Straße ein, die die Höhe entlanglief. *19.40 Dollar.* »Die nächste rechts«, sagte der Wilde.

»Keine Panik, Mann, ich sehe es ja.«

19.70 Dollar. Der Fahrer lenkte das Taxi in die Auffahrt, genau zwischen dem Seeadler und dem Geier hindurch.

»Okay, halten Sie hier«, befahl der Wilde.

Der Fahrer hielt an. Der Wilde stieß die Tür auf und kämpfte sich nach draußen.

»Sind Sie sicher, daß ich Sie nicht den ganzen Weg fahren soll?« fragte der Fahrer. »Man kann ja noch nicht einmal ein Haus sehen.«

Wild Bill hatte es endlich aus dem Taxi herausgeschafft. Er stützte sich auf seine Krücken ab. »Nein, das ist weit genug.« Er reichte dem Fahrer die Zwanzig-Dollar-Note durch das offene Fenster. »Hier, das ist für Sie, Sie neugieriger Kerl. Behalten Sie den Rest.«

Der Fahrer schaute auf den Zähler. *19.85 Dollar.* »He, Alter, Sie können mich auch mal.«

Wild Bill humpelte davon, genau in der Mitte der Auffahrt, genau im Scheinwerferlicht des Taxis. Der Fahrer überlegte kurz, ob er den geizigen alten Krüppel nicht über den Haufen fahren sollte, kam aber zu dem Schluß, daß es mehr Ärger geben würde, als es der Mühe wert war. Und so stieß er rückwärts aus der Auffahrt und raste davon, wobei er seine halben Bridgestone-Reifen auf dem Asphalt hinterließ.

Der Wilde humpelte über die glatte Teerdecke, und jene hohen roten Ahornbäume warfen ihre Schatten in die Vergangenheit.

Ich gebe es zwar nur ungern zu, aber ich habe doch tatsächlich etwas übersehen, vielmehr jemanden. Die letzten Seiten habe ich mich damit beschäftigt, wer nun schlief und wer wach war, und habe dabei vermutlich angenommen, daß Edward hellwach wäre. Ich konnte mir wohl einfach nicht vorstellen, daß er eingeschlafen war; das sollte einem mal wieder zeigen, daß man nicht alles als gegeben hinnehmen kann. Man muß immer auf dem laufenden, ständig wachsam sein. Während Ginny sich die Fotos ansah, Joseph Marthas Tagebuch las und der Wilde auf dem Weg nach Hause war, schlief Little Eddie mit dem Rücken an eine alte Silbereiche gelehnt; der Kopf war ihm auf die Brust gesunken. Ich hätte es eigentlich wissen müssen. Der Mann hatte in den vergangenen drei Tagen ja nicht mehr als ein paar Stunden Schlaf bekommen. Nachdem er sich zu dem Haus hinuntergeschlichen hatte, um sich die Ankunft seiner Frau anzusehen, war er wieder in sein Versteck im Wald zurückgekehrt und prompt aus reiner Erschöpfung eingeschlafen. So gegen diese Eiche gelehnt, sah er aus wie ein harmloser kleiner Junge auf einem Campingausflug. Eine leere Dose Schweinefleisch mit Bohnen lag zu seinen Füßen, neben seinem Ellbogen lag eine zerdrückte Dose Root Beer. Milky-Way-Papiere, leere M&M-Tüten und eine halbvolle Schachtel Doughnuts mit Puderzucker waren achtlos über den Lagerplatz verstreut. Das sah alles ziemlich unschuldig aus, wäre da nicht die alte doppelläufige Remington Kaliber zwölf gewesen, die neben Eddies Kopf am Baum lehnte.

Ich weiß nicht, wodurch Eddie wach wurde, vielleicht war es ein Kaninchen oder ein Geräusch in seinem Kopf oder vielleicht der alte Zug, der durch New Jersey ratterte. Aber was immer es auch war, gerade als Wild Billy Boy Winslow in den Lichtkegel humpelte, der von den beiden hellen Scheinwerfern an der Seite der Garage stammte, schlug Little Eddie die Augen auf. Sofort schaute er in Richtung Haus. Und in dem Moment sah er ihn; in dem Moment entdeckte er seinen Vater. Seine

Augen wurden ganz groß. Er packte die Remington und sprang auf.

Der Wilde humpelte durch den Lichtkegel und verschwand in der Dunkelheit. Edward erwartete eigentlich, daß er an der Hintertür wieder auftauchen würde, was jedoch nicht der Fall war. Wild Bill ging am Allanté seiner Frau, an dem Jaguar, dem Buick Regal und dem Range Rover vorbei in die Garage. Little Eddie starrte durch das Fernglas in die Dunkelheit. »Wo, zum Teufel, ist er nur hin?« Die Scheinwerfer waren hell genug, so daß der Wilde mühelos seinen Weg durch die Garage fand. Er ging zu der hinteren Wand, wo er, soweit er wußte, seine beiden Orvis-Angelruten gelassen hatte. Aber die Angelruten waren fort. *Natürlich waren sie fort; sie befanden sich in Queens, im Keller des Taxifahrers, der Mary vom Kennedy Airport nach Hause gefahren hatte.* Wild Bill schaute sich suchend in der Garage um, aber die Angelruten waren fort, auch wenn er sich ganz sicher war, daß er sie an der rückwärtigen Wand gelassen hatte. »Herr im Himmel«, murmelte er, »kaum sind sie einen Tag zu Hause, und schon hat mir einer von ihnen meine Angeln geklaut!« Er wollte seine Angelruten haben, weil er sie vor John und Pauls Schlafzimmer legen wollte, damit sie sie am nächsten Morgen gleich finden würden. Edward lief an den Waldrand und suchte mit dem Fernglas erneut die Auffahrt und die Rasenfläche ab. »Er muß doch irgendwo sein. Dieser Mistkerl kann doch nicht einfach so verschwinden.« Und selbstverständlich war der Wilde irgendwo. Little Eddie fand ihn als Schatten wieder, der langsam über den Tennisplatz humpelte. Dann sah er seinen Vater deutlicher, als Bill Boy in das Licht trat, das von der Verandalampe neben der Eingangstür des Cottages geworfen wurde. Eddie beobachtete seinen Vater, wie er die drei Stufen zu der Veranda hochstieg. »Wo geht er denn nur hin? Was treibt er denn da?« Little Eddie hatte keine Ahnung, aber er sah seinem Vater zu, wie der am Türknauf drehte und langsam die Tür aufstieß. Er schüttelte den Kopf. »Das ergibt doch keinen Sinn. Er gehört doch da gar nicht hin. Aber das ist unwichtig. Das ist völlig unwichtig. Jetzt habe ich ihn jedenfalls. Ich habe ihn genau da, wo ich ihn haben wollte.« Edward wartete ab, bis sein Vater in das Cottage gegangen war und die Tür hinter sich geschlossen hatte, dann ging er los. In dieser Nacht würde es keinen Schlaf mehr für Little Eddie Winslow geben, nicht eine Sekunde lang.

30

Mary sah den Wilden ebenfalls über die Auffahrt humpeln. Sie sah ihn von ihrem Schlafzimmerfenster aus. Aber unter dem Sternenhimmel dieses Frühsommers sah er für sie nicht aus wie Wild Bill. Er sah aus wie dessen Urgroßvater, William Giles, Sohn von Lorelei Constantine Winslow, der jungen Frau, von der Mary glaubte, daß sie von ihrem Schwiegervater Robert »Mad Dog« Winslow vergewaltigt worden war. Diese Vergewaltigung ist übrigens eines von vielen Ereignissen in diesem Roman, dessen Richtigkeit nicht völlig nachgewiesen werden kann. Was Loreleis Beziehung zu ihrem Schwiegervater angeht, gibt es verschiedene Versionen. Es ist richtig, daß ihr Mann Henry Lane III. in den von der Geschichtsschreibung so genannten Krieg von 1812 zog und während einer Auseinandersetzung mit den Briten in Kanada starb. Aber ob Lorelei nun schon vor Henry Lanes Weggang schwanger war oder nicht, bleibt unklar. Angeblich sollen Briefe von Henry Lane an seine Frau existieren, die den Schluß nahelegen, daß der junge Soldat wußte, daß ein Baby unterwegs war. Mad Dog mag auch durchaus versucht haben, seine Schwiegertochter zu vergewaltigen, mag vielleicht sogar Erfolg gehabt haben; schließlich war sie jung, schön und sehr verletzlich. Aber diese Szene, in der sie sich in sein Schlafzimmer schleicht und ihm sein Glied abschneidet, riecht sehr danach, als könne sie Marys boshafter Phantasie entsprungen sein. Ich glaube nicht, daß Lorelei der Typ dafür war, solch eine abscheuliche Tat zu begehen. Sicher, Mad Dog war ein Tyrann und ein brutaler Mensch. Und es stimmt auch, daß Lorelei mit Hilfe von Henry Lanes Schwestern dem Haushalt ihres Schwiegervaters entfloh, sobald William Giles alt genug zum Reisen war. Aber hat sie den Veteranen wirklich niedergeschlagen und ihm dann mit einem Hackebeil seinen Penis abgehackt? Selbstverständlich könnte man Mad Dogs Leiche aus seinem feuchten Grab am Millstone holen, ihn in *ein Labor bringen, einen Spezialisten für fehlende Körperteile anheuern und ...*

Lorelei lebte bei Freunden von Freunden auf einem großen Landsitz am Raritan River, nicht weit weg von der Kreisstadt Somerville. Dort zog sie William Giles in einer Blockhütte groß. Als Gegenleistung für einen schmalen Wochenlohn nähte und webte sie und hielt den Haushalt der Besitzer des Landsitzes in Ordnung. Der Besitz umfaßte über tausend Morgen Land. Die Besitzer entstammten einer alten Familie aus New Jersey, nicht ganz so alt wie die Winslows vielleicht, aber der Unabhängigkeitskrieg hatte sie sowohl politisch als auch finanziell weitaus besser in das neue Jahrhundert entlassen. Ihr Name lautete Scottfield, und sie hatten einen Sohn, Todd, der im selben Alter wie William Giles war. Die beiden Jungen wuchsen zusammen auf und freundeten sich schnell an. William Giles hatte zwar nicht den Vorzug, einen Privatlehrer zu haben, ein Internat zu besuchen und seinen Universitätsabschluß in Princeton zu machen, bekam aber die Gelegenheit, die Farmarbeit von der Pike auf zu erlernen. In der Mitte des Jahres 1830, als die alten Scottfields gestorben waren und Todd den Landsitz geerbt hatte, übertrug er William Giles die Verantwortung für Stall und Felder. Der junge Winslow arbeitete sechzehn Stunden am Tag, sieben Tage in der Woche. Er erwirtschaftete mehr Geld denn je für die Truhen der Scottfields, und als Gegenleistung dafür überließ Todd William mehrere Morgen Land, um sich dort ein Haus zu bauen. Er baute dieses Haus mit eigenen Händen, und 1839 zog er dort mit seiner alten, aber immer noch schönen Mutter Lorelei und seiner frisch angetrauten Frau Emily Schaffer, einer Holländerin aus Pennsylvania, ein. Ein Jahr später, im späten Frühling 1840, bekamen William Giles und Emily ihren einzigen Sohn, ihr einziges Kind; es war ein großer, zehnpfün-

diger Junge, den sie nach ihren Vätern, Barton Schaffer und Henry Lane Winslow, Barton Henry nannten.
Barton Henry wuchs auf wie ein Mitglied der privilegierten Klasse. Todd Scottfield, dessen Frau keine Kinder bekommen konnte, sorgte dafür, daß der junge Winslow eine erstklassige Erziehung genoß. Im Alter von sechzehn war der Junge bereit für die Universität. Er erklärte seinem Vater und seinem Onkel Todd, daß er nach West Point wolle. Und so kam es auch. Scottfield unterstützte den örtlichen Mandatsträger mit großen Geldsummen, so daß dieser Kongreßabgeordnete sich freudig in West Point für den jungen Winslow einsetzte.
Barton Henry war sowohl ein hervorragender Soldat als auch ein hervorragender Student. Gleich zu Anfang seiner Ausbildung war klar, daß er Führungsqualitäten besaß. Obwohl er der Jüngste seiner Klasse war, wußte er instinktiv, wie man Verantwortung übernahm, Befehle erteilte und Menschen dazu brachte, Dinge zu tun, die sie vielleicht nicht unbedingt machen wollten. Und all das tat er auf eine leise, schon fast sanfte Art. Er war ein großer Mann, fast so breit wie Wild Bill und so groß wie Wild Bills Sohn Henry. Er hatte breite Schultern, eine Brust wie ein Rumfaß, Arme wie die Äste einer Eiche und einen eisenharten Bauch. In seiner Kadettenuniform sah er aus wie ein Soldat, wie ein Befehlshaber. Auch war er, zumindest in den Augen seiner Vorgesetzten, ein perfekter Gentleman. Im Juni 1860, am Tag der Abschlußfeierlichkeiten seiner Klasse, als das Kriegsfieber die Ufer des Hudson entlangschwappte, stellte der Kommandant der Kadettenakademie den Schüler, der die Abschlußrede hielt, als Barton Henry »Gentleman Bart« Winslow vor. Der Beiname blieb ihm.
Er wurde zum Lieutenant ernannt, aber als nach dem Zwischenfall von Fort Sumter die Feindseligkeiten ausbrachen, ließen weitere Beförderungen nicht lange auf sich warten. In der ersten Schlacht von Bull Run führte er einen Zug an, der

dreißig konföderierte Gefangene machte und mehr als ein Dutzend Artilleriegeschosse erbeutete. Das beförderte den einundzwanzigjährigen Winslow zum Captain. Ein paar Monate später, im Oktober 1861, während eines Scharmützels mit der aufständischen Kavallerie entlang des Rappahanock in Virginia, wurde Captain Winslow an der Schulter verwundet, fiel vom Pferd und brach sich die Kniescheibe. Er wurde zur Erholung den Winter über nach Hause geschickt.

Barton Henry genoß diese Wintermonate im Schoße seiner Familie. Er war ein Kriegsheld. Jeder gab ihm das zu verstehen. Eine junge Dame im besonderen: Dorothy Anne Hayes. Sie und Barton kannten sich schon seit Kindertagen, und einmal hatte er sie während der Erntezeit draußen auf den Wiesen sogar geküßt. Doch während Bartons Heimatbesuch von der Front hielten sie sich nicht lange bei Küssen auf. Sobald sie Gelegenheit dazu hatten, entledigten sich die beiden jungen Leute ihrer Kleider und liebten sich wie zwei wilde Tiere. Barton Henry war einundzwanzig, Dorothy gerade zwanzig. Sie hatten Angst, was ihre Eltern wohl dazu sagen würden, wenn sie ihnen ihren Wunsch offenbarten, sobald wie möglich zu heiraten. Was taten sie also? An einem kalten Tag im Januar liehen sie sich einen offenen Vierspänner und fuhren hinüber nach Somerville, wo sie sich eine Heiratslizenz kauften und einen Priester suchten, der die Sache legalisierte. Barton Henry trug seine Uniform, die Orden gut sichtbar auf seiner Brust befestigt. Keiner wagte es, Fragen zu stellen oder die Eile zu monieren, mit der der junge Soldat heiratete.

Als sie an diesem Abend wieder zu Hause waren, erzählten Barton Henry und Dorothy niemandem, was sie getan hatten. Sie beschlossen, die Sache bis zum Kriegsende als ihr Geheimnis zu betrachten. Einen knappen Monat später mußte Barton zu seiner Kompanie zurück. In der zweiten Schlacht von Bull Run bewies er aufs neue seinen Mut. Er führte seine Männer gegen eine Kompanie rebellischer Scharfschützen in den Angriff, den sein vorgesetzter Offizier später als »eine Aktion, die jede Pflichterfüllung weit überstieg« beschreiben sollte. Sie machte den jugendlichen Soldaten zum Major.

Drei Wochen später, in Maryland, außerhalb eines verschlafenen Städtchens namens Sharpsburg, untermauerte er weiter den Anspruch, einer der härtesten, zähesten und tapfersten Soldaten der Unionsarmee zu sein. Er führte einen Sturmangriff gegen die kleine Brücke, die den Antietam Creek überspannte, und half mit, John Bell Hoods Texaner in die Defensive zu drängen. Dieses Manöver mag dem Norden vielleicht keinen Sieg eingebracht haben, aber es half mit, die Pläne der Konföderierten Armee zu durchkreuzen und Lees kühnen Angriff auf Washington, D.C., zurückzuschlagen. Major Winslow wurde gegen Ende des Angriffs von einer Kugel getroffen, die seinen Oberschenkel durchschlug. Schon bald darauf ertönten die Rufe: »Gentleman Bart ist verwundet!« über das Schlachtfeld, und Minuten später hatte man ihn ins Feldlazarett gebracht, wo die Ärzte die Blutung stoppten und die Wunde versorgten. Am nächsten Tag beförderte General George McClellan, der eigentlich Lees zurückweichende Armee über den Potomac hätte jagen sollen, den zweiundzwanzigjährigen Winslow persönlich zum Colonel. Sobald der junge Colonel reisefähig war, wurde er für einen Monat auf Erholungsurlaub nach Hause geschickt.

Er verbrachte jeden Augenblick, der ihm möglich war, mit seiner Frau, aber auch andere stellten Ansprüche an seine Zeit, und so vergingen oft Tage, ohne daß sie auch nur eine Minute für sich allein gehabt hätten. Er wollte ihre Eheschließung allen verkünden, sie aber sagte nein, es sei nicht der richtige Zeitpunkt, ihre Mutter sei an Fieber erkrankt, und ihr Vater würde es ohnehin nie verstehen. So hielt Barton Henry seinen Mund. Nur zweimal während seines Heimaturlaubs fanden sie die Zeit und den Ort, um miteinander zu schlafen. Beim zweitenmal – draußen in der Scheune der Scottfields, an einem kalten, feuchten Novembertag – wurde der Fortbestand der Winslows für eine weitere Generation gesichert.

Barton Henry kehrte im Dezember in den Krieg zurück und verbrachte den Winter vor der Hauptstadt, wo er seine Truppen drillte und die Frühjahrsoffensive vorbereitete. Zu Hause schrieb Dorothy mehrmals in der Woche Briefe an ihren Mann, ohne aber auch nur einmal das langsame, aber deutliche Schwellen ihres Bauches zu erwähnen. Ihre Mutter war in diesem Winter an dem Fieber gestorben, worauf ihr Vater in eine tiefe Depression verfiel. In welchem Zustand seine Tochter war, bemerkte er nicht. Sie quälte sich jeden Tag mit der Frage herum, was sie machen, wem sie sich anvertrauen und wie sie jemals dieses Baby bekommen solle.

Im Frühjahr kämpfte die Armee in Chancellorsville. Stonewall Jackson verlor sein Leben, und die Unionsarmee jubelte. Aber Lee und seine Armee aus Nord-Virginia rückte immer näher an die Mason-Dixon-Linie heran. Mitte Juni schwärmten die Konföderierten über den Potomac und drohten erneut, die Hauptstadt anzugreifen. Gegen Ende Juni hatten sich zwei der größten Armeen dieses Krieges vor einer kleinen Stadt namens Gettysburg in Pennsylvania versammelt. Am ersten Juli begannen die Kämpfe und hielten die nächsten beiden Tage praktisch ohne Unterlaß an. Colonel Winslow steckte mit seinen Männern beide Tage lang von Sonnenaufgang bis Sonnenuntergang im dicksten Schlachtgetümmel. Er schlief und aß nicht. Mehr als einmal hatte er Vorahnungen des eigenen Todes, aber er lachte jedesmal nur laut auf, wenn sie ihn überfielen. Die Generäle hämmerten ihren Kommandierenden ein, daß der Krieg – und damit die Nation – verloren wäre, wenn die Rebellen durchbrächen. Gentleman Bart kämpfte weiter.

Auch Dorothy kämpfte weiter. Im siebten Monat schließlich

hatte sie sich einer alten Freundin aus Kindheitstagen anvertraut. Diese Freundin nahm sie bei sich auf, tröstete sie und gab ihr einen Platz zum Schlafen. Dorothys eigener Vater schien ihre Abwesenheit nicht einmal zu bemerken. Ihre Wehen fingen fast in demselben Moment an wie die Kämpfe am ersten Juli. Zwei Tage lang kämpfte sie mit Hilfe einer Hebamme darum, ihr Baby zu bekommen. Zwei Tage lang kämpfte das Baby darum, in ihrem Bauch zu bleiben.
Am späten Nachmittag des dritten Juli konnten sowohl Dorothy als auch ihr Mann vor Erschöpfung nicht mehr. Aber keiner von beiden wollte aufgeben, keiner wollte nachgeben. Der Lärm auf dem Schlachtfeld, als George Pickett seine fünfzehntausend konföderierten Soldaten über das offene Feld führte, klang in den Ohren von Colonel Winslow wie das Ende der Welt. Es war nicht nur der Lärm von Hunderten von Kanonen und Mörsern, die ununterbrochen ihre Ladung abfeuerte, sondern auch das Gebrüll von Zehntausenden von Männern, die aus Angst und Schmerz und simpler menschlicher Empörung heulten und schrien. Barton Henry stürzte sich Hals über Kopf in den Angriff der Konföderierten; er wich nicht einen Millimeter zurück vor dieser absolut wahnsinnigen Konfrontation zwischen Brüdern, alten Freunden und Landsleuten. Er gab keinen Millimeter Boden preis. Er kämpfte, tötete und fiel. Und das alles tat er, wie er glaubte, aus Pflicht, für die Menschheit, für die Erhaltung der Union und zum Ruhm seines Familiennamens.
Seine Frau gab auch ihr Bestes. Aber sie tat es für das Leben, für die Erhaltung ihres Fötus, für das Überleben ihres Babys. Sie tat es für sich selbst, für ihren Mann und für ihre gemeinsame Zukunft. Sie weigerte sich, dem Schmerz und der Erschöpfung zu unterliegen. Sie preßte, bis sie fast zusammenbrach. Doch dann endete ganz plötzlich der Kampf: Barton verließ die Welt der Lebenden, und das Baby glitt in sie hinein.

Obwohl der Kleine gar soviel getreten und gestrampelt hatte, war er nicht einmal so groß, wog nur ungefähr fünfeinhalb Pfund und schaute ziemlich gelblich, krank und verrunzelt aus. Aber auf seinem Gesicht lag ein entschlossener Ausdruck, der halb amüsiert, halb verdrossen zu sagen schien: »Nehmt euch in acht, Leute, ich bekomme immer, was mir zusteht, komme, was da wolle.«

Dorothy benannte das Kind nach ihrem Vater. Aber ihr Vater wollte das Baby nicht als seinen Enkelsohn anerkennen. Er schimpfte seine Tochter eine Hure, ihren Jungen einen Bastard und verbot ihr für immer, je wieder einen Fuß in sein Haus zu setzen. Ihr hartnäckiges Bestehen darauf, daß ihre Ehe mit Barton Henry Winslow legal und von einem Priester abgesegnet sei, verhallte ungehört. Er verstieß sie. Und das taten auch die Winslows, Bartons Eltern William Giles und Emily. Sie taten es nur ungern, aber einen Tag bevor diese junge Dame mit einem Neugeborenen, von dem sie behauptete, daß ihr Sohn der Vater sei, zu ihnen kam, hatte man ihnen diesen einzigen Sohn in einer Holzkiste nach Hause geschickt.

Kaum eine Stunde später, nachdem William Giles und seine Frau Emily der jungen Dorothy die Tür wiesen, sah Mary oben in ihrem Schlafzimmer William Giles – der in Wirklichkeit ihr eigener Vater, Wild Bill, war – die dunkle Auffahrt unter jenen hohen roten Ahornbäumen entlanghumpeln. In Marys Vorstellung humpelte der alte Mann auf den Krücken hinaus zu der Scheune, um die Kühe zu melken und seine Sorgen in einer Flasche Whisky zu ertränken, die er dort im Heu versteckt hatte. Er benutzte deswegen Krücken, weil er sich erst kürzlich beim Pflügen am Knie verletzt hatte. Sein Knie tat weh, sein Herz schmerzte, und der Schmerz in seinem Herzen ließ ihn den Tod herbeisehnen. Er konnte nicht glauben, daß sein Junge tot war. Er konnte einfach nicht glauben, daß der Krieg ihm seinen einzigen Sohn geraubt hatte. Auch er wollte sterben. Und die ganze Zeit, während er da draußen in der Scheune auf dem Melkhocker saß, an dem Kuheuter zog und seinen Whisky trank, da fragte sich William Giles, ob der Tod seines Jungen wohl das Ende der Winslows bedeutete.

Mary wußte selbstverständlich, daß es das nicht zu bedeuten hatte. Sie wußte, daß die Hochzeit zwischen Barton Henry und Dorothy legal und von einem Priester abgesegnet war. Sie wußte, daß der kleine John ein echter Winslow war.

Dorothy hatte eine schwierige Zeit, den Jungen ohne Ehemann und ohne Hilfe von seiten der beiden Familien durch die Kindheit und frühe Jugend zu bringen. Acht Jahre lang zog sie einen jungen Winslow ganz alleine groß (was auch unter den besten Umständen schon keine leichte Aufgabe ist). Und sie hätte noch länger durchgehalten, für immer, wenn nötig, hätte sie sich nicht in dem heißen und feuchten Sommer des Jahres 1871 eine Polio-Infektion zugezogen.
Auch der junge John Winslow steckte sich in diesem Sommer an. Der Arzt erklärte der Mutter nur, daß ihr zartes und kränkliches Kind den Winter wahrscheinlich nicht überleben würde. Doch selbst im unschuldigen Alter von acht Jahren war John Winslow bereits zu dickhäutig und starrköpfig, um sich von einem Virus um seine Chancen im Leben bringen zu lassen. Er kam dem Tod sehr nahe, aber als der Junge sah, wie seine Mutter Schmerzen litt, da kletterte er aus dem Bett, schickte Gott zum Teufel und machte sich an die Arbeit. Vierundzwanzig Stunden täglich wachte er die nächsten dreizehn Tage am Bett seiner Mutter, fütterte sie löffelweise mit Suppe, kühlte ihre fiebrige Stirn mit feuchten Umschlägen, putzte ihre Ausscheidungen fort und schüttelte in ohnmächtigem Zorn seine Faust gegen die Macht des Allmächtigen. Sie starb mitten in der Nacht. Er weinte bis zum Morgengrauen und den ganzen

folgenden Tag. Und als es wieder dunkel wurde, begrub er seine Mama in einem unmarkierten Grab, weil er weder Geld für einen Leichenbestatter noch für einen Priester oder gar für einen Grabstein hatte.

Noch vor seinem zehnten Geburtstag arbeitete der junge John zwölf Stunden am Tag in Hoboken in einer Seilerei. Er schlief in einem verfallenen Werkzeugschuppen hinter der Fabrik, an den Ufern des Hudson, in der Nähe des Ortes, an dem der junge Freeman Winslow einst seine heidnischen Schlangen aus Holz geschnitzt hatte. Der Junge ernährte sich von dem, was die anderen Arbeiter wegwarfen, und aß, wo immer er einen Platz zum Hinsetzen fand. Die ganze Zeit über war er müde und schwach. Seit er an Kinderlähmung erkrankt war, humpelte er. Das sollte für den Rest seines Lebens der Fall sein.

Der Besitzer der Fabrik, ein grausamer und böser alter Mann, und mit einer der Gründe, warum die Regierung schließlich Gesetze gegen Kinderarbeit erließ, verpaßte dem jungen Winslow den Spitznamen Crazy Legs – kaputte Beine. Er erklärte dem Jungen, daß er, wenn er die nächsten vierzig oder fünfzig Jahre wie ein Hund schuften würde, eines Tages vielleicht seine eigene Fabrik besitzen könnte.

Crazy Legs, kein Freund langer Worte, lächelte nur und nickte. Aber der Junge hatte nicht die Absicht, so lange zu warten. »Dieses Rattenloch wird mir gehören, noch ehe du unter der Erde bist, du fetter alter Mistkerl«, murmelte er jeden Abend in seiner Hütte, »und wenn es soweit ist, dann werden deine Kinder mir die Stiefel lecken und meinen Dreck wegputzen.«

Mary hörte diese Worte und beschloß, daß sie für eine Nacht genug gehört hatte. Sie schaute noch einmal durch das offene Fenster in die Dunkelheit hinaus. Die dunkle Gestalt, die die Auffahrt entlanggehumpelt war, war schon lange verschwunden. Mary ging wieder ins Bett, legte den Kopf auf ihr weiches

Daunenkissen und schlief schnell ein. Aber ihr Schlummer sollte nicht lange dauern, kaum mehr als ein paar kurze Minuten. Der Sturm begann. Jeder in der Familie sollte bald aus seinem Schlaf geschreckt werden.

31

Der Wilde betrat das Cottage und schloß leise die Tür. Er durchquerte das kleine Eßzimmer, seine Krücken quietschten auf dem Holzboden. Dann die eine Stufe hinunter, und er stand auf dem dicken Teppichboden im Wohnzimmer. Diese erste Nacht im Sommer ließ gerade genug Licht durch das große Panoramafenster hereinströmen, damit er die Umrisse aller Gegenstände im Raum ausmachen konnte: das Sofa, den alten Schaukelstuhl, die antike Holztruhe, die Bücherregale und Evangelines nagelneue Stereoanlage und die lange, ordentliche Reihe von CDs. Wild Bill mochte dieses Zimmer – seine Geschlossenheit, seine Enge, seine Wärme, seine Intimität. Manchmal hatte er das Gefühl, als könnte er die restlichen Abende seines Lebens in diesem Zimmer verbringen. Aber er wußte genau, daß es nicht an dem Zimmer, sondern an den Menschen darin lag: an John und Paul und an der süßen Evangeline. Sie waren immer so freundlich, so höflich. Immer hatten sie ein nettes Wort und ein Lächeln für ihn übrig. Und sie waren fast immer ruhig, kaum jemals aufgebracht und nie ungeduldig. Sie hatten keinen Fernsehapparat und hörten nur gelegentlich Radio. Die äußere Welt hatte keinen Zutritt zu diesem Zimmer. Das war ihre Sphäre, ihr Heiligtum.

Er humpelte vor die Schlafzimmertür der Jungen und drehte langsam am Knauf. Die Tür ging ohne ein Geräusch auf. Er sah ihre jungen Gesichter. Sie schliefen auf der Seite, ihr Atem ging ruhig und gleichmäßig. Er beobachtete sie eine Weile, lächelte und wußte, daß er sie ebenso sehr liebte wie alles andere, das er jemals in seinem Leben geliebt hatte. Und dann stand sie hinter ihm und schlang ihre Arme um seine Hüften.

»Billy Boy, bist du wahnsinnig? Was tust du hier?«

Er drehte sich um und schloß die Tür zum Schlafzimmer. Er sah ihr an, daß sie glücklich war, auch wenn sie nicht lächelte.

»Du hast mir gefehlt.«

»Genau dieses Gefühl hat mich aufgeweckt.«
»Und deswegen bin ich gekommen.« Er umarmte sie.
»Aber es fast zwei Uhr morgens. Wie bist du hierhergekommen? Wie bist du aus dem Krankenhaus gekommen? Wissen sie, daß du ...«
Er drückte sanft seinen Finger auf ihre Lippen. »Das ist doch alles völlig unwichtig, Kind. Jedenfalls im Augenblick.«
»Sei dir da nicht so sicher«, flüsterte sie.
»Was soll das heißen?«
»Das soll heißen, daß ich einen Teil deiner Unterhaltung mit Bettina mit angehört habe.«
Er musterte sie in dem fahlen, grauen Licht. »Das habe ich befürchtet.«
»Es war ziemlich häßlich.«
»Was hast du sonst von ihr erwartet?«
»Das ist keine Entschuldigung.«
Er wollte argumentieren, sich verteidigen, ihr sagen, daß Bettina das Schlimmste aus ihm herausholte, aber er wußte, daß sie recht hatte. »Ja, vermutlich war es ziemlich schlimm.«
Sie wollte noch mehr sagen, um sicherzugehen, daß er sie auch verstanden hatte. Aber sie beschloß, daß sie schon genug gesagt hatte. Sie wußte, daß es besser war, lieber zuwenig als zuviel zu sagen; die Quäker hatten ihr schon in frühester Jugend die Tugend der Beschränkung beigebracht. Sie küßte ihn auf die Finger und legte ihren Arm um seine Taille. »Willst du heute nacht hier schlafen?«
»So weit habe ich noch gar nicht gedacht. Ich wollte einfach nur herkommen.«
Sie standen da, Arm in Arm, still und zufrieden aneinandergepreßt, während draußen Little Eddie das Cottage mit Benzin begoß. *Jawohl, mit Benzin; aus einem Fünf-Gallonen-Kanister voll mit diesem hochexplosiven Zeug.* Evangeline verwendete es normalerweise für den John-Deer-Traktor. Little Eddie wollte

es dazu benützen, seinem Vater einen Scheiterhaufen zu bereiten. Bevor er das Streichholz anzündete, spähte er noch durch das Eßzimmerfenster. Er konnte bis in das Wohnzimmer sehen. Sein Blut kochte, als er sah, wie sein Alter Herr Evangeline umarmte. *Diese Nutte,* dachte er, *vielleicht sollte ich warten, bis sie im Bett sind, bevor ich dieses stinkende Bordell in die Luft jage.* Aber er befürchtete, daß das Benzin bis dahin verdampft sein könnte, und so trat er ein paar Schritte zurück, zündete ein Streichholz an, ließ dem winzigen Funken einen Moment Zeit, um richtig aufzuflammen, dann warf er das Streichholz entschlossen in Richtung Cottage. Das Benzin explodierte. Die Explosion riß Little Eddie fast um. Der Feuerball versengte seine Augenbrauen. Aber er gewann sein Gleichgewicht wieder, roch auch das verbrannte Haar und lief schnell unter die Bäume in Deckung.

»Was zum Teufel war das denn?« Der Wilde löste sich aus der Umarmung, drehte sich um und sah sofort die Flammen. »Herr im Himmel!« Die ganze Ostseite des Cottages stand in Flammen. Die alten, ausgetrockneten Schindeln brannten wie Zunder. Wild Bill packte seine Krücken und humpelte durch das Wohnzimmer ins Eßzimmer. Er spürte bereits die Hitze. Durch die Tür konnten sie unmöglich hinaus: Das Feuer hatte sie vollständig verschlungen. »Weck die Jungs auf, schnell! Wir müssen sie hier rausschaffen!« schrie er, aber Evangeline war bereits in Richtung Schlafzimmer gelaufen.

Oben im Haupthaus sah die kleine Rosa das Feuer als erste. Sie war gerade im Bad und holte sich ein Glas Wasser, als sie aus dem Fenster schaute und die Flammen sah. »Feuer! Feuer! Feuer!« Sie rannte den Korridor auf und ab und schrie aus Leibeskräften. »Feuer! Feuer! Das Cottage brennt! Das Cottage brennt!«

Einer nach dem anderen sprangen die Winslows aus den Betten, rannten die Treppe hinunter und zur Hintertür hinaus.

Henry, der von ganz oben aus dem zweiten Stock den weitesten Weg hatte und zudem fest geschlafen hatte, war der erste auf dem Schauplatz. Er sprintete über den Rasen, am Swimmingpool und am Tennisplatz vorbei. Als er das Cottage erreichte, hatten die Flammen die winzige Behausung bereits vollständig verschlungen. »Mein Gott! Evangeline!« schrie er. »Evangeline!«

Henry glaubte Stimmen zu hören, aber das ununterbrochene Prasseln des Feuers erstickte leicht alle Hilferufe.

Die anderen trafen allmählich ein: Barton und Emily mit Rosa. Dann Ginny und Joseph, Irene mit Katie und Constance, gefolgt von Mary und Samantha. Und schließlich kam auch noch Bettina in einem eleganten seidenen Nachthemd langsam über den Tennisplatz geschlendert. Es war schwer zu sagen in dieser chaotischen Mischung aus Sternenlicht und Feuerschein, aber es sah tatsächlich so aus, als läge ein selbstgefälliges Lächeln auf ihrem Gesicht. Und das, obwohl sie noch gar nicht wußte, daß Wild Bill in dem Cottage war.

Henry übernahm die Leitung des Ganzen. Schließlich war er Feuerwehrmann. Er schickte Joseph um ein paar Schaufeln und Äxte los. Emily bekam die Order, den Gartenschlauch aufzutreiben und anzuschließen. Ginny sollte ein paar Eimer suchen. Er und Barton steuerten auf die Tür zu. Dabei riefen sie ständig Johns, Pauls und Evangelines Namen. Sie bekamen keine Antwort. Zumindest keine, die sie über dem Gebrüll des Feuers hören konnten. Henry versuchte, durch die Flammen zu schlüpfen, wurde aber von der Hitze zurückgedrängt. Emily drehte in der Zwischenzeit den Außenhahn auf und entrollte den Gartenschlauch. Aber als der dünne Strahl die Flammen traf, da lachte das Feuer nur. Es zischte und knisterte und spuckte ihr ins Gesicht, spuckte ihnen allen ins Gesicht. Sie mußten sich vor dem Wüten der Flammen zurückziehen.

Ginny und Mary fanden ein paar alte Eimer, tauchten sie in

den Swimmingpool und bildeten eine Kette. Aber bis die Eimer am Cottage ankamen, war fast das ganze Wasser entweder herausgelaufen oder übergeschwappt. Das Feuer lachte und brüllte weiter. Die geteerten Dachschindeln fingen zu brennen und zu schmelzen an.

Keiner wußte, was sie tun sollten. Alle schrien und riefen durcheinander. Henrys Autorität brach zusammen. Die Winslows rannten schreiend um das Cottage herum und hofften, einen Weg nach drinnen zu finden. Das Feuer war außer Kontrolle geraten. Dann hörten sie plötzlich das Klirren von Glas. Das große Panoramafenster im Wohnzimmer zerbarst und zersplitterte. Das Geräusch des brechenden Glases unterbrach die Aktivitäten der Helfer. Einen Augenblick später tastete sich eine einzelne Holzkrücke durch den Rauch und landete zu Füßen der Winslows. Und noch ehe die Krücke ganz liegenblieb, kamen schon zwei kleine Gestalten durch das zerbrochene Fenster hinterhergeflogen. Sie durchstießen die Wand aus Flammen und Rauch und landeten, sich überschlagend, im Gras. Ihre Körper waren in feuchte Badetücher gewickelt.

»Mama«, rief Rosa, »es sind die zwei, sie sind es! Es sind John und Paul!«

Tatsächlich. Die Angst brachte sie fast um ihren Verstand, aber bis auf ein paar Schnitte und etwas Rauch in den Lungen ging es ihnen gut. Dann kamen ihre Mutter und ihr Vater. Wild Bill humpelte durch die Hitze; Evangeline stützte ihn. Auch sie waren in feuchte Handtücher gewickelt. Eine Krücke hatte er unter den Arm geklemmt, den anderen Arm um ihre Schulter gelegt. Sie zeichneten sich deutlich ab gegen den Hintergrund aus Feuer und Rauch und betraten dann den flackernden Lichtkreis in der Mitte der Rasenfläche.

»Daddy!« rief eine der Schwestern, entweder Emily, Ginny oder Mary.

Jetzt waren sie alle in Sicherheit, alle vier, die ganze Familie, und alle waren unverletzt. Es gab ein paar Schnittwunden, alle husteten heftig und zitterten noch vor Angst, aber dieses Feuer, das bereits nur noch mit halber Stärke brannte, sollte kein einziges Opfern fordern.

Bei Gelegenheiten wie diesen wüsche ich mir immer, ich würde Filme drehen. Das brennende Cottage würde sich bestimmt prächtig auf der Leinwand machen, noch besser aber die Gesichter der einzelnen Winslows, wenn sie Wild Bill aus den rotlodernden Flammen humpeln sehen. Ich würde immer wieder über die Menge schwenken und auf weitaufgerissenen Augen und ungläubig offenstehenden Mündern verharren. Ich würde Nahaufnahmen davon machen, wie Bettinas selbstgefälliges Grinsen in sich zusammenfällt, wie Ginny und Emily vor Überraschung die Augen aufreißen, wie Henry erleichtert aufseufzt und wie Tränen der Freude über das feuerrote Gesicht der kleinen Rosa laufen. Auf jedem einzelnen Gesicht der Winslows würde ich ein paar Minuten lang die Kamera ruhen lassen, damit der Zuschauer weiß, wie sie zu dieser Wendung der Ereignisse stehen. Aber ich habe leider nur meine Worte. Uns bleibt nur unsere Phantasie.

Es dauerte noch mindestens eine halbe Minute, ehe der Schock sich legte, die Erleichterung spürbar wurde, und bevor Joseph über den Lärm der Flammen hinweg rief: »Herr im Himmel, W. B., was ist da bloß passiert?«

Der Wilde vergewisserte sich erst, daß alle Mitglieder seiner nun nicht mehr länger geheimen Familie wohlauf waren. Erst dann gab er eine Antwort: »Das wüßte ich auch gern, verdammt noch mal. Sieht mir fast so aus, als hätte jemand die Hütte in Brand gesteckt.«

»In Brand gesteckt?« fragte mehr als einer.

»Ganz recht.« Der Wilde schnippte mit dem Finger. »Das Feuer ist in Null Komma nichts ausgebrochen. Es war, als wäre eine Bombe explodiert. Als ob wir plötzlich in einem Hochofen säßen.«

Alle drehten sich um, um noch mal einen Blick auf das Cottage zu werfen. Das Feuer hatte seinen Höhepunkt bereits überschritten. Das schlimmste Wüten der Flammen war vorüber. Noch einmal versuchten sie, das Feuer zu ersticken, aber sie konnten nicht viel dagegen ausrichten. Sie schleppten noch mehr Schläuche, mehr Eimer an, gruben Löcher in die Erde und warfen Schaufeln voller Dreck in das Feuer. Und schließlich ergab sich das Feuer doch, aber nicht, ehe es das Cottage in einen unbewohnbaren Haufen aus rauchenden Trümmern und stinkender Asche verwandelt hatte.

Der Wilde stand da, lehnte an seiner unbeschädigten Krücke und hielt Evangeline umfaßt. »Keine Angst, Kind«, sagte er, und es war ihm völlig egal, ob die anderen ihm zuhörten, »wir bauen es wieder auf. Wir richten es genauso wieder her, wie es war, nur viel schöner.«

»*Kind*?« sagte Bettina laut, aber keiner hörte sie. Und wenn doch, dann ließen die anderen sich nichts anmerken.

In der Auffahrt tauchten Scheinwerfer auf. Alle Köpfe drehten sich in diese Richtung.

»Wer kann das sein?«

»Vielleicht die Feuerwehr.«

»Ein bißchen spät.«

»Hat jemand die Feuerwehr gerufen?«

Kciner hattc.

Aber es war nicht die Feuerwehr, es waren die Cohens. Aaron, Madeline und Adam stiegen aus ihrem gemieteten Cadillac und blieben unschlüssig im Schein der Garagenbeleuchtung stehen.

»Aaron!? Es ist Aaron«, erklärte Ginny den anderen. »Aaron! Wir sind hier unten!«

Aber das sahen die Cohens bereits. Sie hatten die Flammen

schon von weitem gesehen. Die drei, die schon fast im Stehen einschliefen, so müde waren sie von ihrer langen Reise an die Ostküste, trafen Ginny auf der Aufschlagslinie des Tennisplatzes.

»Ihr seid gekommen!« Ginny küßte ihren Mann, umarmte ihre Tochter und wollte auch ihren Sohn in die Arme nehmen. Der drehte sich jedoch schnell zur Seite.

»Ja«, sagte der Arzt, »wir sind da, wir haben es geschafft. Aber was ist denn hier los? Wir konnten das Feuer und den Rauch schon draußen auf der Auffahrt sehen und riechen.«

»Brandstiftung«, antwortete der Wilde, »das ist hier los. Unter uns befindet sich ein ganz gemeiner Brandstifter. Und beinahe auch noch ein Mörder.«

Die ganze Familie hielt vor Schreck die Luft an.

»Mal langsam, Billy Boy«, flüsterte Evangeline, »sag so etwas nicht. Wir wissen ja noch nicht einmal, was passiert ist.«

»*Billy Boy*?« Bettina machte auf dem Absatz kehrt und verschwand über den Tennisplatz. Keiner kümmerte sich um sie.

Wild Bill versetzte dem leeren Benzinkanister einen Stoß. »Ich weiß schon, was passiert ist«, sagte er und musterte dabei langsam jedes einzelne seiner Kinder. »Ich weiß nur noch nicht, wer dahintersteckt.«

»Jetzt hör aber mal, W. B.«, sagte Joseph, »es tut mir ja leid wegen des Feuers, aber mach mal halblang. Schau mich nicht so an, als ob ich allen Ernstes an so einer Schweinerei schuld sein könnte. Das darfst du nicht einmal denken.«

»Dasselbe gilt für mich«, meinte Barton.

»Und mich«, rief Emily entsetzt.

Henry – als Bobby – stand etwas abseits neben seiner Frau und den Kindern. Er trat einen Schritt vor. »Ganz ruhig. Jetzt ist nicht der Zeitpunkt, daß wir uns streiten. Ich glaube, es wäre besser, wenn wir …«

Noch ehe er zu Ende reden konnte, deutete Rosa in den

dunklen Wald hinter dem Cottage und rief: »Was war das? Ich habe etwas gesehen. Was war das?«

Alle drehten sich um, doch keiner sah oder hörte etwas. Mehrere Sekunden verstrichen.

»Ich weiß nicht. Ein Tier oder so etwas vielleicht.«

»Vielleicht ein Reh«, sagte John. »Da draußen sind viele Rehe.«

Die Winslows kehrten dem Wald den Rücken und wandten ihre Aufmerksamkeit wieder Henry zu, der versuchte, den Faden dort wieder aufzunehmen, wo er unterbrochen wurde.

»Ja, nun, ich glaube einfach ...«

»O mein Gott!« Dieses Mal kam die Unterbrechung von Samantha. Sie hatte ihre Augen nicht von der Stelle im Wald gelassen, auf die Rosa gedeutet hatte, nicht eine Sekunde lang. Sie wußte, daß er da draußen war. Sie konnte ihn fühlen, ihn riechen, fast die Hand nach ihm ausstrecken und ihn berühren, so intensiv war seine Gegenwart für sie spürbar.

»Was ist?« Alle starrten Little Eddies zweite Frau an.

»Es ist Edward«, erklärte sie; sie wußte, daß es sowohl dumm als auch gefährlich war, dies geheimhalten zu wollen.

»Edward?«

»Ja«, antwortete sie, »ich habe ihn zwar nur kurz gesehen.« Sie deutete in Richtung Wald, in die Dunkelheit. »Aber er war es. Er war es ganz bestimmt.«

»Ich würde sagen, wir rufen die Polizei«, schlug Joseph vor, nachdem jeder den Schock und sein Unbehagen zum Ausdruck gebracht hatte, das dieses plötzliche und gewalttätige Auftauchen des mittleren Sohnes bei allen ausgelöst hatte.

»Keine Polizei«, sagte der Wilde.

»Was? Warum nicht? Der Kerl hat immerhin versucht, dich umzubringen.«

Wild Bill deutete mit ausgestrecktem Finger auf Joseph. »Paß

auf, was du sagst, Junge. Ich werde dir gleich erklären, warum ich keine Polizei will. Weil Edward nämlich dein Bruder und mein Sohn ist. Wenn er da draußen ist, dann finden wir ihn. Wir sind für ihn verantwortlich. Wir werden nicht zulassen, daß ein Haufen Polizisten mit Spürhunden und Scheinwerfern hier durch die Wälder trampelt. Kommt nicht in Frage. Das ist unser Land. Außenseiter können nur mehr schaden als nützen. Außerdem ist es höchste Zeit, daß euch klar wird, daß Familienangelegenheiten innerhalb der Familie geregelt werden.«
Keiner sagte etwas, bis Joseph sich wieder zu Wort meldete. »Ich glaube, da machst du einen Fehler. Der Knabe ist doch offensichtlich total verrückt. Der ist doch schon jenseits von Gut und Böse. Keiner kann sagen, was er als nächstes anstellt.«
»Da hast du recht, Junge«, erwiderte der Wilde, »das kann keiner sagen. Also, falls du Angst haben solltest, daß er sich heute nacht in dein Zimmer schleicht und dir die Kehle durchschneidet, dann packst du besser deine Tasche und verschwindest von hier. Du läufst seit dreißig Jahren davon, warum solltest du also jetzt plötzlich damit aufhören.«
Joseph hatte mehrere witzige Antworten auf der Zunge liegen, aber nicht eine einzige kam über seine Lippen.
»Und das«, fuhr Wild Bill fort und ließ den Blick über seine Söhne und Töchter schweifen, »das gilt auch für alle anderen. Was mich betrifft, ich bleibe. Und ich werde keine Verstärkung rufen. Die Familie sitzt jetzt seit hundert Jahren auf diesem Land, ich seit siebzig, und ich habe nicht die Absicht, jetzt davonzulaufen.« Er legte den Arm um Evangeline. »Komm, Kindchen. Kommt, Jungs. Gehen wir ins Haus, und schauen wir, ob wir noch ein paar trockene Kleider und einen Platz zum Schlafen finden.«
John, Paul, Rosa, Wild Bill und Evangeline gingen über den Tennisplatz zum Haus. Die übrigen Winslows zögerten noch, warteten ab, was ihre Geschwister tun, was sie sagen würden.

Henry machte den ersten Schritt. »Komm, Irene, du mußt wieder ins Bett. Du siehst ja aus, als würdest du das Baby gleich hier auf dem Center Court bekommen.« Die Adirondack-Winslows gingen Arm in Arm in das große Haus zurück. Mary und Emily folgten dicht hinterher. Mary hatte lange Zeit auf diesen Augenblick, auf diesen Moment der Abrechnung gewartet. Der Mut und die Bestimmtheit ihres Vaters hatten sie beeindruckt. Natürlich hatte sie nichts anderes erwartet. Aber was sie nicht erwartet hatte, war Gewalttätigkeit von seiten ihres Bruders Edward. Konfrontation, vielleicht; ein Zurschaustellen seiner Wut, wahrscheinlich; aber diesen verzweifelten Akt der Gewalt? Nein, so etwas hatte sie nicht vorhergesehen. Sie wollte sich in die Einsamkeit ihres Schlafzimmers zurückziehen und sich darauf konzentrieren, ob sie nicht irgendwelche Ideen hätte, ob sie nicht vielleicht eine Art Szenario entwerfen könnte, was als nächstes passieren würde.
Ginny scharte ihre Familie um sich und ging mit ihr über den Tennisplatz zurück. »Ich habe für euch alle Betten hergerichtet«, erklärte sie. »Ich bin ja so froh, daß ihr gekommen seid.« Die drei – Aaron, Adam und Madeline – schauten sie an, als sei sie verrückt, völlig durchgedreht, aber sie waren zu müde, um noch viel zu reden, waren zu erschöpft, um noch Fragen zu stellen. So folgten sie ihr wortlos.
Zurück blieben Joseph, Barton und ihre Schwägerin Samantha. Das Feuer war erloschen. Nur die Glut glimmte noch. Barton hörte gar nicht mehr auf, alles, was nur rot oder heiß aussah, mit dem Schlauch abzuspritzen.
»Also, was denkst du, Samantha?« fragte Joseph. »Ist der Kerl jetzt gefährlich oder was?«
»Was ist das nur für eine Frage?« meinte Barton verwundert. »Er hat Benzin über das Cottage geschüttet und es dann angezündet. Er hat gewußt, daß sie drinnen waren, er muß es gewußt haben. Er hat versucht, vier Menschen bei lebendigem

Leib zu verbrennen. Ich würde sagen, das ist gefährlich genug.«

»Ja, ich weiß, aber ich meine« – und Joseph wandte sich dabei wieder an seine Schwägerin –, »ich meine, glaubst du, daß er es auf uns alle abgesehen hat?«

Samantha holte tief Luft und stieß anschließend einen tiefen Seufzer aus. »Noch vor einer Woche hätte ich das nicht gedacht. Edward ist oft deprimiert, aber ich habe ihn seit über einem Jahr nicht mehr gewalttätig oder besonders wütend erlebt. Ich habe wirklich gedacht, er würde allmählich Fortschritte machen.«

»Aha«, sagte Joseph, der nicht lockerließ. »Und was denkst du jetzt, nachdem du Zeugin seines kleinen Kreuzzugs geworden bist?«

Samantha ließ sich Zeit mit ihrer Antwort. Sie hatte sich nie vorgestellt, daß sie eines Tages Partei gegen Edward ergreifen könnte. »Ich weiß, daß er euch, euch alle, für den Verlust seiner Kinder verantwortlich macht. Seit ich ihn kenne, hat er euch allen gegenüber immer sehr viel Haß und Abneigung an den Tag gelegt, vor allem eurem Vater gegenüber. Aber ganz offen gesagt, ich hätte nie gedacht, daß es so weit kommen würde. Ich hätte ihn dazu nicht für fähig gehalten. Ich dachte, ich wüßte, was in ihm steckt.«

»Also, damit willst du doch ausdrücken, daß du nicht weißt, was der Kerl noch alles anstellen kann, oder?«

Samantha schüttelte den Kopf. »Wahrscheinlich nicht. Ich schätze, ich weiß nicht ... Ich glaube, hier ist wirklich der Notfall eingetreten.«

»Was du nicht sagst.«

Das Cottage war mittlerweile nur noch ein rauchender Trümmerhaufen. Barton stellte endlich den Wasserschlauch ab. »Ich glaube, es ist vorbei.«

Joseph warf erst einen Blick auf das Verkohlte, dann auf seinen

Bruder. »Das glaube ich nicht, Bruderherz. Ich glaube eher, es hat noch nicht einmal richtig angefangen.«

Barton holte tief Luft. Ungefähr eine Minute verging. »Also, was willst du tun, Joe?«

»Ich? Scheiße. Ich weiß es nicht. Dieser Mist hier hat mir gerade noch gefehlt, das kann ich dir sagen. Aber ich schätze, daß ich nirgends hingehe, jedenfalls nicht gleich.«

»Nein, wahrscheinlich nicht.«

Und so kehrten auch die beiden Winslow-Brüder mit ihrer Schwägerin in der Mitte ins Haus zurück. »Zurück nach Fort Winslow«, meinte Joseph, während er die Dunkelheit nach Anzeichen für seinen abtrünnigen Bruder absuchte.

Gerade als Wild Bill und Evangeline zusammen mit John, Paul und Rosa die hintere Veranda erreichten, stieß Bettina die Hintertür auf und kam mit ihrer ledernen Reisetasche aus dem Haus. Sie sah ziemlich ramponiert aus. Ihr Haar stand in allen Richtungen vom Kopf ab, es sah aus, als habe sie ihre Bluse falsch zugeknöpft, und ihr Rock hing schief und verknittert um ihre magersüchtigen Hüften. Nur ihre Lippen hatte sie geschminkt, und ganz offensichtlich hatte die Hand gezittert, als sie den rosafarbenen Lip Gloss auftrug. Man hätte Bettina besser an ihre Haltung ihrer alten, verstorbenen Freundin Millicent gegenüber erinnern sollen. Doch sie hatte im Moment ihre kalte Überlegenheit verloren. »Eine Nutte und ihr Zuhälter!« verkündete sie mit schriller Stimmc, als sic die Tür zuschlug.

Die Gruppe blieb stehen und starrte sie entgeistert an.

»Du wolltest eine Scheidung, Freundchen«, sagte sie, und Rauch strömte aus ihren Nüstern, »du sollst sie bekommen. Aber glaube mir, du wirst mir dafür bezahlen, teuer wirst du dafür bezahlen. Ich weiß zwar nicht, was zwischen dir und dieser kleinen Miss Unschuld-vom-Lande vorgeht, aber ich weiß, daß ich einen ziemlich guten ...«

»Beruhige dich, Bettina«, unterbrach sie der Wilde. »Ganz ruhig. Paß auf, was du sagst.«

»Zur Hölle mit dir!« Bettina schwang ihre lederne Reisetasche nach ihrem Mann. Er blockte sie mit seiner Krücke ab. Es dauerte einen Moment, bis sie sich wieder gefangen hatte. »Gut«, sagte sie, »ich werde mich beruhigen. Wir werden uns vor Gericht darüber unterhalten. Vielleicht werde ich diese beiden kleinen Lümmel sogar als Beweis für die Untreue meines Mannes vorladen lassen.«

»Mach dich doch nicht lächerlich, Bettina«, sagte Wild Bill. »Du wirst schon bekommen, was dir zusteht.«

Weitere Familienmitglieder trudelten langsam ein und blieben stehen, um sich Bettinas Schimpftirade anzuhören.

»Da hast du verdammt recht, ich werde bekommen, was mir zusteht. Und mehr noch. Viel mehr. Ihr seid doch alle nur ein Haufen Verrückter, die Häuser niederbrennen. Wahnsinnige. Dieses Haus ist eine Irrenanstalt. Eine Klapsmühle. Ich würde nicht eine Nacht hierbleiben, auch wenn mein Leben davon abhinge. Behalte du dieses Haus, Bill Winslow, es gehört dir. Ich würde nicht hier leben wollen, nicht für das ganze Gold von Fort Knox.«

»Wie wäre es mit dem Tee von ganz China?« *Ich glaube, der alte Knabe schmunzelte dabei.*

»Du kannst mich mal.«

»Nicht so hastig, Bettina.«

Die letzten Winslows trafen ein.

Bettina geiferte weiter, als sie die Veranda verließ. Alle bildeten eine Gasse für sie. »Nein«, sagte sie auf dem Weg zu ihrem Allanté, »ich werde nichts überstürzen. Ich werde mir Zeit lassen und bekommen, was ich will, was ich verdiene. Und du« – sie drehte sich um, um ihrem Mann ins Gesicht zu sehen –, »du stellst dich am besten schon mal auf eine lange und blutige Schlacht ein. Ich werde alles bekommen, Bill Winslow. Ich werde alles nehmen, was ich kriegen kann, jeden verdammten Penny. Du kannst dich jetzt schon von allem verabschieden.«

Aber zuerst werde ich mich von deinem Schandmaul verabschieden, wollte er schon erwidern, aber mit Rücksicht auf Evangeline und die Jungen hielt er den Mund. Statt dessen humpelte er auf einer Krücke über die Auffahrt und machte die Wagentür für sie auf. Dabei sah er sich selbst, wie er seine Brieftasche aufschlug und darin nichts mehr fand als ein paar verblichene Ein-Dollar-Noten. Das gab ihm ein gutes Gefühl. Er fühlte sich wieder jung.

Bettina warf die lederne Reisetasche auf den Sitz, stieß ihn zur Seite und setzte sich hinter das Steuer. Sie drehte den Schlüssel um. Der Motor heulte auf. Der Wilde beugte sich ins Wageninnere, damit sie ihn auch ja deutlich verstand. »Du hast mich heute nacht sehr glücklich gemacht, Bettina«, flüsterte er. »So glücklich war ich nicht mehr seit dem Tag unserer Hochzeit. Du hast mich zum glücklichsten Mann auf der ganzen Welt gemacht.«

»Fick dich ins Knie, Bill Winslow!«

Er grinste sie so aufreizend an, daß sie nach ihm schlug. »Oh, ich glaube nicht, daß ich das nötig habe.«

»Geh weg von meinem Wagen. Du wirst von meinen Anwälten hören.«

»Schön, und du von den meinen.« Wild Bill packte sie am Arm, damit sie den Gang nicht einlegen konnte. »Du wirst genug bekommen, Bettina, viel mehr, als du verdienst. Aber auf keinen Fall wirst du alles bekommen. Auch ich habe meine Beweise gegen dich, Lady. Ich kenne jeden Kerl, mit dem du in den letzten eineinhalb Jahren zwischen Bar Harbor und Captiva ins Bett gegangen bist. Das macht keinen schönen Eindruck, also paß auf. Werde nicht zu gierig.«

Sie beugte sich vor und biß ihn in die Hand. Er schrie auf und zog sie schnell zurück. Sie startete den Allanté. Der Wagen machte einen Satz nach vorne. Die Tür, die immer noch offenstand, stieß den Wilden um. Die Stahlgürtelreifen quietschten. Wild Bill verlor sein Gleichgewicht. Er landete mit dem Gesicht voran auf der Schotterdecke. Evangeline eilte zu ihm. Auch ein paar der anderen. Aber der Wilde richtete sich lachend auf und winkte ihr hinterher, als seine Frau die lange, dunkle Auffahrt hinunterschoß.

32

Sobald der Allanté außer Sicht war, drehte Wild Bill sich um und wandte sich seiner Familie zu. Alle standen sie da im Lichtschein der Veranda, jung und alt, und warteten, daß der Wilde sich äußerte. Er spürte den Schmerz in seiner ausgerenkten Schulter, spürte, wie sein gebrochener Knöchel im Gips anschwoll. Aber wie zuvor der Anblick seiner leeren Brieftasche gab ihm auch der Schmerz ein gutes Gefühl, gab ihm Kraft, ließ ihn sich jung fühlen. »Dort fährt der erste Deserteur.«

Keiner machte eine Bewegung.

»Will ihr vielleicht jemand Gesellschaft leisten?«

Keiner sagte ein Wort.

»Gut.«

Langsam setzten sie sich nun in Bewegung und gingen durch die Hintertür ins Haus. Ginny führte ihre Brut durch die Küche, durch das Eßzimmer und die Vordertreppe hinauf. Emily und Rosa folgten dicht hinterher. Dann kamen Mary und Samantha.

»Na, gefällt es dir bei uns?« fragte Mary.

Samantha, die annahm, daß die Bemerkung ironisch gemeint war, lächelte. »Wunderbar.«

Henry half seiner Frau ins Haus und erklärte ihr dann, daß er gleich wieder zurück sein werde. »Ich muß noch was aus dem Pickup holen.« Aber er brauchte gar nichts aus dem Wagen; er wollte nur nachsehen, ob seine alte Remington Kaliber zwölf noch in ihrer Halterung über dem Fenster hing. Als er sah, daß sie nicht mehr da war, stieß er einen leisen Pfiff aus, stand dann noch minutenlang in der Auffahrt und starrte in die Dunkelheit. »Wo bist du, du verrückter Narr?« fragte er leise in die Nacht hinein. »Was, in Gottes Namen, glaubst du wohl, daß du da tust?«

Irene, Katie und Constance waren schon fast oben im zweiten

Stock, als Henry in die Küche zurückkehrte. Unten waren nur noch Joseph und Barton geblieben. Sie hatten die Kühlschranktür weit aufgemacht und Lebensmittel auf der Küchentheke gestapelt.

»He, Bruderherz«, fragte Joseph, »möchtest du ein Sandwich?«

Henry schüttelte den Kopf. »Nein, danke. Wo ist W. B.?«

Joseph packte eine dicke Packung mit rotem Roastbeef aus. »Er hat seine kleine Familie nach oben ins Bett gebracht. Hättest du das von ihm gedacht? Dieser schlaue alte Fuchs. Siebzig, und vögelt dieses süße junge Ding.«

Henry wollte im Augenblick eigentlich nicht darüber nachdenken. Er verließ die Küche gleich wieder. »Geht noch nicht ins Bett, Jungs. Ich bin in ein paar Minuten wieder zurück.«

»Wir warten hier. Wenn ich heute nacht schon sterben muß, dann wenigstens mit vollem Bauch.«

Henry traf Irene dabei an, wie sie sich langsam die Treppe zum zweiten Stock hinaufquälte. Er half ihr den restlichen Weg und brachte sie ins Bett zurück.

»He, Dad«, fragte Katie aus ihrem Haufen Decken am Boden hervor, »geht es hier immer so verrückt zu?«

Er bückte sich und küßte sie auf die Stirn. »Nein«, sagte er, »nicht immer. Jetzt leg dich aber hin und schlaf.«

»Wer ist Edward?« fragte Constance.

Henry seufzte. »Edward? Er ist dein Onkel, Süße.«

»Oh.«

Henry ging noch mal zu seiner Frau. »Das tut mir alles so leid, Irene. Ich hatte ja keine Ahnung …«

Sie schaute zu ihm auf und schüttelte nur den Kopf. »Du mußt doch nichts erklären, Bobby. Wirklich.«

»Ich weiß nicht. Vielleicht sollten doch ein paar Dinge erklärt werden.«

Sie nahm seine Hand und legte sie auf ihren Bauch. Er spürte, wie das Baby sich bewegte. »Dieser kleine Kerl hier«, sagte sie, »hat es sehr eilig.«

»Meinst du, daß wir etwas unternehmen sollen? Sollen wir einen Arzt holen? Oder im Krankenhaus anrufen?«

Sie schüttelte den Kopf. »Nein, ich muß nur etwas schlafen. Ich werde ja sehen, wie es mir morgen früh geht.«

Er küßte sie, hielt sie im Arm und meinte dann, nachdem die Kinder eingeschlafen waren: »Ich muß noch ein paar Minuten zu meinem Vater. Ich komme wieder, so schnell es geht. Warte nicht auf mich.«

Sie lächelte. »Keine Angst, das werde ich nicht.«

Er stieg die enge Treppe hinunter und ging durch den Korridor zum Elternschlafzimmer. Die Tür zum Wohnzimmer war geschlossen. Er klopfte zaghaft an.

Nach einem Augenblick öffnete der Wilde die Tür. »Ja? ... Bob. Was gibt es?«

»Ich muß dich eine Minute sprechen.«

»Weswegen?«

»Wegen Edward.«

»Gut. Warte eine Sekunde.« Der Wilde ließ die Tür einen Spalt offen und ging durch das Wohnzimmer ins Schlafzimmer. Henry warf schnell einen Blick durch die offenstehende Tür. Die Couch im Wohnzimmer war in ein Bett verwandelt worden. Laken und Decken lagen darauf. Evangeline, dachte er, *muß mit den Kindern in dem großen Bett schlafen, mit seinen Kindern*. Das war auch der Fall. Der Wilde hatte darauf bestanden.

Nach vielleicht zwei Minuten kam er zurück. Er humpelte auf den Gang hinaus und machte die Tür zu. »Okay, was gibt es?«

»Nun ...« Henry zögerte.

»Komm schon, Junge, es ist spät. Morgen wird hier die Hölle los sein.«

»Ich glaube, Edward hat ein Gewehr.«

»Was?«
»Kannst du dich noch an die alte doppelläufige Remington Kaliber zwölf erinnern?«
»Natürlich erinnere ich mich an die. Die hat ursprünglich Crazy Legs gehört. Habe sie seit Jahren nicht mehr gesehen.«
»Weil ich sie habe.«
»Du hast sie?«
»Das heißt, ich hatte sie. Ich glaube, daß Edward sie jetzt hat.«
»Warte mal«, forderte der Wilde, »ganz langsam. Wieso hast du sie?«
»Weil du sie mir gegeben hast ... Ich meine, du hast sie Henry gegeben ... und er hat sie mir gegeben ... kurz bevor er nach Vietnam ging.«
Wild Bill überlegte. »Ich kann mich erinnern, daß ich Henry das Gewehr gegeben habe. Das ist lange her. Da war er noch ein Teenager. Er wollte damit auf Eichhörnchen und Kaninchen im Wald schießen. Und jetzt erzählst du mir, daß er dir das Gewehr gegeben hat?«
Henry nickte schnell. »Stimmt ... Das ist richtig.«
Der Wilde betrachtete lange seinen Sohn. Er beschloß, nicht weiter in ihn zu dringen. »In Ordnung, und wo ist das Gewehr jetzt?«
»Das ist ja das Problem.«
»Wie meinst du das?«
»Ich bin mir ziemlich sicher, daß Edward das Gewehr hat.«
Wild Bill runzelte die Stirn. »Und wie kommst du auf diese Idee?«
Henry – als Bobby – sagte ihm, daß das Gewehr aus seinem Pickup verschwunden war. »Ich weiß genau, daß es da war, als ich hierherkam.«
»Ich will verflucht sein ... Ich frage mich, ob er auch meine Angelruten gestohlen hat.«
Henry fiel seine Wette mit Mary wieder ein. Doch er beschloß,

nichts von dem Taxifahrer zu erwähnen, der sich mit Wild Bills Angelruten aus dem Staub gemacht hatte.
»Was ist mit Patronen?«
»Was?«
»Wie sieht es mit Munition aus? Hattest du Munition für das Gewehr in deinem Pickup?«
»Ich glaube nicht, aber da war vielleicht noch eine Schachtel unter dem Sitz.«
»Oder er hat in der Garage noch etwas gefunden. Am besten gehen wir davon aus, daß er Munition hat.«
Henry nickte.
Wild Bill lehnte sich an die Wand und rieb sich die Augen. Wieder warf er einen langen Blick auf seinen Sohn. »Okay«, sagte er nach vielleicht einer halben Minute, »ich möchte, daß du Joseph, Barton und diesen Kinderarzt aus dem Bett holst. Wir treffen uns in ein paar Minuten in der Küche. Sieh zu, daß du die Frauen und die Kinder nicht weckst. Es hat keinen Sinn, wenn wir schon wieder alle aufscheuchen.«

Henry hatte etwas Mühe, Aaron von Ginny loszueisen, aber gegen Viertel nach drei Uhr morgens an diesem Tag der Sommersonnenwende waren alle Männer um den alten Holztisch in der Küche versammelt. Der Wilde klärte sie über das Gewehr auf.
»Du willst uns damit also sagen«, rekapitulierte Dr. Cohen, »daß dein Sohn irgendwo außerhalb des Hauses mit einem Gewehr herumläuft, das geladen sein kann oder auch nicht, und mit dem er vielleicht, vielleicht aber auch nicht, bestimmte Leute in diesem Haus verwunden oder möglicherweise sogar töten will, bestimmte Mitglieder seiner Familie, gegen die er seit langem eine irrationale Abneigung hegt?«
Wild Bill nickte. »Ich denke, genau so ist es, Doc. Ich glaube, du hast die Situation ziemlich eindeutig zusammengefaßt, ich danke dir dafür.«

Aaron schüttelte den Kopf, als könne er diese Situation einfach nicht fassen. »Und was soll ich nun dagegen unternehmen, wenn du mir diese Frage gestattest?«

»Nun, ich muß vorausschicken«, fing der Wilde an, »daß ich dir keinen Vorwurf machen könnte, wenn du deine Kinder nehmen und mit deinem Caddy zum Flughafen nach Newark zurückfahren und das erstbeste Flugzeug nach Bel Air besteigen würdest. Das liegt ganz bei dir. Das hier ist nicht dein Kampf. Deine Frau ist meiner Meinung nach davon betroffen, aber das heißt noch lange nicht, daß du es auch bist.«

Aaron dachte kurz nach. »Eines kann ich dir gleich sagen: Heute abend werde ich nicht mehr von hier wegfahren. Das würde einen mittleren Aufstand auslösen, wenn ich die Kinder jetzt wieder in den Wagen packte. Ich bin also mindestens noch hier, bis die Sonne aufgeht. Dann werde ich mit Ginny reden. Wenn sie bleiben will, dann bleibe ich auch.«

Joseph versetzte Aaron einen leichten Klaps auf die Schulter. »Recht so, Doc.«

Doch Aaron schüttelte erneut den Kopf. »Ich will nur nicht, daß jemand verletzt wird. Schließlich sind wir alle vernünftige Leute.«

»Sei dir da nicht so sicher, Doc«, meinte Joseph. »Aber hör mal, falls du dich entscheidest, doch zum Flughafen zu fahren, gib mir Bescheid. Ich könnte vielleicht eine Mitfahrgelegenheit brauchen.«

»Die wirst du nicht brauchen, Junge«, sagte der Wilde.

»Nein? Und weshalb nicht?«

»Weil du nirgendwo hingehen wirst, bis wir dieses Problem hier gelöst haben.«

»So, meinst du?«

»Ja, das meine ich«, knurrte der Wilde. »Und jetzt hört mir mal alle zu. Ich weiß, daß ihr alle am liebsten ganz schnell wieder nach oben in euer Bett wollt, aber wie ich das sehe, ist das ein Luxus, den sich im Moment nur die Frauen und die Kinder leisten können. Es gibt neun verschiedene Türen, die in dieses Haus führen, dazu kommen noch ungefähr drei Dutzend Fenster. Wir werden erst mal einen Rundgang machen und dafür sorgen, daß alle Türen und jedes Fenster fest verriegelt sind. Ich möchte, daß ihr euch in zwei Gruppen aufteilt. Bobby, du gehst mit dem Doc, und Barton, du behältst deinen Bruder im Auge.«

»Wer zum Teufel bist du denn?« fragte Joseph. »Colonel Winslow?«

Wild Bill ignorierte ihn. »Ich will weiter, daß der Keller überprüft wird, dann die südliche Veranda und der Wintergarten. Alle Türen und Fenster müssen verschlossen sein. Wenn das alles erledigt ist, werden zwei von euch vorne und zwei hinten im Haus patrouillieren. Geht nicht nach draußen, und bleibt ständig in Bewegung. Haltet euch nicht vor den Fenstern auf.«

»W. B.«, fragte Henry – als Bobby –, »glaubst du wirklich, daß das nötig ist? Meinst du wirklich, daß der da draußen aus dem Hinterhalt uns alle abknallen will?«

»Ich weiß es nicht, und deswegen ist es notwendig. Aber wenn du anderer Meinung bist, dann geh nur hinaus, und schau dir das Cottage an, oder was noch davon übrig ist.«

Henry zuckte mit den Achseln und nickte.

»Ich bin immer noch der Meinung, daß wir lieber die Polizei holen sollten«, sagte Joseph.

Wild Bill schaute ihn an. »Wie schön für dich. Und jetzt bewegt euch.«

Aber Joey war noch nicht ganz soweit. »Und was ist mit dir, Colonel? Wo wirst du sein?«

»Ich werde oben sein. Solange er keine Leiter benutzt, gibt es nur ein paar Zugänge in den ersten Stock. Am wahrscheinlichsten ist der über das Spalier und dann auf das Flachdach vor dem Elternschlafzimmer.«

»Du wirst also oben sein und auf deinen Schatz aufpassen?«
»Jetzt gehst du etwas zu weit, mein Junge.«
»Dann erschieß mich doch.«
Der Wilde reagierte nicht darauf. »Ich werde oben alle Fenster überprüfen. Falls ich etwas höre oder sehe, dann schreie ich. Für euch gilt das gleiche. Und keine Sorge, in ein paar Stunden wird es hell. Dann finden wir ihn.« Wild Bill drehte sich um und wollte die Küche verlassen.
Doch Joseph konnte es einfach nicht lassen. »Schlaf schön, Opa.«
Der Wilde kam noch mal zurück. »Glaube mir, mein Junge, ich werde nicht schlafen. Es gibt viel zu viele Gründe, warum ich wach bleiben werde, hellwach. Vielleicht suchst du dir auch mal ein paar Gründe für dich aus.«

»Also, Bobby«, wollte Dr. Aaron Cohen aus Bel Air, Kalifornien, wissen, »was ist das für eine Geschichte mit deinem Bruder? Ich meine, ist er wirklich fähig, auf uns zu schießen?«
Die beiden Männer waren im Keller und kontrollierten dort die Fenster. Henry rüttelte an jedem einzelnen, um zu überprüfen, ob sie auch fest verriegelt waren. »Ich weiß nicht, Doc. Ich habe ihn seit Jahren nicht mehr gesehen. Ich weiß, daß er harte Zeiten hinter sich hat, aber ich hätte nie geglaubt, daß er mal so enden würde.«
Sie stiegen langsam die Treppe hoch. Henry schaltete das Licht aus.
»Was ist denn mit ihm passiert? Ich weiß, daß er geschieden wurde, aber das haben Millionen anderer Leute auch hinter sich.« Aaron war normalerweise kein übermäßig neugieriger Mensch, aber jetzt verspürte er das seltsame Bedürfnis, mehr über seinen potentiellen Mörder zu erfahren.
Henry war dafür aber nicht die richtige Adresse. »Noch mal, Doc, ich weiß es wirklich nicht. In den letzten zwanzig Jahren

hatte ich nicht gerade viel mit meiner Familie zu tun. Ich hatte selbst ein paar Probleme ...«

Sie waren oben auf der Kellertreppe angekommen und gingen durch die Küche. Aaron spähte durch die Hintertür in die Dunkelheit. Da alle Türen und Fenster geschlossen waren, mußte es im Haus mindestens fünfundzwanzig Grad heiß gewesen sein, aber plötzlich zuckte der Doc zusammen. »Wenn ich mir vorstelle, daß er wirklich da draußen sitzt, läuft es mir ganz kalt über den Rücken hinunter.«

Henry antwortete nicht gleich, sagte aber dann: »Ja, ich weiß, was du meinst.« Nach einem Augenblick fügte er hinzu: »Sag mal, du bist doch ein Babydoktor, oder?«

Aaron musterte den Mann, den er für Bobby Winslow hielt. Das seltsame Glitzern in den Augen des jungen Mannes wirkte nicht gerade beruhigend auf ihn. Er hatte immer noch die Worte von Wild Bills Frau in den Ohren, die, kurz bevor sie in ihrem Allanté davonfuhr, geschrien hatte, daß dieses Haus eine Irrenanstalt, eine Klapsmühle sei. Aaron fragte sich, ob das vielleicht stimmte. Er fragte sich, ob er nicht vielleicht doch lieber nach oben gehen, seine Familie wecken und so schnell wie möglich von hier verschwinden sollte, bevor ihm die Kugeln um die Ohren flogen. »Na ja«, antwortete er, »ich bin Kinderarzt, kein Geburtshelfer.«

»Was ist da der Unterschied?«

»Mein Gebiet sind kleine Kinder. Ich betreue keine werdenden Mütter während der Schwangerschaft oder bringe ihre Babys auf die Welt.«

»Aha.« Henry rieb sich das Kinn. »Verstanden.«

Der Wilde hatte seine Pistole Kaliber 45 griffbereit. Gleich als er in sein Schlafzimmer zurückgegangen war, hatte er die Waffe aus der verschlossenen Schublade seiner Kommode geholt und ein volles Magazin eingeschoben. *Auf keinen Fall,*

sagte er sich, *werde ich zulassen, daß dieser Wahnsinnige hier eindringt und diesen Kindern etwas antut. Auf keinen Fall. Vorher erschieße ich diesen Verrückten. Ich ziele genau zwischen seine Augen.* Mit geschlossenen Augen sah er das brennende Cottage vor sich und wie er, Evangeline, John und Paul in letzter Sekunde daraus entkamen.
Wild Bill hatte die Handfeuerwaffe vor fünfundzwanzig Jahren, irgendwann in den frühen Sechzigern, gekauft. Er hatte sie sich damals zugelegt, als die Rassenunruhen erst in Newark und Camden und dann ganz in der Nähe in Plainfield ausgebrochen waren. Damals hatte er nächtelang hellwach neben Virginia im Bett gelegen und darauf gewartet, daß Horden armer, verzweifelter Schwarzer aus den Städten und Dörfern geströmt kämen. Er hatte tatsächlich erwartet, daß sie den Stammsitz angreifen würden. Zu der Zeit war er überzeugt davon, daß sich das Land am Rand einer Revolution befand. Die Revolution fand nie statt, jedenfalls nicht die, die er vorhergesehen hatte: eine gewalttätige, blutige Revolution, die alles über den Haufen geworfen hätte. Nein, diese Revolution kam nie, aber die Waffe behielt er trotzdem. Er hatte nur einmal damit geschossen, auf dem Schießstand der Waffenhandlung, wo er sie gekauft hatte. Er putzte die Pistole zwar ein-, zweimal im Jahr, aber den Abzug hatte er nur dieses eine Mal betätigt. Die Vorstellung, er könnte wirklich auf seinen eigenen Sohn zielen und auch noch abdrücken, ließ ihn einen Moment überlegen, die Pistole gegen sich selbst zu richten und sein Gehirn durch den Raum spritzen zu lassen.
Er setzte sich in den Ledersessel und legte sein gebrochenes Bein auf den Lederhocker. Er hatte den Sessel so hingestellt, daß er durch eine leichte Drehung des Kopfes alle Fenster und Türen des Zimmers im Auge hatte. Hinter ihm schliefen Evangeline und die Jungen in dem großen Doppelbett. Er konnte hören, wie ihr Atem langsam und gleichmäßig ging. Eigentlich

wollte er nichts anderes, als sich neben sie legen, sie in den Arm nehmen, die Augen zumachen und einschlafen. Doch die Gefahr, die von draußen drohte, war dieses Mal real. Sie war nahe und äußerst lebendig. Deshalb hielt er die Augen offen, spitzte die Ohren, bewegte den Kopf hin und her und hielt mit der Rechten seine Waffe umklammert.

»War ein langer Tag, Joey, hmm?«
»Ein langer Tag, der noch nicht vorbei ist.«
»Ach, ich weiß nicht«, sagte Barton. »Wir sind zwar noch wach und auf den Beinen, aber ich glaube nicht, daß Edward noch etwas unternehmen wird. Wenn er mit diesem Gewehr auf uns hätte schießen wollen, dann hätte er das doch machen können, als wir alle draußen bei dem brennenden Cottage standen.«
»Vielleicht«, erwiderte Joseph, »ich weiß auch nicht. Ich habe keine Ahnung, was dieser Wahnsinnige will.«
Barton zuckte mit den Schultern. Die beiden Brüder saßen sich auf dem langen Sofa im Wohnzimmer gegenüber. Sie hatten alle Türen und Fenster auf ihrem Rundgang gesichert. Über eine Stunde lang waren sie auf der Vorderseite des Hauses hin- und herpatrouilliert und hatten ständig durch die Fenster gespäht und nach Bewegungen Ausschau gehalten. Es war nichts gewesen. Sie hatten nichts gesehen. Jetzt ruhten sie sich auf dem Sofa aus. Sie hatten alle Lichter ausgemacht. Durch das große Panoramafenster, das fast eine ganze Wand des Wohnzimmers einnahm, konnten die Brüder die weite Rasenfläche vor dem Haus sehen, als das erste Tageslicht eines neuen Sommers gegen die Schatten der Dunkelheit ankämpfte. Sie sahen die Silhouette von Lady Godiva, die auf dem Pferderücken durch New Jersey streifte. Sie sahen den Brunnen und die Umrisse der hohen roten Ahornbäume, die die Auffahrt säumten.
»Ich glaube«, sagte Barton schließlich, »er will nur unsere Aufmerksamkeit erregen.«

»Was?«

»Ich glaube, Edward will unsere Aufmerksamkeit. Er will, daß wir aufhorchen und ihn, seinen Schmerz und sein Leid zur Kenntnis nehmen.«

Joseph stieß einen langen, lauten Seufzer aus. »Herr im Himmel aber auch noch mal!«

»Ich weiß«, sagte Barton, »ich weiß.«

Was Barton aber nicht wußte und auch noch ein paar Tage lang nicht wissen sollte, weil es nämlich so lange dauern würde, bis die Polizei das Wrack identifizierte, war, daß seine persönlichen Geschicke eine ganz besondere Wendung nahmen, während er das sagte. Unten in Savannah, am International Airport, lungerten ein junger Mann und eine junge Frau Mitte Zwanzig auf dem Langzeitparkplatz herum, auf der Suche nach Wagen, die sie aufbrechen konnten. Das Paar gehörte einem merkwürdigen religiösen Drogenkult an, der an die tägliche Einnahme synthetischer Halluzinogene und die vollständige Zerstörung aller modernen Kunst glaubte. Soweit ich das beurteilen kann, war es der reine Zufall – obwohl das Schicksal bestimmt auch seine Hand im Spiel hatte –, der diese beiden Verrückten zu der Beifahrertür von Bartons Chevy-Transporter führte. Sie stemmten die Tür auf, schlüpften hinein und machten sich sofort über das Handschuhfach, den Aschenbecher und die Fußmatten her. Doch Barton war ziemlich pingelig, was seinen Wagen betraf, und so fanden sie nur ein paar Zehncentstücke und ein paar Pennies. Aber dann krochen sie nach hinten und entdeckten die Skulptur. Sie waren völlig aus dem Häuschen. Ebensogut hätten sie Luzifer persönlich gegenüberstehen können. Die junge Frau schrie auf. Der junge Mann bearbeitete die Skulptur mit der Gewandtheit und Geschicklichkeit eines Kung-Fu-Meisters. Doch die Skulptur wankte und schwankte nicht. Daraufhin bearbeitete er sie mit noch stärkeren Fußtritten. Sie schlugen mit Fäusten und Ellbo-

gen darauf ein. Etwas Farbe blätterte von dem Sperrholz ab, aber die Rigipsplatte lachte sie ob ihrer Attacke nur aus. Alle beide hörten sie lachen und verfielen daraufhin in eine Art psychedelischer Raserei. »Verbrenn es«, rief sie, »brenn es nieder!« Und das tat er. Sie kletterten aus dem Transporter, plünderten diverse Mülltonnen nach Brennbarem und stopften dann alles in den Benzintank. Der junge Mann, der die Titelseite der Atlanta Constitution *als Anzünder verwendete, zündete ein Streichholz an, hielt es an die Zeitung, und dann gingen die beiden in Deckung. Kaum eine halbe Minute später explodierte der Chevy-Transporter und flog gen Himmel. Eine alte Frau in der Innenstadt von Savannah, die gerade zur Vordertür gegangen war, um ihre Katze hinauszulassen, erklärte später, die ganze Skyline nördlich der Stadt sei »erleuchtet gewesen wie am vierten Juli«.*

Oben in Far Hills zuckte Barton zusammen, als sein Wagen in die Luft flog, hatte aber keine Ahnung, warum, dachte sich nur, daß es etwas mit den Ereignissen im Haus zu tun haben müsse.

»Ich glaube nicht, daß wir das Schlimmste schon hinter uns haben«, sagte Joseph. »Ich glaube, daß es jetzt erst richtig losgeht.«

Barton versuchte das seltsame Gefühl wegzuschieben. »Warum? Wenn wir es nur schaffen, Edward wieder bei uns aufzunehmen, dann werden wir auch wieder eine Familie sein. Wir alle zusammen.«

Joseph lachte. »Jetzt mach aber mal halblang, Bruderherz. Diese Familie hat so viele Leichen im Keller, daß wir sie gar nicht alle herausholen könnten.«

»Du meinst, so wie mit Henry?«

»Ja, ich meine beispielsweise Henry. Denk mal darüber nach. Zwanzig Jahre lang hat der Bursche so getan, als sei er ein anderer.«

»Ich halte das für ziemlich traurig.«
»Traurig, mag sein, aber trotzdem verrückt. Und dann jetzt die Sache mit Edward. Himmel, als nächstes wird er vielleicht auf den Präsidenten, den Papst oder Mick Jagger schießen. Unsere beschissene Familie wird dann auf den Titelseiten stehen und die Abendnachrichten füllen. Und was ist mit Wild Bill? Der Gute führt ein Doppelleben, von dem keiner von uns etwas wußte. Und dann hör dir mal das an. Bevor das Feuer ausbrach, habe ich in diesem Tagebuch hier gelesen. Ich habe es auf dem Bücherregal im Arbeitszimmer gefunden. W.B.s Mutter hat es geschrieben.«
»Martha?«
»Genau. Und darin steht, daß ihr Schwiegervater ...«
»Crazy Legs?«
»Richtig. Darin steht, daß er ihr ein Kind gemacht hat und daß in Wirklichkeit er der Vater von Wild Bill ist.«
»Was?«
»Ich erzähl dir keinen Unsinn, das steht da drin.«
»Daß Crazy Legs W. B.s Vater ist?«
»Richtig.«
»Was steht denn sonst noch in diesem Tagebuch?«
Bevor Joseph Barton von den Orgien erzählen konnte, hörten sie ein Geräusch in der Eingangshalle. Sie sprangen beide auf, erwarteten, ihren Bruder Edward dort stehen zu sehen, die doppelläufige Remington Kaliber zwölf auf ihre Brust gerichtet. Aber es war nicht Edward; es war ihre Schwester Ginny, die verschlafen und mit zerzaustem Haar im Nachthemd dastand.
»Wo ist Aaron?« fragte sie. »Was ist überhaupt los? Warum seid ihr zwei noch wach? Wann seid ihr wieder aufgestanden?«

Oben schliefen Ginnys Schwestern. Auch die Kinder: Rosa, Katie, Constance, John und Paul. Evangeline lag zwar reglos im Bett, war aber hellwach. Sie konnte Billy Boy in dem Ledersessel sitzen sehen, sprach ihn aber nicht an. Sie mußte sich erst mal darüber klarwerden, was überhaupt passiert war und warum. Nichts ergab einen Sinn. Alle ihre irdischen Besitztümer waren plötzlich verbrannt. *Warum? Was ist passiert? Was habe ich getan? Oder habe ich überhaupt etwas getan? Ist das alles aus einem bestimmten Grund geschehen, den wir jetzt noch nicht verstehen?* Sie schloß die Augen und suchte das Innere Licht. *Gott,* ermahnte sie sich, *bestraft uns nicht. Wir bestrafen uns selbst. Genauso, wie wir uns selbst verherrlichen. Ich sollte einfach dankbar sein, daß wir den Flammen entkommen sind.*

Samantha war bestimmt dankbar, daß alle den Flammen entkommen waren. Sie lag wach auf dem Bett und starrte durch das Fenster auf den erwachenden Tag. Sie machte sich für das verantwortlich, was geschehen war. *Ich hätte es kommen sehen sollen. Schließlich lebe ich tagaus, tagein mit ihm zusammen. Ich hätte wissen müssen, daß so etwas passieren kann. Aber ich war blind. Ich habe ihm jedes Wort geglaubt. Aber jetzt sehe ich, daß diese Menschen keine Ungeheuer sind; sie sind wie alle anderen auch. Was war ich nur für eine blinde, selbstsüchtige Närrin.* Sie wußte, daß sie Edward finden, ihn beruhigen, ihn wieder auf die Erde, in die Realität zurückbringen mußte. Sie wußte, daß er Hilfe brauchte, mehr Hilfe, als sie ihm geben konnte. Sie schloß die Augen. Sie brauchte ihren Schlaf. Morgen würde bestimmt ein langer Tag werden.

Es gab jedoch noch ein paar Winslows, die gerade aufwachten und sich aus einem todesähnlichen Schlummer erhoben. Soweit ich in Erfahrung bringen konnte, verlassen die Toten nur zu ganz besonderen Gelegenheiten ihre Grabstätten. Normalerweise ziehen sie es vor, ihre Meinung für sich zu behalten, abzuwarten und die Dämonen ungestört an sich vorüberziehen zu lassen. Jene Winslows, die auf dem Hügel begraben sind, haben sich im Laufe der Jahre so ziemlich an diese Gewohnheit gehalten. Ein Neuankömmling steigt anfangs vielleicht noch öfter aus seinem Grab, um sich anzusehen, was in der materiellen Welt vor sich geht. Er oder sie macht vielleicht tägliche Stippvisiten, um zu sehen, wie ihr Mann, ihre Frau, ihre Brüder oder ihre Schwestern ohne sie zurechtkommen. Aber bald kommen sie nur noch wöchentlich zu Besuch, dann monatlich, dann nur noch zweimal im Jahr und schließlich einmal jährlich, sobald dem Toten klar wird, daß es in der materiellen Welt – wie auch in allen anderen Welten – nie eine wirkliche Änderung gibt. Bobby zum Beispiel hat in den Wochen nach seiner Rückkehr als Leiche aus Südostasien mehrmals täglich bei seinem Bruder Henry vorbeigeschaut. Er wollte sich vergewissern, daß sein Bruder auch genug litt für seine feige Handlungsweise. Aber nach einer Weile war ihm das langweilig und seiner unwürdig erschienen. Und nachdem Henry in die Adirondacks hinaufgezogen war, gab Bobby die Besuche bei seinem Bruder fast völlig auf. Sie müssen wissen, ganz im Gegensatz zur landläufigen Meinung können die Toten nämlich nicht einfach nur mit den Fingern schnippen und am anderen Ende der Stadt, in einem anderen Bundesstaat oder in einer anderen Zeitzone wieder auftauchen. Sie müssen reisen wie Sie und ich. Als Nixon und Kissinger es endlich geschafft hatten, die Jungs aus Vietnam nach Hause zu holen, da hatte Bobby schon längst aufgehört, sich am Angstschweiß seines Bruders zu ergötzen, und spielte statt dessen Geige und las die Werke von Rousseau, Kant und Wharton (im Geiste natürlich, da Geigen und Bücher in jener anderen Welt nicht existieren).

Auf jeden Fall schien dieser Sommeranfang ein ziemlich wichtiger Tag für die zehn Winslows zu sein, die auf dem Familienfriedhof begraben waren. Sie konnten spüren, daß die Erde über ihnen bebte vor Hitze, Angst und Verwirrung. Aber sie erhoben sich nicht alle auf einmal aus ihren Gräbern und kamen zu dem brennenden Cottage hinunter. Einer nach dem anderen kamen sie den Hügel herab, jeder in dem ihm eigenen Rhythmus. Die meisten von ihnen waren der Ansicht, daß die Zeit reif sei für ein weiteres Mitglied der Familie, sich zu ihnen zu gesellen. Einige meinten, es sei der Wilde, andere dachten eher an Edward, wieder andere an Henry. Aber mit Sicherheit konnten sie es nicht sagen. Die Toten wissen ebenso wenig über die Zukunft wie die Lebenden.

Virginia mußte mit ansehen, wie das Cottage brannte. Sie betete für die Eingeschlossenen. Sie wünschte sich, daß Willy und seine neue Familie unverletzt den Flammen entkämen.

Robert und Henry, Wild Bills Brüder, die beiden Schwäger, die Virginia nie kennengelernt hatte, sahen ebenfalls zu, wie das Cottage brannte. Sie hielten sich etwas abseits von ihrer Schwägerin, teils weil sie Frauen gegenüber etwas scheu waren, teils weil sie nicht wollten, daß sie sah, wie sehr sie sich wünschten, daß ihr Bruder dort drinnen verbrennen möge. Keiner von beiden hatte je verstanden, warum Wild Bill leben durfte, während sie sterben mußten. Das ist eine sehr weit verbreitete Klage unter den Toten. Sie glauben nie, daß sie gehen mußten. Sie sind immer der Ansicht, daß es der andere hätte sein sollen. Doch ich glaube, daß eine Macht jenseits unseres geistigen Horizonts bei dieser Entscheidung die Hand im Spiel hatte. Von den drei Brüdern war Wild Bill der mit dem größten Mut; nur er hatte die Kraft, die Aufgabe zu meistern und die Mission der Winslows in der Neuen Welt weiterzuführen.

Lassen Sie mich mal überlegen: Wer sah sonst noch zu, als das Cottage brannte? Sonst niemand mehr, glaube ich. Ich denke, die übrigen schwebten erst dann langsam zu dem großen Haus hinunter, nachdem das Feuer bereits erloschen war und die Lebenden in ihre Betten zurückgekehrt waren. Charles und Martha trafen zusammen ein; es war mehr die Langeweile, die sie trieb, als wirkliches Interesse an den Irrwegen und Widrigkeiten der Geschichte. Wissen Sie, Chuck und Shady hatten ein oberflächliches Leben gelebt. Sie hatten nicht viel gearbeitet, nicht viel gelesen, waren nicht viel gereist, hatten nicht einmal viel gekocht oder viel geputzt; außer trinken und vögeln hatten sie überhaupt nicht viel getan. Und da die Toten weder trinken – nicht einmal Mineralwasser – noch vögeln, hatten Charles und Martha die Welt der Toten völlig unvorbereitet auf die endlos lange Zeit betreten, die dort vor ihnen lag. Für sie war dieser Aufruhr in dem großen Haus nur wie eine ihrer extravaganten Cocktailpartys in den tollen Zwanzigern: Es war eine Zeit, in der sie glaubten sich zu amüsieren, eine Zeit, in der sie dachten, daß sie ein nützliches Leben führten.

Die beiden Helens erreichten gleichzeitig, aber nicht zusammen das große Haus. Die ältere Helen, Wild Bills kleine Schwester, schloß sich nie jemandem an. Als Tote lebte sie fast genauso, wie sie die letzten Jahre als Lebende verbracht hatte: schweigsam und verhärmt. Hat sie nun ihre Nichte, die kleine Helen, mit einem Kopfkissen erstickt? Hat sie dabei geglaubt, sie würde eigentlich Mary töten? Ich habe versucht, Antworten auf diese Fragen zu bekommen, aber die große Helen ist so verschwiegen wie ein Benediktinermönch. Das einzige, was ich Ihnen sagen kann, ist, daß sie auf meine Frage, warum Mary eliminiert werden mußte, nur ihre Stirn gerunzelt und mir einen feurigen Blick zugeworfen hat. Doch ich vermute, daß die Wahrheit immer ein Geheimnis bleiben wird.

Was mit der kleinen Helen geschah, ist jedoch kein Geheimnis. Wie wir wissen, starb sie mit fünf Jahren. Sie starb, ehe ihre Seele von der materiellen Welt befleckt werden konnte. Sie erlebte den Tod als Engel. Sie hatte Flügel, zog es aber vor, nicht damit zu fliegen. Sie ging lieber langsam zu Fuß. Sie machte überhaupt alles sehr langsam und geduldig, als ob Zeit nichts bedeutete, als ob sie alle Zeit dieser Welt hätte.

Die letzten, die in dem großen Haus eintrafen, waren sein Erbauer John »Crazy Legs« Winslow und seine Frau Caroline. Wie auch seine Ururenkelin beeilte Crazy Legs sich nur selten. Er hatte zu lange gelebt und zu viel gesehen, um sich noch zu beeilen. Manchmal wünschte er sich, sein alter Freund Gustav in Punta Gorda hätte nie diesen Brief an Wild Willy geschickt. Manchmal wünschte er sich, Gustav hätte seinen toten Körper einfach in den Ozean geworfen, so daß seine Seele für immer über die sieben Weltmeere hätte treiben können. Doch die Lebenden haben nun mal diese resolute Art an sich, über die Geschicke der Toten zu bestimmen, und so hatte Crazy Legs sich bereits vor Jahren damit abgefunden, oben auf dem Hügel neben seiner Frau begraben zu sein. Er sah zwar eine bestimmte Schönheit in dieser Form der Kontinuität, aber hätte man ihn danach befragt, dann hätte er einem geantwortet, daß er das alles in Wirklichkeit nur für einen Haufen Unsinn hielt. Jetzt gab er dem Drängen seiner Frau, in das große Haus hinunterzugehen, nur nach, weil auch er sehen wollte, wer in diesem neuesten Familienstreit der Winslows eins auf die Nase bekäme.

Als die Dämmerung zu diesem längsten Tag des Jahres anbricht, ist das Haus der Winslows überfüllt mit lebenden und toten Mitgliedern. Ich erwähne die Toten nur so nebenbei, damit Sie überhaupt wissen, daß auch sie am Schauplatz des Geschehens anwesend sind und beobachten, wie sich die Dinge entwickeln. Wenn Sie wollen, können Sie aber gerne so tun, als gäbe es sie gar nicht. Aber ich glaube, es ist eigentlich ganz nett, wenn man weiß, daß die Toten zusehen, aufpassen und sich vielleicht hin und wieder auch etwas amüsieren über all die Verrücktheit, Selbstgerechtigkeit und Frömmigkeit. Ganz im Gegensatz zu den Lebenden nehmen die Toten sich nämlich nicht allzu wichtig. Das Schlimmste haben sie schon hinter sich.

33

Die Sonne ging auf, und Edward zeigte sich nicht. Er war nämlich meilenweit weg; er saß unten im Zentrum von Bernardsville in einem Coffee-Shop vor einer heißen Tasse Kaffee und einem Teller mit Rührei auf Vollkorntoast. Nachdem er das Cottage in Brand gesteckt hatte, war er in den Wald gelaufen, um sich von dort aus das Feuer anzusehen. Es fällt nicht schwer, ihn sich dabei vorzustellen, wie er zusammengekauert im Gebüsch hockt und angestrengt in die Dunkelheit starrt. Er sah seine Brüder und Schwestern, seine Schwäger und Schwägerinnen und seine zweite Frau aus dem Haupthaus kommen und über den Rasen laufen. Er sah, wie sie versuchten, die Flammen zu löschen. Er sah die Flucht von Wild Bill, seiner Geliebten und ihren beiden Kindern. Das alles sah er, und während er das alles beobachtete, lag ein teuflisches Grinsen auf seinem Gesicht. Schließlich war Little Eddie so in das Chaos und Durcheinander versunken, das er verursacht hatte, daß er nicht mehr sah, wo er hinlief, und über einen toten Baumstamm stolperte. Er fiel hin und trat dabei auf einen trockenen Ast. Das war das Geräusch, das Rosa hörte. Minuten später, als der ganze Clan in die Dunkelheit spähte, beschloß Edward, jetzt doch besser davonzulaufen. Insgeheim hoffte er jedoch, sie würden ihn verfolgen, ihn fangen und ihn überwältigen. Er rannte quer durch den weiträumigen Winslow-Besitz im hügeligen Norden New Jerseys. Er rannte durch Wälder, über Felder, auf Hügel hinauf und durch Flüsse hindurch. Es war zwar dunkel, aber die vielen Stunden, die er in seiner Jugend auf diesem Land verbracht hatte, ermöglichten es ihm, sich problemlos in der Dunkelheit zurechtzufinden. Er kannte jede Bodenwelle und jede Vertiefung, jede Erhebung und jeden Hügel auf diesem Land. Endlich erreichte er seinen Wagen, den er im Wald auf einer alten Forststraße abseits der Lake Road hatte stehenlassen. Er warte-

te noch so lange, bis er sicher sein konnte, daß sie ihn nicht verfolgten.
Edward fuhr bis nach Summit, das ungefähr zwanzig Meilen entfernt lag, bevor er auf einen Parkplatz einbog und auf dem Vordersitz ausgestreckt einschlief. Während seine Brüder im Haus patrouillierten, schlief Edward. Und als er nicht lange vor Sonnenaufgang aufwachte, ließ er den Wagen an und fuhr zurück Richtung Far Hills. Im Zentrum von Bernardsville hielt er an; er wartete bereits draußen vor der Tür, als die Frau, die den Coffee-Shop führte, ihr Lokal für Frühaufsteher öffnete.

Während Edward seine Eier aß, machte Bruder Barton es sich in dem tweedbezogenen Drehstuhl in der Ecke des Wohnzimmers bequem, um etwas Musik zu hören. Die Dämmerung war angebrochen; die Sommersonne war über den Horizont geklettert. Joseph und Ginny waren ins Bett gegangen, um wenigstens noch ein Stündchen zu schlafen. Barton hatte seinem Bruder versichert, daß er allein aufpassen, daß er auf seinem Posten bleiben würde. Er war jedoch nicht der Ansicht, daß eine weitere Wache notwendig war. Barton glaubte nicht, daß Edward mit der Waffe im Anschlag das Haus stürmen würde. Diese Szene schien ihm völlig unvorstellbar. Er wollte jetzt nur entspannen und etwas Musik hören, Musik, die auch seine Mutter geliebt hatte. Die letzten paar Stunden hatte er in einer Mischung aus Sehnsucht und Neugier ständig an sie denken müssen. Er fragte sich, wie sie wohl dieses Problem mit Edward gehandhabt hätte.
Virginia spürte diese Unruhe in ihrem jüngsten Sohn, und nach einem schnellen Rundgang durch die Schlafzimmer – um mal nachzuschauen, wer bei wem schlief – nahm sie im Wohnzimmer zwischen Barton und der Stereoanlage Platz. Barton schaute sich die Dutzende von Schallplatten an, die ordentlich aufgereiht auf den Regalen in einer Ecke des Wohnzimmers

standen. Es müssen ungefähr zweihundert Plattenalben gewesen sein, in erster Linie klassische Langspielplatten, die Virginia im Laufe der Jahre gesammelt hatte. Die meisten waren seit ihrem Tod nicht mehr gespielt worden. Barton zog ein Klavierkonzert von Schubert, eine Violinsonate von Grieg, mehrere Symphonien von Beethoven und Mozarts Flötenkonzert in die engere Auswahl, aber bei jeder Platte überlegte er es sich anders und stellte sie wieder zurück. Virginia hatte nämlich etwas ganz Besonderes im Sinn und wandte all ihre mütterliche Kraft auf, um die Entscheidung ihres Sohnes zu beeinflussen. Fast hätte er schon Vivaldis *Vier Jahreszeiten* aus dem Plattencover gezogen. Virginia hätte sehr gerne das Spiel der Geigen am Anfang gehört, aber es war nicht die Musik, die sie sich vorstellte. Sie drängte ihren Sohn, doch weiterzusuchen. Was er auch tat. Und schließlich kam er zu der Platte, auf die sie gewartet hatte: Johann Sebastian Bachs *Brandenburgisches Konzert Nr. 1.* Barton zögerte, aber nur kurz. Er holte die Platte heraus und legte sie vorsichtig auf den Plattenspieler. Dann fuhr er mit einem Reinigungskissen über das Vinyl und schaltete ein. Um die Schläfer im Haus nicht aufzuwecken, stellte er den Regler so ein, daß er die Musik über Kopfhörer hören konnte. Er stülpte sich die Kopfhörer über und setzte vorsichtig den Tonarm auf die Platte. Nach einem kurzen Moment strömten jene ersten einzigartigen Noten durch seinen Körper. Tausendmal oder noch öfter hatte er das Anschwellen, Abebben und schließliche Verschmelzen dieser Streicher und Bläser bereits gehört, und nicht ein einziges Mal hatte die Musik versagt, in ihm ein magisches, ja schon fast göttliches Erlebnis hervorzurufen. Diese Musik war, wie seine Mutter oft gesagt hatte, wahrhaftig göttlich. Ein sanftes Lächeln breitete sich über sein Gesicht, und im selben Moment traten ihm Tränen in die Augen. Er beugte sich vor und drehte den Lautstärkeregler höher. Die Musik – eine

Musik, die vor fast dreihundert Jahren komponiert worden war – ergriff Besitz von Barton, holte ihn aus dem Stuhl, erhob seinen Körper in die Luft und ließ ihn im Zimmer schweben, als wäre er ein Baby, das die Mutter in ihren Armen wiegt. Und seine Mutter schwebte tatsächlich neben ihm. Auch sie war in die Musik versunken. Doch sie ließ es nicht zu, daß Bach sie völlig davontrug. Sie hatte noch etwas zu erledigen.
Der Allegro-Satz ging zu Ende, und der wesentlich langsamere und kontrolliertere Adagio-Satz begann. Virginia wußte von den vielen Malen, die sie diesen Satz sich sowohl angehört als in der Abgeschiedenheit ihres Schlafzimmers auch selbst gespielt hatte, daß das Adagio ungefähr dreieinhalb Minuten dauern würde. Sie mußte schnell handeln.
Wäre sie dazu fähig gewesen, hätte Virginia einfach selbst auf die richtigen Knöpfe gedrückt. Aber die Toten haben weder Hände noch Beine, weder Nasen noch Ellbogen. Sie haben überhaupt keine Körperteile. Doch zum Glück hatte sie einen Sohn, der mit Bach aufgewachsen war. Barton wußte ganz genau, was jetzt kam. Was ihm am meisten an dem langsamen zweiten Satz gefiel, war die Art, wie der dritte Satz zum Schluß des Adagios explosionsartig einsetzte. Er war bereit, aufs neue zu fliegen, sich davontragen zu lassen. Er richtete sich kerzengerade auf und lachte und weinte gleichzeitig in seinem tweedbezogenen Stuhl. Und dann, gerade als das Adagio ausklang, beugte Barton sich vor und berührte – ohne daß ihm dies bewußt war – die Knöpfe, von denen Virginia sich so sehnlich wünschte, daß er sie berühren möge. Und schon einen Augenblick später füllte dieser dritte Satz, der zweifellos von einer höheren Autorität als der des Menschen inspiriert worden war, das Wohnzimmer, das ganze Erdgeschoß, das ganze große Haus. Barton wußte es nicht. Er hielt die Augen geschlossen, bewegte den Kopf hin und her und hatte die Kopfhörer fest gegen seine Ohren gedrückt. Er hörte die Musik tief in seiner

Seele, konnte aber nicht hören, wie sie von den Wänden des Hauses, in dem er seine Kindheit verbracht hatte, widerhallte. Doch alle anderen im Haus konnten die Musik hören; selbst die Winslows aus den Adirondacks oben im zweiten Stock. Die Oboe und die Pikkoloflöte reichten hinauf bis zu ihnen und ließen sie die Augen aufschlagen und lächeln, ohne daß sie sich überhaupt bewußt gewesen wären, warum. Irene, Katie und Constance hatten nie zuvor jene Noten gehört, aber als wäre Bach nichts anderes als ein fahrender Sänger, der sie auf das nächste Volksfest lockte, stiegen sie aus dem Bett und folgten den Klängen über die enge Treppe, durch den Korridor und weiter die breite Haupttreppe hinunter. Auf ihrem Weg trafen sie weitere Winslows und auch eine Handvoll Cohens. Mit Hilfe seiner Mutter hatte Barton die Lautstärke fast bis zum Anschlag aufgedreht. Es klang unglaublich, wunderbar, völlig klar und deutlich; so, wie es aus diesen maßgefertigten deutschen Zehntausend-Dollar-Lautsprechern auch klingen sollte.
Sechzehn Winslows standen nun in der Eingangshalle, nur einen Schritt vom Wohnzimmer entfernt. Sechzehn verschlafene, aber dennoch lächelnde Menschen standen da, starrten verwundert in den Raum und versuchten wortlos zu verstehen, weshalb die Musik spielte. Sie konnten ihren Bruder Barton nicht sehen. Er saß in seinem Drehstuhl, hatte ihnen den Rücken zugekehrt und schaute auf die gegenüberliegende Wand.

Auch die Toten kamen. Sie konnten Virginia neben der Stereoanlage sehen und wußten sofort, daß sie diese Zusammenkunft der Familie arrangiert hatte. Sie schwebten hierhin und dorthin, lächelten, klopften mit ihren nichtexistierenden Füßen den Takt und wiegten ihre nichtexistierenden Köpfe im Rhythmus von Bachs gottgegebenen Klängen.
Und dann betrat der Wilde humpelnd die Bildfläche. Er brauch-

te länger als die anderen, um mit seinem fünfundzwanzig Pfund schweren Gips am Bein den Fuß der Treppe zu erreichen. »Was, zum Teufel, ist hier los?« rief er über die Musik, aber in seiner Stimme lag viel mehr Neugier als Autorität.

»Keine Ahnung«, kam die Antwort.

»Soll das heißen, ihr wißt es nicht? Einer von euch muß es doch wissen. Einer muß doch dafür verantwortlich sein.«

Doch die Musik wurde lauter und lauter und verschluckte Wild Bills Worte. Nichts außer der Musik erfüllte mehr den Raum; die Geigen, die Trompeten, die Oboe und die Pikkoloflöte – oh, diese Pikkoloflöte –, sie trugen das frühe Licht des Morgens auf den Schwingen ihrer Musik ...

Virginia lächelte. Auch ihre Kinder lächelten. Keines von ihnen konnte diese Musik hören, ohne dabei an ihre Mutter zu denken, an ihre Mutter, die ihnen soviel gegeben hatte, mehr, als einer von ihnen auch nur ahnte oder freiwillig zugegeben hätte; ihre Mutter, die ihnen diese Musik nahegebracht, die ihnen erklärt hatte – weil sie selbst daran glaubte –, daß wir alle Gutes und Böses in uns tragen und daß wir nur das Böse zu unterdrücken und das Gute hervorzuheben brauchen. Und auch die Männer und Frauen und ihre Kinder lächelten. Und ihre Enkelkinder, die sie nie kennengelernt hatte. Und Evangeline lächelte. Und John und Paul. Sie konnten nicht anders, sie mußten lächeln. Die Musik brachte sie dazu. Edward hätte sich in diesem Augenblick in das Haus schleichen, sie alle mit seinem Gewehr über den Haufen schießen können, und sie wären alle mit einem Lächeln auf dem Gesicht gestorben.

Dann endete der dritte Allegro-Satz, und einen Augenblick wurde es unheimlich still in dem Zimmer, so still wie bei einer Quäker-Versammlung an einem Sonntagmorgen. Es war, als hätte sich das Haus der Winslows unvermittelt in ein Gotteshaus verwandelt. Keiner sagte ein Wort oder machte eine Bewegung. Eine gewisse Wahrheit war ihnen allen bewußt geworden. Dann erhob Barton sich aus seinem Stuhl, die Kopfhörer noch auf dem Kopf. Er ging zu dem Plattenspieler, um die Schallplatte für das Menuett umzudrehen. Da sah er sie alle dastehen und ihn anstarren. Und er wußte, daß die Schöpfer des Tao recht hatten: *Man kann die Welt kennenlernen, ohne aus dem Haus zu gehen; je weiter man sich entfernt, desto weniger wird man wissen. Der Weise weiß, ohne wegzugehen, sieht, ohne zu sehen, und handelt, ohne zu handeln.*

Die Musik und die dadurch hervorgerufene Stimmung traten allmählich wieder in den Hintergrund, je höher die Sonne an diesem ersten Tag des Sommers am Himmel hochkletterte. Wieder übernahm Wild Bill das Kommando. Er ordnete an, daß Frühstück gemacht und Suchtrupps zusammengestellt werden sollten. »Wir werden ihn suchen«, sagte er zu den Lebenden, »und ihn hierher zurückbringen.«
»Aber er ist bewaffnet«, erinnerte Joseph ihn.
»Was?« Ginny war entsetzt.
»Edward hat eine Waffe?« fragte Emily irritiert.
Ginny wollte mehr wissen. »Wo hat er die Waffe her?«
»Was für eine Waffe?« fragte Samantha.
»Ein Gewehr«, antwortete Joseph.
»Gütiger Gott.«
Die verdammten Japse hatten auch Waffen, war die Reaktion des Wilden, aber er behielt diesen Gedanken lieber für sich. »Wir *glauben*, daß er eine Waffe hat. Aber wir sind nicht absolut sicher. Und selbst wenn er eine hat, dann zweifle ich sehr daran, daß er sie auch benutzen wird. Dieses alte Kanonenrohr wird wahrscheinlich nicht einmal mehr losgehen, selbst wenn er den Mut aufbringt und abdrückt.«
Henry wußte ganz genau, daß die Remington funktionieren würde. Er hatte erst in der Woche zuvor ein paar lästige Waschbären damit getötet. Aber er beschloß, das lieber nicht

zu erwähnen. Einige der Anwesenden waren jetzt schon verängstigt genug.
»Na, dann werde ich dir jetzt mal was erklären«, begann Joseph, dem weitaus mehr daran gelegen war, seine eigene Meinung loszuwerden, als die sinkende Moral zu unterstützen. »Nur weil du glaubst, daß dieses Gewehr nicht mehr losgeht, muß mir das noch lange nicht genügen. Bildest du dir tatsächlich ein, daß ich dort in den Wald hinausgehe und einen Burschen suche, bei dem offensichtlich alle Sicherungen durchgebrannt sind? Das kannst du vergessen, ich werde nicht gehen. Ich wiederhole, was ich gestern abend schon gesagt habe: Ruft die Polizei. Sollen die damit fertig werden. Sollen die doch diesen Wahnsinnigen einfangen.«
Die anderen hielten wohlweislich ihren Mund. Sie warteten nur darauf, daß der Wilde den Abtrünnigen packen und beuteln würde.
Doch Wild Bill nahm sich Zeit, beschloß, nicht gleich wütend zu reagieren. Er schaute sich schnell um und kalkulierte rasch, wer auf Josephs Seite und wer auf seiner Seite stehen könnte. Er wußte, daß es nur zu einer weiteren Entfremdung innerhalb der Familie führen würde, wenn sie die Polizei riefen. *Wenn die Polizei ihn faßt*, dachte er, *dann können wir den armen Kerl gleich abschreiben; er wird nie zu uns zurückkommen, nie.* Der Wilde war nicht bereit, das zuzulassen. *Aber wer*, fragte er sich, *wird mich unterstützen? Sie sind doch alle nur ein Haufen Angsthasen. Die haben doch ein Rückgrat aus Gummi. Ich weiß nicht, ob ich mich überhaupt auf irgendeinen von ihnen verlassen kann.*
Aber dann sagte Ginny, sehr zu Wild Bills Überraschung: »Nein, Daddy hat recht, Joseph. Für Edward sind wir verantwortlich. Er muß krank sein, daß er so etwas getan hat. Wir müssen herausfinden, woran das liegt. Wir müssen ihm helfen, wir dürfen ihn nicht allein lassen.«
Ein paar Sekunden sagte keiner ein Wort, weil niemand glau-

ben konnte, daß ihre Schwester Ginny tatsächlich so etwas gesagt hatte. Aber das hatte sie, und alle – einschließlich Ginnys toter, aber nichtsdestotrotz strahlender Mutter – hatten es gehört.

Und dann meldete Emily sich zu Wort und strafte allen Pessimismus Lügen: »Ich bin derselben Meinung wie Ginny. Ich glaube nicht, daß Edward uns etwas antun will. Vielleicht glaubt er das sogar, aber in Wirklichkeit versucht er doch nur ...«

»Was ist plötzlich los mit dir?« fragte Joseph. »Hast du plötzlich Psychologie studiert oder was?«

»Laß sie ausreden«, sagte Ginny.

»Das ist schon alles«, fuhr Emily fort. »Ich denke nur, daß er uns mehr braucht, als er weiß, mehr, als wir alle wissen.«

»Ich glaube, du hast absolut recht, Emily«, sagte Samantha. »Ich glaube, daß Edward euch alle sehr braucht.«

»Warum hat er dann versucht, den Alten Herrn zu grillen?« fragte Joseph.

»Das ist eine sehr komplexe Frage. Warum tun so viele von uns den Menschen weh, die sie eigentlich lieben?«

Keiner wußte eine Antwort auf die Frage der angeheirateten Psychologin, aber alle nahmen sich die Zeit, darüber nachzudenken. Sie waren jetzt alle zu Hause, alle Söhne und Töchter; waren mehr zu Hause, als sie es lange Zeit gewesen waren. Selbst Mary empfand eine emotionale Bindung, von der sie eigentlich angenommen hatte, daß sie vor Jahren gestorben war. Plötzlich dämmerte ihr, daß sie nicht länger als Zuschauerin abseits stehen konnte, als Zuschauerin, die die Vergangenheit zerpflückte, die Gegenwart interpretierte und die Zukunft vorhersagte. Die Geschichte spielte sich direkt vor ihren Augen ab. Sie konnte einer Auseinandersetzung mit ihr nicht mehr aus dem Weg gehen. Die Familie betrat Neuland und reiste an Orte, wo sie nie zuvor gewesen war.

»Okay, hört mal her«, begann Henry (als Henry, auch wenn die meisten Leute in dem Zimmer ihn noch für Bobby hielten) und nicht William Bailey Richford, der folgende flammende Rede hielt, um die Truppen zu sammeln. »Wir können folgendes tun. Wir können ihn zurückbringen. Dazu brauchen wir keine Hilfe von außen. Wir holen ihn uns, beruhigen ihn und tun alles, was getan werden muß. Sicher, er hat eine Waffe, und er hat schon einiges angestellt. Einige von uns haben Angst. Wir haben alle Angst. Keiner will erschossen werden.« Und dann kam der alte Marineinfanterist, der sich vor seiner Pflicht gedrückt und seinen Posten verlassen hatte, endgültig in ihm zum Durchbruch. »Aber manchmal muß man ein Risiko eingehen. Und ich glaube, daß der Zeitpunkt günstig für uns ist, dieses Risiko einzugehen. Wir müssen es für ihn und für uns tun.« Henry holte tief Luft. Alle, auch Wild Bill, warteten gespannt, was noch kommen würde. »Wir werden uns in drei Gruppen aufteilen und den Besitz durchkämmen. Ich gehe mit Emily. Ginny, du gehst mit Joseph. Und Mary, du gehst mit Barton. W.B. ist nicht in der Verfassung, um draußen im Wald herumzulaufen, also bleibt er hier bei den anderen.«

Wild Bill überlegte kurz, dieser letzten Anordnung zu widersprechen, wußte aber, daß sein Sohn recht hatte: Er würde die Operation nur aufhalten. *Außerdem,* dachte er, *ist es höchste Zeit, daß der Junge die Verantwortung übernimmt. Seit zwanzig Jahren warte ich nun darauf. Ich kann jetzt nicht hergehen und ihm in den Rücken fallen … Mist, vielleicht hatte Virginia doch recht, vielleicht wird er diese Gruppe Angsthasen tatsächlich in das nächste Jahrhundert führen.*

»Und was ist mit mir?« fragte Samantha. »Ich werde nicht hierbleiben.«

Henry dachte für einen Moment nach und sagte dann: »Ich meinte eigentlich, daß nur wir Geschwister die Sache in die

Hand nehmen sollten, aber du hast recht, du bist seine Frau, du solltest mit uns da draußen sein.«

»Teil mich auch in eine Gruppe ein, Bob«, sagte der Doc. »Ich bin zwar kein großer Anhänger von diesem Harte-Männer-Getue, aber ich würde mir wirklich wie ein Riesenfeigling vorkommen, wenn ich hierbliebe, während meine Frau da draußen durch die Gegend rennt.«

Ginny schaute zu ihrem Mann. »Mach dich nicht lächerlich, Aaron.«

»Ich mache mich lächerlich, wann ich will ... Und mit Adam kannst du auch rechnen. Er hat gute Augen, ein gutes Gehör und ist flink auf den Beinen.«

»Nein«, sagte die Mutter des Jungen.

»Doch«, entgegnete der Vater des Jungen, und jeder konnte aus Aarons Tonfall schließen, daß Adam an der Suche nach Onkel Edward teilnehmen würde.

»Okay«, sagte Henry nach einer angemessenen Pause, »dann ziehen wir in drei Gruppen zu jeweils drei Leuten los. Samantha, du gehst mit Ginny und Joseph. Aaron mit Mary und Barton. Und du, Adam, du kommst mit Emily und mir. Sind alle einverstanden?«

Es waren zwar nicht alle einverstanden, aber keiner widersprach, zumindest nicht laut. Die Anordnungen wurden befolgt. Sie aßen etwas Toast, tranken dazu Saft, und dann verließen die Suchtrupps das Haus durch die Hintertür. Es war noch nicht acht Uhr morgens, aber schon an diesem ersten Sommertag war die Quecksilbersäule auf über dreißig Grad geklettert. Man konnte die Hitze im Rücken spüren und auf der Zungenspitze schmecken. Man konnte die Hitze in der Luft riechen, am Himmel sehen und sie von der Erde durch die Schuhsohlen hochsteigen spüren.

Sie waren nicht bewaffnet, trugen nicht einmal Steine oder

Stöcke. Ein paar gingen nach Osten, einige nach Westen, andere in südlicher Richtung. Manche machten sich voller Angst auf den Weg, andere wiederum mit Zuversicht. Sie vereinbarten, sich um zehn Uhr in der Nordostecke des Besitzes, in der Nähe der Grundmauern der alten verlassenen Scheune, wieder zu treffen.

Jeder der drei Suchtrupps ging seine Pflicht anders an. Ginny, Joseph und Samantha liefen die Auffahrt entlang zur Straße und folgten ihr dann über offenes Gelände bis in die nordwestliche Ecke. Joseph hatte diese Route deswegen für seine Gruppe ausgesucht, weil sie so die meiste Zeit in freiem Gelände unterwegs waren und keinem Heckenschützen zum Opfer fallen konnten, der aus Bäumen oder hinter Gebäuden hervor auf sie zielte. Er bestand darauf, daß sie kein Wort sagten und ständig in Bewegung blieben; keiner durfte stehenbleiben oder sich unterhalten. Er legte ein ziemlich schnelles Tempo, schon fast einen Laufschritt vor. Und er ging nicht geradeaus, sondern lief im Zickzackkurs voran. Ginny setzte diesem Unsinn schon bald ein Ende. Als sie zwischen dem Seeadler und dem Geier hindurchgingen, war sie bereits völlig außer Atem und schweißgebadet. »Mal langsam, Joseph, das ist kein Wettlauf. Wir sind nicht zum Trainieren unterwegs.« Im stillen dankte Samantha Ginny für diese Zurechtweisung. Ihre Arbeit als Psychologin ließ ihr nicht viel Zeit zum Trainieren. Selbst als sie bald darauf in einen langsamen, aber stetigen Trott verfallen waren, spürte Samantha noch immer ihr Herz rebellisch klopfen. Die erste Meile wünschte sie sich nur, sie wäre doch im Haus geblieben. Während der zweiten Meile wünschte sie sich, sie wäre gar in Ithaca geblieben. Und am Ende der dritten Meile wünschte sie, sie hätte nie von Edward Winslow oder den Winslows gehört.

In der anderen Gruppe erging es einem ebenfalls angeheirateten Mitglied der Familie nicht viel besser. Doch Cohen spielte am Wochenende zwar hin und wieder ein lasches Doppel, aber regelmäßiger Sport war noch nie seine Stärke gewesen. In L.A. geboren und aufgewachsen, kam Aaron zwar glänzend mit verpesteter Luft, einem Smog, der einem die Kehle zuschnürte, und Temperaturen um die vierzig Grad zurecht, aber diese Feuchtigkeit brachte ihn um. Als er und seine Begleiter die erste Steigung am Eingang zum Kiefernwäldchen erreicht hatten, sah er bereits aus, als hätte er zehn oder zwölf Runden mit Joe Louis hinter sich. Der Schweiß stand auf seinem krebsroten Gesicht. Sein Atem ging kurz und stoßweise. Er fragte sich mindestens zweimal in der Minute, was er hier überhaupt machte. Der arme Kerl. Seine Familie hatte keine solchen Probleme. Sicher, sie waren alle ein bißchen unterdrückt und leicht neurotisch auf eine amerikanisch-jüdische Weise, aber seine Schwester war Rechtsanwältin und sein Bruder Banker. Sie sahen sich ein-, zweimal im Jahr und plauderten über ihren Urlaub und ihre Investitionen. Mit Sicherheit jagten sie einander aber nicht durch den Wald, immer in Angst, daß ihnen eine verirrte Kugel die Brust durchlöcherte. Der Doc dachte daran, auf der Stelle umzudrehen, verwarf diese Idee aber sofort wieder, als er überlegte, wie sich das später wohl in den Augen seiner Frau und Kinder machen würde.

Seine Mitstreiter schienen nicht unter denselben Beschwerden zu leiden. Barton schritt forsch voran, bahnte ihnen den Weg und trampelte die Dornenbüsche für seine Schwester und seinen Schwager nieder. Im Gegensatz zu Joseph hatte er keine Angst vor dem Zorn seines Bruders. Er war überzeugt, daß Edward gefunden werden wollte. Alle ein, zwei Minuten hielt er die Hände trichterförmig vor den Mund und rief: »Edward! Edward! Ich bin es, Barton. Ich möchte nur mit dir reden!«

Mary wünschte sich, ihr Bruder würde mit der Schreierei aufhören, nicht etwa, weil sie Edward und seine Artillerie fürchtete, sondern weil sie glaubte, daß der Lärm den Abtrünnigen nur noch weiter in den Wald treiben könnte. Ihrer Meinung nach war es nur möglich, ihn zu erwischen, wenn man sich heimlich, still und leise an ihn heranpirschte, sozusagen irgendwo im Wald praktisch über ihn stolperte. Insgeheim zweifelte sie jedoch daran, daß sie ihn jemals finden würden – es sei denn, er wollte von sich aus gefunden werden. Mary schwebte nur so durch das Unterholz und bemerkte die Dornen, die Hitze und die Feuchtigkeit überhaupt nicht. Ihr zarter, leichter Körper hatte kaum Kontakt mit der Erde, wenn sie lief. Und sie lief viel; täglich lief sie meilenweit durch London und draußen auf dem Land herum. Sie dachte an ihre Rückkehr nach London, wußte jetzt aber, daß es noch eine Zeitlang dauern würde, bis sie ihre Suche nach den Winslows in der Alten Welt wieder aufnehmen konnte.

Henry führte seine Gruppe über das Gelände in der Mitte des Grundstücks. Er, Emily und Adam gingen erst über den Tennisplatz, an den Trümmern des Cottages vorbei und folgten dann dem Grasweg zu der alten Scheune. Sie schauten sich die Scheune erst von außen an und durchsuchten dann die nicht mehr benutzten Pferdeställe und den Heuboden. Von Edward war nichts zu sehen. Sie sprachen nicht viel, als sie leise die Scheune durchkämmten, machten sich aber durch Räuspern und Füßescharren bemerkbar.

Oben im Heuboden hob Henry Adam in die Dachsparren hoch, wo der junge Cohen weiter in den Speicher und hinaus auf das steile Dach der Scheune kroch.

»Sei vorsichtig da oben, Junge.«

»Keine Angst, Onkel Bob.«

Henry zuckte bei dieser falschen Anrede zusammen. »Siehst du etwas?«

»Ich kann alles mögliche sehen, meilenweit in jede Richtung. Sieht aus wie eine Gewitterwolkenwand da im Westen, aber ich kann nicht ... warte mal ... das müssen Mom, Tante Samantha und Onkel Joseph da vorne auf der Straße sein.«

»Aha. Sonst noch etwas?«

Adam schaute sich noch einmal langsam um. Es gefiel ihm dort oben, der Ausblick auf die grünen Hügel. In L.A. war alles so flach und tot; nichts als Beton und Stahl. Er wünschte sich, er könnte den ganzen Tag mit einem dicken Joint und ein paar Litern eiskalter Dr.-Pepper-Limonade dort oben sitzen. *Ich würde gern hier sitzen,* dachte er, *mich bekiffen und zuschauen, wie der Sturm über die Stadt fegt.* »Ich kann auch noch Dad, Tante Mary und Onkel Barton oben im Wald in der anderen Richtung sehen.«

»Aber kein Zeichen von einem einzelnen Mann?«

»Nein, ich sehe nichts.« In der folgenden Stunde legten die drei Suchtrupps eine ziemlich weite Strecke zurück. Sie durchwanderten fast die ganzen zweihundert Morgen, die Wild Bill gehörten. Aber keiner von ihnen entdeckte etwas, das einen Hinweis auf den Aufenthaltsort ihres Bruders Edward gegeben hätte. Wie geplant trafen sie sich kurz vor zehn Uhr unten an den Grundmauern der alten Scheune in der nordöstlichen Ecke des Besitzes.

»Er ist verschwunden«, sagte Ginny.

»Vielleicht war er es gar nicht«, meinte Emily.

»Nein«, entgegnete Samantha, »es war Edward. Glaubt mir, er war es. Ich habe ihn gesehen.«

»Okay«, sagte Henry, »dann gehen wir jetzt zum Haus zurück, kühlen uns ab, trinken etwas und machen uns später vielleicht noch mal auf die Suche.«

Keiner machte einen Gegenvorschlag. Sie kehrten auf fast demselben Weg zum Haus zurück, den Wild Bill fünfundvierzig Jahre zuvor an jenem Herbsttag zurückgelegt hatte, als er die Arbeit an seinem ersten Haus begonnen hatte. Die hohen Kiefern und die dichten Laubbäume sahen jetzt nicht viel anders aus als damals. Sie wateten durch einen Fluß, der fast ausgetrocknet war von der Hitze, und stiegen dann einen kleinen Hügel hoch.

Ihr Schwager und die Schwägerin hingen etwas zurück, blieben aber nicht stehen. Dann ging es eine Steigung hinauf zu dem dichter bewaldeten Areal hinter dem Haus. Barton ging voran. Er entdeckte auch als erster die leere Dose mit Schweinefleisch und Bohnen. Mary trat fast auf eine leere Flasche Root-Beer (das war schon als Kind Edwards liebstes Getränk gewesen). Bald waren alle an dem Ort eingetroffen und sahen den Müll, den Edward hinterlassen hatte.

»Dieser Verrückte«, sagte Joseph, »ist tatsächlich hier oben gehockt und hatte uns alle im Visier. Schaut doch nur mal, was er für einen Blick auf das Haus hat. Himmel, er kann alles sehen, was dort unten vor sich geht, jeden Schritt, den wir tun. Er sitzt wahrscheinlich schon seit Tagen auf diesem Hochsitz und überwacht jeden unserer Schritte.«

Henry nickte. »Da könntest du recht haben.«

»Genauso sieht es aus«, fügte Barton hinzu.

»Ich weiß, daß er immer hier hoch kam, als wir noch Kinder waren«, sagte Mary.

»Tatsächlich?«

»Ja, ich kann mich an ein paar Gelegenheiten erinnern, als es Zeit zum Essen war und wir Edward nicht finden konnten. Dann hat Mom mich immer hier hochgeschickt, um ihn zu holen. Sie wußte, daß er gern allein hier saß und das Haus beobachtete.«

»Jesus, Mary«, fragte Joseph, »warum hast du uns das nicht schon früher gesagt?«

»Weil es mir gerade erst eingefallen ist.«

»Er hätte von hier aus jeden von uns abknallen können, der zur Hintertür hinausging.«

»Langsam, Joe«, sagte Henry. »Seien wir doch erst mal froh, daß wir diesen Platz überhaupt gefunden haben. Jetzt wissen wir wenigstens mit Sicherheit, daß er hier war.«

»Aber wo ist er jetzt?« fragte Ginny. »Ob er wieder zurückkommt?«

»Er kommt bestimmt zurück«, sagte Samantha leise.
Sie standen da und starrten auf den Abfall. Sie dachten an den Menschen, bei dem keine Vernunft mehr etwas ausrichten konnte; und keiner sagte ein Wort.

34

Die Brüder und Schwestern fanden Edward deshalb nicht, weil Edward sich in den ersten Stock der Bücherei von Bernardsville verkrochen hatte. Er saß zwischen den Bücherregalen, den Kopf in Poes »Die Morde in der Rue Morgue« vergraben. Seit fast einer Stunde las er schon, war aber erst auf der dritten Seite der Geschichte angelangt. Er mußte die Zeilen immer und immer wieder lesen, ehe sie einen Sinn ergaben, ehe die Wörter auf dieser Seite die versteinerten Wände seines Gehirns durchdrangen. Little Eddie konnte sich nicht konzentrieren. Er murmelte leise vor sich hin – etwas in der Art, daß die Missetäter dafür zahlen müßten – und fügte leise, aber sehr deutlich noch ein paar besonders anschauliche Schimpfwörter hinzu. Es war keine schöne Szene.

Einmal bereits war die Bibliothekshelferin nach oben geschickt worden, um den jungen Mann in der Ecke zu bitten, doch davon Abstand zu nehmen, solch unnötigen Lärm zu machen. »Das hier ist eine Bibliothek«, erklärte sie ihm freundlich. Edward blickte von seinem Poe auf. Er spähte über den Rand des Novellenbandes. Vor ihm stand eine Frau, aber er hatte keine Ahnung, warum oder was sie wollte. Sie stieß einen leichten Seufzer aus und kehrte umgehend an ihren sicheren Tisch zurück. Das Gemurmel und die Flucherei gingen weiter.

Mehrere ältere Damen beschwerten sich. Sie empfanden das Benehmen des Mannes als empörend. Nicht wenige gingen. Die leitende Bibliothekarin und ihre Mitarbeiter diskutierten, was sie mit dem jungen Mann oben zwischen den Büchern machen sollten.

»Er stinkt«, flüsterte die Helferin, die vorher oben gewesen war. »Ich glaube, der hat sich seit Wochen nicht mehr gebadet.«

Eigentlich waren es nur ein paar Tage, seit Little Eddie zum letztenmal geduscht hatte, aber bei all der Hitze und der

Feuchtigkeit hatte sein Körper Unmengen von Schweiß verströmt. Der Streß hatte sein übriges dazu beigetragen.

»Glauben Sie, er ist obdachlos?«

»In Bernardsville? Guter Gott«, sagte die Leiterin, »so weit kann es doch noch nicht gekommen sein.«

»Vielleicht sollten wir die Polizei rufen.«

»Das tue ich dem armen Mann nur ungern an.«

»Aber er sagt so schreckliche Dinge.«

Die leitende Bibliothekarin nickte.

Oben war Edward voll in Fahrt. Er hatte mehrere Seiten aus »Die Morde in der Rue Morgue« gerissen, sie zu kleinen Bällen zusammengeknäult und in eine staubige Ecke geworfen. »Schund«, murmelte er, »nichts als Schund, dreckiger, stinkender, billiger Schund.«

Die einzige andere Person, die noch im ersten Stock saß, war ein erst kürzlich in den Ruhestand getretener Besitzer eines Haushaltswarengeschäftes, der in seinem ganzen Leben nicht ein böses Wort gesagt hatte. Er machte ein Eselsohr in das Buch über sichere Investitionen für Ruheständler und beeilte sich, in das relativ sichere Erdgeschoß zu flüchten. Jetzt war Little Eddie ganz allein.

Er stöberte durch die Regale und zog hier und da ein Buch heraus. Er warf einen Blick auf die Titel und schaute sich die Fotos der Autoren auf den Einbänden an. »Armleuchter«, murmelte er. »Wichser. Arschloch. Schlampe. Arschgeige. Abschaum. Nutte.« Vor seinen Augen verwandelten sich die Bilder in Fotografien seiner Geschwister.

Unten hörten sie die Bücher zu Boden fallen. Es waren gar nicht so viele, vielleicht ein Dutzend, aber jedes einzelne klang wie eine kleine Explosion, als ob eine winzige Bombe in der sicheren, ruhigen und wohlhabenden Bastion von Bernardsville eingeschlagen hätte. Einige der noch verbliebenen Stammleser verliehen ihrer Empörung Ausdruck und marschierten verärgert hinaus. Hinterher diskutierten sie stundenlang über den Wahnsinnigen in der Bibliothek. Sie stellten Spekulationen über die Natur seines Wahnsinns an und kamen schließlich zu dem Ergebnis, daß sich die Gesellschaft generell in einem Zustand der Anarchie und des Verfalls befand.

Die leitende Bibliothekarin wußte, was sie zu tun hatte. Sie mußte ihre Pflicht erfüllen. Sie griff zum Telefon und rief im Polizeipräsidium an.

Oben entdeckte Edward das Wort *abgeschlachtet* auf einem Buchrücken. Dieses Wort zog sofort seine ganze Aufmerksamkeit auf sich. Er nahm das Buch aus dem Regal. Auf dem Deckblatt war in goldenen Lettern gegen einen tiefschwarzen Hintergrund zu lesen: *»Ich, Pierre Riviere, der ich meine Mutter, meine Schwester und meinen Bruder abgeschlachtet habe ...«* Das Buch trug den Untertitel *Ein Fall von Vater- und Muttermord im Frankreich des 19. Jahrhunderts*, aber Edward hielt sich nicht lange bei dem Untertitel auf; der eigentliche Titel genügte ihm; der war alles, was er brauchte, was er wollte. Er las ihn immer und immer wieder. Die Worte erregten, hypnotisierten ihn, ja, beruhigten ihn gar und ließen ihn wie einen Geist verstummen. Mit dem Buch unter dem Arm kehrte er zu seinem Stuhl in der Ecke zurück.

Unten wurde ein Seufzer der Erleichterung ausgestoßen, als die Bombenangriffe endlich ein Ende fanden. Aber der Stein war ins Rollen gebracht: Der lange Arm des Gesetzes war bereits unterwegs.

Oben entdeckte Edward auf Seite 54 das volle Geständnis des Pierre Riviere. Langsam und mehrmals hintereinander las er den ersten Teil des Geständnisses: *Ich, Pierre Riviere, der ich meine Mutter, meine Schwester und meinen Bruder abgeschlachtet habe, habe in dem Wunsch, die Motive, die zu meiner Tat führten, bekanntzumachen, das ganze Leben aufgeschrieben, welches mein Vater und meine Mutter seit ihrer Eheschließung geführt haben* ... Edward versuchte es auch ein-, zweimal mit dem zweiten Teil, aber er versperrte sich ihm, ergab keinen Sinn, paßte ihm auch gar nicht. Also konzentrierte er sich auf den ersten Teil, nur auf diesen. Er las ihn so oft, bis er sich in etwas verwandelt hatte, das er selbst geschaffen hatte, in etwas, das seiner eigenen Kreativität, seinem eigenen Willen entsprungen war. Little Eddie formulierte Pierres Worte in sein eigenes Geständnis um. Und als er jetzt die Worte auf dieser Seite las, lauteten sie folgendermaßen: *Ich, Edward Winslow, der ich meinen Vater, die Hure meines Vaters, meine Schwestern, meine Brüder und meine hinterhältige Frau abgeschlachtet habe, habe in dem Wunsch, die Motive, die zu meiner Tat führten, bekanntzumachen, das ganze Leben aufgeschrieben, welche mein beschissener Vater und meine perfekte Mutter seit ihrer Eheschließung geführt haben ...*

Edward konzentrierte seine ganze Energie auf diese neue Interpretation, bis er von unten eine vertraute Stimme hörte. Die Stimme klang rauh, tief und autoritär. Für Little Eddie klang sie wie die Stimme seines Papas, wie Wild Bills Stimme.

»Und wo ist er?« fragte die Stimme.

»Oben«, antwortete eine Frauenstimme, eine leise, sanfte Stimme, die Stimme seiner Mama.

»Ich gehe mal hinauf und rede ein paar Takte mit ihm.«

»Seit wir Sie angerufen haben, hat er sich wirklich ganz ruhig verhalten. Nicht einen Ton hat er von sich gegeben. Vielleicht hat er nur einen schlechten Tag oder hat mit seiner Frau gestritten oder so etwas in der Richtung.«

»Vielleicht. Ich finde es schon heraus.«

Als der Polizist Eddie in seiner abgelegenen Ecke endlich aufspürte, war einiges anders an Eddie. Er starrte nicht länger mehr auf das *Pierre-Riviere-Buch.* Dieses Buch hatte er hinter einigen anderen Büchern versteckt, wo es die nächsten Jahre bestimmt nicht mehr gefunden werden würde. Edward hatte jetzt ein neues Buch in der Hand, etwas Leichtes und Heiteres, etwas Klassisches und Konventionelles. Außerdem hatte der junge Mann sein Hemd wieder in die Hose gesteckt, sich das Haar aus dem Gesicht gestrichen und seinen Mund zu einem breiten, einladenden Lächeln verzogen.

»Guten Morgen«, sagte der Beamte.

Edward warf ihm einen beiläufigen Blick über den Buchrand zu. Er war etwas überrascht, einen Polizisten anstelle seines Vaters zu sehen, ließ sich seine Überraschung aber nicht anmerken. »Guten Morgen.«

»Alles in Ordnung?«

»Ja, alles in Ordnung. Danke.«

Unten spitzten alle die Ohren.

Dem Polizisten fielen Edwards Augenbrauen auf, besser gesagt, das Nichtvorhandensein dieser Augenbrauen. »Was ist mit Ihren Augenbrauen passiert, junger Mann?«

Edward berührte seine Stirn. Fast seine ganzen Augenbrauen waren versengt worden, als er das Streichholz auf das Cottage geworfen hatte. »Oh«, sagte er und lächelte, »das ist mir gestern abend passiert, als ich den Holzkohlengrill anzünden wollte ...« Und er schüttelte den Kopf. »So was Dummes.«

Der Polizist nickte. »Das ist mir auch mal passiert.«

Das bezweifle ich, dachte Edward.

»Und«, fragte der Beamte, »was lesen Sie denn da Schönes?«

Edward drehte das Buch so, daß der Polizist den Titel sehen konnte. *Die Abenteuer des Huckleberry Finn.* Edwards Lächeln wurde noch breiter. »Huck Finn. Ich habe dieses Buch bestimmt schon ein dutzendmal gelesen, aber es macht mir immer noch Spaß.«

Der Polizist nickte. »Ich habe es auch immer sehr gern gelesen.«

»Ich lese es besonders gern nach einem schlechten Tag. Es erscheint einem dann vieles leichter.«

»Sie hatten heute wohl einen schlechten Tag, wie?«
Edward schüttelte den Kopf und seufzte. »Ein paar schlechte Tage. Eine schlechte Woche käme schon eher hin. Das Geschäft geht den Bach runter. Das liegt nur an diesen Japanern. Wir können einfach nicht mit ihnen konkurrieren. Aber jetzt habe ich eine Lösung gefunden, glaube ich. Wenn ich diese Kerle schon nicht schlagen kann, dann mache ich es einfach wie sie.«
Der Polizist lachte. »Ich weiß, was Sie meinen, Kumpel, aber die Sache sieht so aus: Da unten sind ein paar Leute, die meinen, Sie hätten hier einen Krawall angefangen.«
Edward schüttelte erneut den Kopf. »Wahrscheinlich habe ich wieder mit mir selbst gesprochen. Das tue ich manchmal. Inzwischen sollte ich eigentlich wissen, daß ich dann lieber zu Hause bleiben und es daheim in meinem Schlafzimmer tun sollte.«
Der Polizist wußte, daß er danach fragen mußte. Es war schließlich sein Job. »Leben Sie hier in der Stadt, Sir? Haben Sie vielleicht etwas bei sich, womit Sie sich ausweisen können?«
Edward erklärte, daß seine Familie in Far Hills zu Hause war und daß er in Ithaca, New York, lebte, wo ihm eine kleine Firma gehörte, die medizinische Präzisionsinstrumente herstellte. Was er sagte, klang ruhig, vernünftig und glaubwürdig. Er gab dem Beamten seinen Führerschein.
Der Polizist schaute ihn sich an. »Winslow? Sind Sie mit Bill Winslow, dem Bauunternehmer, verwandt?«
»Sicher, ich bin sein Sohn. Momentan bin ich sogar auf dem Weg zu ihm. Ich hoffe, daß er mir mit etwas Investitionskapital unter die Arme greift.« Edward lächelte. Der Polizist ebenfalls. Doch sofort fragte Edward sich, ob er damit nicht zu weit gegangen war. Vielleicht hatte ja sein Vater wegen des Cottages die Polizei verständigt. Er befürchtete, daß vielleicht schon ein Haftbefehl gegen ihn erlassen war.
Doch der Polizist konnte ihn beruhigen. »Oh, das tut mir jetzt

aber sehr leid, Mr. Winslow. Zur Zeit geht alles etwas drunter und drüber, und die Leute unten sind einfach in Panik geraten. Das ist nun mal so in einer kleinen Stadt.«

»Kein Problem«, sagte Edward. »Ich habe mich bestimmt etwas merkwürdig benommen. Das passiert mir manchmal.«

»Das passiert uns allen ab und zu.«

»Nun, ich wollte ohnehin gehen. Auf dem Weg nach draußen werde ich mich für die Schwierigkeiten entschuldigen, die ich eventuell bereitet habe.«

»Das wäre nett.«

Edward folgte dem Polizisten die Treppe hinunter. Sofort verfielen unten alle in hektische Aktivität, als ob sie nicht mit großen Ohren jedem Wort gelauscht hätten, das von oben kam. Keiner schaute auf, als Edward herunterkam. Er folgte dem Polizisten, der an den Karteikästen und an den Regalen mit den Zeitschriften und den Neuerscheinungen vorbeiging. Er ging direkt zu dem ersten Tisch und wartete, daß die leitende Bibliothekarin damit aufhörte, so zu tun, als suchte sie ganz wichtige Daten auf ihrem Bildschirm. »Es tut mir leid, sollte ich Ihnen irgendwelchen Ärger bereitet haben, Ma'am. Ich habe es ganz bestimmt nicht böse gemeint.«

Die Bibliothekarin, eine ältere Frau mit Lesebrille, deren eigene Kinder sich nicht ganz so entwickelt hatten, wie sie gehofft hatte, brachte ein kleines Lächeln zustande. »Oh, das ist schon in Ordnung, es ist nichts. Wir haben uns nur Sorgen um Sie gemacht, das ist alles.«

Edward dankte ihr für ihre Anteilnahme und verabschiedete sich. Er folgte dem Polizisten zur Tür hinaus. Auf dem Parkplatz schüttelten sie sich die Hände. »Grüßen Sie doch Ihren Vater von mir.«

»Das werde ich.«

Der Beamte stieg in sein Polizeiauto, aus dessen Funkanlage bereits sein nächster Einsatz quäkte.

Edward winkte, als der Streifenwagen in die Straße einbog und schnell wegfuhr. Sobald das Polizeiauto verschwunden war, ging Edward über den Parkplatz zu seinem Wagen. Er schaute sich schnell um und vergewisserte sich, daß ihn niemand beobachtete. Dann sperrte er den Kofferraum auf. Niemand hatte seine Ausrüstung angerührt. Das Fernglas, das Gewehr und der kleine Patronenhaufen lagen noch genau so da, wie er sie zurückgelassen hatte.

35

Während Eddie seine Selbstgespräche führte und die Suchtrupps auf der Suche waren, war es in dem großen Haus alles andere als ruhig. Ganz im Gegenteil. Der Zirkus ging mit einem Streit zwischen Madeline und ihrem Großvater los. Die junge Dame aus Südkalifornien wollte unbedingt schwimmen gehen. Der Wilde erklärte ihr, daß sie nicht schwimmen gehen konnte, sondern im Haus bleiben mußte.

Diese Anordnung paßte der Tochter des Kinderarztes aus Bel Air ganz und gar nicht. »Aber es ist so heiß hier drinnen. Wie in einer Sauna.«

Madeline, Wild Bill und die anderen, die zurückgeblieben waren, saßen oder standen in der großen Küche herum. Der Wilde saß am Kopf des Tisches, wo er zu den Küchenfenstern hinaussehen konnte. »So heiß ist es nun auch wieder nicht.«

»Doch, ist es. Wie in einem Ofen.«

»Hör auf mit dem Jammern, Mädchen.«

»Es ist heiß wie in einem Backofen.«

»Hör mit dem Genörgle auf.«

Aber Madeline glaubte, daß sie es nur noch ein bißchen weiter probieren müsse. Sie beschloß, bei ihrem Großpapa dieselbe Taktik wie bei ihrem lieben alten Dad anzuwenden. »Komm schon, Großvater, nur ein kurzer Hüpfer, und dann schnell wieder raus. Nur zum Abkühlen.« Sie stellte sich hinter ihn, legte ihre Hände auf seine Schultern und massierte seine Muskeln, die nach dem Treppensturz immer noch schmerzten.

»Nein.«

»Aber wieso nicht?«

»Ja, wieso eigentlich nicht?« fragte Rosa.

Und Katie.

Und Constance.

Und John und Paul.

»Weil ich es gesagt habe«, fuhr der Wilde sie an, »deshalb.« Sein Tonfall war nicht sehr freundlich. Die meisten der Anwesenden, wenn nicht alle, wichen einen Schritt vor ihm zurück.
Nach einer Weile trieben Irene und Evangeline die kleineren Kinder zusammen und gingen mit ihnen durch das Eßzimmer ins Wohnzimmer. »Kommt, Kinder«, sagte Evangeline. »Ich weiß ein schönes Spiel für uns.«
Madeline, die ihre Verbündeten verschwinden sah, schmollte. »Ich verstehe nicht, warum du uns nicht zum Schwimmen gehen lassen willst. Ich halte das für dumm, für egoistisch.«
Wild Bill starrte unverwandt zu den Küchenfenstern hinaus, seit die Suchtrupps in den Hügeln verschwunden waren. Er fühlte sich alt und nutzlos, wie er so mit Schrammen und gebrochenen Gliedmaßen dasaß. »Halt deinen Mund, Mädchen«, fuhr er seine Enkelin an, »halt endlich deinen Mund. Du jammerst, wie deine Mutter immer gejammert hat.«
Madeline hielt den Atem an. Fast zehn Sekunden lang holte sie keine Luft mehr. Dann fing sie zu weinen an, nur ein paar dicke Tränen. Sie wischte sich die Tränen ab und schrie: »Oh, du, du, zur Hölle mit dir, du … du alter Knacker!«
Wild Bill drehte sich von dem Fenster weg, bekam aber nur noch den Rücken seiner Enkeltochter zu sehen, die aus der Küche stürmte. Sie hastete die vordere Treppe hinauf und lief durch den Gang in ihr Schlafzimmer. Der Wilde hörte, wie die Tür zugeknallt wurde. Das Haus erbebte unter diesem Wutausbruch. Wild Bill seufzte. Sein ganzes Leben lang hatte er nur Türenknallen in diesem großen alten Haus gehört.
Er tastete nach der Pistole, die im Bund seiner leichten Khakihose steckte. Zuvor hatte Evangeline sorgfältig das rechte Hosenbein aufgetrennt, damit Billy Boy die Hose über seinem Gips anziehen konnte. Aber sie hatte keine Ahnung, daß er eine 45. einsteckte. Hätte sie das gewußt, wäre sie sowohl

ärgerlich als auch besorgt gewesen. Sie hätte ihn angefleht, die Waffe wegzustecken.

Virginia war bereits ärgerlich und besorgt. Sie wußte, daß ihr Mann die Waffe hatte. Oben hatte sie ihn dabei beobachtet, wie er sie in seine Khakihose getan hatte. Sie hatte von vornherein nicht gewollt, daß er sich die Waffe anschaffte. Caroline, Crazy Legs' Frau, wußte ebenfalls, daß er die Waffe hatte. Sie haßte Waffen, hatte Angst vor dem Krach, den sie machten. Die anderen verstorbenen Winslows jedoch waren der Meinung, daß der älteste lebende Winslow nur ein gesundes Maß an Vorsicht an den Tag legte, wenn er eine Waffe trug, bis das Problem mit Little Eddie gelöst war.

Wild Bill war sich da nicht so sicher. Er wußte nicht mehr, was er denken sollte. Er haßte das Gefühl des kalten Stahls an seiner Haut. Und er wußte aus Erfahrung, daß Gewalt nur wieder Gewalt erzeugte. Er wollte die Waffe am liebsten weglegen, das Magazin herausnehmen und die Pistole wieder in die Schublade seiner Kommode sperren. Doch gleichzeitig kam es ihm vernünftig vor, sie für alle Fälle bei sich, in seiner Nähe zu haben. Er redete sich ein, daß er die Waffe nur mit äußerster Vorsicht benutzen würde. *Ich werde sie nur dann benutzen,* dachte er, *wenn es absolut notwendig ist; nur wenn es keinen anderen Ausweg mehr gibt und ich nicht anders handeln kann. Natürlich sagen das alle, das sagen all die Waffennarren seit Tausenden von Jahren.*

Wieder seufzte er und schaute aus dem Fenster. Und da waren sie, keine zehn Meter von ihm entfernt, eine ganze Herde, die über den Rasen und die gemauerte Veranda hinauf stolzierte, dabei auf dem Boden herumpickte und nach heruntergefallenen Sonnenblumenkernen suchte, die Evangeline für die Finken, Kardinalvögel und anderen kleinen Vögel ausgelegt hatte. Wild Bill konnte kaum seinen Augen trauen. Er empfand ein angenehmes Déjà-vu-Erlebnis. Jetzt waren sie genau vor dem

Fenster. Wäre es offen gewesen, hätte er hinausgreifen und ihre Flügel packen können. Aber das Fenster war zu, verschlossen und stärker verriegelt als ein Banktresor. Selbst an einem so heißen und schwülen Sommertag wie diesem war es verschlossen und verriegelt, weil Angst zum alles beherrschenden Gefühl der Bewohner dieses Hauses geworden war. Wild Bill zählte die Vögel. Es waren neun Hennen und vier Hähne, insgesamt dreizehn Vögel, dreizehn stolze und trotzige wilde Truthähne.

»Ich werde es jetzt endlich machen«, sagte er laut. »Ich werde diesen Geier am Ende der Auffahrt herunterholen und durch einen wilden Truthahn ersetzen, durch einen amerikanischen wilden Truthahn. Zur Hölle mit Crazy Legs und seinem Geier. Ich habe ihn immer gehaßt, diesen verdammten Geier.«

Rosa kam in die Küche. »Mit wem sprichst du da, Großpapa?«

Der Wilde deutete zum Fenster hinaus. »Schau mal, Rosa, schau, wer uns besucht.«

Rosa drückte ihr Gesicht gegen die Scheibe. Ihre Augen wurden ganz groß. So etwas hatte sie noch nie zuvor gesehen. »Ohhh! Großpapa, was ist das?«

»Das sind wilde Truthähne, Mädchen, wilde amerikanische Truthähne.«

»Truthähne. So wie das, was wir an Thanksgiving essen?«

»Ganz genau.«

»Ohh!« sagte sie noch einmal. »Ich hole die anderen.«

Bald hatten sich alle in der Küche versammelt, alle bis auf Madeline. Sie war oben auf ihrem Zimmer und wütend auf die ganze Welt. Die Kinder drängten sich vor den Fenstern: Rosa, John, Paul, Katie und Constance. John und Paul hatten bereits einmal wilde Truthähne gesehen, vielleicht sogar dieselben Tiere, erwähnten es aber nicht, sondern benahmen sich, als ob es auch für sie das erstemal wäre.

Die Truthähne wanderten weiter über die Veranda, hinaus auf

den Rasen. Sie stolzierten langsam am Swimmingpool vorbei und um den Zaun am anderen Ende des Tennisplatzes herum.

»Wo gehen sie hin?« fragte Rosa

»Sie gehen heim«, erklärte Evangeline.

»Ohhh!« meinte Rosa.

»Kommen sie wieder zurück?« fragte Constance.

»Bestimmt, Kind«, sagte Wild Bill, »sie kommen sicher zurück. Du mußt nur Geduld haben.«

Evangeline drückte Billy Boys Schulter.

Sie sahen alle zu, wie die wilden Truthähne im Gebüsch verschwanden.

Sofort wollten die Kinder auch zu dem Spiel zurück, das Irene und Evangeline ihnen versprochen hatten.

»Komm schon, Großpapa«, sagte Rosa, »spiel auch mit.«

»Was soll ich denn spielen?«

»Verstecken.«

»Verstecken?«

»Wir verstecken uns hier im Haus«, erklärte Katie. »Du kannst dich überall im Haus verstecken, wo du möchtest.«

Wild Bill schaute aus dem Fenster und hielt Ausschau nach Little Eddie. »Ich habe keine Zeit für Spiele.«

»Oh, jetzt komm doch, Gropapa.«

»Ja, komm schon, Onkel Bill«, sagte Paul. »Du kennst doch die besten Verstecke.«

Und so stimmte der Wilde, nachdem er sich noch eine Weile geziert hatte, unter zwei Bedingungen zu. Erstens: »Keiner verläßt das Haus.« Und zweitens: »Ich werde mich nur verstecken und nicht suchen. Dafür bin ich viel zu langsam.«

Paul und Katie meldeten sich freiwillig als erste zum Suchen. Alle anderen schwärmten aus, um sich zu verstecken. Irene, deren ungeborenes Kind einen wahren Sturm an Tritten in ihr entfesselte, ging mit Constance. Rosa begleitete John. Und Billy Boy verschwand mit seiner süßen Evangeline.

»Außerdem habe ich noch eine dritte Bedingung«, flüsterte er ihr zu, als sie langsam die Haupttreppe hochstiegen.
»Du bist heute aber schrecklich anspruchsvoll.«
Er hielt sich an ihr fest, während er die Stufen hochhumpelte.
»Es gibt einen ganz besonderen Platz, an dem ich mich verstecken möchte.«
»Und wo ist das?«
»Das ist ein Platz, an dem ich mich als Kind immer versteckt habe. Du wirst schon sehen.«
Als sie den Treppenabsatz erreichten, gingen sie den Gang hinunter und schlugen die Richtung ein, die vom Elternschlafzimmer wegführte. Am Ende des Ganges, kurz vor der Tür in den zweiten Stock, befand sich ein großer Wandschrank, auf dessen Regalen Decken, Kopfkissen, Handtücher und Bettlaken untergebracht waren. Billy Boy öffnete die Tür.
»Hier hinein?« fragte Evangeline.
Billy Boy nickte. Evangeline stieg in den Schrank. Der Wilde folgte ihr, griff hinter sich und machte die Tür wieder zu. Im Schrank war es stockdunkel. Er nahm Evangeline bei der Hand. »Komm«, sagte er, »wir sind noch nicht ganz da.«
Sie tasteten sich bis zur hinteren Wand des Schrankes vor. Dort suchte Billy Boy die Wand nach dem Haken ab. Er entriegelte ihn und stieß eine niedrige, schmale Tür auf. Durch ein kleines rundes Fenster fiel Tageslicht über ihren Köpfen in den Schrank.
»Du wirst dich bücken und kriechen müssen«, sagte er. »Paß auf deinen Kopf auf.«
Evangeline ließ sich auf Hände und Knie nieder und kroch durch die schmale Öffnung. Der Wilde folgte ihr. Er hatte etwas Mühe mit seinem Gips, aber schließlich schaffte er es doch, das sperrige Ding in den Schlauch hineinzuziehen. Er schloß die Tür hinter sich.
»Hier drin wird uns nie jemand finden«, meinte Evangeline.

»Paul wird uns schon finden«, sagte der Wilde. »Er kennt diesen Platz hier.«
»Tatsächlich?«
Billy Boy nickte.
»Ihr zwei habt also schon früher mal Verstecken gespielt.«
»Ein paarmal.«
»Aber nie mit mir. Jedenfalls nicht im Haus. Nur draußen im Garten ein- oder zweimal.«
Billy Boy lächelte. Sie befanden sich nun unter der Treppe, die in den zweiten Stock hinaufführte. Das Versteck war ungefähr zwei Meter lang und vielleicht einen Meter breit. Durch das runde Fenster konnte man auf den Garten hinter dem Haus sehen. Der Wilde setzte sich vor das Fenster.
»Wolltest du dich deshalb hier oben verstecken«, fragte Evangeline, »damit du weiter nach Edward Ausschau halten kannst?«
»Zum Teil«, antwortete er, »vielleicht.«
Er legte den Arm um ihre Taille. Ein paar Minuten saßen sie still da. Es war warm und stickig in dem niedrigen, engen Schlauch. Billy Boy stieß das Fenster auf. Er konnte die Vorderseite der Garage, den Swimmingpool, den Tennisplatz und einen Teil des niedergebrannten Cottages überblicken. Aber nichts rührte sich, alles verhielt sich völlig ruhig. Kein Lüftchen ließ die Blätter erzittern, kein Wind wiegte das Gras oder kräuselte die Oberfläche des Wassers.
Die Minuten verstrichen. Und plötzlich fing Evangeline leise an zu weinen.
»Was ist denn? Was ist los?«
»Nichts. Es ist nur alles so verrückt, so verrückt und traurig.«
»Daß wir uns hier in diesem Kabuff verstecken?«
»Nein … ich weiß nicht … einfach alles.«
Er wußte, was sie meinte. »Das ist ja nun nicht gerade das Familientreffen geworden, das ich mir vorgestellt hatte, als ich

dich vor ein paar Tagen bat, alle zu Hause zusammenzutrommeln.«

»Ist das erst ein paar Tage her? Mir kommt das eher wie Monate vor.«

Er drückte sie an sich.

Sie schaute zum Fenster auf den Rasen und auf die Gärten hinaus. »Es gibt soviel zu tun«, meinte sie. »Ich bin so mit meiner Arbeit im Rückstand. Ich bin kaum mehr zu etwas gekommen, seit diese ganze Sache hier angefangen hat.«

»Das ist auch nicht wichtig. Es sieht noch alles wunderschön aus.«

»Aber die Rosen müssen beschnitten werden. Die Beete mit den winterharten Pflanzen müssen gejätet werden. Und dieser wilde Wein dort drüben wird alles überwuchern, wenn ich ihn nicht zurechtstutze. Die einjährigen Pflanzen brauchen unbedingt Wasser. Ohne Wasser gehen die ein bei dieser Hitze. Dann müssen die Azaleen und die Rhododendren gedüngt werden. Die Chrysanthemen sollten ebenfalls zurückgeschnitten werden. Wenn ich sie jetzt nicht stutze, blühen sie im Juli, im August ist aber nichts mehr von ihnen zu sehen.« Evangeline sprach mit leiser, monotoner Stimme. Sie schien es kaum zu bemerken, daß ihr Mund Laute erzeugte. Sie dachte nur laut vor sich hin. »Und der Pool braucht unbedingt Chlor. Sonst wird er grün bei der Feuchtigkeit. Der Tennisplatz muß unbedingt gefegt und gerollt werden. Dann sollte man das Gras mähen und der ...«

Billy Boy legte seinen Zeigefinger sanft auf ihre Lippen. »Darum werden wir uns noch rechtzeitig kümmern, Liebling, wir werden das alles erledigen ... Und wenn nicht, was macht das aus? Du sagst doch immer, daß es auf das Tun, nicht auf das Beenden ankommt.«

»Aber es ist so traurig«, flüsterte sie und schaute dabei durch das Fenster in Richtung Cottage, »es ist alles so traurig.«

Billy Boy folgte ihrem Blick. »Wir werden es wieder aufbauen«, sagte er. »Wir werden alles wieder so herrichten, wie es war, jeden einzelnen Balken, jeden einzelnen Stein. Wir werden es genau so nachbauen, nur noch schöner.«
»Nein, das ist mir egal. Das ist es nicht. Ich weiß, daß man Wände wieder ersetzen, neu aufbauen kann ...« Wieder fing sie an zu weinen, dieses Mal aber nicht so leise.
Billy Boy drückte sie noch fester an sich. Er sagte nichts. Schon vor Jahren hatte sie ihn die besondere Qualität des Schweigens gelehrt. Er hatte sich sehr gewünscht, er hätte diese Lektion bereits als wesentlich jüngerer Mann gelernt.
Etwas später, ihr Gesicht war immer noch tränennaß, fragte sie, ohne jedoch eine Antwort zu erwarten: »Was ist mit dem Schaukelstuhl? Was ist mit ihm? Dein Großvater hat schon in diesem alten Stuhl gesessen. Und was ist mit dem Kissen, das mir meine Mutter gemacht hat, als ich noch ein Baby war? Und was ist mit dem Bild, das Paul im vergangenen Monat in der Schule von dir und mir gemalt hat? Das über dem Kühlschrank hing. Und was ist mit Johns Insektensammlung? Seine vielen Würmer und Fliegen und Wespen ...« Jetzt strömten ihre Tränen ungehindert. Das schreckliche Erleben des Feuers hatte endlich ihre Seele erreicht. Das wußte Wild Bill und hatte keine Ahnung, was er dagegen tun sollte; aber er glaubte zu wissen, was er sagen konnte.
»Ich liebe dich.«
Evangeline verstärkte den Griff um seine Hand. Sie schluchzte wie ein kleines Mädchen. Draußen hing der Sommer wie eine Glocke über der Erde. Die Hitze drückte alles nach unten. Nichts rührte sich, was sich nicht unbedingt bewegen mußte. Die Sturmwolken hatten sich irgendwo im Westen zusammengeballt, dort, wo man sie nicht sehen konnte.
»Hasse ihn nicht«, sagte sie; sie hatte ihr Schluchzen jetzt fast unter Kontrolle. »Bitte, versprich mir das. Versprich mir, daß

du ihn nicht hassen wirst. Das bringt nichts Gutes. Du weißt, daß es noch nie etwas Gutes gebracht hat.«

Er versprach es ihr.

Nach einem kurzen Augenblick fuhr sie fort: »Es sollte so kommen. Es gibt für all das einen Grund. Dein Sturz. Das Feuer. Es muß einen Grund dafür geben.«

Er nickte.

Sie hörten, wie jemand die äußere Schranktür öffnete.

Evangeline wischte sich die Tränen aus dem Gesicht. »Wenn man etwas verliert, gewinnt man auch etwas, Billy Boy. Man gewinnt immer etwas. Die Freunde glauben ganz fest daran, mehr als an alles andere.«

Wieder nickte Billy Boy. Jetzt wollte er am liebsten heulen.

»Ich liebe dich auch.«

Sie hörten, wie jemand den Riegel umlegte. Die niedrige, enge Tür ging auf. Und dort stand im Lichtschein ihr Sohn Paul, der über das ganze sommersprossige Gesicht strahlte. »Ich habe euch gefunden!«

»Das hast du, Junge, das hast du«, sagte Wild Bill. Er faßte seinen jüngsten Sohn um die Taille und zog ihn zu sich in die Bodenkammer. Er kitzelte den Jungen, bis dieser kichernd um Gnade flehte.

»Ich habe gewußt, daß ihr hier seid. Ich wußte es, ich wußte es, ich wußte es.«

»Und du hattest recht, Junge, du hattest absolut recht. Aber jetzt mußt du mir mal zuhören. Ich möchte dich nämlich um etwas bitten. Später, wenn Onkel Edward kommt – falls er überhaupt kommt –, dann möchte ich, daß du deinen Bruder und alle deine Cousins und Cousinen hier in dieses Versteck hochbringst.«

»Aber woher soll ich wissen, daß es Onkel Edward ist? Ich habe Onkel Edward doch noch nie gesehen.«

»Mach dir deswegen keine Sorgen, das merkst du schon.«

»Und wenn er kommt, wird er uns dann suchen?«
»Ganz recht, Paul«, sagte der Wilde, »Onkel Edward wird euch dann suchen. Und deswegen will ich auch, daß du deinen Bruder und all die anderen hier hochbringst.«
»Kennt Onkel Edward dieses Versteck denn nicht? Hat er sich als Kind nicht auch hier versteckt?«
»Wahrscheinlich hat er das«, sagte Wild Bill, »aber er hat das bestimmt schon lange vergessen.«
»Hast du dich als Kind hier versteckt?« fragte Paul.
Der Wilde dachte zurück. »Das war vor sehr langer Zeit, aber ich glaube, ja, das habe ich.«
»Dann ist es also ein gutes Versteck?«
Der Wilde klopfte seinem Jungen auf den Rücken. »Es wird ein ausgezeichnetes Versteck sein.«
Sie saßen ein paar Minuten ruhig da. Die Mutter und der Vater des Jungen wunderten sich, wieviel der Junge wußte, wieviel er bereits verstand. Eigentlich hofften sie, daß er nicht so viel wußte. Sie hofften, daß er von dem Chaos und der Verwirrung der letzten vierundzwanzig Stunden so gut wie nichts mitbekommen hatte. Sie hofften, daß seine Unschuld von den Flammen und den dunklen Schatten der Gewalt verschont geblieben war.
»Hallo! Was ist denn nur los? Wo seid ihr alle?«
»Daddy?«
»Rosa?«
»Hallo, W. B., wo, zum Teufel, steckst du?«
Sie hörten die Rufe von Joseph, Ginny und Emily. Die Suchtrupps waren nach Hause zurückgekehrt. Sie waren vor dem Fenster vorbeigegangen und hatten das Haus betreten, ohne daß der Wilde sie gesehen oder gehört hatte. Er zuckte leicht zusammen.
»Sie sind wieder da«, sagte Paul. Er kroch durch die niedrige Tür und zum Schrank hinaus.

»Ob sie Edward wohl gefunden haben?« fragte Evangeline. »Am besten gehen wir hinunter und fragen sie.«

Evangeline trat den Rückweg an. »Ich hoffe wirklich, daß sie ihn gefunden haben.«

»Das hoffe ich auch«, murmelte Wild Bill, jedoch so leise, daß sie es nicht hören konnte, »das hoffe ich auch.«

36

Oben auf der Treppe blieb Wild Bill stehen. Er ließ Evangelines Hand los. »Geh schon mal vor«, sagte er, »ich komme gleich nach.« Sie nickte. »Ist mit dir alles in Ordnung?« »Mir geht es gut. Ich muß nur mal kurz was überlegen.«

Evangeline drehte sich um und ging die Treppe hinunter. Der Wilde humpelte den Gang entlang zum Elternschlafzimmer zurück. Dort holte er die Pistole aus seinem Hosenbund. Er starrte sie so lange an, bis sie sich in eine schneeweiße Taube verwandelte und davonflog. Sie flog durch das Zimmer und zum Fenster hinaus, ohne auch nur eine Glasscheibe zu zerbrechen.

»Und ich dachte, ich sei bereit, Quäker zu werden«, sagte der Wilde leise, als er zusah, wie diese Taube sich in den Nachmittagshimmel erhob. »Ich dachte schon, ich würde es verdienen, ein Freund zu sein. Aber da stehe ich nun und ziele mit einer geladenen Pistole auf mein eigenes Fleisch und Blut und tue gleichzeitig so, als hätte ich ein, zwei Dinge darüber gelernt, was es heißt, ein einigermaßen anständiger Mensch zu sein.«

Er zog das Magazin aus der Pistole und versteckte es auf dem obersten Fach seines Schrankes unter einem Haufen Pullover. Dann zog er die Schublade seiner Kommode heraus und legte die Waffe hinein. Er sperrte die Schublade ab und steckte den Schlüssel in die Tasche seiner Khakihose. *Sobald das hier vorbei ist,* dachte er, *werde ich dieses verdammte Ding vergraben. Ich werde es oben im Friedhof vergraben; wir werden eine kleine Zeremonie dabei abhalten, die Pistole und ich.*

Virginia lächelte.

Billy Boy verließ das Schlafzimmer und humpelte zum Treppenabsatz. Aber er ging noch nicht hinunter, noch nicht. Er folgte statt dessen weiter dem Korridor und blieb vor dem zweiten Schlafzimmer auf der linken Seite stehen. Dort klopfte er leise an die Tür.

»Wer ist da?«
»Ich bin es, dein Großvater.«
»Was willst du?«
»Ich möchte dir etwas sagen. Darf ich hineinkommen?«
Nach einem Moment ertönte es: »Es ist offen.«
Der Wilde machte die Tür auf und trat in das Zimmer. Madeline lag auf dem Bett; ihre Augen waren trocken, aber gerötet.
»Es tut mir leid, Kind. Es war reichlich übertrieben, dich so anzufahren, sehr übertrieben sogar.«
Ihr Gesicht wurde sanfter.
Er ging zu ihr hin und setzte sich auf den Bettrand. »Du hattest recht, ich bin ein alter Knacker.«
Ihre Lippen krausten sich ein bißchen. »Nein, bist du nicht.«
»Natürlich bin ich das. Ich bin ein griesgrämiger alter Knacker, der glaubt, daß er alles weiß und überhaupt nichts erklären muß.«
Madeline richtete sich jetzt auf und setzte sich neben ihren Großvater. »Das ist nicht wahr.«
Er lächelte, beugte sich zu ihr und legte die Arme um sie. Sie wehrte sich nicht. Er hielt sie fest. Wahrscheinlich hielt er sie zum erstenmal in ihrem Leben in den Armen. Er hielt sie so, wie er die Mutter des Mädchens nie gehalten hatte. Und er wußte, daß er das nie getan hatte, und er hätte deswegen am liebsten geweint; aber er kämpfte gegen die Tränen an, weil er nicht noch eine Generation verwirren und von sich entfremden wollte.
Sie stiegen zusammen die große Treppe hinunter; Madeline half ihrem Großvater dabei, mit den Stufen zurechtzukommen. Sie hatte ihren Arm um seine Hüften, er den seinen um ihre Schulter gelegt. So betraten sie das Wohnzimmer; nie zuvor hatte sie jemand so gesehen. Jeder in dem Zimmer unterbrach einen Augenblick seine Tätigkeit und starrte sie an. Wild Bill ließ sie wortlos gewähren. Er lächelte in all jene neu-

gierigen Augen. Er konnte die Toten zwar nicht sehen, fühlte aber ihre Gegenwart. Er wußte, daß sie gekommen waren, und war sich auch ziemlich sicher, warum. »Ich sehe Edward nicht«, sagte er, nachdem genügend Zeit verstrichen war.

»Wir haben ihn auch nicht gesehen«, sagte Ginny.

»Keinen Hinweis auf ihn?«

»Wir haben seinen Abfall gefunden«, antwortete Emily, »oben im Wald, hinter der Garage.«

»Dann wissen wir jetzt wenigstens, daß er da draußen war, richtig?«

»Wir wissen, daß irgend jemand da draußen war«, erwiderte Ginny.

»Aber es wird doch Edward gewesen sein, oder nicht?«

»Ganz eindeutig«, sagte Joseph. »Ich meine, wer sollte sonst schon da draußen sein? So wie sein Lager aussieht, muß er mindestens schon ein paar Tage dort oben gehaust haben.«

Das Wohnzimmer wimmelte jetzt nur so von Winslows, sowohl von lebenden als auch von toten, bis auf den guten Doktor aus dem Westen und bis auf die süße Evangeline natürlich. Aber noch ehe ein weiteres Jahr verging, sollte auch sie eine von ihnen sein.

Das geräumige Zimmer war bereits voll, doch immer mehr tote Winslows trafen ein. Ich möchte sie nicht alle aufzählen, aber Sie können sicher ein, daß jeder Winslow, den Sie hier in diesem Buch getroffen haben, entweder auf seinem Weg ist oder bereits seinen Platz im Wohnzimmer des großen Hauses in Far Hills eingenommen hat. Sie müssen wissen, daß sich das Gerücht, eine Schießerei – jedenfalls eine potentielle Schießerei – sei im Gange, wie ein Lauffeuer verbreitet hatte. Und nicht nur irgend so eine mittelmäßige Schießerei, nicht einfach eine von diesen beliebigen, routinemäßigen Schießereien, wie man sie in den Sechs-Uhr-Nachrichten zu sehen bekommt. Nein, das war eine ganz beson-

dere Schießerei, so eine hatten die Winslows der Neuen Welt noch nie gesehen, so einmalig und neu war sie. Und sie wollten sie alle direkt miterleben. Und weshalb? Weil es so aussah, als würde zum erstenmal im Verlauf ihrer langen und mühseligen Geschichte ein Winslow tatsächlich einem anderen Winslow das Leben nehmen. So viele von ihnen waren eines gewaltsamen Todes gestorben, hatten ihr Leben in Kriegen, Aufständen und Vergeltungsakten der Neuen Welt verloren, aber nie war auch nur ein Winslow von seinem eigenen Fleisch und Blut gemordet worden. Dreihundert Jahre waren sie nun schon auf diesem Kontinent, aber so eine Tragödie hatte sich noch nicht ereignet.

»Okay, er ist es also«, sagte Ginny, »es ist Edward. Er ist da draußen. Irgendwo. Und was nun? Was sollen wir jetzt tun?«

Der Wilde wußte eine Antwort auf die Frage seiner Tochter, doch zuerst wollte er hören, was die anderen zu sagen hatten.

»Wie ich schon die ganze Zeit über sage«, meldete sich Joseph zu Wort, »holen wir doch die Polizei. Wir müssen sie einfach holen. Der Kerl macht uns sonst fertig.«

»Nein«, sagte Barton, »keine Polizei.«

»Ich denke, wir sollten einfach weitersuchen«, meinte Emily.

Mary schüttelte den Kopf. »Das Gelände ist viel zu groß. Selbst wenn wir annehmen, daß er unser Grundstück nicht verläßt, könnten wir noch tagelang ergebnislos nach ihm suchen.«

»Besonders, wenn er nicht gefunden werden will«, fügte Samantha hinzu.

»Das ist ja wunderbar«, fuhr Emily sie an. »Also, was schlägst du dann vor?«

»Ich weiß nicht«, antwortete Mary. »Ich weiß es wirklich nicht. Ich denke nur, daß es eine Zeit- und Energieverschwendung ist, weiter draußen in dieser Hitze herumzulaufen.«

Emily wollte darauf antworten, aber Henry – der für die meisten Anwesenden immer noch Bobby war – hieß sie schweigen.

»Mary hat recht. Es ist wirklich eine Zeitverschwendung. Es ist draußen einfach zu heiß. Und wie Samantha richtig gesagt hat, wenn er nicht von uns gefunden werden will, dann werden wir ihn wahrscheinlich auch nicht finden.«

»Aha«, sagte Ginny, »okay. Wunderbar. Jeder weiß also genau, was wir besser lassen sollen. Aber hat einer von euch vielleicht eine Ahnung, was wir jetzt tun sollen?«

Henry schaute sich langsam im Zimmer um. Er erwartete eigentlich, daß ihr Vater das Wort ergreifen würde, aber Wild Bill sagte kein Wort. »Na gut«, fuhr schließlich der älteste Sohn fort, »ich weiß, was wir machen werden.«

»Und das wäre?« fragte Emily.

»Wir werden warten.«

So gehört sich das, Junge, freute sich der Wilde im stillen, *jetzt hast du aber schnell geschaltet. Genau das werden wir tun. Wir setzen uns einfach hin und warten. Soll er doch zu uns kommen.*

»Warten?«

»Genau«, wiederholte Henry, »wir werden warten.«

»Und was ist, wenn er nicht kommt?«

»Dann warten wir eben noch etwas länger.«

»Und wenn er dann immer noch nicht kommt?«

»Er wird kommen«, sagte Samantha sehr leise. »Er wird letzten Endes bestimmt kommen.«

»Okay, irgendwann kommt er«, sagte Joseph. »Und was machen wir bis dahin? Bleiben wir weiterhin bei verschlossenen Fenstern und Türen im Haus hocken, in dieser Sauna? Setzen wir uns einfach hin und warten darauf, daß er mit gezücktem Gewehr angestürmt kommt …«

»Nein«, erwiderte Henry, »wir öffnen die Türen und machen die Fenster weit auf …«

Großartig, Junge, jubelte der Wilde, *weiter so, Junge, jetzt nicht nachgeben.*

»Wir machen alle Türen und Fenster weit auf. Wir sind ja keine Gefangenen in diesem Haus. Wir sind einfach da ... weil wir ... weil wir hierhergehören.«
Eine ganze Weile sagte keiner ein Wort, es war jedoch kein unbehagliches Schweigen, eher eine Art Denkpause. Den meisten war aufgefallen, daß der Wilde praktisch noch nichts gesagt hatte, seit er in das Zimmer gekommen war. Die meisten warteten jetzt darauf, erwarteten, daß er die Verantwortung übernehmen und ihnen sagen würde, was zu tun war. So war es immer gewesen, und so würde es auch weiterhin sein, nahmen sie an. Aber er sagte noch immer nichts. Statt dessen durchquerte er mit Hilfe seiner Enkeltochter das Wohnzimmer und ließ sich in der Mitte des langen Sofas nieder. Zwischen den dicken, weichen, daunengefüllten Kissen. Dann legte er sein Gipsbein auf den Couchtisch vor dem Sofa. »Ahh«, sagte er lächelnd, »das tut gut, das tut sogar sehr gut. Ich könnte die nächsten zehn Jahre hier sitzen bleiben.«
Fast alle Winslows – sowohl die Lebenden als auch die Toten – drehten sich zu ihm um und starrten den Patriarchen der Familie erneut verwundert an. Und sie hätten ihn wahrscheinlich noch lange so angestarrt, hätte Evangeline nicht gesagt: »Ihr müßt doch Hunger haben von eurem langen Marsch. Vielleicht sollte ich einen kleinen Lunch zubereiten. John, Paul, kommt ihr mit in die Küche und helft mir dabei, ein paar Sandwiches zu machen?«
Die beiden Jungen folgten ihrer Mutter.
»Ich werde dir auch helfen, Evangeline«, sagte Irene. »Kommt, Katie, Constance, ihr könnt ebenfalls was tun.«
Die beiden Mädchen schlossen sich der Mutter an.
»Mama«, fragte Rosa, »darf ich auch helfen? Ich könnte etwas Eistee machen.«
»Natürlich«, sagte Emily, »lauf nur, aber tu nicht soviel Zucker rein.«

»Okay.« Rosa eilte durch das Wohnzimmer, um die anderen einzuholen.

Die ungefähr zwei Dutzend Winslows, die noch im Wohnzimmer blieben, lauschten den Schritten der kleinen Rosa, als sie durch die Eingangshalle davonrannte. Nachdem die Schritte verklungen waren, nahmen sie sich einen Augenblick Zeit, um ihre Stellung zu wechseln. Madeline setzte sich neben ihren Großvater auf das Sofa. Adam nahm auf der anderen Seite Platz. Wild Bill legte lächelnd den Arm um seinen Enkelsohn. »Ziemlich heiß hier drinnen, nicht wahr, Junge?« Adam nickte. Barton setzte sich in den tweedbezogenen Drehstuhl, wo er sich vorher Bach angehört hatte. Joseph und Emily gingen herum und öffneten Türen und Fenster. Mary ging in die Eingangshalle und machte die Vordertür auf. Der Wilde wollte ihr schon sagen, sie solle die Tür lieber zulassen und absperren, beschloß aber, seinen Mund zu halten. Ein leichter Wind wehte durch die offene Tür und die Eingangshalle herein. Doch im Wohnzimmer war das Lüftchen schon nicht mehr zu spüren. Henry setzte sich in den Ohrensessel neben dem Sofa. In dem hatte früher der Wilde abends nach dem Essen immer gesessen, eine Zeitung gelesen und die Kinder befragt, was sie in der Schule gelernt und wie sie danach ihrer Mutter geholfen hätten. Ginny saß Henry gegenüber in dem zweiten Ohrensessel auf der anderen Seite des Sofas, vor dem Kamin. Aaron lehnte hinter seiner Frau am Kaminsims und war froh, daß er sich ausruhen konnte und nicht mehr in dieser brutalen Sonne draußen herumlaufen mußte. Samantha entschuldigte sich und meinte, sie wolle kurz nach oben gehen, um ihr Gesicht zu waschen und sich umzuziehen. Und die Toten? Die saßen und standen überall dort herum, wo sie noch einen Platz fanden.

»Also, Daddy«, sagte Ginny schließlich, »es scheint zwar schon Jahrhunderte her zu sein, war aber erst gestern, daß du uns im Krankenhaus erklärt hast, du hättest uns etwas zu sagen, müßtest mit uns über ein paar Dinge reden. Vielleicht wäre das jetzt kein schlechter Zeitpunkt dafür, während wir hier warten.«

Der Wilde nickte. »Das könnte sein.«

»Schließlich sind wir jetzt alle hier. Jedenfalls fast alle.«

Wieder nickte der Wilde und ließ seinen Blick durch das Zimmer schweifen. »Stimmt, wir sind fast alle hier – bis auf Edward.«

»Also?« fragte Ginny ungeduldig.

Joseph, Emily und Barton sahen erwartungsvoll ihren Vater an. Nur Mary, die neben der breiten Fensterbank saß, warf immer mal wieder einen Blick hinaus, sah, daß Wasser aus Lady Godivas Brustwarzen spritzte. Jemand hatte den Brunnen aufgedreht. Von ihrem Platz aus sah sie auch die weite Rasenfläche und die hohen roten Ahornbäume, die reglos in der sommerlichen Hitze standen. Was sie aber nicht sehen konnte, waren die schwarzen Gewitterwolken, die von Westen her gezogen kamen. Mary hatte den Eindruck, als hätten die Sonne, der Mond und die Erde in ihrer Bewegung innegehalten und wären zu einem kosmischen Stillstand gekommen. Sie glaubte, bereits etwas von dem zu wissen, was ihr Vater ihnen zu sagen hatte, aber bestimmt nicht alles; ihr Glaube in das Wahrsagen war etwas ins Wanken geraten.

»Also«, begann der Wilde, »es gibt ein paar Dinge, die ich euch gerne sagen würde, falls ihr es noch ein paar Minuten mit mir aushaltet.«

Jeder im Raum schien dieser Ansicht zu sein – bis auf Crazy Legs, der fürchtete, sich sentimentales Geschwätz anhören zu müssen.

William Bailey Richford brauchte noch etwas Zeit, bis er soweit war. Er hatte lange auf die Gelegenheit gewartet, endlich das loszuwerden, was er auf dem Herzen hatte. Jetzt, da das Problem mit Edward die Familie belastete, war er sich nicht sicher, was er sagen oder wo er anfangen sollte. Schließlich beschloß er, einfach anzufangen und möglichst nichts auszulassen. »Ich bin froh, daß ihr alle gekommen seid. Es war für die meisten von euch nicht leicht, hierherzukomen.« Er machte eine kurze Pause, um sich daran zu erinnern, daß er nichts zurückhalten, daß er offen sein wollte. »Wenn ein Mann in mein Alter kommt, dann denkt er mehr nach, als es früher der Fall war. Das kann gut, kann aber auch schlecht sein, ich weiß es nicht. In meinem Fall ist es gut, denke ich. Ich hätte mir gewünscht, mir als junger Mann mehr Zeit zum Nachdenken genommen zu haben. Aber ich war immer so fürchterlich beschäftigt, hatte nie Zeit, die Dinge zu Ende zu denken. Als ihr Kinder noch klein wart, da habe ich die meiste Zeit damit verbracht, übers Geldverdienen nachzudenken. Ich hielt Geld für das Wichtigste auf der Welt. Ich habe es nie für möglich gehalten, genug Geld zu haben, nicht bei neun Kindern, einer Frau, Hunden, Katzen, Pferden und einem Goldfisch, die jeden Tag etwas zu essen haben mußten, jeden Tag, sieben Tage die Woche, dreihundertfünfundsechzig Tage im Jahr. Lange Zeit – einige von euch wissen das besser als andere – hatten wir kein Geld, jedenfalls keins zum Verschwenden, daran ist nicht zu rütteln. Wir hatten zwar dieses wunderschöne große Haus, aber kaum genügend Bargeld, um es zu unterhalten, die Mauern zu streichen, es zu heizen oder Lebensmittel zu kaufen. Wir waren oft nahe daran, es zu verlieren, und zwar in den späten Vierzigern, dann in den fünfziger Jahren und selbst noch mal in den frühen Sechzigern. Gott sei Dank hatte ich keine monatliche Hypothek abzustottern. Wir wären die erste obdachlose Familie in Far Hills gewesen. Aber so weit kam es nicht, weil der alte Crazy Legs so viel finanziellen Sachverstand hatte, in bar zu zahlen. Dieses Land hier gehört uns, es hat uns von Anfang an gehört.« Wieder machte der Wilde eine Pause. Sekundenlang erinnerte er sich an den alten Mann in Punta Gorda, der seine letzten Tage als Gentleman Bart verbracht hatte. Und dann kehrte er wieder in die Gegenwart zurück. »Das mag jetzt vielleicht dumm klingen, aber ich kann mich noch daran erinnern, daß uns der Milchmann jeden zweiten Tag drei Liter Milch geliefert hat und wir trotzdem nie genug hatten. Ihr Kinder habt mehr Milch verbraucht als eine ganze Herde Kälber. Ich habe immer gedacht, daß der unstillbare Durst dieser Familie nach Milch mich irgendwann ins Armenhaus bringen wird.«

Der Wilde schüttelte den Kopf, lächelte aber. Seine Kinder zögerten erst, erwiderten aber schließlich sein Lächeln. Die meisten von ihnen konnten nicht einschätzen, ob der alte Mann ihnen den Fehdehandschuh hinwerfen oder aber mit dem Ölzweig wedeln wollte.

»Ich will keine Zeit damit verschwenden, euch mit den Strapazen und der Mühsal zu langweilen, die es bedeuten, Eltern zu sein. Es war unsere Entscheidung, meine und die eurer Mutter, ständig weitere Kinder zu bekommen. Wir hätten selbstverständlich damit aufhören können. Wir waren dem Papst nichts schuldig. Aber wenn ich jetzt darüber nachdenke, was es bedeutet, neun Kinder zu haben, dann bin ich mir ziemlich sicher, daß wir damals nicht ganz bei Trost waren.«

Ein weiteres Lächeln von Wild Bill entlockte seinen versammelten Sprößlingen ein kurzes, vorsichtiges Lachen.

»Ob ihr es mir nun glaubt oder nicht, aber ich bin verdammt froh, daß eure Mutter und ich weiter miteinander geschlafen haben. Ich bin verdammt froh, daß jeder einzelne von euch auf die Welt gekommen ist. Vielleicht haben wir uns nicht immer gut verstanden, aber ... aber was? Versteht mich nicht falsch, ich bin nicht hier, um euch meine Sicht der Dinge aufzuzwingen. Ich habe kein Interesse an Entschuldigungen oder Ausflüchten. Ich habe mein Bestes gegeben, so gut ich es wußte. Keiner hat mir beigebracht, wie man Kinder großzieht. Mein

Vater war ein Trinker, der jemanden dafür angestellt hat, sich um uns zu kümmern. Ich bin einfach ins kalte Wasser gesprungen und losgeschwommen. Ich war manchmal bestimmt ein lausiger Vater, das gebe ich gerne zu. Ich habe viel verlangt, war ungeduldig, engstirnig und egoistisch. Entweder wurden die Dinge so getan, wie ich es wollte, oder ... oder sie wurden hinter meinem Rücken getan, nehme ich an.«
Dieses Mal gab es kein Zögern mehr. Jeder lächelte. Einige lachten sogar. Die Geschwister tauschten Blicke. Es sah so aus, als würde der Alte Herr wenigstens versuchen, die Friedenspfeife anzuzünden.
»Eure Mutter und ich haben die ganze Zeit wegen euch Kindern gestritten. Ich meine, jeden Tag. Ihr könntet jetzt vielleicht sagen, wir beide hatten verschiedene Aufgaben. Mit Sicherheit hatten wir jedoch verschiedene Erwartungen. Sie kannte euch so viel besser als ich; sie kannte euch als Menschen, nicht nur als Kinder. Sie glaubte daran, daß ihr euren eigenen Weg finden, eure eigenen Fehler machen müßtet. Ich dagegen hatte nicht die Fähigkeit oder die Sensibilität, euch als Individuen zu sehen, ich habe in euch viel eher Manipulationsobjekte gesehen. Ich wollte, daß ihr mir alles recht macht; ich wollte, daß ihr Dinge tut, die mich glücklich machen. Ich habe das wahrscheinlich als eure Pflicht angesehen.«
Jetzt lachte oder lächelte keiner. Ihr Vater hatte die weiße Fahne entrollt. Barton hatte Tränen in den Augen. Auch einige der anderen, einschließlich nicht wenige der Toten, vor allem die Frauen. Kein Mensch, mit Ausnahme von Evangeline vielleicht, die in der Küche damit beschäftigt war, Irene zu beruhigen, hatte Wild Bill jemals so sprechen gehört. Einige der verblichenen Winslows konnten sich nicht erinnern, überhaupt jemals einen männlichen Winslow so sprechen gehört zu haben. Und dabei war der Wilde noch gar nicht fertig.
»Evangeline ist der Meinung, daß ich mit Absicht die Treppe

hinuntergefallen bin. Man könnte vielleicht sagen, sie glaubt, daß Gott mich die Stufen hinuntergestoßen hat. Aber da sie daran glaubt, daß Gott in uns allen wohnt und von uns geschaffen ist, folgt daraus, daß mein Sturz nur die Folge meines eigenen Wunsches war. Was bedeutet, daß ich nur deshalb gestürzt bin und mich verletzt habe, damit ihr alle euch verpflichtet fühlt, hierher nach Hause zu kommen. Seht, ich hatte nicht genug in der Hose« – hier drückte der Wilde die Hand seiner Enkeltochter –, »entschuldige bitte meine Ausdrucksweise ... ich hatte nicht den Mumm, den Mut, euch alle einfach zu bitten, nur aus dem Grund nach Hause zu kommen, weil ich euch sehen, mit euch reden wollte. Ich bin vielleicht fünftausendmal oder öfter diese Hintertreppe hinuntergegangen. Nie zuvor bin ich hingefallen, nicht einmal ausgerutscht. Warum also plötzlich jetzt?«

Keiner gab eine Antwort, zumindest nicht laut.

Billy Boy machte eine Pause, ließ sich Zeit und versuchte zu überlegen, wieviel oder wiewenig er sagen sollte. Er hatte seinen Sprößlingen in all den Jahren so wenig von Bedeutung gesagt, daß er jetzt das Gefühl hatte, sich ganz leicht in einen über die Ufer tretenden Fluß, einen alles überrollenden Sturzbach verwandeln zu können ... »Ich habe eure Mutter geliebt«, sagte er. »Ich hoffe, ihr alle wißt das, ich hoffe, ihr glaubt das. Ihr Tod war die schwierigste und bitterste Erfahrung meines Lebens. Wäre ich nicht ein solches arrogantes, selbstsüchtiges Ungeheuer gewesen, hätte mich der Tod eurer Mutter euch allen näherbringen können. Aber er hat genau das Gegenteil bewirkt. Ihr Tod hat uns noch weiter auseinandergetrieben und die Entfremdung noch verstärkt, unter der wir ohnehin schon litten. Ich war viel zu sehr mit solchen Dingen wie Stolz, Ego und dem typischen Winslow-Männlichkeitswahn beschäftigt, um zuzulassen, daß auch nur einer von euch gesehen hätte, daß auch ich leide, daß ich weine, daß ich zum erstenmal in meinem Erwachsenenleben Angst habe. Ihr habt mich alle nur mit zusammengebissenen Zähnen erlebt, wie ich Befehle erteilt und Forderungen gestellt habe, wie ich mich in die Arbeit gestürzt, in sie vergraben habe, um immer weiterzumachen.« Der Wilde mußte erneut eine Pause einlegen, ehe er murmelte. »So ein Blödsinn.« Und dann fuhr er fort: »Das sind jedenfalls ein paar der Dinge, über die ich mit euch reden wollte. Aber ich bin nicht hier, um die Vergangenheit zu beschönigen, das könnt ihr mir glauben. Ich habe nicht die Absicht, vierzig Jahre der Vernachlässigung einfach so wegzuwischen. Ich würde gern ein paar alte Kriegsbeile begraben, aber eigentlich bin ich viel mehr an dem interessiert, was wird, als daran, was war. Was passiert ist, kann ich nicht mehr ändern.«

Die anderen warteten, daß noch mehr käme. Mary schaute zum Fenster hinaus. Einen Moment lang glaubte sie, Edward zu sehen, wie er unter jenen hohen roten Ahornbäumen, die jetzt leicht im Wind schwankten, die Auffahrt herunterkam; aber es war nicht Edward, es war der alte Mad Dog, der als letzter der Verstorbenen der Familie eintraf. Er war nie zuvor auf dem Stammsitz gewesen. Er fragte sich, mit welcher Gaunerei seine Nachfahren sich wohl das Privileg verdient hatten, in einem so hochherrschaftlichen Haus zu logieren. Weit hinter dem Haus, immer noch in westlicher Richtung, konnte er die schwarzen Wolken am Himmel sehen und das erste schwache Echo des Donners hören. Aber er wußte, daß er bereits sicher im Haus sein würde, ehe der Sturm losbrach.

»Ich kann die Vergangenheit nicht ändern, aber ich kann wenigstens versuchen, etwas für die Zukunft zu tun. Ich glaube, ein paar Jährchen habe ich noch, zwanzig vielleicht, wenn ich Glück habe. Der alte Freeman Winslow ist fast hundert geworden. Kein Grund, warum ich nicht dasselbe Alter erreichen sollte. Ich werde zwar mit der Arbeit nicht aufhören bis zu dem Tag, an dem ich tot umfalle, aber ich habe Evangeline versprochen, doch allmählich etwas kürzerzutreten, mir etwas mehr Zeit zu nehmen ... Ja, richtig, Evangeline. Ich nehme an, ihr würdet alle gern über sie Bescheid wissen. Nun, wie ich euch Jungs gestern schon gesagt habe, ich werde alles in meiner Macht Stehende tun, um das Mädchen zu meiner Frau zu machen.« Er machte eine Pause, in der all diejenigen, die diese Erklärung nicht bereits erwartet hatten, ihrer Überraschung Luft machen konnten. »Wenn die Zerstörung des Cottages schon nichts anderes bewirkt hat, so hat sie mir doch immerhin Bettina vom Hals geschafft. Sie wird zwar ein großes Stück vom Kuchen haben wollen, aber glaubt mir, was immer es mich auch kosten wird, es wird es wert sein.« Wieder machte er eine Pause, aber diesmal, um nicht noch mehr Worte an seine hoffentlich baldige Ex-Frau zu verschwenden. »Irgendwann einmal, in nicht allzu ferner Zukunft, werde ich dieses Mädchen heiraten; das heißt, wenn mich Evangeline haben will. Aber ich glaube schon, daß sie mich will, auch wenn ich ein griesgrämiger, boshafter alter Knacker bin« – dabei zwinkerte er seiner Enkeltochter zu –, »ich werde dieses Mädchen also heiraten und die Sache legalisieren, denn wie ein paar von euch vielleicht schon an der Farbe ihrer Augen und an ihrem Gesichtsschnitt bemerkt haben, sind diese beiden Jungen, die momentan draußen in der Küche mit ihrer Mama Sandwiches belegen, die Früchte unserer noch nicht legalisierten Beziehung. Diese Jungen sind eure Brüder, jedenfalls eure Halbbrüder, echte Winslows, zwar noch nicht dem Namen nach, aber ganz eindeutig durch Geburt.«

Der Wilde wartete, bis seine Mitteilung bei allen angekommen war. Er betrachtete prüfend die Gesichter seiner Söhne und Töchter.

»Willst du mich verscheißern?« Das kam von Joseph.

»Nein. Das sind meine Söhne. Ich hoffe, noch alt genug zu

werden, um zu erleben, wie erwachsene Männer aus ihnen werden; aber wenn nicht, falls es mir aus irgendeinem Grund nicht möglich sein sollte, dann erwarte ich, daß jeder einzelne von euch ihnen hilft, wo er nur kann. Ich erwarte von euch, daß ihr sie als euer Fleisch und Blut betrachtet. Sie *sind* euer Fleisch und Blut.«

Während Wild Bill abwartete, ob irgend jemand etwas zu sagen, eine Anklage vorzubringen, einen Stein zu werfen hatte, kam die kleine Rosa ins Wohnzimmer, blieb stehen, schaute sich mit unschuldigen Augen um und ging dann zu ihrem Onkel aus Kalifornien. »Die Sandwiches sind noch nicht fertig«, sagte sie, als sie den Doktor bei der Hand nahm, »aber Tante Evangeline und Tante Irene wollen, daß ich Onkel Aaron in die Küche bringe.«

»Warum?« wollte Ginny wissen.

»Das darf ich nicht sagen«, antwortete Rosa, obwohl Tante Ginny eigentlich hätte wissen müssen, was los war.

Aaron kam ohne Protest mit. Er war froh, das Wohnzimmer verlassen zu können.

Und in der Küche, keine zehn Meter von der Stelle entfernt, wo die Winslows die Friedenspfeife rauchten, hielt eine Frau – eine Winslow durch Heirat – die Hand ihrer neugewonnenen Freundin Evangeline und holte tief und lange Luft, um die schrecklichen Schmerzen niederzuringen, die durch ihren aufgetriebenen Leib rasten.

Der Kinderarzt aus Bel Air betrat an der Hand seiner Nichte die Küche; ein Blick genügte, und er wußte alles, was es zu wissen gab.

»Bringen wir sie nach oben«, sagte er.

John, Paul, Katie und Constance standen mit offenem Mund und wildklopfendem Herzen daneben.

»Und wir sollten im Augenblick den anderen noch nichts davon

sagen«, fuhr der gute Doktor fort. »Es ist nicht nötig, daß wir die anderen jetzt schon damit belasten. Das Wichtigste ist«, und dabei ergriff er Irenes Hand, teils um sie zu trösten, teils um ihren Puls zu messen, »die Mama zu beruhigen.«

Irene lächelte, doch dann verzerrte sich ihr Gesicht zu einer Grimasse, als das neue Baby eine weitere Anstrengung unternahm, auf diese Welt zu kommen.

Dr. Cohen brachte Irene mit Evangelines Hilfe auf die Beine. »Dem Aussehen dieser beiden wunderschönen Mädchen nach zu schließen«, sagte er und schaute dabei Katie und Constance an, »nehme ich an, daß du das alles schon mal durchgemacht hast.«

Irene nickte. »Bist du wirklich Arzt?«

»Das behaupten die jetzt schon seit ... ja, seit fast achtzehn Jahren von mir.«

Irene lächelte, weinte und versuchte, nicht aufzuschreien.

Die Kinder, die die strikte Anordnung erhalten hatten, keinem ein Wort zu sagen, liefen hinter Irene, Evangeline und Aaron her durch das Eßzimmer und in die Eingangshalle. Keiner im Wohnzimmer bemerkte das Trio, als es die breite Vordertreppe hinaufstieg. Dichtauf folgten alle fünf Kinder mucksmäuschenstill.

Sie legten Irene im Elternschlafzimmer auf das Bett. Evangeline schaltete die Lüftung ein und stellte sie auf die höchste Stufe. Katie, Constance und Rosa setzten ich auf den Rand des großen Bettes. John und Paul blieben an der Tür stehen. Beide Mütter hatten ihren Kindern bereits erlaubt, im Zimmer zu bleiben, solange sie wollten, auch während der Geburt des neuen Babys. Katie war mit ihrem Vater dabeigewesen, als Constance auf die Welt kam. Die Kinder durften also bleiben, wenn sie sich ruhig verhielten und genau das taten, was Onkel Aaron ihnen sagte. Aaron war im Bad, wusch sich die Hände, suchte saubere weiße Handtücher zusammen und versuchte sich wieder an die Dinge zu erinnern, die er einmal über die Entbindung von Kindern gewußt hatte. Sein Atem ging schnell und oberflächlich. Er versuchte sich zu entspannen. Vielleicht sind es ja nur Senkungswehen, erklärte er dem müden, sonnenverbrannten Gesicht im Spiegel, nur Senkungswehen, und hinterher können wir sie dann in aller Ruhe ins Krankenhaus schaffen.

Zur gleichen Zeit geschahen auch noch andere Dinge, andere Ereignisse, die jedoch zu zahlreich sind, um sie alle hier aufzuzählen, mit einer Ausnahme vielleicht; was das betrifft, sollte der Leser wirklich auf den neuesten Stand der Informationen gebracht werden. Ich rede selbstverständlich über den Aufenthaltsort des herumirrenden Edward. Zu schade, daß der Polizeibeamte, der wesentlich stärker an Bill Winslows weiterer finanzieller Unterstützung seines wohlwollenden Vereins als an Edward Winslows zweifelhafter geistiger Verfassung interessiert war, den jungen Winslow nicht für eine eingehendere Befragung mit auf das Revier genommen hatte. Little Eddie war frei und auf sich allein gestellt, ein Satellit außerhalb seiner Umlaufbahn. Er war bereits auf seinem Weg zurück, auf dem Weg nach Hause, wobei er vernünftigerweise auf der rechten Straßenseite fuhr, den Blinker setzte, auf seine Geschwindigkeit achtete, anderen die Vorfahrt ließ und überhaupt alle, sogar die unsinnigsten, Straßenverkehrsregeln beachtete.

Als Aaron aus dem Badezimmer kam und das Schlafzimmer betrat, bog Edward gerade von der Route 202 ab und fing den Aufstieg in die Berge an. Langsam fuhr er die alte Serpentinenstraße entlang. Er fuhr sogar sehr langsam, so langsam, daß sein Tachometer kaum eine Geschwindigkeit anzeigte.

»Na, jedenfalls«, sagte Billy Boy, »so ist es nun mal. John, Paul und Evangeline sind Teil dieser Familie. Ich will nicht zwei getrennte Familien haben. Ich will eine große Familie; am liebsten eine große glückliche Familie. In meinen Augen gehören wir alle zusammen. Wir können zwar getrennter Wege gehen, unser eigenes Leben leben, in abgelegenen Winkeln dieser Erde wohnen und so tun, als ob die anderen Menschen in diesem Raum hier nicht existieren. Aber wir wissen, daß es sie gibt, und je mehr wir so tun, als gäbe es sie nicht, desto mehr kämpfen wir dagegen an, desto stärker leiden wir. Ich habe lange Zeit darüber nachgedacht, und ich habe meine Meinung wahrscheinlich öfter als meine Unterwäsche gewechselt, aber mittlerweile stimme ich überein mit den alten Weisen, die sagten, daß wir uns immer noch am besten auf unser eigen Fleisch und Blut verlassen können. Ich glaube, so war es immer und so wird es immer sein. Jetzt im Augenblick bilden wir uns ein, ein Problem mit Edward zu haben; wir machen uns Sorgen, was er wohl mit diesem Gewehr alles anstellen wird, was er aus lauter Ärger und Frust alles tun könnte. Aber das eigentliche Problem ist viel größer als Edward. Da draußen laufen eine Menge Leute herum, die weitaus gefährlicher als euer Bruder Edward sind. Er ist nicht derjenige, um den wir uns Sorgen machen müssen, jedenfalls nicht auf lange Sicht ... Ich wollte eigentlich sagen, daß die Welt bei all der Gewalt, Raffgier und Korruption total aus den Fugen gerät, aber ich vermute, daß die Welt noch nie anders war, seit der erste Höhlenmensch dem zweiten Höhlenmenschen den Schädel eingeschlagen hat, weil der zweite etwas hatte, das der erste haben wollte. Doch statt dessen sage ich jetzt, daß mir nach siebzig Jahren auf diesem Planeten klargeworden ist, daß es eine sehr schwierige Angelegenheit ist, wenn man ganz auf sich allein gestellt, ohne Hilfe von irgendeiner Seite ist, will man etwas auf die Beine stellen. Es ist eine schwere Aufgabe, und am Ende – ganz gleich, wie reich die Ernte auch ausgefallen ist – ist man auch in seiner Freude allein. Man braucht ganz einfach Hilfe. Und die beste Hilfe, die verläßlichste Hilfe ist, wenn ihr mich fragt, die Unterstützung von Blutsverwandten. Blutsbande beruhen auf etwas Magischem, auf etwas, das wir vielleicht nie ganz verstehen können. Ich schätze, deswegen gehen sie einem die meiste Zeit über auch so auf die Nerven; deswegen haben wir Angst vor ihnen, laufen vor ihnen davon, deswegen treten wir sie mit Füßen, kehren ihnen den Rücken. Aber wenn alles damit in Ordnung ist, alles gut läuft und wir diese Blutsbande deutlich als das sehen, was sie sind, dann bedürfen sie keiner Definition oder Erklärung ...«

Der Wilde wurde leiser. Er hatte Angst, er könnte vielleicht zu weit gehen, zu viel sagen. Er schaute sich um und betrachtete die Gesichter seiner Söhne und Töchter. Sechs von ihnen waren anwesend. *Sechs von neun,* dachte der alte Mann, *sechs von neun sind nicht schlecht; das ist gar nicht schlecht nach all dem Blödsinn, den wir durchgemacht haben.*

Auf dem Dach prallten die ersten Tropfen gegen die alten Schieferplatten. Es waren gewaltige Tropfen, die die Größe von Murmeln hatten, aber sehr weich, warm und naß waren. Sie zerplatzten und rannen herunter, die Dachrinnen entlang in die Fallrohre und hinein in die Erde ... Im Elternschlafzimmer sah es so aus, als wäre Aarons inständiges Flehen um Senkungswehen nicht erhört worden. Irene hielt die Bettlaken krampfhaft umklammert, während sie versuchte, sich zu entspannen und ihren hektischen Atem zu beruhigen. Die Fruchtblase war geplatzt. Die Wehen wogten jetzt häufiger durch ihren Bauch, eine Kontraktion alle dreieinhalb Minuten. Aaron wußte, daß es bei diesen Wehen kein Zurück mehr gab. *Dieses Baby,* sagte er sich, *dieses Baby ist nicht mehr aufzuhalten.* Der Muttermund hatte sich bereits sichtbar erweitert. Aaron hatte die Kinder nach nebenan in das Wohnzimmer gescheucht, mehr seines Wohlergehens willen als aus sonst einem Grund. Evangeline stand dicht neben Irene. Aaron wußte, daß er Bobby nun bald rufen mußte. Auf seiner massivgoldenen Armbanduhr kontrollierte er den Rhythmus der Wehen.

»Einmal abgesehen von diesem ganzen philosophischen Unsinn«, fuhr Billy Boy fort, »habe ich mir etwas überlegt. Es gibt nämlich einen ganz besonderen Grund, warum ich euch alle hierhaben wollte.« Er hielt inne, holte tief Luft und fragte sich, wie es wohl laut ausgesprochen klingen würde, nachdem er es die ganzen Monate, ja Jahre über in sich eingeschlossen hatte. Da traf ihn ein harter Schlag an der Schläfe, und er wußte, daß er schnell weitermachen mußte und keinen Augenblick Zeit mehr verlieren durfte. »Ich denke, es ist an der Zeit, daß wir alle unsere Kräfte vereinen und zusammenhalten. Und ich glaube, daß hier der geeignete Ort dafür ist. Hier auf dem Hügel.«

Edward war oben auf dem Hügel angelangt. Er hatte die Auffahrt erreicht. Langsam kam er zum Stehen. Ein paar Regentropfen rannen über seine Windschutzscheibe. Little Eddie steckte den Kopf aus dem Fenster und starrte in den Himmel. Er sah es nicht, daß die beiden Stürme aufeinander zusteuerten. Er lenkte den Wagen in die Auffahrt genau zwischen dem Seeadler und dem Geier hindurch. Mit dem rechten Fuß leicht über dem Bremspedal schwebend, rollte er langsam auf das Haus zu.

Mary schaute zu dem Panoramafenster hinaus. Sie erschauerte, als die plötzliche Vorahnung sie überkam, daß ihr Bruder Edward mit mörderischer Absicht im Anmarsch war. Aber bevor sein Wagen in ihr Blickfeld fuhr, wurde sie von dem Anblick des Himmels abgelenkt. Zum erstenmal fielen ihr die niedrigen schwarzen Wolken auf, die jetzt direkt über dem Haus hingen. Sie zogen mit großer Gechwindigkeit über den Himmel. Die Sonne verschwand. Der Tag verdunkelte sich.

Die Kontraktionen kamen immer häufiger. Aber Irene hatte sich unter Kontrolle. Sie bekämpfte den Schmerz, so gut sie konnte … Edward kam immer näher. Sein Gesicht sah höhnisch, hager und eingefallen aus. Seine Augen wirkten verängstigt wie die Augen eines Mannes, der keine Zuflucht mehr hatte.

Eine kühle, frische Brise wehte durch die Eingangstür. Alle im Wohnzimmer holten tief Luft.
»Wir haben hier Wurzeln geschlagen, seit hundert Jahren sind wir hier. Hier haben wir unseren Schweiß vergossen, und hier ruhen unsere Toten in der Erde.« Der Wilde ließ erneut seinen Blick durch das Zimmer wandern und musterte seine Söhne und Töchter. Ihre Aufmerksamkeit war ihm jetzt gewiß. »Natürlich könnt ihr mich aufs Altenteil schicken, wenn ihr wollt, aber was ich euch anbieten möchte, ist folgendes: Ich möchte euch die Gelegenheit geben, wieder nach Hause zu kommen, wieder hierher zurückzukommen, wo ihr meiner Meinung nach hingehört. Seit Crazy Legs achtzehnhundertneunzig seine Familie hierherbrachte, haben Winslows auf diesem Hügel gelebt. Ich würde gerne noch meine Urenkel im Jahr zweitausendneunzig hier sehen. Uns gehört das Land, wir haben genügend Platz. Es ist genügend Raum, um sich auszubreiten; jeder von euch kann sich seinen Platz suchen, sich ein Haus bauen, etwas anpflanzen. Das hier ist immer noch ein guter Platz, ein sicherer Platz zum Leben, sogar ein ausgezeichneter Ort, um eine Familie großzuziehen.«
Der Wilde sprach langsamer und verstummte schließlich ganz; er spürte den Druck des aufziehenden Sturmes. Ein paar der anderen spürten ihn ebenfalls. Stille senkte sich über den Raum. Keiner sagte ein Wort. Keiner von ihnen hatte so etwas erwartet. Niemand hatte erwartet, daß der alte Wild Bill so weit gehen würde. Sie wußten nicht, was sie sagen, wie sie darauf regieren sollten.
Im Stock darüber pumpte die Lüftung kühle Luft in das Elternschlafzimmer. Irene war schweißgebadet. Evangeline hielt ihre eine Hand, Aaron die andere. Sie gab keinen Laut von sich. Sie lag ruhig da und wartete auf die nächste Explosion. Aaron warf einen Blick auf die Uhr. Er wußte, daß es jetzt gleich soweit war.

Und dann passierte es ohne jede Vorwarnung. Jene schwarzen Wolken senkten sich auf die Erde und rissen auf. Regen, Wind, Donner und Blitz fielen heraus und breiteten sich aus wie eine Armee, die auf Rache aus war, die darauf aus war, ihre Erzfeinde niederzuknüppeln: Hitze und Feuchtigkeit. Im Haus hörten sie den Donner und sahen sie den Blitz in genau demselben Augenblick. Das Gewitter hätte nicht viel näher sein können, es sei denn, sein Zentrum hätte sich im Wohnzimmer befunden. Keiner hatte sich so weit in der Gewalt, um nicht erschrocken ein wenig hochzufahren. Außer Mary hatte keiner von ihnen das Gewitter näher kommen sehen. Oben waren sie alle viel zu sehr mit den Vorgängen in Irenes Bauch beschäftigt. Und unten waren sie alle viel zu gefesselt von dem Rauch, der aus Wild Bills Friedenspfeife aufstieg.
Draußen war Edward felsenfest davon überzeugt, daß ihn der Blitz getroffen hatte. Er hatte das Gefühl, als sei der Blitz vorne in seine Brust eingetreten und zu seinem Rücken wieder hinausgegangen. Am ganzen Körper zitternd und bebend, lenkte er den Wagen an den wasserspendenden Brüsten Lady Godivas vorbei in das Rondell und hielt vor dem Haupteingang an. Er stellte den Motor ab und stieg aus. Der in Strömen fließende Regen durchnäßte ihn in Sekundenschnelle. Er ging um den Wagen herum und öffnete den Kofferraum; ein Loch klaffte in der Mitte seines Oberkörpers. Er griff in den Kofferraum und füllte seine Taschen mit Gewehrpatronen. Wieder erschütterten eine Lichtexplosion und nachfolgender Lärm die Erde. Little Eddie zuckte zusammen. Er stieß sich den Kopf am Kofferraumdeckel an. »Scheiße! Mist, verdammter!« Er holte die Remington Kaliber zwölf heraus. Dann schob er in jeden der beiden Läufe eine Patrone. Schwitzend, zitternd, bis auf die Haut durchnäßt und mit Augen so groß wie Untertassen, stieg er die Marmorstufen zur Vordertür hinauf.
Drinnen hatte man sich gerade von dem zweiten Schlag erholt.

Barton, Emily und Joseph waren aufgestanden und wollten die Fenster schließen. Der Wilde hatte eigentlich noch mehr zu sagen, zumindest dachte er das, aber nun stand das Gewitter im Mittelpunkt.

Und dann war Edward an der Vordertür, ging ins Haus, in die Eingangshalle und stand unter dem hohen, breiten Türstock, der ins Wohnzimmer führte. Einen Moment lang sah ihn keiner. Sie waren alle zu beschäftigt, den Wind und den Regen auszuschließen. Er stand zitternd und tropfend einfach da und hatte das Gewehr an der Seite baumeln. Und plötzlich wußte der Wilde – ohne daß er ihn gesehen hätte –, daß der mittlere Sohn angekommen war und sich endlich nach Hause gewagt hatte. Er wartete, daß der Donner verhallte, und sagte dann laut und deutlich. »Hallo, Edward.«

Blitzschnell schossen alle Augen vom Vater zum Sohn. Die meisten Frauen im Zimmer, sowohl lebende als auch tote, schnappten laut nach Luft; doch diesmal war das Luftschnappen viel deutlicher zu hören als vorher, als Wild Bill seine Absicht geäußert hatte, die süße Evangeline zu heiraten. Dieses Mal lag Angst darin. Der Laut hing noch eine Zeitlang in der Luft und verebbte dann. Keiner rührte sich. Keiner gab ein Geräusch von sich.

Oben schrie Irene auf. Doch unten hörte sie niemand. Das stete Rauschen der Lüftung, gefolgt von einem weiteren Aufbrüllen des Himmels, verschluckte den Schrei und dämpfte ihn zu einem sanften, unterdrückten Laut.

Und dann kam Samantha die Vordertreppe herunter. Sie fühlte sich jetzt viel besser. Sie hatte kalt geduscht und sich dann vor das geöffnete Fenster gestellt und die kühle Brise auf ihrer noch feuchten Haut genossen. Ihr kurzes, nasses Haar war aus dem Gesicht gekämmt. Sie trug luftige, weiße Shorts und eine lockere Seidenbluse. Gerade erreichte sie die letzte Stufe und drehte sich Richtung Wohnzimmer um … »Edward!«

Er wirbelte herum und hob das Gewehr in Hüfthöhe.
Samantha schrie auf. Im Elternschlafzimmer hörte man den Schrei nicht. Doch draußen im Wohnzimmer konnten die Kinder ihn laut und deutlich hören. Schnell liefen sie den Gang entlang zum Treppenabsatz.
»Edward!« rief der Wilde.
Edward drehte sich wieder um, weg von seiner Frau. Er hielt das Gewehr jetzt in Brusthöhe und hatte den Zeigefinger um den doppelläufigen Abzug gelegt. Die Waffe war auf seinen Vater gerichtet.
Alle fünf Kinder kamen die Treppe heruntergelaufen. Obwohl der dicke Teppich das Geräusch ihrer Schritte dämpfte, hörten alle im Wohnzimmer sie kommen. Wieder drehte Edward sich um.
Die Kinder blieben abrupt hinter ihrer Tante Samantha stehen.
»Das ist Onkel Edward!« rief Rosa.
Schweiß brach auf Edwards Gesicht aus. Seine Augen zuckten. Sein Mund schnappte nach Luft.
»Edward! Verdammt noch mal!« Wieder war das Wild Bill, der die Aufmerksamkeit seines Sohnes von den Kindern auf sich lenken wollte.
Erneut drehte Edward sich um.
Sobald Edward wieder ihn ansah, rief der Wilde: »Paul, lauf los!« Von seinem Platz auf dem Sofa konnte er die Kinder nicht sehen, aber er wußte, daß die fünf neugierig und verwirrt waren. »Lauf dorthin, wo ich es dir gesagt habe! Nimm deinen Bruder und deine Cousinen, und lauf los!«
Aus dem Regen wurde Hagel, golfballgroßer Hagel. Die riesigen Hagelkörner hämmerten auf das Dach und trommelten seitlich gegen die Mauern des Hauses. Ein Hagelkorn von der Größe eines Tennisballs schlug über Marys Kopf in das Panoramafenster ein. Die Scheibe splitterte, und ein langer, gezackter Riß lief vom Rahmen zum Fensterbrett.

»Lauf los!« rief Billy Boy. »Los! Jetzt!«
»Kommt«, rief Paul den anderen zu, »kommt mit mir.« Der Junge drehte sich um und lief die Treppe hoch. John, Katie, Constance und Rosa folgten wortlos.
Edward hörte sie davonlaufen und drehte sich abermals um. Aber nur noch seine Frau, die weiß wie ein Gespenst war und zitterte, stand vor ihm auf dem Gang. Der junge Mann machte einen in die Enge getriebenen, gefangenen, hilflosen, geradezu hoffnungslosen Eindruck. »Nein!« rief er. »Nein! Bleibt stehen!« Jetzt hatte er die Waffe in Schulterhöhe angelegt.
»Edward, du verdammter Mistkerl!« ertönte die laute, verzweifelte Stimme des Wilden.
Sie holte Edward wieder in das Wohnzimmer zurück. Aber dieses Mal riß er die Waffe vor sein Gesicht und legte die doppelläufige Flinte auf die Brust seines Vaters an. Emily, Ginny, Madeline, Mary – alle schrien sie auf. Sogar der Himmel schrie, lauter als je zuvor. Edward drückte einen der beiden Abzüge, aber der Sturm am Himmel und der Sturm in seiner Seele ließen ihn die beiden Läufe zu hoch halten. Als die Patrone einschlug, waren die beiden Läufe auf die Zimmerdecke über Wild Bills Kopf gerichtet.
Oben hörten sie den Schuß, kamen aber zu dem Schluß, daß es der Sturm sein mußte. Außerdem konnte Irene sich nicht länger beherrschen und stieß einen schrecklichen Schrei aus, als eine weitere Wehe durch ihren Unterleib fuhr.
»Ich denke, du holst jetzt besser Bobby«, sagte der gute Doktor zu Evangeline. »Dieses Baby hier wird nicht mehr lange auf sich warten lassen.«
Die Wehe ebbte wieder ab. Irene packte Evangelines Hand und drückte sie fest. »Warte, warte noch! Geh nicht, noch nicht.«
Unten war es fast keinem der Winslows mehr möglich, sich zu bewegen oder auch nur oberflächlich Luft zu holen. Die

Schrotladung hatte die Zimmerdecke durchlöchert, der Putz war in Platten von der Decke geblättert, Farbpartikelchen flogen durchs Zimmer. Schrotkugeln hatten Gentleman Barts Magen durchschossen. »Großer Gott«, rief er, »und ich dachte, ich hätte meine letzte Ladung bei Gettysburg abbekommen!«

Einige der Toten lachten, was die Lebenden natürlich nicht mitbekamen. Sie sahen auch nicht, daß Virginia das Zimmer durchquerte und sich neben ihren mittleren Sohn stellte. Auch konnten sie weder hören noch sehen, daß sie in Edwards Ohr flüsterte, ihn anflehte: »Bitte, leg die Waffe weg, bitte, Edward, bitte, tu es für mich, für deine Mutter.«

Edward sah völlig verwirrt aus, als hätte er keine Ahnung, was er da tat oder warum. Er richtete die Waffe auf seine Frau. »Bleib nicht da stehen!« schrie er. »Nicht hinter mir! Nicht hinter mir!«

Samantha schlüpfte schnell an ihrem Mann vorbei ins Wohnzimmer. Er versetzte ihr einen Stoß mit dem Gewehrlauf, als sie an ihm vorbeieilte. Sie fiel zu Boden, schlug sich die Hüfte an und das Knie blutig. Er ignorierte ihren Schmerzensschrei. Statt dessen ersetzte er die verschossene Schrotladung und schob eine neue Patrone in die Kammer des Gewehrs. Beide Läufe waren nun wieder schußbereit. »Keiner bewegt sich!« Er fuchtelte mit der Flinte im Zimmer herum. »Keiner! Keiner, sage ich!«

Henry hatte genug mit angesehen. Er erhob sich aus seinem Ohrensessel am anderen Ende des Zimmers, stand auf und trat einen Schritt vor.

»Setz dich wieder hin!« rief Edward.

Henry machte noch einen Schritt.

»Du sollst dich hinsetzen!« schrie Edward aus Leibeskräften.

Oben stieß Irene im selben Moment einen Schrei aus. Ein paar Mitglieder der Familie glaubten, den Schrei zu hören, aber kei-

ner war sich sicher, wer da geschrien hatte oder wo der Schrei herkam.
Henry wußte es. Er wußte, daß es seine Frau war. Er machte einen weiteren Schritt nach vorn.
»Setz dich, oder ich puste dir deinen Schädel weg!«
Henry ging weiter auf ihn zu. »Halt den Mund, Edward!«
»Nein! Halt du den Mund!« Edward zielte auf den Kopf seines Bruders. »Bleib stehen!«
Henry blieb nicht stehen. Er wußte, was er zu tun hatte.
Sein toter Bruder Bobby stellte sich neben Edward. Er flüsterte Eddie ins Ohr: »Schieß den Scheißkerl über den Haufen, Eddie, schieß ihn über den Haufen, schieß ihn tot.«
Während Virginia gleichzeitig flehte: »Nein, Edward, nein. Keine Gewalt mehr. Bitte, Edward, bitte! Bitte!«
»Erschieß ihn, Edward, erschieß ihn!«
»Ich bring dich um!« rief Edward. »Noch ein Schritt, und ich bring dich um!«
»Du wirst niemanden umbringen, Edward«, sagte Henry ruhig und näherte sich ihm Schritt für Schritt. »Du wirst mich nicht umbringen, du wirst Wild Bill nicht umbringen, du wirst deine Frau nicht umbringen, du wirst …«
»Halt's Maul«, brüllte Edward, »halt's Maul!«
»Nein, Bruder, jetzt bist du ruhig. Halt den Mund, und setz dich hin.«
»Nein!«
»Doch!«
Dieses Mal hörten alle den Schrei. Es war ein grauenhafter Schrei, der mit Leichtigkeit den Donner, den Blitz und den nachfolgenden Hagelschauer übertönte. Er schickte sowohl den Lebenden als auch den Toten Schauer über den Rücken.
Doch noch ehe jemand darauf reagieren konnte, ging das Gewehr erneut los. Die Schrotladung explodierte genau über Henrys rechter Schulter. Sie schlug neben dem Kamin in die

Wand ein und sandte einen Schauer aus abgesplitterten Ziegeln durch das Zimmer.
Die Frauen – und dieses Mal auch fast alle Männer – schrien auf. Henry schluckte schwer und ging weiter. Er ging geradewegs auf die doppelläufige alte Remington Kaliber zwölf zu, deren zweiter Lauf immer noch geladen war. Nicht einmal eine Armlänge von seinem Bruder entfernt blieb er stehen.
Edward bot einen verheerenden Anblick. Das Haar klebte ihm am Kopf. Seine Augen waren vor Panik weit aufgerissen. Tränen, Schweiß und Speichel tropften von seinem Kinn. Zwischen seinen Füßen bildete sich eine Wasserpfütze, die bei genauerem Hinsehen eine leicht gelbliche Färbung hatte.
»Das ist mein Gewehr«, sagte Henry. »Wenn du meine Waffe benutzen willst, dann solltest du mich vorher fragen. Du hattest nicht das Recht, einfach an meinen Wagen zu gehen und sie dir zu nehmen.«
Edward preßte den Lauf der Waffe gegen die Brust seines Bruders. Er legte den Finger um den Abzug. Er krümmte ihn leicht. Aber gleichzeitig flehte jeder Zentimeter seines Körpers und jedes Gramm seiner Seele um Gnade und bat um Hilfe.
Keiner bewegte sich. Keiner wagte zu atmen. Selbst der Sturm legte eine Pause ein. Der Hagel verwandelte sich wieder in Regen. Der Donner ertönte aus größerer Entfernung. Und dann knallte wie ein Peitschenhieb ein Geräusch durch das Zimmer, als Wild Bill seine geballte Faust in die offene Handfläche krachen ließ. *Herrgott, Henry,* sagte er fast laut, *zwanzig Jahre hast du dazu gebraucht, aber ich habe immer gewußt, daß du das Zeug dazu hast, Junge, ich habe es gewußt.*
Gleich darauf hörte man Evangeline vom oberen Treppenabsatz rufen: »Bobby, du kommst jetzt besser hoch!«
»Bin schon unterwegs!« Henry streckte die Hand aus und entriß seinem Bruder das Gewehr. Edward wehrte sich nicht. Ihm war nichts mehr geblieben; keine Kraft, kein Mut, kein Zorn.

Henry lief nach oben, drei Stufen auf einmal nehmend. Oben an der Treppe sah er Constance, Katie, John, Paul und Rosa, die aus dem Wandschrank spähten.

»Geht hinunter, und begrüßt euren Onkel Edward«, erklärte er ihnen. »Geht ruhig hinunter und umarmt ihn.« Dann drehte er sich um und lief über den Korridor ins Elternschlafzimmer.

Edward ließ sich auf die Knie fallen, schlug beide Hände vor das Gesicht und fing an zu schluchzen. Noch immer rührte sich keiner. Der Schock saß noch zu tief ... Schließlich machte Samantha einen Schritt nach vorne. Sie legte Edward vorsichtig die Hand auf den Rücken. Ein Schauer lief durch seinen Körper, der sich danach entspannte.

Langsam kamen die Kinder die Treppe hinunter. Katie, die Älteste, ging voran. Eng aneinandergedrückt betraten sie die Eingangshalle.

Irene schrie. Alle Frauen im Wohnzimmer, die geboren hatten, zuckten zusammen.

»Halt durch, Mädchen«, sagte Henry, der jetzt neben ihr war, »halt durch. Es ist ja schon fast vorbei.«

Die Kinder standen jetzt neben ihrem Onkel. Sie konnten hören, wie er weinte. Ein Kind nach dem anderen legte die Hand auf seine Schulter und flüsterte: »Hallo.«

Irene drückte den Arm ihres Mannes und preßte.

Evangeline befeuchtete die Stirn ihrer neuen Freundin mit einem nassen Waschlappen.

Barton ging zu seinem Bruder. Er legte ihm die Hand auf den Kopf. Emily stellte sich neben ihn. Sie streichelte seine Schulter.

Wild Bill sagte leise erst zu Madeline und dann zu Adam: »Geht nur, geht zu ihm hin. Er wird euch nicht weh tun.«

Sie standen auf und gingen zu ihm hin.

Irene drückte und preßte und versuchte nicht zu schreien.

»Komm schon, Mädchen«, feuerte Henry sie an, »komm

schon, du schaffst es. Du kannst es. Ich weiß, daß du es kannst. Ich weiß es.«

Und natürlich schaffte sie es. Das Baby rutschte das letzte Stück tiefer, und keine halbe Minute später schlüpfte der jüngste Winslow durch den Geburtskanal und glitt in die wartenden Arme seines Onkels Aaron. Der gute Doktor untersuchte den kleinen, verrunzelten Körper, kam zu dem Schluß, daß alles in Ordnung war, und verkündete: »Es ist ein Junge.«

Edward hatte den Kopf noch immer in den Händen vergraben. Er weinte haltlos, als Mary, Joseph und Ginny sich ebenfalls neben ihn stellten, ihn berührten, streichelten und ein paar aufmunternde Worte zu ihm sprachen.

Henry konnte sein Glück gar nicht fassen. »Hast du das gehört, Mädchen? Hast du gehört, was er gesagt hat? Ein Junge, ein kleiner Mann.«

Irene lächelte, weinte und dankte im stillen dem Herrn.

Aaron rieb das Baby mit feuchten Handtüchern sauber. Dann legte er es der Mama auf den Bauch und verschwand im Badezimmer. Er wusch sich die Hände und holte zum erstenmal seit einer halben Stunde wieder richtig tief Luft.

»Schau dir das an, Mädchen«, sagte Henry, als er sich hinkniete, um seinen Sohn aus der Nähe zu betrachten, »der kleine Kerl hat doch schon einen richtigen kleinen Pimmel. Gerade mal so groß wie mein kleiner Zeh.«

Irene versuchte ein Lächeln. Sie schüttelte den Kopf. »Mein Gott! Denk doch nur mal an den Ärger, den er machen wird, an den Schmerz und an den Kummer, den er überall verbreiten wird. Was habe ich nur getan? Schick ihn wieder zurück, schick ihn zurück! «

Henry lachte, ein lautes, polterndes Lachen.

Das Lachen verbreitete sich im ganzen Haus. Selbst unten hörten sie es klar und deutlich. Für die meisten klang es wie das wilde, unbändige Lachen von Wild Bill.

Doch Billy Boy saß immer noch auf dem Sofa. Er saß reglos, mit ruhigem, fast heiterem Gesicht da. Er ließ noch einen weiteren Moment verstreichen, dann erst stand er auf und humpelte langsam durch das Wohnzimmer. Die jüngeren Winslows machten ihm den Weg frei. Neben seinem mittleren Sohn blieb Wild Bill stehen. Er legte seine Hand auf den Nacken seines Jungen. Edward hatte seit mehr als fünfzehn Jahren diese Hand nicht mehr gespürt, seit dem Tod seiner Mutter nicht mehr, aber er wußte sofort, daß die Hand seinem Vater gehörte. Er versuchte, nicht zu zittern.

»Willkommen zu Hause, Soldat. Willkommen zu Hause.«

Donner und Blitz waren nur noch entfernt zu spüren. Das Gewitter war vorbei. Das Haus war abgekühlt und wieder ruhig. Da fing das Neugeborene an zu schreien. Alle spitzten die Ohren. Selbst Edward. Es war ein hohes, hoffnungsvolles Schreien. Es dauerte nicht lange, nur ein paar Sekunden lang. Das Schreien brach ab, sobald die Mama das Baby an die Brust legte. Da lächelte der kleine Bobby Winslow und fing an zu saugen.

FREITAG,
DEN 21. JUNI 1991 …
SOMMERSONNENWENDE

EPILOG

Was für einen Unterschied ein Jahr ausmacht – zumindest wettermäßig. Letztes Jahr diese Hitze und Feuchtigkeit und anschließend dieses schreckliche Gewitter. Heuer ein strahlend blauer Himmel, weiße, flockige Wolken, eine sanfte Brise, warme, trockene Luft, Temperaturen um die zwanzig Grad. Ein absolut perfekter Tag für eine Hochzeit.

Gehen wir doch mit den anderen zur Vordertür hinaus, über die Auffahrt und auf die große Rasenfläche vor dem Haus. Dort sind die Stühle aufgestellt, vielleicht fünfzig an der Zahl, einfache Klappstühle, die mit dem Rücken zum Haus stehen. Die meisten Stühle sind bereits besetzt, nur ganz hinten sind noch ein paar frei. Nehmen Sie doch Platz, wenn Sie möchten, oder bleiben Sie einfach stehen; Quäker-Hochzeiten dauern nicht lange, vor allem traditionelle, und diese Hochzeit hier ist ungefähr so traditionell, wie es in diesem letzten Jahrzehnt des zwanzigsten Jahrhunderts nur möglich ist. Es gibt keinen Priester, keine Pfarrer, keinen wie auch immer gearteten Prediger; keinen Chor, kein Kruzifix oder sonstige Symbole. Es ist nur das Paar anwesend, das sich zur Heirat entschlossen hat, und selbstverständlich dessen Gäste, die sie eingeladen haben, Zeugen ihres Treueschwurs zu werden.

Evangeline hatte nur um eines gebeten: Sie wollte am ersten Tag des Sommers auf der weiten Rasenfläche vor dem Haus auf dem Winslow-Stammsitz getraut werden.

Sie sitzt neben Billy Boy in der ersten Reihe. Beide blicken nach vorne, kehren ihren Gästen den Rücken zu. Direkt hinter ihnen sitzen John und Paul. Daneben zu beiden Seiten Katie und Constance. Rosa sitzt neben ihrer Mutter. Irene mit dem kleinen Bobby auf dem Arm, der heute ein Jahr alt wird, hat neben ihrem Mann Platz genommen. In der dritten Reihe sitzen die Cohens, alle vier. Sie kamen gestern aus Los Angeles. In der vierten Reihe sitzt Samantha zwischen Joseph und Barton.

Alle sitzen still und mit gefalteten Händen da und warten ...

Ein Jahr zuvor, an dem Tag, den die Familie jetzt als den Wilden Donnerstag bezeichnet, wurde eine Tragödie von ihr abgewendet. Keiner kam ums Leben. Keiner wurde verletzt. Das Baby kam auf die Welt und versprach die Aussicht auf ein Happy-End. Aber ach ... auch die Toten warten. Es sind heute nicht allzu viele gekommen; nicht annähernd so viele wie an dem Tag der Sommersonnenwende 1990. Vor allem die Frauen, die oben auf dem Hügel begraben liegen, sind gekommen: Virginia, Martha, Caroline und natürlich Mary, die jüngste Verwandte, die sich den Reihen der Dahingegangenen anschloß. Vielleicht haben Sie aus der Zeitung von ihrem Tod erfahren: AMERIKANERIN VON DOPPELDECKER-BUS ÜBERFAHREN. *Knapp zwei Wochen nach dem Wilden Donnerstag flog Mary zurück nach London. Sie hatte die feste Absicht, ihre Habseligkeiten zusammenzupacken, ihre Angelegenheiten zu regeln und dann schnurstracks wieder in die Staaten zurückzufliegen. Doch das Schicksal wollte es anders. An dem Nachmittag, an dem sie abreisen sollte, machte sie einen letzten Besuch in der Westminster Abbey. Sie lauschte dem Gesang der Chorknaben bei der Abendandacht. Aber es wurde immer später, und als die Andacht vorüber war, hatte sie es sehr eilig. Sie verließ die Kirche durch den Seiteneingang, überquerte St. Margaret Street, hastete auf der Suche nach einem Taxi über den Parliament Square, und BOING! lief sie geradewegs vor einen anfahrenden Doppeldecker-Bus. Bevor sie starb, blieb ihr gerade noch ein Moment, um an ihre Mutter zu denken, wie diese von jenem außer Kontrolle geratenen Rolls überfahren wurde.*

Wild Bill flog nach England, um die Tote zu identifizieren und die Leiche herauszufordern. Er holte seine Tochter zur Beerdigung nach Hause. Noch Monate später sollte Mary sich darüber beklagen, daß der Sensenmann sie weit vor ihrer Zeit geholt habe.

Die Toten hörten ihr schon zu, hatten aber nicht sehr viel Mitleid, vor allem Tante Helen nicht, die ohnehin glaubte, daß der Tod ihrer Nichte bereits lange überfällig war. Nachdem schließlich genügend Zeit oben auf dem Hügel vergangen war, freundete Mary sich doch noch mit dem langsamen, kontemplativen Rhythmus des Todes an. Während sie jetzt darauf warten, daß die Hochzeitszeremonie beginnt, hält sie die Hand ihrer Mutter.

Billy Boy und die süße Evangeline stehen auf, machen ein paar Schritte über den üppigen grünen Rasenteppich und drehen sich um. Sie lassen sich einen Augenblick Zeit, um ihre Freunde und ihre Familie anzulächeln. Dann wenden sie sich einander zu.

»Im Angesicht Gottes und dieser unserer Freunde nehme ich, William, dich, Evangeline, zu meiner Frau und verspreche, dir mit Gottes Hilfe ein liebender und treuer Ehemann zu sein, solange wir beide leben.«

Und was ist aus Wild Bills Angebot geworden? Hat eines der Kinder es akzeptiert? Mary war bereit, darauf einzugehen. Sie hatte vor, sich ein kleines Haus am Rand des Feldes hinter dem Friedhof zu bauen. Sie wollte dort all die Informationen zusammentragen, die sie im Laufe der Jahre gesammelt hatte, und ein Buch über die Winslows schreiben; vielleicht nicht gerade dieses Buch, aber etwas in der Art. Zu schade, daß sie ihre Pläne nicht mehr verwirklichen konnte.
Ginny kehrte selbstverständlich mit Aaron, Adam und Madeline nach Bel Air zurück. Für sie kam es nicht in Frage, daß Aaron sein Bündel schnürte und mit seiner Praxis nach New Jersey umzog. Außerdem hoffte Ginny immer noch auf ihren großen Durchbruch. Die Rolle in der Zahnpastareklame hat sie damals zwar nicht bekommen, aber sie geht immer noch zum Vorsprechen, wenn ihr Agent ihr einen Termin besorgt. Sie und ihr

Vater haben einige Fortschritte gemacht. Im vergangenen Jahr war Wild Bill zweimal in Kalifornien, einmal mit Evangeline und den Kindern und einmal allein. Beide Male übernachtete er im Gästezimmer der Cohens. Und für Ginny ist das hier bereits die dritte Reise an die Ostküste seit dem Wilden Donnerstag. Sie würde wahrscheinlich sogar noch öfter kommen, wenn die Kinder nicht noch in die Schule gingen.

Ein paar Tage nach dem Wilden Donnerstag flog Joseph nach Aspen zurück. Er hatte die feste Absicht, wieder in sein Apartment neben der Skipiste zu ziehen und sein sorgloses Bohemien-Leben erneut aufzunehmen. Zu schade, daß der Alkohol, das Kokain und vielleicht auch sein feiges Verhalten während der Affäre um Edward ihn irgendwann einholten. Die letzten neun Monate war er immer wieder mal auf Entzug. Seine Eigentumswohnung ist mittlerweile verkauft, und Winslows West floriert überhaupt nicht mehr. Keiner weiß, was aus Bruder Joseph werden soll.

Emily lebt immer noch mit Rosa in dem Apartment am Central Park (Bettina hat es natürlich versucht, hat sich die Wohnung aber doch nicht unter den Nagel reißen können). Wie ihre große Schwester geht auch sie noch zum Vorsprechen, aber nicht allzuoft und ohne große Begeisterung. Jeden Freitagnachmittag besteigen sie und Rosa den Zug nach Far Hills, um dort das Wochenende zu verbringen. Es ist noch gar nicht so lange her, da hatte sie eine Verabredung mit diesem jungen Spinner in dem VW-Cabriolet. Wie es sich herausstellte, war er doch nicht ganz so verrückt. Er ist der jüngere Bruder eines High-School-Freundes von Emily. Seit zehn Jahren schwärmt er schon für sie. Emily ist zwar siebeneinhalb Jahre älter als er, wird sich aber auf jeden Fall wieder mit ihm treffen.

Barton feierte, als die Neuigkeiten von seinem Transporter ein paar Tage nach dem Wilden Donnerstag in Far Hills eintrafen. Er lebt jetzt in dem großen Haus, schläft in seinem alten Zim-

mer. Fast jeden Morgen erwacht er recht zuversichtlich. Er studiert Architektur am Rutgers und hat bereits ein paar Solarhäuser entworfen. W.B. Winslow & Söhne plant, eines dieser Häuser zu bauen, sobald der Immobilienmarkt in New Jersey wieder aus seinem dreijährigen Winterschlaf erwacht ist. Barton verbringt so wenig Zeit wie möglich allein.

Edward geht es, den Umständen entsprechend, nicht allzu schlecht. Erst dachte man, daß er es vielleicht doch zur Hochzeit schaffen könnte, aber als der Termin immer näher rückte, schien er sich doch nicht aufraffen zu können. Er verbringt immer noch viel zuviel Zeit damit, im Bett zu liegen und an die Decke zu starren.

Samantha, Ginny und Wild Bill fuhren ihn am späten Nachmittag des Wilden Donnerstags in die Carrier-Klinik. Er meldete sich aus freien Stücken in der psychiatrischen Abteilung an. Dort verbrachte er fast sechs Monate, in denen er umfangreiche medikamentöse und psychotherapeutische Behandlungen bekam. Das vergangene halbe Jahr hat er als freiwilliger Patient im Krankenhaus der Quäker in Philadelphia verbracht. Die Quäker behandeln ihn mit Geduld, Freundlichkeit und Respekt. Die Ärzte sagen, daß er sich mit der Zeit wieder erholen wird; sie haben die Hoffnung, daß er wieder ein normales Leben führen kann. In der Zwischenzeit bekommt er häufig Besuch von seiner Familie. Alle paar Tage fährt ein anderer zu ihm. Manchmal spricht Edward, manchmal nicht.

Samantha besucht ihren Mann jeden Nachmittag. Sie lebt jetzt in Philadelphia und arbeitet als Beraterin für Drogen- und Alkoholabhängige am Temple University Hospital. Sie hat versucht, auch Joseph zu einer Therapie zu überreden, aber bis jetzt hat er noch nicht darauf reagiert.

Bettina hat das Haus in Bar Harbor und das Haus in Captiva bekommen. Wild Bill hat zwar versucht, das Haus in Florida zu behalten, aber am Ende ist er an Virginias Grab gegangen, hat sich entschuldigt und dann die Besitzurkunde übergeben. Ich kenne die exakten Zahlen nicht, aber zusätzlich zu dem Immobilienbesitz hat Bettina noch eine größere Summe in bar erhalten: Das Gerücht geht um, daß es sich dabei um eine einmalige Abfindung in siebenstelliger Höhe handeln soll. Seit im Frühjahr die letzten Papiere unterzeichnet wurden, hat niemand mehr von ihr etwas gesehen oder gehört. Die meisten vermuten, daß das auch nicht mehr der Fall sein wird.

Sobald diese oben erwähnten Papiere unterzeichnet waren, zog Billy Boy aus dem großen Haus aus und in das neuerbaute Cottage ein, das jetzt auf dem Plateau hinter der alten Scheune steht. Ich nenne es nur deswegen noch »Cottage«, weil Evangeline und er es so nennen. Aber eigentlich ist es eher ein richtiges Haus. Im Erdgeschoß sieht es ähnlich aus, wie das alte Cottage konzipiert war, das Edward bis auf die Grundmauern niedergebrannt hat. Es gibt eine Küche, ein Eßzimmer und einen Wohnraum, in dem Wild Bill wieder einen alten Schaukelstuhl stehen hat, der dem verbrannten sehr ähnlich sieht. Dort, wo früher die Schlafzimmer waren, befindet sich jetzt eine große Bibliothek, in der die Familie liest und Wild Bill gelegentlich arbeitet. Die Schlafzimmer sind nun oben, je eines am Ende eines kurzen Ganges. Es ist ein einfaches, gutdurchdachtes Haus. Evangeline und Billy Boy haben es selbst entworfen. In den ersten Wochen nach dem Wilden Donnerstag hatten sie noch daran gedacht, das Cottage nicht wieder aufzubauen, sondern einfach in das große Haus zu ziehen und dort ihre Zelte aufzuschlagen. Aber keiner war glücklich dort. Sie haben einfach wieder einen Ort gebraucht, den sie ihr eigen nennen können.

Was uns zu Henry führt, dem gegenwärtigen Bewohner des großen Hauses und des großen Elternschlafzimmers, entworfen und erbaut von Crazy Legs. Henry war das Angebot des Wilden mehr als willkommen; er war sofort Feuer und Flamme, hat die Gelegenheit beim Schopf gepackt und seitdem nicht mehr losgelas-

sen. Bereits am Montag nach dem Wilden Donnerstag begann er in der Baufirma der Winslows zu arbeiten. Ich glaube nicht, daß er sich im letzten Jahr einen Tag freigenommen hat. Nur im vergangenen Sommer ist er noch einmal mit Irene und den Kindern nach Blue Mount zurückgekehrt. Sie mußten ja noch ihre Blockhütte ausräumen und sich von ihren Freunden und Nachbarn verabschieden. Seitdem aber hat er sechs Tage in der Woche und fünfzehn Stunden am Tag gearbeitet. Manche Leute sagen, er arbeitet härter als sein Vater im selben Alter.

Ständig verspricht er Irene, daß die Familie sich mal eine Woche Zeit nehmen und zur Erholung und Entspannung in die Blockhütte hinauffahren wird. Aber Irene ist gar nicht so wild darauf. Sie hat es nicht eilig, wieder in die Berge zurückzukommen. Ihr gefällt es auf dem Stammsitz. Sie mag Evangeline und Emily und die vielen Kinder. Sie versucht ständig, Bobby zu überreden, sich doch noch mehr anzuschaffen. Ja, sie glaubt immer noch, daß er Bobby heißt. Und die meisten anderen auch. Nach dem Wilden Donnerstag hatte er kein Bedürfnis mehr, es den übrigen zu erzählen. Was macht ein Name schon für einen Unterschied? Ab und zu verspricht sich sein Alter Herr und nennt ihn Henry, aber Vater und Sohn übergehen diesen Ausrutscher dann einfach und tun so, als ob nichts gewesen wäre.

Es ist jetzt eigentlich klar, daß, wenn überhaupt ein Winslow im Dschungel Südostasiens sterben mußte, dies Bobby zu sein hatte. Henry mußte leben, er mußte weiterleben. Und er mußte auch diese zwanzig Jahre währende Hölle erdulden, um den Mut und den Wahnsinn aufzubringen, direkt in den Doppellauf dieser alten Remington Kaliber zwölf zu laufen. Niemand sonst in der Familie hätte dies zustande bringen können; nicht an diesem Tag, nicht in einem anderen Augenblick der Geschichte. Niemand, nicht einmal Wild Bill, hätte Edward an diesem Wilden Donnerstag bezwingen können. Der junge Mann hatte völlig den Verstand verloren, war zu allem fähig gewesen. Bobby mußte einfach sterben, damit Henry überleben konnte, um eine schreckliche Tragödie abzuwenden. Hätte Edward mit dem Töten angefangen, hätte er sie vielleicht alle getötet. Ein Blutvergießen kann oft erst dann beendet werden, wenn es kein Blut mehr zum Vergießen gibt.

Henry war von Anfang an dazu bestimmt, die Linie der Winslows ins einundzwanzigste Jahrhundert zu führen. Ich möchte bezweifeln, daß er sich jemals wieder weit vom Stammsitz entfernen wird. Wie Klebstoff wird er dort hocken bleiben, so zäh und unverwüstlich wie sein Alter Herr. Er wird dem Haus und diesen sanft geschwungenen Hügeln gegenüber denselben Besitzanspruch entwickeln.

Dreihundertfünfzig Jahre sind sie nun in der Neuen Welt, und es sieht so aus, als hätten die Winslows einen weiteren Fackelträger gefunden. Es ist ja durchaus möglich, daß die alten, weißen, anglosächsisch-protestantischen Familien der Neuen Welt sich auf dem Rückzug befinden, in Ungnade fallen, ihre Macht verlieren und bald völlig verschwunden sein werden; aber einmal abgesehen von allen plötzlichen, unvorhersehbaren, natürlichen, ökonomischen oder politischen Widrigkeiten, sieht es ganz so aus, als würde diese ganz besondere Familie der obengenannten Kategorie weiterleben und eine neue Generation nachziehen. In ein paar hundert Jahren, wenn irgendein dummer Schriftsteller wie ich auf die Idee kommt, die Geschichte der Winslows zu erzählen, wird der alte Henry Winslow aus Far Hills in New Jersey eine ziemlich unterhaltsame Episode beizusteuern haben. Die Einzelheiten seines Lebens werden den Leser bestimmt dazu bringen, ungeduldig die Seiten umzublättern, den Kopf zu schütteln und sich zu fragen, wie er es all diese vielen Jahre so weit weg von zu Hause überhaupt ausgehalten hat. Er wird in einem Atemzug genannt werden mit Freeman, Jawbone, Crazy Legs und Wild Bill. Dazu fehlt ihm nur noch ein guter Spitzname. Aber sich den auszudenken, werde ich dem nächsten Spaßvogel überlassen, der des Weges kommt. Im Augenblick ist es an der Zeit, daß wir zu der Hochzeit zurückkehren. Evangeline würde gerne noch ein paar abschließende Worte sagen.

»Im Angesicht Gottes und dieser unserer Freunde nehme ich, Evangeline, dich, William, zu meinem Ehemann und verspreche, dir mit Gottes Hilfe eine liebende und treue Ehefrau zu sein, solange wir beide leben.«
Amen!